# 一河流沙

Sima Wuji
司马无极——
著

作家出版社

# 一部经典作品的诞生

张　平

看完《一河流沙》，心绪久久无法平静。

这是我看过的最优秀最真实最为惨烈的一部划时代的中国北方农民家族史长篇小说，没有之一。

土得掉渣，真实得犹如实录。两个家族，剧烈的社会变迁，几近白描，刀刀见血，将一幅幅浓烈的画面，淋漓尽致地展现在我们的眼前。

不加修饰的语言是如此地刚硬粗陋，以致显得十分"污秽""龌龊"；人与人之间的关系不加任何掩饰和遮蔽，甚至让你觉得竟是这般地"情色"和"荒诞"。然而，也正是这种卸掉所有伪装的赤裸裸的特色因素，让这部作品充斥着强烈的震撼力和冲击力。

"疯子"腊八，是这部作品倾力打造出来的一个特色人物，也是小说塑造最成功的一个文学"典型"。在他身上，集中了中国北方社会最底层农民所有的性格特征。正直，淳朴，善良，勤劳，节俭，热情，忍辱负重，任劳任怨，坚忍不拔，宁死不屈……反过来，由于几千年固有文化和传统道德的熏陶，他和他周围的人们也变得有些封闭，保守，固执，狭隘，老实，懦弱，麻木，难抱团，各顾各，认死理儿，自奔前程，一盘散沙，各自为战，打虎亲兄弟、上阵父子兵……

其实这些性格特征既是优点也会是缺点，既是缺点也会衍变成优点，相互之间没有什么明显的界限，一旦碰到重大灾害和苦难，所有

1

的这些个性特征瞬间都会成为抵御灾情的不破石墙和万里长城，都会成长为一种永远不可征服的民族精神。

古老的社会，古老的村庄，古老的生活方式和伦理道德之中的底层农民，在20世纪以来种种汹涌而来的社会思潮、社会动荡、社会暴乱和社会剧变的狂风巨浪卷裹之下，真正成了覆巢之下，几无完卵。

古老中国数千年的传统社会，之所以能生生不息，是因为在无形之中延续着一种固有的文化基因和生存法则。随着社会的发展和文明的进步，这种固有的传统，也必须逐步变革和更新。但这种变革一定是合乎传统的，这种更新也一定是水到渠成的。反过来，凡是悖逆传统的急功近利，凡是揠苗助长的无序更新，甚至是丧失人性的暴虐挞伐，其结果只能是适得其反，以致让整个社会衍变为一个畸形怪胎和食人魔兽。

祖祖辈辈生活在这块古老土地上，毫无任何准备和戒心的北穆家、南穆家村民，在上世纪之初，突然迎来了一个接一个剧烈的社会动荡和民族灾难。清廷溃败，列强辱国，军阀混战，日寇侵华……

在这一系列血色的背景下，世代为仇的两个村落，相互之间不断演绎着血腥的报复和仇杀。唯有在日本鬼子的铁蹄之下，他们才重新聚拢在一起。宗族文化的内涵和演变，成就了打虎亲兄弟、上阵父子兵的慷慨悲壮和视死如归。在外寇面前，毫不犹豫地摒弃前嫌，笑泯恩仇，化干戈为玉帛，重归于好。这不是大势所趋，更不是临危权变，而是数千年延续不灭的文化之根。

落后、保守、腐朽和陈旧，是这个古老国家和社会披露给世界的最大伤疤。面对着武装到牙齿的日本军队，奋起抵抗的中国农民除了大刀长矛和农具之外，剩下的就是血肉之躯。疯子腊八在自己的女人和亲人被糟蹋残害的愤恨中，只身潜入鬼子炮楼，最终以与日本兵小队长青野几乎同归于尽的方式，在两眼被汉奸插入利刃后徒手干掉青野，令人无比震颤和惊骇。

更令人惊惧的是，抗战胜利之后对汉奸二狗当众酷烈的凌迟处死。千刀万剐也是中国传统文化，对此作者毫不避讳。正是在这样的

2

土壤中，才能让各种畸形作为和思潮随时随地生根发芽并茁壮成长。

惨烈战争和民族灾难所带来的社会暴戾，让最底层的中国农民强烈地期盼着平安稳定和将养生息。即使是在最贫瘠的土地上，即使是最恶劣的生活环境和社会条件，只要能给中国的底层农民稍可赖以生存的处境，就能以最快的速度，最顽强的生计能力，在这块贫瘠的土地上生长出最好的收成和果实。这其实就是中国文化能几千年延续至今的根因和密码，也是中国底层农民用泪水汗水和血肉之躯铸成的文化土壤与根基。

我们从这部作品中，看到了一个千年不变的循环和死结。从疯子腊八，从围绕着疯子腊八周围的父老乡亲、男男女女，都可以强烈地感受到农民对家族对土地如同生命般的依赖和企望。娶妻生子，苟延残喘，包括男性之间无规则的生存秩序和对女人赤裸裸的疯狂、依恋，以及对生活的认知，对生命的挣扎，对命运的忍耐，对希冀的祈盼，这一切的一切，都与脚下的这块土地生死相依，终生难以分割。门庭的冲突，家族的争斗，军阀的劫掠，侵略者的占领，也让他们与这块土地有着不可、不能，也永远不会割裂的依存关系。于是，打土豪分田地，也就成为中华民族几千年来永久的命运和主题。

《一河流沙》这部长篇正是以一种前所未有的独特视角和表现方式，深刻而又犀利地揭示了这一主题，也就是农民与土地的关系，农民与文化的关系，农民与制度的关系，以及农民与当政者的关系。打土豪分田地是数千年改朝换代的基本动力，而依靠打土豪分田地得到天下后，如何巩固政权，发展社会，则是历朝历代的重大课题，也是新生政权的重大课题。休养生息，发展经济，对将近百年社会动荡战乱之下的百孔千疮的中国农村和中国农民，是多么地必要和重要。凭着农民对土地的这种情感和急切，中国农村的蜕变，中国农民的富裕，只要路子对了，也许只需要十年二十年，甚至更短的时间，就会让中国的农村和农民生发出天翻地覆的历史性巨变。

这也是埋藏在这部作品主题背后更为厚重的令人深思的深邃主题。

腊八不会说假话,直来直去,行事鲁莽,总爱打抱不平,村里人才把他叫做疯子。但也正是疯子腊八这种敢爱敢恨的个性,他在人们的眼里一直是一个惩恶扬善、敢于主持公道的硬汉。而这种性格,不管是在战乱年代还是动荡年代,在中国固有的文化中,他的这种性情和作为也常常会十分容易地被当成一个不合时宜的另类和"疯子"。当所有的人都变得正常的时候,腊八这样的"疯子",就会还原成一个正常的人。而当所有的人都渐渐地把他当作"疯子"的时候,腊八就只能真正发疯了。

这真正是一个人的悲剧,也是亿万农民在那个时代的悲剧。当一个时代畸形发展、充满戾气时,像腊八这样的"疯子",就只能一个一个被铲除,被消亡。

因为在一个只是把人作为工具作为臣仆作为亡国奴的社会时期,紧随而来的就只有灾难和悲剧。悲剧中的人物不仅仅是腊八,还有那些一代代勤劳善良而又不得不生活在被扭曲,被阉割,只能说假话,只能各顾各,只能目光短浅,只能屈服跪拜的南北穆家的村民。

腊八和他的村民们都是地地道道的农民,但他们的身上则刻满了时代的印记。我们今天回头翻看这个时代,翻看腊八和这些村民,翻看作品中一个个活生生的肉身和灵魂,会让我们体会到更多的感悟和深省。

为有这样一部经典作品的诞生深感欣慰和振奋。

谨以这些文字向作者表示诚挚的谢意和敬意。

是为序。

2022 年 9 月中秋节之夜

# 引 子

*谚语说：冰火不同炉。*

疯子爷和瞎子爷乃同一个人，他既是疯子又是瞎子。贾先生说，俺，这世上呀，疯子才是明白人，世上的事儿，也只有瞎子才看得清。可没人认同贾先生的胡言乱语，正如没人相信疯子爷的疯言疯语，听者顶多咂咂嘴，报之以残花似的一笑。

苦命的疯子好多年前曾失踪过，据说出走时有人见他上了河岸，坐在岸上哭骂一天一夜，直骂得脸红了的太阳逃遁到山后，黯然失色的夜空星稀月落，风也哭泣起来。他骂天骂地，更骂身边的河。哭骂过，他起身离去了，一路逢人便说：这河里流淌的不是河水，而是一河黄色的沙。

一条九曲十弯的地上河流过无极地界，像条黄色飘带悬挂在北方的原野。河床时窄时宽，窄处人站岸上可隔河说话，宽处一眼望去却不见对岸。先民们最初管它叫"河沟子"，直到宋朝末年才有了个"穆刀沟"的名号；待它流进大清国，也落脚在了官府的图册上，在河流家族里归了宗，谓之"木刀沟"。一字之变有些微妙。妙在何处？有解却又无解。不过，河边的汉人并不买满人的账，乡间仍固执地坚守原来的称谓。

只是不承想，这本寂寂无名的"沟"上了大清国的河流志，可就大大出名了。出的是恶名。

课雨占晴费运筹，
雨多河涨又堪忧。
滋川潨水犹其后，
为患先防木刀沟。

　　还是清同治十一年，面对这恶名远扬的河流，亲民知县寿颐大人写下首诗，继而亲率治下子民挖河固堤，却也于光绪三年叹声"奈何"，黯然而去。自此他再没回来，正如后来离去的大清国再没回来。

　　人们无法读懂这河流，就像无法读懂这河边的人。这河说不定会在哪年的夏秋季节里突然怒发冲冠，凶神恶煞般狂暴地越过河堤，汹涌泛滥，淹没两岸平缓而肥沃的土地，然后扬着淡漠的面孔，无声地退回深深浅浅的河床，退守大北方著名的白洋淀里，身后留下一眼望不到边际的茫茫白沙。

　　河两岸原是白狄人的故地——中山国。自从白狄人灭国，河边也就住上了一个农耕民族——早期称"华夏人"的汉人，之后内忧外患粉墨登场，河水冲积的这片平原也就有了数不清的灾难。自此，那富足而祥和的日子也就远去了。漫长的岁月里，平原上不时狼烟弥漫，尸横遍野，流淌的河水也散发出血腥的味道；待到"燕王扫北"后的"靖难之役"——"红虫之灾"，这平原上就几乎没了人烟。平原荒芜了，只是几年后，人们才陆陆续续从山西洪洞的大槐树下迁来，平原又一次有了人间的样子。

　　一个草黄木枯的秋天，一拨拨被捆住双手的洪洞人——像一群群疲惫的牲畜，被兵丁差役押解过太行山，走在异乡的路上，到了冀中平原。他们艰难地走着，耳畔似乎铜锣的余音未绝，官府大老爷的训话声仿佛依旧在耳边缭绕——"到了山那边，就有好日子了……"

　　与众多无助的乡亲一样，一对穆姓兄弟被丢到了真定府地界。偶尔，兄弟俩在幸存下来的原居民口中听说了"穆刀沟"的名字，禁不住一阵激动，随即寻了过来，停脚在穆刀沟南岸。

　　两人穿行过没腰深的荒草，依稀可见那委之于地的残垣断壁犹如影迹——像是还沉浸在野草下古老而忧伤的沉思里。两兄弟定居下来，娶妻生子，开枝散叶，过了数十年，繁衍出了两个血脉相连的家族，也就形成了个家族村庄。村子自然而然有了名字：穆家。

好日子似乎真的来了。只可惜，这世上最难办的事就是人的共存，哪怕是兄弟。

若干年后，不幸祸起萧墙，两个家族就像变天一样翻了脸，而且势同水火。弱势一支无奈之下迁走了，在一个秋末，迁到了北岸那片风沙弥漫的荒野。那片茫茫荒野，仿佛只有零星的荆丛或稀疏的野草在昭示着生命的存在。又是几代过后，北岸家族才壮大起来，那片荒芜已久的贫瘠土地也种成了沃土。

自此，人称北岸的村落为北穆家，南岸村落为南穆家。南北穆家隔河相望，这一望，就望出了世仇。

仇恨出疯子。说来奇怪，大概自南北穆家人生出仇隙，疯症的基因也便在穆家人的血液里发作起来，一发不可收拾。由此说到穆家，外界流传着一个说法：世世不和睦，辈辈出疯子。可穆家人却不以为然，他们说：这世上，疯子和正常人有什么区别哩？谁又不是疯子哩？难道你不是？

人世间热衷于堆积仇恨，也在堆积着罪恶。穆刀沟日夜哼唱着忧郁或愤怒的歌声，流过冀中，流过平原，流淌着两个同血脉家族的恩恩怨怨，流淌着那些恩恩怨怨编织的苍凉、沉重和忧郁的故事。那些故事——犹如战乱时的河流，也带有血腥的味道。

# 第一章

*谚语说：两兄弟，分了家，耗子都不准过界。*

## 一

当嘶鸣的北风将晨色从幽夜里吆喝出来，黄历也翻到了民国二十三年正月十五。这天，南北穆家的对台戏又将上演。两个家族都铆足了劲儿，摩拳擦掌，隔河以待，蓄势新的一回全力一搏。

虽已过立春，可冬日的寒冷依旧野蛮地统治着北方。天亮了，满腹心事的老天郁郁寡欢，目光阴沉、呆滞；大地被有些发灰了的残雪覆盖着，显得空旷、清冷、落寞，甚至荒凉。趾高气扬的风还在刮着，吹着尖厉的口哨打河岸掠过，岸边枯瘦的老槐树瑟瑟发抖，柔弱的岸柳惊慌地甩起纤长的枝条，发出"嗖嗖"的尖叫声。然而，沉睡的河流仍然沉浸在一个自我的幻梦里，像是世上的一切声音都无法把它吵醒。

寒风撩开了早晨的雾纱。远远看去，有个黑点静止在穆刀沟里，似乎冻结在了泛着翡翠色光亮的冰面上。近了发现，是个蹲着的半大孩子。半大孩子佝偻着身子，背对着寒风，半个头缩在袄领子里，一动不动。风一阵阵在他肩头掠过，冷言厉色地说着恫吓的话语。直到晨后，风像是终于累了，这才有气无力地慢慢安静了下来。

半大孩子突然动了。

他面前是个瓮口大的冰窟窿。他开始一把一把轻轻倒手，从冰窟窿里往外拉拽绳子，绳子那头是条还在挣扎的鲤鱼。鱼有一尺长，是他今天钓到的最大的一条。

他把鱼扔进荆条篓子，那鱼跳了几跳，篓子在轻轻晃动中发出一阵"噼啪"声响。他站起身来，长长出了口气。大概蹲卧的缘故，黑粗布裤腿弯成了弓形，膝盖肿胀似的发亮。他仰了仰黑土色而带些冷漠的脸——浓黑的眉毛下，一双眯起的眼睛小得有点过分，像两条细缝儿。人们管这类眼睛叫"眯眯眼"。"眯眯眼"名叫腊八，家人这么叫他，外人则叫他"疯子腊八"或"疯子"。自从他把杀猪刀子插到那老中医的柜台上，老中医悄悄对人说"这孩子得了疯症"，他就成了疯子。

疯子腊八像是受了风寒，咳了一声，白色气体从嘴和鼻孔里喷出来，接着，两股带怨意的清鼻涕郁郁地流进了嘴里。他伸出指头捏住冻红的鼻子，"噗"的一声擤了把鼻涕，手胡乱在袄襟上抹了抹。他似乎想起了什么，回头往北方看了一眼。说来也巧——正如他所料，此时恰有一个人出现在了河的北岸上。

走上岸的是穆大脑袋。大脑袋与疯子腊八年龄相仿，却长了个门楼状大头，因此走起路来总给人一种头重脚轻的感觉。人们说长了大门楼头的人聪明，可也有尖酸刻薄的人背后开涮说：聪明不聪明也就那样儿，可他脑袋也忒大了吧，都要把脖子压折了！就是走道儿——兴许人还没见，额头就撞墙上了！

大脑袋在岸上站了一会儿，迟疑地走下河来。在靠近河岸的地方，他撂下筐子，又向这边望了望，开始凿冰。他两腿微微叉开，双手握着锹柄一下一下凿着，并不时朝这边偷窥上一眼，那情形，活像个小贼在偷东西。大脑袋发现，疯子腊八终于还是朝他走了过来。他停了停，想离开，可又有些不甘，踌躇了一阵最终还是决意留下，只是凿冰的动作放缓了——有些有气无力似的。直到腊八眯着小眼睛在他面前站下，他也就像得到命令似的住了手，站直了身子。

疯子腊八微微埋下头，发现大脑袋跟前的冰窟窿已见水，零碎的冰块在水面上漂浮着。他向前迈出一步，话也不说，一把从大脑袋手里夺过铁锨，顺手丢进了冰窟窿。

"你——"大脑袋一急，攥起了拳头——可拳头很快就松开了，写在脸上的愤怒也像被怯意擦得只剩下了点痕迹。他不无憋屈地抗议道，"兴你来就不兴俺来呀？你欺负人！"见疯子腊八没有吱声，接着又道，"俺招你惹你了，凭么把俺的铁锨扔下去哩？"

"想扔就扔。"疯子腊八歪着头看向大脑袋，喉咙里"哼"了一声，再指了指那冰窟窿，"爷爷把你小子也塞到这窟窿里，你信不信？"

大脑袋不由后退了两步，一双戒备的眼睛捕捉着腊八的一举一动，停了停，这才不服气地说："凭么哩，合着这河是你家的？"

"嘿嘿，你算说对了！老天爷就把这河划归给我了。"

"划给你了？老天爷在哪儿哩？你把它叫来！"

"在这儿哩！"疯子腊八拍了下胸脯，仰起头，好像他就是天。

大脑袋气愤地"哼"了一声，却又马上把话软了下来："沾，就算河是你家的吧，可那鱼哩？总不是你家喂的吧？"

腊八怔了一下，接着皱了皱眉头道："怎么着？你想钓鱼不是？小子，我跟你说，这整条穆刀沟里的鱼，爷爷我打老龙王那儿都趸下来了，连条泥鳅也没剩下，你他娘的就甏结记了！"

大脑袋沉默了一下，冷言道："感情龙王是你家亲戚似的！"

"那是，亲着哩！"

面对胡搅蛮缠的疯子腊八，大脑袋知道再说什么也没用。秀才遇见兵，惹不起躲得起，他满怀怨怒地斜睨了疯子腊八一眼，挪了几步，心有不甘地拎起筐子走了，临走还骂了句"响马羔子！"当然，他是心头骂的，不敢骂在嘴上，嘴上哪怕骂出一个字，他或许就被塞进那冰窟窿了！

大脑袋的身影在岸上消失了，疯子腊八这才转身走回自己的冰窟窿旁。他歪着头看看冰窟窿，扯开了裤腰带，从裆里掏出那东西，尿像水箭一样射出来。天性使然，少年人的一举一动也似乎都赋予了玩耍的秉性，他手捉着那东西，饶有兴致地扭动着身子画起圈圈，尿流围洞口绕了一圈又一圈——就像荒野里的野兽圈占领地。尿完，他扭头往河北岸望了一眼，想了想，这才系上裤腰带，弯腰拾起脚下的杀猪刀。别人凿冰多用铁锨或镢头，他却用杀猪刀子，对他来说，好像只有使这玩意儿才顺手。

他准备离开了——可让人捉摸不透的是，他似乎没有回家的意思，因为他没有理会装鱼的篓子。他把杀猪刀子夹在了胳膊下，两只手深深抄在袖筒里，佝偻着身子向穆刀沟北岸走去了。

上了岸，他一个前扑趴在了岸上。自趴下来，他就又像被无情的冷寒冻结了——冻结在了河堤上，一动不动。他下巴搁在交叉的双臂上，眯着眼睛望向北方空旷的原野。

岸下是块刀把子地。这地虽在穆刀沟以北，却又属于南穆家老根爷，是南穆家的一块飞地。地里有条一步宽的羊肠小道，它从岸边通往地中央的水井，又从水井向北延伸而去。这是条神奇的小道，老根爷使尽各种法子，无论怎么堵，怎么拦，怎么刨，却总灭不了。先人们说，这小路叫"王莽小道儿"。那时闹绿林军，王莽被赶得无路可走，就逃回故地——这小道便是王莽逃跑时踩出来的，因此不生草，更不长庄稼。

时光依旧在慢慢流淌着，不觉已近晌午。突然，刀把子地里响起凄厉的嘶叫声，腊八抓起身旁的杀猪刀一跃而起，赶了过去。

地里水井边有个窝棚，窝棚旁有棵粗壮的槐树，槐树下支了个铁夹子，铁夹子夹住了一条黑白相间的花狗。这是条公狗。这狗也该着倒霉——只怪它别出心裁——尿尿定要显摆似的抬起一条后腿，而且要把尿尿到树身上，谁知那条翘起的腿一落地，恰好踏在夹子上！狗还在伤痛中绝望地嘶叫着，一次次猛蹿，随着铁链子的阵阵"哗啦"声，被夹的那条后腿脱臼了；可它白费力气，因为连接夹子的铁链拴在槐树上。

下夹子的人是疯子腊八，还是在开凿冰洞之前，他就先布下了。此时，疯子腊八晃着手里的杀猪刀子，步步逼近那花狗，那狗也似乎明白这疯子要做什么，龇着牙，疯狂地叫着，猛地一蹿身咬了过来！

腊八一闪身，躲开了。

"疯子腊八,你他娘的要揍么哩?!"

不远处突然传来愤怒的呵斥声。紧接着,水井北边两丈开外站了三个人,一个是肩挎荆条筐的大脑袋,一个是大脑袋的堂哥穆小拴,一个是文举爷家的二少爷穆二狗。穆小拴和二狗手里都提了把铁锨,他们是大脑袋搬来的"救兵"。大脑袋引领着二人出了村,出村没多远就听见了狗的惨叫声,他们便拼命奔了过来。

呵斥疯子腊八的是穆二狗。穆二狗要比腊八年长五六岁,已是成人,但身板却没有疯子腊八壮实。他一副少爷气派,黄眼珠子凸了出来,愤怒地瞪着腊八。

那狗不再声嘶力竭地叫唤,也不再拼命跳蹿,而是忍痛安静下来趴在地上,摇动的尾巴拍打着地面,喉咙里轻声呜咽着,可怜兮兮地望着二狗。

疯子腊八没想到"好事"被撞破,也有些恼羞成怒,扭头看向了二狗:"打哪个裤裆里钻出了你哩?多管闲事儿!"

"谁管闲事了?你他娘的弄清楚喽,这是俺家的狗!"二狗气愤地大声说。

腊八怔了怔,拿杀猪刀子指了指那狗说:"谁叫它跑到俺们地界儿上来哩?跑来喽,就是它自个儿找死!再说,这是条野狗,谁家的也不是。你说是你家的,凭么?你叫它声爹看它答应不?答应喽就是你家的。"

"放你娘的屁!你才叫它爹哩!"二狗怒道。

"我又没说是俺家的,凭么叫?谁叫它爹它就是谁家的。"腊八不紧不慢地说。

"你——"二狗语塞,气得跺脚。

"那就不是你家的了。"说着,腊八从井台上捡起块半截砖,猛地砸向那受伤的狗。砖正好砸在狗头上,那狗"吱"地叫了一声就躺下了,然后抽搐了几下,不动了。

"你奶奶的找死!"二狗愤怒地扬起铁锨,说着就要冲过来打腊八,穆大脑袋和穆小拴也跟着挪动起脚步。

"嘿嘿，来吧，试试！"腊八冷笑着举起了杀猪刀子。

二狗站住了，他身后的穆小拴和大脑袋也站住了。也就在这时，二狗他们身后突然响起一声重重的咳声。几个人扭头看过去，只见几丈开外正有一个人走过来。

来人瘦高个子，粗拉拉的短胡子，一脸恶相，一个沉甸甸的细条布袋斜挎在背上。他贴着二狗擦身走过，在距腊八几步远处站下，环视几人一眼，瓮声瓮气地说："哥儿几个，打问个事儿呗。你们晓得谁是这北穆家二狗不？"

腊八、大脑袋、穆小拴都怔了怔，禁不住下意识地瞟了一眼二狗。他们在那瘦高汉子恶狠狠的脸上意识到了什么。沉静了片刻，腊八突然皱皱眉，抬胳膊用衣袖擦了把鼻涕说："噢，你是说找儿狗哇？我晓得。"

"儿狗"也叫"蛋狗"，就是公狗。

"嗯？"急切的瘦高汉子并未留意腊八的声调，他看向腊八，眼里有道光亮了亮，"他在哪儿哩？"

"死了。"

"死了？不会吧……我排村子转了个遍，怎么没见谁家吊丧哩？么时候死的哩？"

"才不多一会儿。"

"……不可能！怎么死的？"

"叫我给弄死的呗！"腊八拍了拍胸脯。

"哼！你？"瘦高汉子冷笑一声，嘲弄道，"人不大，吹牛倒有本事——你糊弄谁哩！反正老子今儿个活要见人死要见尸，他死到哪儿了？你小子领我去看看！"

"你真要见它？"

"要见！"

"那不是哇——"腊八指了指躺在井台上的死狗。

大脑袋和穆小拴轻声哧哧笑了。

"你——"瘦高汉子看看躺在井台的死狗，回过头来恼怒地瞪了腊八一眼。也就在这时，他发现刚才与这小子起冲突的几个人已悄然离开，往北穆家方向去了。瘦高汉子突然明白了：穆二狗就在那离去的三人之中！瘦高汉子不由怒目圆睁，反手从背上布袋里抽出一把冷森森的鬼头刀，提刀拔腿追去。

只听"当"的一声响，鬼头刀被杀猪刀挡开了。腊八扬着杀猪刀，截住了瘦高汉子。

瘦高汉子站下，定眼看着眼前这个还带鼻涕的半大小子，一时愣住了。俗话说：鼻涕子，出好汉。其实，腊八已过了整日挂着鼻涕的年龄，他带鼻涕，仅仅是受了风寒而已。瘦高汉子道："小子，你为么拦我？"

腊八道："你凭么砍他？"

"他坏！"

"坏也不能砍。"

"他娘的这才怪哩！这排天下，坏人不能砍，老子还是头回听说！"

"就是不能砍，动根汗毛儿都不沾！"

"为么？哦……晓得了。你也是北穆家人！"瘦高汉子的眉毛拧了拧，恨恨地看着腊八，仇恨不由转移到了腊八身上。

"俺是南穆家的。"腊八道。

"南穆家……不对呀，听说你们南北穆家不对付哇！你……"瘦高汉子莫名其妙地看着腊八，他实在看不懂眼前这小子。刚才他们还是打架的阵势，可转眼这半大小子又护着那穆二狗了！

"这么跟你说吧。"腊八学着大人的语气，一本正经地说，"要说……是不对付，可谁叫那狗×的也姓穆哩！往根儿上说，俺们还是一家子哩，你可就是外人了。"

瘦高汉子突然意识到眼前这小子是在有意缠住他，拖他后腿，不禁气得七窍生烟，凶狠的眼睛一瞪，厉声喝道："滚开！要不我连你小兔崽子也宰喽！"

"你敢！"腊八扬扬杀猪刀子，仰脸看着瘦高汉子。

心急火燎的瘦高汉子正待进一步发作，却突然泄气了——他用眼角的余光向北穆家方向扫了一下，发现离去的三人已消失在了村庄里。他明白，单枪匹马的他进村去定然占不了便宜，由此他像愤怒的牲口喷响鼻一样，鼻孔里狠狠哼了一声，转身向东走了。

疯子腊八呆立着，目送瘦高汉子的身影在河岸上消失，忽然嘿嘿一笑，走回井台。他弯腰从槐树上解下铁链子，拖着死狗往南而去。他把死狗藏在了南岸下的一个秫秸堆里。他不能大白天把狗拖回家去，因为怕人看见。在南穆家有两个名声不好的小子，一个是哈喇秃子，一个是疯子腊八。家里穷，没肉吃，没肉吃就打人家的狗或鸡的主意。穆刀沟两岸谁家的狗或鸡没了，首先就会怀疑到他俩头上。这鸡鸣狗盗的缺德事，好像只有他俩才干得出来，而若论干坏事出奇，还当数疯子腊八，在穆刀沟两岸，似乎还无出其右者。

还是前年秋末的一个午后，秋风掠过大沙岗子，沙岗旁那片枣林发出声声凄惨的悲叫声，瘆人的声音在原野上飘荡着，叫得人心头阵阵发冷。那是驴的悲鸣。五叔的小儿子小斗寻驴回到河岸，听到声声惨叫，心头一惊，急冲下河岸，一路奔跑穿过小沙洼，循着驴的悲鸣声走进那片密密的枣林。眼前的一幕让他目瞪口呆。

一头小黑驴站在枣林里，四条腿却被荆条子捆在树干上。其两步开外，是个砖头和土坯胡乱垒砌的土灶，灶膛里干枯的树枝熊熊燃烧，灶上半锅水荡着一把野菜，兴奋地翻滚着。疯子腊八嘴上叼着杀猪刀子，手拿个葫芦瓢，正一瓢瓢舀起淡绿的沸水，浇在被刮去毛的驴的大腿上。他每浇一瓢野菜汤，可怜的小毛驴都是一阵痉挛，仰头发出撕心裂肺的惨叫，痛楚的泪水顺着毛驴模糊的眼角往下流着。

前些天，五叔把河对岸的一亩多地卖给了北穆家的文举爷。五叔家那头小灰驴有灵性，趁人不注意跑到了河对岸，到了那块被卖掉的地里，在地里来回溜达，不想随后走丢了。南穆家人想，那驴一定是叫北穆家扣住了。小斗和腊八说起丢驴的事，两个年幼的家伙便商量去把驴偷回来。夜深时，他俩去了，他们猜想那驴拴在文举爷家牲口圈里，可文举爷家院墙太高，无法进去。今日他俩又去北岸地里转悠，希望能侥幸遇见那头小灰驴。小斗往东寻去了，腊八也离开刀把子地往西而去。

穿过文举爷的棉田，前边是块荞麦地。一头小毛驴掉进了腊八的眯眯眼里。那小毛驴正在拉水车，浇地的老头儿却躺在井边睡着了，一把铁锨插在地上。此驴非彼驴，这一身黑毛的驴明明不是五叔家的，腊八却像被条绳子牵着似的，还是莫名其妙地蹑手蹑脚走上了井台。他静住气，伸手拽住牲口嚼子逼迫毛驴停下，无声息地把驴从水车上卸下来，又悄无声息地把驴牵下井台，然后往西绕道过河而去。他一边走一边心里得意："娘的，爷爷又当了回窦尔敦哩！"窦尔敦是清初一个绿林豪杰，其出世的窦乡町距穆家也不过百十里。眼下，那个曾让官府闻风丧胆的"窦王寨"还坐落在不远的太行山里。

"腊八你搛么哩？疯了不是？！"小斗又惊又怕又气恼，大声说。

腊八抬手从嘴上取下刀子，回头得意地嘿嘿一笑："弄吃的呗！"

"呸！你这也忒吓人呀，甭弄了呗！"小斗说。

"你鸡巴不懂，这是挺不赖的一个菜哩！"腊八还在往驴腿上浇着滚沸的野菜汤。

这的确是道菜，也许是天下最残忍最不人道的一道菜。这道菜名叫"烫驴"，也叫"烫驴腿"，是古时候的一道菜。活生生烫出的驴肉味道鲜美，为菜肴中极品。疯子腊八知晓这道失传已久的菜，还是来自大人们的闲聊。

"这是谁家的驴哩？"小斗又问。

"不晓得。"腊八一边往驴腿上浇着汤，一边满不在乎地说，"反正是打河北边儿牵过来的。"

驴大腿上的肉由红变紫，由紫变白，看上去熟了。疯子腊八将葫芦瓢扔进灶旁的木桶，像欣赏一件艺术品似的，看着烫熟的一条驴大腿，咂咂嘴，然后用锋利的刀子割下一片驴肉，在眼前晃了晃，递给小斗。

小斗后退一步，摇摇头："俺不吃。"

"真不吃？"

"不吃。"

"不吃拉倒!"腊八说。他从灶上捏起一个指甲盖大的盐粒,用舌头舔舔,接着将驴肉塞进嘴里。他一片片从驴腿上割下肉来,一次次舔过盐粒,一片片驴肉塞进嘴里,直到他吃饱,那驴还在绝望地呜咽着。

吃饱了,腊八拍拍滚圆的肚皮,把刀子也扔进木桶,提起桶来。

"走了?"小斗问。

"走了。"腊八说。

"这锅你不要了?"

"先放这儿。"

"这驴哩?"

"就拴在这儿,赶明儿再来吃。"

烫驴吃,这勾当,也只有疯子腊八才想得出来、干得出来!那小黑驴是北穆家文举爷的。没人敢打文举爷家驴的主意,但疯子腊八敢,就是天王老子的驴他也敢牵来。

两个孩子走出了枣树林。

腊八说:"你自个儿回去吧。"

"你哩?"

腊八没吭声。

"你不回去呀?"小斗追问。

"回去干么?"腊八装呆似的用小眼睛斜了小斗一眼,转身往东去了。

小斗用疑惑的目光看着腊八走去,然后也转过身,走上回家的那条田间小路。

腊八提着木桶,走上了林子东侧的大沙岗子。他在沙岗半腰一块平整的地方停下脚,接着把木桶放下,一仰身在木桶旁躺了下去。可他又突然坐起了,伸手从脚上扒下脚后跟磨出洞的鞋,两只鞋臭哄哄的。他把两只鞋扣在一起,垫在脑后睡了。他开始做梦。他梦见自己做了响马,周围是上百号牛头马面似的人物。他们席地而坐,大块地吃肉大碗地喝酒,吵吵嚷嚷,并不时有人过来和他碰碗,然后又一倒一歪一歪地离去……第二天疯子腊八没再吃上烫驴肉，因为毛驴被北穆家人找到了。找到时，那驴已奄奄一息。北穆家人气愤不已，把腊八带来的那口锅砸了个稀烂，并连夜将这片枣林砍得一棵不留，那片枣林从此也便在大沙岗下消失了。

爹拿腊八没办法，就托五叔帮着管教。那还是在一个月前。五叔教训道："我说腊八，你也老大不小了还这么乍古，么时候才能揍点人事儿哩！"

腊八回道："么叫人事儿不人事儿哩，凡是人能揍出来的，不都是人事儿哇！"

"胡扯淡！"五叔生气了，"人家好好的活物儿叫你给弄死，还对呀？这叫人事儿不！要是你也喂条狗么的，叫人给弄死了，你算不算人家哩？"

"俺不惹咱南穆家人就得了呗。在咱村儿里，俺可是么坏事儿也没有揍过哩，就连根鸡毛狗毛也没有薅过，可不像哈喇秃子！"腊八争辩道，"俺弄的都是北穆家的。老根爷说了，'北穆家的，你随便弄，就是要去祸害他们！'再说了，俺捉他们的狗，有时候儿也捉个鸡，那可都是在野地里，在咱们地界儿上。谁叫它们跑到咱们地界儿上来哩！"

"老根爷的话你也都听的？他可是把你当枪使哩！你傻不？他把你卖喽你还帮着他数钱哩！他鼓捣你去揍那烂事儿，他倒是没么，可是你哩？你不是平白背了个臭名声哇！你瞅瞅，你瞅瞅谁不硌硬你哩？这一年里想再给你寻个媳妇儿，可人家一听是你，那就像见了瘟神似的，躲都躲不及哩！"

五叔的教训有了效果，至少腊八有所收敛，不再明目张胆地胡作非为，也不会再扛着"猎物"招摇过市。

腊八把那死去的花狗藏进秫秸堆，就又回到了河里。他脸上又恢复了往常的淡漠，像是刚才什么都没发生过，甚至没有琢磨过那瘦高汉子是什么人，来自哪里，为什么要砍二狗。他把杀猪刀丢进篓子里，拎起沉甸甸的篓子挎在肩上，再将两只龟裂出条条血口的手揣进袖筒，接着后腿一蹬，娴熟而优雅地向南岸滑行而去。

一眨眼工夫，他上了南岸，目光在岸下那秫秸堆上停留了片刻，然后往西瞭去，落在不远处岸下的土地庙上。土地庙是个半人高、灰砖砌成的小房子，显得寒碜了些，大概因为土地爷是神祇里最小的神，住不得堂皇的庙宇。土地庙往西，一个戏台已搭建起来，戏台的搭建也就意味着搭建了热闹。腊八不觉下意识地往北岸扫了一眼。

北岸的土地庙西侧也搭建了个高高的戏台，与南岸的戏台遥遥相对。看到这些，疯子腊八依旧面无表情，或者说一层冷漠张贴在脸上。七岁时的一幕如寒风浸透了他，让他变得冰冷。七岁，他亲眼看着马车从爹的腿上轧过去，心头留下了一道撕裂的车辙。那车辙仿佛很宽、很深，就像这穆刀沟似的。马车是东家老根爷的，腊八的爹赶着车过河来到瓜园，装了一车西瓜，欲去集市上卖。不幸车轮轧了文举爷的地角，十来株棉花被碾倒了。车被北穆家人拦住，不让走，硬要将一车西瓜卸下来作赔。腊八的爹不干，被北穆家一群汉子从车上拽下来，一阵拳打脚踢……受惊的马突然向前蹿去，车轮从爹的腿上碾过——在爹的一声惨叫里，腊八也从车上摔了下来。他跑到爹身边，两条胳膊搂住爹的脖子，用身子护住爹，一双眯眯眼睁得大大的，惊恐地看着北穆家人，北穆家人的一张张面孔都像烙铁一样烙在了他的记忆里。以后的三天里，腊八像是哑了，一句话也不说。直到第四天，他突然张口了，对爹说："爹，等我长大喽，就把他们都弄死，给你报仇！"

那凄惨的一幕，就像戏台上的一幕武戏，已在腊八心头连续回放了八年，可每次回放都是那么清晰，那张幕布像是在流血。此时，仇恨的暗云又凝聚在了他的眉际。他带着恨意回过头来，将两个指头伸进嘴里，吹了声口哨。

远处一个白色影子闪电般飞来。那是条耳朵低垂、毛色雪白的细狗。狗高高的个子，长长的腿，却有一副弱柳似的单薄的腰身，像个性情温婉柔顺的窈窕女子。细狗转眼到了跟前，抬头望着腊八。腊八眯着眼向远处的村庄望望，然后蜷缩起身子向村子走去，细狗慢慢小跑着伴在身侧。

原野杀青后，村庄在平原上凸露出来，冬天里，清冷而落寞的村落就像孤独的群堡。庄稼人正在炕头上歇冬，只有鸡鸣狗叫声和村庄上空飘散的炊烟才显现出一点生气。

腊八闲逛似的慢腾腾走着，突然被土坷垃绊了一跤，身子一个趔趄，肩头篓子里有两条鱼甩落在地上。等站稳了，他放下篓子，弯腰捡起地上的鱼扔进篓子里，回头恨恨地看向那土坷垃。他知道那土坷垃与大地冻结在一起，却又故意与土坷垃找起别扭来，报复性地抬脚狠狠踢去——像被石头砸了，他咧嘴"哎哟"一声痛叫，抬起脚来，跳了几跳，恼怒地冲那冻土坷垃骂道："×你十八辈儿祖宗——你怎么比老和尚脑袋还硬哩？！"

他恨意难消地拎起荆条篓子，挂在肩上，一跛一颠地继续走向村子。

南穆家村落不大，百十户人家，因年代久远，村庄便显得破落了。村子周围站着一棵棵水桶粗的柳树，那些柳树也有把年纪了，像是这村落的历史见证。树冠宽大而茂密，树冠与树冠连在一起，宛若浮云。此时还是北方的冬天，柳枝上结满生灵活现的冰凌花，树冠染成了白色，远看就像朵朵飘移的白云。那云朵很美，也很壮观，高悬在空旷而雾蒙蒙的平原上，给村庄平添了层神秘色彩。

村口上站着个人，一个水灵灵的姑娘。她约十五六岁，一头黑色的短发，鹅蛋脸，细细的眉下闪动着一双晶亮的丹凤眼，鼻子微微上翘，薄薄的嘴唇抿出一条充满动感的线。她两颊冻得发红，微屈着双腿避寒似的靠在一棵树上。过了片刻，姑娘的身子离开树干，双手抄在枣红色碎花棉袄袖子里，轻轻跺着脚，向河边张望着。

她的目光落在跑近的细狗身上，接着她看到了疯子腊八。

"小白！"姑娘唤了一声，声音犹如动听的铜铃。细狗快速冲到她跟前，亲昵地用头摩擦她的腿。

腊八在姑娘面前站下来，把肩头的荆条篓子放在地上。

姑娘忽闪着眼睛看看腊八，再弯腰看看装鱼的篓子问："是给老根爷钓的吧？"

"给土地爷钓的。"腊八道。

"这么多呀，你真沾！"姑娘直起腰来，赞赏道。

"那是！"腊八拿衣袖擦了把鼻子，得意而带点邪气地说，"只要我疯子腊八下钓，就没有不上钩儿的鱼！秀花，等你跟小斗了圆房，俺也给你们钓一篓子！"

"死疯子！"秀花一急，大声嗔斥道。她红了脸。

"嘿，那有么不好意思哩！不就是……"腊八突然住了口，脸上挂了层难堪之色。

疯子腊八才十五岁年纪，却已是"过来人"了。他入过洞房，有过媳妇，那是在一年之前。媳妇比他大三岁，是爹和五叔逼他娶的，像从哪儿捡来个女人硬塞进了他的被窝；他知道，爹和五叔给他娶媳妇，是为化解穆刀沟两岸的仇，当然，更为了传宗接代，延续香火。只是谁也想不到他会把媳妇赶走，更要命的是，他赶走媳妇的方式也异常出奇，从而成为三乡五里街头的笑话。

腊八准备回村了。他伸手提起荆条篓子，挎上了肩，对秀花说："你不回去呀？老在这村眼儿上揍么哩，图凉快哇？"

"等人呗。今儿个不是十五哇，咱婶子说'初一十五不出门儿'，可小斗儿他这咱还没有回来哩？"

"嗐，还不是怨鸡巴老根爷呀，他哪儿管这哩！他叫小斗子去沙头买蜡了，耽搁工夫儿。"

"你瞅天都快晌午了。"秀花抬头望望天，双手依旧藏在袖筒里。天空还是灰蒙蒙的，没有太阳，只是南方有些微微发亮，像黎明时分的窗纸，朦朦胧胧。

秀花是五叔家的童养媳，小斗没过门的媳妇，七岁时就跟比她小半岁的小斗定了娃娃亲。她是个苦命女子。爹在她十岁时去井陉煤矿挖煤死在了矿难里，家里剩下母女俩，日子过得苦，五叔五婶就把她接了过来。谁知秀花来五叔家不到一年，娘就改嫁了，像是嫁到了无极城附近一个村子里。

"老根爷不都是点油灯呀，他那么抠门儿，怎么舍得点蜡了哩？"秀花又问。

"这有么好怪哩！今儿个不是祭拜土地呀，准是点给土地爷呗！"腊八说。

"我说哩！嗯，对了，等会儿你去俺家吧。"

"揍么？"

"吃饭呗。今儿个，婶子在包饺子哩！还有，也顺便儿给你把袄缭缭。你看你，就那么不经心，在哪儿挂了这么个大口子哇！"秀花看着腊八的肩头说。

腊八扭脸看向露出棉絮的肩头，又不禁有些气恼起来："嗐，真他娘的腻歪！天不亮俺出家门儿，谁晓得门口儿那枣树不长眼——平白把俺挂了哩！要不是慌着出来，我恨不得把它狗×的砍喽！"

秀花扑哧一声笑了。

腊八没再理会秀花，他扭头向穆刀沟方向回望了一眼，径自回村去了。

"哎——你去俺家不？"秀花大声追问。

"不去！"腊八头也没回。

## 二

正月是庄稼人一年里最舒坦的月份，惊蛰以前没有地里的劳作，也无须为旱涝乃至铺天盖地飞来的蝗虫而惆怅。人们闲着，喝酒、睡觉、串门子、走亲戚、唠家常、荡秋千、拉胡琴、骂街吵架……多数年份，也会搭个戏台，请个戏班子唱上三五日。诸如祭神类活动却是年年必不可少的，人们敬畏神仙，渴望风调雨顺，有个好年景。今年的土地爷更得要祭，因为去年秋天冀中大旱，地里的庄稼几乎颗粒无收。

这会儿，捉摸不透的天气也处于一种飘移不定的状态，有的白天，会看到遥远的阳光将东方的雾霭浸染成乳黄色，而夜里，却见冰块一样的月亮在黑水般的乌云里浮沉。有时也会有飘飘扬扬的雪花，落入多风的白昼或寂静的黑夜。

天一擦黑，南穆家老老少少从家里出来，渐渐汇成一股不见头尾的人流，浩浩荡荡涌动在街道上。喜欢热闹的孩子像成群叽叽喳喳的麻雀，吵闹着飞在大人的行列里。

祭神的人流里自然少不了疯子腊八，虽他还是个半大小伙子，性情也像他的名字没点热乎气。腊八的名字出自生日。他腊月初八生人，生下来，爹就顺口给他取名"腊八"。"腊七腊八，出门冻煞"，这老掉牙的谚语就像恶毒的咒语，做了新生儿的接生婆。腊八没冻死，却死了娘，娘在生下他的当天夜里死了，因为血崩。

腊八生下就成了没娘的孩子。为了他能活下来，正在奶着小斗的五婶把他抱走了。抱走前，正值悲痛中的爹解开襁褓，把腊八浑身上下仔细看了个遍。爹突然发现了什么，失望乃至有些怨恨地说："我说为么他娘死了哩……真背兴！唉，'二脚趾拇长，不是死爹就死娘'。"

五婶又好气又好笑，道："哥唉，这你也信？排世界有几个二脚趾拇短哩？你掰开你的脚丫子瞅瞅，是不是也长哩！谁的爹娘不死哩，那都怨着脚指头喽？沾，你要嫌弃，腊八就过继给俺，再多几个俺也不嫌多！"

"这可不沾！"爹说。腊八在五婶那儿刚断奶，爹就把他抱回了家。

抱回腊八时，五婶把腊八交到腊八他爹的手里，笑着说："你家这小子也真够霸道哩，喂他奶，他是吃着一个还伸手抓着一个，可委屈了俺家小斗儿哩！"

五婶没好意思说她的奶头还被腊八咬得生疼。

爹笑笑，心头充满一种骄傲感。为养活腊八，爹曾打算续弦，给腊八找个后娘。条件也只有一个，就是她得疼爱腊八。可谁知命运不济，这样的后娘不好找，拖来拖去好几年，刚刚有个眉目，他却成了病残人，这断了的弦也就没能续上。爹只能自己一人艰难地养活腊八了，只是把腊八养大才发现，养了个嘎杂子！一不留神，这浑小子就会弄出什么不可思议的荒唐事来。

傍晚时分又起风了，风不大，而且刮过一阵就衰弱成了气若游丝的微风。微微的晚风伴着初夜里的祭神队伍前行，一盏大红灯笼忽悠悠高悬在前头，在空中很神圣似的移动着。

　　灯笼上写着个"穆"字，高举灯笼的是位身材高大的老人。他穿件粗布黑棉袄，头戴一顶陈旧的尖头瓜皮小帽，面相却显得富态，泛红的脸上有些发亮。他是南穆家财主穆老根穆老爷，人们叫他"老根爷"。老根爷身后跟着五叔、大丑、腊八、大升小斗、破罐破盆、黑球白蛋以及哈喇秃子等人。大升小斗抬着个松松垮垮的木架子，架子上放着块土坷垃，有盆子那么大。老辈人说那就是土地爷，松松垮垮的木架子也就成了土地爷的坐轿；破罐破盆兄弟抬着个炕桌大的簸箩，簸箩里放着白面馍馍、小米、黄豆、荞麦、芝麻、腊肉、鸡、鱼等供品；再往后是七八人组成的吹打班子，在铜锣皮鼓的伴奏下，四五支喇叭嘀嘀嗒嗒引吭高歌，声传数里。熙熙攘攘的人流在说笑声叫喊声里穿过每一条街巷，沙性质地的街上尘土飞扬；人群里不时有烟花炮仗冲天而起，将村子上空照得贼亮。有时，烟火会不经意落在谁家的房顶上，烧着房顶的棉柴，队伍便不得不停下来，出来几条汉子，爬上房顶把火灭掉。

　　祭神的人们终于走完尘土扑面的街巷，又围着村子转了一圈，然后来到河边的土地庙前。

　　那个本灰头土脸又矮小的庙子，此时却显得那样高傲、神圣。

　　在庙前站定，老根爷回转身把灯笼交给腊八，"轻点轻点"地说着，吩咐大升小心将土坷垃放进庙里。他接着向五叔伸过手去，拿过两根火苗儿在微风中忽闪的蜡烛，往前走了两步，插在庙内土坷垃前的沙土上，又点着一炷香插上，最后从簸箩里拿出供品，一一摆放好。他直起身来，虔诚地向土地神庙作了个揖，然后转向残雪覆盖的土地上黑压压的人群，中气十足地拉着大嗓门儿喊："大家伙儿——都跪下了！"老根爷的嗓门够大，有人曾背地里开玩笑说，老根爷喊上一嗓子，十里地之外都能听到。

　　冻土石板一样冷，人跪在地上，冰凉的气息会传遍全身，凉透人心。但人们仿佛不觉寒冷，他们在心里默默说着什么，向神说着。跪在老根爷身后的疯子腊八不时抬起头，愣头愣脑地看看老根爷撅起的屁股，再看看土地庙，撇撇嘴，像是在说："管屁用哇，穷折腾！"他实在弄不懂，庙里这块土坷垃，和他狠狠踢了一脚的"老和尚脑袋"有什么不同。

　　像是有过约定，北穆家也在一片张扬里祭祀神祇，锣鼓喧天，炮仗震响，人流涌动，招摇过市。

　　北穆家的庙子与南穆家的大小差不多，却文气了许多。庙门旁开了两扇雕棂窗户，门上方刻了"土地神庙"四个大字，两侧是一副对联："年年养猪猪成对，岁岁放牛牛作双"。

　　一个灰白胡子老头站在庙前。他戴顶狐皮帽子，鼻梁上架副老花镜，消瘦的脸上浮着层阴气。他是文举爷。

　　北穆家先人自迁到穆刀沟北岸，痛定思痛，开始疯狂地开垦土地，繁衍族人，并要求子孙念书，求取功名。据说文举爷的爷爷曾考取进士，在山西一个地方做知县，后挂冠悬车，回来大量购置土地，做起了地主。文举爷也念过私塾，光绪年间还考过秀才，后承继祖上遗业，留在了村里。不幸他是个文化人，肚子里装的是史墨诗文，庄稼地里找不到知音，也便自然生出一种孤独感、压抑感，慢慢性格变了，话少了，就连脸上也生出层淡淡的阴冷之气。

　　文举爷身旁打灯笼的是儿子二狗。二狗的名字是接生婆取的。本来，生下这老二，文举爷给他取名叫"仁军"。文举爷蛮有情怀地说："老大名叫仁文，小名大仁；这老二就叫仁军吧，小名二仁。如此一来，就文武双全了，有意义，叫起来也方便，再加名字里都带个'仁'，我穆某家也就是仁义之家了！"

　　接生婆却说，名字取得越土越贱命越大，越成人，越尊贵，倒不如叫"二狗"好。

　　文举爷的脸一下子沉了下来，这名字不是恶心人嘛，太难听了！但他还是皱着眉头想了想，依了她："那就大名叫仁军，小名二狗吧。"

名字定了，可文举爷俩儿子的大名谁也不再记得，人们一直呼叫的是大仁、二狗。

二狗不是个安分的主儿，让他老老实实这么站着，无异于坐牢，身上像有无数条虫子在咬。不一会儿，他就东张西望、东摇西摆起来。

文举爷忽然发现，摆在庙前的供品没有鱼，眉头皱了皱，便向人群里招了招手。他把一个中年汉子叫到了跟前，不满地说："见年都说'年年有鱼（余）'，怎么没备鱼哩？"

中年汉子中等个子，戴了顶黑色毡帽。他是弯腰小跑着来到文举爷跟前的，站定了，腰还依旧弯着，好像生下来就没挺直过。他叫指不上，是文举爷的管家。指不上难为情地搓了搓手，小心地说："爷，俺差大脑袋去了，可谁晓得大脑袋他没有钓来哩……"指不上突然挺直了腰杆，转向人丛大声道，"大脑袋你过来！你给爷学说学说。啊，俺可是千叮咛万嘱咐，就指望你把鱼给钓来，你说是不？瞅瞅你，瞅瞅你，就这么不当事儿！这老半天你都揍么去了哩？你是欠挨罚了不是？待会儿，戏你就覅看了！"

大脑袋迟疑地站起，顿了顿，出了人丛。他走过来，看看文举爷，又看看指不上管家，说："俺去钓了，要是去早点儿，肯定能钓上一大筐来！可俺去晚了……覅说鱼了，就连泥鳅都不晓得跑他娘哪儿去了，老半天就是钓不上来！"

"真的？"文举爷盯着大脑袋，冷冷地问。他鼻梁上的老花镜下垂，两只眼睛从镜框上沿露出来，有点瘆人。

论年龄，大脑袋该是文举爷的孙子辈，可一年后他却做了文举爷的小舅子。当然，这是后话。

看到灯笼下文举爷阴沉的脸，大脑袋迟疑了一下，有些委屈地低声说："俺在河里碰上了疯子腊八。他说……说把俺……"

"把你如何？"文举爷追问。

像是那个门楼头太重，重得要垂到地上了……大脑袋自语似的说："塞到冰窟窿里……"

人们想笑，却不敢笑出声来。

一旁的二狗不禁心头一个激灵，手里的灯笼抖了一下。他想到自家的狗叫疯子腊八给弄死了，而那个追杀他的瘦高汉子仿佛又站在了面前……当然，这番经历村子里不会有人知道，因为他对穆小拴和大脑袋下了死命令："你们都给我把嘴缭严实喽！"

"这河难道是他南穆家开的？欺人忒甚！"文举爷扭头往南岸看了一眼，脸上播了层更深的冷气，就连胡子都翘了起来。但他没有说话，他只是在心头发表着愤怒。他接着仰面朝向黑暗的天空，老花镜后的眼睛里，生出层无人看到的阴毒的光。在文举爷心头，疯子腊八就是个小瘟神：那小疯子，就凭他的累累恶行，吊到杆子上点天灯都不为过！可是……过了一会儿，文举爷叹了声，"算了。"

跪着的族人有点不安静了，开始出现有节制的按捺不住的骚动。文举爷知道，此时人们心头装着的不再是土地爷，土地爷的位置已被戏台占据。他向管家指不上摆了摆手，指不上和大脑袋便前后回到人丛跪下了。

文举爷拿出一张黄色草纸来，但见他的手在微微颤抖。他看见二狗魂不守舍的样子，狠狠瞪了二狗一眼，压低声音斥道："你安生点儿行不？"

停了停，文举爷抬手把鼻梁上的老花镜往上抬了抬，对着神庙念起祭文：

> 噫吁嚱！天宇苍苍，遍地洪荒；魑魅魍魉，横行四方；生灵涂炭，哀鸿毁伤……夫长生土地，奉天命乃降；坐镇一隅，热忱心肠；驱邪逐魔，确保一方；赐福吾土，其福泱泱。天蓝水碧，邪恶远藏；五谷丰登，六畜皆旺；人丁兴盛，国泰家康。长生土地，兴隆八方！长生土地，功德无量！吾等略备香蜡纸烛，牲鲜五谷杂粮，祈祷土地，诸神共享……

祭文念毕，文举爷轻轻拉了一下二狗的衣袖，要他与自己一起跪下；二狗不大情愿，但还是跪了。文举爷将祭文伸向神像前兴奋的蜡烛；蜡烛上红色的火苗跳动着，像条一伸一缩的舌头舔到了纸角……祭文化作了飞扬的纸灰。

感觉里，这祭奠仪式好漫长，似乎跪了一万年之久。随着祭文化作纸灰飞灭，跪拜的人猜想，土地爷收下了他们的心意，他们会有一个无病无灾、人兴畜旺的好年景，好日子会随之而来。人们争先恐后从冻土地上爬起来，一哄而散，一窝蜂似的奔向戏台。人们不得不如此，因为戏台下已聚集起众多的外来人。去晚了，前边的位置被人抢占，你便只能在大老远的后边踩上凳子或踮起脚看戏了。

同样的一幕，也在河南岸演绎着。

南北两个土地庙隔河相对，戏台子也隔河相对——谁都看得出，这唱的是对台戏。几乎每年这时候，南北穆家像是约好了，都要请个戏班子，祭完土地就隔河对唱一番，而且一唱就是一宿，直到不歇的鸡鸣声叫白东方的天空。

南北穆家操持这戏，可也是使出了浑身的力气。订戏往往在三个月甚至半年前就开始了，而且会暗暗打听对方的底细，尤其是对方所请戏班子的实力和名气，然后做出相应的应对。南北穆家搭台唱戏并不完全是为了炫富，其根本的，还是在张扬自己一方的人缘和气势。每当对台戏开唱，总会吸引来十里八里的外村人，傍晚时分，会有无数人沿着穆刀沟络绎不绝地来到南北穆家的地界。显然，哪家的戏好，外来人就会拥到哪家戏台下，给哪家增强气场，也象征了哪家的兴旺。一场戏下来，胜的一方扬眉吐气，败的一方灰头土脸。

南北两个戏台都挂上了汽灯，两岸灯火通明；光亮之外，穆刀沟鬼蜮般静静地东西延伸向远方。戏台下站满了人，熙熙攘攘，犹如集市，人们忘记了冬日的寒冷，脸上停着掩饰不住的兴奋。看戏的人将双手抄在袖筒里，不停地踩着脚，台上摆弄乐器的人不时腾出手来，放嘴边哈哈，暖暖冻僵的手指。偶尔有琴师在调试琴弦，胡琴发出高高低低的"咪咹"声。

先开场的是北穆家。

北穆家戏台下前排中央放了把椅子，那是文举爷的位置；椅子两旁是半尺多高的小杌子或长条矮腿板凳，杌子和长板凳上坐了北穆家有点地位者或老辈人。杌子是冀中无极一带人的叫法，所谓"杌子"，就是四腿一面不带扶手的单座凳子。

文举爷坐在了椅子上。坐上去，自然比别人高出半截，这高出的半截也就显示了尊贵。他鼻梁上的老花镜取下了，放进了兜里。此时他靠着椅子，右手的指头轻轻敲着椅子扶手，仰脸朝向夜空，眼睛微闭，翘起的山羊胡子仿佛要拂天上的星星。祭土地时曾凝聚在他脸上的那层冷气，此时已不见了，换上了一层淡淡的得意。他忽然侧弯下身子，问身旁的指不上："你说，这祭土地神咱可是胜过了他们吧？"

"那是！"指不上笑笑，不无得意地说，"爷，你看他们那草莽样儿，能弄出个么成色哩！常言说，臭手捏不出香糕。嫑说别的，就说程式吧，他们那么草草了事，那不是敷衍土地爷了？土地爷会懒得搭理他们哩，就嫑说往后照看着他们了！爷，你说是不？"

"嗯。"文举爷脸上浮出了些许笑意。可他突然又严肃认真起来，对指不上说，"这就跟排兵布阵一样，咱们是胜了头一阵，可接下来咱也不能忒大意。嗯，这后台准备得么样了？还有，这看戏的今年哪边人多哩？"

"这……爷，我去瞅瞅。"

指不上站起来正要离开，文举爷摆了摆手。文举爷也站了起来，擦过指不上身边，径直向着戏台走去。他倒背着手，不放心地围着戏台转了一圈，然后走上了河岸。他向南岸望了一眼，回头对跟来的指不上说："开场吧。"

"开家伙吧！"指不上紧跑几步下了河岸，对台上的司鼓喊道。

两只筷子似的鼓槌敲在板鼓边沿上，发出"嗒嗒"两声清脆的叫板，接着锣鼓齐鸣，一阵开台闹场的"急急风"响彻在旷野，犹如千军万马奔腾开来，急骤的狂风刮来——惊天动地，煞是壮观。

"闹场！闹场！都秫秸秆子似的愣着揍么啊，开家伙哇！"本踌躇满志的老根爷站在南岸台下，跺着脚大声喊道。对岸占了先，他有些气急败坏，就连脖子上粗壮的青筋也在忽明忽暗的灯光下愤怒地抽动起来。

南岸开台锣鼓也响起来了。南北两岸喧天的锣鼓在暗暗较劲，隔河比着高低，比着气势，试图压过对方一头。只是同戏种锣鼓家伙是固定的，离不开坐鼓、铜锣、钹钹、简板、梆子之类，大小也类似，因此谁也难占上风，正是棋逢对手。

两个戏班子，都唱丝弦剧。丝弦剧也叫弦索腔，是冀中一带的当家剧种。就像人有家族支脉之分，根据流行区域，丝弦分五路：北路、南路、东路、西路和中路。南穆家戏班子从无极请来，为中路；北穆家从定州请来，乃东路。虽说分了路数，可唱腔区别不大，不是内行就很难听出个子丑寅卯。

闹场锣鼓响起来，老根爷咧嘴哈哈笑了，他也去河岸走了一遭儿。老根爷走回来问五叔："今儿个那边儿唱么戏哩？"

"不清楚呀。要不，我过去问问？"五叔说。

"嘿！还用问呀，东路丝弦儿呗！"五叔身后，腊八用袄袖子抹了把鼻涕，大声插嘴道。

"我还不晓得东路？俺？我问唱的么戏出儿！"老根爷眼睛一瞪，大着嗓子呵斥道。

腊八乜了老根爷一眼，扭过脸，好像在说："爷爷才懒得管你那鸡巴闲事儿哩！"

五叔说："我过去瞅瞅。"

五叔去了，过了一会儿返回台下，凑近老根爷的耳朵说："那边儿，开场戏是《李天保吊孝》，后头都是折子戏。"

"咱也唱《李天保吊孝》！"老根爷说。

五叔去知会戏班子，去不久，闹场的锣鼓便停了下来。五叔从台上下来，身后还跟着个穿皮袍子的老头儿。老头儿是戏班子班主。

班主在老根爷跟前站定，哈了个腰，赔个笑，有些难为情地说："爷，俺们没有排过《李天保吊孝》这出戏啊，今儿个带的是《下河东》跟《打金枝》，还有折子戏《拷红》。您看是不是就先唱《打金枝》？这出好看着哩！"

"唵？么金枝银枝哩！俺今儿个就看《李天保吊孝》，看这个才得劲儿，别的俺不待见！"老根爷生气了，扭过脸去。

班主又赔个笑，更挨近点老根爷说："爷您甭生气。唉，俺们不是不想遂您的愿，您晓得，咱这丝弦儿戏可是在嘉庆年间禁过，伤了元气，这传下来的剧目就少，《李天保吊孝》恐怕也是定州班儿新排的哩。您看这么着行不，将就将就，俺再给您添个戏，挑个压箱底儿的添上，保准您满意！"

"不沾！"老根爷头也没回就一口拒绝了。

"这……"班主为难了，急得搓起手来。看着背过身去的老根爷，他意识到再说也是白搭，一筹莫展。他把脸转向五叔，用惶急的目光向五叔求救。

"这可是赶着旱鸭子上架哩……"五叔也难了，心头踌躇道。他一脸苦大仇深的皱纹在忽明忽暗的灯光下越发显得深沉。他知道班主说的是实话，可老根爷的心思他更明白。

"俺去弄。"本不准备再管闲事的腊八捅了下五叔的胳膊，面无表情地说。他不忍五叔为难，如果换作旁人，他早就抄起双手走开了，甚至回家躺到炕上呼呼睡去——做个当响马瓢把子的梦，那可比这看戏带劲儿！

"你有么法儿？这戏赶紧新排——现炒现卖不成？"五叔怀疑地望着腊八，不满地说。

"那倒用不着。"腊八说，"他们不唱那出鸡巴戏，那不是咱也用不着唱了？"

"是呀……你废话不！"腊八弄了五叔个先喜后忧。五叔回过神来，有些不耐烦了，"你不叫人家唱哪出儿人家就不唱哪出儿哇？人家听你的？去去去，甭在这儿瞎搅和了！"

腊八没再说什么，转身走开，眨眼没了人影。

北岸闹场的锣鼓也停下了，五叔不由心头一紧："坏了，人家要开唱了！"

果然，静场了一会儿，忽听两声板鼓叫板声，板胡、笙、曲笛的合鸣由简板伴着，洋溢在了北岸戏台上，飘荡在河北岸的原野里，一喜悦的老旦唱腔飞过河来——

　　老身一阵笑满面，
　　办喜事与新人做了件新衣衫……

气恼的老根爷恨恨地"哼"了声，然后板着脸一言不发。他知道，《李天保吊孝》开唱了。听了几句，他一把推开身边的五叔，扭头离去。他准备回家了，可刚刚迈出两步，北岸的戏却突然停了下来，接着是人声鼎沸，慌乱的喊声、叫声、骂声连天。

北穆家的戏台着火了。

南穆家人有谁一声喊，乱哄哄拥上了河岸。他们站在岸上，隔岸观火，幸灾乐祸地笑着；年轻后生们更是放肆地起哄，一片尖叫乱跳，那种开心就像过年一样。

那成群结队从外村赶来看戏的人纷纷离去，很快便无了踪影，因为这里的一切与他们无干了。

河那边，还是管家指不上首先镇静下来，忙喊人回村去取灭火的工具。过了一会儿，回村的人奔回岸边，争先恐后冲进河里，手持铁锨镢头凿开冰层，一桶桶带着冰凌碴的河水提上岸去，一边骂着一边把水泼向火光笼罩的戏台。

人们的骂声让指不上一肚子气闷。因为有人还捎带着损了他，说他无能，没有防备人家这一招儿，而且甘当缩头乌龟，受人家欺负却不敢出头。人们不敢说文举爷的不是，便把矛头指向了管家指不上。指不上无奈地摇了摇头，气冲冲走到了河中央，难得一见地冲着南岸大喊起来："这是谁他娘的放的火哇？搽这下三烂的事儿，这叫你娘的么本事哩！有种儿你就过来真刀真枪地干，你以为俺们怕你们呀！"

在指不上的喊声里，南岸上静了下来。

"锔盆巴碗钉大缸，挑着担子走四方……"突然，有人扯着叫驴嗓子不成调门地唱了起来，打破了南岸上的静默。谁都听得出，那是疯子腊八的声音。

一唱百和。南岸上的年轻人也都跟着唱起来，而且重复了一遍又一遍。

> 锔盆巴碗钉大缸，
> 挑着担子走四方。
> 叮叮当当到他乡，
> 忘了家里爹和娘。
> 生个野种在外地呀，
> 媳妇天天守空房……

这损人的小曲流传已久，却不知最早由谁人编唱。人们知道，这锔盆人的小曲，在传唱过程中添油加醋做了大改动，其原版也许仅仅剩下了开头两句。而心知肚明的穆刀沟两岸人，知晓这改头换面的小曲所指为何，知道这曲子该唱给谁听。

听着对岸的歌唱，指不上肺都气炸了，咬牙切齿地在心里骂道："狗×的！打人不打脸，骂人不揭短，我指不上什么地方招惹你了哩！"但他没有再出声回应，而是转身回去了。他在光滑的冰面摔了两跤，最终走到了岸上。上了岸，只见那戏台已化为一堆灰烬。

北岸乱烘烘的情景也像火烧的戏台一样慢慢冷却了下来，人们开始三三两两往回走，一路的愤怒和失落陪伴着骂声流淌在回村的小道上。

人走完了，指不上还没走。他在河岸上坐了下来，眼望着冰封的河流出神。这养活了他半生的河此刻却显得那么陌生，他仿佛觉得自己是这河边的一个过客，一个举目无亲的外人。幻觉似的，他的魂魄又一次遥遥地飞到了太行山里……随着记忆里一阵叮叮当当的敲击声伴着《锔匠谣》走过来，他的双眼被泪雾遮住了。

指不上虽做着文举爷的管家，却又是个苦命人。他是个老光棍儿。他打光棍儿，不是没有女人跟他，年轻时也不是没人给他提亲，而是他不娶。他给出的理由是："家里有娘儿们家麻烦。"他不娶媳妇，也不在外找女人。人们莫名其妙，正如对他见不得劁猪骟牲口的——一样感到莫名其妙。他当管家后干得第一件"排外"事，就是把走村串街的劁猪人赶了出去，他说那行当太残忍。自此北穆家街上就绝了劁猪人的影迹，谁家的猪要劁，就只能捉到外村去。对此人们觉得奇怪，却又解不开疑团，便只好认为指不上心慈了。其实秘密只有他死去的爹知道。当然，这死去的爹也不是他的亲爹。

他本是山里一个皮货商的儿子，刚过十岁就跟着做皮货生意的爹游走四方。谁知他的亲爹好女色，睡了一个皮货老板的二房姨太。皮货老板买通山贼，绑了他父子的票。他爹为那一夜风流快活，死在了山寨里，指不上被扔出了山门。

吃手艺饭的铜匠也同样游走四方揽活儿。北穆家铜匠穆不指哼着"铜盆巴碗钉大缸"，走进了山里。说来也巧，那天穆不指恰好在山下路过。他看到一个孩子倒在路边，就停了下来。穆不指是个好人，他把孩子救下了，找了郎中医治。让他吓一跳的是，孩子裤裆里都是血，一个蛋子被山贼割去了，成了独蛋人。得救的孩子感恩穆不指，强忍着疼痛给他跪下了，要认他做爹，为他养老送终。穆不指拉起孩子说："小子哇，也沾，正好俺有个闺女缺个小子哩。不过哩，认喽，你可得听俺的。俺那儿的人排外，不待见外人，你听俺的才有指望活下去。哦，你叫么名儿哩？俺得另给你起个名儿不是……"穆不指看看孩子的裤裆，眉头微微皱了皱，若有所思地说，"看来……养老送终有指望，传宗接代哩……这么着吧，你哩，往后也就跟俺姓穆了，就叫指不上吧。"

穆不指把指不上带回了北穆家。他声称在外有个相好，还给他生养了个儿子，如今那相好得暴病死了，就不得不把孩子领回。崇尚人丁兴旺的族里人见是穆家的种儿，自然认了。可媳妇却与穆不指大吵大闹，好多天家里鸡犬不宁。村子里很多人知道，穆不指曾与南穆家一个未出阁的年轻女子偷偷好过——哦，那女子就是这代人疯子腊八的姑奶奶。后来事情败露，在族规的威慑下，穆不指在外流浪了一年，而腊八的姑奶奶却跳穆刀沟死了。穆不指媳妇认定，指不上就是穆不指和那死去的女人生的野种儿，为此岂能容得下！由此穆不指在村子里的名声更坏了，回村走在街上，也就更抬不起头来。指不上也在这个家尽遭白眼，很是受气，时不时会有巴掌招呼在脸上。有一天指不上眼疼，正纳鞋底的后娘说："你过来叫我瞅瞅。"指不上过去了，把脸递出，谁知后娘一抬手，纳鞋锥子忽地就招呼了过来！幸亏指不上躲闪及时，否则，他一只眼就瞎了。

就这么着过了七年，七年里穆不指很少回家，第八年头上就更不见穆不指的身影了。之后有人捎信来，说是穆不指死在了外边。此后，指不上就去文举爷家当了长工，后来又做了管家。

指不上身世的秘密包裹了个严严实实，穆不指死了，这世上就再无一人知道真相，除了指不上自己。正因为真相成为永远的秘密，北穆家人便依旧坚定不移地认为指不上是纯正的穆家的种儿，血管里流着地地道道穆家的血。当然，族里人也觉得指不上有点过分圆滑、世故，甚至为此在内心有些看不起他。可谁又能理解指不上呢？他不得不让自己变得圆滑、世故，因为他也是人——要生存，就得学会生存之道，让自己融入穆家。

一阵寒风从背后吹了过来，指不上的意识也回到了现实中。此刻，文举爷、二狗等北穆家乡亲已待在了家里，河对岸的穆老根、疯子腊八等南穆家人也在这原野上早不见了影迹。夜已深了，冬日的原野一片静寂，只有浓重的烟灰味还在穆刀沟上空弥漫着。

指不上走后——大概黎明之前，南穆家未来得及拆走的戏台也被付之一炬。第二天的太阳升起来，只见穆刀沟两岸遥遥对望的，是两堆灰烬。

土地祭祀就这么结束了，一场对台戏也就这样收了场。自此往后，穆刀沟两岸闹了三年戏荒。从那儿起，南北穆家就不再搭台唱戏了，虽然土地还是年年祭，一年也没落下。

# 三

与往年一样祭过土地，没过几天，穹隆里便隐隐响过几声干瘪的雷鸣。时光眼看就要溜达进早春二月，天气也变得开朗起来。太阳揭去朦胧的面纱，露出灿烂的笑容；墙头上的残雪开始在午后悄悄融化，屋檐滴下一粒粒晶亮透明的水珠。那些墙院里的杏树已悄悄吐出花骨朵，就像倚在门口的少女半掩羞红的笑脸儿；寒冷的雾霾也悄无声息地在平原上消散了，泛潮的春的气息正从远方飘浮过来，也许过不了几天，人们就会听到衔泥的燕子在喃喃吟唱。

蛰伏一冬的人们走出屋门，搬个杌子在自家门口晒太阳，或三五一堆蹲在街边上闲拉家常；地多的人家开始整治农具，或从猪圈里起出粪来，赶着牛车或驴车拉到地里，晾上几天，然后铲起均匀地撒开。

摆成"人"字形的雁阵一次次在天空静静飞过，穆刀沟南北两岸的田野里，依稀可见勤快而稀疏的人影。原野里偶有叫驴"呜哇呜哇"高亢的嘶声响起，有时也会听到男人粗犷的喊声或歌唱在原野上回荡；春风一阵阵吹来了，黄土地在柔和的太阳下泛着金色的光亮，地表因夜冻昼融而变得疏松和干燥，泥土的芬芳已开始在原野里弥漫。

看来，土地爷又会给穆刀沟两岸一个好的年景。不过，与老根爷不同的是，文举爷对备耕的事像是并不上心，也不对夏秋的收成有什么憧憬。他把地里的事都交给了管家指不上。

作为科考及第起家的望族，文举爷家到他这辈似乎有了些不景气。文举爷命不好，克妻。结发之妻不到四十就死了；心高气盛的文举爷不甘认命，又一鼓作气连娶了二房三房，不幸这二房三房命更薄，谁跟文举爷都没能超过十年，也去了，并且没留下一丁半女。德淑贤良的结发之妻倒是功劳不小，给文举爷遗下了三个儿子。大儿子早年离开了家，在县党部公干；小儿子原在天津卫念书，书没念完就弃学不知去向，至今也没个消息；身边就剩下二儿子二狗，却又是个没出息的主儿，念书不行，整日里游手好闲，不干正事。为延续香火，文举爷早早就给他娶了房媳妇，可他看不上人家，没几天就把媳妇休了。

文举爷的家宅坐落在村子中央，坐北面南，青砖院墙——就是院子里的地面也由青砖铺就。临街的高高门楼显得庄重而气派，门楼下是两扇黑漆大门，门上吊着两个圆圆的铁环。在这平原上，不管富人穷人，即使给人家当下人的人，自家房子也坐北面南修建。坐北面南象征了尊贵，大门南开是给人来朝拜的。

宽大的堂屋敞开着，一缕柔柔的阳光迈进屋门，铺在屋地上，也镀亮了八仙桌的腿脚。八仙桌和太师椅像是稀世古董，上边雕着工艺细致的花纹图案，显示着古老、高雅和富贵。文举爷闲坐太师椅上，伸出干柴似的手捏起桌上盖碗茶的碗盖，赶了赶漂浮水面的茶末，然后端起彩釉小茶碗喝了一口。乡下人多无喝茶的习惯，一是没钱喝，二是没那雅兴。但文举爷不同，文举爷念过书，有见识，还曾泡过北平城里的茶馆。

文举爷放下茶碗，慢腾腾戴上了老花镜，从桌上拿起一本书来。大凡年轻时念过书的人，也便与书结缘了，文举爷亦如此，老来总会拿诗文消磨时光，有时也看看诸如《西游记》、《三国演义》以及《水浒传》类的闲书。其实，这是种孤独和无奈。他拿起的这本书叫《曹集考异》。文举爷知道，曹子建曾被贬到这穆刀沟流域做安乡侯，与河两岸先民有着某种渊源。不幸的是，曹植那首"七步诗"，却总让人联想到南北穆家的恩怨。文举爷弄不明白，南北穆家本同根，为何也同室操戈、"相煎"不疲呢？当然这是他读书时所想，过后，他又忘了，他脑海里又会浮现出一本本仇恨的老账。

像突然没了兴趣，他又把书放下了，摘下老花镜，闭目仰坐太师椅上开始苦思冥想起来，就连翘起的灰白胡子也像是进入了思考状态。他不是在回味诗文，他脑子里有别的事在走动——犹如响马进了院子，拿着刀在院子里走来走去。才娶两年的凤姐从里屋出来，悄然站在了他身后侧，伸出两只小拳头给他捶起肩膀，一双羊脂玉镯在凤姐嫩白的手腕上晃来晃去。

凤姐是个美人坯子，那双银杏似的大眼睛每眨巴一下，似乎都在说话。她每一举手投足，每一个笑意，每一个眼神儿，甚至嘴角那两个小酒窝儿，都在涌出风情万种。凤姐年方二十，是东街穆麻子家闺女，大脑袋的姐姐。

　　一家有女万家求，凤姐十四岁上，媒人就踏破了她家的门槛。但麻子都没答应。一说到彩礼，麻子口开得斗一样大，将个个人家都唬退了。麻子实出无奈，谁叫自家地少人穷哩！只因为穷，早年，凤姐的娘被个过村的皮匠拐带跑了。麻子一人把两个孩子拉扯大，也着实不易。好在凤姐长大了，长成了一个仪态万方的妙人儿——一棵鲜活的摇钱树。麻子心里早就有数了，他的眼睛在暗里盯着文举爷家。

　　文举爷家二狗那双不安分的贼眼，也早就盯上了凤姐。他常常有事没事到麻子家门口转悠，像条闻到小母狗气味的公狗；已春心萌动的凤姐投桃报李，也时常在虚掩的门缝里偷偷甩个媚眼。

　　麻子放出话，谁给十亩地，就把闺女给谁。

　　十亩地，谁拿得出？有十亩地也就是个不愁吃穿的人家了。明摆着的，文举爷拿得出。麻子想，文举爷迟早会托人上门。不过麻子不想把闺女给二狗，二狗是个不三不四的主儿，是个浪荡货，把闺女给了他也就把闺女糟蹋了。麻子心里装着老秀才文举爷，文举爷第三房太太也死去几年了，迟早要续弦。文举爷克妻，可凡事都是事不过三，死了三房太太，文举爷命里的劫数也就该没了。至于同为穆姓，那不是问题，同姓结秦晋之好已不胜其数，"同姓不攀亲"已成老掉牙的老皇历；俗话说：同姓不宗，有里孔外孔。一眨眼数百年过去，血缘已淡，辈分也早就乱了。如今人在家族村庄的地位和人情亲疏，多由穷富决定，谁有钱谁就是爷。

　　"唉——"文举爷脸冲房顶，忽然阴郁地叹了口气，胡子也颤了一颤。

　　"爷怎么了？"凤姐侧过头，一缕香气吹到文举爷耳畔，轻柔的声音犹如轻弹琴瑟似的，很让人受用。

　　文举爷像是没听见，没有吱声。他本来话就不多，除非碰上感兴趣的事，遇到跟他说得来的人，他的话匣子才会源源不断地流淌出声响来。

"说说呗，爷！"凤姐边给文举爷捶着肩，边催促道。

"大小子捎话儿回来，东洋人来了……五千人进了天津卫，说不定会打到咱这儿来哩。等东洋人来喽，咱这儿也就不太平了，他叫咱们早做个准备……"文举爷的眼睛没有睁开，他像是浅睡中还没醒来，而嘴上在说着吃语。

"啊？"凤姐惊得心头一颤，睁大了一双杏眼，两只润滑的小拳头也在文举爷的肩头停住了，"那、那可怎么着好哩？"

"唉，还能怎么着？变卖家产，以防不测呗。"

"那就赶紧卖呗！"

"赶紧卖……"文举爷突然坐直了身子，也睁开了眼，有些烦躁地大声道，"说来轻巧哇！祖祖辈辈根儿在这块地里，这地还是先人一镢头一镢头刨出来的，焉能说丢就丢哩！"

人老了会怀旧，就会徜徉在老皇历一样的记忆里。文举爷似乎又要追忆遥远的先人了，这时指不上走进了屋来。

指不上向文举爷哈了下腰，打开手里账本，恭敬地说："爷，穆老根那刀把子地，一时半会儿弄过来还不沾。常言说，虎吃刺猬没处下嘴，还真是这样哩。那老物件儿就是头老犟驴，忒难打交道，他又物持着个敢杀人放火的疯腊八……怕给咱找麻烦不是？不过哩，河对面老愣那块地买过来了，才给了他定钱。整个儿算下来，会省下一百多块哩。"

文举爷喉咙里"嗯"了一声，没表现出一丝喜色。又添了地，而且是从南穆家弄来，他该高兴才是，可他倒像是打了败仗似的，神色抑郁。此时，他还在为日本人烦恼，大仁的口信像片裹着风暴的乌云游荡在心头。

指不上又把账本往前递近了点，接着说："开春地里的支出用项都造这儿了，我给您报报？"

文举爷仅仅侧脸瞟了一眼账本，摆了摆手，闷闷不乐地说："罢了，地里的事儿都交付给你了，你看着办吧。"

"别价，爷，您该听听，好心里有个数儿哇，也免得出了差错，您说是不？"指不上又说。

这时，一个人影打院子里一晃而过，出大门去了。指不上背对门口看不见，但文举爷和凤姐瞧见了，那是从西厢房出来的二狗。

文举爷不好太难为管家，轻叹了口气，懒懒地说："也罢，你说吧，坐下来说。"

指不上刚刚坐下，凤姐便轻盈盈旋到了文举爷身前，说："你们说事儿，俺娘家去走走。"

"早回。"文举爷点点头，看着令人怜爱的小女人袅袅婷婷走出门去，顺手端起彩釉小茶碗喝了口茶。指不上刚要说账目的事，文举爷又说话了，"指不上呀，你去拿个碗，也沏碗茶，一边儿喝着一边儿说。"

"嫑嫑嫑，"指不上连忙摆手，笑着说，"这么金贵的物件儿，俺喝不是糟蹋了哇！"

"哪里话！"文举爷说，"这可算不上暴殄天物。茶这物件儿是寻常物儿，在北平城里拉洋车的也喝哩！"

"传闻河对面的人就不待见这个，说是叫疯子腊八给败了口儿，一喝就干哕。"指不上笑笑说。

文举爷脸上常有的阴冷气息像是被风吹去了，也难得一见地微微笑了笑。

六年前，老根爷听说文举爷喜欢喝茶，心头发痒，便向远房亲戚贾先生讨教。不想那亲戚把茶吹成了神物。他说，喝茶在西汉就时兴了。据说茶叶发源在天竺国，也有的说在古西蜀武阳一带，唐朝陆羽还写了本书叫《茶经》。茶提神清目，排热解毒，补身养生，胜似灵芝。尤其是太行山上的石瓜茶，古时候叫"龙鳞"，那可是仙品。老根爷动了心，他想，你河对面老王八羔子的日子倒过得悠闲哩，会享福哩！你喝俺也喝，俺可不能叫人给看低喽！老根爷随之托人去石门买了包茶叶来，还顺带买了个白瓷花边大茶壶。当天傍晚，他特意泡了壶浓茶，把五叔等族人喊了来。

腊八也跟屁虫似的来了，是跟五叔来的。屋门外摆了个大方桌，桌上摆了一摞小碗，老根爷从屋里提出茶壶，每个碗里倒上小半碗茶水，诱人的茶香立刻飘散开来。还是孩子的腊八不声不吭，挤到桌前，端起一个碗就喝。

"撂下！"老根爷呵斥道，"你凑么热闹哩！"

腊八皱了皱眉，看了老根爷一眼，放下碗走开了。

就像逢年过节先敬神，头一回喝茶，头道茶也得先敬神——神未"喝"凡人自不敢喝。老根爷端起一个茶碗说："你们也都端上，咱可耍丢了礼数儿。"

老根爷带五叔等人走到影壁前，向神龛里的财神爷作过揖，就把茶水倒在了影壁墙下。敬罢神回来，轮到了凡人品茶。茶水又倒进了碗里，可人们像是商量好了似的，茶水刚喝进口，就一个接一个"噗"地喷了出来。老根爷不解地看看大家，端起碗也喝了一口，不禁眉头皱了起来："唵？怎么一股尿臊味儿哩？！"但他没说出口，也没吐出来，茶水包在嘴里，忍了忍，硬生生咽了下去！然后故作坦然地笑笑，咂咂嘴，"哈哈，好茶好茶！真得劲儿！这稀罕物儿就他娘的这个味儿，正经货，就是咱乡下人平时见不着，喝不惯。"

其实，老根爷心里明镜似的，他猜到了怎么回事，四下望望，已不见了疯子腊八的人影。

老根爷虽装作没事似的，可从此远离了茶水，因为一想到茶就恶心。

文举爷微微一笑，正是笑此。

指不上继续道："常言说，狗在地里尿泡尿，会尿出一窝儿狗尿苔。呵呵，疯子腊八一泡尿尿出了壶好茶哩！我想哇，要不是腊八那泡尿，按穆老根那德行，不但把水喝个一滴不剩，就连茶叶渣子也会嚼着吃了哩！不过哩，腊八那小子也忒生古了，可真是么烂事儿揍得出来哩，天生一个响马痞子！你说也真是，这世上怎么就出了这么个伤天害理的货哩！"

说到最后，指不上反有些生气了。因为他突然想起了戏台被烧，想起疯子腊八河岸上挑头唱铜匠歌谣。

文举爷苦笑着摇了摇头，他不知对疯子腊八该喜还是该恨。他想了想，有些无奈地说："那就多经点心吧。可说到底，那疯子腊八也不过是穆老根养的鹰犬罢了。就是三年前放火烧戏台，他还不是替穆老根造恶哇！哦，我怕么时候他又受穆老根指使，再无端生出么邪事儿来。三年来，咱河两边儿虽说没有出过么大事儿，可小摩擦不是也没有间断过？这人啊，就是一把风吹的沙子，只要是活动的，就免不了摩擦，除非是死人。所以哩，咱们平时得警惕着点儿。"

"是哩。爷，俺记住了。"指不上说，"按您的吩咐，俺随时都在睁着眼看动静哩，尤其是疯腊八。唉，咱跟他们，只求不再闹出么大事儿就好了。"

文举爷又伸手把彩釉小茶碗端了起来，叹了一声："有道是，烦恼皆因强出头。你给咱族里后生们提个醒，少往河那边儿去，他们不招惹咱，咱也就薆去招惹他。往后哩，能相安无事最好。"

"沾。"指不上点头应道。

然而，可能吗？或许这仅仅是文举爷的一厢情愿，抑或自欺欺人的好梦。自古以来，相安无事、和睦相处，不过是人类虚画的美妙图景而已。


文举爷已没心思再跟南穆家对抗，恍惚间觉得南北两个家族的"对台戏"该收场了——就像三年前把戏台烧掉，他甚至觉得把那戏台烧了是件好事。这种心理变化，只因那个民族的死对头又一次出现了。东洋人给了他一种少有的胁迫感，这种感觉像块石头压在他的心头。与文举爷相比，孤陋寡闻的老根爷等南穆家人则轻松了许多，像是耳背——东洋人要来的讯息未曾传进他们的耳朵，因此也便没有那层忧虑。眼下，没有那么多心事的南穆家人照样日复一日地打发着寻常的日子——就像一台古老的磨子，年复一年地循老磨道转着，操纵他们昼念夜梦的，也许只有时令，进出家门也只是看看老天爷的眼色。这不，一打春，他们就开始忙地里的事了。他们似乎已搁置了与北穆家的对抗，三年前火烧戏台的记忆，也被穆刀沟的河水冲去而了无痕迹，仇视的情绪仿佛村东头的池塘冰结着。

那个池塘有十亩地大，村里人称之"壕汀"。雨季来临，雨水就会赶集一样流进壕汀里。壕汀边上长着腰身粗的柳树和榆树，夏秋季节坑里会长满一丈高的芦获。此时满壕汀装着就要化开的冰凌，那茂密的芦获也早在去年秋后已被人割去。

壕汀西侧一路之隔便是疯子腊八家。这是一个土墙围成的院落，土墙还是腊八的爷爷那辈夯出。土墙已呈残败相，雨水经年累月的冲涤，将墙头啃出几个缺口，就像年迈的老人掉了几颗牙齿；墙头上的残雪融化了，依稀可见往年干枯的青苔粘贴在墙头上，数棵枯透的茅草还在墙头苦苦摇动；一棵畏畏缩缩的枣树从墙内探出身来。院内散乱地堆着杂七杂八的柴火，西南角有个空空荡荡的猪圈；院落北侧，三间年久失修的土坯房似乎已摇摇欲坠。

天亮了，朽败的木门发出吱呀呀挨刀似的痛苦的叫声，腊八提着尿罐子走了出来。一只冷得发抖的老鼠从西墙根哧溜溜快速穿过院落，钻进东墙根下的柴堆里。已成大人的疯子腊八像是成熟了许多，他缩了缩脖子，快步走到猪圈边上，抬手把尿倒进猪圈里，然后把尿罐子丢在猪窝旁，扭头冲屋里喊："爹，俺走了呀！"

"去吧……咳、咳咳……"屋里一个衰弱的声音回道。

"我得天黑才回来哩。"

"嗯。"

腊八的爹还不到五十岁，正是壮年。可不幸那年他瓜园被截惊了马，左腿轧残了，几年后又得了痨病，老是咳嗽，有时还喘得厉害。爹病后，小小年纪的腊八就去老根爷家做了长工。爹的病越发厉害起来，一天咳嗽咳出了一摊血，腊八那双眯眯眼红了，嘴上起了高高的燎泡。可他没哭，更没掉一滴眼泪。那天夜里，他不声不吭去了十里外的沙头镇。

沙头镇上有个有名的老中医，腊八一路打听着，摸黑进了老中医的药铺。老中医上了岁数，没轿子抬没马车拉不肯出诊，求了半天还不肯答应。腊八跪下了，在青砖地上磕了几个响头。他的头磕得也太过实在，待他抬起头来，额头一片红肿，还有血在慢慢渗出——他眼巴巴望着老中医。柜台上的灯光照亮柜台那一方天地，也照到了腊八脸上。老中医仍面无表情地摇了摇头。腊八站了起来，一把杀猪刀子"噌"地插在了柜台上！他怒视着老中医，也不说话，可那张血脸令人不寒而栗。

"嫑、嫑……好孩子，有话儿好好说，好好说……"老中医慌乱地摆着手，后退着，浑身都在颤抖。见腊八没跟进柜台内，这才又颤颤巍巍地说，"俺去、俺去……"

"跟你说，俺没有钱，先赊着。"腊八说。

"不当紧、不当紧……就是俺老了，走道儿要慢点儿……"

"俺背你！"

腊八说着，从柜台上拔下杀猪刀子，叼在嘴上，背对柜台蹲下身去。他把老中医从十里外背来了。背过两趟，在老中医的坚决要求下，腊八在老根爷家借了小拉车，开始拉着小拉车接送，来来回回三个多月，直到爹的病稍稍见好。当然，药钱还是给了，他在老根爷那儿预支了一年的工钱，家里仅有的六分地也卖了三分。三个多月也难为了那老中医，他害怕腊八的杀猪刀子，让个整天嘴唇上尚挂鼻涕的孩子背还曾被路人笑话，为掩饰难堪，就私下对人解释说："这孩子有点儿疯症，是个小疯子，愣要背，不叫他背吧，他就拿刀子扎人……往后碰见了他，可得躲远点儿，千万嫑招惹他。"

从那儿起，小小腊八就成了"疯子"，成了一个在人们嘴上长大的疯子。

疯子腊八来到村西头东家门口，见大门已经敞开。门两侧蹲着两头汉白玉狮子，狮子头上铺了薄薄一层夜霜，正圆睁着眼睛审视着他。腊八踏上已踩得发亮的青砖台阶，跨过白石条门槛，再绕过大门内的灰砖影壁，走进院子里。

五叔已经先到。五叔与腊八不同，腊八扛长活，他打短工。一般扛长活要住到东家，可腊八没有。老根爷说："你爹是个病秧子，唵？

你还是住你家吧，好有个照应。"其实，老根爷心里说：少个人住，就少点破费。此时，五叔半蹲在院子中央，在块长条石上磨着铡刀，随身子的晃动，头上遮去半边眉毛的白羊肚子毛巾的两个角——在他后脑勺上一颤一颤的，像正欲起飞的鸟儿扇动的翅膀。大概用力的缘故，他的嘴唇紧紧闭着，像是咬在一起，使得嘴角的皱纹生硬地绷起来。

腊八刚蹲到五叔身旁，只见正房里走出一个人来。这人四十来岁，穿了件灰大衫，白净脸，头发往后梳着，像是喝饱了墨水的城里人。他从屋里踱出来，向院子里扫了一眼，脸上没有任何表情。腊八曾见过这人，而且不止一次。

"他揍么又来了哩？"腊八瞟了那人一眼，低声问五叔。

"闲得没事儿呗。一个整天价不务正业的人，不到处乱串才怪哩。"五叔道。五叔依旧埋头磨着铡刀，磨刀石上发出"刺啦刺啦"厌恶的叫声。

"老根爷不是说他是个大学问人呀？"

"谁晓得哩，咱又不摸底。我估摸着吧，充其量是个'半瓶子醋'，当不得真。"

"切！那老根爷还把他当成个宝哩，像供奉祖宗似的供着！"腊八不满地说。

五叔无声笑了笑。

来人姓贾，是老根爷的远房亲戚。北穆家有个秀才文举爷，没秀才的南穆家自然显得土气，仿佛人家搭台唱戏都是唱的阳春白雪，而他们的则是下里巴人——仿佛南穆家戏台上走出的也是一个个的"土老帽儿"。由此老根爷就巴不得这远房亲戚常来转转，以为南穆家增光长脸。当初亲戚头遭来，老根爷便不无自豪地吹嘘说："俺亲戚是个名号儿响亮的教书先生，原先还在北平大学堂里当过教员哩！打听打听，这方圆五十里就没有比他学问更高的人！就如戏词儿上说的，'学富五车，才高八斗'，可了不得哩！唵？他北穆家穆文举名儿上是个秀才，可说到底还不是个半拉子土老帽儿哇，差远了！他怕是给俺亲戚拾鞋都不配哩!"

贾先生确实是以教书为业,不过不知何时起,他喜欢上了收存古玩。他知道这穆刀沟一带是历史上白狄人的故国遗地,尤其无极地界,还是汉代中山靖王刘胜和三国时安乡侯曹植的封地,甄妃等不少官宦人物也生葬这里,且发生过宋辽大战等无数战事,民间古物遗存丰富,因此过个一年半载的就来走走。

五叔停止了磨刀。他左手拿起铡刀,右手拇指在刀刃上擦拭了两下说:"腊八,去把谷子秸抱过来。"

腊八答应一声,往草垛走去。这时,牲口房里传出很响的一声喷嚏声。是老根爷在打喷嚏,他像是被草末或尘土呛着了。老根爷从牲口房走出来,站在门口说:"先麦铡了,吃了饭再干吧!"

老根爷话刚落,儿媳已从西厢厨房出来。这个三十出头的少妇,从二十里外的邱家庄嫁来。她虽贵为少奶奶,却因在乡村长大,穿着反不讲究,一身粗布印染衣裳,全没一丝绸影子,更没戴金银珠玉类首饰。其实,简朴二字,原是老根爷家的家风。

儿媳把小方桌搬到院子里,然后回屋提来一罐米汤和半篮干粮。

"咳!"老根爷干咳了一声。

儿媳扭过头去,看到公公不满的目光正盯着自己,不禁脸红了。她会意地把米汤罐子放在桌旁,从篮子里拿出两根剥去干皮的大葱,又拿出四个玉米面饼子放在桌上,剩余的提进堂屋去了。

老根爷若无其事地走到屋门口,对贾先生呵呵笑道:"走走走,吃饭去,咱们吃饭去!"

老根爷的举动,五叔看在眼里,苦笑了一下,接着就埋下了头。

抱了谷草过来的腊八问五叔:"叔叔你笑么哩?"

五叔又笑了一下,没做回答。

那还是去年的一天,五叔和老根爷结伴去沙头镇赶集,中午吃饭,难得出手阔绰的老根爷点了两份饺子。饺子吃完他却皱起了眉头,心有不甘地说:"这分量也忒小了,真亏了!"说着,他伸手拿起桌上那瓶老陈醋,咕咚咕咚喝了下去,这才心满意足地走了出来。让他没想到的是，回家的路上，他翻江倒海的胃难受得要命，一路上决了堤的哈喇子流个不停……

回到屋，“噼啪”两声，老根爷拍了拍身上的尘土，拉着贾先生上了炕。

炕桌已搬炕上，老根爷先盘腿坐上正八位，贾先生坐在了他右手。忽然一阵吵闹声，老太太带了孙子孙女进来，孙子孙女活泼得像两只刚飞出窝的小鸟儿，蹦蹦跳跳的，拽得小脚老太太像停转的陀螺似的歪歪倒倒无法站稳。孙子松开老太太，哧溜溜上了炕，坐到了爷爷身边。

饭菜端上桌，小孙子抢先拿过个白面馍馍啃起来；老太太也拿了个给孙女，拉起孙女出屋去了。儿媳刚要退下，老根爷一招手把她留住了。老根爷拿筷子戳戳桌子，再指指窗外，沉下脸低声道：“我说秋莲，你不晓得他们净是大肚子汉呀？你再上一篮子，也得吃个不剩渣渣儿！唵？这往后日子怎么过哩！你不怕吃穷喽，我还怕哩！”

儿媳秋莲脸又红了，不敢吱声，退到了一边，两手怯怯地捏着衣襟。在这平原上，年轻的媳妇没什么地位，尤其嫁给富户人家；若有地位，你得熬，“媳妇熬成婆”。自然，这也是老根爷家的门风，即使跟了老根爷一辈子的老太太也是这么过来的。村里上年纪的人知道，老太太因是富户小姐出身，年轻时家务活儿不大能干，因此不被公公婆婆待见，有点好吃的也轮不到她。大概在过门儿不久——还是年底的时候，她在厨房里蒸年糕，年糕熟了，她禁不住切下一小块来尝尝。突然有脚步声走来——婆婆的脚步，急切中一块带枣核儿的年糕便吞了下去——却噎在了嗓子眼儿里！人就这样噎死了。人这样死，别说报丧，即使说起也难以启齿，老根爷的爹娘就随便找了口棺材，连忙喊人把她埋了。只要富户人家埋了人，夜里总会有长了顺风耳的盗墓贼光顾。盗墓贼挖出棺材，打开棺盖——按行规，两个大耳光扇在年轻太太脸上，却不想把她嗓子眼里噎着的年糕打了下去，太太“嘤”地一声哼——活了！胆大包天的盗墓贼吓得落荒而去……

老根爷的目光从儿媳身上收回来，扭头看向远房亲戚，不自然地笑笑："娘儿们家，不当家不晓得柴米贵……啊，吃吧，吃吧！"

吃罢饭，老根爷筷子往桌上一放，准备下炕，小孙子一把拉住他："爷爷，你还没有给俺把笑话儿说完哩，就是大沙岗子闹鬼的笑话儿！"

在这平原上，孩子嘴里的"说笑话"，便是京话里的"讲故事"。而大沙岗子闹鬼的传说更邪乎，以至夜里没人敢走近那沙岗子，正像不敢走进沙岗子附近、那不时出现白骨的茫茫无边的小沙洼，即使大白天走进去也提心吊胆。

"呵呵，俺搞忘了！"老根爷下了炕，拍拍脑门，换上了一副慈祥的面孔，"嗯……那块儿哩，最先是片树林子，唵？后来杨家将在那儿建了中军大帐。一天黑价，辽兵射了火箭，那兵营就着了火，烧死了好多人哇！唵？赶后来，那地方就慢慢叫风沙堆出了个沙岗子，埋到地下的人冤屈，就时常半夜里出来喊杀人，要么大叫救火……呵呵，今儿个算了呗，先不说了。当着你贾大伯的面儿，就俺这两把刷子，哪儿敢班门弄斧哇！"

贾先生扭脸看看老根爷，疑惑地说："你们那个大沙岗子？唵，据我所知，那是古时候用土堆起来的烽火台，后来才慢慢成了沙岗子。"

老根爷尴尬地笑笑："兴许是吧。"

老根爷能讲给孙子的，多是有关穆桂英在这穆刀沟大战辽兵的事，虽这些传说也来自道听途说，因为那时穆家祖先还没从山西迁来。有时，老根爷也给孙子讲杨家将、讲刘备。孙子从爷爷嘴里知道了刘备乃草鞋贩子出身，也知道了爷爷的爷爷靠"马上弹琴"发了家。穆老根的爷爷从小就编草鞋、卖草鞋，攒下了钱，再加省吃俭用，从而成了地主。到老根爷这辈，他家成了村里响当当的首富，老根爷也成了族里威风八面的头人。

老根爷拉着孙子，与贾先生一前一后踱出屋外。

贾先生问："这俩孩子多大了？"

"孙子七岁，孙女九岁了，正是淘气的时候哩！"老根爷说。

贾先生说："该念书了。"

"谁说不是哩，瞅瞅，都叫我给耽误了！唵？说来……小妮子就算了，女子无才就是德，她念了书也没有么用。"老根爷说。接着他拍拍孙子的头，"文文呀，听见了没有哇？你大伯说你该念书了哩！不识字儿就不长出息，就是个睁眼瞎子，唵？就不叫人待见！你看你疯子哥，大字不识一个，一辈子都闹腾不开个扛活儿的命！"

"准备送到哪儿的学堂哩？"贾先生又问。

老根爷脸上不免生出些尴尬的意味，迟疑地说："这……呵呵，待我琢磨琢磨吧。"

南穆家没有学堂。北穆家倒是有私塾，可南穆家绝对不会把子孙送到北穆家去，当然，送去人家也不会收。距南穆家十多里的沙头镇有两所学堂，老根爷家的老大老二最初就是送到那儿念的书。可孙子还小，送去那么远，老根爷不放心。

太阳升起来了，升起一树尖高，红彤彤的，美丽而壮观。五叔和腊八吃罢饭，此时干得正起劲儿，伴着动听的"嚓嚓"铡草的声音，院子里已堆了一大堆铡好的谷草。金色的霞光照在院落里，落在谷草上，那黄色的谷草堆仿佛也成了金子。几只大胆的麻雀飞过来，落下，蹦蹦跳跳的，在草堆边上寻觅谷粒。

小孙子跑出院门玩去了。老根爷和贾先生在门旁拿了小杌子，向五叔和腊八走来，老根爷咳了一声，几只觅食的麻雀惊飞而去。老根爷和贾先生过来坐到了草堆旁，老根爷从腰带上抽出镶了玉石烟嘴儿的烟杆，将烟锅儿伸进烟袋，掭了一锅烟末，又用大拇指摁了摁，对五叔说："五子，歇会儿吧，抽锅儿烟！"

"等铡完了吧。今儿个天气好，这草铡喽，抖搂抖搂，跑跑霉气，顶晒了晒。"五叔一边说，一边有节奏地往铡刀下擩着草，腊八不声不响地一下下摁着铡刀，肩头那露出棉絮的口子像是在偷偷坏笑。

难得放晴的腊八的脸又阴天了。他心里阴天了，因为老根爷说给孙子的话。他边铡草边口气生硬地说："老根爷，后晌俺不来了，你另雇人吧！"

本该喊"爷"，可今天他换了个喊法。城里人喊"爷"，"爷"前边总得加个姓，诸如张爷、王爷、李爷、赵爷，以示区别。可这乡下不行，平原上多是一姓一族一个村，"爷"多得是了，站一起难分出在喊谁，由此"爷"前得加上名字。情势所逼，不是不敬。一种情形例外，那就是面对自己的亲爷。在财主家，管家和长工也当面多喊东家"爷"，不过是为讨好东家罢了。

"为么哩？"老根爷疑惑地望着腊八，正欲打火镰的手停住了。

五叔也停了手，扭过脸来。

"俺家院墙烂他娘的了！"腊八没好气地说。

老根爷有些生气地"哼"了一声，大声教训道："我当么事儿哩！唵？不就是一道破墙哇？烂就烂了呗，有么大不了哩！院墙是挡君子挡不了小人，晓得？要有人成心偷你，就是垒起十道墙也挡不住！唵？再说了，你家有么可偷哩？贼还懒得上你家去哩！你不识字儿，不懂。要是不信，叫俺亲戚给你念叨念叨，他可是个有大学问的人哩！"

"识字有鸡巴用哇！字儿上能长出庄稼来？字儿能养活人？"腊八不屑地说。

老根爷睁大了眼睛，不认识似的看着腊八，涨红了脸，一时语塞。

贾先生有点难堪，把脸扭开了。也许为掩饰内心的感受而做出样子，也许天生就那样子，当他再扭过脸来，依旧是面无表情。他绕开了知识与土地的纠缠，有意把话题搭回"院墙"上。他有些做作地在喉咙里咳了一声，作出一副学究的样子，缓了缓才一本正经地说："唵，这墙嘛，自然有用处。"他被老根爷吐出的烟呛着了，张开嘴咳了两声，清了清嗓子继续说下去：墙有多种，唵，一家一户都有院墙，城镇有城墙，就国家来说也有墙，那就是万里长城。这一道围墙就是一个圈，大圈套小圈，可不管这圈子大小，它都是一个个体，它们只有一个象征意义，唵，那就是"界限"。这人与人、家与家、族与族、城与城、国与国，都叫那墙隔开了，这也就有了人世间的隔阂。说穿了，墙就是设防，它的属性就是排外。

"唵，人也，性本恶。这人从生下来就有对外排斥的本性，就像沙子。这本性会生成隔阂，接下来生成仇，谁也不会过得舒坦。唵，就拿你们南北穆家来说吧，你们先人还是兄弟哩，可为么谁也见不得谁，最后也结下仇哩？为争地争房争粮食？还是争脸面？唵？"贾先生摇了摇头，"是，又都不是。根儿上不是。"

贾先生嘴里不时蹦出个"唵"，"唵"得让人腻烦。"唵"这个语气词好像只有从文化人嘴里才吐得出来。老根爷有时也会"唵"上一"唵"，大概是受了这个有文化的亲戚传染，好像自己也有了点文化背景。所不同的是，"唵"从老根爷嘴里吐出多是以疑问词出现。

其实，贾先生还真是个有独到见识的人呢，虽然有些不安本分。只是贾先生忘记了，眼前听他滔滔大论的并非他的学生。而且，像是有意无意卖弄，贾先生说到别处去了——至少按老根爷的意思是跑题了，跑得老远。腊八和五叔像是一句也没听懂，就连老根爷也装作没听懂。五叔像是麻木了，没反应；老根爷冲着贾先生干笑。

但大家也只懵懵懂懂听懂了一层意思，那就是：天性成仇。

腊八拄着铡刀，看着贾先生，冷不丁说："你说的都是一堆么鸡巴胡话呀，俺听不懂哩！不是外国话吧？"贾先生诧异地望向腊八，脸色不好看起来。腊八接着说："你看我揍么？你当俺们真的没有听懂哇？你拐弯抹角说来说去说了那么多，不就是说俺们排外呀！排外有么罪过哩？你不排外？要是我去你家吃去你家喝，占了你家房子，占了你家的炕，也占了你媳妇儿，你干不？"

"你！……"受到如此侮辱，贾先生气得张大了嘴，却说不出话来了。他脸上青一阵白一阵的。

"腊八你怎么说话哩？满嘴胡吣！"五叔呵斥道。五叔又歉意地转向贾先生，"您可耍往心里去啊，他胡说八道惯了，嘴上不把门儿！……不过哩，要按你那么说，这人还活个么劲儿哩，总没个和美的安生日子过，那整天不就腻歪死了？这世上也就没有过得舒坦的人了？"

"没有。"贾先生道，"若说有，那就是疯子跟瞎子。唵，这世上啊，疯子对么事都不明白，其实不明白才是明白了；瞎子么也看不见，看不见，也才是真正把事物看透彻了。"

贾先生嘴里“疯子”二字惹恼了腊八，他觉得姓贾的在损他，怒道：“那你为么不变个疯子瞎子哩！”

贾先生瞪眼看着不可理喻的疯子腊八，没再说话，最后摇了摇头，起身往大门外走去了。

“你——”老根爷愤怒地瞪了腊八一眼，赶紧起身向着亲戚追去，追出几步又回头冲腊八大声骂道，“你个嘴没遮拦的六畜，瞅我回来收拾你！”

老根爷回来，脸上早没了恼怒的气息，平静得像这初春的天空一样。贾先生走了，少了个吃饭的，这是好事。老根爷又若无其事地坐在了草堆旁，拿出烟袋来，呵呵一笑，什么也没说。

五叔看看老根爷说：“按说哩，人家贾先生说的也不是不在理儿。你不是也常说呀，咱这地儿自古以来老被外来人侵占，那些个胡人抢咱、欺负咱、占咱的地盘儿，有的还在咱汉人的地盘儿上立了国，咱就成了受欺压的下等人，咱不排外也给逼得排外了。可我弄不明白的是，咱汉人跟汉人又相互排斥个么劲儿哩，那不是自个儿跟自个儿过不去呀！”

老根爷侧起了脑袋，睁着警惕的老眼看着五叔，静静地听着。

五叔继续道：“贾先生说得没错儿，这人跟人都互相排斥，像弄不到一块儿的沙子——人人都这样儿。细想想哩，觉得也是这么回事儿。”五叔苦笑了一下，“嗯……沙子！你要说，人家贾先生的学问还真是不浅哩！”

“么这么回事儿哩？我就不待见他这么说！”老根爷突然扫兴了，不快地说，“人有感情，人跟人还有亲近的哩，沙子有不？唵？远的不说，就说你们吧，我么时候儿把你们当过外人哩？没有亏待过你们吧？唵？没有吧？我可是一直把你们当成家里人哩！俗话说，亲不亲，一家人，咱南穆家这一脉，根儿上说还是一个大家子哩！”

五叔淡淡地笑了笑，腊八却抬起小眼睛白了老根爷一眼，揶揄道：“要说鸡巴根儿上，咱跟北穆家还是一个大家子哩！”

老根爷扭头看向腊八，又一下子变了脸。五叔赶紧转换了话题：

"我去沙岗子南边儿转了一遭儿，那儿的麦地有返青迹象了，怕是先得把井淘淘，水车也得修修了，要不会误了浇返青水哩。"

"嗯……是哩！"老根爷顿了顿，顷刻变得轻松起来，脸上展露出一种自得的表情，"人误地一时，地误人一年，咱的庄稼见年都比河那边儿好，就多亏了咱是正儿八经的庄稼人，舍得在地里下力气！"

"人家秀才爷挺有钱哩！"腊八看一眼老根爷，冷言道。

"呸——！"老根爷的头猛然往前一递，一口浓烟裹着"呸"字从嘴里喷出来。在他面前说北穆家好话，那可是犯忌；说文举爷好话，那更是犯了大忌。老根爷在地上磕了磕烟锅，拿烟杆指画着说，"合着你个兔崽子在替别人说话呀！唵？他有钱又有么稀罕哩！给了你一个子儿不？再说了，他北穆家有没有个正经人哩？唵？他就没有一个好物件儿！他先人跟咱们尿不到一个壶儿里，后人又他娘的跟咱争食吃，咱还能有好日子过？你不硌硬哇？唵？！"

"柳条子穿蚂蚱——一溜子货，咱也好不到鸡巴哪儿去！"像是成心跟老根爷找别扭，腊八一边铡草一边说。他在故意气老根爷，报复性地发泄自己的不满。

"我掠你个混账东西！"老根爷腾地站起来，举起烟袋要往腊八头上打。

五叔连忙丢下手里的谷草，把老根爷拦住了。五叔瞪了腊八一眼："你也是，怎么跟根儿爷说话哩？满嘴不着调儿！"

腊八却说："那《女起解》里不是有句唱词儿哇——'洪洞县里无好人'。你们不是说，咱老祖宗也是打洪洞搬来的呀——咱们也就是洪洞的种儿了呗！洪洞县的种儿能有好货？"

"那是唱戏！唱戏的是疯子，看戏的是傻子，戏文上说的你也信？你还当真呀？真是的！"五叔埋怨道。

腊八鼻孔里"哼"了一声，算是最后的发言。但他并不服气，一种冷冷的神情写在皱起的眉头上。

五叔重新拿起丢在地上的谷草，一边往铡刀下送，一边劝说老根爷："老根爷呀，多一事儿不如少一事儿，这都民国了，先人的事儿谁还晓得哩？这么多年都过来了，为过上个安生日子，我看算了，犯不着再跟他们争长争短，闹得冤冤不解。"

"五子，合着你也愣是忘本了哩！你还晓得祖训上怎么说的不？哼！嫑说别的，就说那年——你他娘的河北边那地叫他们买喽，我还没有找你算账哩！唵？招呼都不打个就把地卖了，你眼里还有没有我？你也忒不像话了！唵？还有前几年，你鼓捣着给疯子弄个北穆家媳妇儿，这可是往咱南穆家人眼里撑沙子哩！"老根爷翻过"老账"，停了停，接着缓和了些口气说，"这看事儿呀，要往大处儿着眼。唵？俺亲戚贾先生还会看风水哩，他就说过，这河南边儿为阳，河北边儿为阴，南是火，北是水，这南北就是水火不容。俺就觉着这说法儿在理儿。唵？你瞅瞅，就说这人吧，咱河南边儿哪一个不是都豪爽得很呀，你再看北边儿，一个个都恹恹歪歪的——尤其他老秀才，像是上千年都没有叫日头儿照过！"

五叔笑笑："老根爷呀，这话可有点儿绝对了吧？那蒙古鞑子跟满人可都是打北边儿下来的哩，他们要没点儿阳气，怎么会打下天下哩？还有北边儿的老毛子，那可是割走了咱们好多好多土地哩！"

"这……"老根爷狠狠一跺脚，气哼哼地转过身，黑着脸回屋去了。看一眼老根爷离去的背影，五叔苦笑了一下。

腊八不满地说："哼，好像他跟北穆家的仇比谁都大！"

"他心里憋屈。"五叔停止了擩草，扭头看看老根爷进去的正房，回头压低声音说，"这话儿说来就长了，你忒年幼，好多事儿还不清楚。谁都晓得，咱们先人就是仗着人多，愣是把北穆家那支撑到了河北边儿。老根爷哩，也认个死理，就为了人多家大势大——你看看他，就像头能干的叫驴，叫老婆子早年的肚子从来没有消停过，连着怀了三男五女。到了儿哩，你瞅瞅这院儿里还有几个？五个闺女寻出去了，大小子富贵在外捯买卖几年都没有回来。本来吧，送二小子富堂去念书，指望脱了土包子帽子，文上也跟北穆家比个高低，可谁晓得那老二后来留了洋——你说你去哪儿不好，为么偏偏去了东洋哩！老根爷一气，就断了给他的供应，一文钱也不再出。老根爷这么绝情，那老二怕也是难回来了，保不准还不认老根爷了哩。你跟他们不是一辈儿，除喽他家老大，别人你多数儿没有见过。老根爷还有个小三儿小子，那是他顶顶心的。小三儿那年五岁，老根爷带着他去看戏弄丢了。大家伙儿猜想，孩子兴许叫狼给叼去了，可老根爷不这么想，他咬定是叫仇人拐走了。仇人是谁？还不就是北穆家呀……"

腊八专注地听五叔讲着，像是入了神。待五叔说罢，他皱着眉头想了想，突然没头没脑地说："嗯，人就像沙子——"接着他扭脸向老根爷的正房看了一眼，"他就是个大沙粒子！"原来，腊八忽然想起了贾先生的话。

"呵呵，人要不像沙子也就不是人了。"五叔笑笑说。

"他报官没有哩？"腊八问。他跳跃性的思维又回到了刚才的故事上。

"没有，他怕出钱。"五叔说，"官府倒是巴不得他报案，巴不得人们争来斗去哩！"

"啊？"腊八不解地看着五叔。

五叔说："人要不是么事儿都顾着自个儿，也就没有摩擦没有你争我抢了，那还要官府揍么哩？官府巴不得人们斗来斗去，整天价不平静不安生哩。要是天下平安无事，也就没有人仰头尊望它，更没谁求它供着它了。就说断案吧，公说公有理婆说婆有理，到底谁有理哩？得衙门儿里的大老爷说喽算——多半一个规矩：大老爷收了谁的好处谁有理。若是人们都不你争我斗了，那大老爷还去收谁孝敬的好处哩！"

这时，老根爷隔窗向外喊道："疯子，你去河那边儿转一遭儿，瞅瞅，耍叫王八羔子们把咱那块儿地啃喽！"

老根爷说的"那块地"是块"飞地"，就是河北岸那块刀把子地。

腊八看看五叔。

五叔说："你去吧。"

# 四

疯子腊八出了村，不时睁着小眼睛四下望望，慢慢悠悠走向了河边。

穆刀沟两岸罩在一片暖暖的阳光里，没有风，依稀可见河岸的阳坡上，已有早醒的小草吐出了鹅黄色嫩芽。北方温差大，早晨冷得还有点发抖，而临近午时，阳光下站久了，人会感觉身上有些痒酥酥的。此时整条河依旧冰封着，但冰面已微微发蓝，冰河被阳光抚摸得有些发湿。也许过不了多久，整条河就会融化，从而成为一河日夜流淌的泱泱春水。

腊八走进河里，冒冒失失一脚踏在冰上，冰层隐隐约约发出"嘎吱"一声响。他迅即退出来，骂道："你娘的还叫唤哩！踩疼你了？"

他想了想，接着侧过身子，伸出一只脚，小心翼翼地在冰上踩了踩，冰面没再发出惊悸的破裂声。但他并不放心。他扒下了身子，像条匍匐在冰河上的狗熊，四肢并用爬向了对岸。

他走上北岸，望了望，下了河堤。

河岸下那块刀把子地有二十几亩，形状像把砍刀。这地虽说是半沙地，却像心肝被老根爷暖在肚子里。这地适合种瓜，长出的瓜特甜，而且早熟，比别人的瓜起瓜早，所卖价钱也比别人的好。一口老井哺育了这块土地，那秌秸窝棚依旧默默守在老井旁。去年文举爷托人说合，要把这块地买了去，老根爷说什么也不干。先人有言在先：不得与北穆家通婚，不得与北穆家通商。老根爷说："唵？买我的地？倒不如要我的命！跟他说，叫他老王八羔子揍他的春秋大梦吧！"

人们说，当年关公爷过穆刀沟把刀落了，那把刀化成了这块地。这块地就是一把砍刀，迟早有一天会断了北穆家命脉！但编排故事的人忘了，关老爷使的是一把青龙偃月刀。

腊八四下望望，见辽阔的原野没有翻耕的迹象，便在心头讥笑起老根爷来："咸吃萝卜淡操心，合着谁都结记着你家的破地似的！要省心，倒不如把地搬到你家炕头儿上去！"他的目光落在了远处的井台上。井台边，那棵槐树还与窝棚相伴着守在那里，他曾在那槐树下布下铁夹子，猎杀了文举爷家的狗。他顺着王莽小道向井台走去，去看看窝棚。只待谷雨时节这块地里种上瓜，他也就会在这窝棚里住下了，他将是未来瓜园的看园人。还有十来步远，窝棚里突然传来一阵放肆的嬉闹声。腊八停下了。静了片刻，他轻步走上前去，绕过水井，猫腰站在窝棚下，闭起一只眼往秫秸缝隙里望去。

一男一女倒在谷草上，女人叫春的母猫一样低声叫唤着，两条雪白的大腿不停地扭动。

腊八更深地弯下腰，轻轻挪动起脚步。

"嘿嘿……他娘的这是搡么哩！你们不嫌冷哇？"腊八突然站在了窝棚口，经年累月没点阳光的脸突然放晴了，就像阴云深锁的天空开了条缝儿，嘴角生出一缕不怀好意的冷笑。

窝棚里正翻云覆雨的人突然惊飞了魂魄。男人"哧溜"从女人身上滑落下来，两人慌慌张张坐起。男人连忙搂上裤子站起来；女人则不然，吓得脸色煞白，一时忘记了雪白的下半身还光着。

他们是二狗和凤姐。

二狗很快镇静下来，就像变天似的换了一副面孔，摆出一副傲慢的少爷相。他用身子挡住凤姐，面对腊八压低声音说："给老子滚一边儿去！你他娘的敢说出去，老子就叫人把你小子给掏喽！"

"嘿嘿，是不？"一向一脸冷漠的疯子腊八倒有些神闲气爽起来，双臂往胸前一抱，有点傻气又有点坏气地笑了，"这可稀罕了！你小子么时候不随你爹反倒随你爷爷我了哩？我说小子，要横哇？爷爷好像还没有教过你吧？你他娘的给我捣摸清楚喽，这地是谁家的？这窝棚又是谁家的哩？反倒叫爷爷滚，是不是吃差药了？还是他娘的哪根筋儿扭了？么玩意儿——你个欠搡的扒灰头！""扒灰头"大概是最恶毒的骂人话了，其本意是公公"扒"儿媳的"灰"，腊八不甚明了，骂了个驴唇不对马嘴。腊八骂着，突然挥了一下拳头，二狗下意识地后退了一步，不想把刚刚站起的凤姐又撞倒了。

二狗其实很清楚疯子腊八是个惹不起的主儿，来硬的绝对没好果子吃，便只好蔫下来，像秋天蔫了的茄子。他向凤姐使个眼色，扭过头来，认输地摆着双手对腊八说："沾，沾，咱们算没见着，沾不？俺走，俺走。"

"走？"腊八心里笑笑，但脸上没任何表情。他抬起一条腿，又在了窝棚门口。

二狗只有站住，不敢硬闯；凤姐也醒过神来，这才慌忙提起裤子系上裤带，躲在了二狗身后，垂着头，两手捂着脸。

"你……你想怎么着？"二狗问。

"不想怎么着。你俩把老根爷这地弄脏了，这好好的地肯定是一年里长不出鸡巴苗儿了，你说是不？俺们算是白给他娘的土地爷上供了，土地老头儿哩，肯定是不肯在俺这地头儿待了。这么着吧，要不你磕着响头去给俺把土地爷请回来，要不就叫你爹赔来这一年的收成，要不你就去买挂炮来放放，赶赶霉气。"腊八仰脸说道。

二狗明白，这几条"道"都不能走，走哪条都会众人皆知，说不准会被族人活剐了，死无葬身之地！

"你这不就是跟我过不去哇……不沾！"二狗说。

"哼，那就嫑他娘的走呗！"腊八说。

这时凤姐走上前来，哀哀地跪在了腊八脚下："疯子腊八兄弟，看在咱乡里乡亲分儿上，往日没仇近日没冤，就放过俺们吧，俺会记住你的大恩哩！求求你了，啊？"

腊八斜睨了脚下这娇好水嫩的女人一眼，心里说："没仇？嘿嘿，这南北穆家祖祖辈辈势不两立，谁不晓得？俺爹的腿还是叫你们北穆家给弄折的哩！不沾，就是把天说破喽也不沾！"

腊八摇摇头，仰脸望着窝棚顶。其实他心头还是有点慌，他摆出一种高傲的姿态掩饰着内心的慌乱。这是他第二次看到光身子的女人，春光泄露的光身子女人就像一幅画，一幅春天的画，让人禁不住产生一种莫名的冲动，心头不觉一鼓一荡的。凤姐的哀求使他没了主意，心底不免有些挣扎："你记俺的恩，是不是……"继而不禁觉得丢脸，他便强迫自己正经起来，陡然生出了一种豪气——其实是吃不着葡萄葡萄才酸，他在心里狠声说，"爷爷不待见破鞋！"

就这么静默起来，僵持着，似乎谁也找不到解套的办法。最后还是疯子腊八又开了口，逼迫道："爷爷没鸡巴闲工夫跟你们瞎耗，按我画出的道儿，给个痛快话儿吧！"

"……不沾。我就不信，你敢把老子的屌子给咬喽！"二狗似乎不再那样紧张，故作镇静地说。

"嘿嘿，你敢掏出来爷爷就嚼给你看！"腊八怪笑着，指指二狗的裤裆说。

"你——"二狗傻眼了。他知道，你敢把裆里那家伙拿出来，他疯子腊八就真敢给你生嚼了！二狗无奈，只有硬着头皮把脸一扭说，"反正老子不应！"

"那就耍怪俺了……"腊八说着，一扭头扯着公驴嗓子冲原野喊起来，"乡亲们哪——快点儿瞅瞅哇——穆二狗×他娘喽！"

"耍喊，耍喊，疯爷爷你耍喊呗！"二狗也咚的一声跪下了。身边的凤姐是又急又怕，已泪流满面，浑身发抖。

腊八有过女人，但那时岁数还小，随着岁月的延伸，与女人的事像是很久远了，也模糊了。他似乎忘记了曾有的过去。

他把脸扭到了一边，坚决不再看眼前这个楚楚动人的女人，怕被她浑身的魔力摄去，被她化掉。他在心里极力把她想象成个牛头马面的魔鬼。而就在这一刹那，二狗"哧溜"从他的腿下钻了出去，站起来就跑！腊八一急，骂声"狗×的！"顺手从窝棚上拉下一根擀面杖粗的棍子，拔腿就追。只差几步，腊八一棍子抡了过去，正好打在二狗腿上。

二狗一头栽到了地上，双手抱住了右腿，蜷起身子"啊啊"地叫着，在地上打起滚来。

凤姐从窝棚里冲出来，又"咚"地跪在了腊八脚下，眼泪婆娑地哭求道："腊八兄弟吧，你行行好，放过他吧……"

看着这哀婉动人的女人，腊八心口又一次"嗵嗵嗵"跳得有点紧，再见二狗的腿断了，怔了怔，没有说话，扔下手里的棍子转身走了。

身后又传来凤姐带哭腔的喊声："腊八兄弟——你可千万甭说出去呀！你要说了，俺俩都活不了了……"

约莫过了半天时光，落寞的太阳下山了，只留下朦朦胧胧的浅黄色余晖停靠在西边的天空；轻轻的晚风偶尔飘过，拂拂人的脚面，然后便无了影踪；村舍上的烟囱吐出一缕缕浓黑的炊烟，然后在天空飘散成一片片灰色的雾霭。成群的麻雀叽叽喳喳叫着落在屋檐上，准备钻进檐下的窝里。

铡了一下午草，五叔走后，腊八去了牲口房，冲着牲口圈墙根尿了泡尿，就上炕躺着了。他没有茅厕的概念，走到哪儿尿到哪儿，如果有女人在场，把身子背过去就是。头晌午发生在刀把子地的事，像是压根儿就没装进他心里去。南北穆家摩擦多了，人们已习以为常，正如往河里扔个石子，涟漪散去，也就没人再记起那波纹的形状。

但这回不同，涟漪未散——如浪头初涌，一幕凄惨的悲剧才刚刚上演。

此时老根爷坐在正房的炕头上，正心烦意乱，一股无名火在心头蹿起来。他猛抽了口烟，烟锅使劲儿往炕桌上敲了几下，"砰"的一声把烟袋摔在了炕桌上。疯子腊八告诉他地没被"啃"过，他放下心来，可邻居家的吵闹声却搅得他耳朵气恼。

"地是爹的，要分，就是咱俩的份儿，碍着你家小子屁事儿！你有本事，你小子多，那又怎么着？谁尿他们哩！"

"管你尿不尿，反正你媳妇儿母猪似的生热窝儿，也生不出来！"

接着是两个男人的厮打声和连成一片的女人的叫喊声，中间还夹杂着一个男人衰老的呜呜的哭声。

"吵么哩！啼哭么哩！遇贼了呀？！死人了呀？！唵？没出息的东西们，成么样子哩！你们再他娘的吵得我不安生，我就叫疯子来把你家门楼子拆喽！"忍无可忍的老根爷走进邻居家，指着院子里的人喝道。在自家院里，他已把隔壁吵骂的因由听了个清楚，心里早有了数儿。他接着说，"有本事去找河对面的王八蛋争去，去抢他们的地，干么窝里争？不嫌丢人哇！"

两个扭打在地上的男人站起来，女人孩子停止了叫嚷，只有屋里老头子放低音量的哭声还在继续。

这是破罐破盆家。破罐破盆两兄弟十五六岁上相继成家，还有了儿女，老大破罐膝下是两个儿子，老二破盆媳妇生下三个闺女。人多了，便开始商量分家。破罐提议按男丁人头分地，反正闺女是赔本货——长大了要嫁人。这可惹恼了破盆，他打死也不干！当爹的生性软弱，没主见，两个儿子为此吵了半年架，变得很生分，以致相互瞪眼睛，还常常动起武来。

"有么解不开的疙瘩哩？俺？你们说说！你们自个儿解不开，不是还有我哇！你们就他娘的这么乱吵吵，能吵出个么哩！"停了停，老根爷又接着说。

听完破罐破盆各自诉说，老根爷把手背在身后，像遛牲口似的来回踱了几步，回头站定，话说出来一口唾沫一个钉："都夔说了！我这就给你们把主做喽，谁也不兴说不沾。俺？这么着吧，男七女三，就按这个尺寸办！"

"三分不顶算是没有哇？那俺可是吃了大亏呀！"破盆媳妇哭丧着脸说。她在心里埋怨，"女人家就不吃饭了？好像女人家就不是人似的！"

"俺？你个娘儿们家，哪儿有你多嘴的份儿哩？！觉么着亏了你，你就出俺这村儿去呗，俺南穆家不缺你这号儿娘儿们！"老根爷冲着破盆媳妇怒道。

南穆家没人不怕老根爷，老根爷说了的话，没人不听，即使心里一百个不乐意；破罐破盆兄弟也是如此，不敢顶撞。破盆觉得老根爷的裁断损害了自己的利益，心里骂声"老不死的"，却是敢怒不敢言，又见媳妇插嘴得罪了老根爷，正好憋在肚里的气没处发，他冲上去给了媳妇一巴掌："臭娘儿们！还不是他娘的你不争气！我喂只草鸡下蛋，孵出一窝儿来还有个小公鸡哩！你他娘的吐噜吐噜净生不带把儿的，要你有么用？！"

破盆本不是个坏脾气人，可这事儿破了他的底线。说着，他脱下一只鞋提在手里，正欲打媳妇——刚刚举起，忽有喊声从村北口谁家房顶上传来："乡亲们快点儿出来，北穆家人过穆刀沟了……"

院子里突然静了下来，就连屋檐上叽喳的麻雀也闭了嘴；像是着了魔法，破盆举起的一只鞋停在空中。老根爷侧着耳朵听了听，扭身"咚咚咚"出去了。

"破盆！还愣着揍么？走哇！"破罐顺手从地上捡起一条扁担，喊道。

俩兄弟风风火火前后奔出门去。

站在南穆家村北空旷的田野，会看到西边的天空已更为灰暗，但有团如血的云垂在天上，被无力的北风吹着慢慢游走。那云很红，红得发亮，红得有些烫眼睛；它真的像血，像还在流动的血，像是从老天爷的眼睛里流出来的血。

南穆家人听到喊声，抄起家伙呼啦啦冲出村来。村外聚起一大群族人，有的拿着棍棒，有的拿着铁锨，有的提着菜刀，还有人手持砂枪。南穆家人越聚越多，北穆家人也越走越近，两个家族相距一丈之遥时，都站下了，也停止了叫喊。他们像两拨天性喜好厮杀的狼群对峙着，用燃烧仇恨的目光怒视着对方。空气凝固了，让人喘不过气来。

北穆家人群里抬出一副担架，担架上躺着二狗。文举爷走到担架旁，看了看疼得脸色苍白的二狗，气得脸色发青，灰白的胡子随着嘴唇的嚅动而颤抖。文举爷抬起头，此时全然没了斯文气，眼睛里的气色有些阴森，他冲老根爷叫道："穆老根，有道是欠债还钱，杀人偿命。把人伤成这样儿，腿都折了，你倒是说说该怎么了结吧！"

老根爷站在南穆家人前边，倒背着手，挺着胸，仰脸望着天空，有种居高临下的气派。除了神仙，除了官府，除了爹娘老子，他生来还没怕过谁。文举爷直呼其名叫阵，使他本红色的脸膛也有些发青了，他斜瞄了一眼地上的担架，不屑地说："谁那么不长眼伤了你家小子哩？俺怎么没听说哇！我看你们不是没事找事吧？！俺？要是来报先前的仇，我挺着，你们就只管放马过来！"

先前的仇？多了。让文举爷记忆犹新而且大的伤害，好像还是北穆家的戏台被一把火烧了，不过，南穆家的戏台也被北穆家烧了，一报还一报，算是抵消了；让他刻骨铭心的，恐怕还是小黑驴被疯子腊八活活烫吃。不过，那是陈谷子烂芝麻似的好几年前的事了，就是烫吃那头驴，腊八当年也才不过十三岁。

新仇旧恨，看来这场架是打定了。本来，文举爷已无心再和南穆家冲突，他想"相安无事"，可儿子的腿给打断了，南穆家实在欺人太甚，这摩擦想了却了不了！早在闹义和团时，两个家族就打过一回群架。那还是光绪二十七年冬月，义和团败了，八国联军由德国长毛子瓦德西统领，从北平和天津卫发兵南下，要占整个华北。第二年初夏，直隶广宗人景廷宾拉起一支队伍，叫扫清灭洋军。十六万人的队伍浩浩荡荡开到穆刀沟沿岸，南北穆家争相拥护义军，抱成了一团对付长毛子。那当儿，两岸一笑泯恩仇，一时间和睦相处，认了兄弟。然而不过两个月，扫清灭洋军被洋人和袁世凯联手灭了，两个家族又翻了脸，骨子里的仇恨死灰复燃，之后因地边纠纷有过一次群斗，老根爷死了二哥，文举爷死了堂侄。

面对又一场械斗，神色平和的管家指不上从北穆家人丛里出来，站在了文举爷身旁。他对老根爷说："老根爷，愣是想不到你南穆家这么不说理哩！非叫俺们给你把人指证出来是不？常言说，好汉子做事好汉子当。要是俺们给你指证出来，怕是你面儿上更不好看吧？你说是不是？"

借着指不上的话，文举爷阴沉的目光扫过南穆家人，在疯子腊八身上停了停，最后又落在老根爷身上。面对傲慢的老根爷，文举爷并不示弱，他知道，如今北穆家无论哪方面的势力都已今非昔比，甚至已超过南穆家。这一点，文举爷思量了很久。

其实老根爷也并不是个完全不讲理的人，这个面子和尊严至上的头人此时也感到了心虚。他背在身后的手放下了，沉吟片刻，突然扭头冲着族人大声问："俺？谁惹事儿了哩？好汉子做事好汉子当，是汉子就给我骨碌出来！"

仿佛刀枪入库马放南山，南穆家人手中的家伙挂在了地上，或藏在了身后，更没人出声。少顷，胳膊下夹着把杀猪刀的疯子腊八从人群走出，看了二狗一眼，对老根爷说："我。"

老根爷咚咚几步迈过去，一巴掌甩在腊八脸上："你娘的疯子！又是你惹祸！你一天不给我惹事就不得劲儿，是不是活腻歪了？唵？你为么揍人家哩？！"

腊八皱了皱眉头，愠怒地瞪了老根爷一眼，没有说话。

"问你哩！"

"俺应过，不能说。"

"应了也说！"

"说个鸡巴呀！"说罢，腊八扭头瞄了文举爷一眼，似乎准备走开了。

人们仿佛看出什么端倪，又似坠入了云里雾里，两个家族的眼睛都齐刷刷盯着疯子腊八。人们的目光都盯在他身上——那目光就犹如绳索拴住了他，迫使他不能离开了。

文举爷也似乎意识到了什么，对儿子二狗的说法稍稍有了怀疑。晌午，六神无主的凤姐跑回了娘家，二狗也被人抬了回去。问起缘由，二狗对爹说："俺去刀把子地里找兔子，碰上疯子腊八，那家伙嫌俺进了他们的地界儿，就骂俺，还骂咱家祖宗，这就打起来了。"

文举爷阴沉地看了看疯子腊八，习惯地把脸埋了下去，想了想，然后抬头询问地看了指不上一眼——收回了目光，对着疯子腊八冷冷道："有道是身直不怕影子斜，又不是么见不得人的事，你说吧！"

像是被虫子咬了，腊八生硬地拧了拧脖子，不情愿地看了文举爷一眼，心里说："见得人？老糊涂蛋，为么非叫俺说哩？！"接着，他又看看老根爷，指了指躺在担架上的二狗说，"他……弄了他后娘！"

"你——小畜生——胡说八道！"文举爷立刻气得吹胡子瞪眼，跳起来指着腊八骂道。他干枯的手指仿佛也在跟着他生气，哆嗦着。

"哼，孙子说假话哩！"腊八冷漠地"哼"了一声，大声争辩道。他从胳膊下抽出杀猪刀子，指着担架上的二狗说，"不信你问他！"

文举爷未来得及问——也无法问，无法启齿——甚至不必启齿，知子莫如父，这事，二狗这畜生干得出来！文举爷气恨交加昏倒了下去。

北穆家人连忙丢掉手里的家伙，一窝蜂围上来，边呼叫着"爷"，边七手八脚地给文举爷揉胸捶背。

这始料未及的结局，搞得南穆家人也茫然不知所措，像是受了惊吓的羊群。大家面面相觑，默然无语，不知该同情还是该幸灾乐祸，他们不时把莫名的目光瞟向疯子腊八。

老根爷呆怔片刻，一只手捂在嘴上，掩饰性地假咳了一声，另一只手摆了摆。

南穆家人默默地回村去了。临走，五叔有意擦过腊八身边，皱着眉头看了腊八一眼，却没有说话。

见人们走远，呆怔怔的疯子腊八这才挪动了双脚。此时他一脑子懵懂。

## 五

腊八离开，文举爷才慢慢醒来，被灰头土脸的族人背过了河去。

眨眼间，文举爷像一下子老了好多岁，显得那样虚弱，脸变得苍白，干柴似的手不时莫名地颤抖。回到家，他一言不发，在太师椅上呆坐了一会儿，然后摆摆手，把守候在旁的管家和族人支出了屋去，接着艰难地站起身来，进了里屋。

他颤巍巍打开炕头的箱柜，从箱底捧出个锦缎包着的木匣，打开，拿出本薄薄的蓝皮小书。这本《穆氏族规》最早由先人从河南岸带来，后经过修订，祖祖辈辈传下来，传了祖祖辈辈。这样的小册子南穆家也有，当然也经过了修订。南北穆家都自视为这穆刀沟穆氏正统，当然也就视自己的族规为正统，对方的则为歪门邪道。

文举爷一夜未合眼，半夜里把管家和大辈分族人叫来，安排了一些事，便面无表情地端坐在炕头上发呆，直到鸡叫了，才心事重重地躺下。

惶惶不宁的早晨，族人自发地聚集在了街心。街心是个比院落还大的场子，在文举爷家大门前；场子南端有个老迈了的碾子，就像农人走来走去总离不开村庄，青石碌碡经年累月"骨碌骨碌"地发着怨言，在碾盘上转了无数的圈，却又始终停留在那碾盘上。一棵几百年岁了的老槐树，长在离碾子不远处的场边上，有两围粗，心空了，粗大而朽枯的树枝伸得老远。树上吊着一口半人多高的大铁钟，就像倒吊着个大瓮，系钟锤的绳索垂下来，拴在树干上。这老钟也近三百年了，声音可传数十里，据说是满人入关前先人们铸的，为了报警。当年八国联军进北平，这口大钟也被义和团敲响过，钟响了，一拨拨从四荒八野赶来的大刀队会聚起来，然后昂着赴难的头颅向着北方开去。

此时老槐树上绑了凤姐。

昨晚从南穆家回来，族人把文举爷背进家去，二狗也求人连夜将他送出了村，逃走了。与后母通奸，族人自然恨他恨得牙疼。但他毕竟是头人家少爷，打断骨头连着筋，再加平时文举爷宠着他，说不定过段时间文举爷消了气，不再忍心追究，那时倒不好做人，由此放了二狗一马。狡猾的二狗由此逃过了一劫。

凤姐佝偻着身子蹲在树下，柔嫩的双手被一条麻绳子绑着，拴在树上。爹像拴条狗一样把她拴到这儿，就流着眼泪走了，再没回来看她一眼。她光着脚，深深垂着头，散乱的头发披在胸前，一双撕烂了的绣花鞋挂在脖子上。她身上布满臭哄哄的或黑色或黄色的屎，那是人用棍子抹上去的；人们围了一片，指指点点，唾着，骂着，说着什么，还有小孩子到处寻找土坷垃、砖头，嘻嘻笑着向她打去。

一夜间，一个人的命运改变了。人像蝼蛄一样渺小，爬着，飞着，随时会栽进一个火堆，或掉进一口深井；像皮影戏——冥冥中有一只手在摆弄着人，主宰着世界。但凤姐没想这些，她心头没那么复杂，落下这下场，她甚至连恨都没有。她不怨恨疯子腊八，不怨恨二狗，不怨恨文举爷和她的族人，甚至也不怨恨福祸相依的命运。

天色向晚的寒冷中，当神色阴郁凄楚的太阳在西天坠落地面时，文举爷家的大门"吱呀"一声打开了。一辆拉粪用的木轱辘牛车赶出来，管家指不上带着几个拿铁锨的汉子，跟在车后。他们出来，两扇黑漆大门随后又关上了，两个大铁环在门上"当当"响了几下。

　　牛车赶到场子中间，停下来。车辕后搁着个灰陶尿罐子，尿罐子还在微微晃动着；车厢里铺了谷草，还有个鼓囊囊的蓝布印花包袱，一看就知这是有人要出远门了。

　　人们自动闪开，让出了一条道，那条道刚好走过大车；车却没有继续往前赶。指不上使个眼色，几个汉子走到老槐树下，解开绑着凤姐的绳子，把她架到了牛车上，像扔下一条死狗。指不上看着这倒霉的人儿，神情复杂，他不知该同情还是鄙夷。也许最可恨的还是疯子腊八那兔崽子，撞见那事，他该装聋作哑走开，或守口如瓶不说出来，那就什么事也没了，也便不会有这灾难性的一场风波。

　　指不上走近牛车，微弯着腰，嘴唇无声地动了动，才有些艰难地低声说："东家奶奶呀，忒对不住了。常言说，端人家的碗受人家管，没法儿呀，你担待着点儿……"说着，指不上从车辕后拎起那尿罐子——迟疑了一下，手里拎着的尿罐子仿佛有千斤重。他终于还是横了横心，把脸扭到了一旁，手举尿罐子在凤姐顶上劈头倒了下去！凤姐一个激灵，突然抬起了头。她脸上淌着尿水，湿漉漉的长发紧贴在两侧面颊上，她无神的两眼一动不动，空空的；她像个不再思想了的有着杰出工艺的木雕，像个落魄的美丽死神。过了片刻，她又把头埋了下去。

　　"走吧……"指不上摇摇头，叹了口气，然后向车把式摆了摆手。

　　车子掉过头，顺着街道辚辚地向村西走去，车轮的辚辚声像仙乐一样动听，也像仙乐一样悲凉；人们闭住了嘴，无声地跟在车后，像突然变成一群哑人，一群永不再会说话了的哑人。车子到了村西口，转弯又向南行，村口突然杀出的飕飕的小风，卷着一个个黄色沙旋跟在了车后。每个旋风里都裹着个鬼魂，这是先人们说的。也许，那一个个鬼魂是来跟凤姐做伴的。风尘迷了人的眼睛，跟在车后的人不得不放慢脚步，与车落下一段距离。

离穆刀沟不远，有个十多亩地大的沙丘，人们唤它"小沙岗子"。小沙岗已不知多大岁数了，即使上了年纪的人也无法知道。那里很早以前是片野酸枣林，每年秋冬季节，原野一片空旷，北风卷着漫漫黄沙在平原上掠过，在野酸枣林面前则不得不停下脚步。就这样一年一年堆积，酸枣树又一年一年倔强地钻出沙层，慢慢地，小沙岗形成了。无独有偶，在南穆家村东二里外小沙洼附近，也有一个这样的沙岗。那沙岗同样由黄沙堆积而成——至少表面上如此，只是那沙岗比这个沙岗大了许多倍，叫"大沙岗子"，而且其形成过程也是个传说中的谜。小沙岗上稀稀拉拉布满了带刺的野酸枣树，那飘逸在秋风里的狗尾巴草，也早已干枯萎谢，匍匐在酸枣树下；沙岗上依稀可见或深或浅的洞穴隐藏在酸枣树后，那些洞穴多是野獾或狐狸的穴巢，有时也会有狼穴隐隐地藏在其中。

这沙岗原属于穆麻子。当初文举爷许给穆麻子的地就在这沙岗边上，并且连同沙岗子一起划给了他。这是指不上出的主意。麻子欢天喜地以为占了便宜，可拿来才知，能种的地还不足五亩。曾经的好地，大半被不断扩张的沙丘侵占了；而这毫无价值的沙岗却纯属多余。因此，小沙岗子又已无主。人说"麻子碗儿多心眼儿"，可多心眼的麻子终究没有文举爷精明老辣。

牛车在沙岗前停住了。几只黑乌鸦"呱呱"叫着从沙岗上惊起，向着北穆家村东头掠去。在穆刀沟两岸人的意识里，乌鸦是种带来霉运的鸟，是种不祥的鸟，就像夜半飞来飞去的夜猫子。夜猫子夜里才飞出树林，飞出树林传播死亡的咒语，人们说，听到夜猫子叫会死人。北穆家村东一里远有片蓊蓊郁郁的柏林，那是北穆家的坟地，北穆家世世代代的逝者都埋在那片坟地里。凤姐却与祖先的坟地无缘。

几个拿铁锨的汉子开始在沙岗脚下挖坑，人们自觉不自觉围成了一圈，看着那坑在不断扩大、加深。奇怪的是那坑挖到半人深时，坑壁上出现了一个洞，一个孩儿腰那么粗的洞。那是狐狸的巢穴，巢穴一头向南通往外边。对此谁也没去在意，这种情况见得多了，就像田埂上总有蚁穴或鼠洞一样，没什么奇怪。不一会儿，坑挖好了，挖坑的汉子从坑里跳出来，其中一人走到指不上跟前，悄声说："沾了。"

管家指不上走到牛车前，弯了下腰，轻声问："东家奶奶，还有么交代哩？"

凤姐没有抬头，也没吱声。指不上沉吟片刻，走升了，然后儿条汉子走过来，把凤姐架下车，拖到坑边，扔了下去。

凤姐滚了一滚，布满屎尿的身上和湿漉漉的头上，便沾满了黄色的沙土。她爹用她换来的这片土地，不想埋葬了她，成了她的归宿地，成了她的家。她又慢慢坐了起来，头依旧垂在胸前，双手放在膝上。

指不上手里提了包袱站到坑边，把包袱扔下坑去，落在凤姐身旁；他又从衣兜里掏出个金镯子，扔到凤姐脚前。指不上有些伤感地说："东家奶奶，可收好了哇，这是爷送给你的……到喽那边儿，你可得想开呀！兴许，到喽那边儿就能过上好日子了，你多保重哇！"

指不上离开了坑边。几个汉子拿起铁锨，相互看了看，面上浮现出一种复杂的表情。此时，凤姐无恨，这些汉子心头却是有恨的，一种沉重的屈辱性的恨压在心头。他们恨二狗，更恨疯子腊八，多想此刻坐在坑里的是那个疯子啊！汉子们有些迟疑，可还是有人开了头，掘起一锨沙扔了下去，落在凤姐腿上。凤姐猛地抬了一下头，眼睛里闪过一丝哀怨的目光……

随着最后一锨沙土扬起，夜幕降临了，地下将与这地上一样黑暗。

# 第二章

谚语说：庄有庄头，庙有庙主。


## 一


有关凤姐的讯息一两天就传遍了十里八乡。

人心是病态的，人总乐意看别人的笑话。活埋凤姐，要说幸灾乐祸，无疑还数南穆家。他们好一阵激动，像是憋了上百年的一口气终于吐了出来——终于把北穆家干趴下了。这种感觉真好。

可北穆家人却再难得走出村庄，因为自我感觉颜面全无。人活一张脸，树活一张皮，家门不幸，族人蒙羞。风光一辈子——被族人仰望的文举爷不曾料到，行将就木却遭此一劫；族人也万万想不到，这种丢人现眼的丑事会出在诗礼门第的文举爷家——顶梁柱朽败，北穆家这幢老房子似乎也在摇摇欲坠。

活埋凤姐的第三天午后，穆刀沟南岸上出现了几个陌生人。他们朝南穆家望望，走下河堤来。奇怪的是，他们似乎对这一带很熟，既没在田野里东张西望，也没停顿一下脚步，而是顺着村北那条小路直奔而来。

与往日相比，今天老根爷家大院里人多了起来。五叔正在擦着犁铧；那架靠在正房的梯子，此时靠在了牲口房的房檐，大丑、白蛋和二愣等七八人正往房上搬木料；破盆和他媳妇也来串门，与老太太坐在院子里说话。

五叔的大儿媳金桂也来帮忙了，她挑了两桶刷锅水从西厢房出来，正好在破盆身旁路过。

破盆抬手在金桂的大屁股上拧了一把。金桂回过头来，有些似嗔似恼地看向破盆——不等金桂张嘴开骂，破盆就赶紧笑着说："嫂子，你一桶桶提溜不得了，还挑，不嫌沉哇！"

金桂笑道："那不得多跑一趟哇！再说，一百多斤撂到身上还不嫌沉哩，甦说这俩桶了！"

破盆坏笑道："哈哈，那……哪天黑价大升哥不在家，你也约约我有多沉呗！"

"放你娘的屁！你媳妇儿还没有把你约够哇？当着你家里面儿还不正经，当心回去嘴给撕烂喽！"金桂笑骂过，挑着担子出门去了。

院里的五叔和破盆媳妇脸上都微微有点难堪。

金桂到门外把刷锅水倒到猪圈里，回院搁下水桶，走来，一扭屁股坐在了老太太身边的板凳上。老太太带着一脸慈祥的笑意。破盆媳妇却一直没言语，自从多嘴挨了老根爷骂，她似乎已变得知趣，在老根爷家更是不再轻易开口。话最多的还是泼泼辣辣的金桂，她从不避讳什么，心里有什么就得说出，要不就会硬生生憋出病来。

这时，正房里突然响起了胡琴声，悦耳的旋律忽高忽低，曲曲折折，仿佛走进了一个奇异的迷宫。像一朝有了闲情逸致，有人在屋里自拉自唱。

我正在城楼观山景，
耳听得城外乱纷纷……

穆家人好戏曲，虽不知这喜好始自何时。拿手的胡琴是板胡、二胡和京胡，爱唱的戏曲是丝弦、河北梆子和京剧。可惜的是，自从火烧戏台，穆刀沟两边不再搭台唱戏，穆家人这一喜好也就不知不觉中淡了下来，以致难得再从哪家院里飞出吹拉弹唱声，而先人传下来的制作乐器的手艺，也在以后的岁月里失传了。

就在这时，疯子腊八往老根爷村南的地里送完粪，也赶着马车回了村。

"老实待着哇！"他把车停到东家门口，拍拍枣红马的头，走进院子。

"疯子兄弟，真沾气！"见腊八进来，一直没有说话而终于按捺不住的破盆媳妇，神态有些夸张地夸起腊八，也算是打个招呼。

"我怎么？"腊八站住，抬起那双眯眯眼，不明白似的看着破盆媳妇，让人怀疑他脑子真有点问题。

"甭装蒜了，都说二狗那家伙横，谁晓得他遇上了耍横的祖宗哩！"破盆指着腊八的鼻子笑道。他扭脸瞟了一眼正房，回头继续道，"你把他们拾掇成那样，看把老根爷得劲儿的！你听听——"

腊八怔了一下，神色突然变了，脸黑了下来。他扭头走开了，又出了大门。破盆闭上了嘴，别人也都感到莫名其妙，谁也不知疯子腊八这是怎么了。

少顷，腊八把马车赶进了侧门，卸了车，把枣红马牵进了牲口房里。过了一会儿他才出来，只见他脱去了棉袄，赤裸着上身，黑黝黝的躯体在阳光下充满了动感。此时天气还冷，疯子腊八脱去衣服在人们看来同样不可思议。他趿拉着破旧的布鞋走过来，脸上的阴冷气不见了，但依旧还有些不大自然。

就在活埋凤姐的那个傍晚，疯子腊八不见了，他像头走失的牲口不知跑到了哪儿去，全族人都没瞧见他的影子。第二天午后他才回来——走下河岸，这个基本上不沾酒、也没钱买酒喝的人却醉醺醺的，张口便喷吐一股令人恶心的酒气；他打着酒嗝，"哩哏儿愣"地哼念着鬼才知道是什么调门的小曲儿，走下河岸来，进了村子；他直接回到了村东头自己家里，回到家，甚至没和爹招呼一声，爬上炕倒头就睡。

此时他赤着上身从牲口房出来，听到金桂嫂她们又在嚼舌头，京胡的声音还在断断续续从正屋里传出来。

老太太说："可不是哇，老头子夜儿个黑价还独自喝起酒来了哩。"

金桂说："那还用说哇！老根爷多咱心里这么舒坦了？秀才家这回丢那么大脸，看他北穆家往后还神气不！哎，听说没有哇？那骚娘儿们是小沙岗上一个狐子精——人们都这么说，她白天变成人模样儿去伺候老秀才，黑价又变回原形回到小沙岗子上，挖坑埋她还挖出了她的窝儿哩……"

"是不？真的假的呀？"老太太惊讶道。

"俺也不晓得真假，人家是这么传的。可不管怎么着，那娘儿们就是个克夫的命，你不见她颧骨有点儿高哇。"

"俺看不是。她要克夫的话，怎么没有把老秀才给克了哩？那老秀才可是连着克了四个媳妇儿哩！"破盆媳妇说。

"嗐，那还不是老秀才命更硬呀，她克不动！反正，这号儿娘儿们就是祸害，哪个男人沾了她都会背兴，这回，老秀才父子俩不是都……"

几个人正叽叽喳喳你一言我一句地议论着，五叔抬头看到腊八，斥责道："光着个膀子，你烧包儿哇你！"

也许只有五叔才能对腊八有所影响，除了爹，只有一个院房的五叔是他最亲近的人了，是他精神上的一根顶梁柱子。腊八正准备回牲口房把棉袄穿上，眼尖的破盆见几个陌生人走进院来，便压低声音说："来人了……"

大家扭过脸，见四个凶巴巴的人已绕过影壁，站在了院内。一个白净脸、身穿深灰色西服的人站在前面，他三十大几岁，看上去有点眼熟；他身后，是三个身背长枪的黑衣警察。

"穆老根在不？""灰西服"表情严肃，以一种盛气凌人的口气问。

刚才还大声说笑的人被这不速来客镇住了，成了哑雀，大气都不敢出，只有金桂没有惧意地用轻慢的目光瞅着来人。腊八看看来人，先是一怔，而后小眼睛眨了眨，双手捂住肚子，低下头向大门口走去。

"哪儿去？""灰西服"审视着腊八，眼睛像是要从他身上挖出什么来。

"窜稀……上茅子。"腊八夸张地弯着腰，仰起脸说。他一边说着一边解下裤腰带，像是憋不住了。

"不准去！"一个警察把身子一横，挡住了腊八的去路。

"凭么？！"腊八眯着眼睛冷冷地看着那警察，故意将提着的裤子抖了抖，气急败坏地大声吼道，"管天管地管不着拉屁屁放屁！你咋呼鸡巴毛呀，爷爷都快拉到裤裆里了！"

"叫他去吧。""灰西服"说。

腊八如释重负似的，提着裤子，一溜烟儿进了院子西南角的茅厕。"灰西服"用怀疑的目光看着他隐进茅厕里，回头向五叔他们追问："我问穆老根在不？问穆老根在不在！你们是哑巴呀？！"

"问就问，那么凶揍么？要吃人呀？！"金桂猛地站了起来，大声说。

五叔瞪了金桂一眼。金桂不懂，但五叔明白：天底下战乱时最可怕的是兵匪，和平的岁月则是警察；这些人代表了权威和暴力，更是杀人的工具，惹不起。

"谁叫我哩？唵？！他娘的这么缺教养！"堂屋里，胡琴发出"吱"的一声残破的尖叫，停了，只听老根爷气呼呼地回道。少顷，他走出屋来——看见几个警察站在院子里，不免有点吃惊，脸上的肌肉抖了抖。但很快他便镇静下来，换了一种口气说，"俺是老根儿，老总们找俺有么事儿哩？"

"啊，我说这么眼熟哩！"不等来人回老根爷话，五叔站了起来。他认出那"灰西服"就是县党部指导员、秀才家的大儿子穆大仁，赶紧赔一副笑脸打圆场，"你是文举爷家的大少爷吧？你看看，刚才个儿硬是没认出来！找俺家爷有事儿哇？快屋里，屋里说……"

"不用了！"穆大仁一挥手，不再理睬五叔，而是傲慢地向老根爷走近一步，口气强硬地说，"把疯子腊八交出来吧！"

"疯子……他犯了么事儿？"老根爷睁大眼睛，做出一副不明就里的惊疑状。

穆大仁鼻孔里哼了一声，冷笑道："甭装糊涂了！他犯了么事儿你还不晓得？交人吧！"

"北穆家大少爷，你可要弄清喽，俺南穆家院儿里可都是好人啊！那小子是又愣又呆又傻又疯，他能犯么事儿哩？唵？可千万蹇冤枉了好人哪！"老根爷道。

穆大仁又冷笑一声："冤枉？他伤了二狗还冤枉他？"

"这事儿哇！"老根爷呵呵一笑，可接着就把笑容收敛了。他神色有些复杂，想了想才说，"要说疯子打人——是不该，况且还下手狠了点儿，可么事儿得有个说头儿，唵？你家二狗弄出那档子事儿，忒见不得人，也着实该打；至于疯子那点错儿，看在他还是个不懂事的孩子——俺看哩，还是俺们拿家法管教他吧，保准儿给你们个交代。你说哩？"说完，一向高高在上的老根爷竟然赔了个笑脸。

穆大仁的脸色已变得铁青。穆二狗被人连夜送到了县党部，问起原委，送二狗的族人支支吾吾，人走后，二狗自然把他向爹说的话又重复了一遍。穆大仁很生气，连夜请来大夫为二狗治腿，第三天就去县府找与他有几分交情的公安局长了。他向党部书记长告了假，就带人回了家，管家指不上话语闪烁地向他吐了实情，他不禁又对二狗恨得咬牙切齿。不过，为了给爹捞回点面子，他并未听指不上劝阻，硬是带人来了南穆家。此时老根爷又将恶臭的疮痂揭开——无异于煽风点火，穆大仁的气闷就像炭火再次燃旺，他蛮横地向老根爷摆摆手："少废话！我不想听你啰唆，我只要你把疯子腊八交出来！"

"不交不沾？"

"是！"

"愣是要交？"

"是！"

老根爷刚要发怒，又马上隐忍下了。他沉吟着，深锁着眉头，显然很为难。他知道，交出疯子腊八，会寒了族人的心，大损自己在族里的威望；若是不交……沾不？老根爷的心在颠来倒去地纠结着。也难怪，自古百姓敬畏官府，民不和官斗，千百年来祖宗就是这么做的。

"五子，疯子哩？"老根爷问五叔。

五叔没有吭声。

"五子，问你哩！你耳朵聋了？唵？！"老根爷把气撒在了五叔身上。

"茅子里。"五叔用下巴向茅厕示意道。他的心像被什么紧紧揪着。

老根爷向茅厕望去，果然，茅厕的矮墙上搭着一条脏兮兮的黑布腰带。在这古老平原上的乡村，茅厕每家就一个，谁进了茅厕，就把裤腰带搭在茅厕的墙上，告诉外边：里边有人。老根爷心里"唉"了一声，叫苦不止。他无奈地向茅厕喊道："疯子，你出来吧。"

茅厕里没有回音，等了好长时间，疯子腊八也没出来，他像是有永远拉不完的屎。

"嗯……"穆大仁向警察使个眼色，做惯狗腿子的警察自然心领神会，一个警察向茅厕走去。

很快，那警察从茅厕出来了。

"没有！"警察说。

"嗐！"穆大仁右拳狠狠打在左掌上，气急败坏地摇着头，"我刚才就怀疑那小子——娘的，还说他又愣又呆又傻又疯哩，哪儿他娘的呆傻呀！咱们叫这小子给糊弄了！"

原来这猪圈是连茅圈，连通猪窝的猪槽砌在茅厕里，腊八硬是从狭窄的猪槽里钻了出去！

"既然抓不着人犯，就只有你跟俺们走一趟吧。"穆大仁对老根爷说。

"唵？！"老根爷脑袋里"嗡"的一声响，脸色也发青了，被激怒的他口气不禁强硬起来，身子往前一挺，"凭么？我没惹你，没犯事儿，凭么捉我？没有王法了？唵？甭老觉着俺们庄稼人都怕你们衙门儿，兔子逼急喽还咬人哩！哦，合着是为你北穆家找碴儿呀？跟你说，俺南穆家不怵！砍喽脑袋不就是个碗大的疤瘌呀，只要你有本事杀得绝！"

就在这时，老根爷家呼啦啦拥进一大群人，而且越来越多，眼看要把院子挤满了。女人们手里拿着棒槌，男人们手里拿着菜刀、铁锨、扁担、镢头之类的家伙。

"谁说要捉老根爷哩？！"

"哪个兔崽子到这儿撒野哇？把他砸扁喽！"

"这些个王八蛋活腻歪了，活埋了他们！"

"呸——"有人一口痰向穆大仁吐去。

人们大声叫嚷着，骂着，三个警察已吓得脸色发白。他们明白，尽管手里有枪，可就凭他几个，不被剁成肉泥才怪！惊慌失措的警察连忙背靠背围成一圈，把长枪端在手里。

老根爷的脸色此时已平缓了许多，他向族人挥挥手："大家伙儿甭嚷嚷了。"待人们静下来，他接着说，"叫他们走吧。"

过了片刻，人们才慢慢让出一条通道。

"这事儿还没完！"穆大仁丢下一句话，有些狼狈地转身向大门走去，几个吓坏了的警察灰溜溜跟在后边。

院子里发出一阵示威似的欢呼声，人们尾随着警察走出门去。

老根爷家渐渐静了下来。

人们都走了，老根爷也反身回房去。他像是突然间变得有气无力起来，一只手扶住了门框。"唵？……疯子哩？"他突然想起无了踪影的腊八，本能地回头望了望。


疯子腊八在猪窝里。

他从猪槽钻进矮小的猪窝，费了九牛二虎之力，后背、胸脯都擦掉了一层皮，血淋淋的。他钻进这堆满恶臭的低矮的猪窝，一手提着裤子，强忍着疼痛蜷缩在猪窝角落里；那头浑身臭哄哄的肥猪或许想叫人挠痒痒，哼哼着拱了拱腊八，像个多情的胖女人在他身边躺下了。

猪圈临街，腊八本该跳出猪圈远遁而去，可他选择了留在猪窝里，因为他不清楚大门外是不是也站着警察。此外，如果有谁因为他而被带走，只要一出这大门，他就要从猪圈里跳出来现身，要么主动申请被捆绑，要么和绑人者拼命。方才，院子里的声音断断续续闯进了他的耳朵，当听到穆大仁说要捉走老根爷，他突然脑袋一热，有了跳出去杀人的冲动，猛地一抬头，头撞上了猪窝，撞得生疼。但他的冲动被族人的叫嚷声按住了。他心里突然很感动，紧张的心情也悠然松弛下来。这时他觉得浑身没了力气，脑子也渐渐有些迷糊，再加怕脑袋碰到猪窝顶棚，就只好躺下了，与猪同卧……

那头肥猪大概饿了，又哼哼叫着拱了拱他。

腊八睁开眼，只见猪窝里已黑洞洞的，只有猪圈外还可借天色初夜的微亮，看见物体的影子。刚才，他竟然迷迷糊糊睡着了。他坐起来，张目向外望了望，依稀可见槐树稀疏的枝丫纹丝不动地静止在天空，白日在树枝上吵叫不停的麻雀也早已归巢。突然，树上"喳"地发出一声麻雀凄清的啼叫，而后又归为宁静。原来还有一只无家可归的麻雀栖止在树上，虽不知为什么它无家可归。

老根爷家院子里此刻一片寂静，腊八突然想起下午发生的事，他想，老根爷定是坐在炕头上，一口口抽着闷烟生闷气呢！

疯子腊八的无动于衷惹烦了那头猪，它恼恨起来，突然"哼"了一声，气呼呼地站起，狂躁地猛一低头拱在腊八屁股上！腊八骨骨碌碌滚下了猪圈去。

"你姥姥的——敢拱我！"腊八低声冲那肥猪骂了一句，而心里还在咬牙切齿地发狠道，"咦——爷爷真想把你弄死！"

就在这时，街上传来此起彼落的呼唤声，有五叔一家人的声音，也有破盆、黑球等人的声音……他们在一声声叫着自己的名字。声音渐渐近了，那声音此时显得那么亲切，那么温暖，像救苦救难的菩萨的声音，像遥远的上天的声音，像一片阳光蓦然照亮了寒夜。

"腊八——"

"疯子——"

……

那声音像是近在咫尺，又像是很遥远。


正如腊八所料，老根爷还真是坐在炕头上生闷气呢。他眉头紧锁，拼命地抽着旱烟。就像老鼠见了猫，太太儿媳孙子孙女都躲到了东厢房里，天黑了，晚饭也没敢端上来。

不过老根爷气闷的不是疯子腊八，也不是穆大仁。街上呼喊腊八的声音他听到了，可他像是没听见似的。他还在气恨着，气恨一个无法改变的现实：朝中无人。若论土地，我南穆家比他北穆家一点不少；若论劳力，我南穆家比他北穆家还多；若论文，我南穆家照样有在外念书人！可一样没有，那就是官府，官府无人。据说就连眼下的县长也到过北穆家，临走还纳了老秀才的孝敬银子！一种沉重的压迫感让老根爷明白了一个道理：土地和财富再多，也比不过一个"官"字，官府里人才是真正的老爷。

想到官府，老根爷不觉又有些后悔。他后悔一气之下断了给儿子富堂的供应，以致那小子断了跟家里的联系，更不曾回来。那个倭人国虽让人憎恶，可儿子毕竟还是自己的，也是家族本来的指望。唉，管他在哪国念书哩，只要他能学成回来，在官府谋个差事，别的都不重要。只是自己一时糊涂……唉！

老根爷正生闷气，一扭脸看见了窗台上的酒壶。酒壶里还有大半壶酒，那是高兴的昨晚喝剩的。他挪动了几下屁股，伸手把酒壶拿了过来，"咕咚咕咚"一口气把大半壶酒倒进了嘴里。他把酒壶放回到窗台上，忽然想到他的牲口还饿着。那从外村雇来喂牲口的老头儿死了老伴儿，回家办丧事还没回来。正在气头儿上的老根爷不想动，便隔着窗户冲东厢房喊："秋莲，你去把牲口喂喂！"

过了一会儿，只听秋莲在牲口房里喊："爹，拌料棍儿在哪儿啊？怎么找不着哩？"

"唵？他娘的真笨！"像是火上浇了油，老根爷更生气了。他骂了一声，气冲冲从炕上跳下来，跺得大地咚咚作响。

老根爷走进牲口房，见儿媳正弯腰找拌料棍呢。"真没鸡巴用！拌料棍子在牲口槽那儿，哪儿会搞到人住的地方哩！"这话是老根爷说的——可他没说，他刚要发作，话到嘴边却又咽回去了。

昏黄的油灯光亮把牲口房里照得朦朦胧胧，若明若暗；暗淡的灯光照在儿媳身上，她圆圆的屁股动人地翘着，光亮将她的影子放在那老头儿睡过的炕上。眼前的剪影像一幅杰出的素描，很生动。老根爷的头突然昏了，热血冲上了脑门儿，像当头挨了一闷棍犯了迷糊。

他从身后抱住了儿媳。

"爹？！"秋莲侧过头来，惊恐地望着老根爷。可她还没弄明白怎么回事，"能干的公驴"就把她按在了炕沿上，一只手粗鲁地解开了她的裤腰带，退下了她的裤子，紧接着，他又扯了一把自己的裤腰带，宽松的裤子"秃噜"顺着大腿落了下去……秋莲醒过神来，珠泪不由从眼眶里奔出，打湿了一片炕褥……

完事后，秋莲系上裤子，捂着满面泪湿的脸跑出去了。老根爷坐上炕沿，像做了一场梦，突然醒了。"我是人不？唵？不要脸的扒灰头！"他在心里咬牙切齿地骂着自己。他的脸扭曲了，狰狞可怖。他抬手一巴掌扇在自己的老脸上，接着又一巴掌，又一巴掌……他想到过在墙上撞死，可他始终没有下炕……他失去了理智，顺手从炕上捡起一节谷草，向自己"不要脸"的老脸上扎去！他发出一声痛苦的惨叫，那丢掉谷草的手捂住了右眼，一种红白掺和的液体从指缝里流出来……

听到老根爷痛苦的惨叫声，老太太扭着三寸小脚赶了过来，扶住炕沿急切地问："老头子，怎么了？"当她看到老根爷手指缝里流出的血，更是异常吃惊，心疼地大声嚷着，"呦喂！怎么回事儿哇？这怎么回事儿哇？！"

"没事儿，不经心扎了眼。"老根爷痛苦而又淡淡地说。他此时清醒了，完全清醒了，也平静了。但他没有为误扎了一只眼睛而后悔，他恨这双眼睛，是这双眼睛让他看到了儿媳那翘起的圆圆的屁股，看见了儿媳匍匐在炕沿上的影子，这双眼睛使他乱了性，已无颜再睁着这双罪恶的眼睛去见祖宗。然而，他更恨北穆家，若不是穆大仁那婊子养的，我老根儿也不会迷乱了心智，气昏了头，不会在儿媳的影子里乱了方寸。北穆家是个不祥的家族，他们总会给人带来霉运，见到北穆家人，便总会出点什么事，他们就像瘟神一样传播着灾难。

"快回堂屋去吧，俺给你找块布包上。"老太太扶住老根爷。老根爷下炕时，她又说，"你这是怎么搞的呦，怎么奇奇怪怪偏偏扎了眼哩！"

老根爷没有吭声，一甩胳膊挣脱了老婆子搀扶，径自走了出去。

## 二

当晚，人们的呼唤声消失后，光着膀子的疯子腊八手提裤腰回到了家。走进二门，见爹正愁眉不展地站在屋地上。五叔五婶也在。

"你总算是回来了！"坐炕沿上的五叔惊喜道。

桌上的菜油灯忽闪了一下，坐炕沿另一头的五婶转过身，脸上的紧张气息消散了。她赶紧从炕上拿过腊八的棉袄，跳下炕，给腊八披上："这大冷的天儿，快穿上！"接着五婶一笑，又忙从炕上拿起那条脏兮兮的裤腰带递给腊八。

腊八的棉袄和腰带，是五叔从老根爷家拿回来的。

五叔看着腊八说："才刚儿你爹俺们商量了一下，觉么着——你得出去躲躲了，你在这村儿里待着实在不保险。北穆家那边儿肯定咽不下这口气，大仁那小子说不准哪天会领更多的人来捉你哩。好汉不吃眼前亏，咱惹不起躲得起。这么着，明儿一早你就先躲出去，外边儿躲几天，白天价出去，黑价回来，躲过一时算一时吧。"

爹也紧张地说："小子哇，听你叔叔的话，赶紧出去躲躲吧！"

"怎么躲？又躲鸡巴哪儿去哩？"腊八的脑子突然变得混乱起来，他茫然地看了爹和五叔一眼，蹲到墙角落里去了。他明白爹和五叔的话有道理，但他不想躲藏。

"躲哪儿还用着我教你呀，天大地大，这还难住喽你？"五叔有点不高兴了。

"那要不要跟老根爷说一声哩？俺是人家的长工，见不着俺，他会生气哩。"腊八只有同意了。

"嗐，他巴不得见不着你哩！你想想——你是个负案在身的人，你在他家，那不是给他找麻烦呀？老话儿说，眼不见心不烦，兴许你走喽，他心里才会安生哩！"五叔道。

"那可不一定。"腊八的爹怀疑地说，"我在他家当过长工，老根爷那人可是自私得很哩，叫他为别人着想，我看……难！"

五婶拉了五叔一把，催促道："那你就快点儿去吧——找老根爷说说。霎耽误了，去晚了人家会睡觉了哩！"

五叔去了。他走进老根爷家大门，见正房里还亮着灯，便站在院子里喊："老根爷，还没有睡哇？"

屋里的灯忽地灭了。过了片刻老根爷的声音才从屋里传出来："睡了。五子有事儿哇？"

五叔走到窗户下，冲里压低声音说："我想哩，大仁那小子说不定么时候儿又会带人来哩，咱是不是叫腊八出去躲躲？你家的活儿，我先替他顶着。"

屋里的老根爷沉吟了片刻，说："沾。"

"那，老根爷你歇着吧，我走了。"五叔道。

五叔刚要走，屋里又传出话来："你琢磨好叫他躲哪儿去了不？"

"这倒没有想哩。反正离开咱们村儿就得了，他躲到哪儿算哪儿吧。"

"俺？那怎么沾哩！得离开无极地界儿。他北穆家仗着县上有人，能在这无极呼风唤雨，可出喽无极地界儿，他们就没么辙儿了！"

"那又去哪儿哩？"

停了停，屋里传出话来："这么着吧，叫他去真定，去投奔俺亲戚贾先生。俺？他俩见过面儿，也算熟人了。"

真定就是如今的正定，古时称常山、真定，清雍正初年就改为现名，但平原上的人依旧眷恋地称之"真定"，就像人们固执地称木刀沟为"穆刀沟"。

五叔回道："那沾。可……贾先生住真定哪儿哩？"

"这个……他近来好像是又换了学堂，具体在哪儿，我也不晓得。俺？反正他老家是贾村，你叫疯子先上贾村打听吧。"

第二天一大早腊八就离开了家。当然，躲哪儿难不倒他，因为"不干正事儿"本就是他的长项。但他根本没打算去找贾先生，因为对姓贾的反感，况且前几天二人才闹了不愉快。

南穆家村东北方向是片森森柏树遮蔽的坟地，坟地里埋着南穆家祖祖辈辈的逝者。这些柏树像是上了年纪，显得那样苍老——树身粗大，树干疤疤瘌瘌，黑灰色的树皮斑斑驳驳，像是浑身伤痕，给人一种深深的沧桑感。不过，树冠依旧是茂盛的，深绿色的枝叶遮蔽了天空，佑护着脚下苦难的黄土地以及黄土上的追念。它们就像是一群永不服老的老人，像一个古老的部落，停留在依旧寒冷的晨风中。老人们说，柏树看去长青，柏叶散发着香气，可心汁是苦的，就跟那黄连一样。柏树林下堆着一个个坟头。这里像是很久没再新埋过人了，那影影绰绰的坟头也都像是有了一把年纪，光秃、平滑而结实，有的甚至发亮。

疯子腊八去了坟地，在一个坟堆旁坐下了。柏树遮天蔽地，柏树坟阴森而寒冷。将近中午，他要"挪窝儿"了。他想到了坟地东北方向的大沙岗，想去沙岗子上晒晒太阳，想着就夹着杀猪刀子走出了坟地。

沙岗子很大，像座山。腊八远远看到沙岗下停着一辆马车，有两个人正从车上往下搬东西。腊八先是一惊，接着一阵迷惑，因为那两个人不像警察。

他走了过去，马车旁的两人转过身来。其中一人看到腊八，僵尸似的脸爬上了一丝难堪的表情。他穿了身灰色棉大氅，一条厚厚的紫色围巾围在脖子上，手里拿着把洛阳铲。与他一起的是个矮个子男人，那人身后是刚刚从车上搬下的东西：一个三尺多长的三脚架，一个长长的大笊篱似的东西，一个铁皮箱子。

"贾先生哇，你们搂么哩？"腊八疑惑地问。

贾先生脸上挤出一丝笑意："唵，搞搞探测……哦，说了你也不懂。"

"你是来挖坟吧？"腊八看看贾先生手里的洛阳铲，有些不屑地说。他心头更加鄙夷起这姓贾的来：看上去人模狗样的，还是个教书先生，竟也揍起这挖坟掘墓的烂事儿了！

贾先生搪塞道："不、不是……就是探测探测。"

"他又是谁哩？"腊八指指那个矮个子男人。

"哦，一个日本朋友，文物专家。"

这个日本人流荡到了冀中平原，难有大的收获——后来打听到贾先生在收藏古董，就找上了门来。贾先生自然喜出望外，类如男女间的"郎有情妾有意"，两厢一拍即合。

腊八鼻孔里哼了一声，转身走了，他已失去沙岗子上晒太阳的兴趣。可走了几步，又转回身，不得已请求道："贾先生，你要见着俺东家——给传个话儿，就说你见着俺了。"

"你要干么去？"

"俺外边儿转转，过几天就回来。"

不等贾先生再说话，腊八就向小沙洼走去了。年轻人总是随性而行，每迈出一步都是冲动，一个冲动会把他引向远方。他上了河岸，然后往西而去。西去，仅仅是因为沙岗下突然产生的一个念头——这念头由贾先生和日本人"探宝"诱发——这念头惊喜地高举着一个金镯子朝他跑来。其实，这几天里，原本就有一个金镯子总是在他的脑海里晃荡。

作为男人的疯子腊八喜欢上金手镯，这很奇怪，似乎只有疯子才这样。然而，就凭老根爷给他的工钱，他一辈子也买不起。若是以往，他可以去偷，去抢，去挖坟，可现在，他不会再干那些烂事儿了。贾先生和日本人的行动让他终于想到了淘金，他曾在大人们的闲聊中听说，穆刀沟的源头上好像有沙金粒子。他想，能够淘到够多的金沙，就可以找城里的金铺打个金镯子了。

此时，疯子腊八满脑子里都是金子。至于因他而引发的——那场造成文举爷妻亡子散的风波以及现实里他所面临的处境，他已忘得干干净净。他忘记了他"人犯"的身份。

岸边不时有人或车辆路过，路上断断续续响起说话声或木轱辘车轮的"吱咕"声。不知不觉间，他已走出十六七里，已在正定地界上，他看到了河南岸二里处那个大集镇——贾村。他曾跟五叔赶集来过那镇上一次，贾先生就是那镇上的人。远远看见贾村，腊八停了停脚步，接着收回目光，又径自前行了。其实，他仅仅瞟了贾村一眼，并未往心里去。

有三个行色匆匆的汉子刚刚过去，腊八拦住了一辆由西而东的马车。

"哎，问个道儿呗。走到这河头儿还有多远哩？"

车停下了，头裹已发灰了的白毛巾的赶车人道："噢，具体多少里不晓得，反正好远哩！"

马车往东去了，腊八重新迈开了脚步，甚至小跑起来。沿着弯弯曲曲的河流一路行来，他似乎忘记了这世上的一切，没有白昼，没有黑夜，没有饥饿，没有陌生的恐惧，甚至没有沿岸的村庄与风景。

翌日傍晚，前方的地势慢慢抬高了，远处的大山耸立着，直上云端。近距离看到山，腊八还是第一次，他不免一阵激动，进一步加快了脚步，沿着通向山里的河流往前疾走。然而，山，看着近，仿佛就在跟前，可实际上却很遥远，待擦身走过一片沼泽地，再穿过一段低丘地带，直到夕阳快要落脚在山顶，腊八才走到了山的脚下。太行山的峰峦连绵不断，南北蜿蜒而去，成为大地上的一栋天然屏障。夕阳金色的余晖里，接连有骄傲的苍鹰飞过，在天空书写着自由和矫健。

一座前出的矮山半凸在山脉之外，河流宛若一条晶透的玉带，绕流在山脚之下。此时的河水不深，河滩上坑坑洼洼，乱石嶙峋。眷恋的河流挽着的山呈弧形，走向自东弯转去西北，山体陡峭，宛若刀削。有几棵攀登者似的干瘪的崖柏顽强地抓着岩壁，也有丛丛枯草粘贴在岩石上。

山的东南侧则是一个徐徐而上的缓坡，腊八脚下的路也不再跟随河流，它爬上了山坡，继而从这儿走向了山里。路与河分道扬镳，中间形成个宽大的夹角，这夹角的山坡上孤零零矗立着一幢小木屋。那木屋看去已年久了，呈现出一种黑灰色的破败相。

腊八在山脚下站了一会儿，而后眯着眼，顺路走上了山坡。他在路旁踌躇了片刻，走向了那木屋——却被突然而起的"汪汪"声阻拦下来。木屋外西侧拴着一条黄色的猎狗，那狗冲着陌生的腊八不停吼叫，直到木屋里传出"耍叫了"的呼声，那狗才安静地蹲了下来。

木屋的门开着，一个反穿皮袄的老者守在火炉旁，正在火炉上烤着野兔。那野兔剥了皮，由一根细木棍插着。见腊八走进屋来，老头儿扭了一下脸，看看腊八，并没有说话，脸上也没有任何表情，就又把脸扭回去了。

"爷，俺能不能在你这儿歇会儿哩？"腊八问。

老者并没有抬头，淡淡地说："来者是客，坐呗。"

腊八在老者对面的小板凳上坐下来，把杀猪刀子放到了地上，扭着身子环视了木屋一眼。老者身后是个不大的地铺，地铺上铺着毛皮褥子，毛皮褥子上是床脏兮兮的棉被；木屋的墙壁上挂着几张兽皮、一只烟熏过的山羊，还有一杆砂枪；一个屋角摆放着锅碗瓢勺和水桶。

"爷，俺问一下，这穆刀沟到头儿还有多远哩？"腊八问。

"穆刀沟？"老者抬了一下头，接着又把头埋下了，一边烤着野兔一边说，"这儿没有穆刀沟。这条河叫磁河，到了闵镇往下才叫穆刀沟。"

"噢，是这么回事儿呀。"腊八还是有点疑惑，却又点了点头。他停了停问："俺听说这河头儿上有金子，是不是哩？"

"瞎说！有么金子哩，沙子石头倒是有的是！"老者道。他接着又埋下头，叹了一声，"唉，这人们哇，听风就是雨，没影儿的事儿，听到耳朵里就当真了。这河里要真有金子，山里的人会早富了哩，平原上的人也会蜂拥着过来。"

"那这山里住着的，都是么人哩？"没进过山的腊八好奇地问。他的问话未能表达明白。他本想问的是：山里人靠什么生活。

"汉人，跟平原上的人一样，先人都是打洪洞过来的。"老人道。他的眼睛依旧停留在火炉上，过了片刻，他抬了一下头，"哦，你是

顺着这河过来的吧?"没有等腊八回答,他接着又埋下头,像是陷入了回忆,讲起了这河与祖先的故事:

"古时候儿哇,这山里没有么道儿,人出远门儿可怎么着哩?得沿着河走……穆刀沟一带人的祖先,多半就是顺着这条河走下去的。先人的老家在山那边儿,在山西洪洞。不是有个歌谣哇,'问我祖先来何处,山西洪洞大槐树;祖先故里叫什么,大槐树下老鸹窝。'那还是明朝洪武年间到永乐年间的事儿了。只是先人们也忒老实了,那官府的差役敲着锣喊:快点儿打家里出来议事喽,凡是出来的就没事儿,不出来的就统统解走!谁晓得哩,凡出来的人,都统统给绑了起来!唉……就顺着这条河下来了。"

其实,冀中平原最早的大规模移民白狄人,也是顺着这河流东下的。他们从山那边进了山,在清水河流域居住下来。在山里发展壮大后,又顺着滹沱河与穆刀沟并行东下,从而在这山的东麓连同冀中平原建立了中山国。那时候,冀中平原还是一片几乎渺无人烟的辽阔草原。

"先人们翻过了这山,就像这河里的沙子冲下去,他们给摞到了平原上。老话儿说人挪活树挪死,可这离乡背井又有多少活路哩?难哪!一道儿上也不晓得多少人死了,活下来的算是命大。唉,这人呀,怎么说才好哩!给绑住了,大家伙儿的命运也拴到了一块儿,一路上再苦再难,还能相互搀扶;落脚儿到一个人生地不熟的地方,大家伙儿还有个相互照应。可安稳下来了哩,人倒生分了,甭说不相干的人了,就是家里人也开始七翘八拱了……亲人也成了对头儿。"

或许居住在人烟稀少的山上,平时难得遇到人说话,孤独的老人话匣子一打开就收不住了。他突然发现,疯子腊八虽依旧坐在对面,却头垂在胸前睡着了。老人失望地叹了一声,站起身来,过去拍醒了腊八:"小伙子,困了?"

腊八猛地抬起头来,迷迷怔怔地说:"啊,这是他娘的哪儿哩?"

老者猛然睁大了一双老眼,警觉地看了看腊八,然后又坐回了原处,过了一会儿才问:"你是哪儿的人哩?"

"无极。"腊八道。

"噢……我说哩。"老者手里转动着插野兔的木棍，脸上露出了笑意，显现了一种亲切而慈祥的神态，而那亲切和慈祥里又有着一种忧愁的成分。

看着老者手里的野兔，腊八咂了咂嘴。他两天没吃东西了，此时突然感觉到了饥饿。

老者从烤熟的野兔身上撕下两条大腿，递给了腊八："你晓得不，无极可是有个'疯子村'哩。"

"疯子村……你是说穆家？"腊八心头有点不高兴了。人们调侃说穆家是疯子村，可穆家人听来那是侮辱。

"是哩。"老者道。

"俺就是穆家人。"腊八淡淡地说。

老者猛然凝视起腊八来，而后站起身，冷冷道："你走吧！"

"为么哩？"腊八吃惊地看着老者，不知突然发生了什么。

"叫你走你就走！"老者瞪起一双老眼吼了起来，说着就去取墙上的猎枪。

腊八捡起地上的杀猪刀，慌慌张张逃出了木屋。他感觉碰上了个不可理喻的老疯子，心头恨恨地骂道："还他娘的说穆家出疯子哩，哪儿他娘的地方不出疯子呀！"

在那小木屋被赶出来，腊八带着一肚子气恼，就在黑黢黢的夜里往回走了，幸亏有河水泛着微弱的光亮，为他引导出了回家的路。但他来时突然而起的冲动早不见了踪影，就像一把火被水浇灭了。那个因偶尔的道听途说产生的念头，也被现实毁灭了，就像被一阵风吹去。

没有了冲动的人自然脚步也慢了下来。

天亮了，腊八抬头看向前方，此时正有金色的霞光从东方的地平线上射出。他的小眼睛里装满了失望。他随手从岸上探出的柳枝上折下一根柳条，边走边抽打着路边的灌木丛或干枯的野草，以此发泄心头的郁闷。也就在这时，突然有人拦住了去路。

前边站着两个庄稼人不像庄稼人、猎人不像猎人的汉子，他俩手里都拿着把大片刀，一脸凶巴巴的样子。

一个汉子喊："喂——站住！"

一见这阵势，腊八脑子里"嗡"地一声响，傻眼了。他意识到，他遇上了山贼。

俗话说，虎落平阳被犬欺。但这回颠倒了，疯子腊八无疑是条平原土犬，反而上山入了虎穴。他带了杀猪刀子，可杀猪刀比大片刀要短得多，况且他是一敌二，心头不免有些打怵。但他很快就镇静了下来，脸上也没有了一丝惧意。他想：爷爷就跟你狗×的拼了！捅死一个够本儿，捅不死，算爷爷走了背道儿！困兽犹斗的腊八眯起小眼睛盯着对方，顺手从胳膊下抽出了杀猪刀子，两个山贼也操着大片刀一步步逼近。可就在这时，突然间"砰"的一声枪响，山贼一惊，连忙向着不远处的树林跑走了。

腊八转身向着身后枪响的方向望去，只见远处——手持猎枪的老疯子和他的狗站在一个低丘上……但很快就下了矮山丘，不见了。腊八心头有些惊讶与迷惑，他皱着眉头想了好久，也没明白这是怎么回事。他又掉头往东走了，心头那奇怪的感觉也随之渐渐淡去。

从山上下来，直到第三天早晨他才回到了家。到家后，他甚至没跟爹打声招呼，倒在炕上就睡。酣睡中，他不知道五叔一家来看他了。五叔笑着说："这人哇，年幼就是好，心里不装事儿！"

回来的第二天，像什么事都没发生过似的，疯子腊八忘记了金子，忘记了那老疯子，也忘记了随时被捉走的危险——又去了东家大院。不想老根爷的一只眼瞎了，那只瞎眼被一条斜系的白布蒙着。腊八小眼睛一瞪，目光在老根爷脸上停留了几秒钟，突然从胳膊下抽出了杀猪刀子："穆大仁他们伤的你？——你等着，我这就去把他爹的眼也挖喽！"

老根爷摇摇头，说："不是。"

"那又是哪个狗×的干的哩？"腊八气愤地追问。

老根爷没有正面回答，而是低下头，郁郁地叹了口气说："唉，命里该着吧！嗯……唵？不过我估摸着呀，那穆大仁说'这事儿还没完'，那是穷咋呼，他们没那个胆儿再来了。唵？咱还是该揍么揍么吧。"

在"该揍么揍么"里，忙着赶路的时光几步就迈进了春耕时节。

一个多月来，穆刀沟两岸倒是相安无事，被活埋的凤姐也几乎被人们忘记了。五叔与老根爷的看法却略有不同，五叔对五婶说："局子里没再来拿人，没准儿是秀才爷发了话儿。你想，这事儿再闹下去，秀才爷不是更没脸面？"

"是哩，兴许是。这腊八呀，看来命还不赖哩，遇上事儿总能逢凶化吉。"五婶道。她忽然又想起那个暗中跟随并解救腊八的老疯子，"你看，这腊八出去也会遇上好人——要不是那个老疯子，他说不定就回不来哩！那可真是个好人呀！欸……"五婶忽然皱了皱眉头，"听腊八的说法儿，我怎么觉得那人像传说里的不指叔哩？北穆家老不指叔也是个大好人，就是……他要是肯回来多好哩，老了，还孤苦伶仃地在外头受罪……"

"你不废话哇？"五叔道，"他要有回来的念头儿，这几十年里还没个音信儿？怕他是心凉透了，这才跟穆家一刀两断哩。况且，他不是早死了哇，死人还怎么回来哩？"


老根爷蒙在眼上的白布条不知何时拿掉了，他的右眼变成了个收缩的坑儿，时常还会有些许清水从那坑儿里流出来。一只眼瞎了，剩下那只独眼便显得更为明亮起来，也更为有神了。但他内心却跌入了泥潭，那一裤裆冲动蔫了，一脸张扬的豪气已无法掩饰内心的虚弱。

自老根爷牲口房里上了儿媳妇的身，好长时间两人见面特尴尬，特别扭，不敢正眼相看。一家人，低头不见抬头见，可老根爷那只负担过重的独眼，总是躲躲闪闪地瞅向一边；秋莲也总是鼠见猫似的离老根爷远远的，进老根爷的屋总要带上儿子守文，晚上睡觉总把门插得紧紧的，窗户关得严严的。老太太那双昏花的眼睛似乎看出了点什么，但她不相信有过什么事，更不敢往伤风败俗的事上想。

又是一个多月后，从南方飞回的燕子像黑色的剪子，呢呢喃喃在天空中划过，剪着春天迷离的阳光。春耕季节，地里的麦苗已长出两三寸高，绿油油的，在轻柔的春风里荡漾着，泛起层层微微的波浪；原野远处的梨树举起一树密密洁白的花，像一树繁茂的雪片，引得早出的蜜蜂嗡嗡嘤嘤向那儿飞去；田头的槐树已吐出毛茸茸的绿色芽苞；河边绿了枝条的柳树在风中舞蹈着，扬撒起漫天雪花般飘飘扬扬的柳絮，河柳已开始播种，正如万物到了繁殖季节。

穆刀沟南北两岸的田野，被绿色覆盖了，但那块刀把子地除外。那是块春地，地边上，依稀可见生命力极强的野蓟、蒲公英和苦菜花伸出了鹅黄或嫩绿的小叶儿。刀把子地与文举爷待种的棉花地连在一起，相伴着静静地歇了一秋又一冬，此时有一种躁动感，使土地在太阳底下泛着金色的光芒。

地中央那口水井早已淘过，安上了水车。

在刚刚耙过的地里，老根爷雇来的帮工正在擦地。几个年轻汉子各把长蛇一样的粗麻绳子搭在肩上，俯身拉动着笨重的木擦子。疯子腊八扭头看了看旁边，停下一步，一脚踹在了哈喇秃子屁股上！秃子猛然回头——那张天生就显得委屈的鞋拔子脸一晃又转了过去，他赶紧扑下身，肩上的绳索也拉直了。

五叔稳稳站在擦子上，身体保持着一种有力而优美的平衡姿势。他双腿交叉用力，不停地晃动擦子，并不时跳起来，然后快捷而又重重地落下，以便将擦子下的土坷垃压碎。均匀的条状擦痕在擦子后边延伸着，像无数条金色绸带，组成一条条微波荡漾的小溪，从这头伸向那头。

早已化开的穆刀沟轻轻流着。它从残冬里蹚出，走入春天的原野，就像清纯的少女吐着如兰的潮湿气息，采撷着两岸的花香鸟语，给大地留下无尽曼妙的想望。但水不大，水面不宽，因为是枯水季节。一群灰褐色的野鸭飞了回来，落在水面上，时而把头扎进水里，时而用扁长的嘴梳理背上的羽毛。水边有条小船拴在一块石头上。小船附近，白色的沙滩布满人的脚印及牲口的蹄迹，那是搞春耕的人拉着牲口饮水留下的。不过河滩很干净，没有牲口的粪便，牲口粪早被惜粪如金的农人铲起，施进了自家的地里。

一个裹蓝色印染头巾的中年女人上得岸来。她左手提个米汤罐子，右手提个装满饼子和碗筷的篮子，到岸上，将罐子和篮子放下，冲地里喊："喂——吃饭了哇！"

擦地的人停下脚步，不约而同扭过头来，发现太阳已转悠到了正南方，太阳的光芒下远远地站着五婶。五叔从擦子上下来，对着远处的五婶喊："提到井台子上吧！"

年轻汉子们顺手甩下肩上的绳索，跟五叔走向水井。腊八却折身向五婶迎去，从五婶手里接过罐子和篮子。

"使得慌不？"五婶问。

"不使得慌，就是……有点儿饥。"腊八舔了舔干燥的嘴唇，用力咽了口吐沫。

水井旁那棵盆口粗了的槐树也从冬眠中醒来，开始伸展腰肢。井台边栽树是为了拴牲口，也为夏天歇息乘凉。槐树已萌出满枝嫩绿的叶片，过不了几天，树上就会吊起一挂挂雪白的槐花，槐花的芳香将弥漫在这原野上。

井边的窝棚没了，它在一天夜里被人一把火烧了。谁也会想到，那把火是北穆家人放的。窝棚的灰烬已被翻耕到地下，即使残留的轻灰也在春风的吹拂下无了踪影。

吃过饭，五叔把白羊肚毛巾蒙在脸上，躺在太阳底下小憩；五婶没走，她坐在五叔旁边，从怀里拿出一个鞋底子，纳了起来。几个年轻人却闲不住，一窝蜂拥到槐树下，围着一个三四百斤的碌碡，轮流搬起，发泄身上用不完的力气。

这碌碡本是初冬轧麦地、麦收轧场用的。老根爷这块地，每种两季瓜，就要种一季麦子，以改变土壤结构。种麦子的年份，头年入冬要把麦地轧一道，以保土地墒情和麦苗安全过冬，到了第二年麦收，地里就要平出一个麦场，再用碌碡轧实。

年轻人轮流上前，一次次把碌碡抱起来，虽有人仅仅抱起脚面那么高。二愣抱过，最后轮到腊八，他在手心里吐了口唾沫，两掌相对摩擦几下，弯下腰，屏住气，猛一用力将碌碡抱起来，接着用力一举，将碌碡搁在了近一人高的树杈上！

井边发出一片兴奋的惊呼！

年轻人的大呼小叫惊动了五叔，他一翻身坐起来，凝神看了看，大声喝道："你们吃饱了撑的哇？有劲儿没处使是不是？谁把碌碡弄上去的？——把它弄下来！你们呀，要是老根爷晓得喽，非扒了你们的皮不沾！"

说罢，五叔又仰身躺下了。年轻人你看看我，我看看你，谁也没胆子再去搬那个碌碡，他们知道自己没那份儿力气；最后还是疯子腊八出手了，他是自作自受，怨谁呢？疯子腊八使出吃奶的力气，可怎么也搬不下来了，那碌碡卡在了树杈上，像是与树长在了一起。腊八瞅着碌碡干瞪眼，骂道："你他娘的破玩意儿的还长斤两了哩！"

年轻人咻咻笑着，纷纷离开槐树，找地方睡觉去了。

腊八背过身子尿了泡尿，走到井台另一侧，坐下。他有点闷闷不乐，心里暗暗盘算：等天黑了，找把锯把这树锯喽，看你狗娘养的碌碡滚下来不？！当然，锯了树老根爷饶不了他。但他有退路，大不了嫁祸北穆家。腊八嘴角浮出一缕几乎看不见的坏笑。

中午的太阳暖洋洋的，给人一种说不出的舒服感觉；腊八身上开始痒起来，他脱下身上的棉袄。已是衣服换季的时候，人们普遍换上了两层布的夹袄，甚至单衣，可腊八穿了整整一冬的棉袄依旧还裹在身上。他把棉袄里子翻过来，袄里子油晃晃的，活似油作坊里的护腰布。袄里子腋部生了一片白色的虮子，不时有鼓胀着肚子的虱子在上面爬过，那虱子的肚皮像红色的水晶一样生动。腊八骂一声"×你奶奶！"两个拇指指甲盖对在一起，只听"啪"的一声响，两个指甲盖上各涂了一点鲜红的血。当然，那是腊八的血。

虽是低声骂的，但还是被五婶听见了，五婶扭过头来："怎么了？"

腊八抬起头，怔了怔，搪塞道："没怎么。"

"那你骂谁哩？"

"虱子。"

五婶笑了。不过，五婶的笑容瞬间便在脸上消失了，而换作了一种母亲才有的怜惜和歉疚的神情。看着长大成人了的腊八，五婶心里直埋怨自己，埋怨忘记了给腊八做衣裳。她想，回头把秀花喊上，一起给腊八赶做一身。

这时破盆从地上爬起，凑到腊八身边，笑嘻嘻地悄声说："疯子，你怎么×虮子它奶奶？它奶奶有多大哩？"

腊八侧过头，斜睨着眼睛说："它奶奶忒小，换你奶奶沾不？"

"你个王八蛋！"破盆一把将腊八推翻在地，撒腿就跑！

腊八把棉袄往地上一甩，爬起来就追！

## 三

这时，远处地头上静悄悄地出现了一个人，像个影子。那是文举爷。文举爷颤巍巍的，看去很虚弱，弱不禁风。他手搭凉棚，眯着眼睛张望自己的棉田，疯子腊八和破盆在他昏花的眼睛里滚作一团。他也远远看到地界南端孤零零的土地庙，土地庙目睹人在它看守的地里折腾而无动于衷。文举爷心疼、心酸，可他无力做出什么反应，他甚至有些心灰意冷。

一个多月来，这是文举爷第一次走出家门。

家门不幸，出了二狗和凤姐那档子事，文举爷痛心疾首，忧愤交加，从而一病不起。有时，他微微有些后悔：习惯性地等着捶背时，身边没了已伴自己两年的人儿；夜里躺在炕上，枕边再也闻不到那小女人芬芳的气息。他也后悔把二狗惊走，定然，二狗永远也不敢回来了，可他毕竟是自己的儿子啊！唉，年轻人就是一堆堆干透了的柴火，一点就着，年轻男女凑到一起哪儿有不出事的哩！自己，老了，就像朽了湿了的老木头疙瘩，既发不出新芽，也点不着，凤姐跟了自己，是亏了她……但多数时候，文举爷衰老的心还是被愤恨和恶毒占据着，那锯齿一样的情绪噬啃着他的心，撕扯着他的心，摧残了他最后一点尊严。这时，文举爷又会气得五脏俱焚。

待病好了些，管家指不上劝文举爷出去走走，散散心，说老憋在家里多的病都会生出来。可文举爷不从，他不肯走出家门，他丢不起这张老脸，觉得自己再无颜面见族人。今日，文举爷实在经不住指不上的劝说，再加心里惦着那多日不见了的土地，便做贼似的悄悄走了出来。他没在村里转悠，甚至没有停留，直接出了村头。站在原野上，看着已泛绿的土地，他感到两眼蒙眬，有了一种恍若隔世之感。

指不上从村里追出来，站在了文举爷身旁。

文举爷看看指不上，淡淡地说："你怎么也来了？"

"来陪您转转，说说话儿。"指不上笑笑。突然，他发现远处地里的疯子腊八和破盆："——咦，那俩家伙闹腾么哩？我过去把他们轰走！"

文举爷没表情地摇了摇头，没有说话。

"那……爷，我把地里的事儿跟您说道说道？"指不上接着说。

不等文举爷回答，指不上就指着一块块地介绍起来，从哪块地种什么作物，到备多少种子、使多少粪讲了个头头是道，清清楚楚，听得文举爷不住点头。

井台边的破罐看见地头的秀才爷和管家，站起来，冲着远处打闹的两人喊："疯子——"破罐没喊破盆，大概因分家分地的事隔阂太深，自那儿起，吃了亏的破盆懒得跟他说话，破罐自然也不会自找没趣。可破罐的喊声腊八像是没听到，还在与破盆在地上翻滚。破罐急了，便提高了声音，"他娘的疯子——你耳朵有毛病呀？！"

这次他们听见了，住了手，向井台望来，见破罐一边摇头，一边用手指点北方。他们扭脸看过去，看见了文举爷和指不上，这才发现自己在老秀才的地里。这地已平整过、擦过，却让他们弄出了个硬得发亮的坑洼，像有两头圈久了的驴驹子打过滚儿。破盆急忙站起，顾不上拍落身上的土，不声不响而快速地回到井边，乖乖地坐下，有些尴尬地望向远处地头的文举爷。

疯子腊八却满不在乎地慢腾腾起身，没事的人一样慢腾腾走回井台，接着就躺下睡起觉来。

文举爷和指不上还站在地头上。听罢指不上介绍，文举爷的心情像是好了许多。也许独自在家待久了，寂寞久了，平时话语不太多的文举爷打开了话匣子。他指了指眼前的棉花地说："指不上哇，你可晓得这块地是怎么来得不？"

指不上摇摇头，笑着说："俺哪儿晓得哩，俺回来那咱这地就是您种着哩！"

文举爷的脸仰向了天空，像是陷入了沉思。过了一会儿，他低下头来，面色阴郁，眼里时不时闪出一丝怨毒的光。他缓缓地说："这地是祖上一筐一筐土填出来的……那时候儿我还小，这里是一片沙滩，穆刀沟决堤冲出的沙滩……族人就从村北好地里担来一筐筐土，盖到沙上……几十号人整整苦了一个冬天，这沙床地变成了好地，地势也抬高了。为了这地呀，慈禧太后在朝的时候儿还闹过场风波。"文举爷缓了口气，接着说，"那时候儿，朝廷想在这直隶省地界圈好多个放马场，好供他们游玩。咱儿就是一个点，说是还在这儿放养麋鹿。宫里来人看地方，谁晓得啊，河对面的混账东西把来人买通了，朝廷就鼓捣着把放马场圈到河这边儿……你想想，要是这地圈喽，咱北穆家所有的地也就保不住了，全族人都得迁走，弄不好连活路也没有了……"

指不上听入了神，见文举爷停下了，睁大惺忪的眼睛说："慈禧那老妖婆子也真够他娘的坏哩！可……那为么没圈哩？咱也把官府买通了？"

文举爷摇了摇头，像有些疲惫似的闭起了眼睛。他不肯说。可过了一会儿却又补了句："这事儿，只有我过世了的几个老兄弟晓得。"

文举爷不是卖关子，他是不想说。那是一桩隐藏着重大秘密的往事，那往事只有永远埋在他心里了。那关系到两条人命。不过文举爷在心里继续说着：宫里来了俩人，到了文举爷家。来人的口气就像皇帝爷的口气，定要北穆家迁走，动不动就拿"满门抄斩"的话压人。文举爷几兄弟气不过，就摆了个"鸿门宴"，把宫里人灌醉了——夜里，风高月黑的夜里，他们把那两个人抬了出去，抬到眼前这块地的南头，挖了个坑，活埋了。后来，为防官府追查，他们在那埋人的地方盖了个土地庙，两个宫里人就永远睡在了那庙下。过后不久，八国联军打进了皇城，永定河也发了大水，吓了个屁滚尿流的慈禧老太后跑了，皇家猎苑的麋鹿也仿效慈禧老妖婆跑了个精光。这穆刀沟边的放马场再也用不着圈了，也顾不上圈了，就连宫里失踪两人，衙门也顾不上追查了……

见文举爷不肯再说，指不上也不好再问。

文举爷睁开眼，默默地凝视了南边那群人一会儿，突然又说："记住，河对面没个好东西！"

"记着哩！"指不上重重地点点头，接着又有点心虚似的讨好说，"俺可不敢忘，全族人也都记着哩，您说是不是？"

指不上知道文举爷的意思，因为文举爷了解他和五叔有交往，只是心照不宣罢了。

文举爷说："你回去吧，我自个儿走走。"

指不上说："您可得经心点儿哇，甭叫风吹着喽。"

文举爷摆摆手，再没说话。

指不上走了，走了几步又不放心地回头看看文举爷，然后上了回村的路。

文举爷又在地头默默站了一会儿，然后低下头，向西走去了。走进原野里，像一个远行人又回到了自己家里，他待种的泛着金光的棉田，泛着微波的绿油油的麦田，土地啊，总是给人一种热扑扑亲切的感觉！


或许是巧合，老天爷不让死对头照面；也许老根爷早就看见他不愿见的人了，而在河堤下待了一会儿。就像变戏法中的大变活人，反正文举爷刚走，老根爷就在河岸上出现了。

老根爷面上有些气恼，因此走起路来显得脚重——仿佛每迈出一步都是狠狠踏下，刚耙过擦过的疏松的土地上，留下了一行深深的脚印。

他回头看看，懊恼不已，他仿佛又看到了那条令他深恶痛绝的"小道"。那条不灭的"王莽小道"因翻耕而消失了，但他知道，那小道灭不了，灭了还会生出来，灭一次生一次，它总要出现的。他有些自嘲意味地摇摇头，本能地离开了自己的土地，走到地边上，沿着地边走——其实他是走在文举爷的棉花地里。

踩自己的地，他心疼。他绕了一个大圈，才走到井台。

五婶先看到老根爷，欠了欠身子，小心问："老根爷这是怎么了，脸色怎么这么不好哩？"

听到五婶说话，五叔扯掉蒙在脸上的毛巾，坐了起来。

"没事儿。"老根爷说。他斜着一只独眼向远处那孤独的人影望了望，那人影像是在慢慢地飘着，飘向那个荒凉的小沙岗。此时老根爷心里也说不出是一种什么滋味，他不知该幸灾乐祸还是该抱之以同情和怜悯，无论如何，这把年纪的人遭此沉重打击的确是种悲哀。

老根爷收回目光，一屁股坐在井台上，从裤腰带上抽出烟袋，接着说："黑球个王八蛋耕地抢了人家大水家的地边儿，人家说说，他还跟人家要横，给了人家一耳刮子！唵？你说说这叫话不？这不是故意欺负人呀！为这，我给了他俩耳刮子！"

"事儿结了？"五婶问。

"结了。我跟黑球那货说了，叫他出一斗麦子，赔给大水！"老根爷不经意间一扭脸，突然看见槐树上的碌碡，立刻瞪起那只独眼，冲佯装睡着的几个年轻家伙吼，"那碌碡怎么跑到树上去了哩？！谁弄的？唵？那碌碡自个儿长了腿哇？！"

破盆破罐和哈喇秃子他们躺着不动，不敢看老根爷，更不敢吱声。五叔刚准备替腊八圆圆场，开脱开脱，腊八开口了："是俺。"

他接着坐了起来。

老根爷骂道："混账东西！就你逞能！你见天不倒腾点儿事出来就不是你了，你吃饱了撑的是不是？唵？有劲儿没地方使是不是？！"

腊八说："不是。你想呀，这碌碡撂在地上，离北穆家又这么近，哪天叫人家偷走了也说不准哩。"

"哈哈哈，他娘的，你糊弄谁？！嗯……你疯小子还长脑袋了哩！"老根爷转怒为乐，笑骂道。

五叔也无声笑了。

沉默片刻，老根爷在烟锅儿里装上烟末，把烟杆叼在嘴上，拿出火镰，一边打火一边含混不清地说："你们去揍活儿吧，爱老是歇着了。"他突然又把烟杆从嘴上拿下来，"五子——你要走，我有话儿跟你说。"

年轻人像被吆起的驴驹子，凑到槐树下，一齐用力把碌碡从树杈上推了下来，然后甩着尾巴干活儿去了；五婶也站起身，拍拍屁股上的沙土，说声"俺也回去了"，提起篮子罐子向河岸走去。井台上只剩下了老根爷和五叔。

老根爷又打了几下火镰，把燃着了的火绒摁在烟末上，狠抽了一口，然后取下烟杆说："五子，你不是卖了块儿地给北穆家呀，听说老秀才又想卖回给你，有这回事儿不？"

"是有这回事儿，地价也便宜了好多。我还没有拿定主意要不要哩，我也在想，这事儿要跟您老商量商量。"

"想过没有哇，他为么这么大方了哩？"

"听说东洋人快来了。"

"……东洋人？！——听谁说的？"

"指不上。他也是打老秀才那儿听来的，不晓得是真是假。"

五叔与指不上有点交情。那还是十年前，五叔和指不上到山西阳泉拉脚运煤，两人路上相遇，便做了伴。不想指不上受了风寒，发起高烧来，五叔便把指不上安顿在一个驿站里，买饭抓药倒水端尿，整整伺候了三天三夜，直到指不上病好。自那儿，两人常有来往，只是有些偷偷摸摸，背着老根爷和文举爷两个家族头人。

老根爷神情有些凝重起来。他把烟锅儿在鞋底上磕了磕，磕去烟灰，将烟袋递给五叔："风是雨头儿，屁是屎头儿。兴许他家的信儿靠谱儿，他俩小子都在外边儿。可你也该多个心眼儿，要忒实诚喽。唵？我看哇，他北穆家是黄鼬给鸡拜年——没安么好心！你琢磨琢磨，要是东洋人真来喽，他还不赶紧炮蹶子跑喽？买回了地，你能带走？还不是竹篮子打水呀！"

"可……那东洋人也把地搬不走哇。"五叔若有所思地说。

老根爷不声了，皱起了眉头，那只瞎眼睛里又流出水来，像是陷入了沉思，而他的脸色却渐渐变得严峻起来。老根爷突然说："不管东洋人来不来，那地你耍买，耍再给你手里坏了祖宗的规矩！"

老根爷说罢，扭头向远去的文举爷的影子望了望，叹道："唉！俗话说哇，'青皮萝卜紫皮蒜，仰脸娘儿们低头汉'，仰着脸的娘儿们没个好货，低着脑袋的汉子忒难缠，你瞅瞅，你瞅瞅，看他走道那样儿，脑袋都快耷拉到裤裆里去了！"

# 四

文举爷一直低着头，好像他的头永远也抬不起了。他慢悠悠地、甚至是漫无目的地顺自己的地界走着，偶尔他会弯下腰来，抓起一把黄土，在手里攥攥、揉揉，然后张开手，干燥的黄土随风飘落开去；他两次碰上地里干活儿的族人，人们以一种敬畏和同情的姿态与他打着招呼，他有些难为情地点点头，却不肯说话。

不知为什么，或者说他没意识到——梦游似的不知不觉走到了小沙岗前。

沙岗上稀稀拉拉的野酸枣树还没发芽，但诸多种野草却争先恐后钻出了沙层，和去年的枯草败叶比美，形成季节的鲜明对照。沙岗上爬满了野兽的爪印，偶见新盗出的浅浅的洞穴空在那里，有的仅仅刨了半尺多深，显然，它们被放弃了。春天来了，此时已是各类生物开始频繁活动的季节；土地醒来了，大地上的一切生命也都在冬眠中醒了过来。

沙岗下那个小小的沙堆，显得十分孤独、落寞，甚至荒凉。沙堆表面还是新的，被风吹拂得很光滑；沙堆上还没长草，也许过不了多久，它便会长出草来，被茂盛的野草所覆盖。

那是凤姐的坟。坟堆光秃秃的，没有墓碑，也没有其他什么标志，像小孩子闹着玩堆出的沙堆。也许过不了多久，它将被穆刀沟彻底遗忘，没人会记起这沙堆下那个美丽的人儿变作的一把白骨，那个丑陋而又凄美的故事也将埋进深深的时光里；也许从今往后，只有老天还记得它，夜晚的星辰会为它点上无数盏烛灯，湿被一样的乌云将会一次次覆盖它，四季的风儿将一次次为它吹奏挽歌。

沙岗子天生就带有一种神秘色彩。在穆刀沟两岸，人们认为大大小小的沙岗是孤魂野鬼出没的地方。以前这里也埋过人，村民抓住强盗，弄死了，也多半埋在这地方，因此人们绝不在夜里走近这恐怖之地。

文举爷知道，沙岗下这孤零零的沙堆里埋着凤姐。

他在沙堆前面色凝重地站着，站了很久很久。阳光下，他双眼眯着，眼前是一个朦胧的世界，一个永远看不清的世界。这个世界让人眩晕。不知过了多久，也许腿酸了，他蹲下了，目不转睛看着这沙堆，眼前像有个人影幻化而出。他张了张嘴，想说什么，但什么也没说出来；他仰起脸，两眼被蒙蒙的水雾遮住了。眼前出现了无数个幻影——那同一形象的无数影子，影子有时一动不动，有时又在轻歌曼舞。

文举爷耳畔忽然响起一种声音。孤独的板胡伴奏下，一曲悠长而悲凉的唱腔在天空中摇曳着，回旋着；那声音像鸟儿忽而抖动忽而舒展的翅膀，从遥远的地方飘来，飘在平原上。那是一出丝弦戏里的唱腔。那出戏叫《李天保吊孝》，那段唱腔叫《哭灵》。一个悲痛欲绝生不如死的男人在悲情地唱着，那声音像是永无休止，像是要一直唱到天色黄昏乃至世界末日。文举爷听到了那声音，但不知那声音是响在天上还是响在自己的脑海里。那声音悲凉地回旋着，缭绕着，绵绵不绝……

哭啊哭了声凤姐，
再叫声我的我的你呀……
千人嘲笑万人啼，

含羞忍痛我可是为了你；
哭哭泣泣泣泣哭哭我来到这里，
为何你不辞而别命归西？
到如今海底捞月尽是虚，
凤姐呀你真是一个薄命女……

文举爷颤巍巍地跪下了。也不知跪了多久，腰酸疼起来，他依旧没有站起来的意思。他有了一种深重的罪过感，还感到了一种疼痛般的怜惜，那怜惜生长在内心深处。凭良心说，凤姐对他真好——除了做出那件败坏纲常的事——可怜的凤姐！此时塞满他脑子的，都是凤姐的诸多好处和温情。他不由又可怜起自己来——人老了，却失凤姐，像失去世上的一切——他感到了孤独，感到了晚景凄凉！

也许脑子里装事太多，也许悲情过度，文举爷的脑子越来越乱，像塞了一车无法理顺的乱麻。渐渐地，他的头开始昏昏沉沉，最后，整个脑海像被大水淹过，成了一片空白……恍惚中，他蒙蒙眬眬看到两只冬眠后的七星瓢虫在坟堆上爬过。那是两只交配中的虫儿，雄虫趴在雌虫背上，旁若无人地在坟堆上忘情野合，像是就这样搂抱着直到永远。春天来了，谁也无法拒绝；大地又到了繁殖季节，万物体内都有一种无法遏止的情欲激荡着。恍惚中，两只七星瓢虫蓦然变成了二狗和凤姐……

文举爷猛然惊醒了。他的心却阴了，眼睛里荡起一缕怨毒的光芒，赘肉似的因衰老而下垂的眼袋抖动起来。一种酸意就像霉烂的东西长出的毛，那毛就像绿色的火苗儿。文举爷忽地站起，提起一只脚，狠狠向坟堆踩去，两只七星瓢虫被踩进了沙里。

文举爷不再看那坟堆一眼，转身走开了——走了几步，他还是禁不住又回头望了一眼。回家的路上，他又瞄了一眼那块属于南穆家的刀把子地，眼里暗绿色的火苗儿又悄悄冒了出来。

就像病秧子刚刚缓过阳，头次走出家门，文举爷就鬼使神差地去了凤姐坟上。这是他唯一的一次去看望凤姐，此后再没去过，也像个失忆的人没再走近小沙岗子一步。


　　南穆家人干完活儿，也回家去了。他们抬着笨重的木擦子过了河。

　　唯独疯子腊八留了下来。走到河岸上时，腊八停下了，把擦子的一头交给五叔："你们先回去。"

　　"你干么？"五叔问。

　　"尿个尿。"腊八说。

　　待五叔他们下了河岸，腊八就背过身，解开裤带，冲北穆家方向尿了泡尿。可他没下河追赶五叔他们，他系上裤腰带，就坐在了河岸上。

　　他扭头望向北边的原野，看见文举爷已化作了一个黑点——正慢慢向着村头移动。那个衰老的"黑点"睡了凤姐两年，却又把她活埋了。一个如罂粟花的可怜女人在性欲点燃的幻梦里香消玉殒，并没影响到人们善忘的习惯，虽然性欲与善忘一样，说不上美好还是邪恶。仇恨和冷漠的世界里没有同情，没有愧疚，更没有缅怀。当然，挥着一把毛刷子的时间也会帮着人擦掉曾有的记忆，抹去曾有的过去。即使文举爷——也在拼命逼迫自己，将那一切忘记。

　　也许只有疯子腊八是个例外。他心头说不出是种什么滋味，因为凤姐常常游荡在他的脑海里。自从窝棚里见到那幅"图画"，那个春花一样盛开的女人就被疯子腊八捡起了，捡起来藏进了心里，而且是深深地藏着。对穆家人而言，凤姐已是个埋在地下的可悲的魂灵，而在腊八心头，她依旧是那么鲜活、那么叫人着迷。健忘的岁月里，疯子腊八成了凤姐影子的唯一收藏者。

　　疯子腊八之所以是"疯子"，就因为他将梦当真，懵懵懂懂生活在自我的荒诞里。他有些茫然地坐在河岸上，从北方收回的目光投向了西方，接着又扭脸把目光投向了东方。他的目光停在了东去的岸上，只是这东去的河岸也一路空寥。仿佛凤姐的影子就在这河岸上静静飘过，转瞬又在这岸上飘逝了。他苦恼地皱起了眉头。

　　过了好久，他站起了身，拍了两下屁股，过河去了。

在河的南岸上，他禁不住又向北岸回望了一眼。当他把失望的目光收回时，小眼睛却突然一亮，怔怔地停在了河床里的沙滩上。

强烈的阳光下，沙滩反射出星星点点的金色光亮。

疯子腊八奔下河去，蹲在沙滩上，禁不住一阵狂喜，心口"嗵嗵嗵"跳得厉害。黄白色沙滩的面上，星星点点的金末熠熠发光，闪烁在他的眼睛里。

他跑回了村去，过了一会儿，又拿着一个罗跑了回来。

下到河床，他用罗掫了小半罗河沙，两手抓着罗圈晃动起来。不幸的是，这是个罗面的罗，细小的沙土筛漏了下去，可更多的粗沙却留在了罗里。沙子里有少量片状的金色粉末，可他粗大的手指无法把金末分拣出来。他有些泄气，可很快就又有了主意。

他又一次跑回了村，他在五叔家借了个簸箕。五婶问他一会儿借罗一会儿借簸箕的，要揍么哩？腊八并不正面回答，却伸出两个食指比画了一下说："婶子，你给俺缭一个小布袋儿呗！"说罢，他从五婶手里接过簸箕就跑了。

发现金末的事绝不能说给任何人，只要透个口风，全村的人就会蜂群一样一齐扑到河里去。

五婶呆怔怔望着门口，心头疑惑道："这小子又撒么癔症哩？"

腊八又蹲在了河滩上，掫了小半簸箕的沙，簸起沙来。他颠着簸箕，先是轻簸——簸出了细沙，而后重簸——又簸出了粗沙，一会儿的工夫，些许金色的粉末留在了簸箕里。只是这片状的粉末并非都是金色，里边掺杂着太多的黑色、白色和棕色的物体。这回腊八只好动用手指了，他捏起一撮粉末放在手心里，然后小心翼翼地用指甲把杂色的物质一一轻轻划拉出去。他的大部分时间都耗费在了这道工序，一个下午，所得到的金末还不足以装小半个烟锅儿。

不过，疯子腊八很知足，他有着一种幸运的感觉。

太阳落山了，平原上暗淡了下来，河床里的沙滩也不再有金末的光亮闪烁。腊八上了岸，他一只手拿着罗和簸箕，另一只手半握着——手心里是令他陶醉的金末。就像忽然间做了个梦，他突然很新鲜地意识到，他马上就会成为一个富人，一个闪动暖色光辉的金镯子仿佛又在眼前晃动起来。

自此往后，一有闲暇，偷偷收藏金末，就成了疯子腊八醉心的爱好，他仿佛在完成一项无人知晓的秘密使命。他长大成人了，有了成人的心事。

# 第三章

*谚语说：东山老虎吃人，西山老虎也吃人。*

## 一

凡世的爱恨就如烟云——也许最终一切都是空的，人间的悲欢离合，也仅仅是一个会渐渐褪色的故事。

自从陷于家门不幸，可怜的文举爷顾不上担忧日本人了——其实是忘记了。之后蓦然记起，心头会不由"咯噔"一下，正如偶尔想起凤姐，心头就会一阵疼痛。也许，一些东西当失去或面临失去时方才显得宝贵。对农人而言，最宝贵的莫过于土地。文举爷开始关心起土地，自觉身子骨也一天天好了起来。

只有人负土地，没有土地负人的。自文举爷在小沙岗看过凤姐——在他手里攥过、揉过的黄土散落两个月后，原野被隆重的绿色覆盖了。

文举爷又站在了村南的地头上，依旧由指不上陪着。右边的麦田已被季节染成金黄色，左边的黄土地被半尺高绿油油的棉苗遮去了。一阵风吹过，原野上轻波荡漾，疯长的庄稼也像是在为土地的主人而欢呼。文举爷心头一阵激动，昏花的老眼湿润了。

他对指不上心存感激——虽然他绝不会把心头的感激说出来，他给自己保留了最后的一点尊严。指不上是个忠诚而干练的管家，他有着当管家该具备的所有才干，要不是他，文举爷或许挺不过家门不幸的打击，这大片的土地也许早就荒芜了。

"爷，你瞅瞅，今年的庄稼还长得不赖吧？"指不上有些自鸣得意地说。

"是哩，还真不赖！"文举爷高兴地说。他的目光又遥遥地溜达到了棉花地左边，那片葱茏的刀把子地走进了他眼里。他又淡淡地说，"看上去，他的庄稼也长得不赖。他地里种的么？"

"种的瓜。"指不上回答。

"是谁看园子哩？"

"疯子腊八。"

"噢……"文举爷的脸色马上阴沉了下来，对指不上说，"咱们回去吧。"

"不再在地里看看了？"指不上问。

"唉，罢了。"文举爷叹道，"该看的，看多喽养眼；不该看的，看多喽，眼疼。"


老根爷的刀把子地成了瓜园。茂盛的叶蔓在炎炎太阳下吸取着光和热，尚未成熟的西瓜像婴儿一样隐藏在叶下。又过了十来天，瓜熟了，一个个变得滚圆硕大，叶蔓已无力遮掩它。它自叶丛中露出脸来，在向世间报到似的得意地冲着太阳微笑。

疯子腊八做了看园人。老根爷和五叔教会了他怎样侍弄瓜地，诸如压蔓、打尖、掐花类的活计他都懂了。老根爷让他守瓜园，因为他靠得住。老根爷深知，只要疯子腊八在，谁也别打主意偷他的瓜，北穆家更不敢。还有，瓜熟了，无论是卖瓜的钱或兑换的粮食，腊八都不会贪占。对此，老根爷就像清楚自己有几个脚指头一样心里有数。虽然疯子腊八做过许多鸡鸣狗盗的事，不过他只是对北穆家。只有在北穆家眼里，疯子腊八才是个恶棍。

腊八睡进瓜园，便与孤独寂寞为伴了。尤其入夜后的寂静里，没谁来找他说话，甚至野狗野猫都不来骚扰。当然，这种孤独寂寞也是好事，他可以继续悄悄筛捡金末。可惜的是，入夏以来，穆刀沟里水涨了，河水漫过了曾经裸露的沙滩，腊八筛捡金末的劳作也不得不停了下来。

眼下已是瓜果初熟时节，也是麦收季节，过不了几天就要开镰了。看来又是个好年景，一片片金黄色的麦浪在太阳下微微波动着，荡起一层层眩目的光亮，醉人的麦香在原野里四溢。头顶草帽却又光膀子的农人出没在原野上，他们开始平整麦场，准备打场的工具。而这会儿，每日都会有出双入对的布谷鸟在头顶飞过，它们在空中不停往返着，兴高采烈地叫着，好像它们才是这个季节里的忙碌者。

这刀把子瓜地里，窝棚又重新搭起了，搭在那化为灰烬的旧窝棚原址，仿佛是那生出一个凄惨故事的旧窝棚再生。腊八顶着个破草帽从窝棚出来，伸了个懒腰，黝黑的背膀在太阳下闪着光亮。他眯着眼睛四下望望，瓜园里没有人影，只有蝈蝈趴在西瓜叶上不停地奏鸣，知了在树上狂热地鼓噪。这些并不可爱的小东西很精灵，一有风吹草动，蝈蝈会在瞬间隐身叶下，知了也会立即合上弄出声响的双翅。腊八顺着"王莽小道"向河边走去，走上河岸，向南穆家方向望了望，有些泄气地收回了目光。他解开裤腰带，站在河岸上尿尿。

"光棍儿背锄——光棍儿背锄——"一只目中无人的布谷鸟在头顶飞过，神气地连叫了两声。

腊八一抬头——不想手一动，手捉着的那东西往上一翘，一股水箭射向了空中。

"背你娘的锄！"腊八冲天空骂道。

小时候听五叔讲，布谷鸟是种贱鸟，也是天生的马屁精，它的叫声因人而异。碰上穷苦人，它说的是"好苦好苦"；碰上富人，说的是"多子多福"；而碰上光棍汉，它说的却是"光棍儿背锄"。

好拍马屁又好损人的布谷鸟飞走了。

腊八有些扫兴地走下河岸，返回瓜园。他弯腰摘下一个甜瓜，在肚皮上擦了擦，便大口啃起来，一边吃一边走回窝棚。窝棚里铺上了一层新谷草，谷草上铺了张半旧的凉席，腊八吃完瓜就躺在了凉席上。他双手垫在脑后，望着窝棚顶出神……不知为什么，他的脑袋渐渐迷糊起来，脑海里突然闪出一个人的影子——

那是凤姐。

"有人么？"窝棚外有人问话。

当来人问罢第二遍，腊八才醒过神来。他没有应答，而是松松垮垮地眯着眼睛走出了窝棚。

窝棚外站着两个陌生人。

两人中，年长者是个看去近中年的男人，穿身灰色而有几成破旧了的中山服；年幼点的似乎刚二十出头儿，穿件紫黄色对襟粗布上衣。两个人干瘦，因而显得细挑、虚弱，尤其那个子稍高的年长者，快断了的打枣杆子似的；他们的头发和胡子老长，乱糟糟的，像是好久没剃了。那个年长者尤其引人注目，因为他一双上眼皮耷拉着，似乎很重，人像是没有睡醒，也像是时刻在不怀好意地思想着什么；他脸上还有条毛毛虫似的结了血痂的伤疤。

他们不是乡下人，这，腊八看得出来。但他无法知道他们是干什么的。其实，他根本没想知道他们是什么来路。

"买瓜哇？"腊八淡淡地问。

"……不是。"疤脸人摇摇头，有气无力地操着外地口音苦笑着说，"小兄弟……讨个瓜吃，实在饿得不行啰。"

"不是买哇……自己去摘呗！"腊八冷淡地说。他心里埋怨道："鸡巴毛！爷爷么时候能碰上财神哩！"他轮流打量着两个陌生人，觉得他们像是逃难者，却又不是什么好人，至少不是老实巴交的庄稼人。

来人迫不及待地跑进瓜地，很快，每人摘了两个大面瓜出来。瓜园种得最多的是西瓜，除此还有小部分金瓜、菜瓜、甜瓜、面瓜、酥瓜、脆瓜，等等，品种可谓齐全，而这两人偏偏只摘面瓜。腊八想：这俩家伙还他娘的懂啊！他们晓得面瓜解饥，别的瓜尤其是西瓜水分多，上头吃进去，一会儿下头就又流出来了。两个人先后用瓜叶擦了擦瓜，蹲在地上狼吞虎咽大口吃起来。他们活似饿了千年的饿死鬼，腮帮子也像饥饿了似的不停抽搐着，很生动，颧骨的挺出使脸皮变得很薄，甚至透明；他们嘴里发出"嘎喳嘎喳"的声响，不时有瓜渣子从嘴角掉出来。腊八看着他俩吃,像看戏一样,好像有一种满足感,他眯着眼睛乐了——虽脸上的笑容显得那么吝啬。

"小兄弟,你这瓜园有十亩地吧?"疤脸人一边吃着一边问。

"十亩?你是么破眼力哩!"腊八嘲讽道。

"呵呵,品种也够多哩。"

"那是!"

"有多少种哩?"

"好多种哩。"腊八说。他觉得那人在没话找话,不禁不耐烦起来,"问这揍么?你又没鸡巴钱买!"

"随便问问,没别的意思。"那人笑笑,歉意地说。

这时,远处河岸上有"汪汪"的狗叫声响起,接着是遥遥的人的喊声。

讨瓜吃的两人突然脸色大变!疤脸人手里剩下的少半个面瓜掉在了地上,沉重的上眼皮也抬起来了,往东边看着,不无紧张地说:"不好,他们追上来啰!"

"谁追你们?"腊八疑惑地问。

"坏人。"看到开阔的瓜地里无法藏身,疤脸人道,"小兄弟,能不能给我们找个地方躲一躲哩?"

没等腊八答应,他们便一前一后钻进了窝棚。窝棚里传出疤脸人的声音:"小兄弟,你把他们指引到别处去,就说我们在河岸上向西去啰!"

腊八的小眼珠子转着,皱了皱眉头,跟着走近窝棚,冲着窝棚说:"出来!"

"小兄弟,你——"窝棚里传出疤脸人焦急而气愤的声音。

"鸡巴毛,脑袋有毛病哇?你们钻到窝棚里,爷爷才没法儿搭救你!"腊八生气了。

少顷,两个人出来了。腊八把他们带到井边,顺手捡起一块半截砖卡在水车齿轮间,对那两人说:"想叫他们逮住不?要不想给逮住就下去,覅吭声!"

两人一前一后抓着水车斗子下到了井里。腊八也没停着，他抄起木桶，从水池里一下一下舀出水来泼到了井台上。整个井台变得水汪汪的，像是刚刚下过一场大雨。

　　不一会儿，七八个当兵的从河岸上下来，顺着"王莽小道"走进了瓜园，被人牵着的黑背狼狗一路嗅着走在前边。当兵的帽子上缀着青天白日帽徽，黄绿色的军装被汗水湿透了。走到井台前，那狗还在嗅着，可遇水它就再也嗅不出什么，迷茫地抬起头：线索到此为止。

　　"搜！"一个戴大盖帽的军官命令道。

　　有个当兵的端着枪进了窝棚，另外的四散进瓜地搜索。很快，进窝棚的出来了："报告！有个看瓜园的在睡觉！"

　　"把他喊出来问问！"军官说。

　　"是！"那当兵的去了。

　　磨蹭了半天，腊八睡意犹存地从窝棚里踱出来，他一边揉着那本就像带几分睡意的眯眯眼，一边很不耐烦地说："娘的，么鸡巴事儿呀？"

　　"有两个人来过这儿，他们哪儿去了？"军官严肃地问。

　　"鸡巴毛！才俩？俺这儿见天来几十个哩！"腊八迷迷瞪瞪地说。看上去他还没睡醒。

　　"我说的是一个脸上有伤疤的人！"军官说。

　　"脸上有疤瘌……"迷迷瞪瞪的腊八像是突然惊醒了，那小眼睛也睁开了，大声道，"嘻！他娘的，是不是还有个二十出头儿的家伙哩？"

　　"对！就是他们！他们藏在哪儿？"

　　"嘻！你们他娘的来晚了，要是早半个时辰哩，兴许就在这儿见上了！"腊八摊开手，做出一副遗憾状。

　　"走了？"军官怀疑地看着腊八。

　　"早鸡巴走了哩！夔他娘的提了，那俩狗×的吃了俺的瓜还不给钱，爹多娘少的玩意儿，不是人揍的！准是他娘的生出来就没长屁股眼儿！"腊八从肚子里搜刮出一句句骂人的话，气呼呼地骂着，还使劲跺了一脚。

军官想笑，可没笑出声就收敛了笑意："他们哪儿去了？你说出来，我们抓住他们叫他赔你钱。"

"北穆家去了，好像是说要去老秀才家……对，是秀才家！他们说跟老秀才是亲戚哩！"腊八向北边的村落指了指。

当兵的没再说什么，牵狗的士兵把狗链子顿了一下，就牵狗出发了，一群人穿过瓜园去了北穆家。

"喂——那俩狗×的是不是偷了你家东西哩？捉住他们，也替俺踹他两脚哇！"腊八笑笑，在身后大声喊道。

当兵的没人理他。

腊八有些莫名其妙地皱起了眉头，看着那群当兵的渐渐走远。过了一会儿，狗叫声在北边村落里响起，腊八暗自笑了笑，这才走回井台上，冲井里喊："喂，吓死了没有哇？看看你们那尿样儿！要是没死喽就爬出来吧！"

随着水车斗子一阵惊慌失措的"咣当"声，两个人从井里爬了出来，他们浑身湿漉漉的还在淌水。

"小兄弟，你真行！机智勇敢！"疤脸人欣喜地说。

"要鸡巴废话了，你们还吃不？吃了赶紧拿腿吧！"疤脸人的话让腊八感到浑身不舒服，他打从娘肚子里出来还没听过这种夸奖话，他听到最多的是说他浑、说他横、说他疯、说他生古，说他邪恶。

疤脸人微笑着点点头："谢谢你啰，小兄弟！"

两个人又去摘了瓜，再次回到井台蹲下。已湿淋淋了的井台布满了人的脚印，人的脚印里夹杂着狼狗的爪印。腊八走到那两人面前，也蹲下了。他脸上又恢复了淡漠的神色，冷冷地看着疤脸人。

"喂，哪天你见喽阎王爷，你晓得是怎么死的不？"腊八认真地说。

疤脸人赶紧把没嚼烂的瓜吞进肚子里，抬头吃惊地看向腊八。过了片刻，紧张的情绪从他脸上离去了，代之以有些尴尬的微笑："你会算命？"

"不会。"

"那……你说我是怎么死的哩？"

"笨死的！"

疤脸人呵呵笑了。

而就在这时，腊八的目光又落在那年轻人身上。年轻人中等个头，瘦瘦的，乱糟糟的头发上沾着一节草叶。腊八不觉挪了挪身子，仔细打量起这个年轻人来，他瞅了好一会儿，那双眯眯眼忽然睁大了，像是突然从地下挖出了什么稀奇古怪的东西。那年轻人只顾吃了，似是根本不在意疯子腊八的存在。但疤脸人却在留意着腊八的一举一动，侧脸警惕地注视着腊八。

"你是……三醒不？"腊八突然问。

那年轻人像是吃了一惊，猛地抬起头来，没嚼烂的瓜块还包在嘴里。他惊愕地看着腊八，可难掩眉宇间透着的一种英武之气。不过，他很快摇了摇头，又把头低了下去。这人自走进瓜园就没出过声，到现在依旧是一声不吭，像生下来就是个哑巴。

"我们走吧。"疤脸人连忙起身，轻拍了一下年轻人的肩，接着又对腊八道，"谢谢啰，小兄弟！"说罢，他们快速离开了瓜园，顺着"王莽小道"走向了穆刀沟，上了河岸，又沿岸匆匆向西而去。

几乎同时，五叔在河岸上出现了。他几乎是与那两人擦肩而过，那两人岸上刚转身西行，五叔也上了岸。五叔在岸上停了停，以疑惑的目光看了看那两人的背影，走下岸来；五叔走近水井，腊八还在奇奇怪怪地向河岸上望着。

"那俩人你认得？"五叔走到腊八身边问。

"不认得。"腊八摇摇头说。

"噢，是买瓜的呀。"

"买鸡巴毛呀，蹭瓜吃的！像是逃难的，又像是大牢里跑出来的，不晓得是么人。"

"你听着是哪儿的口音哩？"

"哪儿能听出哩，说是京话吧又不全是，听着怪怪的，总感觉有点儿别扭。"

"嗯……是外地人。"五叔说。

"还有那个年纪小的家伙，老耷拉着鸡巴脑袋，不吱声，哑巴似的。俺问他，他光摇脑袋，就是不张嘴，嘴像叫针缭上了。俺细巴画巴画，觉么着他忒像一个人——"

"谁呀？"

"秀才家的老三！"

"穆三醒……不会吧？"五叔狐疑地、像是自言自语地说着，眉头皱了起来。他想，前两年就听说穆三醒没了音信，怎么会出现在这儿？那可是个念过书的人，绝不可能沦落为要饭的；再说，若他真是穆三醒而且落了难，路过家门口儿，也总该回去看看他老爹吧？不，他不是。"兴许你认差了。算了，甭管他是谁了，先回去吃饭吧。"

五叔说着摘下头上的草帽，钻进了窝棚。

腊八走上河岸前，顺便摘了三个甜瓜。他把瓜放进了破草帽，接着脱下裤子，把草帽捆上了。河里有条小船拴在河边柳树上，那是五叔划过来的。腊八没去解开小船，他光着屁股、手托草帽走进了河里。他一只手把草帽举过头顶，一只手划水，向河那边游去，身后生出一条浅沟似的划痕来，但划痕很快又被河水抹去了。

二

回到村，疯子腊八先去了趟村东头的家里，接着去老根爷家吃饭。老根爷正坐在堂屋的椅子上，抽着旱烟，还一只手拿了把芭蕉扇子扇着。腊八跟老根爷打了声招呼，就坐在门槛上把饭吃完。吃罢，他把空碗放在门边就起身离去了，身后老根爷的声音追来："疯子，今儿个没么事儿吧？"

"有么事儿哩！没有——不对……"腊八怔了怔，回走几步进了屋，把碰到两个神秘陌生人的事说给了老根爷，还特别描述了那年轻人的情形。

"你瞅准了没有？唵？到底是不是秀才家那三小子？"老根爷手

里的烟杆儿抖了一下，刚要送进嘴里的玉石烟嘴停在了嘴边，目光变得有些警惕和严厉，"他脱离北穆家好几年了，这咱冷不丁地回来了，是不是回来替他爹找咱寻仇哩？"

"说不准……"

"嗯……我揣摩着，多半有么事儿要来了。唵？你想哇，咱跟他北穆家有仇，你又伤了二狗那货的腿，逼着他们活埋了那小娘儿们，他们能咽下这口气呀？算了，甭管是不是了，还是小心点儿好，等天黑喽，我再给你多找几个帮手。唵？记住了，回瓜园甭忘带上家伙！"

"带家伙？鸡巴毛，谁会偷你啊？瞎鸡巴操心！再说，他就是寻仇也得有那个胆儿啊！他俩叫当兵的追得像老鼠见了猫，谅他也不敢来自个儿找腻歪！"腊八心里说。但他还是答应了一声，溜溜达达走出了老根爷家。他再次回到自己家里，把放在炕头的甜瓜留了一个给爹，拿起剩下的两个往五叔家去了。

五叔家在村子东南角上，房后是片小腿粗或胳膊粗的榆树，看到那片榆林也就看到了五叔家。那片林地比房基地低很多，还是五叔家盖房子时挖土填房基形成的。因为低洼，每到雨季那块地便积满了水，种庄稼不成，便栽了树。树林子一茬一茬长大，一茬一茬刨去，又一茬一茬栽上。眼下这茬榆树还是四年前栽的，树冠已蹿过房顶。春天时，翠绿的榆钱铺满整个榆林，清纯的芳香弥漫在村落上空，孩子们会爬上树采榆钱，拿回家，让娘用玉米面拌上蒸作"苦累"吃。

将到五叔家了，只听五叔家西院传出嘈杂的声响——金桂"打死你"的大声怒责、"啪啪"的揍打声夹杂着孩子的哭声。腊八站住了，皱着眉头侧耳听着，他听到平娃在哭。

这西院住的是大升一家。人长大了，成家了，就像长大了的鸟儿会飞出去另筑新巢，自立门户。人大分家，树大分枝，五叔是在去年把大升他们分出去的。

鬼使神差，腊八走进了大升家。一进大门，他怔了一下，很少见地眯着眼睛嘿嘿笑了。

大升五岁的儿子平娃坐在门槛一头，用小胳膊护着眼睛啼哭；金桂光着一只脚，坐在门槛另一头。她手里拿着一只鞋，正"噼噼啪啪"狠命往墙根上打。金桂扭头见腊八进来，煞是不好意思，拉起平娃进屋去了。

在南穆家，金桂的泼辣是有名有号的，性子也直了点急了点。她对婆婆五婶有意见，虽不敢明着吵闹，但有时会使使小性子。她觉得五婶偏向小斗和秀花，心里有气。俗话说，两家合船漏，两人合马瘦，这也许是五叔把他们分出去的原因。金桂"打孩子"，正如"刘备摔孩子"，是在演戏，她才舍不得打呢，那"噼噼啪啪"声是给五婶听的，可怜那屋墙代为受苦。

见金桂没理睬自己，腊八退出来，转去了五叔家。

五叔家院子西侧搭了个敞开的茅草棚，棚里拴着那头不久前买来的黑毛驴，棚外停着一辆带车帮的小拉车。五婶站在小拉车旁边，一脸的无奈。细狗小白趴在屋门口树荫下，在睡觉，西院的声音它听到了，它只是侧着耳朵听了听，又埋下头睡去了。正是农忙时节，五叔他们下地去了，只有五婶留在家做饭。见腊八突然愣头愣脑走进院来，五婶苦笑一下，摇摇头，没有说话。

"为么？"腊八问。其实他心里在说：你真笨哇！金桂嫂子那是演皮影儿戏哩！

五婶两只胳膊抱在腰里，用眼色向西院示意一下，低声说："你大升哥地里去了，平娃子要吃瓜，金桂舍不得买，就叫你叔去老根爷家瓜园里摘，那不是偷哇？我说说她，她就不喜兴了，你瞅瞅，她跟那泼妇还有么两样哩！"

腊八的眯眯眼挤了挤，回头把草帽递到五婶眼前。

五婶眼睛亮了一亮，接着又黯淡下来，对腊八说："往后可不兴这么着了！这不好，偷瓜摸枣也是贼。"五婶又向西院递了个眼色，"去吧。"

腊八从草帽里拿出一个瓜，递给五婶。

"俺不吃，你都给平娃子拿去吧。"五婶说。

腊八将帽檐一折，瓜便裹在了草帽里，掉不出来。他提捏着帽檐，身子一摇一晃地再次走进大升家——刚进大门，却惊讶地张大了嘴。

你猜他看到了什么？金桂的屁股大刺刺地戳在门槛上，掩襟上衣扣子全都解开，衣衫拉向肩后，有着神秘风光的胸部一无遮拦。

像走进一个新奇世界，腊八惊呆在那里。他本该转身走开的，可他没有，他忘记了走开，眯着眼睛痴痴地看着。

金桂抬头又看见腊八，脸一红，连忙转过身去，拉下衣衫掩住胸部，赶紧系上扣子。

闲来无事，男人们蹲在街边上闲聊，话题往往是女人，这时，腊八就只有在一边听着。他听说有的女人奶特大，像装了棉花的布袋，叫"布袋奶"。腊八有过女人，却没在女人胸脯上看到"布袋奶"，看到摸到的，仅是两个熟透了的鸭梨似的东西。如今看到了，只是不承想那奇迹般的奶子会长在大嫂金桂胸脯上。

金桂回过头来，不自然地笑笑："腊八，有事儿哇？"

一时间腊八有点慌乱，竟不知说什么。

或许为掩饰窘态，金桂笑着逗腊八说："你怎么从瓜园回来了哩，该不是……凤姐的鬼魂儿黑价去找你寻仇了？"

"嫂子，那墙惹你了？"腊八反问道。

"你个疯子——看老娘把你的嘴撕烂！"金桂跳起来，扑向腊八，一副虚张声势的架势。

腊八嘿嘿笑着往后退却，拿草帽的手背在身后，不想金桂冲得太猛，与腊八撞了个满怀！金桂要撕腊八的嘴，腊八只好拿只手把嘴捂住。金桂两手使劲掰腊八的手，却怎么也掰不开……不过，腊八忽然把手松开了，任金桂撕去。他像坠入了一种梦幻般的痴迷状态，因为金桂的大奶子在他胸上拂来拂去。金桂穿了件掩襟棉布衣衫，可那衣衫很薄，像没穿一样。腊八感觉到了一种异样的温柔，一种让人晕晕入睡的缠绵，那是种只有女人才能给的感觉，那种感觉无法说出。腊八的嘴被金桂两个大拇指拉了好长，可他没有感觉，他在一种难以自禁的情形下伸出了手，悄悄握住了金桂的一只大奶子。

金桂松开手，一巴掌扇在了腊八脸上！

腊八有些吃惊地后退了一步，呆呆地怔在了那里，黑黑的脸上布了层乌云，细眯的眼睛里展露着无辜、可怜和愠怒。那神情给人一种恐惧的感觉。

　　两人木木地相对，谁也不说话。直到冷静下来，金桂难堪地苦笑了一下。她感觉到自己过火了，叔嫂闹着玩儿，凭什么扇人家脸哩？不过金桂有金桂的心事，她怕人看到她的奶子，怕人说她的奶子，更怕人摸，就连大升也不让摸。你趴在她身上想怎么折腾就怎么折腾，但就是不许摸奶。这双不同寻常的奶是她沉重的负担，让她感到别扭，平时出门——乃至酷热的夏天，她都要拿块长布把胸缠住，以使胸部变得扁平——她知道，人们已晓得她有这双奶了，虽然人当面不说，但背后肯定在笑话她。

　　金桂歉歉地向前走了一步，伸手摸摸腊八的脸，轻声问："疼不？"

　　腊八很快镇静下来，像一头被抚得服服帖帖的野马驹子，他将草帽递给金桂。看到草帽里的甜瓜，金桂突然很感动，更感到惭愧，她从草帽里拿出甜瓜，想了想，轻轻对腊八说声"来"，转身走进屋去。

　　腊八不知金桂要做什么，莫名其妙地看着金桂走进屋去的背影，怔了怔，把草帽戴到头上，跟着进了屋。

　　金桂把甜瓜拿给平娃："去，外边儿吃去！"

　　平娃出去了，金桂拉住腊八一只手，从衣衫下塞进了自己怀里。腊八握住了金桂的奶子，像摸奶牛的奶，粗鲁地摸着，揉着，全然没点柔情，没点怜惜的意味。他的灵魂里却很美妙，他渐渐又坠入了那种睡眠状态，全然不知头上的草帽已掉落在地上。

　　"你可嫑过分呀！"金桂说。

　　"嫂子，我、我想……"腊八出气有些粗了。

　　而就在这时，院子里有人喊："嫂子，腊八还在你这儿不？"

　　是秀花在喊。

　　金桂猛然推开了腊八。

　　"还不快点儿走……"见腊八不知所措地愣在当地，金桂压低声音急急地说，说罢红着脸钻进了里屋。

见腊八从屋里走出来，秀花怔了怔，丹凤眼里有个浅浅的问号一画而过。秀花丢下句"快点儿呀"，便转身急匆匆就走，像是家里着了火似的，那窈窕的身影像风吹动着的一片白云飘了出去。

腊八赶紧追出大门外喊："么事儿呀那么慌？"

"天大的事儿！"秀花回头丢下一句，只管往前赶。

"哎——是么事儿——你倒是说清楚哇！"

"你快点儿吧！"秀花小跑起来，一边跑一边说，"瓜园叫二狗给毁了！"

腊八脑袋"嗡"的一声响，突然变得斗一样大。自从初春打断二狗的腿，二狗就失去了踪影，几个月来，从没想到这家伙还会回来，更想不到他还把瓜园给祸害了！

"还不快点儿！"秀花回过头来急道。等腊八赶上来，秀花继续说，"那二狗领了七八个人……"

"他狗×的活腻了！"不等秀花说完，腊八恶狠狠地说。他接着又问，"俺叔哩？"

"他过河来叫俺喊你，就又过河找老秀才说道去了。"秀花说。

眨眼出了村，上了那条通往河边的路。秀花有些跑不动了，开始大口喘气，脚步也不由慢下来；腊八却没顾及秀花，他只顾一阵风似的往前而去，上了河岸，"扑通"一声跳进了河里，扑腾腾向对岸游去，河里水花飞溅，那高高飞起的愤怒的水花几乎要把他埋没。

瓜园里一片狼藉，像个经过惨烈杀戮而刚刚静息下来的战场，有几亩地的西瓜被踩了个稀烂，惨不忍睹。五叔和指不上正站在瓜园里，看着这惨象，难得上脸的五叔脸气得铁青，脸上深深的皱纹也愤怒地拧在了一起。

……五叔正在窝棚里歇息，忽听外边有动静，他走出窝棚，见一群人进了瓜园。这群人他多不认识，也多不是北穆家的，这群人里只有一个老相识，他是二狗。五叔正想问话，来人已开始残暴地踩踏西瓜了。

"你们他娘的想揍么？！"五叔吼叫一声，顺手在井台上抄起一把铁锨，冲了过去！

双拳难敌四手，虽有人身上挨了五叔的铁锨，但他很快就被几个人摁住了。五叔是眼睁睁看着瓜园被糟蹋的。二狗临走扔下句话："今儿个那响马羔子不在，便宜他了！记住喽，你们南穆家打今儿个起，就甭想再有安生日子过了！你跟疯子腊八说，老子这腿又长结实了，他有本事就再来给我弄折喽！"

一身湿漉漉的腊八走到五叔和指不上跟前，像个木桩子呆呆地站住，裤脚还在淌水，水滴还在不断滴答滴答砸在脚面上。眼前的惨象收在了他眼里，烙在了他心里，可他不敢再看，他甚至不敢正眼看一眼五叔。他不知所措，只是心里有一面大鼓在"咚咚"敲着。

"是惨哪！瞅瞅，都弄成了这模样！常言说狗改不了吃屎，我看二狗他是成心一条道儿走到黑了，到了儿怎么死的都不晓得！唉，俺们爷家门儿不幸，怎么就出了这么个东西哩！"指不上摇着头，搓着手，继续着腊八到来之前他和五叔的对话。其实，指不上不过是故作姿态罢了，他是来应应景，就像灶膛里只见冒烟而不见明火。他心里并未真正生气，更没把这当成多大的事。这一切都很正常，也是必然的。人和人从不发生点矛盾和摩擦，那才不正常，两个死掐的世仇家族，如果相安无事那就更不正常了，就如穆刀沟不起浪一样不正常。指不上心里说着，"二狗叫你南穆家人打折了腿，年轻的东家奶奶也给活埋了，这笔旧账又去找谁结哩？"

刚才五叔找到文举爷家，是要讨个说法。

文举爷家院里有棵大槐树，槐树下放个藤编躺椅，文举爷正仰在躺椅上乘凉。管家指不上坐在一旁的板凳上，在与他说话。自打挣扎着从家门不幸中解脱出来，文举爷就一门心思用在了土地上，病也彻底好了，手也不再颤抖。

这时五叔走进了大门，一脸的恼怒。文举爷坐了起来，看着五叔，他和指不上都是一脸的惊愕之色。听五叔说罢，文举爷的脸抽搐了一下，摘下眼镜，眼角的皱纹纵了纵，依稀可见他眼里有种阴暗的光闪了闪，但很快又熄灭了。他淡淡地说："照理，凡是我北穆家门儿里的事儿，自是责无旁贷，岂有推脱不管之说？古人云，'善人不能戚，恶人不能疏者，危。'你知道，那畜生已扫地出门儿，不是北穆家人了，也跟我穆某人没有了丝毫瓜扯。"

"文举爷，老话儿可是说，子不教父之过哩。你就这么推干净了？"五叔道。

文举爷无语了。他的老脸似乎没地方搁，便从兜里掏出块白布，埋头擦拭起那老花镜来。他想了很久，拿不定主意该怎么办，最后只有派指不上先去看看。

路上，指不上自言自语地说："没见二狗那货回来呀……他打哪儿钻出来了哩？"

原来穆二狗没进村去，更没回家。

"你说说该怎么着吧，反正这事儿是你北穆家人干的。"此时站在被毁了的瓜园里，五叔盯着指不上说。

"唉！"指不上叹了一声，面带难色，"冤孽哇！按说哩，俺们爷该赔，不赔说不过去，可……你晓得，打从出了那档子事儿……俺们爷就不认他了，跟他断了父子情分，也没有再见过那王八蛋，这，俺东家也跟你说了。我说老弟，你看是不是……"

就在这时，一声不吭的疯子腊八转过身，拔腿大步流星向北边去了。他没有骂娘，只有"咚咚"的脚步声伴着西瓜叶蔓的沙啦声一路而去。

"腊八——你搂么去？"五叔喊。

"去把他狗×的家给点喽！"腊八回头恶狠狠地说。

"回来！"五叔吼道，"你还嫌不乱是不是？放火成你的拿手好戏了！他不是东西你也不是东西呀？你混账不！"

腊八站住了："你没有听清那锔盆儿的话呀？听他东拉西扯瞎咧咧，有么指望哩！"

"这不还在商量着哇，回来！"五叔又大声道。

腊八站了一会儿，这才极不情愿地蔫蔫走了回来。五叔一脸烦躁和怒气，指不上一脸紧张和尴尬。每个人心里都不平静，这不平静都活鲜鲜地写在脸上。

河边发出一阵叫骂吵闹声,大群的南穆家人风风火火赶过了河来,就像当初大群北穆家人抬着断了腿的二狗风风火火赶过河去。这是一个奇怪现象,好像只有对外,人的热情才会点燃,人才会自发地聚拢。

南穆家人转眼就拥进了瓜园里。

腊八突然蹲下去,两只胳膊抱住了脑袋,目光凝固在脚下的土地上。他肚子里的火熊熊燃烧着,寒冷的脸上却像降了一层霜,两条浓眉拧在了一起。他脑海里像是演戏一样跳出一个个问题和想法,一个个问题像无名的野草拱出土层,可每个问题他都弄不懂,每个想法也都想不通。他知道这一个个祸端都是因为仇恨,可又是谁制造了这仇恨?老根爷?秀才爷?二狗?还是自己?似乎都不是,又似乎都是。腊八甚至不知道该怨谁恨谁去,他突然感到了茫然,甚至有了一层惶恐。

"哼!"他抬头看了一眼拥过来的族人,有些烦躁地在鼻孔里哼了一声。很奇怪,他对族人忽然有了一种陌生感;他蓦然想起山上那个老疯子,不知怎么的,此时他隐隐地觉得族人都是疯子。

见人群拥进瓜园,指不上有些慌张起来,他的眼睛一阵闪烁,忙对五叔说:"我先回去,跟俺们爷再说说。你看……"

"沾……可我等回话呀!"五叔说。

"沾……"指不上边说边赶紧离去了。

可是,大半天过去了,指不上并没回来。天傍黑儿,五叔来到老根爷家堂屋,陪老根爷抽着旱烟,两个人都闷闷不语,只有呛人的烟雾在屋子里弥漫。

他们仍在一厢情愿地等指不上回话。他们终究没能等到指不上,也没等到北穆家任何一个人。第二天,他们等到了又一个令人瞠目结舌的消息。

# 三

谁也没想到，瓜园被毁的当天深夜，也许是黎明之前，一场燎原大火在穆刀沟北岸席卷开来。看来，这穆刀沟两岸是不会有安生日子了。没谁能知道这火与瓜园被毁有没有关系，也许它是瓜园事件的延续，也许两者一点牵扯都没有。

漫卷的火烧在文举爷的麦地里。麦地东邻是文举爷的棉花地，再往东就是老根爷的瓜地。那金黄色的麦地，在白天还沉醉在丰满的喜悦里，心满意足地享受着微风的轻抚，等待着东家的收割。不幸的是，它没有等到开镰的日子。

麦秸将要干透，夜间有南风一阵阵吹来，火借风势，犹如卷席；野性的火龙贴着地面滚动着，发出"噼噼"的清脆或低沉的声响，所向披靡，就连田垄里的青草也被烤干，或像火燎鸡毛一样被火舌舔掉了；麦田里不及钻进洞穴的田鼠和无法逃掉的蚂蚱等昆虫，都被烧死甚至烧熟了，空气中充溢着炒熟的麦香和烧熟的昆虫的肉香。

火光映红了穆刀沟北岸寂静的天空，映红了黎明前的黑暗，也映出了一个人影。一个鬼魅似的人影在田边上忽明忽暗。

寂静的夜里，一声声狼嚎般的呼喊瘆人地响起来：

"着火了——！着火了——！着火了——！"

那声音有些沙哑，有些凄厉，甚至有些声嘶力竭。

那人影还站立在燃烧着的田边上，一动不动。

等人们赶来，天已麻麻亮，那一地的大火燃完了最后一点力气，渐渐歇息下来。文举爷带人赶来了，他站在地边上，以一种无法形容的惊恐和愤怒的表情，看着自己的麦田。这一把火烧掉了二十多亩麦子！文举爷颓唐地坐在了地上。这麦田留给他的，是还在冒着灰色轻烟的满眼的灰烬，他眼里流出两行惨痛的老泪。像是不忍再看这麦田的惨象，他仰望向天空："天哪，罪孽呀！"文举爷声音沙哑地大叫了一声。此后他没有再呼天抢地，也不再和人说话，只是呆呆地看着那被烧成了灰烬的麦田。指不上站在他身侧，想劝劝他，安慰安慰他，可最终还是忍住了，没有说什么，而是以一种兔死狐悲的伤感的目光，陪文举爷看着这烧焦的土地。

"这是他娘的谁干的？这么歹毒哩！"

人们开始议论纷纷，猜测着，群情激愤。

"反正不是好物件儿，好人不揍这断子绝孙的事儿……"

"这还用你说呀？脱裤子放屁！"

指不上的眉头皱了皱。"断子绝孙"四个字让他心里不痛快，他忌讳这说法。不过，他没有说话。

"谁干的？那还用说，南穆家呗！就他们心才这么黑，我看八成跑不了他们！咱跟他们有仇，再加夜儿个二狗毁了穆老根的瓜园，定准儿是为那报复咱哩！"

"俺看也是这么回事，我想哇，这事儿就是南穆家干的，多半还是疯子腊八那家伙干的哩！你们想，那小子天生是个杀人越货的种儿，更喜欢放火。再说，他又是二狗的仇人，还是那瓜园的看园人，就他才会有这么大仇气，不是他还会是谁？我敢打赌，要不是他，我就脑袋朝下走道儿！"

"咱去把那小子捉过来！他再横，咱人多的时候也不怕他！"

"对，把他撕巴喽！没了他，咱这河两边儿也就清净了！"

"那不是他是谁——就在那儿哩！"眼尖的穆大脑袋突然用手指着远处叫道。

人们扭过头来，看见还在地边上的疯子腊八。腊八愣愣地在地边上站着，一动不动，像根戳起的木头。天已越发亮了，刚才可见影影绰绰的影子，而此时，原野上的一切都已变得清清晰晰。腊八站在地边，他的面孔黑黢黢的，短短的头发也被火燎得卷曲起一片，他似乎闻到了自己头顶上烧出的焦臭味。

他曾试图灭火，拔起几棵棉秸向火舌打去，可火太猛，过火面积太宽，手里的棉秸一点用处都没有，他每摔打一下也只能摔出一片飞腾的火星。

人们攥紧了拳头，像一群愤怒的猛兽向疯子腊八围拢过来，燃烧着的目光似乎瞬间就会把他烧掉，而且不会留下一粒骨头渣子！他会在那目光里像麦子一样化为灰烬，化为一缕轻烟！

"慢着！"指不上终于走了过来。他拨开人群，上下打量腊八一眼，然后对族人摆摆手说，"你们兴许冤枉他了。你们也不想想，这事儿怎么会是他干的哩？"

指不上解围，大概与他和五叔的交情有关。况且他不想把事情再弄大，更不想一场风波没完没了。凭感觉和经验，指不上暗自思忖：这把火或许不是疯子腊八放的。此外，二狗砸了疯子腊八看守的瓜园，理亏在前，也是一报还一报。砸了人家瓜园不说，东家还压根儿没有赔偿的意思，让他无法给五叔一个交代，好不难堪。指不上骨子里留的是皮货商的基因，常年的管家生涯，也使他养成了遇事多动脑筋的习惯，为人处世也变得圆滑起来。不管什么事，碰上了，在迈出第一步时，他已不由自主地为自己留了条后路。

"不是他是谁哩？咱们赶过来时，这地里就他一个！"大脑袋说。有众族人在，他似乎生出了些血气方刚的气质。

尤疑，这人群里，大脑袋是最恨疯子腊八的一个，只因他多年一直受疯子腊八欺负，姐姐的死更是这疯子惹的祸；单挑独斗大脑袋没那个资本，受了窝囊气只有往肚子里吞，眼下这地里北穆家人多势众，他疯子腊八再浑再悍，就算他是混世魔王也翻不了天，起不了尘土！

"他要是放火贼还不早就跑远远的了！还会站这地头儿上叫火烤？还会守这儿等死？你是猪脑袋哇！"指不上不无道理地大声教训道。接着他环顾了大家一圈，询问道，"大家伙儿想想，你们说是不是哩？"

"他那是苦肉计！"大脑袋不服气地大声抗辩。

指不上一时语塞。他似乎一时找不到更有力的证据说服大脑袋，况且他也不敢百分之百说这火就不是腊八放的。他想了想，走近腊八一步问："疯小子，这是不是你干的哩？你说实话。"

腊八闭着嘴，不说话，也不看北穆家人。可他心里在说："哼，么他娘的实话虚话哩，爷爷打娘肚子里出来就没说过没影儿的话！"

"你们孬难为他了，叫他走吧……唉，两败俱伤，都是报应哇！是报应哇！"

一个苍凉的声音在人们背后说。那是文举爷沙哑的声音。

但红了眼的族人对文举爷的话却置若罔闻，他们假装没听见；不知谁一脚踹在了腊八身上，接着冰雹似的脚瓣里啪啦踹向腊八。奇怪的是腊八并没反抗，也没选择逃跑；他蹲在了地上，双手抱住头，咬着牙，一声不吭，任刚刚成人的躯体承受无情的踢踏！

"孬打了，都孬打了！"指不上惶急地制止道。腊八的举动让他震惊，同时也感到心酸。穆家人都非常清楚，疯子腊八是个从不肯吃亏的主儿，打起架来就亢奋，谁惹着他，他就会跟你玩命——可此时——他突然变了一个人，由一只猛虎变成了病猫……见北穆家汉子们还不停手，指不上接着大声说，"你们看不出他真疯了哇？打一个疯子，你们是不是也都疯了哩！"

指不上的话像风声一样在耳旁吹过，汉子们仅仅怔了怔，接着又一脚一脚狠命踹起腊八来。

后边的文举爷厉声吼道："你们听见了没有？给我住手——住手！"

但没人住手，人们发了疯，红了眼。他们想把疯子腊八弄死。

腊八命大，没死，可他感觉像死了一回。他甚至记不起自己是怎么回到瓜园的。

到了白天，世上的一切似乎都又悄然恢复了常态。但文举爷家麦子的灰烬还留在田野上，仿佛还在燃烧，燃烧在人们心头。不过谁也弄不清那火是谁放的。最让人怀疑的当然还是疯子腊八，人们有一千个理由说是他干的，可他不置可否，甚至不说话，嘴像上了一把老锁。当然，这火绝不是北穆家人放的，他们没有放火的理由，更没这个胆子，因为那是文举爷的麦子，是他们族里头人的麦子。这火多半是南穆家人放的，就像初春时老根爷的窝棚被一把火点了，多半是北穆家人干的。但谁能拿出证据？谁看到南穆家人放火了？南穆家每个人都可站出来证明——那工夫，他们个个都老老实实在炕头上睡觉呢！这纵火案终将成为一桩无头案，因为文举爷没有报官，如果报官就会牵扯出瓜园案来，而瓜园案人家是有真凭实据的，众人皆知。

那把火不是腊八放的。他半夜醒来，走出窝棚撒尿，远远看到火龙滚滚，不禁大吃一惊，便奔了过去。他是这场火的唯一见证，也就不幸为这把火背了黑锅。

他浑身还在疼痛。他挨了痛打，若不是文举爷赶过来制止，他也许真的会被弄死。按他的脾气，他不会挨打，没人敢动他一手指头；谁动了他，他至少会和谁拼命，死也要拉上个垫背的，赚个够本。可他莫名其妙地老老实实蹲下身子叫人打了——他是心甘情愿的。他有种以身赎罪的心理。

好在他没有伤筋断骨——虽然被打了个半死；文举爷叫指不上把他背上，送回了瓜园。

世事难料，人间的事太难捉摸，一场场突然降临的横祸总是不期而至；人的行为难料，只因人的心理是最难捉摸的。尤其是这两个世仇的同姓家族，他们在进行着一场永无休止的博弈，说不清什么时候会将一场横祸扔给对手，也说不清什么时候对手将一场横祸扔过来，就像瞬息万变的天空一次次给大地扔下暴风骤雨。

夜幕又一次拉上了。果然，人祸刚去，天灾就又降临了。

天黑不久，一场大风裹着暴雨突降穆刀沟两岸。金色的闪电如利刃刺破天空，"轰隆隆"的雷声震耳欲聋，黄尘弥天，树木断飞的枝叶如鸟儿的残翅在地面刚刚落定，哗啦啦的大雨便弥漫了天空。天地间被雨幕遮蔽了，除了随大风撩卷的雨幕，世上没有了别的；世界被雨声淹没了，除了暴雨的嘶喊声，一切声音都在风雨中藏匿起来。

这雨下了一夜。

一夜大雨，也驱散了飘在穆刀沟上空烧焦的麦香，洗去了麦田里让人心寒的灰烬。两岸不及收割的麦子，却在风雨中匍匐在了地上，显然，这穆刀沟两岸今夏又要歉收了。

北方的雨来得快，来得猛，可去得也快，雨过天就放晴，风雨难得阴柔缠绵——不会有气无力地赖在天地间不走，正像北方人的性格。不是么？你看看，这第二天早晨，平原上连一丝风儿也没了，大红灯笼似的太阳早早就举起来，挂上东边的天空，金色的光芒四射，水湿的大地泛起蒙蒙光亮，迷乱了人的眼睛。

腊八身上依旧疼痛难忍，可他没有一丝痛苦的表情，就是挨打时也没皱一下眉头，没哼过一声。他早早就从窝棚里走了出来，像是要去看太阳，上了河岸；站在岸上，他眯着眼睛漫无目的地看着。王莽小道留下了他一行深深的脚窝，脚窝里迅速聚起或明亮或浑浊的雨水，就像眼窝里噙满泪水；岸边的野草已被风雨摧残，刚强的野蓟多被折了腰身，韧性十足的狗尾巴草弯腰垂地，可怜的苦菜花多被风刃削去了头颅；河岸上布满了残碎的柳叶、槐叶、草叶和花朵。这些残叶落红是被风扫落的，接着又被风拾起，之后再被雨点狠狠打落在地面上。

穆刀沟涨水了，滚滚洪水漂着树枝、麦秸、杂草，还在源源不息地从上游汹涌而下，拴在河边的小船也被冲走了，无了踪影；大水扭动着庞大的身躯从河里走过，压迫着南北两侧的河堤，浊浪如巨舌舔着岸沿。这条最早为白狄人所有的河，自从流到以农耕为本的汉人手里，两岸的林木和草地多遭毁灭，它也就由一条天使河变成了一条恶魔河，像是怀揣着满肚子的不满，常常莫名地愤怒起来。看来，这条变得邪恶的河流又要泛滥了，谁也不知它明天的河道将会出现在哪里。

庆幸的是大雨停了，穆刀沟的水位也不会再涨过河堤，河两岸躲过了更惨重的一劫。河水是浑浊的，它在金黄色的阳光下也泛起了金黄色的光，像是一条流动的金黄色沙川。

腊八一天没吃东西了。他那张黝黑的脸似乎一夜间瘦了一圈，那双眯眯眼却因此大了些。瓜园被毁的当天下午，老根爷来了，可他一句话也没说，绷着一张脸，就像憋足了风暴的天空。老根爷在被毁的瓜地里转了转，用那只放着凶光的独眼，狠狠瞅了五叔和腊八一眼，走了。老根爷如果真发通脾气，或被他抽两耳光也好，可他没有。这更可怕。人们清楚，老根爷只有在愤怒至极时才会这样。

此时腊八下意识地走上了河岸，像有什么东西在扯动着他的一双光脚丫子。他有生以来第一次感到了孤独，感到了无所依靠，他想见到爹，想见到五叔和五婶，甚至想见到老根爷。昨天晚上，他少见地趴在窝棚里大哭了一场——不知这是不是他生来第一次哭泣。他呜呜的哭声与哗哗的雨声交织在一起，仿佛老天也在哭泣——不，他的哭声被老天的吼声覆盖了，淹没了。其实他仅仅哭了几声就停了——他的哭倒更像是一种发泄式的吼叫，而且好像瞬间一切就都过去了，他又忘掉了一切，爬起身来，坐在草堆上开始哭似的哼唱……

太阳在慢慢向着东南方向移动，空中弥漫着朦胧的金色雾气。

百无聊赖，疯子腊八蹲下身去，瞅向脚下那个盆子大的水坑。他忽然发了童心，伸手泼起水来，将坑里的水一捧捧泼进河里。坑里留下的是沙子，经过水洗，黄色的沙子变成了白色。他又一捧一捧从坑里将沙子捧出，拍成了一栋湿漉漉的沙墙。他得意地站起来，歪着头欣赏自己的建筑作品。他想到了贾先生的"外国话"，贾先生说这墙就是界限，是设防，是排外……腊八又抬头看了一眼穆刀沟，河水浊浪滚滚，他突然觉得这河里流淌的不是水，而是一河黄色的流沙。

就在这时，他双手拍出的沙墙坍塌了。

"×你娘的，这么没黏性哩！"腊八骂道。他突然皱起了眉头，细细观察起这堆沙子来，像有什么东西在心头晃了一下。

他觉得这沙子就像人。

是的，这沙子就是人，人就是沙子，人沙！他伸出一只脚，发狠地一下一下将沙子踢进河里，然后解开裤腰带，用一泡尿冲散了那残留的沙。他有些失望，系上了裤腰带，正想回窝棚去，却发现河里有个什么东西若隐若现地漂了过来。近了发现：是个人。

来不及多想，腊八"扑通"一声跳进了河里。他拼命游啊，游啊，奋力横穿过去，截住那漂过来的人，一只手将那人抓住，托起，使其头部露出水面。

他发现托起了一个女人，一个淹死了的女人。

溺水者是个年轻女子，湿漉漉的头发遮住了脸面，无法看清面孔，却又好像在哪儿见过似的。腊八无暇多看一眼，只是一只手拼命划动，奋力向岸边回游。可水势太猛，他托着那女人游到河边时，已被冲到了下游半里远。

终于，他划水的手猛然一抬，挽住了岸边一棵柳树。可不幸的是，一个浪头又拍了过来，腊八的身子陡地一荡，挽住柳树的手差点松开——同时，浪头也蓦然冲开了女人的头发，一张清晰的面孔露了出来。腊八一惊，抓着女人的手松开了……女人又被浪涛卷了去。

腊八放手的是翠兰。

还是疯子腊八十四岁那年，腊月初八，花轿抬到大门外，停下。在一片热热闹闹里，两只穿了红色绣花鞋的脚先后迈出轿门，接着，蒙了红盖头、穿了身大红衣裳的翠兰便出现在腊八家的大门口。人们让出一条路来，新媳妇翠兰由新郎官儿腊八引着向院内走去。腊八穿了身新衣，两腿生硬地挪动着，像是不会走路了，像个孩子——其实他本还是个孩子。他那张哭丧着的脸成了一张黑黢黢的锅底，只看到缝隙似的两只小眼睛，小眼睛里充满了委屈和怨怒，像是很快就要下下雨来。

穆刀沟岸边有"闹女婿"的风俗，腊八脸上的锅底灰，便是翠兰的娘家人硬摁着抹上去的。为此驴一样倔的腊八挣脱束缚后，就冲向往他脸上抹黑的人，一把攥住了那人的领子，要不是五叔呵斥，他的拳头可能就落在了人家鼻子上。

由哈喇秃子带头，屋门旁站着一群十来岁的孩子，新娘子刚走近门口，孩子们手里的炭渣便呼呼地向新娘子摔打了过去！翠兰成了冰雹似的炭渣下一朵就要被摧残的野花，她赶紧埋下头，急急冲进了屋里。尽管蒙了盖头，但她的脸还是被铁砂似的炭渣摔得生痛，火辣辣地疼。穆刀沟两岸也有个"闹媳妇"的风俗，而这一关叫"摔媳妇"。

腊八的大喜日子老根爷没来，文举爷也没来，不是因为他们不肯屈尊，重要的是，他们对这桩婚事本就极力反对。把翠兰说合给腊八，是五叔和指不上联手干的，婚事也由五叔来操办。腊八家没女人，没女人的家不叫家，为此五叔就跟腊八的爹商量，还是早点给腊八张罗个媳妇。本村的闺女没有谁肯嫁给疯腊八，村里人的说法是：他那德行不受人待见，家里也忒穷。五叔找到了指不上，因为他俩有交情。五叔求指不上帮着物色，也求了他村的熟人帮着留意；外村人不知底细，全靠媒人一张嘴，找个外村的事好弄成。女人是嫁鸡随鸡嫁狗随狗，只要进了腊八家的门就是腊八的女人，这媳妇就算套牢了。

不想这亲事让指不上给说成了。五叔高兴地对五婶说："这指不上可积大德了！你霎说，他那两片子嘴也真是好使！要不是他呀，腊八说不定就得打一辈子光棍儿哩！"

不想五叔兴冲冲来腊八家报喜时，却遭到了腊八的全力抗拒。

"哦，谁家闺女肯给了咱腊八哩？"躺在炕上的腊八的爹喜出望外，艰难地坐起身，病恹恹的脸上露出了笑容。

"这闺女十七了，北穆家人，还是秀才爷的远房侄女儿。多亏指不上瞒着秀才爷从中说合哩！"五叔说。

"你们不是多事儿啊？俺不要！"蹲在墙角下的腊八斜了五叔一眼，忽地冒出一句谁也没料到的话。

"么？你不要？"爹和五叔都是一惊，他们绝想不到腊八会不愿意。五叔用迷惑的目光看着腊八，突然跳下炕，走到腊八面前，弯下腰来摸了摸腊八的额头，"你小子脑袋是不是叫驴踢了？"真生了气的五叔又回炕沿上坐下，怒道："你还不要？人家能看上你就是你天大的造化哩！怎么，你嫌人家闺女长得丑？"

腊八忽然呆呆地想什么了，五叔的问话他没听进去。五叔是故意这么问的。本来，娶媳妇谁管她丑不丑呢，男人多不去在意女人的脸蛋和身材，只要她是女人就行，只要她会缝衣做饭就行，只要她能让男人干那事就行，更重要的是她能生出娃娃来。

"问你哩！"五叔有点恼怒地大声说。

"么呀？"腊八回过神来，不知是故意装傻还是真的迷糊，怔怔地看着五叔。

"我问你是不是嫌人家长得丑！"

"没见过，不晓得。"

"傻？"

"不晓得。"

"有病？"

"不晓得。"

"不晓得？！就这话儿？人家闺女俊得很哩！赛过仙女儿哩！你个狗东西，人家哪一点配不上你？你还不待见人家，你就是想气俺们不是？"

"反正俺不要。"

"那你得划出个道道儿、说出个理由来呀！"

"俺……不寻鸡巴媳妇儿！"

"混账！噢，不寻媳妇儿，你想绝后呀？你看看，啊，谁家不巴望着尽早儿把媳妇儿寻回家哩！"

"非要媳妇儿揍么哩！"

"揍么？你说揍么哩，装么糊涂你！咱族里长你这么大的，有的连孩子都有了哩！"

腊八懵懵懂懂地知道，村里每家每户都想早点娶媳妇，娶媳妇就是为了生孩子；孩子生得越多越好，只为了将来人多势众，不受别人欺负。但腊八还是坚决地说："反正俺不寻！"

"你……你！我看你是浑出出息了，浑出谱儿来了！自古婚嫁就是媒妁之言，父母之命，你娘死得早，跟你说，这个主儿你爹跟我就把它给你做了，这事儿由不得你！腊月里看个日子，把媳妇儿寻进门来！"五叔气呼呼地说罢，跳下炕，瞪了腊八一眼，走了。

五叔难得发这么大脾气。

腊八不肯娶媳妇，只因听了老根爷的话。五叔托人给腊八张罗媳妇的事，偶然间传到了老根爷耳朵里。一天，腊八下地之前老根爷喊住了他，老根爷说，疯子呀，你要寻媳妇儿可甭寻北穆家的，寻了北穆家的就是坏了咱族里规矩。俺？你祖上就有人叫他北穆家害死了，你爹的腿还是他北穆家给弄折的哩！俺？这可是仇哇！老根爷最终没把这婚事阻止下来，是因为金桂的一通吵闹。

老根爷教唆腊八的话，是五婶从腊八嘴里逼出来的，五婶说给了金桂，金桂找上了老根爷家。金桂堵在老根爷的屋门口喊："老根爷，你给俺说清楚喽，为么不兴腊八寻北穆家媳妇儿？！"

　　"唵？这还用问？！吃南穆家门儿里饭，这个规矩愣是不晓得，算是白活了，真是！我给你说，咱南穆家祖训，不得跟北穆家结亲——你们可得记好喽！"老根爷从堂屋里踱出来，一边走一边说。

　　金桂瞪大眼睛看着老根爷，像是很吃惊似的，隔了一会儿才说："我说老根爷，祖上是祖上，他们一合眼还看到喽后人？还管得着后人？不喝凉水不晓得肚子疼，你就忍心看着腊八打一辈子光棍儿哇？这个不沾那个不沾，你去给他弄一个来呗！跟你说，腊八要真寻不上，就冲你来要媳妇儿！你家也有娘儿们家，你知道腊八的脾气，把他惹着了他可是六亲不认哩！他要是揍出么浑事儿来，你可憂怨谁去！"

　　老根爷气得脸色发青，他是第一次被一个下辈的下辈这样数落，这样威胁，若是以往，他肯定早发作了，早一巴掌扇了过去。可这会儿，他忍了，他有点心虚，他知道疯子腊八是个惹着了敢杀人放火的主儿。他强压住心头的愤怒，将手里的烟袋背在身后，打算走开了。他刚刚移动双脚，又不甘地站住了，瞅了金桂一眼，大声说："沾哇……你沾！白毛儿狐子戴礼帽——有道行了！可我给你说，这世上没有柳毛子教训老柳树的理儿，这咱还轮不到你说话！我是族里头当家的，这个主儿更得我做，还轮不到别人！"说罢，老根爷气哼哼地回屋去了。

　　"老不死的！"金桂嘟嘟哝哝骂了句，也转身走了。

　　只是腊八辜负了金桂的一腔热情。

　　这要从腊八娶亲说起。这天翠兰进了腊八家大门，陪送的箱柜抬进屋，接下来便是将那简单而古老的程序演绎下去，新郎新娘拜了天地，新娘子便被送进了洞房——上了腊八家那条土炕。拜天地时，腊八是被人硬按着跪在地上的；翠兰的脸上也并无喜气，反而挂着一缕忧郁哀怨之色，仿佛一过门儿便成了怨妇。但人们并未往心里去，人们知道，从闺房到洞房这一关她还不习惯。

接下来就开席了。院子里热闹起来，喧声连连。其实说热闹有点假象，整个院子里，除了五叔一家再就是破罐破盆等一些与腊八要好的年轻人，再就是麻雀一样叽叽喳喳凑热闹的孩子；全族大人多数像失踪了一样——没来，他们怕得罪老根爷，大家都晓得老根爷反对这门亲事。五叔一家可受累了，女人全上灶做饭，五叔和大升小斗跟腊八去北穆家接媳妇；轿夫是从外村请的，因为本族里找不到抬轿子的人——人们不是不会抬，而是不肯，或者不敢。

腊八洗了脸，由大升硬拉着，出来给每一桌上的族人敬酒。当走到破盆这一桌时，哈喇秃子过来了，说着就往破盆旁边坐。破盆扭脸厌恶地说：“一边儿去！”

这家伙说来也有点可怜，打小就总流哈喇，爹就顺口叫他“哈喇子”，直到五岁哈喇子不再流，家人却也忘记了给他换个名字叫。不幸的是，哈喇子不流了，头上却长起了疥疮，以致后来头上落下了一块块的斑秃，人们又开始喊他“秃子”。当然，个别的时候人们不嫌麻烦，也喊他“哈喇秃子”，正如人们不嫌麻烦时喊腊八为“疯子腊八”。

哈喇秃子委屈地对腊八说：“疯子哥……”

秃子话没说完，腊八就一脚把他踢趴在了地上：“爷爷的诨名儿也是你叫的？”

破盆的一桌人哈哈大笑起来。

秃子慢慢爬起来，十分委屈地说：“俺带上了‘哥’叫你哩……”

“你娘不是疯子哇，你是不是也叫‘疯子娘’哩？”

秃子又不满地说：“破盆哥也是这么叫你哩。”

“他叫沾，你就不沾！”

哈喇秃子悻悻地走开了，腊八开始给破盆他们敬酒。破罐举着酒盅笑了，说：“喂喂，疯子，小公鸡还不会打鸣儿就要交尾——你会不会揍那事儿哩？要不要给你支支招儿？”

“正好儿，把他灌醉喽，半夜里咱去帮他把活儿揍喽！”破盆故作认真地说。

大升不满地插话说："你们当大老伯子的，嘴上怎么也没个遮拦哩？"

破盆笑道："新媳妇儿三天没大小，俺们没去闹洞房就便宜他了！"

腊八听着屋里嘻嘻哈哈的闹腾声，将酒一个个稀里糊涂地敬下去，可刚刚敬完这一桌，屋里突然传出一声尖叫——那是翠兰的声音。腊八一甩手，手里的酒盅在地上摔了个粉碎，他带着一阵旋风冲进了里屋。

他看到翠兰躲在炕角落里，双手捂着脸轻声哭泣，她身边是哈喇秃子和几个十岁出头的孩子。

他们在闹媳妇，这是新媳妇要经历的第二关。他们几乎把翠兰折腾了个半死。开始他们要解开翠兰的裤子，可按风俗翠兰的裤腰带今天打了死结，解不开。不知是谁恰恰带来了只麻雀，秃子就把那只麻雀从翠兰的裤腿下塞了进去；那麻雀受了惊吓，一个劲儿地往上钻，钻到了大腿根处，翠兰惊叫一声，下意识地猛然用手一扭，那麻雀不动了。她感觉到大腿根处湿漉漉的热，她知道，那麻雀死了，肠子流了出来。

"狗×的揍么哩！"腊八的眯眯眼睁圆了，怒视着秃子他们。

哈喇秃子笑嘻嘻地说："嘿，甭提了！俺把那家雀儿塞到她裤子里……"

"塞你娘的裤裆里去！——都给你爷爷滚！"腊八攥起拳头，一跺脚怒吼道。

秃子他们看看腊八，灰溜溜地溜下炕来，受惊的老鼠一样溜出屋去了。没人知道，哈喇秃子还顺便带走了放在炕桌上的一把梳子，在闹媳妇时，他趁人不注意早揣进了怀里。

其实，谁也不知道腊八为什么如此愤怒，就连腊八自己也不知。

听到腊八的吼声，院子里的五婶走到窗下，对里说："腊八，你吵吵么？人家闹媳妇儿哩。你真不懂事儿！快出来给大家伙儿斟酒。"

腊八喝醉了。这是他生来第一次喝酒，就醉成了一堆烂泥。他是被人抬着扔到炕上的。

夜深了，雪花还在屋外世界委婉而浪漫地飘着。世界早已进入梦乡，万籁无声，大地一片静寂，就连村子里的狗也不再出声。翠兰把死麻雀从裤管里抖出来，扔到屋地上，孤独地坐在炕角落里，看着挺尸一样醉卧炕上的疯子腊八，听着他轻细而深沉的鼾声。从现在起，这个挺尸一样的家伙就成了她的男人。她心头混乱如麻，甚至有些恐惧的感觉，那种感觉像是在拉着她一步步走向个无底的深渊。她的眼睛里流露出一丝哀怨……她突然听到窗外像是有声音，轻轻的踏雪的声音。接着，她看见窗纸被挖开了一个洞，有只眼睛在那洞后闪动着……

窗外是破盆和哈喇秃子他们，他们猫在窗下，像寒冷的雪地上禁不住冷而哆哆嗦嗦的黄鼬。他们来"听窗户"。听窗户也是种风俗，也是新娘子要过的一关，当然，这一关得由新郎陪着过。

夜很深了，不知已是什么时辰，疯子腊八终于醒了。他翻身爬起来，一伸胳膊，张嘴"啊"地一声打了个长长的带着酒气的哈欠，然后愣怔怔地环视了一眼炕上。他突然看到了翠兰，这才想起自己娶媳妇了。他不禁皱起了眉头，像是有很大的心事，他用一种无人读懂的冷漠的眼光看着翠兰。

"这么瞅我揍么？疯狗似的！"翠兰不高兴地说。

"狗？"腊八怔了怔，接着闷头想了想，有点恶毒地坏坏地笑了，虽那坏笑淡得让人几乎察觉不到。

他想起了幼年。还是五六岁的时候，那是个秋天的黄昏，他发现一黄一黑两条狗在家门口。两条狗屁股对着屁股扯来扯去，像是有什么东西把它们拴在了一起。腊八觉得好奇怪，他回头喊爹，爹从家里走了出来。

"爹，好怪哩！你瞅瞅，那俩狗在揍么哩？"腊八问。

"是狗连单。"

"么叫狗连单？"

"……就是尿尿。"迟疑了一下，爹糊弄说。

有爹在，腊八不再害怕，他伏身趴在地上细细看起来，要看个明白。他突然发现了什么，大声说："那黄狗——为么非把尿尿到人家屁股里哇？"

"一泡尿会尿出一窝小狗儿来。"爹说。接着，他伸手把儿子拉起，提溜回了家里。

这回忆几乎是在腊八的脑海里一闪而过，并没多停留。他的脑海里又突然出现了老根爷那张生气的面孔，腊八脸上的表情变得复杂起来，不知是兴奋还是痛苦。眼珠子在他的小眼眶里转了转，他突然脱光了身上的衣服，像条饿狼猛地扑了上去，把翠兰压在了身下！翠兰反抗着，双手奋力推搡着，可她一会儿就没了力气，无法推开犹如蛮牛的疯子腊八。也许是急中生智，翠兰喊道："外边儿有人！"

窗外的人赶紧弯下腰去，蹲在了窗下。

可腊八却像是没听到，他不在乎，他蛮横地脱去了翠兰的棉袄，扯掉了翠兰的肚兜……然而，就像攻城拔寨，在翠兰的下半身面前腊八的进攻受阻。翠兰的裤腰带打了死结，腊八扯来扯去就是解不开，反而那结越扯越紧。腊八生气了，骂了声"他娘的这么多事儿"，起身光着屁股跳下了炕。

他从外屋灶台上拿来了杀猪刀子。杀猪刀本来是他压在炕墙边的褥子下的，被五婶发现了，五婶就把它拿了出去，扔到了外屋的灶台上。五婶并不是担心腊八会做出什么可怕的事情来，而是觉得凶器搁在婚房里不吉利。腊八回到炕上，不顾翠兰的阻拦，一手勾住翠兰的裤腰带，一手拿着刀子，只听"噌"的一声，翠兰的裤腰带便被挑断了。腊八将杀猪刀子扔在了炕角，接着褪下了翠兰的裤子……翠兰蜷曲起身子，两条胳膊紧紧抱在胸前，痛苦甚至绝望地在心里喊着什么，两行泪水流了下来。腊八没顾及这些，已疯狂起来的他一把拉开了翠兰的一条胳膊，一只手攥住了翠兰像鸭梨似的乳房，把翠兰攥得生痛。他两只手粗鲁甚至野蛮地揉搓翠兰的胸，摸过翠兰全身上下……翠兰颓唐地移开了抱在胸前的胳膊——她认命了。虽然睡的火炕，但屋里依旧很冷，被脱光了的翠兰冷得浑身发抖。她伸手拉过一条被子，胡乱地盖住了她和腊八。

炕上响起一种声音，那声音伴随着翠兰痛苦的叫声……过了一会儿，那声音没了，炕上也没有了任何动静。静静的，又过了好长时间，只听翠兰突然愤怒地喊："死疯子！你又在搂么呀？！"

"咕咚"一声轻响，腊八被翠兰推下了身去，仰躺在了一边。接着是翠兰伤心的哭泣声。

天亮之前雪停了。

天亮了，也许早就亮了。鸡叫了，可村子还在沉睡中，人们要在炕头上再眯一会儿。昨晚，西间屋因来不及收拾，再加没有多的被褥，腊八的爹就去了五叔家过夜。

金桂来了，她来为腊八小两口儿做饭。依照风俗，新媳妇进门前三天是不准干活儿的。这做饭的事就落在了金桂头上。金桂愿意，她是个直肠子人，也是个热心人。金桂走进院子，双手抄在袖筒里，抱在腰间，由此走起路来肥硕的屁股便扭摆得更加张扬。她嘴唇微微一张，热腾腾的白色气体便从嘴里呼了出来。她本想喊声"腊八"，却见屋门半开着，就一闪身进去了——只有两个硕大的奶子顶起的胸部轻轻碰了碰那扇半掩的屋门。

疯子腊八有些冷漠地呆怔怔坐在炕上。

见屋里只有腊八孤零零一人，金桂问："翠兰儿哩？"

"走了。"腊八说。

"走了？……哪儿去了？"金桂突然明白过来，大声惊问，"为么走了哩？！"

腊八的头低低地埋在两腿上，不肯说。可过了好一会儿，他又止不住回望了一眼炕上的那片尿湿，说："嗯……爷爷往她那儿……尿了泡尿！"

金桂更是大吃一惊，呆怔了好一会儿，突然哈哈大笑起来，她拍打着炕沿，笑得弯下了腰，眼睛里流出了水。可等笑罢，金桂又愤怒异常，大声骂道："你不是人，是六畜！连六畜都不如！你算是亘古透顶了！你娘的个坏杂碎！你怎么会……尿尿哩？！你这么恶毒——瞅着吧，有一天雷公爷会劈了你哩！"金桂又忽然迟疑起来，怀疑地

134

说，"不会吧？尿尿……能尿得出来？"

"信不信由你。"腊八说。其实，他有些后悔了，后悔发了坏。

金桂怔了怔，平静了些才又问："她临走留么话儿来没有？"

"连个屁也没放。"腊八说。

金桂回去不久，五叔和五婶赶来了，五叔什么也没说，只是骂了声"六畜！"并给了腊八一巴掌，气冲冲走了。这是腊八有生以来第一次挨五叔的打。接下来的几天里，五叔和五婶一次次往北穆家跑，去请翠兰回来，就连指不上都出面了。可翠兰不干，铁了心不再走进腊八家的门。翠兰说："要我回去，除非把我弄死抬着去！"

翠兰的娘也气愤异常，帮腔道："就是不能去！你们说说，你们说说，啊，这叫么事儿啊！这世上有这么乍古的人不？这还是人不？他疯子腊八这么歹毒，俺闺女去了，总有一天会叫他整治死哩！"

翠兰倔强，她的心无人能说动。一阵迷乱之后，腊八心情也不好，他发现，他在人们眼里做了件天大的丑陋事，从而成了村里的笑柄。

七岁时的一幕常常在他的脑海里放映，好像他的一生就坐在那辆马车上。七年过去了，那个仇，爹似乎早就忘记了，虽然落了个一生残疾。爹是个容易忘记仇恨的人，可腊八忘不了，他还在牢牢记着这个仇，那群人的面孔都像一张张烙痕印在他的记忆里。可腊八没想到，当他走进翠兰家，翠兰的爹笑呵呵地迎过来时，腊八大吃一惊——打爹的人就有他——这狗娘养的结巴嘴老丈人！

老天弄人！真乃不是冤家不聚头，仇人成了亲家，对头做了翁婿。

好几天过去了，翠兰没有回来。腊八知道她不会回来了，永远不会回来了。

## 四

淹死的翠兰又被浪涛卷去……刹那间，疯子腊八猛然醒过神来，他一个纵身，又伸手抓住了翠兰。他奋力把翠兰拉到岸边，用身子倚着，然后用胳臂将她夹住，像夹了条软绵绵的布袋，踏上岸来。

约莫过了一刻多钟，腊八终于把翠兰带到了窝棚里，放在铺了凉席的草堆上。

翠兰浑身湿漉漉的，躺在草堆上，长长的湿发胡乱地贴去了脸部，嘴唇发白，一动不动，显然是不行了。

腊八忽然为难起来，他在草堆旁走来走去，六神无主地搓着手，裤脚滴落的河水洇湿了一串脚印。他突然蹲了下去，伸出两个指头探翠兰的鼻息，可他感觉不出什么；他又撩开翠兰湿漉漉的衣衫，把手伸到翠兰胸部——发现还是热的。他紧皱着的眉宇突然开朗了，手从翠兰胸部拿开，两手各抓住翠兰一个脚腕猛地站了起来。翠兰像只死羊倒挂在腊八举起的双手上。腊八倒提着翠兰，有点疯症似的生硬地抖动起来。不过这办法还真管用，抖了几抖，翠兰嘴里开始往外淌水，开始很猛，后来渐渐少了，以致后来不再有水流出。一阵猛烈的抖动，贴在翠兰面上的湿发也慢慢滑落开去……腊八抬膝盖倚住翠兰的身子，又轻轻把她放在了草堆上。

像是憋着的一口气吐出来，腊八一屁股坐在了地上，好似傻了，呆呆的，怔怔的。

也许这就是天意。天意是无法猜透的，腊八万万没想到，他又见到了媳妇翠兰，而且在这种情形之下。他呆呆地看着，看着这曾被他糟蹋过的女子，看着她醒来，就像等苗儿从地里钻出来，等母羊生出羊羔来，等母鸡孵出小鸡崽来。

草堆上忽然发出"嘤"的一声响，那是翠兰喉咙里发出的声音，那声音很动听，像是琴弦上弄出的声音，那声音可使人像喝醉了酒。

在腊八呆滞的目光下，翠兰仍旧紧闭着眼睛，依然一动不动。不过腊八知道，她活了。腊八一颗悬着的心落了地，现在留给他的只有尴尬，只有难堪，他不知道当翠兰睁开眼时该怎么面对。面对文举爷燃烧的麦田和北穆家人燃烧的目光，他不曾紧张，也不曾尴尬，而此时，他惶惶然，甚至有一种灾难感，他第一次感到了自己的卑屑和渺小。

翠兰那张停留着水珠的鸭蛋脸还有些惨白，腊八现在才注意到，这张脸还是好看的。几年前他几乎没在意这张脸，他把她扒了个精光，反倒她的容貌没在他脑海里留下什么记忆。幼年时的腊八分不出美丑，未想过女人那张脸好不好看，他只知道长头发的是女人，女人是种神秘动物，是种与男人不一样的动物。在穆刀沟人的眼里，女人就是件生孩子的器具，与丑俊无关，美得像狐狸精不一定能生出儿子来。

湿漉漉的衣服紧贴在翠兰身上，整个身子线条分明，该凸的地方凸出来了，该凹的地方凹下去了，人扫上一眼便会一目了然，像个穿了衣服的人体雕塑。当然，这是件艺术品，任何人都是件艺术品，只是创作者是爹娘。这件艺术品——翠兰的衣服像是被观赏者撩开了——因为刚才的倒提抖动，她湿淋淋的衣襟翻了过去，雪白的肚皮亮了出来。

不知不觉里，腊八有点恍惚起来，仿佛又看到了窝棚里那幅迷人的"图画"……那图画叫春的猫一样叫过，而此刻静静地睡了。他胸口"嗵嗵嗵"跳起来，像在打鼓。那是幅不朽的图画，那幅图画令人销魂，令人无法把持……人近弱冠之年，情欲会变得强烈起来，身体里的血会催动情欲的浪涛日夜激荡。而此时的男人多梦，会时常沉溺于性的幻想。在不知不觉的幻想里，腊八的裤裆也在不知不觉里打起了伞。

"见他娘的鬼了！"腊八心里自恼地突然骂了一句，使劲儿摇了摇头。

他把落在翠兰肚皮上的目光移开了，像是不忍再看。他忽然有了种犯罪的感觉。过了片刻，他觉得还是不妥——不去看，翠兰的肚皮还不照样露在外边？等她醒了，见自己的肚皮裸露着……么也说不清了！腊八想到，还是先把翠兰的衣服理好。他轻轻站起，猫着腰靠近翠兰，缓慢地把手伸过去。

"你揍么？！"翠兰突然叫道。声音低微，声音里带着惊恐和恼怒。原来她醒过来了。其实刚才她就朦朦胧胧醒了，只是有些神志不清，像是正在做梦，因此没睁开眼睛。

腊八的手像遭雷电击了一样缩了回来，裤裆打起的伞也悠然收起了。他惊慌地看向翠兰的脸，翠兰正惊恐地看着他。腊八像是傻了，呆呆地、怔怔地、久久地说不出话来，像是个小贼正偷东西突然被人抓住了双手！翠兰一只手无力地扶着草堆，试图坐起，腊八这才回过神来，惶惶道："覅动……"

翠兰坐起了，发现自己的肚子露着，赶紧扯扯衣襟把肚子护住，泪珠却从眼眶里滚落出来。她一脸的伤感幽怨，伤心落泪会使女人显得楚楚动人，那泪珠儿也会像晶莹的碧玉珠粒一样生动。她睁着一双泪眼看着腊八："俺怎么在这儿哩？"

"俺还要问你哩。你怎么会……"腊八镇静下来，恢复了往常的平淡和冷漠。他退了两步，回原地蹲下。

"俺没有死？"

"为么要死？"

翠兰想了想，摇摇头。她感觉到眼前这个人长大了，也懂事了，不再是以前那个横行霸道的混世魔王。过了一会儿，她像是在自言自语地问："你救了俺？"

"是你自个儿跳的河？"腊八皱起了眉头。

翠兰没有回答。由此两人陷入了长久的沉默。

翠兰的确是自己要死，她选择了跳河。那年新婚之夜后跑回娘家，她一家人便在族里抬不起头了，她一出家门，总会有人在背后指指点点。自那儿起，她恨透了男人，也决计不再另嫁。其实，她是嫁不出去了，门当户对的好人家不会娶个"二婚头"回家。再说，她是从南穆家逃回娘家的，夫家并没给她休书，照理说她还是腊八的人。既然是疯子腊八的人，谁敢沾惹？人们怕疯子胳膊窝下的杀猪刀子，更担心自家的房子被他一把火点了。这几年里，也有贪财而胆大的人悄悄去做媒，可人家一听女方是翠兰，便赶紧把大门关上，将媒人拒之门外。更不幸的是，城门失火，殃及池鱼，如今弟弟二混也大了，却还是光棍儿一条，至今没人进门提亲。家里养着个道不明说不清的女人，谁还肯把闺女送进这个家门？

"俺走了。"翠兰怨恨犹存地看了腊八一眼，理了理耳畔湿淋淋的头发，幽怨地说。她艰难地站起，眼泪也跟着又一次婆婆娑娑掉下来。

"再缓缓气儿吧。"腊八说。

翠兰摇了摇头。

"那俺送你回去。"腊八往前挪了一步。

翠兰又摇摇头，没有说什么，走出窝棚去了。

翠兰走后，腊八一屁股坐在了草堆上。那草堆湿漉漉的，因为翠兰躺过。腊八两眼无神，双臂交叉抱着肩头发起呆来，过了好一会儿才又站起身，百无聊赖地走出窝棚。他像头圈久了的驴在外边溜达，四处望望，却没有意识，像一个空空的躯壳，不知不觉中又走上了河岸。

河对岸有人在喊他。

他抬起头来，耀眼的阳光使他睁不开眼睛。但他还是模模糊糊看到了对岸的人——是五叔。五叔双手合在嘴上，圈成个喇叭筒。

腊八心头又禁不住"嗵嗵嗵"敲起鼓来，太多的烦恼已使他心头装不下了，特别是那些倒霉的事。那些倒霉的事不能对爹讲，爹有病，他会受不了；救翠兰的事也不能说出去，说出去了，自己会再次成为街头巷尾的笑料。

腊八有了烦恼。他渴望心头干干净净，不装事，就像以前那样，可是不能了，他已不再是以前的那个自己。

他真不想回去，因为他突然有了一种不祥的预感，他朦朦胧胧觉得有件更为可怕的什么事在等着他；可他又不能不回去，隔着浪涛滚滚的穆刀沟，他向对岸挥了挥手。


疯子腊八回到河南岸，五叔神情有些沉重地说："那老家伙叫你去一趟。记住喽，你要收着点脾气，不管他说么你都甭顶他，有话儿好好说。咱欠了人家的，人家说么都不为过，晓得不？"

腊八木木地点了点头。

他别过五叔，糊里糊涂走进村去，迷迷瞪瞪穿过大街走向村西头，不知不觉到了东家门口。他不知双脚是怎么挪到这儿的，脑子里一片空白，又像是有锅粥在荡来荡去。一路上，他两腿不听使唤似的走走停停，停停走走，好像走在一条永远走不完的路上；他没注意街上都碰见了谁，今天是什么天气，出没出太阳；他也没想老根爷找他会说什么，那老东西会以怎样的一张脸面对他，但他知道，反正没好果子给自己留着！

他有些失魂落魄，双脚缓慢、紊乱而沉重地踏上了东家的大门台阶。他踌躇地走进院子里，可刚转过影壁墙他就站住了，像是突然走进了一个陌生的暗藏凶险的地界。

"他娘的，呆头呆脑地戳在院子里揍么？唵？还不进来！"老根爷透过撕破了的窗纸看到腊八，冲窗外喊道。

腊八懵懵懂懂走进屋里，见老根爷坐在炕上，正抽着烟，炕桌另一端盘腿坐着面无表情的贾先生。贾先生自大论院墙被腊八挖苦，不但依旧面无表情，就连话也少了。他似乎自娘胎里出来就不会笑，不会哭，也不会有喜怒哀乐，他有的只是一张木然的僵尸似的脸；让腊八有些意想不到的是，老根爷脸上倒显得异常平静，就像一阵风吹过，虽没有太阳，却也没了发怒的阴云纵横。腊八甚至感到有些吃惊，有些受宠若惊。他木木地瞅了炕上两人一眼，默然地蹲到了墙根下。

"疯子呀，"老根爷手端着旱烟袋，鼻孔里冒出两股灰白色的云雾，脸上倒有几分亲切的气象。他平静、不紧不慢甚至和风细雨地说，"今儿个把你叫回来不为别的——想必你也晓得了，就是想跟你合计合计瓜园的事儿。唵？你看，我把俺亲戚也请过来了，做个见证。"老根爷并没提文举爷家的麦子被烧，也没提腊八挨打——尽管他看到了腊八身上青一块紫一块的伤痕——仿佛世上的一切都与他无关，他关心的只有自己的瓜园。

腊八的脑袋"嗡"地响了一声，但马上又静了下来。是福不是祸，是祸躲不过，来了，看来那祸端像阴魂一样还在跟着自己。他最怕提的话题还是提起来了，最怕出现的情形还是出现了，该面对的终究还得面对。而他又暗自幻想着，心存一丝侥幸，他希望一种奇迹出现——老根爷不再追究瓜园被毁的事，就像马谡失了街亭幻想诸葛亮不杀他的头——而且他看到了希望，他从老根爷那平和的脸上看到了希望，就像沦落暗夜的人，忽然看到了云缝里透出的光亮。

"那么多瓜都毁了，这糟践可够大哩……唵？我得跟你念叨念叨。瓜园毁了，这可是你的错儿，你是看园人哇。唵？这谁都晓得，俺家种了几辈子瓜，从来没丢过一个，更没有叫人毁过瓜园哩。你说说，那么多瓜都给毁了，这可要命哩！"老根爷接着说。

"俺叔找老秀才去了，叫他秀才家赔哩。"腊八抬了一下头，争辩道。他在河岸别过五叔，五叔就去了北穆家。

"赔个屁哇！"老根爷突然板起脸，用烟锅儿敲打着炕桌说，"你以为那老王八蛋肯赔呀？甭做梦了！咱跟他当了一辈子对头儿，还不晓得他？再说了，他这咱说赔，我也不要了，他北穆家的东西磕碜，钱也脏，俺不稀罕！"

"鸡巴毛！"腊八被老根爷的蛮横霸道激火了，那火冲到了头顶，好像浑身的血液又蠢蠢欲动发起浑来。腊八的脸上又已阴云笼罩，但他还是强压住了愤怒，没有骂出口来，而是冷冷地说："钱脏不脏还不一样鸡巴花呀！"

"唵？我怕霉着喽！"老根爷挥了一下手，像是要挥去头顶的烟雾。待他平静下来，从炕桌下拿出一张纸，放在桌面上，以缓和的口气接着说，"这事儿我替你想好了。你家穷，我得多担待着点儿不是？谁叫咱们是一家人哩。唵？再说了，就是叫你赔你也赔不起呀，更何况那也不合情理，显着我没有人情味儿。这事儿哩……你看有没有个好法儿？"

"你说怎么着吧！"腊八怔了怔，又是冷冷地说。他的野性又跟来了，在心里要起横来：要钱没有，要命有一条！

那个冷眼旁观一言不发的贾先生咳了一声，终于面无表情地插了话："我说这么着行不，唵，往后你给东家扛活儿就不拿工钱了，算是相抵了。"

"沾。"腊八没作任何思考，淡淡地应道。

"呵呵，可是二十年哇！"老根爷呵呵笑起来，那只瞎眼里又流出了水。他从桌上拿起那张纸说，"疯子呀，你可想好喽，唵？想好了就在这上边儿摁个手印儿。你爹的手印儿，我明儿个再去找他摁。"

"二十年？！不是一年哇？你这不是叫我爹把我卖了哇？！"腊八惊道。他顿感背上冷飕飕的，发凉。他不禁怨恨起老根爷来，心头骂道，"你娘的老杂毛，你敢拿爷爷当牲口买哇！"

"一年？哼，一年你能挣几个工钱？你想得倒好！唵？再说了，么叫卖不卖哩——话说得那么难听，这不过是抵账罢了。"老根爷道。

腊八绝望了，过了好久才以低低的声音、像是自言自语地吐出两个字："不沾！"

"你说么？不沾？唵？！"老根爷的脸又阴下天来，那只独眼里射出一束恶狠狠的光。他装上一锅儿烟，开始发狠似的打火镰，一边"咔咔"打着火镰一边说，"你说不沾也就算了，唵？我不勉强你，不难为你，那毁了的瓜你回去想法儿吧……"

腊八突然脖子一梗，大声嚷道："横竖是你跟老秀才家结仇，凭么赖到俺头上啊！"

"反了你！"老根爷一下子挺直了身子，怒不可遏，"你给我再说一遍！赖你？么叫赖你哩？唵？这南穆家就是跟他北穆家有仇，怎么了？你翻天喽？！再说了，怎么北穆家别人没有来砸瓜园，偏偏是那二狗哩？不就是你打折了人家的腿呀？！这是赖你？！"

贾先生突然扭脸望向了老根爷，老根爷的霸道似乎让他有些吃惊，虽说吃惊的神色很淡，而且在他僵尸似的脸上一晃而过。他微微摇了摇头，又扭脸看了腊八一眼，但接着就把目光移开了。他似乎在心里说着："唵，在这世上，被剥削的穷人和被驱使的下人永远没有理的一方，理在富人手里，规矩富人说了算，对错全凭富人根据需要认定。唵，做下人的，你唯一能做的就是认命，你还能怎么着？唉，还是摆正自个儿的位置吧！说穿了，你们就是一群干活儿的牲口，正如天下百姓在官家眼里是一群没有思想的牲口。牲口只有任人摆布的份儿。"他心头悄悄对疯子腊八生出了些许同情，但他又不得不为虎作伥。就此，他再没吱声说话。

视财如命的老根爷是南穆家首富，是族里的头人，他便是南穆家的"官家"。"狡兔死，走狗烹"，老根爷虽说做得还没绝情到极致，却也是极为不义了。

腊八就是一头"牲口"，他无话可说了，怔怔地发起呆来。贾先生面无表情地冷眼旁观着，老根爷翻着独眼，冷漠甚至厌恶地瞅着屋地上的腊八。也不知过了多长时间，腊八终于像一只皮球开始泄气，幽幽地说："随你鸡巴便吧……"

天色将黑，像个失去魂魄的幽灵，疯子腊八懵懵懂懂回到家里。他像是无意识地伸出双手，屋门吱呀呀痛苦地开了。昏暗的屋里乱乱糟糟，腊八没知觉地走过布满碎柴的坑坑洼洼的屋地，穿过黑洞一样低矮的二门，见爹正坐在炕沿上。

"怎么了？怎么喘粗气哩？谁惹你了？"爹欠了欠身子，问道。接着，他有点气喘吁吁了。

腊八不说话。

爹说："天黑了，你去点着灯，怎么回事儿说给爹。"

腊八拿来油灯，他划火柴的手有些抖动，但还是把灯点着了。他把菜油灯放在炕沿一头，也坐在了炕沿上。沉默了一会儿，他慢慢平静下来，终于把事情的始末向爹说了出来。他看到爹身子摇晃了一下，差点一头栽下去，便赶紧过去把爹扶住，扶好，然后去蹲在了墙根底下。他看到爹瘦瘦的胡子拉碴的脸在抽搐，那菜色的脸变得苍白。他知道爹是个胆小怕事的人，再加又病又残，这样的打击怕是难以承受得了。腊八后悔起来，他后悔把一切都告诉了爹，在心里狠狠骂自己，骂自己混蛋王八蛋，骂自己是狗×的！他恨不得打自己嘴巴子——可他没有，那样爹会更伤心，更难受。但话说回来，除了爹，他又向谁去说呢？况且这可是个大事啊！

爹苦涩地长叹了口气，悲凉地说："小子哇，可苦了你哩！是爹拖累了你呀，这……上辈子造下了么罪孽哩！"

说罢，爹呜呜地哭起来，哭声伴随着咳声。

腊八没有出声，蹿起身来，过去搂住了爹。

爹又剧烈地咳嗽起来，腊八松开一条胳膊，腾出一只手为爹捶背。咳了好长时间，爹一口黑乎乎的痰吐在了地上。借着昏暗的菜油灯光可看出，那不是痰，而是一口血。

说话间，一个人走进屋来，站在二门口疑惑地看着炕沿上的父子俩。

"怎么回事儿哩？"五叔问道。

爹把事情复说了一遍，最后说："这不明摆着要咱把腊八卖给他哇？他心也忒黑了！腊八打小就没有了娘，好歹吧，咱拉扯他十八年，总算拉扯大了，可今儿个……你说，你说我这个废人往后可指望谁哩？真不如拿根索子吊死算了！"

"哥，话莫这么说。"五叔也坐上炕沿，侧过身说，"天无绝人之路，况且还有我哩，往后我就把你管起来，有我吃的就有你吃的。至于咱家腊八，也绝不给他，顶多我拿出一亩地帮腊八赔上是了！"

"那怎么沾？"腊八的爹说，"你把地赔上，一家子不吃饭了？都去当要饭的？"

"不赔！大不了俺跑了他娘的，去当响马，看他娘的还敢不敢找我！"蹲在墙根下的腊八终于开口了。儿时响马梦的记忆，又忽然间走进了他的脑海里。

"浑话！你跑了倒干净，不要你爹了？亏你说得出口！"五叔说罢，拿出烟袋装了锅烟，把烟杆儿叼在嘴上，下炕来对着油灯点着。他一边回到炕沿坐下，一边沉思着，"不过……这抵不是，赔也不是，得想个么法儿才沾……咱又不能先辈儿那么着去闯关东——那地方早叫东洋人占了……可又有么法儿哩？还是……"

"叔叔，没法儿……不沾你们就把我抵给那老鸡巴东西算了！反正我把手印儿都摁了。"

"啊……手印儿都摁了？！你这不是人没有死棺材都给钉上了？

唉……算了，这也是个没法儿的法儿，你去就去，你爹他我管起来；平时哩，你多回家看看你爹来。"在腊八答应后，五叔又接着对腊八的爹说，"这事儿就这么着吧，我还有个喜事儿要跟你们说说。今儿个后晌我又去了趟老秀才家，虽说秀才爷不肯赔瓜钱，可管家指不上又给咱做了回媒人哩。"

"么？还有这好事儿？！腊八给人家找了那么多别扭，人家还肯帮咱呀？"腊八的爹不相信自己的耳朵似的，睁大了眼睛看着五叔。他不敢相信腊八这辈子还能娶上媳妇。

五叔说："帮。指不上这人还不赖。况且赔瓜的事儿，他应承下了没有兑现喽，心里对咱有歉疚。"

"可……是谁家闺女哩？谁还肯进咱这破门儿哩？"腊八的爹还是有点怀疑似的。

"你们都见过。"五叔笑笑。

"见过？"

"就是翠兰呗！今儿个前晌腊八打河里捞出翠兰，她一家子嫑说有多感动了！这事儿指不上也晓得了，他想，翠兰一家子叫腊八坑坏了，虽说翠兰回了娘家，可还是腊八的人。如今腊八也大了，懂事儿了，倒不如再撮合撮合。"

"好哩，好哩。哦，咳咳……你瞅瞅——"腊八的爹因高兴岔了气，咳了两声，指了指黑暗的墙角落，笑着说，"人家那年陪送的箱子还留在咱家哩！"

"呵呵，"五叔笑了笑，接着说，"不过人家有个条件儿。翠兰她娘说，腊八当初那么着，实在不地道，不是人揍的事儿！人家一家子都没了脸，翠兰也没法儿做人了，叫她稀里糊涂再回来，怕她再寻短见。他们的想法儿是叫咱再去寻一回，再堂堂正正过一回门儿。我想啊，这也不是么麻烦事儿，顶多不就是再花几个钱儿呗，就应承下了。"

"沾，沾哩，该这么着！"腊八的爹说。

就在爹和五叔说话间，腊八起身出去了。五叔发现腊八出去好大工夫还没回来，不免有点生气："咦？腊八哩？这事儿好像跟他不沾边儿似的！又撒么癔症哩？"

"兴许去尿尿了吧。"腊八的爹说。

"尿尿？尿泡尿要多大工夫？有多大一泡尿老是尿不完哩！"五叔扭身冲着窗外喊，"腊八，你掉猪圈里了？能不能快点儿哩！"

屋外没有回声。

五叔忙下炕走出屋去，在院子里又喊了两声，既没人影也没回音。五叔心头不免气恼——这浑小子真他娘的癔症！可接着他心头又生出一层不安：这腊八揍么去了哩？不会又出么事儿吧？

# 第四章

谈语说：人道谁无烦恼，风来浪也白头。

## 一

疯子腊八没跟爹和五叔打声招呼，不声不吭出了门，犹若一个落魄游魂走入了夜幕里。夜路上一片寂静，他感觉这个世界空空的，而他在这个空空的世上也是多余的。他没有了自己。

打从他把手印摁在那纸契约上，就把自己卖去了。他不识字，看不懂那张纸上写了什么，但他知道那张纸就是他本人，是他二十年的命。抵给了东家，自此他会继续牲口一样听老根爷使唤，穿上了牛鼻拳，戴上了牛鞅槽，套在了牛车上。他不想听爹和五叔谈论他和翠兰的事，因为他不敢想象自己还会有养得起媳妇的那一天，更不相信会有女人傻到心甘情愿跟他——苦熬牲口一样的日子。翠兰的爹娘愿意让翠兰回来，但腊八明白，那不是翠兰的本意，更不是翠兰喜欢上了他。感恩不是爱，而且不会长久。其实，翠兰家主动提出让翠兰回来，最根本的还是翠兰再难嫁出去。这是情势所迫。如此说来，她即使回来了，也多半会再次逃走——走投无路时，说不定还会再次选择跳河自尽。腊八意识到，他这辈子，兴许会像老根爷家那匹枣红蛋马一样打一辈子光棍了。

或许，这就是他的命。唉……人还是实际点好，命里注定是个低贱人，你就别去有什么虚幻的奢望。仇是命里带来的，一场场风波也是命里带来的，苦难也是命里带来的。人活着无奈，当无力改变什么的时候，就只有把一切归结在命运上。命运是人的主子。

茫茫的夜里，疯子腊八唯一的去处就是茫茫的原野，原野上的那个孤独的瓜园。他感觉自己成了原野上的一个孤魂野鬼。

疯子腊八回到了瓜园。

夜色却是晴朗的，空明的，几片涅白色的云飘浮在天上；天空撒满了星星，无数金黄色的星星眨着眼睛，看那弯银色的清月在云朵间游走。瓜园在月光下泛出一片清辉，无忧无虑的昆虫在叶蔓间不停地歌唱着，哼着它们自古不变调门儿的夜曲。微微的轻风一阵阵吹过，原野上弥漫着青草的味道。

美丽的夜色与腊八的心境截然相反。他晦暗的心头装了很多很多东西，乱糟糟的，又像是什么也没装着，一片空白。一路上，他无法理清他都想了些什么，甚至不知道该想什么，最终走到瓜园，心头还是一片茫然。

原野上突然响起一声狼嗥，远处北穆家的看家狗随之汪汪叫了起来，叫声连成一片。野狼再没有出声，成片的狗叫声也随之慢慢歇息下来。腊八从没有想过，狼和狗本同宗却为什么成了仇敌，世上万物都是相互排挤，飞禽走兽都是你吃我我吃它，当然也想不到，自己卖身是因为这是个人吃人的世界，正如饿极了，狼也吃狼，狗也吃狗。

他走近窝棚，站下了，向瓜园扫视了一眼。他感到了一种更为深沉的孤独，这种带有失落意味的孤独从前是没有过的。此时的世界仿佛一片死寂，也许除了叶蔓间的虫鸣，没有什么再展示生气——你会觉得这个世界已经死了。腊八顺手拾起个坷垃，狠狠甩进瓜地里——蝈蝈、蟋蟀、蝼蛄们立即停止了歌唱，不再出声。世界真正变得寂静了，只偶尔有一两声狗叫从远处的村子里遥遥迢迢飘来。站了一会儿，他弯腰钻进了窝棚。

窝棚里一片黑暗，但从窝棚口照进的月光，可使人看清窝棚内的大致轮廓。这个窝棚，这个令人伤心的窝棚啊！也许，这块刀把子地将成为疯子腊八的终老之地，这窝棚将成为他的终老之窝……腊八钻进窝棚，可他突然又退了出来，站在了窝棚口，顺手抄起一把铁锨！

他看到一个人，那人鬼魅一样影影绰绰，坐在那片铺了谷草的凉席上！

"谁？！"腊八大声喝问道。

"疯子兄弟，是我。"影子道。

"……凤姐？！"

凤姐的突然出现，几乎要惊飞疯子腊八的魂魄，也一把将他从一片死灰的黯淡情绪中拉了出来。他——就像一个死人，突然救活了！当然，凤姐的出现，更让他一时忘记了卖身给老根爷的惨淡遭际，忘记了这世上还有别的人和别的事物，也忘记了翠兰——以及五叔和爹谈论的他与翠兰的婚事。

凤姐没有死。

那天傍晚，指不上带人刚走，神出鬼没的疯子腊八就鬼魅般从小沙岗另一头闪了出来。沙岗子南侧有个半人深的坑，那坑是人挖狼窝掏狼崽留下的，时间久了，坑沿已长上稀疏的野草。腊八在那坑里窝了一个多时辰，待北穆家人远去，眼看要消隐在村头，他从坑里跳出来，拿着把铁锨直奔去了凤姐的坟堆。他又做了盗墓贼，成了"盗墓贼腊八"。

"盗墓"是官方称谓，在穆刀沟一带叫"挖坟"，不管叫"盗墓"还是"挖坟"，干的却是同一种勾当。这个有着悠久历史的古老行当，是所有下三烂行当里最烂的行当，也是最令人不齿的行当，它甚至比不上做响马劫道杀人高贵，因为挖坟掘墓更伤天害理。

很快，埋凤姐的沙堆又变成了沙坑。看看差不多了，腊八扔掉铁锨，开始用手挖。终于，他的手触到了一缕头发，长长的头发在他的指缝里划过……凤姐的头露了出来。他继续用双手刨开凤姐身边的沙土，凤姐胸部以上露出沙层……她依旧保持着那个坐着的姿势，只是双眼紧闭，头发、面孔、身上都粘了层沙子，鼻孔、嘴、耳朵里也灌了沙子，若远远看去，人一定会以为那是尊沙土堆成的土人，抑或是幅沙画。

腊八两手胡乱地拂去凤姐头上、脸上以及肩头的沙土，一个肉体的形象便显现出来。他停下手来，愣怔了片刻，而后像是突然想起了什么，抬起右手看了看，像是终于下了狠心，"噼啪"扇了凤姐两个耳光！

盗墓贼扇死人的脸，这是行规。腊八也扇了，扇了凤姐，虽他不懂为什么要扇。他只是听人说要扇，扇得越重越好。

两巴掌扇过凤姐，凤姐却没活过来。疯子腊八怔了怔，双手伸到凤姐腋下，像拔萝卜似的用力将凤姐拔了出来。他把凤姐抱到沙岗南坡平缓地放下……凤姐在冰冷的沙地上静静地躺着，腊八摇着凤姐的头急道："喂喂，喂喂——我×，你可薆真死喽哇！"

天下盗墓贼盗的是财，腊八盗的却是人。

过了一会儿，凤姐醒了，她睁开了双眼。其实她没死，她只是被沙土闷昏了，没有断气。当然，那只失去巢穴的狐狸也积了阴德，它的洞穴也为凤姐的坟墓送了些许空气。

"是你？！"凤姐醒过神，稍一犹豫，翻身起来，"咚"地跪在了疯子腊八脚前！

"醒了？嘿嘿……醒了就好！俺他娘的生怕你醒不过来哩！"腊八禁不住高兴地说。他有种喜出望外的兴奋，为此也显得有些不知所措。也许在凤姐面前，疯子腊八才会真正高兴起来，也只有凤姐才能给他换上一张鲜有的笑脸，甚至把他换成另一个人。更让腊八喜出望外的——不承想凤姐会感激他。他原以为，凤姐定会对他恨之入骨，说不准把她挖出来，她就会对着他破口大骂，甚至张嘴咬来！

凤姐想要说什么，腊八却留下声"等会儿"，就转身跑开了。隔了好一会儿他才回来，一手拿着凤姐的陪葬物——那个包袱和一个金手镯，一只手提着铁锹。他把铁锹扔到一边，把包袱和手镯交给凤姐，不无得意地说："我把那个鸡巴坑又填上了，嘿嘿，还堆了个跟原来一个模样儿的坟头儿哩，任他娘的谁也看不出来！"充满自豪感的疯子腊八骄傲地享受着他的喜悦。

一阵小风儿吹过，一股屎尿的臭味弥漫开来，那味道来自凤姐。

"洗洗吧。"腊八说。

"……这荒天野外哪儿有水啊？"凤姐惆怅地说。说着，她搁下了包袱，将金手镯戴上了手腕，而后又从包袱里拿出一双新鞋穿在了赤着的脚上。

"有！"腊八说。

腊八带凤姐来到河边。他从腰上抽出杀猪刀子，将厚厚的冰凿了个窟窿，然后把刀子夹在胳膊下，蹲在了冰窟窿旁边，一只手扶住凤姐。凤姐用那带冰凌碴儿的河水洗了脸，洗了头。冷却下来的夜里，冰水凉得刺骨，可她没有感觉，虽然她的牙齿在不断碰出"咯咯"的声音。从住着死神的坟墓里出来，也许世上再没什么更为可怕的了，她还能在乎什么？

两人先后站起身来。腊八脱下了身上的棉袄，双手托着袄襟为凤姐擦拭起头发上的水泽……凤姐转过身，无限感动地望着腊八，不由泪珠涌出了眼眶，掉落下来。她伸出一只手轻抚在腊八胸上，柔声说："快穿上袄，这么冷的天，你会冻坏哩……"

这时腊八才恍然感觉到了冷，河边吹动的寒风中，腊八的牙齿也不由"咯咯"地打起战来。他只是有些不好意思地微微一笑，把棉袄穿上了。

再次回到小沙岗脚下，凤姐要把衣服换了，她拿起包袱，转身背向腊八。

腊八赶紧把脸扭开——其实不扭开脸，他也看不真切凤姐的身子，因为已是黑夜。凤姐换好衣服，转过身来，像是心有灵犀似的，正好腊八也把脸扭了过去。

"埋喽？"腊八问。然而不等凤姐有所表示，他便将凤姐换下的脏衣服拿去了。他挖了个坑，埋了衣服，然后把铁锹扔进了那个曾藏身的坑里。

茫茫夜色里，腊八和凤姐又去那个冰洞旁洗过手，然后沿着穆刀沟向东走去。他们走走停停，不时小心地四下张望着，有时会坐在河岸上歇一会儿。就这样，腊八将凤姐送到了十里外的沙头镇上。

他们在那家当铺的屋檐下冻得哆哆嗦嗦，待了三个时辰，天亮了。凤姐从腕上褪下那个给她陪葬的金镯子，金镯子暖色的光辉在腊八眼里闪了闪。

"你要干么哩？"腊八盯着那金镯子问。

凤姐扭脸看了一眼身后的当铺，淡然地说："当喽。"

"可薆！这么金贵的物件儿，你怎么舍得当了哩！"腊八急道。

"唉，有么舍不得哩，有么能比活命要紧哩。"凤姐叹了一声，站了起来，接着转身拍响了身后的木门。

当掉金手镯，凤姐带腊八走进了斜对面的那家饭馆，她要请身边这个害死她、又从阴曹地府救出她的人吃饭。这是腊八有生以来第一遭下馆子，是一个曾经的死人请客，而且平时不喝酒的他竟然干掉了一瓶二锅头！

凤姐动情地说："疯子兄弟，俺这条贱命是你救出来的，今生今世也就是你的了。就是变头牛也会任你打，变匹马也会任你骑。俺不管走到哪里，不管是死是活，都会记着你……"

腊八红着脸，满口喷着酒气说："你可薆这么说，这不是寒碜俺呀，是俺对不住你哩，把你害成这样儿……俺他娘的真不是个物件儿！"

"这怨不着谁，这是命，命中注定俺就这下场。再说……"凤姐把话收住了，自己干的那败德事实在是难以启齿。

"往后……你准备怎么着哩？"腊八问。

"谁晓得哩……"凤姐的眼里泛出一层迷茫的雾水。

此时，疯子腊八和凤姐并肩坐在草堆上，如牛郎织女相会天河岸边。这个激动的时刻像是从天上掉下来的，像是在梦中。

见到凤姐，疯子腊八已想不起从河里捞出来的翠兰，卖身给东家的愁烦也早抛到了九霄云外，仿佛那是前世的事了。那种伤感的自卑心理已荡然无存——像是早被一种温暖融化，他又从"牲口"变成了人。窝棚里的黑暗反而酝酿出一种温馨的氛围，那温馨还带了层神秘色彩。朦胧的黑暗中，他俩谁也看不清晰对方的面孔，但都感觉到了对方呼出的粗鲁或柔细的气息，看到对方的眼睛在黑暗中闪动。

"这么些日子你哪儿去了？怎么过的哩？"腊八说话有了大人的口气。也许他真的长大了。

"还能怎么过，瞎混呗。那天离开沙头，俺去了城里……"

"去找二狗了？"

凤姐没有吱声，但腊八感觉到凤姐在微微点头。腊八的心突然有些发凉，像是被人打了一闷棍，再加想到瓜园被毁和自己卖身抵给老根爷，便没好气地说："操！你怎么又去找那货啊？他根本不是人！"

"俺不找他又能找谁？一个走上绝道儿的贱人……"凤姐声音低低地说。

是啊，她还能找谁？谁能收留她？哪儿又是她的容身之地？

这个话题将曾有的温馨败坏了，就像一杯葡萄美酒里落了只苍蝇。两人沉默了好一会儿，还是腊八又憋不住问："你真待见他？"

"谁？"

"还用问哇？"

凤姐又一次不语了。腊八虽没感觉到凤姐点头，但他感觉到凤姐在心里点了头，而且头点得更重！仿佛那头点下去还带了"咚"的一声响——自然，那"咚"的一声是砸落在腊八心头。

"你该恨他才是哩！"腊八狠声说。

"凭么恨他哩？"凤姐不解地反问。

"那……你是恨俺了？也是，俺该着你恨，是俺害了你，俺他娘的打来到这个世上就不是个东西！"

"俺也不恨你。"

腊八糊涂了，黑暗中呆呆地望着凤姐。

缓了缓，凤姐苦笑道："还有么仇恨哩？死过一回，就把世上的事儿都想明白了——人死喽，也就没有仇恨了。俺不是个死人了呀！"

凤姐的话让腊八心里生出一种凄凉的悲壮，但很快又有一种醋意流回到他的心头。腊八希望凤姐能恨二狗，即使她不喜欢自己。

但凤姐却是个美丽的糊涂蛋女人。她确实爱着二狗，恨不起来。二狗人长得俊气，心眼儿又灵活，更会笼络女人，他知道怎么着才能使女人高兴；更重要的，二狗让凤姐成了一个真正的女人。她的第一次给了二狗，尽管二狗是用强暴的手段拿去的。她嫁给文举爷的第七天就被二狗破了身——在回娘家之前。但她不怨恨二狗，为什么要怨恨呢，是他让她成了女人。那老头子不行，他太老了，像棵干朽的老树，根本不能做人事。他唯一能做的，是将一张松弛的老驴皮包裹着的一把老骨头压在你娇嫩的身上，然后抖着鸡爪子似的干枯的双手，蹂躏你水灵灵小白兔儿似的双乳！当然，吃了春药除外，有时文举爷也会靠吃药来享受一番这个小女人——那是娶凤姐一个月后。凤姐过门的一个来月里，二狗瞅到机会——文举爷不在家时，他就会像饥饿的公狗一样扑到凤姐身上。二狗唤起了凤姐的性欲，从而使凤姐一挨男人的身子就无法把持，甚至想叫。可她无法让文举爷返老还童，她无论怎么摆弄，文举爷那东西就是起不来，像是睡了甚至死了；早已雄风不再的文举爷甚感难堪，他也觉得对不住凤姐。亏了凤姐，有一天悄悄去了趟无极城，在城里偷偷买回了春药。可文举爷不敢常用那东西，用多了会要了他的老命。命当然比干那事儿重要。

与男人不同，女人多是一种因性生情的动物，只要溺在性事里，她就会陷入爱的沼泽而不能自拔。因为性事，凤姐反倒真真的喜欢上了二狗。

凤姐的无语代表了默认，这使得温馨的气氛彻底败坏了。接下来是一次长久的沉默。凤姐感觉到，疯子腊八出气变得粗粝起来，就像一把犁在田地上拉过，像一阵阵风在原野上刮过。凤姐悄悄握住了腊八一只手，轻轻摇了摇，然后拿过来放在自己腿上，继续轻柔地握着。

园里的虫子又开始唱鸣了，它们禁不住寂寞；它们要抓紧时间来歌唱，因为生命的短暂——秋天在渐渐走近，也许时过不久，它们的歌声将成为今生的绝唱！

凤姐感觉到腊八的心在慢慢平静下来，因为腊八粗糙而有力的大手，反过来攥住了她柔软的小手。

"说说你吧。这咱怎么着哩？"凤姐问。

"么怎么着？"腊八不解地扭脸对着凤姐。

"还有么，俺问你说好媳妇儿没有。"

"……算是吧，才说了个。"

"哪儿的人哩？"

"……你们北穆家的。"

"北穆家？！是谁哩？"

"还是她。"

"……翠兰儿？！"

腊八有些不情愿而且偷工减料——把五叔的话说给了凤姐。凤姐沉吟片刻，说："翠兰儿……可是个好闺女，人品好，德行好，针线活儿也好——就是你把人家坑苦了。兄弟呀，你可真害人哩！幸亏你又打河里救了她，要不哇，你的罪孽一辈子也赎不完了！"

"俺……"

"亏心了不是？"等了一会儿，见腊八低下头不再吭声，凤姐又继续说下去，"她是俺们老爷的远房侄女儿，原本跟二狗的兄弟三醒定了娃娃亲。翠兰儿可待见三醒哩，就是三醒在外边儿念书把心念野了，变了心，说定娃娃亲是老封建，鼓捣着要退亲，说这亲退不了他就一辈子不回来。老头子怕了，就把亲给他退了。就在这节骨眼儿上，指不上把她说给了你。人家刚给退了亲，没了脸，想，不管是么样儿的人都答应寻，寻出去算了，只要是个汉子。就这么着，你捡了个大便宜。你是南穆家人，本来是寻不成北穆家闺女的，可老头子给三醒退了亲，对不起人家翠兰儿一家，心亏，也就没去拦着，要不哇，你可没那个福分，人家也就不至于叫你糟蹋了。兄弟，你甭生气，俺说的是真话儿，也是心里话儿，这翠兰儿真是够背兴哩……唉，命运真捉弄人啊！"

听罢凤姐的话，腊八的心都凉了。过了好久，他终于抬起头，有点发狠地说："俺再寻她就是了，大不了把命抵给她！可……你不是说你是俺的人了呀？俺……该怎么着哩！"

凤姐不语了。她心里像是突然撞翻了五味瓶，说不出是什么滋味。但更多的还是愧疚，乃至是一种疼痛！疯子呀，你个浑小子啊！凤姐的心在战栗。她的眼睛湿润了，而后两颗大大的泪珠儿掉了下来，掉在紧握凤姐小手的那只大手的手背上。凤姐轻轻叹了一声，另一只手伸过来，抓住攥着她手的腊八的手，摇了摇，哀哀地说："腊八呀，不是俺成心对不住你……你想想，像俺这样的人，野鬼似的活着，哪儿还有脸见人哩？这世上哪儿还有俺这烂身子立脚的地儿？你寻了俺，你也耍想做人了，众人的唾沫也会把你淹死……"

"谁敢！"腊八猛地抽出了手，狠声道。但他又很快安静下来，想了想，接着说，"淹死就淹死，死了也他娘的值！"

"不……"

"俺就要你！"

"腊八哇！"凤姐哭叫一声扑在腊八怀里，她在腊八宽阔的胸前哭着，泪水滴在腊八敞开的胸上，然后顺着胸沟往下暖暖地流着……

腊八也紧紧抱住了凤姐。

"哪个男人沾了她都会背兴……"忽然，金桂嚼舌头的话在腊八脑海里一闪而过——也仅仅是一闪而过，没留下一丝痕迹。不知不觉里，一股野火在他的躯体里熊熊燃烧起来，身子像是要在瞬间焚化！他像一座山把凤姐压在了身下，凤姐柔软的双臂搂住了腊八的脖子——这次来，她本就打定了主意拿身子来报答腊八的。腊八弓起背，腾出双手，野兽一样粗鲁地解开凤姐的裤子……可他突然停了手，然后挣脱凤姐的双臂环绕，默默下了凤姐的身，坐在了一旁。

凤姐还在晕晕地躺着，像个毫无知觉的幸福的死人。而腊八则双手抱着头，弓着腰，失神地坐着……他仿佛又看到了二狗趴在凤姐身上。同时——刚才浑然不觉——而此时，他从文举爷失火的麦田带回的伤又开始隐隐作痛。

终于，凤姐坐了起来，小心翼翼地抓住腊八的胳膊，以安抚的口吻轻声问："怎么了……生气了？"

腊八的出气又一次粗粝起来，憋了好久，突然烦躁地大声说："你既然不待见俺，揍么又来见俺哩！"

凤姐沉默了，也是憋了好久才流着眼泪幽幽地说："俺……放心不下你。"

二

天亮前送走了凤姐，送出十多里地，直到星辰渐渐稀落，东方的天空悬出鱼肚白，疯子腊八才往回走。夜露湿润了庄稼和野草，他的裤腿打湿了，双脚糊了层黄色的稀泥，脚趾间还夹了片草叶。天就要亮了，穆刀沟上空那条高远的天河也在渐渐失去形状，散落成一颗颗水珠儿。

腊八没有把偷偷筛捡金末的事告诉凤姐，只因他才筛捡了半袋，或许还不够打一个他想象中的金镯子——曾在凤姐手上晃过的那么大的金镯子。

他失落地回到瓜园，坐在了井台边的碌碡上。红彤彤的太阳在东方地平线上静静爬出来，有种神秘感地飘在雾蒙蒙的天空；腊八举着一双眯眯眼看着瓜园，心里却空荡荡的——凤姐一走，他的心就又空空荡荡了。凤姐不能嫁给他，甚至说不再这样偷偷摸摸来看他，她说她不愿再踏入这伤心之地。腊八明白她铁了心，她不会再回来，从此一辈子不会再相见了。

天是晴的，腊八的心却是阴的，就是他那张冷而木然的脸也布了层乌云，从而成为一张快要下雨了的阴郁的天空。没了凤姐，他脸上也没了喜色。他莫名地烦躁起来，突然站起身，走进瓜地，狠狠地一脚踢在一个西瓜上，将那西瓜踢得稀烂！他怔了怔，脑海里忽然幻化出二狗踩踏西瓜的画面，他想象他的动作与他一样狠。他发起呆来，过了好一会儿，突然恨恨地骂了句："×！"

太阳爬上两树杆子高时，腊八过河回了村。没人知道他是揣着一种怎样的心情走进东家大院的，但可见他脸色不好。他蹲在院子里吃饭，没踏进老根爷的屋门半步。他吃着，一声不吭，只听到面条儿"呼噜噜"进嘴的声音。他脸上写满了孤独、屈辱、痛苦、惆怅和愤怒，那一切的情绪像沉默的阴云一样停在脸上。

嘴上叼着烟杆儿的老根爷走出屋门，瞅了瞅腊八。从今腊八真正成了这院里人，老根爷慷慨起来，特意让秋莲给腊八擀了面条，那粗面饼子或窝头没端出来。

"呵呵，疯子呀，可要吃饱哇！"老根爷从嘴上拿下烟杆儿，笑呵呵地说。老头儿前几日还是满脸阴云，一夜间雨过天晴出了太阳！他又已红光满面，脸上的每一条皱纹仿佛都舒展开了，眉毛、独眼睛……甚至连嘴边茂盛的胡子都带上了笑意。

可腊八没有搭腔，连吱声儿也没有，甚至没抬一下头，只顾闷头"呼噜噜"吃。吃一碗，就从旁边小方桌上提下罐子再倒上一碗，那罐子眼看见底了。他不是在吃，是在灌，一碗碗面条像是灌进了一个无底洞。

老根爷顿感无趣，他的尊严像是突然受到了伤害，脸上有点发烧。幸亏金桂这时走进了大门。

金桂挺着高高的胸脯，扭着性感的屁股大剌剌走到腊八跟前，站下。她默不作声，很有趣地看着腊八的吃相，脸上带着一种坏意的微笑。

腊八依旧只管吃，并不理会金桂，像是根本没发现金桂站在跟前。

金桂的奶子自从被腊八摸了，她便不再用布缠胸。腊八把她摸醒了，胸上长双大乳房并不是坏事，原来男人喜欢胸部丰满的女人。少顷，她转身对老根爷说："瞅瞅，瞅瞅这吃相儿，活像上辈子是饿死鬼！老根爷呀，你就不怕他把你吃穷喽？"

金桂是个有口无心的人，想说什么就说什么，但这话听在老根爷耳朵里却老大不舒服。老根爷觉得金桂是在说自己，在损自己。他的脸涨红了，就连脖子也红了起来。他还没想好该怎么说，金桂却又转向了腊八："吃饱了没有哇？吃了快回去瞅瞅，你叔等着你哩！"

跟金桂回到家里，见爹站在猪圈边上。爹又瘦了许多，颧骨高高凸起，刀刻似的深深浅浅的皱纹覆盖了那张曾经俊朗的脸；他弯着腰，像是有一阵风儿就会把他吹倒。看见儿子，他浑浊的眼睛里有一缕喜悦的光亮闪了闪。

院子里不见五叔。五叔在猪圈里，弯腰站在猪窝入口处，正拿了把扫帚打扫猪窝，一头三四十斤重的猪崽在他脚边遛来遛去。完了，五叔将扫帚扔出猪圈，双手扒住圈沿用力一撑，跳了出来。他拍拍手，笑着说："腊八，这回你有活儿揍了！你可得经心喂它呀，等年前杀了寻媳妇儿。"

腊八蹲在猪圈边上，斜着小眼睛看着猪圈里的猪崽："合着把它当媳妇儿喂？"

"臭小子，你狗东西就是没个正经！不想寻媳妇儿你就甭喂它呗！"五叔笑道。

腊八却突然把头扭开了，从地上捡起一个坷垃，没好气地说："寻鸡巴毛啊！"

"怎么了？"五叔一惊，问道。

"人家肯定不同意哩！"腊八说。

"谁不同意？"爹急急地问。

"还有谁？那鸡巴老杂毛儿呗！"腊八将手里的坷垃狠狠摔打在院墙上，坷垃随声碎了。

"是啊！"快嘴的金桂手往西边一指，插话道，"那老头子古板得要命，动不动就搬出么祖训，腊八再寻翠兰，他没准儿又要出来横拦一杠子哩！按祖上定下的规矩，咱南穆家门儿里的汉子还不都得打一辈子光棍儿呀！这么下去，往后咱人越来越少，甭说等外人来灭咱，咱自个儿就把自个儿灭了！再说了，光咱南穆家这一脉，东家寻西家闺女，西家寻东家闺女，寻来寻去都成了姑舅亲，说是'肥水不流外人田'，可这也不一定是么好事儿。咱族里辈辈出疯子，说不定跟这结亲也有关系哩！要连北穆家媳妇儿都不能寻，我看咱'疯子村'的臭帽子就甭想摘掉了！"

大家心境都坏了，沉默了好长时间，甚至连声叹息也没有。最后还是五叔说："不管他，咱先准备着，到时候寻了再说——走一步说一步吧！"

　　腊八的爹哀哀地叹了口气，接着蹲在地上咳起来。

　　其实，腊八推说老根爷不会同意，多半是他内心的矛盾在作怪。凤姐的出现，唤醒了他埋在心底的渴望。虽然那渴望最终化作了绝望，可凤姐的影子还不曾在他的心头消逝。他心头的纠结让他无名地烦躁，他把失望的怨气发在了老根爷身上。

　　从此，他把心头不死的情意换作了个念想——留给凤姐，或留给自己。

　　第二天一早，他悄悄去了趟刀把子地，然后从窝棚里出来，直接上了河岸，向东而去。他要去无极城，去城里的金店打一个金手镯，即使打不成一个想象中那么大的，就是能打造一个细小点的也行。可半路上他突然懊恼起来，站住了，眼巴巴看着手里的金末袋子发呆。打造金镯子需要工钱，可他除了这金末，身无分文。他凝眉呆站了好久，突然心头一亮——终于有了主意。

　　腊八转身折向沙头镇方向去了。

　　他来到那个凤姐当了金手镯的当铺，有些兴奋地在当铺里环视了一眼，将金末袋子放在柜台上，盯着店家道："掌柜的——年初的时候儿，俺们当在你这儿那个金镯子——还在不在哩？"

　　店家是个五十来岁的瘦脸男人，鼻梁上架了副黑边眼镜。他有些奇怪地看着眼前这个光着上身的穷庄稼汉，带着疑惑的口气问："你们？"

　　"哦——你不记得了？一个娘儿们家当的，俺也在场。"腊八解释道。

　　掌柜的想了想，之后说："嗯，是有这么回事儿。那东西还在。"

　　"俺来给她赎回去。"腊八语气里充满了自信。

　　"她是你么人哩？"仔细的店家开始核实腊八的身份。

　　"嗯……她是——俺媳妇儿。"腊八怔了怔，不得不撒了谎。

掌柜的半信半疑地盯着腊八看了片刻，然后才把目光转移到金末袋子上。他双手小心地解开金末袋子，埋下头看向袋子里的金末，又伸出拇指和食指，捏出几片金末凑到眼前看了看，接着生气地把指头间的金末投进袋子，猛地将金末袋子往腊八跟前一推："你这是从哪儿弄来的哩？"

"这……俺不能说。"腊八回道。他不想把发财的秘密告诉别人。

"你见过金子不？"店家带着嘲弄的神气问。

"没吃过猪肉还没见过猪跑哇？怎么没见过哩，这不就是哇！"腊八不满地看了店家一眼，指了指金末袋子说。

店家苦笑着摇了摇头："小伙子，你这不是金子，是云母，跟沙子没有么区别。"

"你胡说！"腊八不高兴了。人说无商不奸，可他没想到店家这么黑心！然而，现在人家是卖方，腊八不得不低下头来，以缓和的口气求告说，"这么着吧，要是你嫌少——赎不回来原先那个，俺就跟你兑换一个，换个小点儿的沾不？"

掌柜的生气而决绝地一挥手道："嫑啰唆了，你快点儿走吧！"

腊八还要再次央求，可掌柜的恼怒地说声："你再不走我就喊人了！"接着转过了身，他以为今日碰上了个疯子。腊八愤恨地瞪了一眼掌柜的背影，鼻孔里哼了一声，伸手拿起金末袋子出了当铺。他坚信他袋子里的是金子，是金末。回穆家的路上他久久处在一种愤怒中，因为当铺老板毁了他心底仅存的邪痴的暖意，让他仅有的念想也化作了泡影。

疯子腊八流离失所的魂魄没了去处……


也许忧愁的缘故，自疯子腊八抵给老根爷，爹的痨病又一天天加重起来，咳得越发厉害。

腊八的爹一病多年，已难好转起来。他知道，这是命。但他要强撑着，因为他心头有寄托，他的寄托就是疯儿子腊八。如今腊八留给他的寄托就是猪圈里的猪崽，他要把这头猪喂大，好给腊八寻回媳妇。一天到晚，没事了，他会守在猪圈沿上，看着那头小猪在猪圈里溜达。

只是腊八倒像无干的人似的，像是忘记了家里还养了头猪，不但没打猪草回来，就连人影也不见了。

腊八的爹没有对儿子不满，他只是心疼儿子，也可怜自己。但他对老根爷不满，他想：俺家小子抵给了你，成了你家的人，可你总不能不叫他回家看看他病着的爹吧？第四天还没见到腊八，腊八的爹拖着病恹恹的身子去了老根爷家。

老根爷说："俺？我可没有限制他，我怎么会那么不近情理啊！这……也怪哩，我也几天没见着他了哇！"

这几天里，腊八再没回过东家大院。对此，老根爷并未在意，因为腊八不回来倒省下了粮食。再说，那疯子是个随心所欲谁也管不了的家伙，他要浑可以饿上三天三夜不吃不喝，像什么事儿也没有；他赌气可以一顿就把你一大锅饭吃个底朝天！肚子胀得滚圆，撑得受不了，也会把要打出的嗝儿强噎回肚子里去。只是这会儿听腊八的爹一说，老根爷心里也不禁犯了嘀咕：这浑小子怎么了，不会出么事儿了吧？要是他突然得了个急病，或是叫人……老根爷也不敢再想下去。

腊八的爹有了一种不祥的预感，他深陷眼窝的眼珠一动不动，张着嘴，像是痴呆了。

老根爷的脸色凝重起来。"你甭着急，我去喊人找。"老根爷给腊八的爹留下句话，就转身"咚咚咚"奔出院去。

对腊八的爹来说，更沉重甚至是致命的打击接着来临了。这打击，也连累了五叔一家。


五叔走进一片寂寥的瓜园。这寂寥似乎预示了什么，他心头越发不安起来，快步钻进窝棚。

窝棚里没人。那张凉席上空空的，只是凉席下的谷草抱到井台晾晒去了，除此与以往并没什么两样。窝棚里没了雨后潮湿的霉味，也没了腊八的汗臭气息，像是一切都挥发在了漫无边际的空气里。

五叔弯腰出了窝棚。东南方空中的太阳似乎一动不动，默然无声地照在充满疑惑的大地上。瓜叶已开始下垂，低垂成一个个问号，显得有气无力，一副苍白的病怏怏的神态；沙性的土地漏水，瓜园已显旱象，依稀可见叶蔓下的土地干涸了，黄色的细沙变得有些发白发亮，无沙地方的地表裂出了细小的皱纹。这瓜园显然多天没人光顾了。五叔手搭凉棚四下里望着，眼里除了眩晕的阳光就是苍白的叶绿。

"腊八——"五叔慌张了，扯开嗓子大声喊起来。可没人回声。他继续喊，喉咙干燥起来，可寂寥的原野像是死去了，只有他焦急的喊声在原野里回荡。

五叔最终停止了呼喊，绝望地坐在井台边那个腊八坐过的碌碡上。他深锁着眉头，心头突然一惊：莫非腊八摔到井里了？他赶紧站起，快移两步伏身趴在井口往下看。井里什么也没有，只有锈蚀的水车斗子手拉手深入井底，深深的井水平静地泛着清冷的光亮。水面离井口只有不到一丈的距离，似乎一伸手就能摸到。五叔摇了摇头，离开井口坐下，他忽然觉得自己很愚蠢。腊八的水性，南北穆家谁人不知？他就像成了精的泥鳅，再深的水也淹不死他！五叔挖空心思在想：腊八到底揍么去了？去了哪里？直到太阳落山，天色暗淡下来，五叔离开了瓜园。

接连两天，五叔都是一大早就来到瓜园。第三天，五叔彻底绝望了，他终于想到：腊八是不会再走回这瓜园了。与此同时，老根爷还招呼破罐破盆黑球白蛋以及哈喇秃子等一干人，分头到四乡八野去寻找，结果，一个个都带着失望的神情回到了村里。

南穆家罩在乌云般的疑惑里，满村子开始了蜂鸣似的猜疑，流言如蝗虫一样在街上游动。有人猜想腊八被二狗他们绑走了；有人猜想腊八被响马贼劫了道活埋了；有人说什么也不是，是腊八脑袋有问题，得了疯症，走失了，自己也不知自己去了哪里；更多的人怀疑腊八被北穆家害死了，因为他是北穆家最头疼的死对头，做了太多伤天害理的事，前些天放火烧文举爷的麦子也多半是他干的……

这时一个智者出现了，他是贾先生。这天贾先生来到老根爷家，见老根爷正着急发愁，问过缘由，想了想说："掉井里可能性大。唵，你想，他水性再好，不小心掉下去，总会撞着水车斗子吧？唵，头撞昏了，他就是有天大本事也枉然，变条泥鳅也浮不起来了。"

"——对呀！我他娘的怎么没想到哩！"老根爷懊恼地一拍大腿，大着嗓子叫道，"唵？你瞅瞅，这识字儿不识字儿就是不一样。念书人脑筋活泛，庄稼人脑筋忒死巴！"

老根爷对这远房亲戚佩服得已是五体投地了，他急忙冲到街上，招呼一群族人风风火火向瓜园赶去。到井台上，五叔连忙用铁锨柄将水车齿轮卡住，老根爷急呼人下井打捞。破盆和小斗顺着水车斗子下到井底，沉下去，摸了半天，什么也没摸到。井底只有没淘净的烂砖和几根折断的玉米秸。

五叔双眼被焦急的火烧得红红的，五婶嘴唇上起了大大的燎泡，腊八的爹在家，已被彻底打倒在了炕上。

## 三

转眼又是一个多月，朝气蓬勃的青纱帐遮蔽了辽阔的原野。夏季的丰收之梦在一场暴风雨里破灭了，秋的丰收之梦在向着远方张望。拥簇的玉米和高粱汇成片片绿色的旗海，棉田绽放出白色、黄色或红色的花朵，豆子、谷子、荞麦……都进入了扬花季节，平原上弥漫着醉人的谷物特有的花香。后腿沾满花粉的野蜂哼唱着飞过原野上空，有时，那令人神经紧张的"嗡嗡"声会在荞麦地上空连成一片，犹如风声掠过；此时依旧是燕雀的繁殖季节，女人一样多嘴而喜好聚会的麻雀，此时可无暇聚在一起嚼舌头，它们从早到晚忙碌着，一次次从远方衔着虫儿飞回来喂养幼小的儿女。黄昏降临，长翅膀的年轻夫妇，会忠实地飞归温馨的巢穴，伴幼鸟儿们度过一个美好的夜晚。

病倒炕上的腊八的爹，半个多月后方下炕走动。失去相依为命的疯子腊八，他就失去了全部的指望，如同失去了生命，失去了人生的全部意义。他觉得活在这世上已没什么意思，自己已是个空空的壳，就像蚕蛹变蛾飞走而留下的那个空空的茧壳。这半个多月里，多亏了五叔一家。每日里，五叔白天去外乡打问寻找腊八，夜里就过来陪腊八的爹，地里的活儿都交给大升小斗他们。

腊八的爹拉开朽败的屋门，抬起已深陷成两个坑儿的双眼，向天空望了望，一跛一跛地缓缓走到院子里。他弯腰拾起一截棉柴，走过去，扔在院墙下的柴堆上。他来到猪圈旁，又弯腰向猪圈里看去。那头小猪已长成半大猪了。这些天里，都是秀花和金桂提涮水或猪草喂它，腊八的爹能下炕了，也尽力拖着病弱的身子走到地里，打上一筐猪草回来。

"唉，喂你还有么用啊！"腊八的爹直起身来，摇摇头，悲哀地自言自语道。其实，他在和猪说话。他回身拿起猪窝旁的草筐，准备出去了。在他的内心深处，他仍幻想着腊八还活着，有一天腊八会回来——虽然这是一种下意识；他打猪草喂猪，就是那个幻想似的希望在指使着他，他为了儿子喂猪。

这时五叔来了。五叔的头发已白了不少，那双浓浓的眉毛变得粗糙而杂乱。

"哥，你这是去打草哇？"

"唉……"

五叔从腊八的爹手里拿过草筐："还是我去吧，顺便儿。我去北穆家一趟，看看指不上。他去的地方多，熟人多，看他能不能打听着腊八的音信儿。"

"算了，甭找了，找不着了……"腊八的爹又哀伤起来，眼睛里噙着酸泪，绝望地说。

五叔没再说什么，将草筐往肩上一挂，走出门去了。他来到村北，过了河，又到了瓜园里。

自从落了秧，这瓜园便没了人迹；颓败的瓜蔓已毫无生气，奄奄一息，横七竖八地纠缠着躺在地里。瓜园里已无事可干，地也不用浇了，只等空闲时把瓜蔓拔去，将土地晾起来。

又近黄昏了，太阳已垂在西边半天空；过不了多久，矇矇眬眬的太阳就会在那遥远的太行山后隐去，给平原留下一片橘黄的神秘色彩。五叔穿过瓜园向北走去，不时弯身拔起一把草扔进肩上的筐里，不知不觉走到了地头上。紧挨这地头的是一条东西走向的乡间小路，再往北不远就是北穆家。他记不清已多少次走到这地头、穿过这地头了。

他听到了说话声，而且声音有些激动……他抬起头来，禁不住有些惊讶。他赶紧又把头低下去，蹲下，装出一副心无旁骛拔草的样子。他在告诉人：他生来便不曾长耳朵。

声音从西而来。走来的是文举爷和穆大仁。

"天下要乱了……唉，要乱了……"文举爷嘴里嘟囔着，他那衰老而沙哑的声音里透着深沉的忧患和无奈。自从他的麦子被火烧了，他急火攻心，一声歇斯底里的大叫，嗓子沙哑了，至今没有恢复。静了静，文举爷有些支吾地问，"你……见着二……那个畜生没有？"

"没有。那次我回去就把他赶走了！我说爹呀，你还想那个不是人的东西干么，犯得着嘛！"穆大仁说。

片刻的沉默。

"我说爹，甭东想西想了！求您了，还是跟我走吧！咱这地儿实在是不保险了，您又不是没听说卢沟桥上那个惨烈……"穆大仁焦急地说。

"你娘的坟在这儿呀。还有你爷爷、你祖爷爷……"文举爷说。

"起出来带走不就得了！"

"带走？——能带走？你说得轻巧，那可是几十号亲人的坟哪！况且，这地这家也能带走？"

文举爷带大仁到村外走走，就是要让他看看自家的地，记着自己的地，这祖祖辈辈苦心经营的土地，这祖祖辈辈用汗水哺育的土地，还要记住，南穆家无时无刻不在睁大了眼睛盯着这片土地，日本人也会毫不客气地占据这片土地。文举爷想叫大仁明白这些，同时也死了离开这土地的心。

"我说爹，您怎么老不开窍啊！非守着这破地干么，哪儿的土地不养活人哩？您就跟孩子走吧！我不说叫您享清福，至少也叫您过得舒舒坦坦吧！"

"可这背井离乡的事儿……咱的祖先就多回离乡背井南下逃难，现今又轮到我这辈了？……为么非走哩？不是还有中央军顶着哇？"

"爹唉，顶不住了！北平跟天津卫都叫人家攻占了，这会儿都打过高碑店了，要不为么县党部也要撤到黄河以西哩？就连省政府也当起了流亡政府，跑到阎老西的第二战区地盘儿上去了，县府也就跟着要撤了！"

"县府也撤？百姓没人管了？"

"撤，通通撤！都这会儿了，谁还管得着谁哩！"

"这里是咱中国人的土地呀！就这么丢下了？那蒋委员长不心疼？"

"嗐，但凡有一点儿办法，谁愿意丢哩？这不是……您看。"

五叔不由扭了一下头，只见大仁从兜里掏出一张报纸，递给了文举爷。

文举爷站卜，从兜里拿出老花镜戴上，紧张地展开报纸浏览起来，一则《沦陷后的北平》像把利刃刺进了文举爷的眼睛。他的脸色一下子变得惨白，嘴唇开始颤抖，拿着报纸的一双枯手也跟着颤抖起来。


（保定通讯）平津沦陷，瞬已余旬。关于平津最近情况，虽为国人所殷切关怀，但因敌人淫威压迫，消息殊难外达，以致外间极难明了。保定虽距平津甚近，而所能闻及者，亦多语焉不详。日来迭有由平逃来之公务人员，对于敌人暴行，自语真切……中央飞机，曾于本月初旬飞平，散发传单，宣示中枢对日抗战决心，人民获阅此种佳音，莫不反忧为慰，亟盼我军早日歼灭敌人，复我国土。

平市四郊乡间，凡敌人所至，奸淫抢掠，任意屠杀，我无辜乡民，几无一幸免……敌人每至一处，即强迫我地方征集妇女若干，供……

文举爷未看完，便把报纸狠狠揉成了团，气愤地嚷着："畜生！畜生！没有人性的畜生！这倭贼实在是可恨至极——可恨至极！"可过了一会儿，他又放低声音自言自语起来，"这可如何是好哩……"

"爹，快点儿走吧，要不来不及了。"

声音从身边过去，渐渐远去了。五叔站起身来，皱着眉头，像有几个大大的问号挂在眉际。文举爷和大仁的谈话着实让他吃惊不小，虽说他不十分明白秀才家父子谈的什么，在为什么争论，但他有种预感，他们在谈一个异常严重的话题，也许有什么极其可怕的事情要发生了。他在心里揣度着——"卢沟桥"……"高碑店"……"中央军"……"撤"……啊?！五叔将他断断续续听到的只言片语拼凑在一起，在心里理了一遍，不禁恍然大悟。

他已无心拔草，惶惑的心里一时也忘记了不知生死的腊八。他站在地头好一会儿，像是呆了似的。当他回过神来，首先想到的是即刻把听到的消息送回南穆家，让族人也有个准备，可他背起草筐刚往回走就又停下了，又想了想，还是反身迈出地头，往北边的村落去了。

五叔最终还是在北穆家获知了腊八的消息。五叔站在文举爷家大门口，把指不上喊了出来。指不上告诉五叔：腊八被公安局捉去了。

指不上说，疯子腊八被捉走，是穆大仁吐露出来的。腊八因窝藏共产党逃犯被逮去了，投进了县上大牢里；至于他现在是死是活，穆大仁并不清楚，把腊八抓了，穆大仁就不曾再过问，也无暇顾及，因为眼下时局吃紧。五叔既惊诧又哭笑不得：腊八窝藏共产党逃犯？他整天价都窝在瓜园里，连庄稼地都不出，他窝藏谁去？再说，这村里没听说谁是共产党哇！大仁的说法无非是骗人的鬼话，他是在公报私仇，给人胡乱安插罪名罢了。不管怎样，有了腊八的消息就好，至少——他兴许还活着。

五叔带回村一喜一忧两个消息。这消息像长了翅膀的鸟儿，一夜间飞遍了家家户户。可族人关心的却不是疯子腊八，一连数日，日本人要来的凶讯令村子惶恐不安，人们不知道明天将会是个什么世道，更不知现在该如何办。

有了腊八的消息，五叔第二天就要去探牢，他正准备起身，却被老根爷拦下了。老根爷惶急地来到五叔家，要五叔去打船。在全族，五叔的木工手艺最好。老根爷说："去看疯子的事儿先缓缓吧。唵？大家伙儿的事可比疯子的事儿大，也更急哩！疯子哩，多半还活着，只要活着，早两天晚两天去看一个样。"

拴河里的那条小船被大水冲走了，一个多月来，人们过河不是游过去就是绕道二里上桥过去。老根爷突然想起打船，是五叔传回的消息慑住了他，他仿佛看到日本人的马队正挥刀扑过来。时局严重，北穆家的消息比南穆家要灵通得多，多让人过去探探信息，有船显然方便。

牲口房上那堆木料已搬下来，摆在院子中间。五叔在用手指测木料的尺寸，嘴里数着"一……二……三……四……"他忽然停了，深深叹了口气，直起身来坐在了木料上。他又想起了腊八。

还是前年这个时候，打那条大水冲走的小船，腊八也在。五叔手拿墨斗，正在放线，老根爷和贾先生从屋里走出来，站在旁边观看。贾先生拿了张写有毛笔字的红纸，写的什么腊八不知道，但他想象得到，纸上一定写了吉利的话。正如造屋上梁，梁上要写"上梁大吉"四个字。贾先生手里的字要贴到船上，像护身符一样随船下河去。只是船还没打好，连船的影子还没有呢。

五叔手持墨线盒，将线钩挂住木板一头，然后拉过线来，绷直摁在这头，右手拇指和食指捏住墨线提起又突然放掉。腊八看着墨线在五叔指间绷紧、像琴弦一样轻声弹响，木板上出现了一条笔直的浅浅的墨迹，觉得很有意思。他抬起头来，他的目光和贾先生的目光恰巧相遇了。看到贾先生他心里就老大不舒服，他见不惯姓贾的那张僵尸似的脸，虽然他自己的冷脸与僵尸之脸也差不到哪儿去。腊八把头扭开了。他瞧见牲口房前有一堆牛粪，几只屎壳郎正抱着圆圆的粪蛋滚动，它们要把这美餐搬回"家"去。腊八走开了，嘴角带有一丝有点邪气的坏笑。他从粪堆旁捏起一个屎壳郎，走了回来。趁人不注意，他把屎壳郎在墨斗里摁了摁，捏屎壳郎的手背到身后，另一只手向贾先生伸去："纸上写的么哩？"

贾先生冷淡地说："你识字？"

腊八说："瞅瞅呗，又不是么鸡巴天书！"

贾先生鄙夷地把手里的纸交给腊八，然后再也不看他一眼。

腊八转过身去，走开几步，把写了字的纸翻过来铺在地上，用身子挡住，然后把手里的屎壳郎放在了纸上。片刻，纸上便出现了两行有规律的扭扭曲曲的墨痕，就像一种谁也读不懂的古文字，像一幅惜墨如金的简笔画。腊八把纸翻着拿给贾先生："你瞅瞅，这像不像天书哩？"

贾先生看了看，鼻孔里"哼"了声，不屑地说："连字都不是，还痴说天书！"

腊八撇了撇嘴，挤着小眼睛说："瞅瞅，你识字儿不多是不是？还号称有大学问哩，连这个鸡巴字儿都不认的！还是我来教教你吧，这字儿念'屎壳郎爬'！"

贾先生哧哧两声撕碎了手里的纸，那张僵尸似的脸变得扭曲起来，怒道："竖子——不可教！俺，你只配到荒野里做条疯狗！"

想到这里，五叔无声地笑了。可是，他的眉头很快又紧锁起来，心情变得沉重。他又想到了腊八的爹，他怎么着？腊八万一回不来了，他能熬过去不？五叔不敢再想象下去。他已无心思再侍弄屁股下这堆木料，起身走出门去。

也就在这时，遥远的北方若隐若现地传来隆隆的爆炸声，就像天边有雷声响过。

## 四

隆隆的声音响在数十里外的平汉铁路线上，在定县一带，日机在猛烈轰炸中央军北上的后援队伍。此时日本人正挥兵南下，全力攻打保定。

遥远的隆隆爆炸声也震动了穆刀沟岸边的村庄。

入夜，南穆家的汉子们聚集在了老根爷家大院里。此时天上有稀疏的星星眨着迷惘的眼睛，一弯银镰似的清冷的月牙闪着淡淡的寒辉。这样的天空有点神秘感，甚至有点阴森。人们席地而坐，也有的坐在那堆木料上，黑压压一片。族人感到惶恐和无助，自然就来找老根爷，找他们的头领和"官家"，找他们的主心骨，找他们的依靠。

惶恐中，人们没了主意，因此很少有人出声。大院里一片寂静——只有老根爷铜锣一样激昂的声音回荡着，他的大嗓门儿在寂静的夜里变得有几分瘆人，给人一种恐怖感。

院子里没有掌灯，但有清淡的月光洒下，星月朦胧的光亮映出了院落里模糊的面孔。堂屋的窗亮着，不时有趋光的飞蛾、蚂蚱、蜻蜓、知了乃至屎壳郎飞来，一次次撞向窗纸，窗户发出"砰砰"的声响。窗外放了一条长板凳，板凳前站着老根爷，窗户里透出的光亮将他的身子拉得长长的，投影在地上。一杆烟袋随着老根爷的手臂扬起——地上的影子也在随之晃动。

"……大家伙儿要怕，俺？东洋人要来，来他的！我就不信他小日本儿能把咱中国占喽，俺？大家伙儿想想看，咱这么大国，这么多人，一齐吐口唾沫都会把他们淹死喽！你们说是不，俺？俺也听说了，北穆家老秀才打算跑，谁叫他长了一副软骨头哩！我把话儿说到前头，咱南穆家不兴出这号儿人，谁长了锡一样的软骨头，怕喽，尿喽，你就跟他们走，从今往后咱南穆家再没了这么个人！"

老根爷说完，人们开始小声嘀咕起来，接着演变为嘈杂的大声议论；当然，也有人默然无语。气氛显得异样紧张，其实是人心里紧张。最紧张的其实是那些不说话的人。自然，也有人不说话并非完全因为紧张，紧张里，人性天生的妒意也在蠢蠢欲动。妒忌者的信条是：我的日子不好过，那你也不能好过。当然，在农人里，更多的还是最基础的妒忌者，他们不一定是争强好胜之人，甚至没梦想过自己强过别人，但他们始终信仰"平均主义"，不问青红皂白地以为"平均"就是天理。这些人多半穷苦，他们害怕日本人来，却又窃自希望日本人来——抢了老根爷的地，抢了他的家产，让他变成跟自己一样的穷光蛋。

这类人不少，哈喇秃子父子就是其一。秃子的爹人送外号"穆老丢"，因为他家老丢东西。最开始家里少了什么，他是满街嚷嚷着骂娘，好像满村人都是贼似的。等到丢东西次数多了，他才发现是儿子哈喇秃子偷出去卖了，从而让村里人嘲笑不止。此时他父子二人坐在人群的最后，来了个"徐庶进曹营"，自始至终一言不发。他家穷，因此嫉妒比自己富有的人家。他家本来不算太穷，只因哈喇秃子他娘的拖累，家里的日子便有些沉重起来。自秃子的娘得了疯病，因怕她走失而常年锁在家里，谁知去年春天那疯娘一把火烧死了自己，也烧掉了东厢房以及东厢房里的财物，老丢父子的日子便雪上加霜了。艰难的生活让父子二人心有不甘，可又实在无力改变什么。已长大成人的哈喇秃子在黑暗中扭脸瞟了一眼爹，再转脸看向前边的老根爷，心头有点幸灾乐祸："谁叫他是财主哩，光脚的不怕穿鞋的，管他哩！"

"俺不跑！"坐在人群前边的破盆突然大声说。

接着更多的人嚷起来。

"老根爷，俺也不跑！"

"老根爷你不跑俺也不跑！俺们就跟着你，你说怎么着俺们就怎么着！"

"……"

被恐惧冷却的火炭又燃烧起来，老根爷心里暗暗高兴。他笑了，但他没在脸上显露出来——其实是被夜色遮住了。他突然有了个新的主意，这个想法让他的胸口猛跳了几下。他稍稍迟疑后咳了一声，把烟袋搁在了长凳上，大着嗓子说："嗯，我就晓得咱南穆家人都是硬汉子，不像他北穆家没有种儿！俺？他老秀才跑不跑这咱还闹不清，他要跑就跑他的，兴许他北穆家人都跑喽更好，他们跑喽也就拔去了咱的眼中钉，没了对头儿，他的地也就是咱的了！"老根爷停顿了一下，随后说，"俺？这不是咱不讲究、不仁义，是他自个儿不要了，这怨谁哩！俺？这么说吧……要是大家伙儿愿意信服我，就听我的招呼。从今儿个黑价起，咱族里后生们要辛苦一点儿了，去看住老秀才。要是他跑喽，咱就赶紧过去把他的地圈喽，免得北穆家别人占了先。唵？这么着吧，破罐破盆俩兄弟去北穆家村西口儿——经心着点儿，要藏到庄稼地里，甭叫人看见喽！黑球白蛋你们堂弟兄俩去北穆家村东；大升小斗去河边儿，看住河堤。嗯……他们村北边儿哩，就算了，东洋人从北边儿下来，谅他不敢往那头儿去。唵？对了，咱族里别的小伙子都在村里老实给我待着，哪儿也甭去，随时听招呼儿……"

"老根爷，俺……"人群里，大升动了动身子，挪了挪坐在木料上的屁股，像是很艰难似的支吾着说，"是不是甭叫俺去了，俺还有……"

"唵？！"老根爷那只独眼狠狠盯住了大升。他突然想起了疯子腊八，禁不住念起腊八来——要是他在，叫他上刀山下火海他也不会皱一下眉头。老根爷心里叹声，"唉，要是疯子在多好！"

这个时候的南穆家，最不可缺而偏偏缺了的就是疯子腊八。

大升旁边的小斗暗下拉了哥哥一把，大升低下了头。

夜深了，年轻人去了河边，临走老根爷许诺：明儿早给每人一簸箕谷子。剩下的人依旧留在院子里不肯离去，似乎留在这儿，他们才心里踏实。他们打定主意一起熬过这个无眠之夜，在这院子里等明天的太阳从东边出来。

遥遥的北方又隐隐传来一阵隆隆的声音，接着，又归为宁静。

夜色中，大升和小斗出了村，走上村北那条小道，鬼魅一样向河边溜去。大升总是落在后边，小斗不时停下来等等大升。如此反复几次，小斗也就有意放慢了脚步，等大升与他并起肩来，小斗问："哥，你说秀才真的会跑不？"

"说不准。"

"东洋人来喽，你跑不跑哩？"

"……不敢说。"

"要你是老秀才，你跑不跑哩？"

“……不晓得。你怎么这么问哩？”

“我觉着你是个㞞包……”

“胡说八道！”

小斗闭上了嘴，直到走上河岸，谁也没再说话。

稀零疏朗的星光下，朦胧的夜显得无比空远而恬静，随着夜露的降临，就连昆虫的歌喉也已喑哑；看不见的雾气无声地哺乳着林木、庄稼和野草，吮过夜来的潮湿，叶片越发兴奋起来——到了早晨，可见叶尖上挂满晶亮的水珠，一粒粒水珠跃跃欲滴。而此时还是夜里，也不知夜已有多深——远处的村庄还沉睡在梦乡里。

大升和小斗趴在了岸上。小斗此时显得有些兴奋，碰上这类事，他似乎像腊八一样特来精神，浑身每一个细胞都欢呼雀跃起来。这种感觉，他还是陪腊八去秀才家偷驴时有过。不过，那次他还是有点紧张，怕被捉住。

大升却兴奋不起来，但也没丁点困意。他平时总爱来瞌睡的两只眼睛眨也不眨地探寻着河岸，但心头却嗵嗵跳个不停，即使不意间有只狐狸或野兔打岸上掠过，他心头也会骤然发紧。

小斗侧过身子，用手捅了捅大升，小声说：“哥，你说秀才这咱在揍么哩？”

“谁晓得哩，我又没长千里眼。”大升扭过脸来，接着头又扭开了，眼睛紧张地盯向河对岸。

“哥，东洋人长得么样？”

“我怎么晓得，反正人样儿呗。”

“要是他们来喽，你敢不敢揍他们哩？”

“嗯……你怎么跟腊八一个口气哩！”

“我觉着腊八说得对，你是个被窝儿里的汉子。”

“胡吣！”

大升狠狠瞪了小斗一眼，接着又把头扭开了，不再理他。

忽然对岸有什么掉进了水里，接着就听见轻微的拍打河水的声音……大升小斗不约而同支起身子，向河里望去……有人在泅水，水声伴着人影往这边移动着。少顷，那人在几十丈远的地方上了岸。他在岸上走走停停，张望着，突然，又向着这边快步走来……在大升小斗惊愕之际，那人又转身下了河堤，隐入了青纱帐里。

"哥，你瞅瞅，这人有点像腊八啊！"小斗疑惑而兴奋地跳起来。因兴奋而声音过大，也因为夜的寂静，他的声音在高高的河岸上飘散开去，回荡在夜色笼罩的原野里。

大升拉了一下小斗的裤脚，低声说："要瞎胡吣了，腊八还在局子里关着哩。快趴下！"

"哥，你说那人是干么的？是贼不？还是响马？"小斗一边趴下一边问。

"谁晓得哩，反正不是老秀才。"大升说。

"老秀才？我敢打赌，他肯定不会跑！他那么护着他的地，他才舍不下哩！"小斗说。

"就是呗，人家安安生生在炕头儿上睡觉，咱在这荒天野地里瞎折腾！"大升侧了侧身子，发起牢骚来。他心头堆积了一大堆不满。


一个不眠的初秋之夜就这样过去了。

大升小斗兄弟一大早回村吃过饭，把夜守河堤的情况说给了老根爷，希望老根爷别再干这徒劳无功的傻事。

可老根爷就是不准，还生气了，说："他夜儿个黑价不跑，你敢打保票说他今儿个不跑？唵？你们还年少，见识短！夜儿个没有跑是他还没有收拾好，来不及呀！"

大升小斗又来到了河边。岸上柳树下，他俩装作乘凉的样子。但兄弟俩并没有用心观察，他们觉得这是没事找事，是瞎子点灯——白费蜡，利令智昏的老根爷在玩小儿把戏。小斗身边放了一堆柳条，百无聊赖地摆弄着，他在做柳笛，做出一支吹上一口，然后扔掉。大升躺在树下睡觉，雷声一样的呼噜似乎震得河水都在发颤，小斗的柳笛声也无法将他吵醒。

小斗站起身来，拍拍屁股走下了河岸。

河岸下是一块谷子地，谷子已有半人多高了，已经拔穗。此时秋禾还是生长旺季，迎风浮动的青纱帐在初秋强烈的阳光下熠熠生辉。谷地里竖立着一个个草人，有的草人还戴了帽子，穿了衣裳。为防麻雀糟蹋谷子，人们把草人扎在谷地里，以吓走那精明而又愚蠢的鸟儿。那灰褐色的小精灵繁殖力特强，甚至比平原上的蚂蚁还多，每到谷子成熟季节，会有大群大群的灰麻雀在谷地上起落，铺天盖地，发出阵阵轰隆隆的声响。

小斗钻进谷子地撒尿。他在谷地里四下望了一眼，突然又想起了腊八。他想起小时候和腊八一起打草，也在这片地里。他俩弯腰在谷地垄沟里穿梭着，锯片一样锋利的谷叶在他们背上"沙啦啦"划过，他俩背上胳膊上出现了一条条红色伤口。

一条细长的黑色七寸蛇，哧溜溜行到他们跟前，停下了，抬起三角形的小脑袋望着他俩。小斗站着没动，腊八却弯下身子眯眼看着那蛇。蛇和腊八对望着，它闪着寒光的小眼睛一眨不眨，嘴里吐出杈子形的细舌头，那舌头舔东西似的一伸一缩，像是嗅到了血腥味而开始流口水……突然，腊八的手闪电般伸了出去，拇指和食指钳子一样捏住了那蛇的脖子。蛇在腊八指间喘不过气来，张大了嘴，眼睛鼓成了两颗绿豆，像是马上要从爆开的豆荚中掉出来。

腊八站直身子，把蛇举到眼前，几乎要碰到鼻子。他眯着眼，那蛇瞪着眼，就那么对望着，像是谁也不服输似的。过了好一会儿，腊八两个指头一松，蛇掉在了地上。他冲那蛇说："找你奶奶玩儿去吧！"

那蛇看也不再看他一眼，顺着谷垄哧溜溜游走了，消失在谷地里……

小斗在想腊八了。可一阵可怕的声响阻止了他的回想。就在这时，天上响起巨大的"轰隆隆"的声音，一个黑色大鸟似的怪物从北方飞了过来。怪物越来越近，越来越大，大得像幢长了翅膀的房子。怪物转眼到了头顶上，拖着雷鸣般"轰隆隆"的哭声在穆刀沟上空盘旋。

小斗大吃一惊，赶紧蹿出谷子地，站在地边上喊："哥——快点儿下来！"

大升也被可怕的轰鸣声惊醒了，他站在河岸上发呆，脸上一片木然。听到小斗的喊声，他这才猫着腰，慌慌张张从岸上跑下来，嘴里不停地出着粗气，连忙钻进了谷子地里。

大升小斗趴在谷垄里，身子一动不动。大升已吓得脸色煞白，把头埋在地上，恨不得钻进土里；小斗则微微侧仰起头，看那怪物在天上盘旋。

"这大白天怎么会有鬼怪哩？鬼怪黑价才出来呀！"小斗惊恐地说。

这时，那怪物又一次到了他们头顶上，像是在驱赶谷子地里的草人。突然，怪物屁股里有个东西掉了出来，像是在拉屎，黑乎乎的一团东西带着呼啸声落下来，落在了岸边。接着是天崩地裂般一声巨响，大地一阵剧烈抖动，黄色的土尘和黑色的烟雾腾起，裹着大大小小的土坷垃弥漫了天空。

过了好一会儿，烟尘终于落定，世界归于静寂。怪物飞走了，岸下留了个巨大的坑，坑边落满新鲜的土坷垃和谷子的残秸断叶。谷子地里，大升小斗也被一层黄土覆盖了。又过了好长时间，两人中的一个动了动，坐了起来。是小斗。他被震得晕头转向，脑子迷迷糊糊，仿佛被震飞到了另一个世界；他的耳朵还在"嗡嗡"作响，对这大地上的声音已听不大清楚。

"我的娘呀，吓死人了！"小斗说。他有种做梦的感觉。

大升依旧一动不动趴在地上。

"哥！"小斗推了推大升。

大升没反应。

"哥呀，你怎么了？！"小斗带着哭腔喊着，双手扳动大升的肩膀。

大升终于抬起了头，看着小斗，两眼无神。

"哥，咱回去吧。"小斗哭了。他拉住大升一条胳膊，要把大升拉起来。可大升站不起来，他双腿软绵绵的，像是没了骨头。小斗发现，大升的裤裆尿湿了。

# 五

天上飞来的"怪物"吓飞了人的魂魄；那惊天动地的一声爆炸，也震塌了一个平静世界。岁月，在穆刀沟两岸塌陷了。

穆刀沟两岸人心惶惶，他们预感到灾难正扇动着翅膀飞过来，那种灾难浸透了死亡的气息。其实，整个冀中平原都沉沦在了一种深重的迷茫、恐惧甚至激动里了。乌云笼罩了平原的天空。

战乱降临，沉渣泛起。数不清的乡间豪绅乃至有名无名的堂会人物不甘寂寞，纷纷揭竿而起，拉起五花八门的抵抗队伍；一些流氓地痞街头混混儿，则摇着尾巴去投靠日本人了。而众多的百姓，则陷入无助的惶恐里。

这个下午，南穆家人已无心侍弄地里的庄稼，一群一群地站在街角议论着，每人都携带了一副沉重的表情，迷茫和恐惧生动地写在脸上。

像赶集似的，大升家聚满了人。族人一伙伙来了，又一伙伙去了。人们来看望大升。人世间很奇怪，也许只有灾难面前人才会聚拢起来，心才会凝聚起来，情才会交融起来。灾难面前，人变得友好和善了。

老根爷没来，不好意思来，他那张平时傲慢的老脸像被烙铁烫了无数遍，在发烧。大升小斗差点丢了命，可都是因为他。想到大升，抓进局子的腊八又突然走进了老根爷浓雾弥漫的心头。他懊恼不已，那只瞎眼坑儿里流出浑浊的水来。罪过感拴住了他的双腿，他无法走出院门。不过，他叫老伴儿来看过了大升。仿佛一口气就会吹倒的老太太挪动着三寸金莲来了，留下一包点心，说了几句安慰的话，就一步一步挪动着小脚走了。

临近黄昏，院落里空寥起来，屋里也只剩下了家人。大升躺在炕上，他已醒过神来，开始说话，丢了的魂魄像是又小心翼翼地归来了；五叔和五婶坐在炕沿上，五婶心疼地看着大升，五叔则抽着闷烟，垂头想着什么；小斗站在屋地上，斜靠着墙，平淡地望着哥哥；

眼里噙着泪花儿的金桂抱着平娃，和秀花肩头相靠站在二门口，似是尚未从惊恐中缓过来。也许这时的女人才最令人怜爱，女人天性的善良、柔弱、温情和细致，都禁不住生动地写在了脸上，写在她们的一举一动乃至每一个眼神里。

"老弟在不？"院子里有人高声问道。

"谁呀？"五叔直起身来，扭脸冲窗外说，"门儿开着哩，进来吧。"

五叔的语气缺少热情，似乎连一点热气儿都没有。他心里烦，一家人都心烦。祸不单行，刚刚有了腊八的消息，人还没见着，大升又差点丢了命。

进门的是指不上。

"指不上哥哇，快坐，炕上坐！"五叔不得不收起一脸的凝重，连忙跳下炕，礼让着。

"坐，都坐！"指不上微笑着，拉五叔一起坐上炕沿，接着关切地问，"大侄子有事儿不？"

"噢，你们也听说了？没事儿，就是吓着了。"五叔转身指了指大升，"你看，真是万幸，没伤着！"

指不上也扭身看向大升："没事儿就好！呵呵，看看——叫我算准了吧？我就跟俺们爷说过，好人总会逢凶化吉哩！"

"劳你费心了。"

"劳么心呀！瞅瞅，见外了不是？一家人不说两家话儿。你我交情这么多年，如今疯子腊八跟翠兰的事儿也弄妥了，就更不是外人了。虽说咱俩穆家世代不大和睦，可成了亲戚，怨恨也就化解了，你说是不是？再说，有么怨有么仇啊，亲兄弟还要拌两句儿嘴哩！"

"是哩是哩！"五叔附和道。可他的心却又一次阴了，在心里说：腊八还不是叫你们北穆家给弄进了局子？你们还有脸说哩！五叔把烟袋递给指不上，"抽一锅儿吧！"

五叔猜想指不上来不仅仅是为了看看大升，他一定还有别的事。五叔是个精明人，心知肚明。他和指不上交往已久，知道指不上的根底，指不上虽说从不出坏心，可为人也忒精忒圆滑。但五叔没有把玄机点破。人都有圆滑的一面，难以心面一致。五叔也便只好借坡下驴，顺着指不上的话套起近乎，他把满腹的愁烦情绪埋在了肚子里，一脸深深的皱纹生拉活扯地扯出一脸微笑。

"指不上叔，"小斗插话问，"那怪物可吓人哩！你看见了没有？"

"呵呵，你说那东洋人的飞机呀？看见了！"指不上把烟杆从嘴里拿出来，冲小斗笑笑，"那不是么怪物，是能飞起来的机器。那可是铁家伙，人造出来的。那玩意儿会扔炸弹，就像放屁拉屁屁那么容易，可厉害着哩！天不怕地不怕，就怕飞机拉屁屁，它今儿个扔下的炸弹幸亏离你们远了点儿，要不……听大仁说呀，东洋人晓得了蒋委员长的行营在石门，他们的飞机也就摸过去了，那天炸石门，就扔了几百个哩，是见人就扔哇！那家伙落下来，就会崩出个一人多深的大坑！说是有个人挨了炸，人还在坑里，可连骨头渣子也找不着了，只有他那顶帽子飞到了坑沿儿上。这也是大仁听人说的，他也没有亲眼见着。"

指不上声情并茂地讲过他的所闻，就把话收住了。可他的话却使得屋里的人头皮发麻。女人们面面相觑，惊呆了。

其实，日本人在城市和乡村平民头上扔炸弹，就是要的这效果。为减弱抵抗，他们得把中国人吓住，得先轰塌中国人的意志和一夜间高涨起来的抗战热情。

指不上在炕沿上磕了磕烟灰，把烟袋还给五叔。少顷，他又变得严肃起来，心里像是很沉重，他压低了声音对五叔说："这保定府估计是保不住了，石门到时候能不能守住也悬乎儿。小日本儿不大可心忒大，看来呀，往后可没么太平日子过了！"

五叔说："这我也听说过，只是没想到这么快，说来就来了……对了，不是说文举爷要跑哇，他怎么还没走哩？"

"嗐，没影的事儿！俺们爷可是个有气节的人，性格也犟，他就是不肯离开他的地，他家大仁死求活劝也说不动他，没法儿，气得一跺脚走了。爷他只认一个理儿，这是咱中国人的地，外人拿不走，他东洋人在咱这儿没根没底儿，待不长，迟早得滚蛋。"

"嗯，是这个理儿。"五叔点头道。他扭头对五婶说，"去炒个菜吧，我跟指不上哥喝两盅儿。"

指不上忙对五叔说："咱还是去你屋里吧，我还有话儿跟你说哩。"

回到东院，五叔和指不上前后进了屋。指不上环视了屋里一眼说："我可是几年没有来过了吧？你家还是旧样儿啊！呵呵，俺就像回家了似的！"

上次指不上进五叔的家门，还是腊八娶亲那年。

五叔笑笑，把靠在墙根的炕桌搬上炕，顺手从腰里抽出烟袋放在炕桌上。

两人上了炕，隔着炕桌盘腿坐下来。五婶拿了两个酒盅和两双筷子进来，在指不上和五叔面前各摆了一副，接着就又出去了。五叔和指不上说话间，外面响起"呱嗒呱嗒"的风箱声，过了一会儿，风箱声停了，接着是铲子铲响锅底的声音。五婶再次进来，一手提着酒壶，一手端了盘炒鸡蛋。五婶把炒鸡蛋摆上桌，酒壶交到五叔手里，对指不上说了声"你们慢慢喝"，就又出去了。五婶临出二门又回过头来向五叔交代："俺去大升那儿，有事儿喊一声哇！"

五叔把酒满上，端起酒盅对指不上说："来，喝一盅儿！咱俩兄弟可也是几年没有一起喝了！"

夜幕眼看就要降临了，暮色显得异常沉闷，村子里少了以往的嘈杂，只偶尔听到谁家院里传出孩子的哭声，也有狗叫声在远远的某处突然响起。但大地在寂静中隐藏着一种惶恐和不安，只是那惊恐慌乱被沉静的暮色遮蔽了。

指不上端起酒盅，在嘴边停了停，喝了，然后咂砸嘴："嘿，你老弟酿的小烧儿？好酒哩！"

五叔笑笑："不赖吧？这可是我专门儿留着的酒尖儿啊！"在好酒的穆家，自古以来，几乎家家户户酿酒，如今依旧如此，而五叔酿的烧酒更是清醇甘洌，不带杂味。

"是哇，一喝就上口儿！"指不上说。他像是突然想到了什么，停了停，观察着五叔的脸色道，"老弟，我来你家你晓得是为么不？"

五叔微笑着摇摇头。

"俺们爷他……心有点儿活泛了。"

五叔刚要再斟酒——酒壶停在了空中，他不解地望着指不上。

"说明了吧，俺们爷好像有了点儿要跟你们和好的想法儿。这也是我打他的话音儿里听出来的。"指不上说。

"怎么说的哩？"

"他老是嘟囔一句话儿：兄弟阋墙，外御其侮。"

"么意思哩？"

"俺也不懂，问了问他才晓得。大概是说，兄弟间不和，可还是能抱成一撮对付外人欺负哩。"

"啊？这是好事儿呀！对大家伙儿都有好处哩！"五叔明白过来，高兴地叫道。他接着赶紧把酒再满上。

"呵呵，你晓得，俺们爷可是咱这一带有名有号儿的人物儿哩！他老人家本是个秀才，再加大仁时不时给他带张报纸回来，他就晓得的事儿多，懂的理儿也多。这不是哇，他夜儿个黑价还跟俺说：这国民党跟共产党原先不就是谁也见不得谁呀？那可是水火不容的冤家对头儿！一边儿骂对方赤匪、共匪，一边儿骂对方白匪、蒋匪，这两家打了这么些年，势单力薄的共产党还差点儿叫国民党给剿灭干净喽，剩下了不多点人马。可终了怎么样哩？嘿嘿，要说是东洋人救了共产党也不为过——也是天意，共产党命不该绝。东洋人来了——那可是全中国不共戴天的外敌哩！这俩党不又好上了？原先老蒋手里拿着个算盘儿，老毛手里拿着个算盘儿，他俩拨拉着算珠子相互算计，这咱也不是好上了？老毛也不再去跟老蒋争谁是这天下的真命天子了，国民党跟共产党也不再窝儿里斗，像是一觉儿睡醒了，猛地明白过来：原来是自家兄弟在死掐哩！常言说得好哇，兄弟俩吵了架，还是一心对外。人家大人物儿们还和解了，何况咱这庄稼百姓哩！我也觉得，就咱们河两边儿吧，更是一笔写不出俩穆字儿——本是一家人，就更应该抱撮了，你说是不？"

"是哩是哩，没错儿！这么多年了，先是军阀混战，你打我我打你，后来是白军跟红军打，这天下就没有太平过！咱老百姓也一样，也贱，总弄不到一撮，你跟我过不去，我跟你过不去，好像天生就是一盘沙子，互相挤对。唉，这人怎么会这样儿哩！就咱南北穆家来说，这么多年了……也该消停消停了……"五叔感叹道。

"那……你们老根爷？他是么想法儿哩？"指不上试探着问。

"这……"五叔面露尴尬之色，摇了摇头。

天黑了，五叔下炕去点着了油灯，放到炕桌上，接着又回到炕上坐下。他从炕桌上拿起烟袋，噙住烟嘴儿吹了一口，把烟锅儿伸进烟袋里。

见五叔在凝神思考什么，指不上就自斟了一盅酒，端起来喝了。他放下酒盅，稍迟疑了一下，眼珠子在眼眶里转了转，微微一笑，接着换了一副神秘表情，身子往前递出，悄声问："老根爷家大少爷的事儿听说过不？"

"么事儿哩？"五叔警觉地抬脸看着指不上，手上的烟袋又放回了桌上。

"那小子在外边儿养了一房小，不打算回来了。"

"有这事儿？你听谁说的？"五叔有些惊疑地问。

"一个外边儿混的朋友。"指不上神秘地笑笑，坐直了身子。

"按理说，纳小也不是么见不得人的事儿，他为么不肯回来了哩？他就是带回来，我想老根爷也不会怪罪他呀！"五叔皱起眉头说。

"这俺就不清楚了。"指不上说。话是点到为止，接着他又转换了话题，"对了，疯子腊八这会子怎样了哩，去看过他了？"

"哦……俺正想这两天抽空儿去看看他，可谁晓得大升挨了炸哩。唉，这麻烦事儿，怎么都赶趟似的挤到一块儿了哩！"五叔心里一紧，不由愁烦起来。

"该设法儿把他保回来了，过几个月就又过年了，人家翠兰还等着哩。要不这么着吧，兴许这几天大仁他们还没有撤走，咱叫俺们爷去找找大仁，帮疯子说说，把他放喽。你看哩？"指不上征询五叔的意见。

五叔无限感激地望着指不上，急切地说："那可忒好了！可叫俺感恩不尽啊！么时候去？要俺备点么礼物儿？哥呀，这回可全依仗你了呀！"

"别价别价！"指不上摇摇手，笑呵呵地说，"一家人不说两家话儿。这事儿哩，你就甭管了，要打点关节，俺们爷自会准备哩……我给你明说了吧，俺们爷觉着忒对不住疯子腊八。"

"你看看你又说反话了，这哪儿跟哪儿呀！'对不住'从哪儿说起哩？要说对不住，是腊八对不住你们，更对不住文举爷哩！我哥养了那么个混账东西，一天价没个正经，你说他给人惹了多少事儿吧！"五叔连忙摇摇手，面带惭愧地大声说。

"你晓得腊八为么给逮进局子不？"指不上问。

"你不是说就为他窝藏共产党逃犯哪？"五叔说。

"那只是个托词儿。捉腊八的头一天，八路军里来了个人到县上，跟王县长商量收编县保安队的事儿。那人喝高了，酒后吐真言，说在河边儿瓜园里，一个小伙子救了他一命。他们喝酒的时候儿大仁也在座，这小子还在记着咱两家的仇，就使了坏，带人把腊八给捉了。只为俺们爷先时没个明白态度，这事儿俺也就不敢跟你细说。"指不上也是酒后吐真言了。

"原来是这……"五叔皱起了眉头，自言自语道。

见状，指不上赶紧笑着说："算了算了，看你愁眉苦脸的，咱还是说说搭救腊八的事儿吧！说到哪儿了？噢……说到俺们爷么时候去，我看还是越早越好，赶明儿就去，免得夜长梦多。老弟呀，你就赌好儿吧！"

"你真吃得准文举爷？"好事来得太快，五叔还是有点半信半疑。

"吃得准！"指不上笑笑。

夜深了指不上才走。这两天遇到了太多的事，五叔已疲惫不堪，但他却睡不着。躺在炕上，五叔把请文举爷去搭救腊八的事对五婶说了，又说了老根爷家大儿子富贵纳小的事，并叮嘱道："大少爷这事儿可不能说出去，更不能叫老根爷晓得，他这会子也正心烦着哩。"

这一夜，五叔一家不知什么时候才睡着的，也许根本就没能睡着。

天又亮了。心头还惦记着大升的五婶早早起来了。她推开门，迈出门槛，转身再把屋门关上。可她反身准备走去时，一扭脸的当儿，却惊奇地发现窗台上放着两包点心。

"这是谁放的哩？指不上？不对呀，他夜儿个是空着手来的哇！"五婶提起点心来，疑惑地看着。

这时金桂也从西院跑了过来，说她屋的窗台上也放着两包。婆媳两个对望着，像是你问我，我问你，都想从对方的脸上找到答案。

"是谁哩？"五婶自言自语地问。

"是谁哩？"金桂自言自语地重复道。

五婶提着点心走进屋去，叫醒还睡在炕上的五叔。五叔支起身子，看着五婶手上的点心，想了想说："我猜是北穆家吧？文举爷不是觉着对不住腊八呀，兴许是叫指不上又跑了一趟呗！人家见咱睡了，就放下走了。"

五叔猜错了，送点心者并非文举爷。文举爷昨晚也有些睡不着，而且为办件大事，今天一早天还没亮就起身了。

他受托去搭救疯子腊八。

昨晚夜深时指不上回到北穆家，踌躇了好一会儿，还是硬着头皮喊醒了文举爷。指不上酒后说了大话，向五叔拍了胸脯，可到了事跟前，他还是有些不安。他心里没底。若是文举爷不肯答应呢？那他指不上不就白白夸了海口，而且还把自己赶进了个死胡同？不承想跟文举爷提起，文举爷却是满心欢喜，一口应承下来。指不上喜出望外，此时的文举爷让他十分感动。为疯子腊八这个死对头，文举爷一夜间变成了个热肠古道人，他衰老的心忽然注满了活力，就连微微屈着的腰板也变得硬朗了。

"爷，一早儿我给您赶车！"

"你还是守着宅子吧，去把大脑袋叫来就得了。"

# 第五章

谐语说：天下皆好人，谁愿当和尚。

一

马车披着夜色出了村，绕道过桥上了河的南岸，顺着河岸由西向东驶来；黎明前的静寂里，只听得马车的"辚辚"声、马蹄的"嘚嘚"声和赶车人的"喔吁"声从远处不紧不慢地传来。

清月已无声地隐去了，原野罩在一片幽暗里，但路却在朦胧中依稀可辨。马车渐渐近了。文举爷盘腿坐在车上，怀里抱着个沉甸甸的褡裢；大脑袋斜坐在车辕上，手里摇着鞭子——那鞭绳缠在鞭杆上，鞭杆不时轻轻敲打着大青马的屁股。文举爷几乎一夜没合眼，因为他有心事。他心里其实也没底，心头有些忐忑不安。他怕县党部已经撤走，他知道，大仁一定会随县党部走的。他更怕见不着疯子腊八，因为他深知官府……若是腊八死了，那一切都将无法挽回，南北穆家的仇恨之墙不但不会倒塌，反而会再加高一层。文举爷的心不觉陷入一片惶惶然中，他急匆匆摸黑赶路也正为此。他想，这时就起身，大概天亮不久也就到城里了。

"我说大脑袋哇，你不能快点儿？"文举爷忽地叹了一声，不满地说。

"这天黑看不远道儿哇！"大脑袋说。但他还是往马屁股上打了一鞭子，那大青马唳唳叫了一声，明显加快了脚步。

186

一眨眼工夫，谷子地、高粱地、棉花地都掠过在马车身后，前面变得空旷起来。荒凉的小沙洼，静静地沉睡在穆刀沟南岸的秋夜里，疲惫的夜鸟已归巢，只偶尔有声孤单的狼嚎在迷茫的沙洼里响起。

"抄近道儿吧。"文举爷说。

大脑袋"噢"了一声，赶着马车折进了小沙洼里。他们只要穿过这漫漫沙洼，之后擦行过那个山丘一样的大沙岗子，便可走上一条大道了。那条道通沙头，从那儿到无极城比一直顺着河走要近十来里。

穿过沙洼腹部，眼看就要出洼了，突然一支响箭拖着尖啸划破了夜空，那厉鬼尖叫似的声音令人毛骨悚然！随着响箭声起，车停了下来，大青马扬起头，裹足不前。

"响马！"文举爷大吃一惊，脱口叫道。

"响马？"一听"响马"二字，大脑袋已吓得目瞪口呆，头皮发麻，本能地往后蜷缩起身子，如一只受惊的蜗牛缩成一团，一层冷汗从他那突出的门楼头上冒了出来。还没容他们再继续想些什么，已有一高一矮两个身影鬼魅似的站在了马车前。那瘦高汉子手里提了把刀，狰狞地盯着车上的人。

"过道儿的，得罪了哇！"瘦高汉子瓮声瓮气地说。

文举爷心里叫苦不止，他哀叹自己如此倒霉，不由抱紧了怀里的褡裢。但文举爷毕竟是文举爷，他在心头一阵慌乱之后，很快镇静了下来。如若是普通人，此时怕是早已吓得不知东南西北，丢下钱财赶紧逃命才是；可文举爷没有，他依旧镇静地抱着褡裢一动不动。在这短暂的工夫里，他的大脑已紧张地转了多少转。他想，丢下钱财，也许可以保命，可疯子腊八多半就要丢命了；若舍不得钱财，那自己这条老命怕是就此要丢掉。文举爷陷在一种痛苦的两难之中。

"要过道儿，留下买道儿钱！"那瘦高汉子又一次喝道。

文举爷这才伸手扶住车帮，慢腾腾从车上下来。下车前，他已悄悄将褡裢塞到了车厢里的谷草下边，并顺手从褡裢里抓出几个大洋。平时脸上或木然或多阴郁之色的文举爷走到两个汉子跟前，难得一见地赔笑道："好汉们受累了！这点儿钱，不成敬意哦！"

文举爷把大洋递过去，瘦高汉子伸手接过，掂了掂，大洋发出一串悦耳的撞击声。

　　"哼哼，你哄七岁孩子呀？这几个子儿就把俺兄弟打发了？也忒抠门儿了吧？你弄清楚喽，爷儿们揍的是劫道儿的买卖，不是要饭的！"瘦高汉子转脸对矮小汉子说，"老三，车上去翻翻！"

　　"慢着！"矮小汉子刚要动身，被一步跨过去的文举爷拦住了。文举爷生怒了，"自古是盗亦有道，你们道儿上混的也是娘生爹养的，起码儿的道义也是该有的吧？老实说，穆某人车上还有点儿钱，可是要急用哇！"

　　"呦！"矮小汉子嘻嘻笑道，"俺兄弟们手头儿紧，也正急着弄点儿小钱花哩！"

　　"人命关天，俺是急着去赎人！"文举爷颤抖的双手向前伸出，急道。

　　"赎人？哼，你自个儿的小命儿都快没了，还想去赎人？还是琢磨琢磨怎么赎你自个儿吧！"瘦高汉子道。

　　两个响马在心里冷笑着。他们想，一定是这老家伙的什么人被他伙响马绑票了。但他们还是有些惊讶，甚至敬佩，显然，眼前这老东西是个大义之人。他们冷漠而又疑惑地看着文举爷。

　　见此情形，文举爷提紧的心稍松动了些，他叹了口气，很无奈地说："唉，不说也罢，说出来好汉也不清楚，只有等穆某赎出人再报答好汉们了！"

　　"呦，感情你又把俺兄弟当三岁小孩儿了呀！"矮小汉子嘻嘻笑道。

　　"不敢不敢……"文举爷又赶紧赔个笑，"俺要赎的人关在县上大牢里。没别的法儿，只有去县党部找我那犬子，叫他疏通疏通。"

　　"县党部？——你家小子叫么名？"瘦高汉子怔了一下，警惕地问。

　　"大仁！穆大仁！你们认的？那感情好，往后有么事儿，好汉们知会一声就是。"文举爷继续赔笑说。

　　瘦高汉子又怔了怔，突然两个指头伸进嘴里，打了一声响亮的口哨，回头就把刀架在了文举爷的脖子上，恶狠狠地说："噢，这么说穆二狗那货也是你家小子了？你还记得你家的麦子地不？那把火就是老子我放的！你怎么净养杂碎货哩，你家穆大仁那王八羔子也不是么好鸟儿！他落到俺们兄弟手里，没说的，照样活剐！"

文举爷一惊，脱口问："你们——把二狗活剐了？！"

瘦高汉子没有回答文举爷，而是继续恶狠狠地说："天堂有道儿你不走，地狱无门儿你偏来，今儿个算你老家伙走背道儿，谁叫你撞上俺的鬼头刀哩！子过父代，你要怨就怨你自个儿吧，谁叫你吃饱了没事儿干，弄出那俩杂碎啊！可瞅你这么大岁数儿了，俺也不难为你，活儿揍利落点儿，就给你一刀，也算俺积德行善了吧！"

文举爷一下子糊涂了：这大仁和二狗么时候跟响马结了仇哩？

天已有点微微发亮了，可见文举爷的脸已变得惨白，翘起的灰白胡子也在微风中颤抖着。夜行人进了响马的地盘，无异于羊入虎口，老羊向恶虎求情说要去救小羊，恶虎听得进去？文举爷后悔不迭——千不该万不该，不该提起他那在官衙公干的儿子！自古官匪势不两立，水火不容，怎么就忘记了这一层哩！文举爷伤感自己老糊涂了。他更为不解的是，响马竟对他家的情况了如指掌，似乎老早就了解了个一清二楚。绝望的文举爷仰天长叹一声："也罢！老了，老了也就该死了……你们动手吧！"

文举爷说罢就闭上了眼睛。这时，从大沙岗子上蹿下一条黑影，那黑影快速移动着，转眼间来到了马车前，距一高一矮两个匪汉几步远站下了。来人也是个高高大大的汉子，只是他戴了个黑布面罩，整张脸上只有两只眼睛露在外边。高矮汉子各喊了声"掌瓢儿的"，瘦高汉子笑道："这老家伙是穆大仁的老子，我这就送他上道儿了！"

说着，鬼头刀离开了文举爷的肩头，举了起来。

响马瓢把子假咳了一声，招招手，把瘦高汉子喊过来，耳语了几句什么。

瘦高汉子回头走近文举爷，显得有些耐心地问："老头儿，我来问你话儿。"

"你说吧。"

"你去大院子赎谁哩？"

"大院子？老朽听不明白。"文举爷睁开眼睛，摇了摇头。

"就是……局子！你说你是去赎谁吧！"瘦高汉子道。

文举爷没再说话。他想，这伙响马与大仁、二狗结了仇，既然是仇家，我文举一家老小就万难被他们放过；要赎的人，自然也会被他们认定为我之家人亲戚，城门失火，殃及池鱼。

瘦高汉子不耐烦了，喝道："老家伙，哑巴了？"

文举爷依旧仰脸面向苍天，紧闭着嘴不说话。

"老东西，你说不说？！"瘦高汉子气急败坏地吼了一声，向前一步，鬼头刀平着拍下，重重地落在文举爷肩上。

文举爷一个趔趄，但没倒下，等站稳了，才以淡淡的口吻说："不必问了。古人云，积善之家必有余庆，积不善之家必有余殃。我文举教子无方，养下孽障，死有余辜。好汉们要取我老朽性命，拿去便是！"

"好汉爷，放了俺们吧，我给你们说——是疯子腊八。"车辕上的大脑袋哀求道。

文举爷绝望地瞪了大脑袋一眼。

瘦高汉子回头看一眼，哈哈大笑起来，矮小汉子也嘻嘻笑了。瘦高汉子接下来对文举爷说："日头儿打西边儿出来了？去赎疯子腊八，你信不？俺们知道你家大仁那杂种儿，疯子腊八这人我倒也听说过，可他俩是对头儿哇！你会安好心赎人？兴许是去害人吧？保不准儿是去使使银子，叫黑狗子早点儿把那疯子腊八给宰了哩！"

"信不信由你了。"文举爷不屑地说。

这时，响马头儿又假咳了一声。高矮汉子一齐看过来，只见掌瓢的手指指文举爷，往外摆了摆，再指指车上，往下点了点。意思是：人放走，财留下。

"好嘞！"矮小汉子嘻嘻一笑，动作灵敏地跳上了马车，很快，他从车上搜出沉甸甸的褡裢，又伸手往褡裢里摸了摸。他手提褡裢跳下车，回到掌瓢的身边，嘻嘻一笑，"全是老头！大水，肥水！咱兄弟们发了！"

瘦高汉子也不情愿地将鬼头刀收回来，搭在了自己肩上。文举爷羞愤地看了响马们一眼，一言不发地回到了马车左侧，从大脑袋手里夺过鞭子。而这时，他才感觉到了肩头被鬼头刀砸得生痛，骨头像是散架了。

"咳！"响马头子突然又冷冷地咳了一声，抬起手指头，指了指大脑袋，再往下点了两下。

文举爷不解地望着响马头子，心头愤恨地骂声"贼羔子欺人忒甚！"可他一点办法也没有，就像走进了一个死胡同，他别无选择。他伤感地回头对大脑袋说："大脑袋哇，还是下去吧。"

"俺不，俺不哇！"大脑袋一边痉挛似的缩着身子一边哭喊道。

"下去！"文举爷气急败坏地大吼一声，一鞭子抽在了大脑袋身上！他的声音又一次沙哑了。

大脑袋骨碌碌从车辕上滚了下去。文举爷坐上车辕，狠狠往马背上抽了一鞭子。大青马受了惊，长长地嘶鸣一声，疯狂般拉着马车向前蹿去！马车绝尘而去，转眼转过了大沙岗子，隐没在了无边的青纱帐里。

东方的上空已现鱼肚白，若隐若现的水色波纹飘上了天际，天眼看就大亮了，遮在人脸上的夜幕也拉了去：瘦高汉子的半截脸被粗拉拉的短胡子覆盖着，一脸凶悍相；矮小汉子看年龄有二十多岁，却没有胡子，女人似的，像是今生不会再有胡子毛毛从他的脸上钻出来。三个响马都穿了一袭黑衣，裤脚扎着，让人很容易想到只有夜间才出没的夜鬼。

天很快就要大亮了，响马们向瘫坐地上的大脑袋围拢过去。他们知道，在这平原上，劫道杀人都是夜里干的活儿，夜聚日散，来无踪去无影，活儿不但要干得干净，而且要快。现在，他们必须在平原上出现人影前把一切处置停当，自然，这个已毫无用处的大门楼头"肉票"也无须留了。

三个响马刚把大脑袋围住，大脑袋就跪起了，一边磕头一边带着哭嗓哀求："爷爷，好汉爷饶杀我哇！饶杀我……"

瘦高汉子望了一眼响马头儿。

响马头儿一只手张开，往下做了个挖坑埋人的手势。

瘦高汉子怔了一下，然后苦笑道："他娘的，忘了带铁锹……算了！"他往前跨出一步，举起了刀，大脑袋本能地跪着后退了两步。就在这当儿，刀柄尾部雕着的那个瘆人的鬼头，映在了大脑袋眼里，他像条死狗一样一下子瘫躺在了地上。

"等一下。"瘦高汉子尚未动手，响马头儿终于出声发话了。他转身冲大脑袋说，"你小子今儿个是死定了。反正要死了，今儿个爷爷就叫你死个明白吧，你就是成了鬼来找我算账，我还在这儿等着，免得你他娘的抓瞎！"

响马头儿说罢，一把扯下了头上的面罩。

"疯子腊八？！"瘫在地上的大脑袋惊呆了。

## 二

疯子腊八做了响马，又成了"响马腊八"，这是谁也没能料到的。

一个多月前他被公安局逮去，塞进了监狱靠西头的一间牢房。说是牢房，其实和普通砖墙民房没什么两样。古时的牢房多为木质，就像圈牲口的栅栏。从保险角度说，民国的牢房牢靠多了。牢房里铺了一层谷草，谷草上铺着皱巴巴的高粱秸席子，囚犯就睡在这铺了席子的地铺上。腊八被几个黑衣警察带过来，推进屋，身后一阵"哗啦"声响，门就锁上了。

这间牢房里已住上了两个人，一高一矮。矮小汉子双手交叉在脑后当枕头，躺在地铺上，面无表情地斜眼看着这新来的人；一脸粗拉拉胡子的瘦高汉子盘腿坐在地铺上，双臂抱在胸前，以一种陌生的目光仰脸看着腊八。

腊八平生第一遭儿走进大牢，也是第一次见识大牢，突然走进这阴森而陌生的环境，他有点好奇甚至有点傻气地环视着这牢房。

瘦高汉子突然站起来走到腊八面前，两手抱拳举过左肩，接着往后一甩，客气而瓮声瓮气地说："并肩子，西套的吧？"

　　腊八莫名其妙地看着那汉子，并不还礼。少顷才说："么鸡巴西套东套哩，俺听不懂。"

　　"不是揍买卖的呀？我说哩，怎么春点不开门儿不清哩……"瘦高汉子一脸失望，嘴里嘟囔着转过了身，准备离去了。可他突然又转回了身，猝不及防一拳打在了腊八肚子上！

　　腊八感到一阵钻心的疼痛，不由弯下腰去。过了片刻，他突然直起腰来，一双小眼睛冒着寒冷的火苗儿，低声骂了句"狗×的！"双手就像老虎钳子一样掐住了瘦高汉子的脖子。那汉子被掐得连一点气息都不能进出，脸憋得通红，大张开嘴，舌头几乎就要吐出来。腊八没有松手，"噔噔噔"把瘦高汉子推到墙边，猛地将他的脑袋撞向了墙壁！

　　以疯子腊八的狠劲儿，一般情况下，这一撞，那家伙的脑袋就是石头也一定会像花儿一样开放了，他会连哼一声都来不及就躺在了地上。可瘦高汉子没倒下，脑袋也没有开花，只因他已有所防备，脑袋撞墙的瞬间使劲儿往前抵了一下。不过即使如此他也是两眼金星，仿佛眼前正在燃放烟花，两条腿软绵绵的没了力气。

　　"妙，妙！"矮小汉子嘻嘻笑着坐起来，拍着手道，"你俩都是好汉，甭打了，甭打了，佛爷我给你俩搭个手儿，交个朋友吧！"

　　腊八松了手，但他余怒未消，冷冷的脸上写着凶狠。

　　瘦高汉子弯腰咳了好一阵子，缓过点劲儿来，用手揉着脖子，直起腰有点尴尬地冲腊八笑笑。

　　腊八转身走开了，坐在了地铺上。他是个吃软不吃硬的主儿，他可以软化在女人的眼泪里，也可以软化在男人的笑脸里；随着瘦高汉子在身边坐下，腊八的怒气已消了大半。他木然甚至有些不屑地抱起双臂，眼睛看向门口。

　　瘦高汉子拍了拍腊八的肩膀，赔礼道："兄弟，俺有眼不识泰山，对不住了哇！"

腊八扭过头来。

四目相对，二人不由都怔了怔。

"兄弟，我……怎么觉着你有点儿眼熟哩？"瘦高汉子迟疑地说。

腊八的小眼睛挤了挤，细细端详着瘦高汉子的脸，突然道："他娘的，俺想起来了！你不就是……那年，拿着刀找二狗的人呀！"

"是哩……"瘦高汉子苦笑道。他接着说，"哦，都三年过去了，你小子也长成壮汉子了，我就说怎么刚刚没认出来哩！我开始还以为你跟俺们一样，是道儿上揍买卖的哩……"

说到最后，瘦高汉子像是有点失落似的。

腊八不明白地眨眨小眼睛，盯着瘦高汉子问："道儿上？"

瘦高汉子不语了，眼睛也没直视腊八。他自觉说漏了嘴，有点后悔。

"说白了吧，黑道儿！揍买卖，就是劫道呗！"矮小汉子嘻嘻笑了一声，挪蹭着身子挤过来插话道，"嘿，都住到这大院子里了，还有么好藏着掖着哩！不瞒你说，佛爷我师哥是鼓上蚤时迁爷，他师哥是假李逵——李鬼李爷。"

瘦高汉子扭过头，不满地瞟了矮小汉子一眼，像是在说：你娘的嘴里胡吣！

"可你又为么叫佛爷哩？你又不是鸡巴和尚！"腊八不明白地望着矮小汉子。

"嘿嘿……"矮小汉子笑笑，没有回答。

"放屁就放个他娘的半截儿屁，不说算了！"腊八不高兴了。

"俺俩干的不是一类活儿。不过哩，要是有一天出去了，也就联手儿了！"矮小汉子还在卖关子。

"那是他们的名号儿，还叫'镊子把'哩。就是揍那个的……"瘦高汉子也不避讳什么了，说着，伸出两个指头往下戳了戳，又提了提。

"娘的，你们是揍这的呀！"腊八明白了。他问道，"为么以为俺也是揍这个的哩？"

"嘻嘻……你不晓得哇？进了这大院子，关这屋儿的，可都是干这营生的主儿哩，政治犯可一个也不敢跟俺们关到一堆儿。"矮小汉子说。

"他娘的，这局子里还有这么多怪名堂哩！"腊八转着小眼睛，不解地问，"那……么是政治犯哩？"

"你连这都不晓得呀？狗咬狗一嘴毛，就是为当官为掌权为抢块骨头狗咬狗，咬败了就成政治犯了呗！"瘦高汉子道。

"怪哩……他们说俺就是么鸡巴政治犯啊！"腊八皱起眉来。

瘦高汉子和矮小汉子不解地望着腊八。

过了好一会儿，像是恍然大悟，腊八突然一拍脑袋："晓得了！他狗×的是想叫你们把俺弄死啊！"

"兴许吧……你犯了么事儿？你是共产党？"瘦高汉子问。

"么鸡巴事儿也没犯。他们说俺窝藏了共产党逃犯，根本是没影儿的事儿，共产党长个么模样儿俺还不晓得哩，八竿子都打不着！狗×的，他北穆家栽赃陷害俺！"恍然大悟的腊八愤恨地说。他心头的仇恨又像毒蛇一样蹿了出来，仇恨的牙齿在狠咬他的灵魂。他在心里发誓：有仇不报就不是人揍的！北穆家人，你们记好喽，只要爷爷出去，就去找你们！

接下来谁也不说话了，好像再找不到话题，三个人突然都成了哑巴。也不知过了多长时间，矮小汉子又往前挪了挪，挨到腊八身边，小声说："喂，倒不如你也挂个注儿，等有一天放出去了，咱一起揍买卖？"

"挂注儿？"

"嘿，就是入伙儿呗。"

腊八的恨怒之气还没消，因此冷冷地说："爷爷不揍那鸡巴事儿！"

"么叫'鸡巴事儿'哩？兄弟，你这话儿俺可不爱听！"瘦高汉子不高兴了，板起脸说，"你觉么着干俺们这行脏不是？不是迫不得已，谁愿意走上这条道儿哩！还不是叫衙门儿给逼的！当你快给逼死的时候儿，你会揍么？你得想法儿活下去呀！俺就是那年穆刀沟发大水，闹了饥荒，家里人死得就剩下了俺一个，这才挂了注儿！那咱政府在搂么？当官儿的们照样只顾搜刮民财寻欢作乐，谁管百姓死活哩！嘴上见天胡咧咧当官是为民做主儿，不是为民做主儿，是做民的主儿——叫你活你活，叫你死你死！自古到今，哪个朝代的衙门儿不是欺压百姓的阎罗殿？哪个当官儿的不是坏杂种儿？老实巴交的人能当喽官儿？不能吧？坏良心的人才能当官儿，人越坏官儿当得越大！么时候儿都会是这样，变不了，再过一千年也变不了！就这，你说，是俺脏哩还是衙门儿里人脏哩？再宽泛点儿说，就是你挂注儿了'刮民党'或别的么党，甚至道教会门儿，跟加入俺们又有么区别哩？这个世上，又有哪个行道哪个团伙儿是干净的哩？谁不都是为了自个儿哇！都是一回事儿，没有谁好谁坏！俺们背个坏名声，背着就背着，没指望叫人说好儿；可他们就不一样了，他们总是嘴上说的比唱的还好听，整天价为这个为那个，说到底还不是为了自个儿哇！我说，他们还比不了俺们哩，至少俺们从不假仁假义！"

"那也不能一竿子都打死呀，衙门儿里总会有个把好人吧？"腊八争辩说。

"好人在衙门儿里待不长。"瘦高汉子说。

"这……管他娘的哩，反正俺不入你们的伙儿！"腊八淡淡地说。

一高一矮两个汉子又失望地挪开了，在一边躺了下去。

瘦高汉子名叫甄虎，年近三十，城北二十里甄乡人。原是东西套里的普通响马，后来做上了东套的瓢把子。一年前，他被西套瓢把子算计，一天夜里赴约时被警察围住逮了去。

矮小汉子名侯七，二十来岁，城东十里侯村人，在家排行老七。侯七自小伶俐过人，又身手敏捷，不想染上了偷鸡摸狗的恶习，十几岁就做了"梁上君子"。他是半年前落网的。那天他来到县城，半夜去偷一个大户人家，不想爬进大院就被家丁发现了。无奈院墙太高，他再想爬出去已是不能，乖乖地被家丁摁住了。更糟的是，他不是爬进了别家的院子——偏偏进了大土豪刘大喜家。他被暴打一顿，打了个半死，第二天一早被送进了官府。

腊八入大牢半个多月，世道似乎要变了。不知为何，牢门外看守犯人的警察越来越少，牢饭也不再像往常那样及时送来，这征候给人一种异样的感觉。之后的一天傍晚，监牢大院里突然响起哨子声，接着便是一阵噼里啪啦的脚步声，静了静，隐隐传来几句训话声，而后是又一阵噼里啪啦的脚步声远去了。

甄虎带头，三人一齐凑到狭小的铁窗后，隔窗往院子里望去。院子里空落落的，一片静寂，只有大门口的两个看守背着枪来回走动。三人离开窗口，重新在地铺上躺下了。

天渐渐黑起来，世间已变得朦朦胧胧，又一个漫长的夜将覆盖这个世界，人世间将继续在夜色的庇护下，酿造幸福和苦难、欢笑和哭泣。

腊八离开地铺，不声不响地走到牢门口，突然"嘭嘭"地擂响了牢门。

甄虎和侯七猛地惊坐起来，愣怔怔地看着疯子腊八。他们以为这家伙突然疯了。

一个有张大长脸的看守端着枪从大门口跑过来，冲着屋里吼："叫么？你他娘的找死哇！"

"你他娘的才找死哩！他俩死了，你他娘的还不快点儿来瞅瞅！"腊八急声道。

"死了？怎么死的？！"警察赶紧挪到窗前，伸长了脖子向里张望。

甄虎侯七心领神会，疯子腊八话音刚落，他们就躺着一动不动了，装出一副死人相，像是死去了好久，也许死去了一个世纪。

屋里幽暗，看不清，警察便哗啦啦拿钥匙打开了牢门。警察走了进来，可他还没回过神就被腊八扑倒在地上！腊八的双手卡住了那警察的脖子，那警察还没弄明白怎么回事，甚至喉咙里来不及发出一点声音，就被腊八掐得昏死过去。甄虎侯七早翻身跳起来，过来帮腊八的忙。

腊八低声吼道："还不他娘的快点儿跑！"

"可不沾，大门口儿那家伙手里有炮管儿，咱过不去。"甄虎说。

"嘻嘻，拿个人换上这小子的衣裳，兴许能蒙过去。"侯七道。

腊八这才松了手，三下五除二脱去那看守的警服，胡乱穿在了自己身上。他没有说什么，甚至没再看甄虎侯七一眼，就走出了牢门。他大摇大摆而且两腿有些生硬地走着，那顶大盖帽往下拉得很深，遮去了半边脸；枪也提在他手里——他是手握枪管倒提着走出去的。对他而言，长枪和木头棍子有着同等的价值和效能，拿在他手里，枪并不比木棒优越。

　　待腊八走出牢门，牢房里剩下的两人你看看我，我看看你，傻眼了。这时他们才感到了一种恐惧，一种死亡的恐惧，仿佛死亡之神突然降临在了他们面前，或是一步步走近了。侯七心头后悔，甚至怨恨。唉，真他娘的不该给你小子出这馊点子，你混出去了，叫俺俩给你背这杀人的黑锅！早知道这样，老子就不出这主意，要死一块儿死！可是，腊八已出去了，甄虎、侯七只能自认倒霉。

　　此时，恍惚间外边有一声不大的闷响，大门口传来腊八的喊声："你们他娘的出不出来？"

　　甄虎、侯七未及多想，慌忙蹿出了牢门。他们见疯子腊八站在大门口上，脚下是一具死尸，弯腰一看，那死去的警察天灵盖都被打碎了，头顶的帽子甩出去老远，手里的枪也甩出去老远。

　　因为天色已黑，人在几步远才能看清面孔，腊八走过来时那警察并未察觉有什么不妥，更不知那大盖帽下已换了人！当然，他也不知自己已大祸临头。等腊八走得近了，看清了却为时已晚，他还没来得及做出反应，腊八就一枪托子抡了过去！一枪托砸在脑袋上，那警察嘭然倒下了。

　　腊八把沾着脑浆的枪扔在了地上，三人相互看了一眼，消失在了茫茫夜色里。

　　他们出县城向西，然后穿过大路，折向了路北的青纱帐里。他们往北跑了五六里地，才在一片玉米地的井台上停下来，一屁股坐在了地上，惊魂未定，大口大口地喘着粗气。过了好一会儿，他们气顺了，危险感也渐渐消散，代之而来的是一种释然和快活。

　　一镰弯月悄悄挂上了天空，月光照在井台上。

"坏了！"侯七忽作懊悔状道。

"么坏了？"腊八和甄虎心头一紧。

"你也有家难回了。"侯七对腊八嘻嘻一笑。

"怎么不能回？爷爷不回家回哪儿？"腊八说。

"你也不想想，你是越狱逃犯了，又弄死了看守，他们会放过你？你家不叫翻个底儿朝天才怪！"

"这小子说的在理。"甄虎也对腊八说，"反正到了这一步，说么也不管用了，倒不如咱们先道儿上找点儿财，混喽一天算一天。"

腊八皱着眉头没吱声，但看得出他默认了。他无奈，正应了一句老话：天下皆好人，谁愿当和尚？是的，如果人有一条可走的路，谁愿去当响马？他在心里说："奶奶的，俺可是被逼上梁山呀！"他为自己找到了落草的理由。

"噢，在大院子里光叫号儿了，你叫么名儿俺还没有问哩……俺们俩，俺叫甄虎，他叫侯七。"甄虎说。

"俺叫疯子腊八。"腊八说。

"疯子腊八？"甄虎睁大眼看着腊八，不解地说："你可不疯哇，怎么叫这么个怪名儿哩！"

"别人叫的。管他哩，随他娘的怎么叫呗。"腊八淡淡地说。

"嘻嘻，这就是你甄虎哥见识浅了！"侯七凑过来说，"这世上人哇，说疯的不疯，说傻的不傻，好人是坏人，坏人才是好人。你说说，这人要是疯子傻子，就么烦心事儿也没有了，更不会给逮到局子里去。"

"你娘的净说反话！"甄虎笑了，"那你说，咱们是好人还是坏人哩？"

这回侯七不知该怎么说了，他尴尬地笑着抠起了脑皮。

"既不是好人也不是坏人。"腊八替侯七说了，"这世上哪有几个好人啊，好人坏人还不都是他娘的那么回事儿，差不到哪儿去！"

甄虎又一次有点惊讶，他佩服地望着腊八说："嘿，跟俺是英雄所见略同，俺服你！瓢把子那交椅你坐！"

"不沾不沾。"腊八连连摆手,"咱仨,论岁数儿俺小;说道儿上混,俺从没干过。俺跟着你们就得了。"

"啧啧,"甄虎咂咂嘴说,"这又不是官府,使银子送婊子才能当官儿,咱道儿上从来就是拿本事吃饭,谁本事大谁坐大。你是没有干过,可只要干上一票儿也就熟了,你道行肯定比俺们强;再说了,俺俩的小命儿还是你给拣回来的哩,你不坐大就没人敢坐了。"

其实甄虎还有一个理由:你小子比俺们还心狠手辣,弄死个人连眼睛都不眨一下,天生的响马坯子!只是这话甄虎没说出来。

"嘻嘻,干吧干吧,嫑推了,俺们都听你使唤!"侯七也说。

"沾……"腊八说。可他突然又想起了什么,不无懊恼地一拍脑袋,"操,俺爹还在家里啊!"

"哈哈哈,应了!"甄虎笑了起来,高兴地说,"你爹就是俺爹,俺们跟你一块儿尽孝!从今儿个咱就是生死兄弟了,掌瓢儿的,受兄弟一拜!"

怕腊八反悔,甄虎说罢忙拉住侯七,一齐跪拜下去。腊八臊得脸上发热,急道:"你们他娘的这是揍么呀?!哪儿这么多鸡巴事儿!起来起来,要不俺不干了!"

甄虎笑了笑,起来了。他突然间想起了什么,又不无懊恼地跺了一脚:"嘻!他娘的,走得忒慌了!"

"怎么了?"腊八问。

"咱们跑出来,那两杆炮管子没有带出来。那可是宝贝物件儿哩!"

"么炮管子?没见着哩。"

"嘿,就是那洋枪!"甄虎道。他沉吟片刻,突然又说,"你们等我一会儿——可嫑上别处去呀!我去去就回来!"

甄虎说罢,一个瘦高的影子就转身去了,顺着玉米垄而去,只听到玉米叶轻微的沙啦声渐渐没入北方。

"他回局子里拿枪了?"腊八问侯七。

"不是。去大院子怎么会往北走哩。"侯七道。

"那就是弄吃的去了?"

"他拿家伙去了。干咱这行，得有合手的家伙什儿。"

"噢，晓得了。"腊八说。他又看着侯七，"你不去拿呀？你使么家伙哩？"

侯七嘻嘻一笑，把两根手指举到眼前。

这是两根不同寻常的手指。两根手指齐刷刷的，食指和中指一般长！腊八惊奇地看着侯七的两根指头，不禁蹲了起来，诧然道："怪哩！"

"俺的家伙什儿就这把镊子。"侯七得意地嘻嘻一笑。

这把"镊子"可是他下了好多年功夫才"打造"成的，把中指缩短，食指拉长，既不是剁掉一截也不是接上一截，是忍着剧烈疼痛苦苦练就。忽然间，那两个指尖上夹了一枚袁大头！腊八惊讶得两只小眼睛睁大了，眨也不眨，可是，那枚银圆突然又在指尖上消失了！

"嘻嘻，摸摸你的布袋儿。"侯七说。

腊八伸手往衣兜里摸去，摸出了一枚银圆。他又一屁股坐了下去，看着手里的银圆，突然笑着说："晓得了，你小子会变戏法儿！娘的，你关到局子里，没叫他们搜身呀？"

"哪儿有不搜啊！这钱不是俺的，它本来在你身上这黑狗皮的布袋儿里。你掐看守那咱，俺就顺便儿顺了过来。"

"你娘的真沾，那工夫儿也结记着偷哩！我估摸着，你临死也忘不了先把手伸到别人的布袋儿里！"腊八看看自己身上那身警察的衣服，笑着说。

"那是！"侯七不无得意地说，"我佛爷就是上了断头台，那刀斧手也得舍财赔本儿！"

"你娘的吹吧你！"腊八笑道。他开始追着侯七讲其"梁上"经历。

说"去去就回来"的甄虎直到天色微微发亮才回到井台上。他背了一把刀，手里提着个包袱。解开包袱是三套黑色衣裳，衣裳底下是一张小巧的弓，还有一根细细的约一尺多长的圆木棍儿。腊八把那圆木棍儿拿在手里，见木棍儿是掏空了的，周遭钻了四个眼儿。腊八把玩着，却弄不懂这木棍儿的名堂，问："这是么物件儿哩？"

"响箭。"甄虎说。

"弄这玩意儿揍么？"

"干活儿时用得着。"

这响箭确实是"干活儿"时用的，而且是响马祖师爷留下的规矩——动手前要把它先射出去。甄虎把这规矩讲给了腊八：古代这平原上，绿林人物每发现过路客商，动手劫掠前要先射出一支响箭，"响马"这名号也就是这么得来的。这规矩一直传了下来，不过到了时下，这规矩就守得不再那么严了，一般是专业响马继续使用响箭，而白日为农夜里为贼的业余响马已多半将它废弃了。

"么鸡巴规矩呀，脱裤子放屁——多事儿！"腊八说。

甄虎苦笑一下，没作争辩，提着刀走开了。他走向井台边一棵碗口粗的槐树，旋风一样绕着树转了几圈，接着是"嚓嚓嚓"几声轻响。像脱掉衣服，三段树皮齐刷刷脱落在地上，树干裸露三截乳白色身子，而树梢上，却也没有一片树叶落下来。

"你揍么哩？"腊八问。

"留个纪念。"甄虎说。

"嘻嘻，咱是井台三结义！"侯七说。

这时，腊八的目光落在了甄虎手里的大刀上。这把鬼头刀他眼熟。腊八突然想起了什么，问甄虎："我说，那年你就是拿的这把刀吧？"

甄虎看看手里的刀："是哩。它跟我好多年了，老伙计了。"

"你为么事儿追杀二狗哩？"腊八又问。

"为……算了，不提它了！"甄虎摇了摇头。

"嘿，说说呗！不说我可说了……"侯七嘻嘻笑着插话道。

腊八转向侯七："你晓得？"

"那自然！"侯七继续嬉笑道，"虎哥跟我学说过。那年秋天，虎哥的老相好去沙头赶集，天傍黑走在河岸上，谁想碰上穆二狗那骚狗哩！那家伙见人家长得俊，就上去……嘻嘻……"

"叫二狗给糟蹋了？"

"那倒是没有，不过更糟糕。一个追一个跑，不想小娘儿们一个

202

趔趄摔到了穆刀沟里，淹死了。"

"二狗这个狗×的，真他娘的该死！"腊八愤恨地骂道。

"为这，虎哥多方打听，打听了好长时候，才晓得了穆二狗这小子！"侯七也不禁愤愤不平起来。


自疯子腊八和甄虎、侯七结伙落草，这还是头一回做道儿上"买卖"。前几天夜里，只是侯七去"梁上"逛逛，就像夜间独自出去觅食的鸟，半夜飞出去，黎明又飞回来。

也算冤家路窄，道儿上第一个送财的竟是文举爷，这大出腊八意外，却也让他称心如意。他潜意识里就是指望碰上北穆家人，要不，又何必把巢穴落到这小沙洼一带？

当初离开那井台，甄虎提出去东西套，那儿可是响马的天堂。甄虎要去把他瓢把子交椅夺回来，交给腊八坐。东套响马还有不少忠于他的兄弟，况且现在的瓢把子本事不大，难以服众，让他把位子腾出来，也许他不会恋栈。然而腊八不同意，他固执地坚持要去小沙洼。

"俺问你，你还想找二狗报仇不？"腊八道。

甄虎怔了怔。几年过去了，又经历了那么多的挫折，往事多已在心头淡去，对曾经的仇恨本已不大在意了。可经腊八这一提，埋在甄虎心头愤恨的灰烬竟然复燃了，响马的本性也在一旁煽着风。甄虎点了下头说："沾。那咱就先在那儿待几天，收拾了那货咱就挪窝儿！"

然而，落脚在小沙洼甄虎才知道，腊八骗了他！早在年初二狗就离开了北穆家，至今影踪全无！甄虎嘟嘟囔囔埋怨了几句，腊八只是"嘿嘿"笑了笑。

而此刻，文举爷掂量掂量轻重，丢下钱财和大脑袋，赶着马车疾驰而去，可怜大脑袋便成了案板上的肉，脑袋伸进了鬼门关。大脑袋万万想不到，头一回跟文举爷夜里出门就走了背道儿，小命会丢在荒天野地里。

见响马头子是疯子腊八，大脑袋惊呆了，眼睛瞪得像铜铃。不过他很快就回过了神，立马来了精神。像即将被淹死的人突然间看到了一根救命稻草，大脑袋边爬起身子边故作又惊又喜状说："俺当是谁哩，闹了半天是疯子哥哇！嘿，俺可真服你了！好哥哥呐，你就耍逗着俺玩儿了呗！"

"逗你玩儿？你爷我可没那闲工夫儿。"腊八道。他盯着大脑袋看了片刻，似乎突然想起了什么，又低下声音像是很认真地说，"嗯……这么着，咱商量个事儿呗。"

"沾！还商量么哩，疯子哥你发话儿，我保准照办！"大脑袋喜出望外。

"嘿嘿……你小子还够痛快哩！那沾，我问你个事儿，你承认喽，你就活；不承认哩，你就得死。"腊八笑笑，不紧不慢地说。

"沾，你说，你说，我认，么都承认！"腊八话音刚落，大脑袋便忙不迭地应道。

甄虎和侯七差点笑出声来，却硬生生憋住了。

"我问你，爷爷我捉到局子里，是你小子出的坏吧？"腊八郑重其事地问。

大脑袋望着腊八，急切地争辩道："疯子哥，你可冤枉俺了哩！你……进局子，俺也是刚刚才听说的，还没有弄明白怎么回事儿哩！哥呐，你捉进去，那是么时候儿的事儿？又为么哩？"

"耍他娘的装蒜！你想糊弄我是不？你敢糊弄我就更得死！你老实说，是你跟大仁说俺藏了共产党逃犯吧？是不？说！"腊八突然带着怒气道。

"不是，不是，绝对不是！疯子哥，俺可真不晓得共产党逃犯长么模样儿哩，更没见着你藏他，就是见着喽也不敢说呀！你说是不？你给俺仨胆儿——哦，给俺一万个胆儿俺也不敢啊！俺对天起誓，要是俺告发了你，俺全家都死绝！"大脑袋发誓道。

"这就是说你不肯承认了呗？我说过，承认了活，不承认死，这可怨不着谁了！"腊八阴沉着脸道。他回头对甄虎说，"把他埋喽！"

大脑袋又一次吓得脸色煞白，扑通一声坐在了地上，大哭起来。

他终于知道了求疯子腊八没用，这疯子蛮横无理，是个心硬得像铁石似的主儿，横起来爹娘老子都不认。大脑袋一边大哭一边骂："×你娘疯子腊八！你就是变着法儿想弄死俺呗，还下个套儿叫俺伸着脖子钻！你把俺家坑苦了……俺姐姐背你的兴叫人家活埋喽，俺也落到了你手里……狗×的，你忒欺负人了，你也不得好死！"

腊八心里咯噔了一下，像是有个拳头抡过来——重重一拳捶在了心上。就像演皮影一样，有着凤姐的一幕幕在他的脑海里闪动着。他的大脑突然有点迷糊。

听到掌瓢的吩咐，甄虎弯下腰去，左手抓住大脑袋的领子，笑着说："你小子这么大脑袋，脑子怎么那么小哩……"说着，他右手上的刀提了起来。

腊八从恍惚中醒过来，怔了怔，淡淡地说："叫他滚蛋吧。"

甄虎迟疑了一下才松开手，直起身来，疑惑而不满地望着腊八。

大脑袋也不相信这会是真的，因为腊八要干什么就决不会放弃，他要动手就决不会手软。大脑袋痴呆了似的看看甄虎，又看看腊八，见腊八冷漠的脸上已没了刚才的那层杀气，这才不敢相信地问道："你真放了俺呀？"

"滚你娘的蛋吧！"

大脑袋爬起来，看着腊八，慢慢后退了几步，突然转身就跑！身后传来腊八冷冷的声音："你给爷爷记住喽，你敢说出去一个字儿，我就不给你家留一个活口儿！"

"就这么叫他走了？"甄虎不满地说。

腊八漫不经心地"嗯"了一声。

"这不合规矩呀。咱道儿上的规矩是不留一个活口儿！"

"这……嘻，俺还没有搞清楚哩。"

"嘻嘻，我晓得了，感情你睡过他姐姐呀！"侯七笑道。

腊八红了脸，没说是也没说不是。

# 三

大脑袋捡回条命，倒不如说是被姐姐救了；救了文举爷的是文举爷自己，因为腊八记他的恩。疯子腊八恨北穆家人，却不恨文举爷，他心里一直记着，在烧成灰烬的文举爷的麦地，是文举爷两次喝止了族人，要不，他腊八也许活不到今日。

来小沙洼一带落草，是腊八的主意。他为离家近点，离爹近点，更为复仇，他要找出平白无故陷害他的凶手。他断定是北穆家人在害他，虽他也断定那人不是文举爷。

然而，更荒唐也更让腊八冤枉的，是"窝藏共产党逃犯"这个罪名。

乡下闭塞，外边的信息传来迟，因此这号罪名也只能唬唬乡下人。眼下国共两党已化干戈为玉帛，卢沟桥一声炮响，他们就变成了兄弟。这似乎是一夜间的事。其实自从"西安事变"，"白"就不再剿"赤"了，如今的红军还归入了国军，成了国军的第八路军，半个来月后，又整编为国民革命第十八集团军。这红白两套车跑在了一股道上，还哪儿来的"逃犯"之说呢？可惜，腊八不知道这些。

穆大脑袋跑远了，捡回一条命的他，甚至想不到自己有多么庆幸。等看不见了大脑袋的身影，腊八他们开始向大沙岗子走去。

"掌瓢儿的，这头一遭儿发财，咱得庆贺一下不？"侯七道。

"沾。可找么庆贺哩？"腊八有点难色。

"这你就甭操心了！"

"那就你想法儿吧。"

"嘿嘿……好嘞！各人一只烧鸡，一坛子白烧儿，包到我佛爷身上！"

腊八和侯七说话，甄虎却一直默不作声。他好像有什么心事。

昼伏夜出的响马是在大白天睡觉，不想这一觉又睡到了天黑！

他们睡在大沙岗的肚子里。这坐落在南穆家地界的大沙岗子很奇特：最下一层是黄土，中间一层是黑土，外表一层才是沙土。而许多处的沙土也变得硬实起来，历年朽败的草木已让黄沙有了黏性。大沙岗子半腰的野酸枣树丛下有个巨大的古墓。穆家祖辈生活在大沙岗子附近，却没谁知道这古墓的存在，更没谁知道它属于哪个朝代。是疯子腊八头一个发现了它。从大牢里逃出来，腊八带着甄虎和侯七来到这一带，就想在这沙岗上挖个地窖子藏身。他们终于找到个野酸枣树遮挡的狼洞。腊八拿着铁锨，顺着腰身粗的狼洞钻了进去，可刚刚隐没了身子，突然惊叫一声又退了出来。

"掌瓢儿的怎么了？"甄虎惊问。

"他娘的！里边儿……忒大，黑咕隆咚的！"腊八说。

他们点了火把再次钻进去，是既吃惊又兴奋——发现这隐秘的狼窝竟别有洞天！这是个有两间房子大的地下建筑，顶部砖拱，四壁也由巨大的青砖砌成，砖面还烧有奇奇怪怪的图案。墓里只剩下了几块朽烂的木板和一些破碎的陶罐，还有几块不成形了的骨头。

甄虎说："是个老坟，怕是有上千年了，也早就给人挖过了。亏了，这里边儿么值钱的物件儿也他娘的没了！坟柯楼这么大，当初不定埋了个么人物儿哩！嘻，他娘的，挖坟的小子算是得大水了！你们看那洞口儿，那就是贼道儿。"

"你怎么晓得？嘻嘻，合着你也捺过那挖坟盗宝的烂事儿啊？"侯七说。

"胡咧咧！没吃过猪肉还没见过猪跑哇？没有捺过还没听说过？"甄虎道。

"他娘的——沾！咱们就在这儿冒充野狼了！"腊八说。


夜幕再次降临的时候，三人围坐在了鬼山似的大沙岗子上。他们盘腿坐着，各人面前一个碗，手里一只烧鸡，中间地上放着一个酒坛子。这荒郊野外没什么器具，甚至没有一块能搁东西的木板，谁要倒酒，为腾出手，只有把烧鸡叼在嘴上。

"来，为咱们马到成功旗开得胜，走一个！"侯七兴高采烈地举起酒碗说。

"沾，一口搠喽！今儿个谁他娘的不喝醉就是娘儿们！"腊八也兴奋地端起了碗。

甄虎却没有动。

腊八和侯七莫名地看着甄虎。

"喂，甄虎哥，你怎么了？喝呀，要不俺他娘的不白辛苦这一趟了？"侯七道。

甄虎很勉强地端起碗，把酒喝了。他放下碗，对腊八说："掌瓢儿的，我不是扫你的兴，可有些事儿你得晓得才沾哩，要不咱们算么哩！"

"么事儿？"腊八迷惑地问。

"挂了注儿，得晓得门儿清，要不还不乱了套？比方说今儿早晨吧，该撕的票儿不撕……"

"啧啧……我说么事儿哩！你他娘的就为这个呀？那么是'门儿清'哩？"

"门儿清就是咱们的规矩。"

"嗯，那俺得慢慢学，往后你也给俺多点拨着点儿，给俺当师父。"

"那没有说的！俺竹筒倒豆子，都秃噜秃噜倒给你是了，绝不藏着掖着！可是哩，你首先得春点开了才沾，要不遇上道儿上的人，你会吃亏哩，弄不好会把小命也搭上了！"

"么叫'春点开'哩？"

"就是晓得咱道儿上的行话。"

"行话……俺不是晓得几句了呀？剩下的还多不多哩？"

"不算少，加起有百十来条儿吧。"

"那……还是算了。他娘的那么多，俺怕记不住！"

甄虎失望地摇了摇头，他觉得他亲手扶起来的这个瓢把子心不在道上，也难成大事。

"嘿嘿……不说了不说了，咱再喝一个！来，喝酒喝酒！"见气氛有点不对劲儿，侯七打起圆场。

又是侯七先把酒喝了，接着腊八和甄虎也懒懒地端起了碗。

"喂，掌瓢儿的，刚才你说到'娘儿们'，嘿嘿……你是不是家里有媳妇儿哩？"侯七又道。

"嗯……算是有吧。"腊八有点难堪，淡漠地说。

甄虎大概也从刚才的郁闷中解脱出来了，接过话头道："么是'算是'哩！有就有没有就没有。要是没有，兄弟去给你绑个红票儿，二五，保准儿还是没有开过苞哩！"

侯七逗趣道："嘿嘿，黄花儿大闺女呀！你怎么晓得开没开过苞儿哩，莫非你要先试过？"

"放你娘的屁！道儿上义气当先，当哥的连这点德行也没有哇？"甄虎笑道。不过，他像是突然想起了什么，若有所思地说，"嗯……你不提起俺倒忘了，这掌瓢儿的得有个压寨夫人。看来我主张咱们到东西套去是对的，那儿寨子里么也有，不愁把弟妹安顿不好。"

没容别人说话，甄虎又对腊八说："就地方条件儿说，你们这儿还真不是个好的立脚地儿，跟东西套根本没法儿比，一个天上一个地下。你看咱们是不是该早点儿过去，再把弟妹也接上？"

"接鸡巴毛哇，早跑她娘的了哩！"腊八有点烦躁地说。他心里明白甄虎又在逼迫离开小沙洼，去东西套扎寨。

"跑了？谁给拐跑了？"甄虎一惊，手里的酒碗往地上一放，怒道，"你说，她跟谁跑了？他奶奶的，这世上还真生出了敢欺负咱的主儿哩！"

腊八简略把他几年前娶媳妇的事说了几句。当然，他没说他对着媳妇的身子尿了尿，那会让人笑掉大牙。

"是这呀……嘿嘿，那娘儿们不跟你，她肯定是长得忒好看了！红颜祸水呗！"侯七道。

"你他娘的……就是说俺长得丑呗？"腊八似怒非怒地盯着侯七。

"不不不，俺可没说。"侯七道，"嗐！俺是说，跑就跑了呗，这天下俊娘儿们多得是，随你挑！赶明儿个叫甄虎哥给你弄一个来！你要长的么模样儿的？"

腊八也乐了:"×!还管么模样儿哩,是个女的就沾呗!寻媳妇儿谁管她娘的丑不丑哩,只要她叫人弄,能怀孩子,你身下压着一头老母猪,你还以为是个仙女儿哩!"

侯七大笑起来。笑声在高高的沙岗子上飘散开去,飘进夜幕中。

笑声里的腊八有点尴尬。他抬手把啃剩的半个烧鸡递到嘴上叼住,弯身抱起酒坛子,往每人的碗里倒上酒。

"小声点儿!"甄虎向远处望了一眼,回头对侯七说。他强憋住了笑,端起酒碗,"来来来,喝酒喝酒!"

甄虎知道,腊八被说动了,不日他们将回到他的老地盘东西套了。

腊八忽然把碗往地上一摔,站了起来,说声"你们喝着",旋即快步下了沙岗子。

甄虎和侯七怔住了,呆呆地看着腊八在夜幕中消逝的背影,不知所措。

侯七终于醒过神来:"嘿嘿,他家那老二憋不住了,找娘儿们去了!"


疯子腊八无声息地行走在静寂的河岸上,行走在沉睡的夜里。甄虎的话让他有种被逼迫感。以他的性格,他绝不会受谁的胁迫,可这回,他想通了,因为此时的他已无路可走,更无家可回。

自从在小沙洼一带落脚,他就隔三岔五趁夜色回家一次,隔着窗户看看熟睡中的爹,看看熟睡中的五叔和五婶,有时也看看总光着身子睡的大升和金桂嫂。而给他留下记忆最深的还是大升家。那是刚落草的第二天夜里,他来了,在门口停了停,然后蹑手蹑脚地来到了窗下。屋里一片黑暗,但依稀可见炕上熟睡的身影,大升的呼噜声连连从窗户里飞出来,像一组难听死人的夜曲。前晚腊八又回了趟村,五叔和大升家窗台上的点心就是他留下的,当然,更多的点心他留在了爹的窗台上。

但此刻,他不是走在回家的路上,而是有目的地去了北穆家。他要尽早找出陷害他的告密者。穆大脑袋已经排除了,他对这事一无所知，因为鬼头刀下他不敢不说实话。这几天里，腊八终于想明白了，文举爷或者指不上一定知道那告密者是谁，因为警察是穆大仁带着来的。

腊八要逼迫他们说出告密者是谁，他有这个手段，谅他老秀才和指不上也不敢不说实话。他悄悄摸进了沉睡的村庄。

他在文举爷家大门口停了停，又绕着院墙转了半圈，然后来到院墙西侧的胡同里。院墙外，文举爷家西厢房后有棵高高的杨树。腊八往临街的方向看了看，然后两手扒住树干，两腿也把树干一夹，一纵一纵地爬了上去，看看身子与房檐齐了，一个纵身就蹿上了房顶。他猫着腰，轻手轻脚地走了几步，然后趴在了房顶上，头探出房檐。

从西屋房顶看下去，只见秀才家正房的屋门关着，但窗户还亮着，蜡烛的光亮透过窗纸泛出一层银色。有断断续续的说话声从屋里传出来，可声音太小，听不清在说着什么。

"他娘的，爷爷的耳朵就那么好使啊！"腊八在心头骂了一声，爬了起来。他四下望望，终于看到正房和西房之间的过墙上靠着一架梯子。他轻轻走过去，从梯子上下到了院里。过了一会儿，他又悄悄地溜近窗户，蹲在了窗台下。这次屋里的说话声已是清清楚楚，说话声由不设防的窗户陆续播放出来。

"麻烦文举爷爷您了。可那疯小子也该回来了哇，这天下乱糟糟的，他能跑哪儿去哩？您老打听过没有？"

腊八不由一惊。他听到说话的是五叔。

"没办法打听啊。"文举爷叹了一声，"唉！都怪老朽不中用了，当初……再说，这回又去晚了。就在大仁回家来那天，国军的刀福麟部从北边儿溃退下来，是退一道儿抢一道儿呀，把个无极城搅得鸡犬不宁。这国军溃兵还过境扰民，县长王桂照也就丢下一县子民逃之夭夭，第二天，县党部也撤走了。树倒猢狲散，县府没了，警察狱卒们也就散了伙儿，有的解甲归田，有的去当响马，还听说有的去保定投了东洋人。如此一来，甭说大仁，县上部门儿连个人影子都见不着了！

"至于疯子腊八他们，城里人传说也有限，只有监狱临近的人晓

211

得那么一点儿——说是十几天前红枪会到县城捣乱，警察人手儿少，就把多半儿监狱看守也调过去了，疯子腊八跟俩犯人弄死个看守，趁夜跑了。眼下世道儿乱，时局吃紧，你想，这会儿谁还有心思多管闲事儿？跑了就跑了，到这工夫，人们都在想自己的后路，岂有心思去抓逃犯哩！呵呵，这不是呀，刀福麟的溃兵一下来，县长前脚儿一跑，后脚儿警察就散了伙儿，监狱里剩下的犯人也都跑光了！"

"嗯……腊八跑喽，也算命大！"五叔高兴地说。可他接着又担忧起来，"他既然逃出来了……就该回来呀。"

"兴许他还不晓得时局状况，以为衙门儿还在吧？等晓得喽，他自会回来哩。唉，你看，我该回来就去知会你一声才对，竟因为结记着大脑袋给耽搁了，还害得你连夜赶过来，这可叫我过意不去哩！惭愧，惭愧。"文举爷客套道。

"腊八能跑出来，这自然是喜事儿。可别的犯人也放喽，就不一定是好事儿了。"这是指不上的声音。他接着说："那犯人里么鸟儿都有，有贼，有道会人物儿，还有不少负着人命案的，可杂了！他们一出来，不管城里还是乡下，往后怕是更不安生了。你们不晓得，为搭救腊八这疯小子，俺们爷跟大脑袋可是差点儿丢了命哩！"

"啊！怎么回事儿？"五叔大吃一惊。

"他娘的，小沙洼儿里出了该死的响马！"指不上恨恨地说。提到响马，他不由得会想起罪恶的山贼，因此少有地爆了粗口。

屋里空气似乎紧张起来，凝重起来，因为没人再说话。过了一会儿才突听大脑袋不无得意地大声说："其实也没么大不得了的！大家伙儿也甭怕，那几个响马还不是稀尿，叫俺三拳两脚就给揍跑了，一畔子跑了老远，影儿都没了！"

"你？有那本事？说瞎话也不打草稿儿，脸皮厚得跟城墙似的！"文举爷冷冷地数落道。

大脑袋不吱声了。窗户里传出指不上和五叔的一阵笑声。

天刚刚亮，大脑袋逃回村，在家镇静了一番心神，就走家串户说开他遭遇响马的事了。响马穿什么衣裳、使什么刀、长什么样说得活灵活现；他也没忘把自己描绘成一个天不怕地不怕的好汉，怎么骂的响马，怎么一拳打翻一个从而吓得响马落荒而逃作鸟兽散。当然，他只字不提疯子腊八，他不敢，他知道疯子腊八是个狠角儿，说杀他全家就真能让他全家不留一个活口儿。

"唉，这年头儿，真是不济呀……就连县府衙门儿也没有了，这地方上的事儿还有谁管哩？这一县父老乡亲可是连个主心骨儿都没了！"五叔忧心地说。

"自古乱世出英雄哇！"文举爷苦笑道，"你们有所不知，那王县长他们逃走没有多久，城里的大豪强刘大喜也就自封当了县长，还兼起了保卫团总跟公安局长哩！"

屋里人默然无语了。腊八可以想象到，屋里的人是一种怎样的怪怪的复杂表情，惊讶、失落、迷茫、不屑……也许什么都有。过了一会儿，突听文举爷叹了一声，又道："这还不算么，只要当政的是咱中国人，谁跟谁也差不到哪儿去，都那么回事儿。怕的是东洋人来，一旦他们来喽，咱老百姓怎么办哩？跑吧，咱的地在这儿哩；不跑吧，那就得受他们祸害。难哪！"

"就是哩。"五叔的话也沉重起来，"咱都有地在这儿摆着哩，带不走。没有么地的人家没么牵挂，还能跑，可……腿脚不方便的人怎么跑哩？唉……"

腊八的心陡然沉了下去，他知道五叔在担忧他残废的爹。他迟疑了一下，缓缓地站起身，猫着腰，轻悄悄溜出了文举爷家大院。他没有直接去大沙岗子，而是怀揣着一种复杂心情回了南穆家。那复杂的心情沉甸甸的，但在有意无意中，他忘记了留在小沙洼一带的本意，追查告密者的想法也暂且搁置了。

街上空落落的，没有人影，惶恐不安的人们早就钻进了被窝里，即使睡不着却也一动不动。日本人的飞机还在人们心头盘旋，那可怕的一声巨响还在人们心头震颤，而夜幕将那声巨响涂染得更为阴森可怖。

那声巨响，三个响马也听到了，他们是在酣睡中听到的，只是有些朦朦胧胧。响马本能的警觉让他们猛然坐了起来。

"么响哩？"腊八问。

甄虎想了想说："兴许是哪儿在放铁铳子吧。"

"×他娘的，扰了爷爷的好梦……"腊八嘟囔道。

"嘻嘻，么好梦哩？又寻媳妇儿了？"侯七问。

"梦见正跟着俺叔叔放鹰哩！"腊八道。

五叔最大的喜好就是玩鹰，每年的秋后，腊八和小斗都会跟着五叔去原野上放鹰。那是他们一年里最快乐的日子。

三人接着又倒下睡了。

坐牢和当响马的日子，好像让腊八又发生了些变化——他还是他，但性情有了些开朗成分，人也像是快活多了。然而，文举爷一席话，却又把他的快活掠走了。他走回家里，见窗户黑着，他知道爹早睡了。他在窗下站了好一会儿，才有点不舍地从家里出来。

他有些惆怅似的缓缓地走着，看到了院子东边那个长满茂密芦荻的壕汀。壕汀里情欲亢奋的公青蛙嘹亮地"呱呱"叫着，而形象丑陋的雄性癞蛤蟆，也不甘示弱地发出"咕咕咕咕"的求偶声，"呱呱"声和"咕咕"声连成一片，使壕汀成为一个恢宏的情色场。

那些聒噪声让腊八有些烦躁。这时他的心头有些纠结，因为五叔和甄虎的声音在他心里纠缠着，掰扯不清。他慢慢地走出村外，出了村，又有一种莫名的情绪从心底爬了出来。内心的苦苦挣扎中，潜意识里，一种排斥心理渐渐强硬起来，占了上风。他曾有的主意已经动摇了，就像一个山寨开始陷落。

潜意识引导他转回了身。他意识到，自己该现身了，因为五叔已知道他还活着，况且危险已经解除。他想，五叔说不定已走在回来的路上了。他又快步走回村里，向五叔家走去，可路过大升家门口，却莫名其妙地站下了。他似乎又听见了大升打雷似的呼噜声从窗户里飞出来。

今晚，平娃去东院跟奶奶睡了，大升和金桂也早早就躺上了炕。此时，大升赤条条仰面躺着，嘴唇和鼻翼在有序地扇动着呼噜声；赤裸裸的金桂侧身躺着，面对大升。她睁着一双饥渴的眼睛看着大升，禁不住伸手捉住了大升下身那东西。她很有耐心地不轻不重地摇动着，可摇了半天，那东西就是不肯醒来，正像它依旧在酣睡的主人。金桂失望了，生气地将大升那东西猛地一甩，一个翻转将身子侧向了另一面，把后背留给了大升。

大升难堪地睁了睁眼，继而再佯装酣睡，呼噜声又接连响起来。

当然，这一幕腊八没有看见。腊八没有走进大升家院子，也没有走进隔壁的五叔家。他像是突然拿定了主意，果决地离去了，再次去了村外。

夜已深，腊八依旧莫名其妙地没有走回大沙岗子，而是走进了村东远处的坟地。

坟地被茂密而阴森森的柏树覆盖着。他像夜游的鬼魅一样在一座坟墓旁躺了下来。他睁着总睁不大的小眼睛想着什么，可后来怎么睁也睁不开了，忽忽悠悠走进了梦里。

……他不知自己在什么地方，大概是在河里。他神仙一样飘在河上。这条似曾相识的河好像就是穆刀沟，他两腿叉开，在水面上站着，身上背着爹。他仿佛听到有人在喊他，喊"掌瓢儿的"，可四下看去，并不见人影。他怕自己沉下去，可他沉不下去，好像冥冥中有一种什么力量在托着他。也许自己是神仙，河神？是的，是神。他极力张开想象的翅膀，想象自己是神仙，而且他果然成了神仙。

河两岸遥遥相对站着两个人。是文举爷和老根爷，两个老爷站在河岸上歇斯底里般吵着、骂着。文举爷灰白的胡子变成了老道手里拿着的拂尘，老根爷硬刺刺的胡子变成了一根根坚硬的钢针。

"唵？等着吧，有一天我会灭了你！"盛气凌人的老根爷吼道。

"我等着。"文举爷阴沉沉地冷笑一声。

二人吵着，突然都从背后抽出把明晃晃的杀猪刀子，同时飞了起来，飞到河中间对打。就在这时，一群身披盔甲的白脸阴兵由二狗引领着，从远处飞了过来，围住两个老爷观战。

"都这时候了，你们还打个鸡巴毛呀！甭打了！甭打了！"腊八急急地喊道。而他一张口，附在身上的神灵突然飞走了，他也失去了神的模样，他感觉自己开始往水下沉。就在这时，二狗向阴兵使个眼色，那群阴兵落了下来，话也不说，无数把大刀一齐向腊八劈来！

"你奶奶的敢砍我？！"腊八大叫一声，忽地坐了起来，呆呆地发怔。他醒了。他发现自己满头是汗。

树上受惊的乌鸦"哇啦"叫了两声，然后"哧啦啦"从这棵树上飞到另一棵树上。过了一会儿，有脚步声急促地移了过来，两条黑影站在了腊八跟前。

来人是甄虎和侯七。

"怎么了？"甄虎关切地问。

"没事儿。"腊八说。

"那你为么叫嚷哩？俺们还以为你遇上了麻烦哩！"侯七说。

"没有的事儿。"腊八说，"就是做了个鸡巴梦，怪吓人哩！"

"还能吓着你？么梦？说说。"侯七嘻嘻一笑。

腊八没回答。他像是陷入了沉思，过了一会儿问侯七："那袋子钱哩？"

"早就埋好了！你放心，万无一失！"

"把它起出来吧。"

"干么？你要花？我这就去挖出来！"

"不价，你俩把它分了得了。"

"为么哩？！"甄虎和侯七同时一惊。

腊八把文举爷他们的谈话说给了甄虎侯七听。腊八接着说："不是俺不讲义气，俺确实得回家老老实实守着爹去了。"

甄虎沉默了一会儿道："这么说，你是想拔香头子啊！"

"不是。"腊八说。

"那是么哩！"甄虎说，"你要离开俺们，还不是拔香头子？这么说吧，你是掌瓢儿的，你要走俺们拦不住，俺们也没有资格主持拔香头子仪式，可你也甓忒绝情了哇！你想想，咱兄弟几个凑到一起不容易哩，也是缘分。俺就觉着忒怪哩，你掉了脚，俺也掉了脚；你进了大院子，俺也进了大院子。你说，哪儿有这么巧的事儿哩，这不是缘分是么？俺还是劝你，甭拔香头子了。"

"俺没有想拔香头子。俺是想你们俩先去东西套，掌瓢儿的也你来当。俺的注儿还挂着，等俺给爹养了老送了终，再去那儿找你们。你想想，这辈子就一个爹呀！"腊八说。

"嘻嘻，谁不是就一个爹哩？爹多了就坏了！"侯七悄悄捅了一下甄虎道。

甄虎迟疑了一下，大声说："那不一定，小罗成就有一百个爹！一个亲爹仨干父，七十六个丈母爹！"

"不对不对，你打马虎眼！说到底，他罗成也就一个亲爹啊！"侯七争辩道。他接着笑了，"嘻嘻，那自然是亲爹越少越好，丈母爹越多越好。就是……咱们他娘的一个丈母爹也没有哩！"

"拉倒吧！"甄虎道，"干咱这行还愁没有老丈人？这满世界都是，要多少有多少，只要你那家伙不想闲着！"

"甭他娘的瞎咧咧了！"腊八有点不耐烦了——他明白侯七和甄虎的用意，停了停接着说，"就这么办了，你俩先过去，到时候儿俺自会去找你们哩。"

"那得等到么时候儿哩？"甄虎还想坚持。他心想，等你爹死喽，那就猴年马月了，黄花儿菜都凉了！

"那……等俺把爹安顿好喽，就去找你们。"腊八搪塞道。

甄虎和侯七不语了。他们有意拿"丈母爹"把腊八拴住，可还是失败了，他们感觉到实在拧不过眼前这家伙。过了好长时间，毕竟经过很多事的甄虎才说："要那样，那袋子老头你也得拿一份儿。咱道儿上的规矩是有难同当，有福同享。你拿一半儿，剩下一半儿俺跟老三平分。俺那份儿你也拿去，给了爹，也算俺尽点儿孝心。"

"俺不要！"腊八说。

"掌瓢儿的！"甄虎有些气恼地叫道。

"甭那么娘儿们似的沾不？"腊八也气恼了，可接着又冷静了下来，"这么着吧，你拿着钱去再招点儿人，总不能就咱仨这么干吧？"

"那沾！"甄虎道。

甄虎和侯七都笑了。他们突然觉得掌瓢儿的是个肚子里有货的主儿，他想干大事！

# 四

小沙洼初试牛刀，疯子腊八就收了手。阴森森的坟场之夜与甄虎侯七别过，这磕过头的兄弟也就各奔东西了，一个回了村，两个去了东西套，从此天各一方。疯子腊八骨子里的响马本性依旧还活跃着，可他不得不暂时放下响马营生，因为他不能把爹丢下。他只能如此。虽说他抵给了老根爷，可他还是爹的儿子，是爹唯一的亲人，也是爹唯一的依靠。他又回到了老根爷家，那是他命中的去处。

他住进了牲口房。从此他和老根爷的牲口就没多大区别，牲口吃老根爷的草料给老根爷干活儿，腊八吃老根爷的饭食给老根爷干活儿，意义一样，草料和饭食的区别也许仅仅是味道不同。虽然他的心并不安生。在以后的日子里，他还是常常想到甄虎和侯七，每逢想到，他内心便不由生出去寻找东西套的冲动。可每次他都把这冲动强压了下去，他强迫自己不去想起甄虎侯七，不去回想那短暂的响马生活。他要自己不去陷在记忆里，更不去张着心魂的翅膀去想象什么。

不去想，心就没有纠结，没有烦恼。

可幸的是，腊八这一"失踪"，反倒拉近了他与老根爷的感情，相处和谐起来，老根爷似乎已真正把他当成了家里人。近一个月过去，老根爷那张曾红光满面的脸突然瘦了下来，人显得憔悴。他硬刺刺的胡子像是好久没刮了，那只独眼微微有些浮肿，被心有不甘的老皱纹拉扯成了三角形。尽管是族里头人，可他也有了一种孤独感，他感到了一种无助，只是疯子腊八回来后，他才像是有了主心骨，一种踏实感也在昏黄的油灯下慢慢附体。

自从腊八回来，老根爷就不再雇用马夫，就连短工也雇得少了。喂牲口的差事也交给了腊八，而每晚睡觉前，老根爷都是雷打不动地要到牲口房坐一会儿，抽着旱烟和腊八聊一聊，好像不聊聊就睡不安生。

这天夜里，老根爷又坐在了牲口房的炕上。他们说的话题多半有关日本人。腊八从老根爷嘴里知道了徐福这个人，知道了"东洋"和"倭寇"。当年，秦始皇为求长生不老，命徐福东渡大海，去寻一种长生不老草——其实，那是种长相如蘑菇的肉质草，血红色，那草叫灵芝，也叫赤灵芝。灵芝生在蓬莱仙岛，确有养神补血等诸多功效，可它不能让人长生不老，更不能让人长生不死；人若不死，除非你变成神仙。徐福是个明白人，他深知秦皇渴求不死是走火入魔而异想天开，可带回的长生不老草不能让秦皇长生不死，他徐福的脑袋就得掉下来；若不将仙草带回，他徐福的脑袋就更要掉下来。无奈，干脆一不做二不休——其实，从秦都咸阳出发前他就想到了这结果，因此心怀鬼胎的徐福向秦皇要了八百童男、八百童女——为向仙境表示虔诚；徐福率满载八百童男、八百童女的船队继续东渡，他们漂到了东海的扶桑，在那岛上定居下来。八百童男、八百童女自然结成对子，开始像情欲旺盛的耗子一样在那岛上繁衍，繁衍出一个矮人国。

"×！合着东洋人还是咱的种儿啊！那八百对童男童女是他娘的怎么弄的？怎么鼓捣出来这么多王八蛋啊，连祖宗都不认了！"斜靠土坯墙坐在炕沿的腊八恨恨地说。

"唵？还认么哩！兴许人家根本就不承认是咱汉人的种儿，历史上那倭贼多少回打咱们，哪回不都是疯狗似的，他们要是承认还会这样哇？唵？要不我为么反对俺家二小子留洋日本哩，东洋人就他娘的那德行，有么值得学哩！不过话儿说回来，就是自个儿家里也会闹别扭，俩兄弟为争财争地打得血里呼啦的事儿多着哩！那小日本儿打咱，八九不离十是看上了咱中国的财，也看上了咱这么大的地盘儿。"盘腿坐在炕中间的老根爷手拿烟袋比画着说。

这些天老根爷的烟瘾似乎更大了，他一锅儿一锅儿接着抽，前边刚刚将烟灰磕在炕沿下，后边接着一锅儿烟叶又装上了。昏暗而狭小的牲口房里烟雾腾腾，人的眼睛熏成了酸涩的细缝儿。看看夜有点深了，老根爷挪动挪动屁股，出溜下炕来："这个秋天事儿多，就算东洋人一时半会儿打不到咱这儿来，咱也得睁着只眼睡觉。唵？再说了，这天下一乱，遍地起响马，咱庄户人家可就没安生日子了！黑价你可霎睡得炎实，要时不时起来院子里瞅瞅。"

老根爷叮嘱完，拍拍屁股走出了牲口房。几乎每天晚上，老根爷都这么叮嘱一次。老根爷的担心，腊八在心里其实有些不以为然，不过自打住进这牲口房，他就回家把那把杀猪刀子拿来了。那把杀猪刀子是他的好伙计，他从小就带着，带出了感情。杀猪刀子就放在土炕的一头。老根爷一走，腊八又给牲口添了次草料，然后吹灭墙壁上的菜油灯，上炕躺下了。

其实老根爷的担心并不为过，眼下每一天的风吹草动，都预示着乱世匪情兵灾的来临。秋收前，这河边上就曾有一拨人马路过，他们从北边溃退下来，慌慌张张往南去了。其实早在初秋，人们就预感到了大兵迟早会出现在这平原上，跟着来的，就是可怕的兵灾。整个秋天，穆刀沟流淌着一种沉闷、惶恐和浮躁的气息。日本人要来的信息像只死神的手掐得人喘不过气来，小沙洼里出现响马也正应了乱世之象，而南下溃兵的过往更添了一层紧张气氛。人们仓皇地收了地里的庄稼，继续忧心忡忡而无奈地等待着什么。

就这样，忧心忡忡的日子走到了秋末，却也没什么事发生。人们心头的紧张情绪不由悄悄松弛下来。这天一早，五叔来了。五叔站在牲口房门口喊："腊八，起来了没有？"

过了一会儿，腊八揉着惺忪的眼睛走了出来。他见五叔肩上搭着个鼓囊囊的褡裢。他猜想得到那褡裢里装着什么：胡萝卜或者塞满了草的兔皮。腊八知道，五叔只有去放鹰肩上才搭起这个褡裢。可五叔胳膊上没架着鹰，五叔今年并没有养鹰，腊八不由用疑问的眼睛看着五叔。

"跟我赶集去。"五叔说。

腊八跟五叔出了村，向东走去，走了十来里，来到沙头镇上。今日逢六，农历十六，沙头集日。沙头是这方圆几十里的一个大镇，沙头集也是这方圆几十里的一个大集。镇上南北和东西两条街道交叉作一个大十字，每条街上都是熙熙攘攘，人头攒动，尘土飞扬，吆喝声连天。沿街的一个个农具摊、锅碗瓢勺摊、箩筐扫帚摊、糖果点心摊、油盐酱醋摊、花椒大料摊、肉摊、土罐烧酒摊、毛皮摊、草纸冥币摊……凡能进入集市的可谓应有尽有，琳琅满目；街上为人写字的、剃头的、算命的、耍把戏的、卖烧饼的、卖糖葫芦的、锔盆的、磨剪子的、劁猪的、要饭的……三教九流，五花八门；饭店酒馆蒸腾的热气在飘扬着诱人的肉香酒香，戏台上正传来悠扬而高亢的丝弦唱腔；分布四个镇角上的米市、布市、菜市、骡马市生意兴隆……这方圆几十里内的大集镇就像傍晚的太阳，在张扬着它最后的辉煌。然而暮色正在四合，再耀眼的白昼也要被黑夜遮去。

五叔和腊八从北门进了镇子。很快，他们被人海淹没了。

他们不觉走到了十字口。十字口有个叫"聚香斋"的饭馆，店门上那块匾显得很气派，却又有些朽败之象。五叔知道这饭馆已有把年纪了，听说那匾上"聚香斋"三个大字出自清朝，出自一个县太爷之手。县太爷下来办案，在这饭馆打尖，菜很合口味，又收了店主二十两孝敬银子，便乘着酒兴为店主题写了这三个大字。

过饭馆门口，腊八莫名其妙地站下了，双腿像是被绳索拴住。他眯着眼往饭馆里瞅着，像是要找什么人，仿佛有人在里边正朝他招手。

五叔前走了几步，回头见腊八站在饭馆前不动，愣怔怔地往里望着，以为他饿了，便走了回来。五叔拍拍腊八："饥了吧？走，咱先把饭吃了去！"

"没……没饥。"腊八回过神来，像有什么秘密一下子露了馅，不自然地说。

五叔已走进去了。

当腊八跟着走进饭馆时，里边传来跑堂的拉长音调的高叫声："两位来了——里边儿请！"

五叔和腊八在挨门口的一张桌旁坐下了，与他们相邻的一桌有三个人在喝酒，桌上的一盘崩肝和一盘焖子已吃得见了盘底。

跑堂的伙计是个年近三十的小个子男人，他已经站在了五叔跟前，挥动手里的抹布迅速抹了几下桌子，客气地问："两位吃点儿么？"

五叔说要两碗饸饹。

伙计手里的抹布往肩上一搭，随后拖着长腔向内高声喊道："无极饸饹藁城面——大碗儿饸饹——两碗嘞！"

饸饹是一种面食，为无极一带的名小吃。

五叔和腊八在等饸饹，邻桌传来压低嗓音的说话声。压低的说话声就带上了点神秘色彩，像是远方的声音。

一个人说："听说了没有？东洋人快要来了。"

一个人问："真的？"

"还有假？"那第一个说话的人声音抬高了些，"跟你说吧，俺村郭四爷家的老六不是在东洋念书哇——这咱回来了，当了东洋人的翻译官。他前个儿回了趟家……他说呀，这无极周遭儿的县多数都叫东洋人占了，咱这儿也是兔子的尾巴——长不了了！"

"那东洋人来了又会揍么哩？"

"揍么？来咱头上当太岁呗！"

"他们来了……会杀人不？"

"那就看怎么说了。郭老六说，东洋人来喽，你不打他他就不打你，你打他他就打你。那不是哇，一个叫吕正操的人，带着一团国军打北边儿退下来，在藁城梅花镇打了东洋人的埋伏，打了就开溜，东洋人找不着他们，就对梅花镇的乡亲下了手，大开杀戒。我的娘喂，他们一下子就杀了一千五百多人哩！"

五叔扭头看看那人，那人已住了嘴。五叔忙扭过头来，腊八却还在皱着眉头眯着眼睛看人家，在听着下文。这时跑堂的伙计已将饸饹端上了桌，五叔用手指轻轻捅了腊八一下，腊八这才回过头，连忙闷头吃起来。

吃罢，五叔付了账，与腊八起身从饭馆走出。

走不多远，腊八又在一个说书摊前站住了。一个穿了件大衫的中年人面前摆着一架小鼓，他右手拿着个细细的鼓槌儿，左手拿把纸扇，比画着，说着，满口唾沫星子飞着。摊前围了一圈听书的人，但多数是男人，听书的人咧嘴笑着。

说书的继续说道：

"……见那怪走将出来，着实骁勇。看他怎生打扮，但见——金盔晃日，金甲凝光。盔上缨飘山雉尾，罗袍罩甲淡鹅黄。勒甲绦盘龙耀彩，护心镜绕眼辉煌。鹿皮靴，槐花染色；锦围裙，柳叶绒妆。手持三股钢叉利，不亚当年显圣郎……"

已走远的五叔不见腊八，就又折了回来，距离两丈外喊："腊八——走了！"

腊八少有地眯着眼睛笑着，有些恋恋不舍地回头望了望，向五叔走去。

五叔问："他说到哪一节了哩？"

"黄风怪出场了！"腊八说。

黄风怪又叫黄风大王，原是灵山脚下一得道黄毛貂鼠，只因偷吃了琉璃盏内的清油，怕被金刚捉拿问罪，便跑到了黄风岭占山为王，兴妖作怪。此怪神通广大、法力无边，吹出的黄风更是所向披靡。

五叔说："打那儿一过，我就晓得他在说《西游记》。不过哩，这种书还是少听好，俗话儿不是说哇，老不看三国，少不看水浒，男不看西游，女不看红楼。这种书，听多喽没么好处。"

二人往前走去，走了整整一条街，来到了西南角上的骡马市。五叔不是来买牲口，他来买鹰。鹰交易多在骡马市上进行，这成了惯例，也成了每年骡马市上的一道风景。

骡马市里臊臭熏天，地面上印满了牲口的蹄迹，布满了牲口的粪便。不时有不安分的叫驴仰头发出"呜哇呜哇"的嘶鸣声，逐臭的苍蝇在天空中飞舞着；人们在观看，在讨价还价，也有人掰开牲口的嘴，看牲口的牙齿，以判断牲口的年龄——这叫"看牙口儿"。

可这市上不见卖鹰的。若是往年，这时会有几十只苍鹰趾高气扬地站在人的胳膊上，就像戏台上一个个出来亮相的威武的生角儿。

五叔在骡马市口碰上了一个熟人。他一扭头看见了那人，那人也认出了他。那人四十多岁，戴了顶瓜皮帽，像是个老跑江湖的。

“来了？”那人招呼道。

“来了。”五叔说，“你今儿个没有卖鹰哇？”

“唉，覅说今儿个，今年就没有揍过这买卖。不干了。”那人说，“年头儿不好。东洋人来了，听说八路主力也快打黄河西边儿过来了，要进山。这兵荒马乱的，谁还敢到山里去哩，就是壮着胆子把鹰逭回来，怕是也卖不出去了，那工夫谁还有心思去放鹰？跑还来不及哩！”

“是年头儿不济呀！”五叔失望地轻轻叹了口气，与那人一起走进骡马市里。苍鹰的故乡是太行山，这平原上的鹰多是从太行山里带出来的。山里要打仗，就连鹰看来也没好日子过了。

那人说：“你要实在想买鹰，该去贾村镇集上碰碰运气。那儿离山区近点儿，兴许还能碰上。”

“贾村？道儿那么远，况且那儿逢八才赶集哩。”五叔摇头道。

然而什么事都有柳暗花明的时候。

“叔！”腊八向市口指了指。

五叔扭脸看去，一个人正走过来。那人胳膊上架着一只鹰。五叔迎了上去，腊八也随后跟上。

“这鹰卖不？”五叔没看那卖鹰人，而是冲着他胳膊上的鹰问。

“你看你这人怪哩！——不卖我来揍么？”那人说。

这是一只有着虎纹的暗褐色的鹰，那鹰眨着一双金黄色灵动的眼睛，显得很有精神。鹰腿上拴了条细细的皮绳儿，绳子的另一头攥在那架鹰人的手里，绳子环口套在一根手指头上。五叔伸出手摸了摸那鹰的头，那鹰赶紧躲避着把头低了下去。五叔问：“多少钱？”

那人伸出另一只手。那张开的手翻了一翻。

“这么贵？！哪儿有这么贵的鹰啊！金鹰银鹰不是？往年一只鹰才三块哩！”五叔大声说。

“物以稀为贵——今年可不比往年了！今儿个市面儿上你见不着几只鹰，就这鹰我还是好不容易才弄来的哩！”那人说。

庄稼人要早起，买卖人要算计。

"少点儿，五块！"五叔说。

"不沾，八块吧！"那人说。

"五块。"

"再添点儿？"

"我只出五块。"五叔做出要走开的样子。

"算了算了，你要成心买的话——拉倒，就给七块，一个子儿也不再少！"那人像是狠了狠心似的说。

成交了。只是五叔没想到，他买了只短命的鹰。

# 五

买回鹰的当夜，疯子腊八和小斗陪五叔熬了一夜的鹰。所谓熬鹰，就是手里拿截胡萝卜，嘴里不住"唵——唵——"地喊着，引逗鹰，不让它吃，更不让它睡，直到它饥乏不堪。这极不人道而近乎残忍的做法有两个用意：一方面磨去鹰的野性，另一方面也使鹰处于饥饿状态，见到猎物它会迫不及待地扑过去。五婶几次催他们睡觉，可五叔不肯，着了魔道似的眼睛没离开那鹰一下，他像是突然有了童心，对某件事痴迷起来。第二天一早，腊八回老根爷家喂了牲口，就又来到了五叔家。

腊八和小斗跟五叔来到村东的原野，向着大沙岗子走去。他们知道，那个地方野物最多。小白也跟来了，它像个专业侦探，在田野里嗅着，顺着野物的爪印往前走。那只暗褐色的鹰像位出征中的大将军，威风凛凛地站在五叔的胳膊上，脑袋警惕地转来转去，放着亮光的金黄色眼睛不住闪动着。

他们走上了大沙岗子。

沙岗子很高，站在沙岗顶上，可俯视沙岗脚下高高的白杨树。沙岗北面便是那个宽阔而低洼的小沙洼。说是小沙洼，其实沙洼不小，它是一片低凹而辽阔的银色原野。沙洼从南穆家东北向东绵延而去，望不到边际。小沙洼里是满地耀眼的白沙，只偶尔见到低矮而干瘪瘪的巴地草零零星星露出在马蹄似的小沙坨旁。这沙洼是穆刀沟故道。

沙岗子上密布着野酸枣树、野杜梨、野玫瑰藤和狗尾巴草、野蒺藜、浑身带刺的金樱子等耐旱的低矮植物，那树丛或草丛里也隐藏了不少野物的洞穴。站在沙岗子上，一眼可望去很远很远，整个穆刀沟两岸的原野尽收眼底。原野上东一片西一片的树林，远处黑黢黢的村庄，自西向东飘着的黄带子似的穆刀沟……五叔他们小心翼翼地在沙岗上的树丛和草丛中穿行着，小白也不住地东嗅嗅西嗅嗅，有时会搂着一个什么洞穴刨起来。

腊八浏览的目光落在一丛野酸枣树上，心头不由咯噔了一下。这时，那鹰突然"哧楞"一声飞离了五叔的胳膊，灰褐色闪电般在空中划过，在小沙洼上空飞了好远好远，然后两翅一闭，一头扎了下去！

五叔他们气喘吁吁地赶到时，见鹰身下摁着一只野兔。鹰两个宽大而强劲的翅膀牢牢地叉在地上，有力的爪子一只扣在野兔脑门儿上，一只扣住野兔臀部，尖利的爪尖深深刺进了野兔的身子里。野兔脖子上有个血淋淋的洞，鹰还在那血洞里叼肉吃，它每叼起一块，抬起头来吞下，然后炫耀地转着眼睛看看五叔他们，很是神气。

"伙计，你他娘的比爷爷还狠哩！"腊八蹲下，对那鹰说。说着，他伸出一只小臂去架鹰，另一只手伸向了野兔。

那鹰又"哧楞"一声飞了起来，冲上了天空。

"坏了！"五叔叫声不好，一脸急相。他赶紧捡起野兔，塞进肩上的褡裢里，又说，"这鹰还没有喂家！"

腊八和小斗一脸茫然，没说什么，跟着五叔向那鹰飞去的方向追去。可恶的鹰却飞过河去了，飞向了北穆家，飞去了它不该去的地方！

上了河岸，只听"扑通、扑通"两声，年轻的腊八和小斗跳进了河里。也顾不着那么多了，五叔把褡裢举在手里，跟着下了河，尾随在腊八小斗后边向河对岸游去。小白向河里望了望，迟疑一下，也"扑通"一声跳了下去，昂着头往河对岸泅。

那鹰飞到北穆家村东，便像一袭灰褐色的流云在人的视野里消失了。

上岸后，小白浑身一抖，摇落了身上的水，腊八、小斗和五叔却没管那些，摆动着湿淋淋的身子，急急忙忙向北穆家村东奔去。他们观遍了村边每一棵树、每一个房檐，也没看见鹰的影子。他们继续向东找去，小白像很懂事似的不声不响地跟在后边。

前面又是好大一片蓊蓊郁郁的柏树林。柏林下是北穆家先人的坟墓。多数坟头上长了稀疏的野草，坟脚下是面色有些苍白的青苔、低矮的葫芦藓或节节草。黑黢黢的林里，有长长短短的蛇在坟墓间穿行，也有的相拥似的紧紧缠作一团，一动不动。

"鹰在那儿哩！"小斗突然手指林子边上一棵高大的柏树说。

谢天谢地，总算是找到了！五叔赶忙走了过去，在离那树有两丈远的地方站下。他从褡裢里拿出一截胡萝卜，举在手里，摇动着，冲那鹰喊："唵——唵！唵——！"

那鹰毫无反应。

腊八一屁股坐在了地上，湿淋淋的屁股洇湿了秋后干燥的土地；他面无表情地看着五叔逗引那鹰，好像眼前的事突然与他无干了似的。其实，那苍鹰的一举一动都在他细眯的眼睛里。

小斗也过来，蹲在了腊八身旁。

五叔又从褡裢里拿出那个装了草的兔皮，继续引逗着那鹰："唵——唵！唵——唵！"

那鹰还是不理睬。

五叔把兔皮放下，又从褡裢里拿出那只还在滴血的野兔，再次冲那鹰喊起来。那鹰仅仅侧头往下看了看，却依旧不肯下来。没有办法，耐心十足的五叔只有继续喊下去。

"他娘的！"腊八气恨恨地从地上拾起一块坷垃，蹿起来说，"叔，还是我叫它下来吧！"

"混账！"五叔回头瞪了腊八一眼。

小斗也站起来扭脸看着腊八，幸灾乐祸地笑了笑，悄声说："挨剋了吧？"他清楚，腊八有那个能耐，土坷垃在腊八手里出去是又准又狠——绝不会失手。不过，从树上下来的鹰一定是只死鹰。

腊八讨了个没趣，白了小斗一眼，便不再管那鹰下来不下来，解开裤腰带开始撒尿。

就在这时，只听"啪"的一声响，那鹰扑棱棱从树上掉了下来。

在五叔他们突感惊诧的当儿，小白"汪汪汪"狂叫起来，柏树坟里鬼魂一样走出了三个人——三个穿着庄稼人衣裳、二三十岁、看去带痞子相的人物。其中一个高个头儿，还长了一双对眼——斗鸡眼。

响马？腊八意识到。他骨子里响马的野性也突然醒了，边拴腰带边喊叫着冲了上去："婊子养的烂混混儿！门儿不清哇？为么打死俺的鹰？！"

小斗也攥起拳头冲上去站在了腊八身旁。

"为么？么也不为。"那"对眼"叉着腰，很别扭地——翻着白眼球剜了腊八一眼。

"赔！要不爷爷插你个狗×哩！"腊八手指着"对眼"道。

"对眼"冷笑一声，从腰里抽出了一支短枪，指向了腊八。

"你他娘的敢！"腊八身旁的小斗怒道。

五叔也赶紧过去，用身子护住了腊八。有着蛮牛力气的腊八胳膊一划拉又把五叔拉在了身后，接着一掌推开了小斗。腊八再要说什么，不远处传来一袭苍老而阴森的声音："哪儿来的野小子，敢到穆家的坟地撒野！"

文举爷和指不上慢腾腾从西边走了过来，站下了。文举爷用冷冷的目光看着面前的三个人，灰白的胡子随风飘动着。

"老不死的，关你屁事儿！你是谁？是不是活腻歪了？""对眼"瞅向文举爷说。

"这是俺北穆家穆文举爷，你想怎么着？耍横是不是？"指不上走上一步，不卑不亢地插言道。

三人中的一个突然扒住"对眼"肩头，对他耳语了几句。"对眼"脸色变了，换了副面孔，把枪插进了腰里，对文举爷哈了哈腰，赔笑说："对不住，对不住，有眼不识泰山！小的瞎眼了，冒犯！冒犯！"

三个人连忙顺着柏树林溜走了。

"指不上哥，这仨么鸟儿哩？"那三人走后，五叔感激地看了看文举爷，问指不上。

"谁晓得哩，也不像响马……反正看上去不是么好货。"指不上摇了摇头说。

"回来了？"文举爷的目光看向了疯子腊八，有些尴尬地笑笑。其实他早已听说腊八回了南穆家，此时不过是故作不知罢了。

"哎。"看到文举爷变得慈祥的脸，腊八心头说不出是一种什么感觉，生来第一次有礼貌地应了一声。

"回来了就好。"文举爷说。不知为什么，文举爷对眼前这个曾给自己家族带来伤害和耻辱的浑小子另眼相看了，对他有了一种特殊的好感。文举爷忽然向三个混混儿溜去的方向看了一眼，又回头转向五叔，神色严肃地说，"唉，'山雨欲来风满楼'哇！回去关照一下你们那边儿的乡亲，怕是东洋人快要来了，还是多经点心好。"

"嗯。"五叔感激地应了声。他突然想起集市上听到的，便对文举爷说，"那东洋人是不是传说的那么邪乎哩？我可是听说他们不随便杀人啊！"

文举爷想了想，问道："你家喂着鸡没有哩？"

五叔疑惑地看着文举爷："喂着哩。"

"你家喂鸡为了么？"

"下蛋呗。"

"要是那鸡不下蛋哩？"

"宰了呗……"五叔恍然大悟，他内心对有文化的文举爷有了一种莫名的崇拜。他接着像是自言自语地说，"这么说，他们跟咱们的历代官府没有么区别哩。"

文举爷淡淡地笑笑："五十步笑百步吧。"

文举爷和五叔又闲聊了几句，带着指不上走进了柏树坟里，去见过祖先。

三个神秘混混儿的出现，让五叔有了一种不祥的预感，这预感是什么，他也想不明白。不过还好，就死了只鹰，若不是文举爷出现，说不定还要出人命哩！这让五叔更多了一份对文举爷的感激。人有远近，情有厚薄，南北穆家有世仇，但毕竟同姓同根，不同于外人。他们虽为老对手，斗起来谁对谁都没有怜悯之心，却又绝不容忍对手被外人欺负。人就是这么怪。

日本人要来的风声越来越紧，南北穆家的压迫感也越来越重。只是日本人不会想到，他们横扫残云般的驱迫，正把风雨飘摇中的两岸穆家挤压到一起，那隔开南北穆家的穆刀沟也似乎正在这大地上消失。

五叔他们回到穆刀沟南岸，不想老根爷正站在岸上，一脸急忧之色。五叔他们都觉得有些奇怪。

"老根爷，你怎么在这儿哩？"五叔问。

"……等你们哩。"老根爷疑惑地看着依旧浑身湿淋淋的三人，对五叔说。

"有事儿呀？"

"俺家老六闺女不是寻到真定了呀，噢，那咱你还去送了亲哩。唵？这么着，你跟疯子麻烦一趟，去给我把她接回来。"

"出么事儿了？"五叔一惊，以为老根爷家闺女叫婆家休了。

"就是怕出事儿才……俺家亲戚贾先生来了一趟，说是真定叫小鬼子给占了……"老根爷忐忑不安地说。

"噢……"

"你俩这就动身吧，甭耽搁了，车我都给你们备好了。"

五叔这才发现，一辆驴车正停在河岸下。他把肩上的褡裢拿下来交给了小斗："你领着小白先回去吧，跟你娘说一声。俺们接着人就回来，叫她甭结记着。"

半夜里，五叔"嗒嗒嗒"叩响了老根爷家的大门。

大门很快打开了。披了件夹袄的老根爷站在门内，他猜得到是五叔或腊八在敲门。他没有睡觉，他正在家等着五叔和疯子腊八，其实是在等他的六闺女。

"接回来了？"黑暗中，老根爷高兴地问。

门外一个影子闪了进来。五叔说："到屋里说吧。"

进来的只有五叔一人，老根爷顿时预感到了什么，心头不由"嗵嗵嗵"跳起来。因为老太太已经睡了，他把五叔引进了牲口房里。五叔摸黑坐在了炕沿上，老根爷摸索着点亮了油灯。灯光下，老根爷看到五叔一脸的焦急和沮丧，不停急跳的心头更是一震，披在身上的夹袄从肩头滑落在了地上。

"没……没接着？"老根爷紧张地问。

"没有。"五叔沮丧地说，"俺们走到正无路上，还没有出无极地界就碰上了叫皇协军的伪军，他们正抓劳工，见腊八年轻力壮，就把他给捉去了。"

"噢……这么说俺闺女兴许没么事儿……唵？没事儿就好。"老根爷绷紧的神经似乎放松了下来，口气也轻松了些。他从地上捡起夹袄披在身上，又忽然皱了皱眉头，"哦，俺那驴跟车哩？卸到哪儿了？"

五叔不满地看了老根爷一眼，故意停了会儿才淡淡地说："给扣下了呗。"

在老根爷眼里，一头驴比腊八还重要，这让五叔心头不由有些气愤。

"噢……扣了就扣了吧，算是舍财免灾了。至于俺闺女哩，也算了，唵？嫁出去的闺女泼出去的水，她就听天由命吧。"看到五叔不满的神色，为失去驴车而心疼的老根爷似乎有些尴尬，他也坐到了炕沿上，从腰里抽出烟袋递给五叔，"叫你们受累了，抽锅儿烟吧。"

"不抽了。"五叔说罢下了炕沿。他看也没看老根爷就走了出去，去了腊八家。


"七七事变"以来，日军攻势极其猛烈，以打内战起家的中国军队就像捧不住的沙子，几场大仗下来损兵折将无数，每仗失地千里——即使蒋委员长亲自坐镇石门指挥，也没能把日军拦下。也就是在十多天前，商震的队伍在穆家往西几十里的穆刀沟畔吃了败仗，国军且战且退南下了。日军占领了正定，几天后又攻下了石门。鉴于此，共产党便号令其所属敌后游击武装和民兵，奔赴铁路沿线袭扰日军。拆城墙，破公路，扒铁路，以阻日军南下，配合主战场上的国军抗敌。为修复遭到破坏的交通，日军不得不抓去大批劳工。

疯子腊八被捉去当劳工，最揪心的还是腊八的爹，他不知道儿子还能不能活着回来。腊八这一去，他又一次失去了指望。但让人惊诧的是，腊八不在的半年多里，除了五叔一家接济外，好像还有谁在暗中照看着腊八的爹。每隔十天半月，腊八家窗台上或屋门旁总会在半夜里留下什么东西，有时是一袋白面，有时是烧鸡，有时是猪肉，大年三十晚上还放了一篮冻饺子。

腊八的爹曾跟五叔说起这事，五叔也是惊讶不已。五叔还曾有意留在腊八家，在柴火堆旁蹲守了一夜，却也没逮着那好心人。这好心人是谁，也许腊八知道，五叔这样想。

清明过后，犹若奇迹发生——疯子腊八突然回来了。

这天早晨，五叔来腊八家陪腊八的爹，两人正坐在炕沿上说话，腊八突然走进了屋里。两人差点惊飞了魂魄，腊八的爹几乎要从炕沿上摔下去，他跳下炕，跛着腿冲向腊八，抱住腊八哭了起来。

过了好久，爹终于放开了腊八，带着哭声问："小子哇，你是怎么回来的？俺们还以为你回不来了哩！"

腊八看看流着泪的爹和眼里闪着泪光的五叔，苦笑道："你要说，还真他娘的差点回不来哩！"

"你肯定吃了不少苦吧？这半年多是怎么过来的哩？"五叔问。

"俺去了才晓得，咱无极人就给捉去了两百多号哩，捉去修铁道。每到了黑价，铁道就叫人给扒了，二鬼子就白天逼着俺们去修。就这么着，扒了修修了扒，见天这么来回折腾。夜儿个不叫俺们修道了，俺们被押着去石门挖运河，走到滹沱河的栈桥上，俺瞅着来了机会，就跳了下去，一个猛子扎进了水里。"

"那东洋鬼子凶不凶哩？没有打你吧？"爹关切地问。

"鬼子人少，都上前边儿打仗去了，看管俺们的都是他娘的皇协军。听说鬼子比皇协军要狠多哩，俺给捉去前，说是看管劳工的有几个鬼子，他们见体力弱的、病了的、磨洋工的，弄去就给活埋了！谁要是逃跑，捉住喽就把两条腿砸断，叫人生不如死——真他娘的不是人！"

爹后怕地张大了嘴，后退着靠在了炕沿上。

"狗×的真够歹毒哩！"五叔恨恨地说。

"谁说不是哩。"腊八说着蹲在了墙根下，"幸亏鬼子这咱就占了县城，没有人力也没有工夫到咱乡下来。"

"是哩。哦，你饥了吧？我这就叫你婶子给你拽饭去。"五叔说着出溜下炕沿。可他突然停下了，脸上现出一种疑惑的表情，"对了，你给捉去后，你爹他常常有人给照应着，时常有吃食留在窗台或门边儿上。俺们怎么想也猜不着是谁，这么好心的人可是少有哩！刚开始俺们猜想，莫非是你媳妇儿翠兰？可过去一问，不是！你……晓得是谁不？"

腊八一惊，小眼睛睁大了。他心里一阵感动。但他只是笑了笑："不会是神仙吧？"

"神仙？俺们也觉着人家是神仙哩！可这世上哪儿有神仙哇。算了，你不说拉倒。走吧，跟我去吃饭。"五叔说着就要离去。

"不了。俺还是去那老东西家吃，不吃他白不吃，谁叫他娘的买了我哩！"腊八道。

走出家门，腊八别过五叔，去了老根爷家。

腊八逃回来，老根爷自然很高兴，家里地里的活儿又有人干了，除了短工，再用不着雇长工。而且到了晚上，他又有了可以说话的人。腊八回来的当天晚上，老根爷又到了牲口房里，依旧坐在炕上抽着旱烟与腊八聊天，依旧在临走丢下"多事之秋"的叮嘱。

老根爷一离开牲口房，腊八就吹灭油灯睡了。半年多来头一回睡到炕上，他睡得很香。从鬼子的魔爪下逃出，他的神经也就松弛了，多事之秋与无事之秋好像都与他无关似的。他又一次做梦了，梦到大沙岗子忽然幻化作黄风岭，黄风怪站在大沙岗子上，冷眼望着一群阴兵在天上盘旋——久久不肯离开穆刀沟上空。站在南穆家坟地外，腊八问这些阴兵打哪儿来，身旁的甄虎和侯七不说话，仅仅摇了摇头，转眼没了人影。腊八不知道阴兵是什么时候走的，去了哪里，反正是过了好长好长时间，他们突然不见了，而黄风怪也遁入了山一样的大沙岗子中。阴兵一走，腊八就回沙岗上的古墓睡了。忽然，一群压寨夫人进了古墓。古墓里太暗，他看那领头的像是凤姐，又像是翠兰——心头一阵激动，像是有一股热浪在体内动荡，裆里那东西不明不白地翘了起来……那群女人走过来，一个个正欲躺下，腊八猛然坐起了，兴奋地伸出双臂，想来个左拥右抱——不想抱了个空，一群女人都不见了！他大吃一惊，继而一阵惶恐……他醒了，呆坐了片刻，接着摇摇头，自言自语道："他娘的，怎么老做这么些怪梦哩？！"

他迷迷瞪瞪出溜下炕，裆里那翘起的东西也失望地蔫了下来。他在牲口圈墙根下尿了泡尿，刚刚搂起裤子，便恍恍惚惚听到外边有一声响，那"咚"的一声响轻得几乎听不见。他彻底惊醒了，迅速摸回来，摸到炕上，把杀猪刀子拿在了手里，之后又轻轻出溜下炕，灵猫一样轻手轻脚摸到门口。他背在牲口房门框后往院落里看去，黑暗的夜里似有个黑影扒在秋莲的窗台上，那影子一动不动——过了好一会儿，影子轻步移到了秋莲的门口，像是开始从门缝拨弄弄门插关。腊八像只捕食的猎豹，弯着腰，轻手轻脚摸了过去，在影子还没意识到身后的危险时，腊八手里的杀猪刀子就捅进了影子的后心！影子突然转过身来，几乎和腊八对了个脸碰脸。影子惊喜地轻声叫道："掌瓢儿的！"

"侯七！"腊八惊道。

正房里的老根爷听到院子里有声音，隔窗喊道："是疯子不？"

"是。"腊八回道。

"你搂么哩？"听腊八的声音从儿媳的房根下传来，老根爷便有了些不快。

"……尿尿哩。"腊八说。

"哪儿尿不了你跑到那儿去尿！跟他娘的蛋狗似的走到哪儿尿到

234

哪儿，你再他娘的到处乱尿，小心我把你那鸡巴剁喽！"老根爷怒道。

房外的说话声——屋里的秋莲和孩子自然没有听到，因为都被侯七迷晕了。

腊八没再理会老根爷，他拉住侯七的胳膊就往外走，可侯七一个趔趄差点摔倒。腊八用了点力，架着侯七跟跟跄跄往外走去，绕过影壁，进了大门洞，腊八一只手轻轻抽去门插关，开了门。

"嘻嘻，掌瓢儿的，可又见着你了！可俺……俺……不沾了。"刚刚出了大门，侯七有气无力地嘻嘻笑着说。说罢，瘫倒了下去。

"侯兄弟……侯哥！"腊八蹲下，轻声而焦急地叫着侯七，摇着侯七，可侯七已不能张口说话了。

腊八一下子傻了似的呆在了当场。等他醒过神来，便用力把侯七搭在了背上，一阵风似的穿过死寂的街道，大步流星向村东奔去。

"嗵嗵"的脚步声在街上响起，脚步声传进沿街的人家，睡乡的人一定听见了，但这多事之秋，没人敢出来。

腊八知道，既然侯七还在这里，那甄虎也一定在，这曾经的哼哈二将正如杨六郎麾下的孟良与焦赞：焦不离孟，孟不离焦。到了村东北的柏树林，腊八就扯着嗓子发疯地嘶喊起来："喂——甄虎——甄虎——甄虎哥你他娘的在哪儿呀？！"

腊八边走边喊，穿过柏树林，一直喊到大沙岗子脚下，只见一个黑影从大沙岗子上奔了下来。

"是掌瓢儿的？你回来了？！"甄虎一边跑着一边兴奋地大声说。

等甄虎到了跟前，不等甄虎站稳，腊八却劈头问："×！你们他娘的怎么还没走啊？！"

"嗐，俺们能走哇？俺们本准备走来着，可正要走，听说你叫鬼子给捉去了。你不在，留下老爹一个在家，俺们就得留下帮你尽孝不是？"甄虎笑道。他突然发现腊八背上背着个人，"噫？你背着……不是个娘儿们吧？"

"是侯哥。"腊八声音低沉地说。

"侯七？"甄虎接着冲腊八背上的侯七喊，"你他娘的还不下来？

你三岁小孩儿哇，好意思叫掌瓢儿的背你！”

"他死了。"

"死了？！"

甄虎一步跨到腊八身后，从腊八背上把侯七抱下来。侯七已没了一点气息。甄虎一下子怒不可遏，恶狠狠地问："是谁插了侯兄弟？"

"我。"腊八说。

甄虎吃惊得一时说不出话来，他看着腊八，不敢相信自己的耳朵。他万万想不到，侯七会死在自己生死与共的兄弟手里，更想不到腊八会对自己的兄弟下手！他知道腊八是个又冷又狠的角色，可再狠再冷也不至于把刀子插进自己兄弟的后心啊！过了好一会儿甄虎才冷冷地问："你为么插他？"

腊八沉默了片刻，像是做了很大努力才说出了事情的经过。

甄虎呜呜地哭了起来，作为一个做了多年响马而又杀人不眨眼的汉子，哭是难得的。哭过了，甄虎才伤感地说："你晓得侯兄弟为么去你东家不？俺们是左等右等你都没有回来，觉着没指望了，说不定你死到东洋人手里了哩。就因为那老小子，你才给鬼子捉了去，俺们气不过！侯兄弟是去绑那老家伙的孙子，他要把这口气出喽！这么个好兄弟上哪儿去找哇！这么有情有义的好兄弟，俺道儿上十几年还没碰见过！以前俺在道儿上混，那些个兄弟都是各顾各儿，谁的心里都有个小九九儿，碰上凶险都跑得快，碰上金银财宝都抢得凶；说是兄弟，可那是表面儿上的，为了争财帛，争地位，他会背后里算计你，指不定还会背后捅你一刀！好不容易碰上侯兄弟——也多亏了那大院子……唉，兄弟呀，你怎么就这么死了啊？你怎么会死在自家兄弟手里哩？！你死得他娘的好窝囊哇！老天爷呀，你怎么老不睁开你那眼啊？！"

腊八无话可说。他也极其伤感，尤其是知道侯七是为自己而死，他心里异常感动。天意啊，老天爷就他娘的这么着捉弄人！他觉得自己犯了一桩滔天大罪，他愧疚，他懊恨，心头的懊恼像正被猎杀的野兽发疯地嘶喊着，可他不知道该怎么办才好。他呆立了好一会儿，蹲躇地走过去，去摸侯七的脸。

“你耍碰他！”甄虎怒道。

腊八怔了怔。甄虎的态度让他感到委屈，同时也让他有点发毛了。他压着恼怒道：“他也是俺的兄弟哇！谁他娘的想他死哩？俺不是有意的哇！黑咕隆咚的，谁晓得是他哩！”

甄虎没和腊八争辩，因为一切的争辩都没了任何意义，侯七活不过来了。他把侯七放在了地上，从侯七背上拔出那把杀猪刀子，扔在了腊八脚下。甄虎又屈着双臂把侯七抱起来，面对腊八，冷冷说：“俺俩的命是你捡出来的，老三如今又死到你手里，这大恩算是抵给你了。从今往后咱不再见了，要再见面儿就只有拿刀子说话了！”说罢，甄虎伸出一只脚，发狠地在他和腊八之间的沙地上画出了一条沟。

腊八木然地站在当地。他沉在大海一样的夜色里，在这夜色的大海里迷失了自己。

甄虎抱着侯七往大沙岗子上走去。暗夜里，他独自把侯七埋在了大沙岗子上，然后小沙洼一带便失去了他的身影。

# 第六章

谚语说：大兵之后必有大灾。

一

失魂落魄的疯子腊八回到老根爷家，天蒙蒙亮时，他也在惶惶然中稍许冷静了些，连忙用脚抹去了留在大门口和秋莲屋门外的血迹。之后，他扑到牲口房的土炕上大哭起来。像是害怕惊动尚在睡梦中的早晨，他用手使劲捂住嘴，哭声就成了沉闷的风声。杀猪刀子就像插在他的心头，血在不分白昼与黑夜地流着。自此每日里他像是丢了魂魄，总是心不在焉或愣愣怔怔的。人们看出他有了心事，却也只有五婶关心地问了他，他不肯说，只淡漠地摇摇头，算是回答。

此后，侯七常常嘻嘻笑着走来——走进疯子腊八的梦里，就像那黄风怪或者阴兵老是走进他梦里。可现实中，侯七不会再回来了，梦里的黄风怪或阴兵也没有来过，不想阳间的兵倒是又来了。梦也许是某种征兆，秋后，穆刀沟岸边又开始过兵了。

误杀侯七的悔恨与伤痛，成了腊八心头沉重的负担，但日子还得要过下去，因为生的本能。他又去地里打猪草了。他把痛悔压在心底，竭力避免触及——除了给老根爷干活儿，有点工夫就去地里打猪草，别的事他都不敢想——生怕牵扯出记忆深处长着獠牙的悔恨。然而，他的一切努力终归徒劳。

一年多过去，当初那头小猪如今已成了大肥猪。腊八被抓去当劳工后，他和翠兰的喜事也便搁置下了，那头猪也就幸运地留了下来。自他跳进滹沱河逃回，五叔和五婶又开始不住地向他念叨起他的婚事。他打草喂猪，也仅仅是为了不久的将来再把翠兰接回门。

　　每逢走到原野上，疯子腊八总会不由自主地登上大沙岗子，把草筐放下，在沙岗上坐坐。沙岗上有他做响马的巢，有他的记忆，也有他的快乐和伤痛。还是与甄虎绝交的第二天下午，腊八就去了大沙岗子，他的目光停在了沙岗西面半腰处一个沙堆上，心头不由一阵撕痛，脸上痛楚的表情有点狰狞可怕。那沙堆是甄虎用双手堆起的，那是侯七的坟，那里边住着侯七。腊八虽未亲眼见甄虎埋葬侯七，但他知道那坟堆里埋的是侯七。每走上沙岗，他的心头就会隐隐作痛，但他把这一切都装在肚子里——走下沙岗子，就不肯表露在脸上，更不会对人提起。他打定了主意，每隔几天就去大沙岗子上看看侯七，守着侯七的坟堆——陪侯七坐会儿。

　　今天一早，腊八先去侯七的坟堆旁坐了会儿，接着去了河边。

　　河水已经浅了许多，那黄白色沙滩开始显露出来。但在这兵荒马乱的年月，腊八已想不到再去筛拣金末。但他还是突然想起了他的金袋子，想起金袋子就不由想起沙头镇那个当铺。他突然明白了，战乱来临，那当铺掌柜的也在想着发国难财——讹他一把。腊八将草筐搁在岸下，过了河，钻进了刀把子地的窝棚里。他在窝棚里待了一会儿又出来了，四处望了望，又回到了南岸。

　　不知不觉太阳已逛到了南方，眼看就要偏西了。秋后的太阳依旧还有些耀眼，阳光迷离了人的眼睛，原野也在人的眼睛里朦胧起来。地里已经清野，困乏的土地像脱去了衣裳，裸露出黄色的身子，特别是那一片片翻耕过的来年的棉田、已种下麦子的麦地，在太阳底下反射出一片片耀眼的金色亮光。大地又变得宽阔起来，空旷起来，辽远起来。但偶尔可见谁家的几堆尚未拉回家的秫秸还躺在地里，也有小片的棉秸像是很失望似的站在原野上，它们似乎很落寞，像是被遗弃了；伴在它们身边的是垂头丧气的枯草。

那块去年被飞机炸过的谷子地已收割了，此时空旷的地里只剩下了一行行矮矮的谷茬；谷子地东边是一片砍了秫秸的高粱地，高粱地东邻是一块割了棉秸的棉田。这高粱地和棉花地都是老根爷的，只是高粱地里还留下了两堆秫秸，那是为明春修补瓜园窝棚用的，没有拉回去。

腊八从棉花地里走出来，进到高粱地里。他背上的筐已经装满了草，还有顺手捡来的遗落在地里的高粱穗、玉米穗以及山药。秋收后，除了喂牲口，地里家里已没有多少活儿可干了，因此他今天出来得有点早，而且不准备回老根爷家吃午饭。他知道老根爷不会为此怪罪他，说不定那老家伙还会为此暗暗高兴呢。他看到一只田鼠钻进了秫秸堆，便紧走几步，到了秫秸堆前。他把筐放下，翻起秫秸堆来。他知道，这高粱秸里肯定有遗落的高粱穗。在地里找粮食，田鼠便是最好的向导。

他没有翻出高粱穗来，高粱秸下只有少数几颗嚼烂了的高粱粒，还有一个边沿磨擦亮了的鼠洞。他知道，田鼠的粮库也就在这洞里。

疯子腊八放弃了挖鼠窝的想法。

他解开裤子，开始往鼠洞里尿尿。大概鼠洞很浅，一泡尿刚灌下去，那浑身散发着尿臭的湿漉漉的短尾巴田鼠又从洞里跑了出来，钻进了秫秸堆。腊八侧着头想了想，就又把高粱秸重新堆拢，在高粱秸上坐了一会儿，然后起身离去了。

不一会儿，他双臂搂在胸前，抱了一堆拳头大的土坷垃回来。这样大小的土坷垃只有三个用处：打坷垃仗、擦屁股、烤山药。

他把坷垃放在地上，用杀猪刀子挖了个坑，然后小心地把土坷垃在坑上支架起来，做成一个不大的土灶。此时他似乎忘记了侯七留给他的伤痛，有些得意地眯起了眼睛，突然想起了烫吃文举爷家毛驴的情形。他自嘲地摇摇头，伸手扯过几根高粱秸，折成一段段放在灶边，接着从草筐里翻出火柴，拿起两截高粱秸点燃，塞进灶里。土灶冒出了火苗，也冒出了灰色的炊烟。源源不断的灰色炊烟在原野里袅袅升腾着，在天空摆弄出一种浪漫的姿态。

大概烧了有半个时辰，土坷垃烧红了。腊八从筐里掏出几个小块头的山药，轻轻塞进灶里，然后在灶顶上一拍，土坷垃"哗啦啦"垮了下去，盖住了山药，只有感到压抑的黑烟还在一缕缕拼命从坷垃缝里钻出来，有些恨意地慢慢爬上空中。

腊八一下下捧起旁边的土，盖住土坷垃，然后再把土拍实，土灶成了个小小土堆，烟气也不见了。

他把杀猪刀子扔进草筐里，起身走到秫秸堆旁，准备先睡上一觉。此时他感觉到肚子有些饿了，但他必须等待，等待的最好办法就是睡觉。他在秫秸堆上躺下了，很快就迷迷糊糊睡去，直到一群鸽子在空中掠过。鸽子拍打翅膀的声音惊醒了他。

他翻身坐了起来。

他看到一群灰鸽子在穆刀沟南岸的上空掠去，而一列队伍也正从河岸上走下来。这些人多数穿着黄色的军装，也有人穿灰色军装，还有的穿着庄稼人的衣裳；他们背着枪——枪也有长有短，还有部分人背着大片刀。队伍已有大半上了那条通往南穆家的小路，路上尘土飞扬，黄色的风尘兴奋而傲慢地在路边弥漫着。

腊八眯眼怔怔地看着，他弄不清这是什么队伍，是哪路人马。其实他根本就没猜想，他对这些陌生人没有兴趣。但他对这些人的装束还是觉得有点奇怪，既然是兵，着装该整齐划一才对——就像国军，就像鬼子，或者像皇协军。可这帮人却穿得乱七八糟，一眼看去，活像一群乌合之众。他们的衣帽上也没有领章帽徽，由此也就更看不出是哪路人马。早在去年秋天那支队伍从北边下来，人们一看就知是国军，因为他们头顶着青天白日。

太阳已经偏西了，腊八还一直愣怔怔坐在那秫秸堆上。两个时辰里，这河边过了两拨队伍，一拨顺着那条小道进了村，一拨顺着河岸向东去了。

后一拨队伍过完，腊八离开秫秸堆，走向那个埋着土灶的土堆。他想山药已经熟了，也许早就熟了。他双手扒开土堆，在还有些发烫的土坷垃和灰烬里捡出一块山药，一股山药特有的甜香味扑鼻而来。

山药烤得很软，但还很烫手。他把山药从这只手丢到那只手里，又从那只手倒到这只手里，不停地颠来颠去。

他忽然发现小白来了，在用身子靠他的身子，并小孩子似的伸着脖子嗅他手里的山药。腊八抬起头来，见秀花站在不远处那条小路上。

秀花笑笑，走了过来。她今天穿了件枣红底的花格衣裳，这衣裳使得她显得更为成熟些，也更为单纯朴实。秀花笑眯眯地看着腊八，这个背上黑黝黝发亮、有一双细线似的眼睛的人似乎特别有意思，就连他手里倒来倒去的山药也像是很好玩儿。

"好吃不？"秀花笑着问。

"还没吃哩……"腊八说着，把手里的山药递给秀花。

秀花和腊八一起长大，小时候常和腊八、小斗一起玩耍，抓子儿、藏猴儿、过家家、猪八戒娶媳妇……都玩儿过，当然，也不知在野地里烤过多少次山药了。

"走了吧，有人等你哩！"秀花说。

"谁呀？"腊八问。

"不跟你说！"秀花笑笑，做了个鬼脸。

腊八意识到，是北穆家来人了，多半与他和翠兰的事有关，说不定翠兰还来了哩，要不秀花不会这么神秘兮兮的。他忙把土坷垃扒拉扒拉，把山药拣出来，丢进草筐里，背起草筐同秀花走去。

在村口，他们却站下了。一阵铜锣的"当当"声从村子里传出来。

"娘的，这工夫打锣揍么哩？又出么事儿了？！"腊八皱着眉头问。

"谁晓得哩，反正村子里聚了好多人。"秀花道。

"走，瞅瞅去！"腊八说。

进了村，只见街中心围了大群的人。街边上摆着张桌子，一个头戴灰军帽、身穿庄稼人衣裳的年轻人站在桌子后边，他正在讲话：

"……日本帝国主义妄图亡我中华，日寇的铁蹄已经踏进了冀中平原，他们所到之处无不烧杀、奸淫、抢掠！多少无辜青年、老人、妇女、孩子，都死在了日寇的屠刀下！乡亲们，你们说，对日寇的暴行，我们能容忍不？——不能！我们党和晋察冀抗日民主政权号召大家，团结起来，同仇敌忾，一致抗日，把日本鬼子赶出冀中平原，赶出华北，赶出中国！"

"好！"人群发出一阵由衷的欢呼声。

演讲者继续道："乡亲们，抗日不分男女，不分老幼，只要你抗日，我们都欢迎！凡是支持抗日、同情八路军的，我们都欢迎加入我们党、加入我们的抗日队伍！乡亲们，有愿意的，请到这儿来登记啊！"

桌后还坐着一个人，那人头裹一张白毛巾。他从桌上拿起一本名册，微笑着看着人群。

开始没人走上前去，过了一会儿，破盆先过去了，接着是破罐、黑球、白蛋、哈喇秃子等十几人也围了上去，其中还有几个老人以及臭货等十来岁的孩子。腊八和秀花站在人群后，腊八被人拉了一下。

"报不？"小斗问。

"嗯……"看着那讲话的年轻人，腊八迟疑了一下，但还是说，"管他哩，凑个热闹儿呗，报！"

说着，腊八将草筐交给了秀花，拉着小斗就往人群里挤。不想他又被秀花一把拉住了："腊八你忘了？叔还在家里等着你哩！"

腊八怔了怔，对小斗说："你给俺报个名儿吧。对了，把大升哥也报上，还有叔叔跟婶子，都报上，他们也不想东洋人来哩！"

腊八说完，从秀花手里拿过草筐，转身跑开了。

到了五叔家，腊八把草筐放在屋门外，进了屋。他见五婶坐在炕沿上，炕上还有两个人盘腿对坐着，两人中间放着那张炕桌，桌子上放着五叔的旱烟袋。桌子一头是五叔，另一头是个穿灰衣服的人，那人帽子上缀着两个浅黑色扣子，脸上有条弯曲的浅浅的疤痕。

"小兄弟，来，坐！"见腊八进来，那人沉重的眼皮抬了起来——眼睛一亮，亲热地招呼道。或许他有些过分热情了，使得腊八有些不大自然。

"俺……站着吧！"腊八站在屋地上说。他突然觉得那人有些眼熟，像是在哪儿见过，他皱着眉头在想，可怎么也想不起。

"抽不抽烟？"那人从兜里掏出一包香烟，抽出一支递向腊八。

"俺不会。"腊八摆了摆手，淡淡地说。

那人笑了笑，把烟递给五叔。

"嗬，烟卷儿！"五叔接过烟，看了看，又拿到鼻子下闻了闻，"洋烟哩！贵不？"

"不贵！我们八路军是穷人的队伍，抽不起好烟，有这'老刀'抽就不错啰！"那人笑笑，接着抽出一支自己点上。

在庄稼人的意识里，凡烟卷就是洋烟，见烟卷也就必称洋烟，就像称煤油叫洋油，火柴叫洋火，凡是外国的东西都叫洋货。这烟说是洋烟，其实并非都来自洋人或洋人的故乡，而多半是中国产的。就市面上摆着的，从牌子就看得出来。这香烟分上中下三等。上等的有三炮台、丁字牌、顶球牌、黄金龙；中等的是大前门、大联珠、红锡包、哈德门、大翠鸟、大美丽、金鼠、菊牌；下等的是大婴孩、小鸡牌、老刀牌等。这老总抽的便是老刀牌，下等货色。

"腊八，当叔的我跟你说个事儿。"见那当兵的目光看向自己，五叔会意地转身对腊八说，"这个八路叔叔想领你走，你想不想跟着去哩？"

"揍么去？是不是去扒路哩？"腊八问。他被捉去当过修铁路的劳工，修一次，夜里就被八路军的地方武装扒掉一次，因此劳工里称八路军为"扒路军"。

"这八路叔叔说你有勇有谋，也壮实，顶适合领兵打仗。我觉着，你当兵去也沾，家里戗穷，你又整年价抵到老根爷家，走了，横竖也算脱了身。说是好铁不打钉，好男不当兵，可那是旧皇历了。以往咱穆家门儿里没有人去当兵，是不想去当国军。虽说正牌儿中央军咱乡下人难见着，可杂牌儿军咱是见过哩。那队伍里人戗杂，地痞流氓么鸟儿都有，吃喝嫖赌么不正经事儿都揍。可这八路军不是那号儿队伍，这位长官才刚儿跟俺保证了。为这我把你叫回来，跟人家见个面儿——就这么个事儿，你琢磨琢磨，主儿你自个儿做。"

"噢，意思是……叫俺跟你去打仗哇？"腊八看向那"八路叔叔"。

"是啰！"那"八路叔叔"说。

244

“打谁哩？”

“打鬼子呀！哦，还有汉奸伪军、反动道会、地主老财，凡是反动派我们都打！”

“这么说，连俺东家也打？”

“当然打啰！”

“凭么哩？他惹你了？”腊八不高兴了，冷言道。

“八路叔叔”一怔：“你东家剥削你，你不恨他？”

“人得有良心讲义气吧？俺可是吃着人家的饭哩。你给俺饭吃，俺也照样给你干活儿，甘愿受你……么来着……剥削！”

那人看着腊八，有些笑意地摇了摇头，说：“咱们八路军可不剥削谁，当然，饭更有得吃，饿不到你。”

“是不？那俺把俺爹也带上，去跟着你。”

“那恐怕不行。”“八路叔叔”认真地说，“听说你爹可是个残废人啊，他可以在家尽自己的能力为抗日做贡献。至于你东家，你们也可以做做工作，嗯……刚才我没和你说清楚，是这样——你东家只要支持抗日，甚至不投靠日本人，咱们就不打他，还要团结他哩！我们提倡结成抗日统一战线，团结一切可以团结的力量共同抗日。”

“那沾。”腊八说，“你不晓得，老根爷整天价都怕东洋人来哩，为这，他见天黑价睡不着觉。要是东洋人进喽他家的门儿，保不准他会拿菜刀跟小鬼子拼命哩！”

“那太好啰！”“八路叔叔”高兴地说，“嗯，小兄弟，那你就跟我走，参加我们八路军吧！”

“你们要走？不在俺这儿待着呀？那……俺不去！”腊八失望了。

“你怕死？我们革命队伍里的战士可一个比一个勇敢，就像天上高飞的雄鹰，一往无前，没有一个胆小鬼。你要怕死可就不能加入我们的队伍啰。”那人似乎也有点失望了。

“鸡巴毛！你也不打听打听，孙子才怕死哩！”腊八不屑地“哼”了一声，冷言道。

“那你为么子不跟我们去打鬼子哩？”

"俺哪儿也不去。俺家在这儿，俺们的地也在这儿，别处儿是别人家的事儿，俺管不着。他娘的东洋人喜欢上哪儿上哪儿去，就是不兴到俺这地界儿来，俺就在村口儿等着他狗×的！"

那人脸上失去了笑容，眼皮耷拉了下来，好像再无话可说了。五叔和五婶也一直没有插话。过了一会儿，那人说："咱们先不谈了，你回去考虑考虑吧，想通了，晚上可以来找我。队伍明天天亮之前都驻扎在你们村南。"

这当兵的是从黄河以西过来的，"七七事变"后派到了吕正操的队伍里做政治干部。在冀中一带，吕正操是个风云人物。他本是东北军的一个团长，去年国军从北平败退下来，他便带着他的一团人马脱离了国军，留在了冀中抗日，他的队伍从此改叫"人民自卫军"，他也做了司令。而这时的冀中各地，也由一些草莽人物或义士拉起了一拨拨抗日武装，一时间冀中大地突起抗日武装一百六十余支，与日本人干上了。那疤脸人是政治干部，一个重要任务，便是发动民众和收拢冀中一带的土豪武装。去年秋天，疤脸人还一身便装去过无极城。

腊八出了屋，在门外背起草筐，走出了五叔家。路上，他想着什么，可也弄不清到底想了些什么。五叔的话是实在的，却也让他的思绪混乱起来。也许，当兵走是逃离老根爷的唯一出路，可腊八从没想到过逃离。如果要逃离，谁也拦不住，他也更不会离开响马团伙了。突然，腊八的脑海里出现了一个人……是他，就是他！腊八终于想起来了，那个"八路叔叔"就是去年瓜园里见过的疤脸人！那个共产党逃犯！

是的，正是那人。疤脸人和那年轻人离开瓜园，就顺着穆刀沟一路西去了，去了黄河以西，而秋天他们又回到了冀中，到了吕正操的队伍里。那时日本人打过来了，国共两党结成了统一战线，据说两党商量好了，蒋介石的大军正面去抵挡日本人，毛泽东和朱德带着八路军在敌后抗战。疤脸人受命去无极，就是要商讨联合抗日。他劝说国民党无极官员撤走前把所掌管的武装留下，包括保安队，包括警察，包括能拢住的形形色色的武装。县党部书记长张华国和县长王桂照满口答应，其实是虚意应付。虽说国共两党一笑泯恩仇，共产党的队伍也被收编了，可国民党人在骨子里并没把共产党看成自己人。交谈中，酒意正酣，在一片和和气气亲如一家的气氛里，疤脸人无意中讲出了他从天津卫到石门押解途中的逃走过程，讲出了瓜园讨瓜吃，讲出一个看上去冷漠的看园小伙子怎么救了他。

……走着，想着，腊八回到了家里。

爹正蹲在猪圈沿上，像是很失落。他手里拿着根狗尾巴草，一截儿一截儿地掐着，见腊八回来，脸上露出一种难堪的表情。他眼巴巴地、歉歉地望着腊八，却没有言声。

腊八把草筐放在猪圈边上，从筐里抓了把草向猪圈里扔去。

"甭喂了。"爹说。

"怎么了？"腊八疑惑地看着爹。

爹没吭声。

腊八弯腰向猪圈里看去，猪圈里空空的；他又俯下身来向猪窝里望去，猪窝里也是空的！那头大肥猪已无踪无影！

腊八呆住了，目光发直。少顷，他回头冲着爹大声喊："猪哩？咱那猪哩？！"

隔了好一会儿，爹才说："给当兵的了……"

"你说么？"

"当兵的抬走了。"

"他祖宗哩！凭么把咱的猪抬去？！"腊八又大声吼道。他心里不由怪起五叔来，"哼！还说他们不是那号儿队伍哩，这排天下老鸹都是黑的，谁见过白的哩！不管是么队伍，只要是兵，就没他娘的好物件儿！"

"你甭急……"爹埋下的头又抬起来，带着歉意解释道，"这个队伍不赖，人家很实诚哩，说等打走了东洋鬼子再还给咱，叫咱跟那时候儿的政府要——还给了咱个字据。他们先是给了俺几张说是'边币'的票子，俺怕不能花，没有要。俺说，还是到时候儿再要猪吧……"

"要鸡巴毛去呀！谁晓得那东洋人么时候走啊？等到猴年马月也

说不定！那工夫人家翠兰就成老婆子了，说不定早跟别人了哩！不沾，我去找他们要回来！"腊八说着就要往外走。

"别价……不沾，你不能去！"爹急忙说，"这咱是么时候？东洋鬼子都快进占咱这地儿了，谁不盼望打鬼子的队伍早点来？那国军败下阵去了，幸亏八路军来了。人家八路来了，大家伙儿感恩不尽，拥护还来不及哩！家家户户都争着出东西，有的是粮食，有的是布，有的是鞋，有的是鸡，有的是长果儿大枣，连老根爷都出了……"

腊八没办法，气得跳了起来；跳了几下，双手抱着头蹲在了地上，脸黑得像块铁。

腊八的爹此时又咳了起来，他咳着，也在想着：这是哪路队伍哩？那字据上应该写着的，可他不识字，当兵的也没说他们是哪部分。眼下冀中抗日队伍多如牛毛，而在这一带活动的是十八团、回民抗日义勇队、人民自卫军、抗日义勇军、县大队……那抬走猪的是哪支队伍？……也许不是回民抗日义勇队，他们好像都不是回民，回民不吃猪肉。

"还他娘的雄鹰母鹰哩，么鸡巴鸟儿啊……"过了好一会儿，一旁蹲着的腊八自言自语地嘟囔道。

"你就要怪罪人家了，答应把猪给人家，可是我做的主儿，你要埋怨就埋怨我吧。再说了，他们可是为了打东洋人，不是抢，不是偷，也不是响马劫道，他们也没有国军那样下来就祸害，人家还是有规矩哩！这样不赖的队伍，上哪儿去找哩？"爹说。

"劫道"二字在腊八心里震动了一下。他有了一种被人劫了的感觉，就像他当初劫了去救赎他的文举爷。他慢慢冷静了下来，心头的怨气怒气也在慢慢消淡，因为他想到八路的武装是来打鬼子的……可他内心里还是很纠结。他站起身来，不声不吭地走出去了。

二

以后的几天里，疯子腊八一直闷闷不乐，郁郁寡欢，懒得和人说话，总是一脸的阴冷之气。就是老根爷，他也爱理不理，好像他是老爷似的；老根爷气得吹胡子瞪眼，却拿他没办法。老根爷并不知道腊八这几天是怎么了，当然也就不知疯子在为那头猪失落——其实是在为媳妇失落。那头好不容易喂大喂肥的猪被八路赊去了，就是赊走了腊八的全部家当。

五叔心情也不好，他神情落寞，因为小斗。

小斗跟队伍走了。

小斗是在五叔鼓动下走的，五叔见过世面，懂理多，五叔说只有把东洋人赶走了咱这平原上才能太平，咱庄稼人就该有力出力有人出人。小斗走的头一天晚上，五叔五婶给小斗秀花圆了房，因为队伍走得急，小斗秀花成亲也就没举行仪式。可小斗走后五叔心里空落落的，见不到小斗很不习惯，他常常独自到村南的路上走来走去；他不愿在家里待着，是不愿听五婶和秀花的啜泣声。五婶怕儿子从今再也回不来了，像丢失了什么，一脸惆怅；秀花则有点生离死别的感觉，泪珠儿断了线似的往下掉，哭成了个泪人儿。

但五叔是个坚强的人，再大的事他都能扛住。他不得不如此，因为他是家里的顶梁柱，上上下下的事情还都得靠他。

这天晚上，指不上捎话过来，叫五叔过河去一趟，说是有事相商。五叔去了，去了才知是为腊八和翠兰的事。指不上说：女方家里说话了，世道不太平，还是早点把腊八和翠兰的事解决了，免得夜长梦多。五叔为难的是腊八家太穷，还没一点准备，就连喂着的一头猪也叫队伍给赊走了。若执意再办回喜事，腊八找么办哩？跟他说了，他肯定不干，弄不好媳妇也不要了！不过五叔没说出来，难色也没挂在脸上。五叔想，你们不就是为找回个脸面呀？唉，还是自己帮腊八操办了吧。

第二天一早，五叔来到腊八家，也让金桂把腊八喊了回来。五叔说："我翻了翻黄历，就定到腊月初三吧，这是个好日子。"

腊八说："这不瞎子点灯白费蜡呀？猪都没了，找鸡巴么办哩！"

五叔笑笑："这你就甭要瞎操心了！"

离重办喜事的日子还有一些天。不过，自从日子定下来，疯子腊八回家的次数也多了起来。虽然他那张冷漠的脸依旧没多少暖色，人却勤快了许多。屋地上大大小小的坑洼都被他填平了，院落里也打扫得干干净净，有时，他会久久站在院子里四下凝望，琢磨哪个地方还该拾掇拾掇。当然，在老根爷家干活儿也利索多了，不再像前些日子那样磨磨蹭蹭，也不再躺在牲口房的炕上睡到日上三竿。

这天一大早他就起来了，喂过牲口，带着一脸怪怪的神情，双腿有点迟疑地走进老根爷的正房。

老根爷正坐在八仙桌旁抽着烟，思考着什么。这些天来，老根爷也睡不好觉，往往天色未亮就起来了；他脸上似是又多了些皱纹，眼袋也老深，眼睛底下像是挂起了两个灯笼。而这时，老太太还在炕上睡着。

"爷……"腊八轻声喊道。

"唵？么事儿？"老根爷抬起头来问。

"你看是不是另找人喂上十来天牲口？"腊八以商求的口吻说。

"为么？"老根爷不解地望着腊八，他觉得这个说话从不拐弯抹角、似乎一眼就可看穿肠子的浑家伙今天有点神秘味道，态度也变了，不说毕恭毕敬吧，却也摆出了个乖孩子姿态。

"俺……"腊八一只手抠着脑袋，支支吾吾地说，"俺脸这么黑……"

原来腊八曾偷偷到东厢房照了镜子，他在秋莲的镜子里看见了自己。他照镜子，是突然想起了侯七的话。腊八明白，侯七猜说翠兰长得忒好看，是在暗讽自己长得丑。

"黑点儿怎么了？你能叫它变白喽？真是！"老根爷独眼盯着腊八，不高兴地说。这些日子他本来就烦，腊八这一大早又莫名其妙地给他添烦，他的眉头皱了起来。

"不是说不见日头儿脸就会白了哇？俺想去俺叔家地窨子里待上十来天，捂一捂，兴许会白点儿……"

看着眼前这个让他伤透过脑筋的荒唐家伙，老根爷又好笑又好

250

气，他以教训的口气大声说："那驴鸡巴整天价都捂着，怎么还是黑的啊？！"

腊八讨了个没趣，撇了撇嘴，一言不发地退了出来。他回到牲口房才小声地狠狠骂了句："老鸡巴毛，你爹才是驴鸡巴哩！"

腊八像是变乖了，没了那一身又狠又横的匪气，没了冷气，也没了那种什么都不在乎的邪气，他开始以一种低姿态做人了。其实这是假的，这一切是金桂出的主意。金桂劝说腊八改改脾气，对老根爷家的人要尊重，对老根爷要低声下气，以免老根爷在他和翠兰的事上再次作梗。金桂说："得让那老头子欢喜才成，要顺着他的毛儿捋！"这金桂也够损的。腊八笑了："你就是说他是条老狗呗！"

腊八上了牲口房里的土炕，躺下了。他把双手搁在脑后，两只小眼睛久久地盯着房顶。他在想主意，他想琢磨出个什么招儿收拾一下老根爷，让这头高傲的老犟驴蔫下来……

就在这时，远远地传来了"当当"的钟声。

那惶急的钟声在连绵不断地响着，似乎一声急似一声。那响彻数十里的钟声从河对岸传来。钟声响自北穆家绑过凤姐的那棵老槐树上。穆刀沟两岸多少年没听到过那口老钟敲响了，就像没有听到过远古的声音。但此时那钟敲响了。

"老根爷——不好了！"破盆风风火火跑到老根爷家院子里，脸色苍白，猴儿急地大声喊着。

老根爷从屋里走出来："么不好了？"

"东洋人来了！"

老根爷脸色大变。未待老根爷再开口，太太、儿媳、孙子孙女都匆匆打东厢房出来了，太太儿媳一脸惶急，孙子孙女一脸茫然。

"还有多么远？"老根爷急急地问。

"还、还有二里多地！从马驿那边儿过来了！"

老根爷扭头回到屋里，旋即又走了出来。他手里提着一张落满灰尘的铜锣，他把锣交给破盆："快！快点儿上房去喊，唵？叫人们快点儿跑，都到沙岗子上躲着去——东洋人走喽再回来！快点儿去！"

破盆接过铜锣，顺着梯子"噌噌噌"爬到房顶上，"当当当"敲起锣来，嘴里还不住地喊着："快跑哇！东洋人来了！快点儿到沙岗子上躲着去——东洋人走喽再回来！快跑哇……"

腊八慢腾腾从牲口房里走出来，胳膊下夹着那把杀猪刀子。奇怪的是他依旧是一脸淡漠，而那双眯眯眼里却暗暗跳动着一种兴奋。

"疯子，快点儿背上你奶奶走！"老根爷向腊八喊道。说完，便准备回屋去带上点什么。

腊八站着没动。他说："俺爹还在家里哩。"

老根爷刚迈出的脚站下了，回头怒道："你爹你爹！俺？像是一辈子没有过爹似的，你爹还跑不过个小脚儿老婆子？！"

腊八又冷又狠地看了老根爷一眼，把杀猪刀子叼在嘴上，蹲下身去。他把老太太背上背，快步走出了大门，秋莲和两个孩子也慌里慌张跟着跑了出去。腊八心里骂着："你才不是爹揍的哩！你他娘的爹多娘少的老东西！"他把气发在了老太太身上，像愤怒的公驴炮蹶子，跑起来故意把脚抬得老高，一跳一跳的，几乎要把老太太的肠子颠出来，疼得老太太"哎哟哎哟"直叫唤。

街上喊声连连，人们像热锅上的蚂蚁拼命跑着，有的摔倒了——赶忙爬起来又跑。人们向村东口拥去，乱哄哄地拥到村外，身后像是有洪水猛兽在追赶。

村口上一个人的声音异常响亮，那是金桂的声音。金桂一声声焦急地喊着："平娃儿——！平娃子你在哪儿哇！你在哪里呀？！"

腊八背着老太太，在村口碰到了大升和金桂，他扭头看了一眼。金桂还在焦急地回头呼喊着平娃，大升扯着金桂的胳膊叫她快跑。跑出村子很远了，金桂还在一步一回头地喊着平娃，她的喊声里带着哭腔。

人们逃出村子不久，日本兵就进村了。

村子里空无人影，寂静得像座坟墓。家家户户除了人，什么都有，房子、农具、粮食、鸡鸭、一些人家的牲口……但没有人，全村的人像是突然间在大地上消遁了。

也不知有多少日本人进了村子，反正村子里到处都是蝗虫似的日本兵。他们穿着黄靴子，一身黄绿色军装，黄绿色的帽子垂着两条黄绿色帽垂；他们有的挎着马刀，有的端着上了明晃晃刺刀的长枪，野兽一样在村子里窜来窜去，挨家挨户搜查着。

七八个日本兵进了大升家，又进了五叔家，没找到人，然后搜索着来到五叔家的房后。他们警惕地看着那片榆林，如临大敌似的举枪对着树林子。过了一会儿，一个日本兵咕哝了句什么，其他的日本兵笑了起来。他们把枪挎在了肩上，那个戴眼镜的家伙从胯上抽出了马刀。一个日本兵从"眼镜"手里接过马刀，举着走上前去，挥刀砍向一棵榆树；手腕粗的榆树拦腰断开了，"咔嚓"一声倒了下去。那日本兵得意地笑着走回来，又一个日本兵接过马刀走了上去，又是一刀砍下……他们一个个走回来，又一个个走上去，稍细点的榆树一棵棵倒下……而最后一个日本兵的刀却没砍下，他回头向同伙喊了声什么。众日本兵迅速枪下肩，端着明晃晃的刺刀围了上去。

那棵树下坐着平娃。他紧靠树身坐在地上，用惊恐的眼睛看着日本兵。早晨起来，他听到"叮叮当当"的敲击声在街上响起，就缠着金桂去给他买粘粘糖。金桂不肯，他生气了，独自跑了出去。听到金桂的喊声，他更是赌气地钻进了房后的榆林，不出声，不露面。

戴眼镜的日本兵走近平娃一步，弯下腰，用生硬的中国话说："小孩，人的，哪里去啦？"

平娃用更为惊恐的眼睛看着他。

"眼镜"一只手伸进裤兜里，掏出一把用花花绿绿的纸包着的糖块儿，在平娃眼前晃了晃，递给平娃："米稀米稀！"

平娃开始不敢要，可眼睛却一直盯着日本兵手里的糖，盯了好一会儿，还是伸出两只小手接过了。

"人的，哪里去啦？"戴眼镜的日本兵又一次问道。

平娃扭过身子，用捧着糖块儿的双手往东指了指。

"吆稀！"那日本兵高兴地笑着，两抹儿贼光在眼镜片上闪了闪，他双手一提把平娃举了起来，骑马似的把平娃架在自己脖子上。他一蹦一跳地颠着平娃，转着圈，像是在肩着自己的儿子。可他突然又把平娃放了下来，恼怒地看着平娃："小孩的，坏坏的！"

众日本兵"轰"地哈哈大笑起来，笑得前仰后合。

戴眼镜的日本兵脖子湿漉漉的，就连肩膀也湿透了。那是平娃尿的尿。

"眼镜"似乎是日军的一个小头目，他有些尴尬地从一个手下手里要过马刀，插进刀鞘，然后一挥手，日本兵穿过树林往村东口去了。

没过多久，大队的日本兵像一张带着杀气的拉开的网，从西南方朝大沙岗子兜去。藏在沙岗上的人们看到越来越近的日本人，又惊慌地羊群般冲下沙岗子，向东北方向的小沙洼亡命而去……很不幸，他们忽然发现，穆刀沟岸上也出现了日本兵！人们停下来，绝望地聚在小沙洼里，站下，坐下，趴下，他们已没有了去路。心头最混乱的还是老根爷，他已六神无主，想到整个南穆家将要遭殃，他双手上扬，不住冲苍天喊着"天啊！"直到日本兵围拢过来，他才绝望地停止了叫喊，蹲下，垂下了沉重的头。

小沙洼里，南穆家人被日本兵包围了起来。

在穿黄军装的日本人中间，还有一些挎匣子枪的黑衣汉人。后来才知道，他们是汉奸——投靠了日本人的汉人，人称"黑狗子"。他们是日本人招募的特务，北穆家坟地里那三个混混儿就在他们中间。那次，他们是为日本人"踩盘子"来了。

"耍怕……耍怕……"

听到说话声，腊八扭了一下脸，接着又把脸扭回去了。他身旁是大丑一家，已年届四十的大丑在轻声安慰两个发抖的孩子臭货和傻货。

黑狗子群里走出一个人来，昂着头，耀武扬威地往包围圈中间走了几步，站下了。

"二狗！"疯子腊八暗暗叫了一声，冷冷地看着二狗，本能地攥起了两个拳头。他接着又奇怪地想，"这狗×的还他娘的成精了哩！"

人们都认出了二狗，这条被疯子腊八打断腿、被北穆家逐出去了的丧家犬又回来了。他梳了个分头，穿了件对襟黑褂子，一副春风得意的样子。他又两腿一撇一撇地大刺刺向前走了几步，环视了南穆家人一眼，站定了，脸上堆着不怀好意的笑，大声说："你们都听好喽！今儿个皇军来了！是来建立大东亚共荣圈儿，是来帮咱们，是来亲善咱们！皇军就是亲爹、亲爷！皇军说了，他们跟咱们是一家人，只要你们听皇军的话，当顺民，向皇军纳粮，不抵抗皇军，皇军就不跟谁过不去，就不抢、不烧、不杀人！要是不听话，或者糊弄皇军，你就是活够了，活腻歪了，就统统杀喽，一个也不留！"

身后是不可一世的日本皇家军队，二狗神气十足，他为能做这支军队的一只鹰犬感到无上荣耀，其得意之色满满地写在脸上。他还在挖空心思想着再替皇军说点什么，以显自己的忠心和能耐，却突然看见了疯子腊八。仇人相见分外眼红，仇恨像狼烟一样又升腾起来。二狗恶毒地阴笑着，眼睛盯着腊八，然后从腰上拔出枪，一步步走来，枪口对准了腊八的脑袋。

腊八的头没动一下，也没吭一声，只是嘴角挂起了一缕轻蔑的冷笑，右手插进了沙子里。

"八格！"二狗身后突然响起一声厉喝。

二狗回过头，一个肩扛三杠两星肩章的日本人在生气地盯着他，一只戴白手套的大手向他招了一下。二狗像条遭到主人呵斥的狗，夹着尾巴乖乖向那日本人走去，还回头狠狠瞪了腊八一眼。

那日本人挥了挥手，日本兵走了。他们开向河岸，过河去了。

日本人来得快走得也快，这一切，好像就发生在一眨眼的工夫。

像是梦中醒来，虚惊一场的南穆家人如释重负地松了口气，飞走的魂魄又附身了，人们开始站起身来往回走。他们像患了场大病，显得很虚弱，脊梁骨还有点儿发冷，腿还有点儿发软。腊八几乎是最后才站起来。他从沙下摸出杀猪刀子，看了看。这时他才突然想到，在这小沙洼里没见着爹，无疑，爹还留在村子里。他拔腿向村子奔去。被他超越的乡亲不时有人招呼他一声，可他像是都没有听见。看到腊八急匆匆往回跑，五婶疑惑地说："腊八怎么了？东洋人都走了，他还急么哩？"

"谁晓得哩。"五叔道。可五叔很快就明白过来了，"他是结记他爹哩！咱们在这村外不是也没看见他爹哇——咱们也快点儿走，去看看！"

到家，刚进院门腊八就惊呆了。接着，他大叫一声扑了过去。

爹侧身躺在院子里，躺在柴火堆旁，他的身下是一摊血，就连刚上身的棉袄也洇湿了好大一片。爹死了。

爹腿脚不方便，日本人来时他没来得及跑出去，就钻进了柴火堆里藏了起来。日本兵来了，他们用刺刀往柴火堆里乱捅，一把刺刀捅进了爹的肚子。爹从柴火堆里爬出来，可没爬几步就断了气。

一甩手丢下杀猪刀子，腊八急急地趴在了爹身上，发出一声凄厉的哭喊："爹呀——"

凄厉的哭喊声在村庄上空回荡着。

没多久，五叔赶来了，老根爷来了，南穆家族人纷纷赶了过来。人挤满了院子，还有更多的人站在院墙外。五叔的脸抽搐着，他蹲下身来抱住了腊八爹的头；老根爷站在五叔旁边，这个一向高傲而心硬的老头儿脸上也有道泪水流下来……

"小东洋孙子，我×你十八辈儿祖宗！"腊八突然站了起来，眼睛红得像喝了血。他捡起地上的杀猪刀子就往外冲。

"快拦住他！"老根爷喊。

破盆拦腰抱住了腊八。可腊八劲儿太大，他一个人抱不住，破罐白蛋他们几个上来，这才一同把腊八控制住，并夺下他手里的刀子。

老根爷走过去，咬着牙说："疯子哇，这个仇咱一定得报，唵？不报就不是穆家子孙！可报仇得看个时候儿，不一定非在今儿个！眼下，咱还是先把你爹的后事儿办了要紧。"

"腊八！"被挡在大门口的五婶哭叫一声，冲开人群，跑过来把腊八的头紧紧搂在肩头上，"孩子呀，你好傻呀！你可耍再犯浑呀，那狗×的东洋人咱可是惹不起哩！"

腊八他爹的死震动了南穆家，震动在人的心头。而心头最不安的莫过于老根爷，对他来说，这不安更多的是种良心的折磨：他逼着腊八背走了老太太，却把腊八他爹的命留给了日本人。

腊八的爹的尸体被抬进了屋去。老根爷站在院子里，大声说："大伙儿都耍站着了，该准备么帮着支应支应！"说完，他又招呼几个人跟他走了。过了一会儿，一口硬木棺材抬进了腊八家里。这口棺材本是老根爷为自己准备的。在接下来的半天里，五婶婆媳忙着给腊八的爹赶做了寿衣，破罐破盆去马驿买了炮和纸钱，五叔和大升赶做了哭丧棒及招魂幡……

第二天上午，腊八的爹要下葬了。随着二踢脚炮仗在地上和天上炸响，老根爷喊一声"起灵"，五叔押着的灵车和送殡的队伍就从腊八家出来了。只有穿了身孝衣的金桂、秀花她们留在了院子里，她们身边是一众满面凄色的南穆家女人。当然，也有些凄色并非真情溢出，而是不得不为之，正如哭戏里有人干号而不见眼泪。

临腊八家的那条街拥满了人，全族人能走的都出来了。若是以往，若是腊八的爹因病什么的早死几天，送殡的人便不会这样多，也许寥寥无几。

走在队伍最前边的是放炮的人，他们把一支支炮仗点响开路；距炮手有一段距离，便是稀零零几个血缘近的、手拿哭丧棒的男人，大升就在其中。老根爷走在他们旁边，他是今天丧事的主事。除了爹娘老子，老根爷没给谁送过殡——包括族人，他更没给人家当过主事。但今天不同，今天这一切他都做了。他们之后便是头戴孝帽、手打白幡的疯子腊八。腊八走在灵车前边，招魂幡在头顶上飘扬着……他怀里还抱着块青瓦。他由作为搀孝人的破罐破盆礼仪性地左右搀扶着。让人看不懂的是，腊八竟然没有哭。即使昨晚守了一夜的灵，腊八也不曾掉下一滴眼泪，更没有哭孝。他只是脸色铁青。

只听老根爷高声喊："摔丧——！"

腊八怔了一下，把怀里那块青瓦摔了出去，青瓦碎成一片片散落在路上……送殡的队伍继续向前走去。灵车走到村东口上，眼看就要出村了，只听老根爷又喊："孝子谢哩——！"

腊八回转身向着灵车跪下了，凡戴孝的人也都跟着跪下了。腊八跪在灵车前磕了个响头，然后被破罐和破盆拉起来。

灵车继续前行，送殡的人们也继续前行。在又一声"孝子谢哩"的吆喝里，腊八又跪下向爹磕了个头，然后站起来继续前走。"孝子谢哩"的吆喝声一遍遍响起，在一遍遍的吆喝声里，送殡的队伍来到南穆家坟地——那片蓊蓊郁郁的柏树林前。

灵车停下了。黑球等十六个杠夫拥向灵车，要从车上把套着绳索的棺材抬下来。白蛋等四人上了车，抬起棺材往下递，其余的人在车下接着。

五叔叮嘱道："经心着点儿，可千万耍挨着地！"

据说棺材入坑之前着了地，逝者将不肯入墓，他的灵魂也将没有着落。

棺材抬进了柏树林。待送殡的人在墓坑前站下，树梢上一群乌鸦哇哇叫着飞起了，人们一脸的惊诧。

他们惊诧的不是乌鸦，而是坟坑北边跪着的一群举哭丧棒的男人！他们是北穆家的男人，文举爷就站在他们前边，他们肃穆地望着这边。二混也来了，跪在北穆家人群里——虽然他姐姐翠兰没有来，结巴嘴爹也没有来。

老根爷怔住了，目瞪口呆，他不敢相信眼前的一幕是现实，甚至不敢相信自己的眼睛。他不知如何是好，一时也弄不懂北穆家这是唱的哪一出儿。他们是真心来吊孝？还是幸灾乐祸来气俺们？这些，都是老根爷一转念间的心思掰扯。可此时此刻，容不得他去追究。他没有理会北穆家人，而是回头喊了声："入丧——"

坟坑里一具朽败的棺材裸露着，棺材里是早年死去的腊八的娘。娘在腊八的记忆里没有任何印象，因为生下腊八她就死了，因此在腊八的心头对娘也只有淡淡的感恩，却谈不上有多少感情。其实，在腊八的感情里，从小他就把五婶认作了亲娘。

终究没能挨地的棺材抬向了坟坑，落入了墓穴，与腊八娘的棺材靠在一起，人手里的哭丧棒也纷纷丢了下去。土工们开始填土，一会儿，一个圆坟堆就起来了。破罐、破盆搀着腊八走过去，腊八把白幡插上了坟头。

旁边的五叔小声说："可得插三下拔三下啊。"

腊八扭头看看五叔，没做理会，接着就向爹娘的坟跪下，一个头磕了下去。

五叔赶紧绕过坟堆，走到文举爷面前，作了个揖，感动地说："忒感激你们了！我去把腊八叫过来给您老还礼……"

"罢了。还讲么礼数儿哩。节哀顺变吧。"文举爷话很简洁，却又是真诚的。文举爷说罢，转身带着北穆家的汉子们走了。

五叔回到坟堆南侧，看到老根爷一脸的木然。

"咱们也走吧。"五叔对老根爷说。

"嗯……"老根爷回过神来，又向北穆家人走去的方向望了望。

"腊八，该回去了。"五叔又对依旧跪在坟前的腊八说。

腊八没有回头，也没有吱声。

老根爷说："算了，叫他多陪他爹一会儿吧。"

## 三

后半晌了，饭早就凉了，腊八还没回来。

老根爷道："都这工夫了，怎么还不回来哩？"

"兴许是回他家了吧？我去看看。"五叔说罢，起身离开了老根爷家的堂屋。

五叔去了腊八家，只见院落里空落落的。这个家，除了少许飘散的压魂纸的灰烬还在书写着一种悲凉，它还是以老样子守着那无可挽回的颓败。五叔进屋看了看，没有见到腊八。他又来到自己家里，五婶说腊八没有来过。五叔转身从屋里出来了，没好气地冲着西院喊："大升你在家里不？"

稍迟疑了一下，西院传来大升的回声："在哩！有事儿哇爹？"

"你出来，跟我坟上去！"

五叔父子来到柏树林，到了腊八爹娘的坟前。坟前也没有腊八，只有坟堆下两个膝盖的跪坑算是腊八留下的痕迹。

"这浑家伙哪儿去了哩？"五叔皱起眉头琢磨着。他突然说，"走，河边儿上去看看！"

穆刀沟依旧在默默地流着，无声无息，像是在流淌着无尽的追念，流淌着满怀的仇恨。五叔父子在河岸上停下了，五叔神色沉重地望着东流而去的河水，之后目光落在了对岸。

大升不无紧张地问："腊八……淹死了？"

"不会。就他那水性，身上拴个石磙子也沉不下去。"五叔说。

"要是……他寻短见哩？"大升依旧难以排除心头的紧张。

五叔摇摇头："那更不会。"

"这怪了，他会跑到哪儿去哩？"大升也皱起了眉头。

"过河去了。"五叔说。

"过河？他过河去揍么？"

"去找东洋鬼子。"

"坏了……"大升的脸色有些发白了。


傍晚时分，腊八终于回了村。

由于惦记腊八，眉头紧锁的五婶坐立不安。她由秀花陪着从家里走出来，忽听街上人喊"疯子回来了"，就赶紧奔了过去。

腊八是由文举爷送回来的，不过，送到河边文举爷就又回去了。

腊八过河去寻找日本人，日本人没寻着，却被北穆家扣下了。有人碰见浑身湿淋淋的疯子腊八，他在打听日本人去了哪里，就赶紧告知了文举爷。腊八正准备往村西走去，被急匆匆从家里出来的文举爷拦住了。

"那畜生们早就走了，说不定都在几十里开外了，你到哪儿去找？"文举爷道。

"就是走到天边儿也得找着他狗×的！"腊八冷冷地说。

文举爷也冷下了脸来，大声教训道："你是真疯了？逞么匹夫之勇哩！以卵击石，不自量力，你有几条命哩！"

“一条！”

“那不得了。你不能去！”

“命是俺的，谁也管不着！”

实在劝不动腊八这头发疯的犟驴，文举爷气得胡子都抖了起来。他想，这指不上恰好有事出去了，若是他在，凭他的嘴也许能说动腊八。无奈里，文举爷喊围上来的七八个汉子把腊八绑了。他把腊八带到了家里，绑在了院子里那棵槐树上，丢下句“叫他在这儿好好冷静冷静吧！”就让汉子们走了，他也回到了屋里。

眼看天色已近傍晚，文举爷从屋里出来了。而腊八也像个皮球泄了气，看去平静了许多。文举爷走向槐树，给腊八松了绑，平静地说：“孩子，君子报仇十年不晚，不在这一时半会儿。你爹才死，尸骨未寒，若是你再有个三长两短，他在地下岂能安心哩！往后哇，遇事儿得先动动脑筋，甭冲动。走吧，我送送你。”

文举爷送腊八的路上，腊八还好好的，看去没什么不正常。文举爷问了有关他卖身抵给老根爷的事，问了有关他爹生前平时怎么生活，问了他和翠兰的事的准备情况，腊八都简略而如实地作了回答，虽不时小眼珠子转转，然后皱起眉头想什么。

可回到村里，腊八就变了个人似的，像个哑巴不再说话，好像也不认识人了。

人们聚在腊八家院子里，一脸的凝重，有人在小声说着什么，可谁也没有进屋。

这会儿，腊八直挺挺躺在炕上，呆滞地睁着双眼，望着屋顶。五婶婆媳进来，他歪了一下头，不认识似的又把头扭开了，依旧呆呆怔怔的。秀花不声不响地站在屋地上，默默地看着；五婶坐上了炕沿，斜过身子面向腊八。

“孩子。”五婶叫了声。

腊八没反应，依旧一动不动地望着屋顶。

“腊八，你不认得俺了？我是你婶子呀！”五婶又说。

腊八依然如故，木然地望着屋顶。

五婶伸手摸了摸腊八的额头，可他还是没有反应。

"这可怎么好哇！"五婶收回手来，愁伤地叹了一声。

屋地上站着的秀花摇了摇头，眼睛里噙着两颗泪珠。

"疯子——"这时，闻讯赶来的老根爷进了屋，看到躺在炕上的腊八，一脸关切之色。

"你个老鸡巴东西——还我爹！"腊八突然翻身从炕上跳了下来，狂喊着，一手抓住了老根爷的胳膊，另一只手掐住了老根爷的脖子。

五婶和秀花一下子惊呆了，待醒过神来，连忙拉住腊八。秀花急喊："快来人呀——快点儿来人呀！"

院子里的人冲进屋里，七手八脚拉开了腊八。老根爷红着脸，窘迫地看看五婶他们，讪讪地走了。进屋拉架的人也走了出去，腊八又躺到了炕上，又成了那痴呆的样子。五婶坐上炕沿，心疼地看着腊八。

"你爹他们也不晓得回来了没有。"五婶转回身对秀花说，"你先在这儿待着，把腊八守好，俺先回去给他弄点儿吃的。"

说着，五婶下了炕，走出屋来。站在院子里的人用一种询问的目光望着五婶。

"都回吧，回去吧。"五婶叹口气，向门口摆了摆手。

五婶说罢就走了，人们也陆陆续续走出院子。

这时五叔已回到家里，正坐在炕沿上抽闷烟。下午从河边返回，他让大升先回了家，自己去柏树林，又守着腊八爹的坟头坐了会儿。

一脸惆怅的五婶进了屋，看着五叔，迟迟没有说话，她是不忍说。五叔也知道五婶进来了，可他没有抬起头来，依旧一口一口地抽闷烟。过了一会儿，五婶叹了一声，终于忍不住说："腊八回来了。"

"你说么？回来了？！"五叔一下子坐直了身子，然后边说边跳下炕，"你怎么不早说哩！他这咱在哪儿？"

"在他家里。可……这孩子真命苦哇！"五婶带着悲戚的表情说。

"怎么了？"五叔收住了刚刚迈出的脚步，看着五婶。

"这回真疯了。"

腊八在炕上躺了一天两夜，一天两夜没合眼，没说话，也没吃东西。第三天他开始吃饭了，也下了炕。不过，他依旧不和人说话——就像七岁那年，嘴巴像是永久地缝合上了；他也不肯走出家门，像是一匹病马驹子圈在栏里。

　　半个多月后腊八才走出了院门，上了街，大升在后边远远地跟着。街上的人以一种同情而又惧怕的目光望着他，目送他游魂一样向村东口走去。也许他去爹的坟上，人们想。待腊八出了村口，人们才开始嘀嘀咕咕议论起来，而更多的人是为腊八的疯痴而叹息。人们知道，一个人得了魔怔，就多半会成为个一辈子的疯子，若想变回正常人，难。

　　也许只有五叔还抱着一线希望。腊八下炕那天，五叔和五婶回到家里，五叔说："我看，腊八是中邪了，心智叫么给摄住了。幸亏时辰还短，兴许还能好哩。"

　　"你是说……他是鬼附身？"五婶惊愕地望着五叔。

　　"说不准。你想哇，他是么规矩也不讲，能不坏事儿啊！人三鬼四，埋他爹，他该给他爹磕四个头，他就磕了一个，这是给人磕哩还是给鬼磕哩？那幡儿要插三下拔三下，他一下子插上就不管。还有，谁都晓得他是个孝子，可他爹死了他竟然没有啼哭……谁能饶他哩！"五叔说。

　　"那可怎么办哩……"五婶惆怅起来。

　　五叔想了想说："这么着吧，一哩，咱去他爹坟上，再替他烧个纸，求哥耍再怨他，这孩子活着也够不容易哩；二哩，咱们麻烦点儿，设法儿给他冲冲。"

　　乡下有个说法，人中了邪，用喜事冲一冲，也便除邪消灾了，人也便随之好起来，恢复正常。由此五叔想起了腊八和翠兰的婚事。


　　疯子腊八没去他爹的坟上。他出了村东口，径直向前走去，走上了大沙岗子。在大沙岗子半腰，他躺在了侯七的坟堆上。也许是侯七的魂魄在召唤他，也许是他孤独的灵魂已找不到地方寄托。他在侯七的坟上躺了大约半个多时辰，坐起了，接着又站起身来，下了沙岗子就往回走。可他没有回村，当他快到村口时，却又奇怪地折身走向了穆刀沟的方向。他穿过空旷的原野，上了村北那条通往河边的小路。

河边那座土地庙像个灰头土脸的老人，孤零零坐在原野上，在默念着这片苦难而多事的土地的记忆。初冬的风一阵冷似一阵，树上残留着的黄色叶片又在不断地一片片飘下，像黄色的纸钱撒向原野。

河岸上正有一群人由东向西走来。这是一群农人打扮的人，可他们都带着枪。有人背着长枪，有人腰里插着短枪，其中一个戴了顶灰军帽的年轻人走在那群人前边。

腊八突然又发起狂来，风一般狂奔上河岸。他在岸上站下了。就在那群人从他身边经过时，他一把从"灰军帽"腰里把那短枪"顺"在了手里。

"你——""灰军帽"本能地抓住腊八的胳膊夺枪，却被腊八一掌推翻在地上。

一直默默跟在腊八身后的大升刚要喊，可还没喊出声，便赶紧猫腰跑到了那土地庙后，藏了起来。

扛枪的人惊呆了，等回过神来才一齐扑了上去，把腊八摁倒在地，夺下枪，然后把腊八的双臂拧在身后。他们把腊八拉起来，惊魂未定的"灰军帽"也跟着站起身，顺手拾起掉地上的帽子戴上，怒目盯着腊八。但很快他的脸色就变了，眼里的怒火瞬间熄灭。他又以一种不解的神情看看腊八，扭头问身旁一个四十多岁的中年人："老秋，你认识他不？他是南穆家人。"

名叫"老秋"的中年人穿了件粗布夹袄，头上裹块白毛巾，一张方脸盘上透着刚毅而又不失和蔼。老秋往腊八跟前走近一步，平静地问："你是谁？叫么名儿哩？"

腊八怔怔的，像是谁也没看到。

"你为么抢俺们的枪啊？俺们可是八路军呀！"老秋又盯着腊八说，声音提高了点。

共产党的武装五花八门，但习惯里都自称"八路军"。

"八路军"三字也没能唤醒腊八，他像是没听见。

就在这时，一只从河对面过来的小船靠了岸，五叔和五婶急匆匆奔上岸来。五叔五婶拨开人群，走到腊八身旁，五婶两手抓住腊八的肩膀，回头质问老秋："你们为么捉他啊？！"

老秋审视五婶一眼，然后又看看腊八说："他抢枪，还动手打人。"

"误会，误会哩！"五叔赶紧赔了个笑脸，"你们是八路军吧？他肯定以为你们是鬼子哩！你们不晓得，俺这侄子的爹叫东洋鬼子给挑死了，死得好惨哩！你瞅瞅，人都气疯了，么也不晓得了！"

"原来是这样！"老秋不由一惊，脸上抽搐了几下。他激动得不知说什么好，叫了声"小兄弟"，拍拍腊八的肩膀，对扭住腊八的二人命令道，"松手！"

扭住腊八的二人松开手，腊八又突然跳起来，扑向戴灰军帽的人。五叔连忙把腊八抱住了，五婶也一下子搂住了腊八的头。腊八终于安静了下来。也许只有五婶的胸怀能让腊八安静下来，因为他是吃五婶的奶长大的，是在五婶的怀里长大的。五婶的怀便是腊八灵魂的归宿。

"孩子，你快点儿清醒清醒吧！你媳妇儿都快回来了，你瞅瞅，你看那不是翠兰呀？咱跟人家说好了，早点儿再过回门儿，咱不等到腊月了！"五婶带着哭腔对腊八说着，腾出一只手往河对岸指了指。

腊八微微颤抖了一下，过了片刻，他的头从五婶的臂弯里挣脱出来，抬头向河对岸看去。

翠兰就站在河对岸上。

这里发生的一切她都看在了眼里，她也看到了疯子腊八。她是来送五叔和五婶的，送到了河边。当然，腊八疯痴的事她不知道，五叔五婶和指不上都没对她说出真相。

腊八呆呆地望着河对岸上的翠兰，望了好一会儿，嘴角慢慢露出了一丝笑意。而这时，那"灰军帽"疑惑地看看腊八，又望望河对岸的翠兰；翠兰也看见了那人，头低了下去。

"咱们走吧。"老秋向队伍挥了挥手，接着对腊八道，"小兄弟，有空儿了我来看你。"

队伍西去了。

老秋的话腊八没听到，他的眼睛还一直瞅向河对岸。

"甭看了，过不了多少会子你们就见天在一起了，那时候儿你还看不够？"五婶拉住腊八的胳膊，"回家吧！"

腊八不情愿地转过身来，随五叔五婶走下河堤。他们扭头往西扫了一眼，见大升正从土地庙背后走出来。

## 四

五婶回家做饭去了，五叔和大升把腊八送回了腊八家。一进这个家门，人不由生出一种悲戚感来，更有一种空落感。

腊八又躺到炕上去了，还是那种呆呆的样子。五叔坐上了炕沿，从腰里抽出烟袋，对站在屋地上的大升说："你也回去吧，我在这儿守着就得了。"

大升走了，五叔闷头抽起烟来。过了一会儿，忽听他"唉"地长长叹了一声。他接着转过身面对腊八，一脸深深的无奈，不无伤感地说："腊八呀，你么时候儿才能好哇……眼看翠兰就要回来了，回来见你这么个状况，可怎么是好哩……你抵给老根爷的事儿，老根爷也给你解除了，那文书也撕了，可解除了又还有么意义哩……"

"真的？！"疯子腊八突然翻身坐了起来，惊喜地望着五叔。

五叔吓了一跳，吃惊地看着腊八，过了好一会儿才说："……你好了？"

"我……"腊八脸上现出一缕狡黠的得意。

"你他娘的个屄！"五叔恍然大悟，不由得大怒，少有地爆了粗口，"你个兔崽子，原来你是装疯卖傻呀！你装疯不打紧，可把俺们折腾得够呛，大家伙儿差点儿给急死！你摸摸你的心，是不是叫狗给吃了哩？！"

266

"不装疯那文书能解除喽？"腊八露出微微的苦笑，接着又认真地说，"你想，那老鸡巴东西有好心哇，俺好好的，他会放过俺？俺成了真疯子，他保准也就不要俺了！"

"不是这么回事儿。"五叔解释道，"你爹死的那天黑价，他就把文书拿过来，当我面儿撕了。"

这一点腊八却没想到，他甚至有点惊讶。不过，一层恨意很快就爬到了他脸上。他冷冷地说："他倒是出好心了！东洋鬼子来的时候儿，他怎么没出好心哩？要不是他，俺爹也不会死！"

"这也倒是。"五叔点了点头，而后想了想说，"这中间的事儿，俺也是才晓得，是打你爹坟上回来，老根爷跟我说的。人不为己天诛地灭，他是私心忒重了，不为别人着想。不过哩，为这他后悔得要命，当着我的面儿还给了自个儿一耳刮子哩！"

腊八像是有些释然了，没有再说什么。

五叔面上浮现出一层愁色，接着语重心长地说："腊八呀，你爹走了，打今儿你也就算真正成大人了，往后哇，也就该有个正行了。"

魔怔已去，疯子腊八不再疯痴，也便无须冲喜了。五叔找到北穆家商量下来，娶亲还按原定的日子，腊月初三。五叔一家开始为腊八张罗、筹备。但腊八的话还是少了许多，每日里几乎难得开口；他像有个无法解开的心事，就是走在路上也总皱着眉头，似乎在苦苦琢磨着什么。

几天后，腊八又到老根爷家干活儿去了。他在东家门口碰上了破盆。破盆正挑着一担水打此路过，看见腊八，笑问："疯子，听说你媳妇儿要回来了？"

腊八面无表情地抬起头来。

"哈哈，这回你有×的了，用不着找虱子它奶奶了。"为逗腊八高兴起来，破盆坏笑道。

"是哩，也不用找你奶奶了！"腊八依旧面无表情地说。

"你个该死的王八蛋！"破盆骂道。

腊八丢下破盆，走进了东家大门。只见院子里乱糟糟的，像是已很久没有打理过了。猪窝旁边的谷草随便堆放着，几只鸡在跑动着到草屑觅食，牲口房里偶尔响起牲口刺耳的喷嚏声。他走到堂屋门口，看到屋里正墙壁上新贴了张关帝爷的画像。画像下的八仙桌上放了个香炉，香炉上烟气袅袅，一炷香已燃去了半截；老太太正跪在一个蒲团上，冲着关帝爷双手合十，口中含混地念叨着什么。

腊八跨进了屋门。

"疯子？！"炕上，老根爷叼着的烟嘴儿一下子就从嘴里出来了，"唵？浑小子，你好了？"

腊八苦笑了一下。

"好了……真是老天爷开眼了！"本盘腿坐着的老根爷蹲了起来，往前挪动着身子，那只独眼里放出光来，他又大声说了句，"老天开眼了！"

"奶奶在祷告么哩？"腊八指指正跪着的老太太问。

"求平安呗！唵？打从你爹去喽，她整天价都这么跪着，求关老爷把那小鬼子赶跑，也求他赶走附到你身上的邪。呵呵，你霎说，这还真应验了哩！"

老根爷边说边挪到了炕沿上。

腊八不由心里感动起来，他甚至后悔起背着老太太却把老太太颠得直叫唤。可他没有表示出来，而是在心里说：求这一张破纸管屁用哩，他能从墙上走下来？还不如咱自个儿拿起家伙干哩！腊八随后有点迟疑地对老根爷说："爷……咱不是有杆老砂枪哇？借俺使使。"

"揍么？"老根爷疑惑地看着腊八。

"不揍么。"

"你说实话，是不是去打兔子？唵？这咱东洋鬼子来了，说不清么时候儿又会到咱这地儿哩，你玩枪容易引起误会。要是惹上麻烦，那可真划不着啊。"

"俺就是找他狗×的去！"

"你……就凭你一个？"老根爷那只独眼睁大了，不认识似的望着

268

腊八。

"俺也他娘的拉帮子队伍！"腊八说着靠在了炕沿上。而他想象的"队伍"，还是他的响马团伙。

"么？你还拉帮队伍？"老根爷扭头疑惑地看着腊八，"你……不是加入了队伍哇？"

"加入了队伍？么队伍？俺怎么不晓得哩？"腊八不明白地望着老根爷。

"你他娘的疯子就是癔症，感情你不记得了？唵？上回过队伍，街上，你不是入党了哇，入了党就是队伍上的人了！咱南穆家有几十号人入了党哩，俺也想入，可人家不要俺，说俺是财主。唵？俺在想，这抗日还分穷跟富哇？我捉摸不透，臭货他奶奶——那个小脚儿老婆子都入了党，她顶多能拿起根烧火棍儿来，拿着个烧火棍儿能把鬼子打跑喽？唵？再怎么说，我好歹总比老婆子们强吧！"老根爷说着有点生气了。

腊八想了想，突然想起来了："对了，有那么回事儿，是小斗子帮着挂……报的名。噢，那是个么党哩？"

老根爷看着腊八，苦笑着摇了摇头："娘的！合着你啼哭了半天还不晓得谁死了哩！你入了么党都不晓得哇？共产党呗！"

"共产党……"腊八低下头，沉吟着。他突然想起了"窝藏共产党逃犯"的事，想起了无极城里的牢房。

见腊八不再说话，老根爷在炕沿磕了磕烟灰，想了想说："咱不管他是么党么队伍了，反正都走了。唵？咱这家这地还得咱自个儿护着，要抵抗东洋鬼子，还得靠咱老少爷儿们自个儿。你有心拉队伍，我打心眼儿里赞成！只是……虽说咱这平原上起来了上百个队伍，可拉队伍也不是那么容易的事儿哩。唵？再说了，咱那枪那次叫东洋鬼子给收走了，全村的枪都他娘的收走了……这上哪儿去弄枪哩？先容俺琢磨琢磨吧，想想法儿。"

腊八没再说什么，从屋里退了出来。

走过院落，他听到东厢房里传出老根爷的小孙子守文小孙女彩珠的嬉闹声，也不时有秋莲和孩子的说话声。他径直走进了牲口房，一进去，牲口圈里便是一阵骚动，那匹枣红马还使劲儿刨了几下蹄子，发出一阵欢快的"咴咴"的叫声。


与以往一样，吃过晚饭，老根爷又到牲口房里来坐着了。

老根爷还是一袋一袋地抽着他的旱烟，与腊八说着话，浓重的烟雾熏得人眼睛发酸。只是疯子腊八老是走神，时不时闷头想什么，老根爷的话常常没听到耳朵里去。

见腊八这样子，老根爷有点扫兴，一边出溜下炕一边说："看上去你是盹了，那就早点儿歇着吧。我也去睡了。"

老根爷走后，腊八就躺在了炕上。可他没睡着，他翻来覆去睡不着，就这么不知不觉中到了深夜。"就这么着！"他突然在心里说。拿定了主意，他不觉有些兴奋起来，翻身坐起，接着出溜下炕，出了牲口房。

稀疏的星星点缀在穆刀沟的上空，高远而清冷。星光让腊八的心头有了几分亮堂，甚至让他生出了想象的翅膀。他在想象甄虎见到他会是个什么情形，甄虎的老窝东西套是个什么样子。在腊八的意识里，东西套就是个翻版的梁山泊——虽然他今生从没去过那里。他去找甄虎。他想，虽说甄虎画地绝交，可那毕竟是个讲义气的人，话说到了，兴许他会不计前嫌哩！就这么着——就是跪下求他，也得叫他把弟兄们带过来！

疯子腊八沿穆刀沟走着，夜色在渐渐淡去，天亮时，路也断了。

前边是一片一眼望不到边际的水泊湿地。

水泊里稀疏地散布着大大小小的沙洲湖岛，大的洲岛布满丰茂的灌木林，也有稀零的乔木散落岛上；水泊外侧由宽阔的沼泽围绕着，沼泽地的边沿长着白花花的芦苇。"这就是东西套了吧？"腊八想。只是此时这套里一片静寂，没有水鸟的叫声，更没有人从里边出来。腊八沿着沼泽地的边缘向南走了一段路，却也没见有条通往里边的路或一只做交通用的小船。他坐到了地上，他要等人从里边出来。

直到太阳出来了，也没个人影或船影从套里闪出，却有个手拿绳索和镰刀的老头儿，远远地从西南方的村庄走了过来。

老头儿近了，腊八起身迎了上去。

"大伯，俺打听一下，这儿是不是东西套哩？"腊八问。

老头儿停下了，看着腊八："你是外来人吧？"

"是哩。"

"我说哩！你是找西套还是东套哩？"

腊八恍然想起，甄虎好像说过他的地盘在东套，便赶忙说："东套、东套！"

"东套还远着哩。"老头儿拿手里的镰刀往东指了指，接着走开了，去割芦苇。

原来，穆刀沟流到这一带，就绕了两个弯，绕成了骆驼脊背，形成两个驼峰形状的河套。因流通不畅，夏秋季节河水会冲毁河堤漫进套里，也就形成了两块水泊湿地。只是这两个"驼峰"太大了，每个都有方圆十余里。

腊八忽然皱起了眉头，忙拦住老头儿："耍走，俺再问问。"

老头儿站住了，疑惑地看着腊八。

"听说这河套里不是住着响马呀，怎么没见一个人出来哩？"腊八问。

"嘻，早没了哩！听说他们出去打鬼子了。"老头儿道。

腊八像是有些失望，又问："那东套哩？"

老头儿道："噢，那儿好像还有人，有人见那儿常有人进出。有背枪的，有拿刀的，听说还有暗哨儿埋伏着哩。"

腊八一下子兴奋起来，没有向老头儿道声谢，就大步流星绕着西套走去了。约莫走了两个多时辰，腊八终于来到了东套。东套与西套相仿，水泊湿地的景象也像是一个模子刻出来的，只是沼泽里的芦苇比西套茂盛得多。腊八沿着河套寻找通往里边的路径，在离河岸不远处的苇丛中，他终于发现了一条原木搭成的隐匿的栈道。腊八往里看了看，走了上去。

"站住！"突然一声喝，有两个人从芦苇中闪了出来，一人端枪一人拿刀，逼住了腊八。

腊八笑了，学着甄虎的样子，双手抱拳举过左肩，往后甩了甩道："并肩子，熟脉人哩！"

那两人也许是新挂注的，不明白腊八的意思。端枪的问："你是干么的？"

"娘的，爷爷是揍么的你还不晓得？真是！"腊八不高兴了。

"说不定是奸细哩！"那拿着大片刀的对拿枪的说。

只听哗啦一声响，子弹上了膛，枪口更逼近了腊八一步。拿枪的大声说："把手举起来！"

腊八怒了，骂道："他娘的，反了你哩！去把你们掌瓢儿的叫来，爷爷在这儿等着！"

"放下枪。"只听一声平淡的喝止，一个身着灰军装的人从栈道上走了过来。他走近腊八，微笑着说，"小兄弟，你终于还是想通啰！"

腊八的小眼睛睁大了，从栈道上走过来的不是甄虎，而是那个疤脸共产党逃犯！但腊八的小眼睛很快就又眯起了，脸色也暗淡下来。他对这个疤脸人有着深深的反感情绪，而让他最郁闷的还是疤脸人的队伍抬走了他的猪。他冷淡地说："么鸡巴想通了？"

"你不是来投奔队伍的？"疤脸人问。

"不是。"腊八道。

"那你来干么子？"

"找人。"

"找谁？"

"这你管不着。"

腊八没再看疤脸人一眼，扭头走开了，走出了栈道。他一脸失落的神色。他明白，这东套叫八路军的武装给占据了，甄虎和他的弟兄们肯定不在这儿了，他们被八路给灭了也说不准。

腊八不知道，就是附近的村庄也没人知道，这东套已是冀中军区一个秘密抗日培训基地。

# 五

太阳落山之前，疯子腊八回到了村里。他走向老根爷家，只见老根爷正站在家门口的石狮子旁，像是在等人。

腊八有些不好意思，招呼道："爷，你站这儿揍么哩？"

"等你呗。唵？这一天价，你跑哪儿去了哩？"老根爷不满地说。一天不见腊八，他心头总是不安，像缺了点什么。

"去俺爹坟上了。"腊八撒谎说。他脸上不觉又有了层失落的神情。

"噢……"老根爷半信半疑地看着腊八，腊八却走上了门口的台阶。老根爷想，疯子去给他爹圆坟了？可入葬三天早过了呀！再说，圆个坟怎么会用上一天的工夫哩？

老根爷随后走进院子，却见腊八已进了牲口房。老根爷正想也去牲口房和腊八说说话，却又停下了。他转身回正房去了。

牲口圈里牲口们见腊八进来，禁不住一阵兴高采烈的骚动，发出咴咴的叫声或噗噗的喷鼻声。

腊八走过去，亲热地逐个儿拍了拍牲口的脑袋，然后给它们上了料，接着就炕上躺着去了。他一天一夜没睡，此时感到了困乏。他不知，这时金桂也走进了老根爷家。

金桂走起路来像是永远理直气壮似的，昂着头，挺着高高的胸脯，扭着滚圆的屁股，步伐很大，落地有声。不知为什么，此时金桂脸上挂了一脸不快，眼神里涌动着两汪恶气。她目无旁视地走过院落，径直进了老根爷的堂屋，双脚刚刚在屋地上落定，便左手一叉腰，右手往炕上的老根爷一指，劈头盖脸大声数落起来："我说老根爷，这回你可是达到目的了，可解气了呀！不喝凉水不晓得肚子疼，不打光棍儿不晓得被窝儿凉！你家里人寻一个不够还纳小老婆儿，人家一个都寻不上！你不是觉得腊八好使唤呀，不是么事儿都得你做主儿呀，这下好了，做你的主儿吧！哼，要是你不怕折了寿就沾！"

老根爷突然间被骂了个一头雾水，刚刚收回的轻松气儿一扫而空。他开始是茫然地瞅着金桂，听着，可听罢，火气一下子冲上了脑门儿，手里的烟袋往炕桌上一甩，沉着脸大声说："俺？你跑我这儿发么羊角风哩？！"

"你不是不喜见腊八跟翠兰的亲事儿呀，这下好了，你称心了，不用你再横三阻四就黄了！"

跪在蒲团上的老太太停止了祷告，连忙站起来，拉金桂在椅子上坐下："你看你这媳妇儿，有话儿好好说，坐下说。"

金桂一扭肩膀挣脱了老太太的拉扯："俺不坐，屁股没那么金贵！"

"亲事儿黄了？你说疯子的亲事儿黄了？！"老根爷终于明白过来，不禁有些惊疑。男女退婚本是常事，见怪不怪，可这事落在疯子腊八头上，却在老根爷的心头震动很大。不过，他的怒气消了，少有地有了耐心，那只独眼盯着金桂，口气变得凝重，"你说的是真的？"

"还有假？人家都过来退亲了！"

"俺？！为么哩？"

"俺不清楚。嗯……是不是嫌腊八疯了哩？"

"疯了？放他娘的屁！这不是好了？这不是好好的呀！"

"谁晓得哩！反正人家是横竖不干了，也不给出个说法儿，这节骨眼儿上，你说这叫么事儿啊！"

金桂的不平之气也慢慢消退下来，自动坐在了八仙桌旁的椅子上。其实，金桂找老根爷大闹是故意的，她用的是激将法。她知道，要让翠兰回到腊八家，全族人除了老根爷没人能办得成，只有老根爷才有这能耐；老根爷是个满身豪气的人，是个死要面子的人，要让他出马，就得用伤他自尊的话激他！

老根爷的眉头生硬地紧紧拧在了一起，那只独眼有些发红了，嘴唇闭着，粗刺刺的胡子也聚在了一起。他沉默了好一会儿，说："俺？不对呀！疯子不是还没有把她休了哇，这生米都搂成熟饭了，她退哪门子亲哩！"

"可人家就是不回来了，咱又有么法儿哩。就这么干耗着，明着说还是两口子，那跟不是两口子有么区别哩！"金桂说。

老根爷一声不吭地又拿起了烟袋，重新装上烟末，点着，狠狠吸了一口，当他抽罢第三口时，随着烟嘴儿离开嘴唇，嘴里狠狠迸出了一个字："绑！"

"绑？绑翠兰？！"金桂看着老根爷。

"我就是把全族的汉子都叫上，也得去帮疯子把媳妇儿给我绑回来！"

"这沾不？"

"沾也得沾，不沾也得沾！只要把她绑到疯子炕上，她就还是疯子的媳妇儿！"

金桂又张了张嘴，没说出话来。她已不知说什么好，老根爷第一次让她感动了。

刚才指不上领着一个人过河来，知会翠兰的意思，秀花在场。秀花急忙跑到西院，把这事告诉了金桂，金桂一听也急了。这不是糟践人哇！金桂气不打一处来，她真想跑到河边上冲着北穆家大骂一通，把翠兰那娘儿们扯出来扇上两巴掌！这男方正忙着筹备喜事，女方却突然不干了，这令人措手不及的一闷棍，可把五叔一家打蒙了。最难接受这变故的还是五叔和五婶，他们心头异常沉重：这花出去的钱倒是小事，只是这亲一退，腊八不定还会出么状况哩！

"这可怎么办哩？"秀花问。

"我又怎么晓得哩！"金桂说，"唉，她家为么退亲哩？"

"他们说话儿俺就听了几句。指不上叔说：'翠兰这妮子忒拧，也忒气人，她爹娘也奈何不了她。'就这，俺就赶紧跑过来了。"秀花述说道。

"还真是忒拧了。"金桂说。她接着叹了一声道，"也怪腊八前几年忒浑，做出那么一档子恶心事儿，落着谁也不会再跟他。"

"你是说他尿尿……那事儿？"秀花脸上有些微微发红，她凑近金桂，有些神秘地悄声问。

"可不是呗。"金桂道。

"人们都这么传说，说得有鼻子有眼儿的……真的假的哇？毕竟谁也没有亲眼见着啊。"

"那还有假哇！那咱，那小子又有么邪事儿揍不出来哩。"

秀花摇了摇头："俺还是不大信。要说……就是有尿也能憋住哇，况且那工夫儿……谁还想到尿尿哩！"

"那浑球是故意发坏哩！"金桂笑笑说。

秀花睁大了眼睛，不满地说："这家伙也忒坏了！唉，原先俺还以为是人们背地里瞎编派他哩……他真把尿尿到人家身子里了？"

"是不是身子里俺没问，这种事儿，怎么好细问哩。"说罢，金桂皱起了眉头，她抱起双臂开始想什么。过了一会儿她突然说，"那娘儿们，说不准有相好的了。"

"不会吧？"秀花疑惑地看着金桂。

"兴许是俺瞎想。你想哇，要是就为尿尿那档子事儿，翠兰她为么原先不反对再寻腊八，偏偏这会儿反悔了哩？这世上除喽汉子，还有么能主使她变卦哩？"

两人有些沮丧地陷入了沉默。

过了一会儿，像是灵光一现，一个主意跳进秀花的脑海里。她突然拉住金桂的胳膊说："是不是去说给老根爷一声？他是族里的头儿，兴许能有个主意。"


"那……"此时，见老根爷已出头，金桂站了起来，"爷，那俺就回去了。"

"嗯……等一下。"老根爷像是突然想到了什么，向金桂招招手，脸上说不出是青还是红，"你刚儿像是说俺家'纳小老婆儿'，谁纳小老婆儿了？唵？你可得跟我说清楚喽！"

"这……"金桂自知嘴没把住门，惹了祸，脸变得通红，赶紧跨出屋门开溜了。其实，老根爷想到的是：莫非跟儿媳秋莲的事别人晓得了？

金桂溜出老根爷的正房，想不到腊八正站在门外。他呆呆地站着，眼睛里有种说不出是怨恨还是迷茫的光在跳动。金桂赶紧拉住腊八的胳膊，把他拉过影壁，到了大门洞里。

"你听见了？"金桂问。

腊八点点头。

"腊八，你可甭忒介意呀！老根爷不是说了，他会给你把翠兰绑来哩！"金桂生怕腊八再受到刺激。

"绑鸡巴毛呀！"腊八冷冷地说。

"怎么？"

"不怎么……你想，人家不肯，就是绑来还不是要跑喽？你能整天价把她拴到裤腰带上？"

"这也倒是……"金桂沉吟道。突然，她附在腊八的耳边小声说，"等你把她弄到炕上……她舒服了就不会跑了。"

"哼！爷爷就是睡头老母猪也不睡她了！"腊八脖子一梗，又冷冷地说。

"浑话！走，回去再说……"金桂拉起腊八往外走去。

就这样，腊八跟着金桂来到五叔家。他们刚进大门，正赶上五叔、五婶和秀花送指不上他们从屋里出来。大家站住了，一齐看向腊八，好像要从他脸上寻找出什么。五叔、五婶最怕的还是这一退亲，腊八再一次发浑装疯，更怕他真的疯了。如果他再出个什么状况，那可真不知如何是好了！

指不上和腊八的目光对上了号，指不上连忙将目光躲闪开了。其实这事最腻歪的还是指不上，他夹在中间也难受，本想成人之美做桩好事，不想落了个里外难做人，自己也再没了脸面踏上南穆家地界。但他还是硬着头皮来了，老秋不知五叔家住哪儿，要他带个路。他的脑筋悠地转了个弯，想到，去一趟也好，顺便亮明自己的态度，也免得被冤枉。

"锔盆巴碗钉大缸……"腊八突然转过身，哼唱着《锔盆谣》离去了。

"腊八，你去哪儿哩？你不要媳妇儿了？"五叔喊道。五叔想把腊八留住。他想，腊八是个浑主儿，他在这儿一闹，北穆家兴许会怕喽，腊八跟翠兰的婚姻说不定还能挽回。

"你要吧！"腊八头也没回。

"你……你个气死人的混蛋！"五叔气得一跺脚，骂道。

指不上看着腊八走去，难堪地收回了目光，回头不好意思地对五叔说："你看……你们可千万甭怪我呀！"

"这怎么能怪着你哩？"气恼的五叔口气缓和下来说，"不怪你，只怪那小王八羔子不争气！哦，我说你们还是吃了饭再走吧，为孩子的事儿你跑了这么多道儿，哪儿能不吃饭就走啊！"

"我哪儿还有脸吃哩！事儿没办成，我脸都臊得慌！"指不上说。

"这是哪里话！成不成都由命，是腊八跟翠兰天生没有缘分。再说，谁不想把事儿办成哩，事儿不成人情在，你这份儿情俺记在心里了。"五叔说。

刚才见到腊八，跟指不上来的老秋未来得及打招呼，腊八就走了。这时老秋看看指不上，又看看五叔，笑着说："是啊，还是穆老五同志开明通泰哩。回头儿我说给翠兰的爹娘，这事儿也就了了。这可是咱乡亲们的一大进步哩！"

"我这儿可还没有了！"老根爷突然站在了大门口，大声道。

大家一惊，看向老根爷。

老根爷走过来，圆睁着独眼，冲指不上怒道："宁拆十座庙，不毁一桩婚。唵？你怎么能捴出这缺德事儿哩！"

指不上更加难堪，连忙摆着手说："不是我……俺就是领个道儿……"

"是我。"指不上旁边的老秋道。

"你？你是谁哩？"老根爷又看向老秋，那只独眼在老秋身上上下打量。

"这是咱区里秋书记。"五叔忙介绍道。

"区？"老根爷停顿了一下说，"哦，俺记起来了，秋后队伍上到俺们这儿招兵买马，不是也有你呀？你怎么不去打东洋鬼子，反倒来俺这儿管起闲事儿了哩？唵？合着那媳妇儿家跟你是亲戚？要不是亲戚，你叫她爹老结巴来，我老根儿跟他念叨念叨！"

"这不关翠兰她爹娘。"不等老秋说话，指不上忙解释道，"她爹娘也都不同意退亲，为这，那妮子还跟她爹娘吵了一架哩！这不，没法儿了，她就找上了秋书记。"

老秋微微笑道："啊，你就是老根爷吧？是这么回事儿，她爹娘的意思是，只要你们这边儿答应，他们也就不管了。"

"那不结了——俺们不答应！"老根爷断然道。

老秋怔了怔，然后又微微一笑说："老根爷呀，咱共产党可是主张婚姻自由的啊，那封建包办婚姻可是不时兴了哩！"

老根爷一听又怒了，大声说："这日头儿打他娘的西边儿出来了哩！自古都是男方休女方，还没听说过媳妇儿休男人哩！你们共产党这是唱的哪一出哇，老祖宗的规矩不是叫你们给败坏光了？！你们党里乱套胡来谁也管不着，可甭把俺们穆家给搅乱喽！"

"话不能这么说。"老秋严肃起来，"社会总得进步呀，要进步，那些个封建的东西不铲除怎么行哩？"

"铲除？那你把俺们都铲除得了！"老根爷把脖子一拧道。

老秋笑了："老根爷你这不是说气话呀！咱们还得抱成一撮抗日哩！解除腊八跟翠兰的婚姻，就是为发展翠兰也成为抗日积极分子哩。"

老根爷怔了怔，愤然道："那沾。唵？合着她顺了心，就叫俺们疯子窝心呀！要说打打杀杀，莫非疯子还顶不了她个娘儿们家？她抗日，就不兴俺们抗日了？你去领着她抗日吧，俺南穆家晾在一边儿瞅着！"

老根爷的话让老秋像是挨了一闷棍，呆住了。他突然感到了问题的严重，皱着眉头想了好久，才说："那……这事儿就算了，我不去管了。"

众人绷紧的神经一下子松弛下来，凝结在脸上的冻霜也突然化开了。

"呵呵，那俺们回去了！"指不上忙笑着说。他脸上又恢复了以往的轻松自然。

老根爷和五叔一家把客人送出大门外，见他们过了大升家门口，已走出一段路，五叔喊："秋书记、指不上哥，没事儿常过来坐坐！"

他们听到了，远远地回头扬了扬手。

打发走老秋和指不上，大家一口气松了下来。老根爷对五叔说："俺也回去了。"

五叔挽留道："家里坐会儿吧，在我这儿吃了饭再走。你看，为腊八这事儿，还劳动了您的驾哩！要不是您，说不定这事儿真就黄了！"

"这不算么。"老根爷笑笑，走去了，突然又回头说，"哦，疯子的喜事儿你们就准备吧，缺么哩，跟我说一声！唵？还有，你抽空儿再去找找老秀才，他不拦着，这档子事儿就算是落实了。"

"沾。"五叔答应道。

等老根爷走远了，五叔一家回到了院里。五婶向院子里环视了一眼，又看看身边，念叨着："这腊八哪儿去了哩，还不晓得个子丑寅卯，说走就走了！"

"管他哩！"提起腊八，五叔不由没好气起来，"你说这么多麻烦事儿，还不都是他摆活的，他么时候儿才能叫人省心哩！"

"那有么法儿哩，咱总不能不管他吧。"五婶说。

五叔没有接五婶的话。他突然想起了什么，丢下句"你们弄饭吃吧"，就转身出去了。


昏昏欲睡的太阳已在西边的天空无声地坠落了，浑浑噩噩的黄昏扯着灰色的幕布慢慢走来，悄然升起的寒意弥漫了平原，世界开始慢慢地冷却。麻雀们已归巢，偶有乌鸦在南穆家坟地上的柏树林发出一两声嘶哑的惊鸣。

柏树林里那座新坟旁，还残留着纸钱的灰屑。腊八就斜躺在那坟上，躺在他爹的坟上。阴暗的林下，世上的一切似乎都已看不大清楚。腊八一动不动，两眼无神，像是睁着眼睛睡去了似的。寒冷的地表似乎快要封冻了，寒气透过夹袄，渗透腊八的身躯，但他并没感

280

到，他像是已失去知觉。

他只觉脑子里一片空白，又似乱糟糟塞满了东西。活在世上，人好像从来就没消停过，就连心也不能清净下来！世界像是很荒凉，空空的，什么也没有；又像是很窄，很拥挤，挤得人喘不过气来。

柏林上空筛下的星星点点的光亮，在不知不觉中消失了，林子里变得一片晦暗，就连树干和坟堆也在目光中失去了身影。坟墓里是否和这晦暗的阳世间一样？这谁也不知道，也许谁也知道。黑暗的柏树林里，只有孤独的腊八伴着如夜的一片死寂。做响马时，他躺在这坟地里还有甄虎和侯七来陪他，可这会儿……这满世界还有谁？

夜色终于又一次降临，穆刀沟两岸罩在一片晦暗的迷茫中。随着夜色的落下，起风了。

腊八终于走出了坟地。但他没有走在回村的路上，他向着穆刀沟走去。他想去河岸上走走，也许那一河黄沙似的穆刀沟能排解走他心头的积郁。

从西北方下来的初冬的寒风，吟着瑟瑟的古老歌谣爬上河岸，拂过河面。河水已小了许多，弱了，也不再那样欢快，似乎一入冬便开始沉默起来，懒洋洋的，像是随时就会睡去。原野上，风中的柳条在一声声吹响尖厉的口哨儿；偶尔，远处的村庄里会有一两声狗叫在风中飘来。风吹到人脸上，出气似乎都有些困难。腊八不得不弯下腰来，把头埋下去。

忽紧忽慢的风吹来忽隐忽现的断断续续划水的声音，一条小船从对岸摇摇晃晃漂了过来。小船近了，靠了岸，船上的人下了船，把船索拴在柳树上，然后走上岸来。

来人是五叔。

"是俺叔哇？"腊八看清了来人，问道，"你河那边儿揍么去了？"

"还不是为你的事儿！我找文举爷去了。"五叔说。

"找他管屁用哇，他又不是那娘儿们！"腊八道。

"怎么不管用？文举爷说了，翠兰敢不回来，就把她送到山里去当尼姑！"五叔道。

腊八停了停，沉吟道："叔，我琢磨着，那娘儿们……说不定在外边儿有野汉子了哩！"

　　"甭瞎说。"五叔说，"人家也是正经人家，怎么会哩！"

　　"她要是敢揍出那烂事儿，爷爷这辈子都不会放过她！"腊八发狠地说。

　　五叔怔了一下，生气地说："你还是小孩儿哇，平白急么哩！你想想，你又没有给她休书，到今儿她还是你媳妇儿哩，她敢另外寻人家呀？她家不过是想拿捏拿捏咱罢了，再寻不寻一回还不是一回事儿，迟早她还不是得回来！况且，这两边儿不是已说好了，就等再办回喜事了呀！"

　　五叔往远处黑黢黢的村庄望了一眼。他看到的只是村庄的影子，影子沉寂在厚重的夜里。五叔接着说："走吧，回去吃饭去。"

　　野性的西北风似乎又加大了力道，嘶叫着在岸上掠过。空寥的岸上两个影子晃了晃，走下河岸来。风推得他俩有些踉跄，一层更为冷酷的寒意浇在背上——他们知道，那更残酷的风雪肆虐的隆冬季节就要来了。

# 第七章

谚语说：远亲不如近邻；近邻不如对门；对门不如一个炕上的人。

一

下雪了。

这是今年的第一场雪。雪花不大，却很密，柳絮似的雪花在天空中纷纷扬扬，像在娓娓说话。不久，大地就被薄薄一层白色遮蔽了。仿佛在为一个季节的逝去而忧伤，一身孝服穿在了大地身上。

自从去年底占了无极城，鬼子接着就在城里组建了治安维持会，以协助他们对占领地的统治。不久，这县维持会又改组成了县政府。近一年过去，伪区、乡政权和村维持会也像毒蘑菇似的相继冒了出来。这平原上形成了敌伪政权与影子般的抗日政权并存的局面，抗日组织被迫转入了地下，栖身于敌人势力薄弱的偏远村庄。

穆家的文举爷是这穆刀沟两岸有名的人物，伪政权看上了他，请他出任南北穆家的维持会长。初冬的一天，伪乡警察所长到了北穆家，一纸委任书递到了文举爷手里。文举爷皱起了眉头，沉吟了一会儿终于说："承蒙抬举，可我穆某人老了，剑老无芒，又德薄才疏，不合适。这么着吧，容老朽考虑考虑，给你推举个人选。"

当晚，指不上找到五叔，同五叔一起把老根爷请过了河。

两个死对头终于坐到了一起，好像以前的恩恩怨怨从来没有发生过。文举爷温了壶酒招待老根爷；为方便两个老爷说话，指不上领着五叔去了西厢房。

"老弟，劳你过来，愚兄是有个事儿跟你商量商量。"文举爷说。

"俺？你看你，有么商量头儿哩！哥你说了算！一家子，么事儿你吱一声儿就得了，我老根儿绝不说个'不'字儿！"老根爷摆摆手，大咧咧地说。

"这可是个大事儿。东洋小鬼子要在咱这儿找个人当维持会长，看来他们是想长久待下去了。"

"维持会长是揍么的？"老根爷疑惑地看着文举爷。

"就是给东洋人当差呗，管事儿的，我估摸着跟保长差不多吧。"

"俺？那不是给东洋人当狗腿子哇！别价！咱可不能给他找哇，褒叫人去当！"

文举爷苦笑道："这狗腿子可是很多人争着当哩！比如说保定。外边儿不是流行起了一个说法儿啊——'天津卫的油嘴子，保定府的狗腿子'。天津人油嘴滑舌，这是真的；可说保定人狗腿子多，我看不尽然。保定人落个骂名，兴许有点儿冤枉哩。万类不齐，哪个地方都少不了气节欠缺者，卖主求荣之人更多的是；保定府先叫东洋人占领，猛然间出来那么多摇尾巴狗，自然显得突出。你看看，眼下咱这一带也沦落了，也不是蝲蝲蛄一样多的败类投靠了东洋人呀？话说回来，当维持会长干的事儿，跟汉奸特务不一样，选对人喽，兴许就不是祸害。"

老根爷还是摇着头坚持说："不管怎么着——不管那维持会长是揍么的，反正咱就是不能给他找人当，俺？沾点边儿都不成！给东洋人当差，那不是亲者痛仇者快哇，乡亲们也会戳咱们的脊梁骨哩！"

文举爷道："我也是这心思，可反过来又想，你不给他找，他自个儿也会找哩……倒不如咱们顺水推舟——给他找个人，面儿上帮他，应付应付，暗里帮着咱们乡亲。"

老根爷想想，不再坚持："嗯……说得也是。那咱就一起推举个人吧。俺？我寻摸着，还是哥你当吧，只有你能镇住喽。再说，你有学问，心也细致，比俺们大老粗儿强多了！"

"岂敢。我可不行，都一把老骨头了……不过我有个人选。"

"谁哩？"

"我那管家。"

"指不上？"

"这人处世圆滑，脑筋转得快，办事儿也小心。"文举爷胸有成竹地说。

"沾……要是你信得过，我看咱就能指上哩。"老根爷笑笑。

由文举爷和老根爷推举，指不上当上了穆家维持会长。第二天指不上就去乡上开会了，不过，去了才知道，这维持会长不是好当的，他接受的第一个任务就叫他头疼不已。

日本人自从占了这平原，似乎从来就没感到过踏实。他们害怕，害怕不能站稳脚跟。虽说驱走了国军，无数的县城落入了日军之手，可广阔的乡村他们尚无力占据。飘忽在乡下的共产党地方武装和无数的民间抵抗势力，一天也没让他们安宁过。就在日军进驻无极半月之前，无极城里的刘大喜就被灭了，像是先给了日本人个警告。

去年秋后的一天，安身乡下的共产党人进了城，去找刘大喜，说劝他加入抗日队伍。不想刘大喜犹豫起来，甚至有了投日的想法。冬月的头一天，本土义士翟司升就率他的抗日义勇军攻进了县城，激战一昼夜，刘大喜的三百多人全军覆没，就连刘大喜也掉了脑袋。

日本人突然发现自己走进了一片雷区，这片慷慨悲壮的土地上藏有他们无数的噩梦。

前方战事进展还算顺利，眼下，日军慢慢腾出了手来，开始关注起乡村。华北驻屯军沿袭关东军在东三省的套路，准备在华北大地也构筑起碉堡工事、炮楼据点，来年，这冀中大地将冒出林林总总的炮楼，从而成为一道可怕的风景。

穆家据点的选址成了一个问题，是选在穆刀沟南岸还是北岸，鬼子并没有指明，这让指不上踌躇起来。他问文举爷，文举爷想了想说，还是河南边吧。他明白，这据点不让修显然不成，可据点修在哪边，就得占哪边的地，哪边就得遭殃。他又想起了大清朝，想起那个放马场引来的南北穆家之争。

指不上又去了南穆家。老根爷一听就火了，瞪起了独眼大声道："俺？你们心里头么想法儿俺清楚，不就是鼓捣着占俺南穆家的地呗！为么不占你们的哩？你北穆家也忒不够意思了！俺跟你说，不沾！"

指不上可难了，费了一番周折，却不能有个结果。他感到了问题的严重。他想，为这地的事，刚刚亲近起来的南北穆家弄不好又要撕破脸，再一次成为仇敌。

他丧气地回去了。

过了河，他走上了那条"王莽小道"，皱着眉头无意识地往西看了一眼。他站下了，两眼久久停留在眼前的土地上，突然间，一缕笑意暗暗从心头爬了出来，爬上了眉梢。


雪还在下着，透过白纱似的漫天雪幕，朦胧中可见几十步外的人影走动，再远，就是个未知的世界了。远处的村庄，在漫天的飞雪中神秘地隐匿了。雪天里，一抬花轿摇摇晃晃往穆刀沟走去。而这时，北岸下的田野里，依稀有阵阵吆喝声或痛苦的哀叫声传来。

那边正在修据点。

大批被捉来的农人，像牲口一样被驱赶着拉土运料、烧水和泥、垒砖砌墙。穆家据点是个中小据点，却也占去了老根爷的瓜地、文举爷的棉花地各一半，并由一条深深的壕沟圈了起来；壕沟内的土地上，耸立起一个三层楼高的圆圆的怪物——炮楼，炮楼南侧正在修着平房。

自从定下了修建据点的位置，一小队日本兵又回来了。跟鬼子来的，还有个侦缉小队，他们的头目就是穆二狗。第二天，又有一小队穿土黄色军装的伪军来到了据点。这些人原是县保安警察的一部分，而今摇身一变成了"皇协军"。

日本人有了噩梦，只因他们把噩梦带给了这片辽阔的土地。在穆刀沟岸边，同样做着噩梦的是北穆家。虽说老根爷和文举爷各有地被鬼子占了，两个老爷也寻得了心理平衡，可鬼子据点毕竟修在北穆家村边上，北穆家人将守着魔鬼睡觉。据点完工前，村南有两户人家的房屋被征集去，做了鬼子和伪军汉奸的临时住所。

文举爷家大院此时冷清了许多，院落像是突然空旷起来。文举爷仰坐在太师椅上，孤独地想着什么，目光凝滞地盯着屋梁，那老花镜发黄的镜片朦胧了整个世界，他有种被遗弃的痛苦感。桌上的茶已凉了。东洋鬼子来后，他还依旧保留着看书饮茶的习惯，可那茶，已了无味道。

街上时而传来一两声狗叫，也偶尔能隐隐听到一两句说话声。指不上从门外走进来，进了屋，拍落停留在肩头的一层薄雪，稍弯下腰说："爷，陪送送去了。"

文举爷直起身，脸上露出了些许笑容："嗯，好，好……疯子腊八他们来了没有？"

"兴许快了，我估摸着时辰差不多了。"

翠兰今天再出嫁，还是嫁给疯子腊八，其实是回婆家。昨晚，文举爷叫指不上备了一箱子嫁妆和一匹骡子，作为陪送，今天一早送到了翠兰家里。因何如此，他未曾细想。他只是感觉里和南穆家亲近，南北穆家就是曾拌过两句嘴的亲兄弟。还是俗话说得好，兄弟刀枪杀，血被别人踏，俩兄弟相争，反倒叫外人捡了便宜。南北穆家斗来斗去，争来争去，谁也没捞到好处；先人们开了个玩笑，这个玩笑开了千百年，一代传一代，图么哩？

文举爷起身到院里看了看，又默默回到了屋里，坐到了桌旁。

"咱这儿住上了东洋人，虽说迎娶是个大事儿，可也甭忒张扬喽，免得招来麻烦。还有，你们要看好疯子腊八，千万甭叫他惹事儿啊。这孩子的爹死在东洋人手里，他又是个记仇的主儿，我是怕他脑袋一热去找东洋人拼命，那就一切休矣！"文举爷叮嘱道。

指不上一拍脑门惊道："哎哟！你看我都忘了说，有人见疯腊八这些天老是上河这边儿来，老远地围着那据点儿转悠……会不会……唉，这疯小子，天底下有么事儿他不敢干哩！"

文举爷惊得睁大了眼睛，神情严肃，半天说不出话来。

过了好一会儿，指不上说："爷，南穆家迎亲的兴许要到了，您看是不是……咱也该过去了？"

文举爷站了起来，可接着又坐下了。他摘下老花镜，又慢慢擦拭起来，好像能从那镜片上擦出主意来，擦出决心来。他的眼睛微微地睁着，下垂的眼袋偶尔抖动一下，过了一会儿他又重新站起来："好，咱这就过去。"

此时，南穆家倒比以往多了些热闹气氛。一大早，不，应该是从半夜开始，一群人就在腊八家忙活起来。一个贴了大红"囍"字的灯笼挂在挨院墙的那棵枣树上，在漫天飞舞的雪花中，那灯笼像是有人在打着行走。院里摆着几个大方桌，其中一张桌上堆满了碗筷；东墙根下临时垒起两个土灶，灶里火焰风蹿，灶上热气蒸腾，五婶、金桂她们在蒸馒头炒菜。这个破败的院落洋溢着少有的喜气，充满了从不曾有过的热闹气象，墙根碱化剥蚀的土坯房像是也张开了笑脸；黑黢黢的窗户糊上了窗纸，贴上了窗花，就连那朽败的屋门也贴上了一双大红"囍"字。

屋内的墙壁刷了一道石灰，因此显得亮堂了；只是屋顶仅仅扫了扫蛛网和灰尘，像肋骨一样排列的檩条和椽子还是那样黑，就像涂了层黑漆；而朽败的苇箔则烂出几个洞，黄色的泥土也许随时都会落下来。

堂屋里也摆着张桌子，桌旁坐着五叔和老根爷，他们说着话，抽着烟，喝着水。老根爷换了身新衣裳，脸上粗刺刺的胡子也刮去了。村里多数族人还在炕上做着晨梦，而老根爷提前来了，他来主持今天的婚事。自从腊八的爹死，老根爷像变了一个人，为腊八娶亲，他还把家里一头大肥猪送了过来。

这些天里，老根爷好像是一切都想通了，又好像更糊涂了。他的感情和心智仿佛都经历了一场磨难，一场盐水里的煎熬。占有欲强的老根爷恰恰被人捅到了痛处——他的地被占了，像割去了他的心头肉。然而疼过之后，他麻木了，仿佛已不知财为何物。只是他心头的恨还是堆得满满的。可他不再恨北穆家，想到北穆家，他会莫名其妙地生出一种愧疚感。他恨的是日本人，日本人来了，南穆家遭殃，北穆家也同样遭殃。

秀花突然跑进了屋，高兴地说："来了！迎亲的回村儿了！"

"唵？"老根爷一下子站了起来，咧着大嘴笑了，挥着手喊道："快去接！快去接！"

此时，逐渐增多的族人几乎挤满了院落，有的坐着，有的站着，有的在走动，嘻嘻哈哈叽叽喳喳。老根爷顾不上答应人们的招呼，迈开"咚咚"的脚步，忙跟秀花走出院门。

五叔刚迈出屋门，五婶喊了声"他爹"，把五叔拦下了。

"老根爷今儿个像是变了个人似的。"五婶悄悄说。

五叔笑笑。

"这回咱们跟北穆家就和睦了。"五婶又说。

"那还用说哇！"五叔说。

"我说他爹，趁老根爷心气儿好，你看能不能跟他说说，叫他多给腊八点儿工钱哩，要不，腊八寻了媳妇儿能养活得起？更不用说往后还得生堆孩子哩。"

"这……别价，你想，老根爷解除了买腊八的文书，又给了他一头大肥猪，着实对腊八不薄哩。能大发到这份儿上就叫人感念一辈子了，还怎么好开口提工钱的事儿啊！算了，还是咱们看照着吧，就当多生了个小子。"

五叔五婶正说着，大门外有人喊"来了！来了！"他们这才连忙赶了出去。

二

怕惊动日本人，更怕二狗使坏，为此娶亲一切从简，没雇请吹打班子，迎亲的队伍几乎是悄无声息地走了一个来回。

老根爷迎在大门口，五叔五婶站在了他旁边。老根爷那只独眼闪烁着笑，就连漫天飞舞的雪花仿佛也在欢笑里舞蹈着。然而，等雪幕中悄无声息的迎亲队伍到了跟前，他却从人们脸上看不到一丝喜气，在北穆家送亲人脸上也看不到一点喜气，而且也不见今日的主角疯子腊八！一种不祥的预感爬上心头，老根爷不禁皱起了双眉。接着，花轿抬到大门口轻飘飘落了地，却没有新娘子从轿子里出来。

不等人们张口，老根爷又惊又气地大声问："唵？这、这是怎么回事儿哇？！"

一脸阴沉的文举爷走过来，摇摇头，苦笑道："进去说吧。"

两位老爷在人们疑惑的目光注视下走进屋去，过了一会儿，老根爷又走了出来。人们从他难掩愤怒的脸上看得出来，他在极力控制着自己的情绪，极力让自己镇静下来。老根爷大声说："大家伙儿听着，今儿个这喜事儿哩，办砸了，媳妇儿没有回来。唵？咱南穆家算是栽了个跟头！不过，今儿个来的人哩，一个都不准走，还是他娘的把这喜酒喝喽！还有，我把话儿撂到这儿，今儿个这事儿，谁也不准背后里瞎嘀咕，唵？谁没事儿乱嚼舌头，我就不算他！大家伙儿动筷子吧，该吃吃该喝喝，吃了喝了就该揍么揍么去。"

不少人默默地在桌旁坐下了，也有人因失望而情绪低落地走出了院子。在老根爷发话之前，他们已在接亲人的嘴里知道了真相。老根爷刚要转身回屋去，又突然想到了什么，反身把五叔和五婶叫到跟前，低声说："疯子媳妇儿头上轿跑他娘的鬼了！疯子丢这么大脸，不好见人，就上你家去了。"

看着五叔和五婶难堪而沮丧的表情，老根爷并没有说句安慰的话，他向呆站在灶台前的金桂瞄了一眼，接着又吩咐五叔五婶说，"你们好生照应着北穆家乡亲，金桂嘴好使，叫她去劝劝疯子，叫疯子千万要想不开，要弄出个好歹可就真麻烦了！"

五婶神色凝重地点了点头。

老根爷说罢就又钻进了屋。文举爷的屁股离开长板凳，客气而歉疚地向老根爷欠欠腰，又坐下了。他眼睛里消失了往日的阴暗之气，却还残留了些许抑郁之色，脸上闪过一丝不易察觉的苦笑。

堂屋里的方桌上早摆好了凉菜，也早有人进来把酒倒上了。只是这屋里与屋外一样安静。若是没这个突然变故，此时腊八家一定是热闹非凡，喧声连连，就连跑进院子的鸡也会"咯咯咯咯"笑起来。然而此时院落里连说话声都没有，只有脚步声和锅碗瓢勺碰响的声音不时传进屋来。

老根爷落座，文举爷又接着表达起歉意："老弟呀，文举又对不住你了！唉，始料未及，谁承想翠兰这妮子临上轿跑了哩！北穆家的门楣算是叫她给败了，我这张老脸也没地儿放了。我想，你们抬抬手，都消消气，待适当的时候儿，咱再给腊八挑个好媳妇儿送过来！"

"这……好不？那翠兰哩，她可是疯子的媳妇儿哩。"老根爷迟疑地说。

"至于翠兰那妮子，我看，还是劝劝腊八吧，不要也罢。强扭的瓜不甜，要了也是个祸害。唉，这个败德的妮子！不说你们，就是俺门儿里也不能容她！"文举爷越说越有气，山羊胡子抖了起来。

"呵呵，算了算了。"老根爷难得地显得那样宽宏大量，他摆摆手笑道，"哥哇，你这么说反倒叫我心里不落忍。唵？这是缘分，他俩成不了就成不了吧——是没有夫妻缘儿，怨不着谁。这事儿咱就不提它了，翠兰哩，你也用不着怎么样她，兴许她也有她的难处哩。唵？你想，上回还不是那疯小子把人家糟践了，弄得人家人不人鬼不鬼的，这是他小子的报应！这事儿咱不提了，来，喝酒！咱俩老东西，坐到一堆儿的回数儿可是不多哩！"

"呵呵，是啊……"文举爷苦笑道。

按老风俗，酒过三巡才能下筷子。几盅酒下肚，文举爷发青的脸似是有了点血色，但依旧还挂着淡淡的愁郁，灰白胡子也被酒水打湿了一缕。他拿起筷子，一边夹菜一边说："贤弟，文举以往多有对不住的地方，你可得多担待点儿呀。"

"哥你这是么话！这哪儿跟哪儿呀，一家人哪能说两家话哩！唵？话说……其实以往多数儿是俺们的不是，要说对不住人，那是俺们哩！我老根儿就这臭脾气，好记个仇！可话儿到了，也就没么事儿了！说到根儿上，咱同姓也同根哇，争个么哩！"老根爷的大嗓门儿在屋里回荡起来。他涨红了脸，喷着满口酒气说着，墙壁都嗡嗡作响。

文举爷感动地微微一笑。接着，他环视了一眼这个穷徒四壁的土坯房间，像是忽然有了满腹心事，摇了摇头，神色又暗淡下来，感叹道："这世道儿变了，不再安生，要是咱后人里多些个腊八这样的后生该多好！"

老根爷有点罪过感地笑道："呵呵，你说那小子哇！他就是个混账东西，以前可没少给你添堵哩！"

"金无足赤，人无完人，这世上谁没点儿毛病哩？"文举爷反为腊八开脱道。但接着他眼睛里慢慢泛出了一层怨毒的光，沉默片刻，终于像是下了狠心似的说，"唉，只是我作孽，养了个畜生！古人教诲'人遗子孙以财，我遗子孙以清白'，可我哩，为后人攒下了富有，反没有尽到教子做人的责任，毁了咱穆家一世清誉。我都觉着无地自容，没脸去见咱们祖上了！"

文举爷的话就像块石头砸在人心上，砸得老根爷默不作声。过了好一会儿，老根爷端起一盅酒喝了，用手掌抹了一把嘴，说："哥吧，说实话，我本不想给你添堵，可不说哩，俺心里也堵得慌。俺？不管哥你是怎么想——你甭介意，你那个六畜真不能再留在这世上了，要不，天理难容啊！他投了东洋人不算，还领着那狗×的们来咱这儿征粮占地、伤人害命，容了他，祖宗可容不了咱们哩！"

沉吟片刻，文举爷牙缝里狠狠挤出两个字："该死！"生性沉郁的文举爷有些激动地站起来，端起了酒盅，眼里有一层泪光闪动着。他直视着老根爷说，"贤弟，你若不嫌弃，打今儿起，咱们就认祖归宗了……二狗哩，他早不是咱穆家人了，这号儿贼子，该当人人得而诛之！"

老根爷那只独眼睁大了。他突然冲门外大声喊："五子——你拿几个碗过来！指不上也过来！"他接着对文举爷说，"哥，咱按咱穆家人的规矩来，今儿个，不喝醉不算喝酒！"

听到老根爷喊，五叔和指不上赶紧走进屋来。五叔把碗摆下，然后抱起酒坛子在每个碗里倒满酒，这才和指不上对坐了。

老根爷看了看自己和文举爷面前的两碗酒，抬手咬破了一个手指头，把血滴在两个碗里；文举爷犹豫了一下，最后还是效法老根爷，狠了狠心，咬了几下终于咬破了右手中指，左手小心地捏住那咬破了的指头，将一滴滴血滴在两个碗里；五叔和指不上也跟着端起碗，站了起来。

老根爷双手举起碗，仰脸冲着屋顶说："祖宗哇，你们就做个证见吧！"


南北穆家两个老爷喝血酒的当儿，金桂去了五叔家，推门进屋来到里间，见疯子腊八双手抄在脑后，两腿叉成大八字仰躺在炕上。他两只小眼睛一动不动地望着屋顶发呆。

金桂拍掉身上的雪，一扭屁股戳到炕沿上，默不作声地扭脸看着腊八。见腊八只是发呆，神情平淡，竟也有点吃惊。腊八的情绪出乎金桂的意料。他并没有寻死觅活或者要杀人放火的迹象，金桂放下心来，脸上露出了笑意，过了一会儿突然说："臭小子！你在想么哩？"

腊八坐起来，淡淡地说："没想么。"

"哼！骗谁？没想才怪哩！没有想，那你发么呆哩？既然事儿这样了，就甭去多想了呀，不值当的，大不了咱另寻一个！"

"鸡巴毛，不寻了！"

"为么？"

"么也不为。"

"那……你还想着翠兰那死娘儿们？还想她揍么，她良心都叫狗给吃了！"金桂狐疑地看着腊八，不平地说。

"狗×的才想她哩！"腊八冷冷地说。

金桂彻底弄不明白了。她看了腊八一眼，但没再追问，她怕把他问急了。疯子腊八不愿说的事就不能再问，再问就会问出他的火来，问出一个混世魔王来。她只好以亲切的口吻说："还是有个娘儿们家好，给你暖被窝儿……臭小子，你也不是没经过！噢，你……不会像你哥似的不沾吧？"

金桂最后一句话是轻声笑问的。

腊八抬起头来，眯眼看着金桂："大升哥……怎么了？"

"他……也祸害人呗！"

"祸害你……哦，俺晓得了，他是不是也冲你尿了尿哩？"

腊八后一句话也是轻声笑问的，不过他的笑是一种有点下流的坏笑。

"呸——放你娘的狗臭屁！你想人们都像你呀？！"金桂瞪了腊八一眼，接着红了脸，放低声音说，"打从那回挨了飞机炸吓着，他就跟那太监似的了……怎么摆弄也不沾……"

"那你……怎么过哩？"腊八又带着一种坏笑说，"嫂子，你……想不？要想……"

"呸！你娘的不着调的坏种儿！媳妇儿跑了还想……自个儿拿手弄去！"金桂红着脸扭过了身子。

腊八却一声不吭地挪过去，一下子抱起了金桂，像放下条布袋似的把金桂放在了炕上。金桂开始还挣扎了一下，可接着就不再拒绝，反而有些迫不及待地像蟒蛇一样缠住了腊八……突然，腊八感到了一种升天成仙似的痛快，这种痛快使他不能自制，他在眩晕里感觉自己要死了，仰起了头，喉咙里发出一声陶醉的长鸣——就像母兔背上的雄兔忘形地发出咴咴的长鸣，就像公麻雀在雌麻雀背上快活地喳喳喳欢唱——原来人和飞禽走兽并没什么两样。腊八喉咙里的鸣叫声消失，他便颓然地趴在了金桂身上，一动不动了……过了好一会儿，他才从金桂身上下来，两个人坐在炕上喘息。

"腊八，你是男人了，俺也解馋了。"金桂说。

腊八不明白地看着金桂。

"咱下去吧，叫人看见可不得了——你晓得咱族里的规矩不？"金桂理了理弄乱了的头发。

腊八问："么规矩？"

金桂说："咱俩都要活了。"

按族规，男女通奸逮着要绑上街头，女人脖子上还要挂双破鞋示众，任人扔坷垃吐唾沫；而后两人就得成亲，若不能成亲，就得被活埋。这南北穆家的族规本出一辙，凤姐就是个例子。

腊八赶紧系好裤子，挪了挪身子，坐到了炕沿上。

金桂下了炕，皱起眉头想了想说："俺得过去了。"

说着，金桂走了出去，刚走到门口，她又回过头来叮嘱道："你可得装出咱俩么事儿也没有过哇！"

金桂慌着走其实还另有原因：她要先回西院一趟，回去洗洗，她怕怀上了，怀上了孩子那可不得了，因为那不会是大升的种儿。

金桂走后，腊八又发起呆来。翠兰、凤姐、金桂……一个个女人在他的脑海里走动着。他回头再看看金桂躺过的土炕，裤裆里的"老二"就又不明不白地翘起来……他忽地跳下炕，匆匆往家里走去。

满院子的人见疯子腊八冷着脸走进来，吃惊地张大了嘴，心头忐忑不安——人们在第一时间预感到：要出事了！

腊八像是没看见谁，更没向谁打声招呼，径直走向了院墙下的灶台。他提起一坛酒抱在怀里，另一只手从灶台抄起两个碗，就往院门走去。

"腊八，你哪儿去？"心神不安的五婶小心地问。

"坟上去。"腊八在大门口撂下一句，就消失在大门外了。

"……今儿不该上坟呀？"五婶云里雾里似的自言自语着。


腊八没去他爹的坟上，他去了大沙岗子。

广袤的原野银装素裹，大沙岗子也被白雪遮盖了。透过淡薄的雪幕远远看去，沙岗上一个朦胧的黑点在晃动——那是疯子腊八。腊八面前是侯七的坟堆。

腊八双手拂去覆盖在坟堆上的积雪，在一旁坐了下来。少顷，他把两个碗摆上，提起酒坛倒上酒。他端起一碗对着坟堆说："侯哥，俺今儿个又他娘的丢人现眼了，那臭娘儿们又跑她娘的鬼了！这，你晓得就得了，也甭忒当回事儿。这咱，人们都在俺家喝酒哩，俺心里老提念着你，这就过来了，俺觉着还是咱兄弟们喝才得劲儿。你说哩？来吧，咱先走一个！"

腊八将碗里的酒倒在坟脚下，接着端起另一碗，咕咚咕咚把酒喝了。他用衣袖抹了一把嘴，再往两个碗里倒满酒，然后端起一碗说："侯哥呀，今儿个还给你说个事儿。嗐，俺他娘的后悔死了，后悔咱们散了伙儿。不散伙儿，你也就不会死了，甄虎他娘的也就不会跟俺绝交了！虽说俺没有拔香头子，可跟拔了也差不多！这不，俺去找甄虎了，没找着，那鸡巴家伙也不晓得哪儿去了。甄虎哇，这狗×的，他说不见俺，就连个面儿也见不着了！俺这咱是真不晓得该怎么着了……侯哥呀，你给俺指个道儿唄！"

腊八又把一碗酒喝了下去。他和侯七说上会儿话，就喝上一碗，直到晕晕乎乎地抱起酒坛摇了摇，发现空了，这才一松手，酒坛子骨骨碌碌顺着斜坡滚下沙岗子去。他往后一仰，躺在了坟堆旁的雪地上。

五叔带着人找到腊八，已是深夜了。他们在沙岗子脚下看到了腊八，醉得不省人事的腊八几乎被落雪埋住了。他大概曾想自己走回去，可走到沙岗脚下就醉倒了，再没爬起来。

狗咬尿脬——空欢喜一场。提起腊八这次婆亲，人们就这么想。想到这，也就不由想起腊八"尿尿"的第一次婆亲。但眼下的日子里，大家不会再为腊八的糗事发笑了，人们已笑不起来，即使偶尔笑一笑，那笑却也像花儿一样容易凋谢。

穆刀沟北岸住上了鬼子，人们提心吊胆地度着日子。河边偶尔有一声枪响，人心头就不禁震颤一下。


三


"空欢喜"后过了几天，腊月初八的下午，河岸上响起了密密麻麻的枪声。

打仗了。

人们躲在家里，却又禁不住脸贴着窗户听那鞭炮似的声响。在穆

296

刀沟岸边，除了老一辈人听到过这样的枪声，年轻人还没有听到过。那次是八国联军打来，那是一拨久远的枪声了。

谁也不知是什么队伍和日本人打起来了，只听到爆豆似的枪声连成一片。

河南岸趴着十几个穿百姓衣裳的人，河北岸则是日本人和皇协军，他们隔着穆刀沟对打。穆刀沟已经冰封，但哪一方都不肯冲过冰河进攻，因为谁都知道，下到河里就会成为活靶子。二鬼子皇协军的枪多是朝天上放的，不肯对着这边的人打；手挥王八撸子的鬼子小队长——那个曾给平娃糖吃的"眼镜"——猫着腰，在二鬼子身后连骂带踢。说来真巧，偏偏是那家伙驻进了穆家据点。

二鬼子是汉人，他们不怕国军，因为国军早已退出燕赵大地，眼下正在湘鄂一带与日军大兵团作战；他们也不怕八路，八路的主力还在山里，正规八路的枪口离他们太远；皇协军怕土八路，只因他们多是本地人，害怕土八路把他一家老小给收拾了。他们还没体验过土八路的厉害，但听说过，因此在枪口上就给自己留了条后路。当然，他们还残留了点民族意识，河对面趴着的是中国人，是同一片土地生养的同胞，而他们身后的主子却是"外人"，因此不知不觉里生出了些许恻隐之心。

鬼子小队长的愤怒并没改变皇协军枪口所指的方向，他踢到一个二鬼子屁股，那挨踢的家伙就慌张地回头看一眼，然而子弹还是胡乱地射向了天空。"八格！""眼镜"怒骂一声，一声枪响，跟前一个二鬼子的脑袋开了花。那倒霉蛋头一歪，不动了。皇协军上下见一个兄弟被鬼子毙了，有片刻工夫忘记了扣动扳机，噤若寒蝉。当然也有人不满，心头爬出了恨意。

枪声响了一会儿就停息了，河岸上消失了子弹穿空划出的"啾啾"声，惊逃而去的鸟儿又飞了回来，一群灰色的鸽子落在了雪地里觅食；村子里，一家家的鸡又从鸡窝里钻出来，由炫耀着红冠子、趾高气扬的公鸡带着，溜溜达达上了街。

枪声响起，使南穆家忘记了疯子腊八家的"空欢喜"，翠兰更没在人们的记忆里留下痕迹。没人再关心这些，人们在忧心明天，忧心明天会不会有灾祸降临，明天自己还会不会活着。

疯子腊八也似乎忘记了那一切，但他忘不了爹的死。唯有仇恨怀揣在他的心头。

天傍黑的时候，腊八和破罐破盆几个年轻人回到了村里。他们从南穆家柏树遮蔽的坟地回来，每人肩上扛了一捆柏树枝。

两三个时辰前，听到河岸上的枪声，破盆他们大胆地爬上了高高的柏树瞭望，可离得太远，看不大清楚，只听到爆豆似的枪声从远处传来，也偶尔有流弹在柏林上空"嗖"地划过。但腊八没上树，他斜躺在了他爹的坟头上。还是据点刚开始修建的时候，腊八悄悄去过一趟那块刀把子地，他把那半袋金末从窝棚里挖了出来。此时，那装着半袋金末的袋子就埋在他的身下。

腊八他们回到村，把柏树枝带到了街中央，纷纷肩膀一倾把柏枝丢在了地上，然后堆成一堆，点着了。油性的柏树枝易燃，随着柏树叶噼噼啪啪地爆响，柏叶火很快熊熊燃烧起来，裹着柏香的火光照红了夜幕渐渐降临的天空。村里人纷纷从家中走出来，围着柏叶堆烤火，他们像向神灵祈福似的把双手伸向火堆。据说柏叶火很灵验，每年的腊八日烤了柏叶火，一个冬天便不会生出冻疮。

今天是疯子腊八的生日，但没人给他过生，他也不曾想到他还有生日，虽然他的生日几乎是这世上最好记的日子。他没有烤火，他点着火就走了，他还要去帮老根爷喂牲口。

光线暗淡的牲口房里已亮起了油灯。屋里传出两个人的说话声，声音不大，站在门外几乎听不清楚。牲口房的土炕上坐着两个男人。一个是老根爷，还有个外来的年轻人，那人戴了顶灰军帽。

走进牲口房，腊八站住，略带惊讶地眯着眼睛端详起那年轻人。老根爷刚要介绍，腊八已脱口说了："×！你不是文举爷家的三醒哇？"

"是啊！"年轻人微笑着说。

穆三醒如今是穆三省。"三醒"是爹取的名字，意在让他做个清醒明白人，清醒地走在人世，也清醒地记着与南穆家的恩怨。可他去了陕北——那片黄风吹荡的贫瘠的黄土高原，就自己给自己改了名，"醒"换成了同音字"省"，意在"三省其身"，记着自己是个出身地主家庭的人。

"那当街讲话，招呼大家伙儿入党的人是不是你哩？"

三省笑笑："是！"

"那在河岸上叫我下了枪的家伙是不是你哩？"

三省尴尬地笑笑："……是！"

"那去年瓜园里跟俺要瓜吃的鸡巴哑巴也是你了？"

三省收住了笑容，睁大了眼睛："你是说……啊，想起来了，向你要瓜吃，有我，那就是我！"

"鸡巴毛！那你为么不承认哩？"腊八显然对三省的不实诚大为不满，有点愠怒，他觉得这家伙不像个汉子，因而堆起一脸鄙视的神情。说罢，他冷淡地走向了墙根。

三省的神情有些不大自然起来，回忆道："那时候，我和那位同志在搞地下工作，还是在咱们见面的半年前吧，俺们被叛徒出卖了，关进了牢里……在天津押解石门的途中趁机逃了，逃掉后就找组织，每天处处小心，不敢大意……"

腊八听得有点入神，脸上那轻蔑的神色也在不知不觉中消退了，禁不住往前凑了凑。他觉得，这当地下共产党比当他娘的响马还刺激哩！他忽然又觉得，穆三省给人一种神秘感，带了一身神秘色彩。

"来，炕上坐呀！"三省招手道。

腊八没坐到炕上去，他又蹲回到了墙根下。见腊八没了敌意，三省脸上不自在的神情也就褪去了，他笑问："听老根爷说你也想拉支抗日队伍，是不？你现在拉有多少人哩？"

"俺一个。"腊八淡淡地说。他扭脸看了老根爷一眼，心里怪罪老根爷多嘴。

"哈哈哈哈……什么，就你一个？"三省不由大笑起来。

"那……看怎么说了。"腊八突然有些难堪，补充道，"俺不是还入党了呀，也算入了队伍，这么算下来……就俺村儿都有几十号人哩！"

穆三省的神情突然有些暗淡了，他想了想，看看老根爷又看看腊八，终于说："那些都不算数了。当初为壮大抗日力量，就盲目扩大党组织，多数人都是稀里糊涂拉进来的，没有经过审查，也没有经过考验。结果，一说队伍要拉走，离开家，就没几个人肯跟着去了。最糟糕的是，这样一来，拉进来的什么人都有，在有的村里，好吃懒做的混混儿也入了党，甚至敌伪特务也混了进来。为这，我们受到了上级组织批评，进行了纠正，你们见过的那位首长也受了处分。"

腊八不明白地眨着眼睛，好像突然装了一脑袋云雾，过了一会儿才问："你说脸上有疤瘌的那人？"

"嗯。"

"活该！也不晓得打哪儿蹦出来了这么个货，嘿，那德行，险恶着哩！他开头儿还说要打俺们老根爷哩，么玩意儿啊！一见他，我就觉得那家伙不地道！他是么鸡巴地方的人哩？"腊八有些不高兴了，而且对那人挨处分幸灾乐祸。

"他好像是南方人。"

"南方？是不是好远哇？"

"自然远了！你没有出过远门儿，能晓得么哩！"老根爷笑着插话道。

"那他怎么满嘴半拉子京话哩？"腊八觉得有点莫名其妙。

"呵呵，入乡随俗呗！"三省笑道。接着他又解释，"为了工作需要，尤其是搞地下工作，一句话就可能暴露，因此在哪儿就得学会说哪儿的话，还得了解当地的风土人情和生活习惯，习惯了，也就自然了。"

腊八有些呆怔地"噢"了一声，在他心头，疤脸人变得很神秘起来，尤其那么远地方的外地人身份，更给疤脸人披了层神秘色彩。但腊八还是厌恶地说，"他娘的就是说日本话也没谁稀罕！大老远跑咱这儿来揍么哩，谁待见哩！他来，就是好事儿也得给弄坏喽！"

"可不能这么说哇，他可是个年轻的老革命了，能力、理论、口才都很强哩！"三省看看腊八，以佩服的口气说。

"年轻的老革命……么意思哩？那家伙看上去好老了哇，俺叔还叫俺喊他'八路叔叔'哩！"腊八道。

"哈哈哈……他长的面相老，实际年龄可比我大不了多少哩！"三省笑道。停了停，他接着像是陷入了回忆，"虽然在苏区'洗党'时他整过人，在陕北又犯了错误，还接受了组织处理，可组织给他安排工作，他又总是坚决执行，毫无怨言地接受……"

三省突然把话打住，他意识到自己的话多了，而且在两个不是同志并且几乎陌生的人面前。

腊八和老根爷更是一头雾水了。三省嘴里的故事，虽然新鲜，却似乎离他们很远很远，而且那些事也许会永远与他们无干。与他们有关的是眼下，是东洋人来了。

"我说破盆他们怎么都没有跟队伍走哩……"腊八没头没脑似的自言自语地说。

"他们也是不想离开家。那你哩？你不是也不想离开穆刀沟啊？"三省道。

"俺叔家小斗子不是去了哇？哦——对了，他跟你回来了没有哩？"腊八又问。

"小斗？我想想……哦，他们参加队伍后送到山区去了，因为是新兵，要经过训练。后来的情况我就不知道了，或许分配到了主力部队吧。"三省停了停，又一本正经地说，"在哪里抗日都一样，哪里有鬼子，哪里就该有抗日的武装。腊八兄弟呀，我问你，想不想加入咱们区小队哩？"

"区小队？揍么的？"腊八看着三省。

三省微微笑了。老根爷那只独眼也笑了，撇撇嘴，插话说："你疯小子就是见识浅！唵？三醒才个儿跟我说了，区小队是八路军的队伍，也就是吕司令的队伍，是打东洋鬼子的。三醒就是这队伍的头儿，你该叫他穆队长才对啊！"

"区小队是八路军的地方武装，也是咱们区里主要的抗日队伍。"三省补充说。

"那队长这官儿有多大哩？比司令大不？"腊八问。"七七事变"后，冀中自发而起的抗日武装不计其数，平原上流传着一句话："司令遍天下，主任赛牛毛。"腊八心里得意地想："我他娘的拉起了队伍咱也就是司令了！"

"我们八路军可不是反动派军队，咱革命队伍里不兴叫'官'，大家都是阶级弟兄，人人都是平等的，叫同志。"三省解释道。

腊八似懂非懂地"哦"了一声。他想，我加入了他的队伍，手里也就他娘的有枪了，兴许只有这个法子才能弄到枪。他身子不自然地往墙上靠了靠，诡谲地一笑说："嘿嘿，俺疯子腊八那不就成'八路腊八'了？沾！反正俺光棍儿一条，闲着也他娘的没鸡巴事儿干。"

这时，隔壁牲口圈里不知哪头家伙连着打了两声响鼻，就像人着了凉打喷嚏，接着又听到那头大黄牛老水车响似的嘎吱嘎吱倒嚼的声音。腊八站起身来说："俺去喂喂牲口。"

在朦胧的灯光下，他强壮的影子转进隔壁去了。

看着腊八离去的背影，老根爷笑笑，说："疯子虽说年纪不大，可经历的事儿不少。唵？这嘎杂子，要鬼点子他有；要耍横他是天字号的；要说胆气他可是天老爷都怕的主儿；要论力气，他一个能顶几个！大侄子，你要缺人手儿，俺南穆家年轻后生还多着哩，一个个都结实着哩，你要谁，只管领走就是了！唵？反正都是在咱这块儿打鬼子，我支持！"老根爷说。

三省眼睛里有层光闪了闪，像是很感动地看了看老根爷，礼貌性地微微一笑，但最后还是摇了摇头。

见腊八端着草料走近了，那头激情飞扬的枣红色蛋马高高扬起了脖子，发出响亮的咴咴的欢叫声。腊八在枣红马前面的槽里倒了些草料，那马又歌唱一样打了个响鼻，然后低下头吃起来。旁边那头灰母驴也把头伸了过来，和枣红马抢着吃，腊八用拌料棍敲了一下那驴的头，把驴赶开了，这才挪到驴的料槽前，也给那驴上了草料。腊八在给牛和骡子上了草料后，又回到了老根爷和三省面前。

他又在那墙根下蹲着了。刚蹲下，他突然想起了什么，望着三省说："河边上响过枪哩，是不是打起来了？"

"是。"

"谁跟谁打哩？"

"你说哩？"三省说，"区小队和鬼子呗！"

"不过瘾……"腊八失望地摇了摇头，"打那么鸡巴一会儿就停了，不过瘾……打上他三天三夜才得劲儿哩！听说人家翟司升去年带一拨儿队伍打县城，打了一天一夜哩，刘大喜的脑袋也给摘下来了！人家翟司令，嘿，那才叫厉害！"

三省笑笑："这是咱区小队第一次跟鬼子接火，目的就是把鬼子从据点里引出来，侦察一下鬼子的火力，好制订今后的作战方案。"

腊八似懂非懂地"嗯"了一声。他忽又抬起头来，问："那你们……打死人没有？"

三省不置可否地看看腊八，又看看老根爷，下了炕，对老根爷说："我先把腊八带走，去和区小队会合，过两天我们再来。"

老根爷点点头，没有说话，也没有笑容。对他提供更多"后生"参加区小队的热情，三省没有给予明确回应，他觉得这年轻人对自己不信任，因此心头不大舒服。

腊八却问："去哪儿哩？"

三省说："去了就知道了。"

腊八怔怔地看看三省，脸上露出不悦的神色。他真想说："鸡巴毛！看你娘的那德行，像是爷爷非跟着你不沾哩！没了胡屠夫就吃连毛猪哇？不就是打鬼子呀，大不了爷爷就单干，没有枪就使刀子！"但他没有吭声，因为他想杀鬼子，他以为跟去了，马上就可杀鬼子了，也许今天夜里就去杀了。他在炕角摸出杀猪刀子，跟三省走出门去，临出门还不忘回头向老根爷说一声："爷，俺走了……明儿个给你提个小鬼子的脑袋来当夜壶儿！"

"疯子，你回来一下。"老根爷突然轻声喊道。

待腊八返回炕沿前，老根爷把声音压得更低，说："我觉着这北穆家老三不实诚，跟咱不是一个心儿，你看他到哪儿去都不肯说，瞒着咱。唵？他是北穆家人，兴许心里还装着跟咱的仇哩，你可得防备着点儿，霎着了道儿！"

"他敢！等我手里有了枪，他小子敢发坏，爷爷就打他的黑枪！"腊八也低声道。

疯子腊八离去了，牲口房里只剩下了老根爷，他怅然若失地坐在炕上，从腰里抽出烟袋来，准备抽上锅烟……这时隔壁牲口圈里发出"咕咚咕咚"的声响，那匹枣红马又嘹亮地发出一阵情欲亢奋的"咴咴"的叫声。老根爷知道，那马肯定又在一次次往母驴的背上骑。

昏暗的灯光照在牲口房的炕上，朦朦胧胧，他忽然觉得秋莲就躺在这炕上……他对自己"呸"了一声，气恼地跳下炕，走了出去。

# 第八章

谚语说：两好合一好，一世合到老。

一

自疯子腊八走后，老根爷心里总空落落的。他觉得牲口房空了，院落空了，仿佛整个村子都空了。因是农闲季节，他没再雇工，里里外外的活儿只能亲力亲为自己干了。只是他整日里有点心不在焉，还常常把牲口忘下。牲口们也和老根爷一起瘦了下来，尤其是那匹情欲亢奋的枣红马，就连以前的那股骚劲儿也没了。这些日子每逢五叔来，老根爷总要问："疯子回来过不？"五叔总是摇摇头，然后两人坐下来抽起闷烟。

阴历年前又下了一场雪，鹅毛似的大雪纷纷扬扬下了三天。世上似乎再没有别的颜色，一望无垠的大地睡在一个白色的梦中。柏树顶着厚厚的雪被，杨树、柳树、榆树、槐树等落叶乔木的枝条也被雪霜包裹了起来，扎成类似哭丧棒的白色花串。厚厚的积雪也蒙住了屋顶，深埋了墙根和树身，覆盖了原野上一片片枯萎的麦地，也抹去了乡间的每一条道路。大雪让世界回归到一个无限遥远的时代。

雪后的原野撒上了成行或斑斑点点的印痕。那是野兽的蹄迹或寒鸦的爪印。风在铺满厚厚积雪的原野上掠过，那些印迹很快便在风的身后消失了，然后等待第二天早晨重新出现。伴着稀疏的爪迹，穆刀沟岸边出现了一行新鲜的脚印。脚印从岸上下来，顺着那条被大雪掩埋了的路向南穆家延伸而去，然后消失在静然的村子里。

那脚印是文举爷留下的。

文举爷到了老根爷家。这是自翠兰逃婚他第三遭来南穆家了。中间他还来过一次，是为修建土地庙的事。踏上河南岸的土地，他总是百感交集。这儿是他遥远的祖先生息的地方，是穆家的发祥地；走进村子里，他有种回家的感觉，仿佛回到了阔别已久的老家。河北边被鬼子占了，他那块棉花地和老根爷的刀把子地都大半被鬼子圈了起来，他心头堵得慌，就连出气也感到不顺畅。压抑中，他常常莫名其妙地想到河南岸走走。

这回来，文举爷由老根爷陪着走到了村西头，进了老根爷那片麦地里。麦地被大雪遮盖了，一座新的土地庙坐落在雪地上。鬼子修据点，把周围七十丈内的建筑物都拆除了，树木砍了，就连穆刀沟边儿上那小小的土地庙也没能幸存。一荣俱荣，一损俱损，北穆家的庙子被拆除，二狗不敢说什么，但心头大不平衡，他带人过河来，把南穆家的土地庙也毁了去。无奈中，文举爷和老根爷商量，要给流落在外的土地爷找个住处，于是两家共同出资修了这座新庙。这新庙比以往的旧庙气派了许多，甚至比别的大神的庙堂都显得宽敞高大。唯一的遗憾是——大概因为仓促修建而成，其建筑工艺显得太过简陋粗糙，似有应付神灵之嫌。

两位老爷站在庙前，一齐向着神庙拜了拜，然后转过身来。太阳出来了，雪原泛起耀眼的光芒，那刺目的光亮在白雪皑皑的原野里飘动着，水似的光晕泛起迷离的波浪。老根爷眯起了独眼，而文举爷的眼睛则不住一挤一挤地眨着，像是眼疼。

"咱回去吧。"老根爷说。

"回吧。"文举爷附和道。

回到村里，见老根爷的小孙女和小孙子正在家门口堆雪人，两个像石狮子似的雪人蹲在大门旁。看到爷爷过来，孙子孙女欢蹦乱跳地迎上去，伸出冻得通红的小手，一边一个，扯住了老根爷的胳膊。

到雪人跟前，老根爷问："你们堆的是谁哩？"

"你猜猜？"小守文歪着头说。而小姐姐彩珠刚要向爷爷说出秘密，他瞪着眼斥道，"不准你说！"

小彩珠闭上了嘴。

老根爷想了想，说："我猜着了——还会是谁？就是你们俩！"

"不对！是你们俩爷爷！"小守文大声纠正道。

老根爷哈哈大笑起来，文举爷也微微笑了。文举爷残雪似的灰白胡子在轻轻的冷风中抖动着。

"人丁兴旺，福气呀！"文举爷感叹道。

"托祖宗的福哇！"老根爷笑着说。

其实，他俩只是笑在脸上，心里反倒有种苦涩的味道。对两位老爷来说，"人丁兴旺"近乎一种讽刺。眼下，两个家族头人家都是人丁稀零，尤其文举爷，他过的是种老来孤独的日子，整日被难挨的严寒似的寂寞包裹着。

他们说着话，走进了院里。老根爷礼让文举爷先进屋，文举爷站了站，谦让老根爷先进——见老根爷还固执地坚持，也便不再客气，抬脚进去了，坐在了八仙桌旁的椅子上。

老根爷坐在了另一旁。虽说老根爷对三省有些误会，心头不大信任，可对文举爷却是掏心窝子。老根爷说："哥吧，你在河那边儿待着憋气，就干脆搬过来吧！唵？我给你腾出一块儿庄户地来，要不哩，你就占疯子家那宅基，叫他搬我这儿，闲来没事儿咱老弟兄俩也好唠唠。"

"我也想哇！"文举爷抬起头，感激地看看老根爷，灰白的胡子也摆出兴奋神态，抖了抖。可接下来他又迟疑了，面露难色，轻轻摇了摇手说，"不行，还有几百号族人在那边儿，他们怎么着？"

"那就干脆都搬过来呗！唵？河那边儿的村子咱不要了，都拆喽，留给小鬼子一片荒村野地，叫他娘的成天价跟孤魂野鬼当邻居去！"

"谈何容易呀！"文举爷叹了声气，眼神里有种愁郁的波荡了荡，"不过，再合成一个村这主意不赖，挺好！只是……咱中国人的官府跑了，咱又不服他伪政府管，谁给咱批哩？"

"嗐！还要谁批呀！没了政权衙门儿，咱自个儿批不得了！唵？再说，咱一个村分成俩村谁批过哩！"老根爷大着嗓门儿说。

"是哩，衙门儿里一直认'穆家'这个叫法儿！"文举爷道。

街上有孩子喊，屋门外的孙子孙女又跑了出去。这时老太太提了半篮子红枣放在八仙桌上，客客气气地请文举爷吃；秋莲提了壶水，给两人倒上，就低着头出去了。

老根爷有些不好意思地说："俺晓得哥你喜欢喝茶，可俺们这边儿哩，喝白水喝习惯了，平时不备茶叶，只有叫哥你将就将就了。"

文举爷不禁想起那"尿茶"的故事，看了一眼作为摆设还摆放在桌子内侧的白瓷茶壶，一缕浅浅的笑意在脸上飘过。他知道老根爷是个要面子的人，便忙说："一样，一样，我也常喝白开水哩。"接着又感叹道，"回到这边儿来，就是白水也甜啊！"

老根爷咧嘴笑笑，然后从腰里抽出烟袋，转脸对太太说："这天儿真他娘的冷啊，一会儿俺们炕上去，炕头儿上热乎。你去弄酒菜吧……唵？对了，把咱那黄铜酒壶儿找出来，把酒温上。"

文举爷摆摆手说："不碍事儿，不碍事儿哩。"

老根爷笑道："嘿，弄热又不费事儿！"

老太太出去了。老根爷看看老伴儿出去的背影，脸上禁不住浮出一片惆怅："你瞅瞅，这人老了，还是没个小子在身边儿，唵？家里除喽娘儿们家就是老的老小的小！东洋人没有来还不觉得，这东洋人一来，就觉着身边儿空落落的了。我那小三儿弄丢了，也不晓得如今还在没在这世上；二小子哩，在东洋念书，这咱小东洋鬼子又打下了咱中国，他保不准叫人家扣下了，回不来；可大小子哩，唵？那狗东西，你说他出去揍个买卖吧，出去喽就没有回来，这半年多连个信也没写，他娘的是死是活还不晓得哩……唉，我就不该为赌口气把小子们都折腾出去，起码儿也得留一个在家呀。这咱说么也晚了，世上也没有卖后悔药的。"

文举爷顿了一下，把刚刚端起的碗又放下，强压着内心的辛酸安慰老根爷说："贤弟呀，有道是命运天注定，好人自有好命，你大可不必揪心哩。这世道儿乱，满世界都在打仗，说不定是路上受阻了哩？"文举爷把老根爷大儿子在外纳小的事瞒下了，可他的神色也跟着忽然暗淡了下来，又长长出了口气，继续说道，"说句心里话吧，我觉着你家老二——哦，二侄子，他还是不回来好，最好永久甭回来。你老弟想过没有，往后这天下是谁的？咱们都说不清。要是有一天东洋人走喽，是国民党当政还好说，要是共产党主政哩？——我看过他们的书，也晓得点儿他们的主张，还听三醒说起过：要是他们当了政，你我的地跟财产都会给分喽，咱们都得戴上高帽子挨斗，说不定还会被枪决哩……唉，谁叫咱们是财主哩！他们在江西拉杆子起家那会儿就是这么干的，被撵到了陕北还是这么干，只是眼下东洋人来了，又迫于国民政府的管制，他们是不管穷人富人都笼络——只要你抗日。可东洋人走了哩？咱是财主，人家把咱们看成对立面儿，甭说你，就是我也难保，共产党里的富家子弟一个一个都是叛了爹娘老子的，走火入魔，六亲不认。就拿三醒来说吧，甭说叛了家，就连我给他取名的字儿也给改了！我哩，命不好，一个大仁，撇下父老乡亲走了，还有没有一天能回来说不清；二狗那么个畜生当了汉奸祸害乡里；三醒哩，这孩子品行不赖，可又跟咱不是一个道儿上的人……"

"唵？"老根爷一怔，脸色变得凝重起来，"你说……咱们会落个那下场？不至于吧？兴许那时候儿三醒侄子就当大官儿了，他不照应着点儿？唵？你是他爹哇，打断骨头还连着筋，他怎么会不念骨肉情分哩？"老根爷停了停，又摇摇头道，"不会，万万不会！就连疯腊八那么浑的人还是个孝子哩，何况三侄子还是个念书人？书白念了？不会不会……再说了，咱没有受过共产党统治，他们么样儿咱没亲身经着过，是好是坏不敢说……可国民党俺是清楚的，打从民国政府上台，又揍过么好事儿哩？唵？俺就觉着他们那个官府里没有么好物件儿，要不，为么三醒侄子骂他们是'刮民党'哩！哥哇，俺是个直性子人，说话儿容易伤人，俺说差喽，你可甭介意。实话儿，你跟俺不一样，你北穆家好歹有个大仁在官府里头，自然官家会照护着你们。俺们哩，这么多年，可没少憋屈哩！俺以为，共产党就是再没人性，可也总比国民党好，比国民党强！唵？人家共产党里边儿，至少还有三醒侄子这样的人物儿哇。哥你没有听说过呀，他们拉队伍起事儿，可是为了天下公平，为了老百姓哩！"

"唉……贤弟呀！"文举爷苦笑着摇了摇头，他显得有些无奈。接着说，"不是我说你老弟，你眼光也忒有点儿短浅了，耳朵根子也忒软了。人家说了你就信呀？这么说吧，穷人变成富人，他就不是一个人了；没有权的掌了权，他也就不是他了。身份不一样了，立场跟处事自然也会变。这人世间就是个戏台，演的么角儿就唱么戏词儿，就是狸猫换太子，可戏的脉络却是笃定不变的。这国家跟人是一回事儿，跟唱戏是一回事儿。老弟呀，么事儿得从头儿上看，再往后边儿看，看远点儿，要不，这天下的史书就白写了。有道是，万变不离其宗。打历史上说吧，各朝各代造反起事儿的，谁不是说为了天下黎民百姓哩？是吧？可到了儿哩？谁还不是把黎庶众生踩到脚下！就说眼下国民党跟共产党两家吧，东洋人来之前，他们可是斗了多少年哩，谁不说是为了天下百姓哩？谁不是以代表天下正义自居哩？他们相互骂对方是匪，到底谁是匪哩？事实上，谁都是，谁也不是，都一回事儿；么红啊白哩，那就是个叫法儿，一个记号儿，身上的血还不是一个颜色？骨子里都一样。"

老根爷呆呆地看着文举爷，仿佛今日才与文举爷相识，认识了另一个穆文举，一个有点高深莫测的老秀才。回过神来，为掩饰自惭，他赶紧转移了话题："噢对了，要过年了，三醒跟疯子他们回来不？"

文举爷摇了摇头："难说……兴许过年能回来趟吧。"


二


除夕夜静悄悄来到了穆刀沟两岸。若是往常，这会是一年里最为风光的夜晚——除旧迎新的鞭炮声，会随夜色的降临而响起，几乎到天亮时才静息下来；夜色里，孩子们会持着猪蹄灯游玩于街上，远远看去，街上会有成群或成行的星盏流动；每家每户的窗口会有说笑声、猜拳行令声甚至丝竹琴乐声传出，与户外的鞭炮声汇为一体，天地间溢满古老的祥和与欢乐。

自从日本人占了冀中，这除夕就变味了。今年更是不同往常，眼下的除夕夜很静，静得似乎掉根针都能听到。

据点里传下话来，过年不准放炮，因鞭炮声和枪声难辨。从小就放炮成瘾的二狗对日本人说，放炮是这儿的风俗，放放炮没么大不了的，再说，大年三十谁还有闲心来捣乱哩？可日本人还是不肯答应。他们不信任中国人，在他们看来，中国人就是中国人，在根本上，汉人绝不会和大和人一心，即使是投靠了他们的汉人。

禁炮令通过二狗传下，指不上从炮楼接来禁令传给了族人。当然，他事先禀告了文举爷。文举爷正闲坐太师椅上喝茶，听了指不上的话，摇摇头，又深深叹了口气，眼里包起了悲哀的神色，苦笑道："咱中国人呀，最喜欢干也最拿手的，就是自欺欺人，自以为在糊弄别人，其实是糊弄自个儿！罪孽呀——就说火药吧，咱中国人发明的，可发明火药干么哩？大多造了烟花鞭炮，尽用到虚荣排场上了，说是图个喜庆，实际是制造个繁华的假象给人看。除夕夜里，整个国家遍地放起烟花爆竹，也就营造出了个繁华盛世；外国人哩，他们不在乎那些个面子排场。他们弄咱们发明的火药，造枪炮来屠戮咱们，掠夺咱们……而今，唉，就连这鞭炮也成了禁物，天理何在也！"


鞭炮不能放了，好在穆家人其他的习俗却不曾禁止。每逢除夕夜幕降临，男人们就会按事先约定，从家里端上一盘凉菜，聚到相好的同龄人家里喝酒。只是今年有点不同，今年除夕夜，老根爷破天荒把族里很多男人喊到了家里，摆了个除夕酒宴。

五叔去了，大升也带上平娃去了。

大升家只剩下金桂一人。她本该去东院陪婆婆说话，与婆婆和秀花守岁，然而她没去。

炕上放着一张炕桌，桌上点了一盏油灯，金桂正在油灯下缝棉袄。缝着，夜在慢慢深下去，她不觉有了困意，打了个哈欠。

"嘿！"

身后突然一声惊叫，金桂几乎吓得魂飞魄散。她猛然一转身，见是秀花，惊魂未定里嗔怪道："你个死娘儿们，把我吓死了！"

秀花笑着说："你胆儿不是挺大呀？"

"这冷不丁的，胆儿再大也得给你吓破喽！"金桂道。

"大年三十儿你还忙着揍活儿呀，歇歇呗！"秀花坐上炕沿，一把从金桂手里拿过还缺两只袖子的棉袄，顺口问："给谁揍的哩？"

"……还有谁哩？你哥呗！"金桂迟疑了一下说。

"你的针线活儿真好！"秀花两手扯着棉袄展在眼前看看，赞羡着，可突然又道，"不对呀——嫂子，你是不是弄差尺寸了哩？这袄叫俺哥穿上，好像有点儿肥大了……"

"嘿，他可比先前胖多了！"

"胖了……俺怎么没看出来哩？"

金桂瞭了秀花一眼："他又没有脱给你看，更没有跟你睡觉，你怎么晓得哩！"

"嫂子——你！"秀花又羞又气恼，脸一下子通红，接着扑到金桂身上又拧又掐。

妯娌两个闹累了，气喘吁吁地坐起来，金桂说："走了，咱们那院儿去吧。"


静静的除夕之夜静静地去了，屋外的世界，没留下任何声音和痕迹。天刚麻麻亮，不知忧患的公鸡便鸣叫起来——从一个角落到另一个角落，继而连成一片——村子罩在一片唱和般的鸡鸣声里。极富象征性的鸡鸣声很雄壮、高亢，此起彼伏，一声声划过黎明，在本是那样寂然而寥廓的天空中摇曳；鸡鸣声里，偶尔也有一两声狗叫在村庄的角落里响起。

起风了，风不大，但很冷。不安静的冷风溜过地面，掠过树梢，穿行过古老的村舍；不知不觉里，也不知是鸡鸣犬吠声还是风，将天上那依稀可见的淡淡的云撕成一片片，然后梦幻般地飘散在积雪覆盖的平原上，散落在雪后沉睡的村庄上空。

静悄悄的新年，迈着几分沉重的步子走进了千家万户。轻轻的风止息了，寒冷的晨光静静地抹亮了人家的窗户，轻烟似的冬雾带着几分眷恋，在结满冰凌花的树梢上缭绕着。

五叔家的窗外响起轻轻的呼叫声。

"叔……婶子……"

疯子腊八站在窗外，冲着屋里轻声叫着。他短短的发梢结了层寒霜，眉毛和毳毛似的茸茸的胡子，也被夜霜染成了白色；清冷的鼻涕又顺着鼻沟流下来了。

"谁呀？"五婶问。

"我。"腊八说。

"腊八……是腊八呀？你等着！"屋里传出五婶欢快的声音，"喂！大升他爹，快点儿起来，腊八回来了！"

屋门后很快发出门插关的"哗啦"声，门开了，五婶站在了门槛后边。

腊八在门外"咚"地跪下了。

五婶连忙跨出门槛，双手把腊八拉起："起来，孩子，起来……"

腊八跟五婶进了屋，刚跨过门槛，五叔也披了件棉袄走出二门，腊八喊了声"叔"，又"咚"一声给五叔跪下。磕过头，腊八站起来，随五叔、五婶走进里间屋里，把胳膊下的杀猪刀子放在挨墙的桌上。五叔让腊八在炕沿上坐下，随后自己也坐下来。

五叔仔细地看着腊八的脸说："嗯，没有么变化……老根爷说兴许你过年会回来，可我吃不准，这不，夜个儿黑价等了半宿，也没见你人影儿，就认定你不会回来了。"

"老根爷怎么晓得我会回来哩？"

"他像是听文举爷说的。"

"嗯……"腊八脸上露出一种不自然的表情。

五叔接着问："在区小队过得还惯不？"

腊八用袄袖子蹭了下鼻子说："惯！怎么不惯哩！就是……队伍

老是黑价活动，就跟那鸡巴夜猫子似的，一个囫囵觉都睡不成！"

"这么些天，你们都去了哪儿哩，怎么没在咱这儿露过面儿呀？"

"这……那三省说是军事秘密，不叫说啊！他娘的定了那么多狗屁规矩，吃饱喽撑的！"

五叔笑了："是哩，搀么都有搀么的规矩，不叫说就薆说。"

五婶端了盆热水进来，放在地上，笑着插话道："腊八出息了，出去这么几天就懂事儿了，人还是在区小队里有长进。"接着指指地上的盆子，对腊八说，"洗个脸吧。"

腊八洗脸的时候，五叔伸手从桌上摸起烟袋——他的目光落在了杀猪刀子上："咦——区小队没有给你发枪哇，那你拿么打鬼子哩？"

"嗐，哪儿有他娘的多的枪哩，没法儿，就叫俺先使杀猪刀子对付着！"腊八回头道。

"这样哇，也够穷哩。"五叔有点同情和失望地说。

"谁说不是哩。听三省说——薆说俺们，就连正规八路军也穷得够呛哩。就是中央军武器也不沾，所以老是打败仗。没法儿，政府就四处求爷爷告奶奶地求援，可谁肯白给你哩！尤其北边儿那狼心狗肺的老毛子，狠狠拿捏了咱们一把，最后答应了支援飞机大炮，可他们是放高利贷，发起他娘的战争财了！"腊八气愤地说。

"国家跟人一回事儿，都这样，不图利不早起。那老毛子从来就不是么好物件儿，就是一群没有人性的响马——这回，只要不再割走咱们的地盘儿就好了。"五叔一边往烟锅装着烟末一边说。他见腊八洗了脸，接着道："腊八，你把脸擦喽，还是先去给老根爷拜个年吧。人家上年给了你头大肥猪，还解除了买你的文书，这可不容易啊！做人，咱得有良心。"

"沾。老根爷这咱过得么样哩？"腊八擦罢脸，走近炕沿。

"唉，还能么样？打从鬼子在他的地上筑喽据点儿，他心里就没有舒坦过。全村人也一样，都心里七上八下的。你看这年过的，就像死了人，没有一点儿喜庆气儿，整个村子活像一个坟圈子！"

腊八去给老根爷磕了头，不久又回到了五叔家。这时，秀花也从西间屋起来了，帮着五婶做饭。五婶和面，秀花剁饺子馅，婆媳俩忙活起来。

饺子古时本叫"交子"，意在"子时相交"，到后来，多情的北方人又赋予了它一个虚幻的含义：团圆。初一吃饺子，只为图个团圆。一般人家，大都是大年三十晚上把饺子包好，端到院子里冻上，第二天一早起来就下锅。

大年初一，穆刀沟岸边人也是不准干活儿的，包括打扫庭院。所有的劳作都得在年三十结束，人们说，大年初一干活儿，这一年里你都得辛苦。

嗒嗒嗒剁馅的声音传进里屋来，腊八扭头顺着声音望了一眼，对五叔说："今儿个不是不兴揍活儿呀？"

"哦，你是说包饺子呀？这不是你回来了哇，回来咱还不吃顿饺子？要不是你回来，这日子，谁还有心思去费那事儿哩！况且初一弄饭也不算么揍活儿，人总不能不吃饭吧？"五叔道。

腊八和五叔正说着话，五婶在外间屋说："腊八，你去把大升他们也叫过来吧。"

腊八答应一声，去了。

他来到西院，通过半掩半开的屋门，看到大升两口子也在做饭。大升坐在小板凳上，拉着风箱，风箱发出"咕嗒咕嗒"有节奏的声响；金桂站在锅台边和着面，她一扭脸看见走进大门的腊八，嘴角微微一笑，远远地向腊八使了个眼色。腊八开始没明白金桂的意思，张开的嘴没发出声音。他突然有些紧张起来，稍迟疑了一下，便像只老鼠咻溜溜钻进了院门口旁的茅厕里。

金桂拍拍沾满面粉的手，对大升说："我上个茅子！"说着，她也一路小跑进了茅厕……过了好一会儿，金桂才从茅厕里出来。"好冷哇！"回到屋，金桂跺着脚，说着关上了屋门。

稍过了一会儿，才听腊八在院子里喊："大升哥，俺婶子叫你们过去吃饭哩！"

腊八走后，大升和金桂就灭了灶里的火，带着平娃来到东院。大升一家三口进到里屋来见腊八，方才没来得及和腊八说上几句话的秀花也跟了进来。大升亲热地喊了声“腊八”，腊八跳下炕沿，猛然伸出有力的右手握住了大升的手。大升怔住了，不解地看着腊八：“腊八你这是揍么哩？”

“这叫握手，队伍上的规矩。”腊八有些得意地笑着说。他握罢大升的手，好像余兴未尽似的，接着又一一向金桂、秀花伸出那只大手。他那手力气太大，被握的人仿佛听到自己的骨头在咯叭响。最后握的是秀花，秀花疼得大叫一声，死命把手抽了回来，眼睛里闪出了泪花。

握过手，金桂秀花妯娌俩就去了外屋，帮着五婶包饺子，男人们则留在里屋说话。大约一个时辰后，炕桌上了炕，饺子端上了炕桌，一家人也围炕桌坐了。

“都快点儿吃吧，趁热乎儿！”五婶招呼道。

平娃离开秀花的怀，挪到奶奶和娘中间，五婶和金桂便时不时夹着蘸了醋的饺子，放在平娃碗里；五叔、腊八、大升则喝着酒，以饺子当下酒菜；小白从外边回来了，闻着味道跑进了屋，站在炕沿下向上望着。腊八从碗里夹出一个饺子扔了过去，小白一下子跳起来，在空中把饺子吞下了。

“腊八，你去这么些天，打过仗没有哩？”金桂把一个饺子夹到平娃碗里，看向腊八问。

“打过哩！你想俺们区小队是吃干饭的？”腊八扭过头，也许酒喝多了点，脸都红了，打着酒嗝儿说，“嗝……你们没听说过？那天在东马村外，有俩鬼子跟仨皇协军抢了粮食往回走，还不是叫俺们打了他娘的个埋伏，都给收拾了！嘿，你还要说，那小鬼子还真是他娘的硬生！见俺们围住了，皇协军早早就跪到地上投降了，可小鬼子他娘的就是不降，端着刺刀拼命抵抗，叫三省一枪一个给打死了。只是……打那儿，小股鬼子要说黑价，大白天也不敢出来了。他娘的那三省也是，没辙儿了，天黑喽就领俺们去据点外围转悠，跟他娘的做贼似的！他也不想想，人家鬼子傻呀？天一黑根本就不出窝儿！啧啧，这更没辙儿了，前个儿黑价，就去了马驿，把在县城据点干的一个二鬼子中队长的爹给弄死了！"

腊八说罢，大家笑了。

"人家叫你么？叫疯子还是疯子腊八哩？"秀花也饶有兴趣地看着腊八，笑着问。

"队伍上不兴这么叫，他们叫俺'穆腊八同志'。三省说，不管在国民党还是共产党里，人们都称呼'同志'。可俺不习惯这个叫法儿，一听'同志'这俩字儿就觉着别扭，身上像起鸡皮疙瘩似的！俺觉着还是叫'兄弟'他娘的舒服。"腊八说着扭了扭身子。

这当儿，也是不经意之间，大升看到腊八背上有个白色手掌印。那是面粉的印痕，就像盛开的白色昙花。大升狐疑地看了金桂一眼，一缕阴影在他的心头飘过。

腊八趁着酒兴继续说："队伍上也不准骂人、说脏话，俺骂了句'狗×的鬼子'，那穆三省还说俺嘴不干净。真他娘的扯淡！咱这儿的人谁嘴上不带脏字儿哩？俺跟他说：'爷爷打娘肚子里出来说的头句话就是脏话，怎么着？'嘿嘿，俺跟那鸡巴人就是尿不到一个壶儿里！"

五叔笑笑："是啊，那是咱这地方乡下人的口头语儿，说话的习惯罢了，说不上脏不脏。"

坐在五叔身侧的五婶忽然叹了口气，郁郁地说："也不晓得咱小斗儿怎么样了……"


没人知道，疯子腊八是擅自离队——偷跑回家的。他回来，仅仅是为跟五叔一家过个大年初一。傍晚时分，他得走了，这时突然想起该跟老根爷道个别——多年的主仆生活，让他对东家乃至东家大院有了感情。他去了，可他没见着老根爷。老太太说，约莫一袋烟工夫之前，老爷被指不上请走了，看上去像是出了急事。

腊八"哦"了一声，反身就走，一趟子蹚出了村外。

皑皑的原野空荡荡的，寒冷的风在雪地上打着旋儿掠过，撩起一幕幕轻薄的雪雾。穆刀沟也被大雪覆盖了，远远看去，已分不出哪儿是河流哪儿是岸，河流、沙洼与沙丘都在雪下隐去，消失在了这白茫茫的原野上。

腊八追到村口，向前望去，忽觉辽阔的原野是那样寂静而荒凉。他看到远处雪地上两个黑点匆匆移动着，但追不上了。他失望地摇摇头，踢了身旁的柳树一脚，转身向东南方向去了。厚厚的雪，在他脚下发出"咯吱咯吱"清脆而动听的声响，"咯吱咯吱"的声响随着他一路远去。


远处雪地上急匆匆走着的，是老根爷和指不上。

天擦黑时，老根爷和指不上赶到了北穆家坟地。坟地南头围了十多个汉子。指不上领着老根爷走近了，文举爷从人群里出来，迎上几步站定，难掩脸上的怒色："贤弟，俺们捉住了个人！"

"是不？么人哩？"老根爷疑惑地问。但不等文举爷回答，他就走上了前去，北穆家人忙闪出个空隙来。

坟地边一棵柏树上绑着个人。这人二十几岁，中等个头，身子板较单薄，但神色坚韧，从脸上看不出什么恶相。他头上既没裹头巾也没戴帽子，寒冷已使他嘴唇发紫，牙齿发出轻微的磕碰声。

"怎么回事儿哩？"老根爷回头轻声问文举爷。

文举爷气恨难消地叹了声，招手把一个年轻汉子喊来："你给根儿爷说说。"

年轻汉子是翠兰的弟弟二混。

原来，这一切还是因翠兰而起。这些日子，不知怎么的，翠兰经常偷偷跑出去，大半天的不回家，这让爹娘大为疑惑。翠兰的爹有时有些口吃，人称"老结巴"。老结巴说："这、这闺女不定有么事儿瞒着咱哩。你看她这神神鬼鬼的，还、还说不定……得了癔症哩。"

翠兰娘说："俺看不是。娘儿们家晓得娘儿们家……"

老结巴莫名其妙地看着翠兰的娘。

"说来叫人脸上搁不住……"翠兰娘摇摇头，继续说，"你想哇——这娘儿们家跟你们汉子家一样，有喽头一回就会想着二回。翠兰也老大不小了，打从疯腊八给她破喽身子，这也有好几年了，她是当了好几年活寡妇哩……莫非在外边儿……"

"呸！"老结巴一听跳了起来，"她、她她这不是更叫咱、没法儿做人了？她、她不要脸、咱还要哩！我、去问问她！"

"别价！"翠兰娘忙拉住老结巴，"你当爹的怎么问哩？再说，这也是俺瞎想，说不准她有别的事儿哩？比方说去找区委那个人——那人不是说要教翠兰跟二混识字儿哇？话说回来，她就是真在外边儿有了汉子，她也是咱的闺女呀，好歹也是俺身上掉下的肉哩！俺倒不担心这个，俺怕……这兵荒马乱的，坏人多着哩，她一个闺女家在外边儿乱跑，耍有么闪失。"

这大年初一傍晚，翠兰又一次悄悄出了家门，老结巴喊上二混悄悄跟在了后边。见翠兰往坟地方向走去，等她进了坟地，隐身在茂密的柏树林里，父子俩也悄悄接近了坟地。过了一会儿，他们想进林子去看个究竟，不想坟地里一声喊叫，翠兰双手提着裤子从柏树林里跑了出来，发疯地往村子里跑去！还没等老结巴和二混回过神来，一个男人手提翠兰的裤腰带追出了林子，他望着翠兰逃走的背影，一脸的焦急相。

父子二人一齐扑了上去，把那人扑在了雪地上！

等二混讲完，老根爷一脸愤怒，那只独眼也红了，他一步跨到那人跟前，响亮的一巴掌就落在了那人脸上！

"唵？臭响马羔子，你竟然祸害到俺们地头儿上了！"

老根爷骂完，突又觉得哪儿有点不对头。他又仔细地瞅了瞅那人的脸，越看越觉得那人不像响马，便压低点声音问："唵？你是响马？"

那人不吭声，既不点头也不摇头。

"不是？唵？那你就是汉奸了！"

那人还没吭声，既不点头也不摇头。

"你到底是揍么的？唵？你他娘的说话呀！"

那人依旧不开口。

"甭问了。他就是徐庶进曹营，死不肯张嘴。俺们都问过他多少遍了，他就是咬着牙不吱声。"文举爷皱着眉头说。他说罢就走开了，他实在想不通世上还有这号嘴紧的人。

"我就不信撬不开他的鸡巴嘴！"老根爷不免又粗莽霸道起来，大声吼道，"不给他点苦头儿吃，他还不晓得马王爷长着三只眼哩！反正他也不是么好物件儿，小子们，给我往死里揍！"

年轻汉子一拥而上，你来我往，一阵拳打脚踢！那人终于出声了，发出痛苦的"哎哟"声。

过了一会儿，那人痛苦的叫声渐渐低弱下来，文举爷走回来说："罢了。"

那人已被打得奄奄一息。文举爷站在他面前一步之遥，灰白的胡子在寒风中飘了飘，口气有些缓和地说："小伙子，你是干么的俺们不问了。按俺这儿的规矩，捉住奸淫挖坟劫道之人就得活埋，俺们沙岗子上就埋过响马哩。看你还年幼，兴许还能走正道儿，俺们就不活埋你了。可也不能就这么便宜了你，穆某给你留条道儿，是生是死交给老天爷，就看你命大不大了。你就绑到这儿，明儿早俺们再来，要是你还活着，你就走——那是天意赦你；要是你冻死了，算你命短——那是天要灭你。"

文举爷说完，拉了老根爷，领着北穆家的汉子们回村去了。一路走着文举爷想，要是落个疯腊八那样的身板，那家伙兴许还能活，可他看上去差远了，多半活不了……

可是，第二天一早他们再来坟地，那人却不见了，只有磨断了的粗麻绳子留在树下。

三

转眼就是一个月过去了，穆刀沟两岸再没见到过那个不明来历者，当然，也终究没能弄明白他到底是什么人。问翠兰，翠兰却吞吞吐吐说不认识，从前没见着过。再追问为什么去坟地，她则谎称去见老秋。为此爹娘就坚信她在外边有了野汉子，一把锁把她锁在了西厢房里，直到今天一早区委书记老秋来到北穆家。

老秋来为翠兰求情了，无奈之下，他只能说出了翠兰参加抗日的秘密，说她往外跑是做抗日工作。见翠兰的爹还在生气，老秋就把翠兰的娘拉到门外说："如果翠兰真跟那家伙好上了，她怎么还会往回跑哩？免得往后再生是非，你看，我给翠兰保个媒怎么样？"

翠兰的娘大吃一惊似的瞪大了眼睛，她看着老秋，瞬间里，脸上的惊诧又换成了惊喜。然而，她脸上的喜色很快就消散了，低头喃喃道："谁还会要她哩……"

老秋笑笑："翠兰心里有个人。"

"有人了……谁哩？"翠兰的娘抬头看着老秋。

"嗯……就是咱区小队的三省队长。"老秋道。

"三醒？他俩好上了？"翠兰的娘又是一惊。

"没有没有，还没有哩。"

"那这死妮子——就是剃头挑子一头儿热了……这么说，你是给那三醒递过话儿了？"

"还没有。我是想，等做通了各方面的工作再跟他说。"

"没、没门儿！"老结巴突然从屋里蹿了出来，愤怒地冲老秋喊："你、你你还嫌他、害俺不够哇？要、要不是他，翠兰能有今儿个？能落到这一步？到今儿她跟腊八还、还没有掰扯清哩，还、还提么那小子哩！我、我说，你就甭给俺瞎操心了！"

老秋一下子怔了，像坠入云里雾里。

"你看你臭脾气又来了，怎么这么跟秋书记说话哩？你吃鸟枪药了？"翠兰的娘冲老结巴数落道。接下来对老秋说，"秋书记，你甭见怪，他不是冲你发火儿哩，他是冲事儿，一提起来他就上火。那是前几年的事儿了……算了，还是甭说了。就说眼前吧，一个巴掌拍不响，就是俺俩愿意，那也沾不了。文举爷是个么人哇，他能干不？他会拿起巴掌打自个儿的脸？不说翠兰打定进不了他家的门儿，俺们也甭指望在北穆家待了。还有南穆家那头儿，到今儿不是还扯着的呀，那就更不好说了。况且，闺女的命还是腊八打河里捞出来的，咱这么着，那不是坏了良心呀。唉，俺家这倒霉闺女就这命了，认命吧！"

翠兰的娘心里想，要是去年翠兰肯跟腊八回去，一家子也就不会这么闹心了。唉，如果当初我老俩狠狠心，乃至以死相逼，想必翠兰也就会从了……可眼下，后悔也来不及了。

这时大门外传来二混的喊声："爹，等一会儿你们结记着出来呀！"

老结巴没好气地回了声："晓、晓得了！"

接着，西厢房又传来翠兰的哭泣声，老秋向西厢房方向看了看，对翠兰的爹娘说："慢慢来吧，这事儿看来急不得了。等有空喽，我去看看文举爷，也再去南穆家走走。哦，你们还是去把翠兰同志放出来吧。我走了。"

老秋走出大门去，翠兰的爹娘没有送行。

出了村东口，再往东南绕行，老秋去了河边。路上，他时不时摇摇头，心里自嘲摊上了麻烦，弄了个难掰扯而又实在烫手的事捧在手上。他心里明白，北穆家烫手，南穆家更烫手。

任何烫手的东西，你不去碰，它就不烫手。其实南穆家没那么烫手了，因为他们忘记了疯子腊八和翠兰那档子事，正如北穆家大多数人也忘记了。眼下的日子里，没几个人还有心思惦记别人家的闲事。只是老秋不明就里。老秋在岸上停了停，心想：等几天先见见穆老五再说。


早晨起来，五婶和秀花去了村西的土地庙，五叔一人暂留在家里。五叔蹲在灶门前，在往灶门上贴着对联。对联上写着：上天言好事，下界保平安。对联是文举爷写的，写给灶王爷。他为南穆家每家每户都写了副对联，让指不上送了过来。对联贴在了每家每户的灶门，有的人家还贴了灶王爷的剪纸神像。

小孙子平娃从西院跑来，来吃奶奶做的"龙须"或"龙耳"，却见还没动火，便有了一脸的失望。他伏到爷爷背上："爷爷，你在揍么哩？"

"贴对子。"五叔说。

"揍么要贴对子哩？"平娃又问。

五叔已贴了上联，接着贴下联。他用食指又抠了一团糨子抹在灶门上，一边贴纸一边说："今儿个是龙抬头的日子，也是灶王爷上天的日子。灶王爷要上天去向玉皇大帝禀报，禀报谁家揍了好事儿，谁家揍了坏事儿；揍了好事儿哩，会受到上天关照，揍坏事儿的要受上天惩罚。"

"那俺不揍坏事儿。"平娃说。

"呵呵，灶王爷晓得你揍了坏事儿，会来捏你的脑袋哩！"五叔回头笑笑，指头在平娃鼻子上一刮，平娃的小鼻子便粘了一层糨糊。

对联贴好，五叔回身抱起了平娃。

五叔的戏言也许只有孩童当真。无丁点恶性的人还没生出来，尽善的人也没生出来——即使到世界末日也不会生出来，人世间没人不做坏事，更没谁专做好事。人求自保，只有攀附，竭尽美言来讨好灶王爷，拍灶王爷的马屁。想托灶王爷在玉皇大帝面前说几句好话，人们便在人间向灶王爷说尽好话。

太阳移到东南方的时候，五叔走出了家门，出了村。

节日里，空旷的原野显得更为荒凉，人会悄然生出一种孤独感。五叔不由想起小斗来，他嘴上不说，但眼睛却有些湿润。他站在雪野向北望了望，看到北穆家人已从河岸上走了下来。过了一会儿，北穆家人近了，五叔抱着平娃迎了过去。他引领着北穆家族人浩浩荡荡穿过街道，去了村西的土地庙。

同祭一个神庙，这在穆氏家族百年来还是头一回。祭土地的日子本不固定，但一般都在正月十五以前；为了方便，文举爷和老根爷一商量，今年就推迟到了农历二月初二。只是今年没在晚上，没唱戏，而且这百年来值得纪念的日子有两人没能见证：二狗当了汉奸，腊八去了区小队。

其实，这几天，疯子腊八就在离村庄不远处，只是不曾露面而已。

道路虽微微泥泞起来，但户外还依旧有些冷。原野里瑟瑟抖着的树丫沾满了湿乎乎的雪；许多未曾被寒风摧折，却被残雪埋了脚跟的干枯的狗尾巴草，依旧在沙岗子上摇曳着。

　　区小队转移到了小沙洼一带，像一群土行孙隐遁在地下。大沙岗子上，当初那作为响马巢穴的古墓，由腊八指引——如今住进了区小队。古墓的出口扩大了一些，进出方便了；墓里那些遗留物被捡出去扔了，地上铺了一层新的谷草。人在里边或坐或卧，慵懒而不安地过着隐居的日子。

　　时间已过午，外边的光亮从酸枣树的枝隙间筛漏进洞口，墓壁上的油灯照出古墓里一张张面孔。谷草上横躺竖卧着十几个人，他们身子蜷缩着，有的双手抄在袖筒里，砂枪、汉阳造或是从日本人那儿弄来的三八大盖放在身边。

　　忽然一封牛皮纸书信从洞口飘落了下来。

　　坐在洞口附近的三省把信捡起，抬头望望洞口。洞口上没有人影，甚至没有一点声响。他知道，交通员把信投下就悄悄走了。他打开信封，抽出一张纸看起来。看完，他把纸折叠起来装进信封，又装进了兜里，抬起头来喜悦地说："大家坐起来吧。"

　　人们稀稀拉拉坐了起来。

　　三省说："同志们，告诉大家一个好消息，贺老总带着120师进冀中了！"

　　"哇哈！"古墓里发出一阵惊喜的欢呼。

　　"小声点。"三省制止道。他往洞口望了一眼，回头又严肃地说，"贺老总来帮咱们冀中军区整训队伍，我们区小队也要做好接受整训的准备。哦，还有个不好的消息告诉大家。大家知道，前年年底，鬼子在南京进行了大屠杀。遇难同胞人数估算出来了，有大约三十万！三十万啊，同志们！死难者里，有被俘的国军官兵几万人，更多的却是手无寸铁的老百姓。这个事件我去年也听说过一些细节，说是我们的同胞或被刺刀挑死，或被机枪扫射，或者被活埋。其中有两千人，竟然被五个鬼子押去杀害了！"

三省紧紧皱起眉头，此时爬上他脸的是愤怒的神色。他看到，坐着的区小队员也已面带怒色，眼睛里像在冒火。

三省转头对一名叫李春生的队员说："春生同志啊，你是从东北过来的，你家乡很早就沦陷了——更早陷入到了水深火热中，我想，你对鬼子的恨更深、对东北人民的苦难了解得也更多——"

李春生先摇了摇头——像是不愿提起往事似的，但他还是想了想，过了片刻，开口讲起来：

"咋说呢？要说感受吧，我真不想说……还是说风光吧。我老家在长白山里，山里啥都有。地上长的吧，白桦、红松、钻天柳、紫椴、冷杉、榆树、野葡萄、人参……谁能说准有多少种稀奇植物呢！老林里跑的吧，山羊、野鹿、狍子、老虎、熊瞎子、野狼、野兔、松鼠……谁又能数清有多少种动物呢！天上飞的吧，山雀、野鸡、蓝燕、黄鹂、紫凤、三宝、点颏、白眼、十二黄、黑马勺、黄姑娘……种类可是老鼻子多了！过了明媚的春天，就是凉爽的夏天了，你要是走进山里，坐到一块石头上，头顶上是茂密的绿帐筛下的阳光，脚下有小溪静静地流着，身边有各种颜色的野花儿开着，你会自觉自己成了神仙呢！到了秋天，你会看到漫山遍野的红枫像火似的燃烧；冬天，道旁的树木都挂上了冰凌花，松树啊啥的还披上了洁白的雪被，你要是坐上狗拉爬犁进去一趟，你会觉得你走进了天国……"

李春生说着，却已是泪流满面了。他心里的家乡早被苦难的黑云笼罩了。他不能想象家乡此刻悲惨的情形，他只愿回想家乡的美好来安慰自己。

区小队员已被感动，又纷纷坐了起来。

三省也被感动了，但之后他就陷入了沉思。他一只手托住下巴，开始皱起眉头想什么，眼睛不停地转动着。过了一会儿，他直起腰来说："同志们，春生同志家乡的苦难也就是全中国的苦难，是全国同胞的苦难。解脱苦难，就只有把日本鬼子赶出中国去！只有把鬼子赶走了，全国老百姓才能过上好日子。到那时，我们将建立一个没有剥削压迫，没有专制暴政，没有封建独裁，没有贪官污吏，人人都是自己的主人——人人平等的民主、自由的社会，一个人民安居乐业的繁荣昌盛的中国！"

"嘿嘿，是不是能大块儿吃肉大碗喝酒哩？"腊八乐了，因为他想起了他的响马生活。

众区小队员笑了起来。

"那不是天方夜谭呀！"李春生却怀疑地说，"照队长说的，那世外桃源就在前边儿等着呢！能有不？要有，得没有朝廷。这世上没有朝廷，可能不？"

"就是呗！"腊八附和道，"火车不是推的，牛皮不是吹的，牛皮吹破喽还在吹！那样的社会，后八辈子的人能不能见着不好说，反正我这辈子是见不着了。"

"呵呵，腊八同志，你得有信心才行啊。要不我们为什么上政治课哩，就是要大家转变观念，换脑筋，把思想统一到上级……哦，这些政治课上再谈吧。"三省回避了这个话题，"我们还是先说说眼下。我想，刚才大家求战的要求是对的，大家的心情我理解，我其实和你们一样，也想拉出去痛快地打一场！不过大家放心，那天快来了。区委意见是，清明节期间我们再行动，到那时，我们的情报准备会更充分一些。我们不打无把握之仗，要打，就要有必胜的把握。现在哩，大家还要等，要耐心一点儿——这样吧，咱们先活跃活跃气氛，可不能这样无精打采呀！怎么样？咱们来唱歌、讲故事、说笑话儿！不过，为了安全起见，声音可不能太大啊！"他环视了大家一眼，"谁先来？……好，那我就开个头儿吧！我唱一首咱们晋察冀根据地最新传唱的歌。"

不管人乐意不乐意，三省已压低声音唱起来。谁也想不到，他还是个出色的行伍歌手，声音低沉浑厚却又孔武有力、激越悠扬，听着，人仿佛就站在高高的太行山上。

　　　红日照遍了东方，
　　　自由之神在纵情歌唱。

看吧，

千山万壑，

铜壁铁墙，

抗日的烽火，

燃烧在太行山上，

气焰千万丈。

听吧，

母亲叫儿打东洋，

妻子送郎上战场。

……


唱完，三省环视了古墓一眼。人们被他的歌声所吸引，来了精神，在一片叫好声中纷纷坐直了身子。

三省抬起胳膊划了一个圈说："下边轮流来！"他看向了那角落。角落里的腊八又我行我素地躺着了，像是身边的一切与他无干。三省以友好的口气说，"这么着吧，从里边开始。腊八同志，该你了！"

腊八眯着眼睛坐起来，冷漠地说："俺不会！"

三省笑了，说："咱们这儿的人可都爱唱戏哩！你就唱一段儿丝弦吧。要不，你讲个故事，或者说个笑话儿也行！"

腊八犯难地抠起了头皮，皱起眉，老大不满地自言自语道："娘的……这不是腻歪人嘛！这……说么哩……"

"哈哈，说吧！"

"说嘛！"

人们起哄似的嚷起来。

"那……俺就说个笑话儿。说好了哇——你们可不兴笑，谁笑谁就是他娘的孙子！"腊八带点威胁意味地警告道。

"嘿嘿，拉倒吧你！"身旁的李春生抗议道，"你鳖犊子不就是想占大伙儿的便宜呀！"

"那怨谁哩？你不当孙子就甭笑呗！"顿了顿，腊八接着说，"俺

327

要说的是——还是么也不会！"说完，他就又躺下了，把后背留给了大家。

没有谁笑，人们脸上挂起的尽是失望。

忽然，洞口又飘悠悠落下了个纸条。三省捡起纸条看了看，起身过来，坐到了腊八身侧。他用指头捅了一下腊八，微微一笑："生气了？"见腊八并不理会自己，三省又道，"给你个任务！"

"么任务？"腊八忽地坐了起来。

"护送一位首长同志去根据地。他们的营地暴露了，人员进行了转移，他也要撤到根据地暂避一段儿时间。他一个人路上不安全，需要护送。"

"根据地……不是在山里哇？"

"是啊。"

"那可老远哩！"腊八皱起了眉头，想了想说，"为么非叫俺去哩？"

"因为要过平汉铁路。你不是曾被皇协军抓去修过铁路啊，对平汉铁路的情况也比别人熟悉。"

"嗯……那俺么时候儿回来哩？"

"自然是完成护送任务就回来呀。不过……如果首长返回来还需要你保护，你就得听从他的安排了。"

腊八心头一下子阴了，他忽然意识到，这是穆三省在排挤他，就像把饭里的一粒沙子剔除而把他撵走，撵出区小队，撵得远远的！他这一去，说不定也就给留在山里了！"不去！"腊八嘴上迸出两个字，就又咚的一声躺下了。

"这是命令！"三省气愤地说罢，起身走开了，回头又丢下句，"天黑出发！"

待天黑下来，三省和腊八从古墓里出来，不想区委书记老秋正在沙岗下等着。老秋将三省和腊八领进了柏树林。可让腊八意想不到的，他要护送的"首长"竟是那疤脸人！腊八的心头又一次阴了，因为他对此人有着一种说不出的反感情绪。

"你们另派人吧。"腊八冷淡地说。

夜色掩盖了疤脸人脸上的难堪之色，但站他身边的区委书记老秋说话了："腊八同志，你不想去根据地长长见识哇？你该去开开眼，保不准啊，你兴许还能见着你堂哥穆小斗哩！"

腊八想了想，好像突然开了窍，心头也豁然开朗起来，笑笑："那沾吧！"

见腊八答应下来，老秋也就走了，消失在了夜色里。

黑暗中，只听疤脸人压低声音说："三省同志，临走前，我有几句话留下，你要切记：日本人的到来，是民族的灾难，可也是我们千载难逢的大好机遇啊！这个机遇我们必须得抓住不放。啊，你带队伍，最紧要的，就是要想方设法保存和壮大实力，尽量避免和日本人正面冲突。必要时……哦，如果达不成秘密约定，能做到心照不宣也好。"

三省和腊八都是一惊，更多的是疑惑。

腊八"嗖"地从胳膊下抽出杀猪刀子，愤怒地说："你他娘的这不是胡吣呀！你是怕死还是么意思哩？不跟鬼子冲突，意思就是躲着呗！要这样，你他娘的还不如把俺们解散了哩！"

三省的手也不由摸到了腰里的手枪，但他很快又把手拿开了，冷冷地问："这是谁的命令？"

疤脸人没有回答三省，他边说着边向林外走去了——黑暗中，传来他诡异而自信的轻笑声："或许呀，有一天我们夺得了天下，还得向日本人道谢哩！"

在腊八听来，疤脸人的声音像是来自地狱。

"他娘的疯了！"腊八说。

三省沉吟了片刻，郁闷而严厉地低声说："不管他。你去送他吧，刚才他的话你就当没听见，不要表现在情绪上，更不许跟任何人吐露半句。记住！"

腊八没再说什么，转身去了。他在柏林外看到了疤脸人的影子，待他和那影子靠近——也便有两个影子向着穆刀沟的方向移动而去。疤脸人那通鬼话还在腊八的脑海里游荡——此时，似乎疤脸人不是他护送的长官，反而是他押送的汉奸。他警惕地盯着疤脸人，等走出了穆家地界——走出好远，腊八绷紧的神经才放松下来，因为他想起了三省的叮嘱。他又把杀猪刀夹在了胳膊下。

他们沿穆刀沟一路向西，只是一路上没怎么说话，好像都成了哑巴。

天方亮，平汉铁路已横亘在了他们面前。清晨，铁路线与原野一样沉浸在寂静里。新乐车站与正定车站都驻扎着大批的鬼子和皇协军，但相距很远，这中间一段仿佛成了片真空地带。这个特征，还是腊八被抓去做劳工时所掌握的。

腊八和疤脸人很快越过了铁路，悬着的心放了下来，变得一身轻松。可当他们走出半里远，身后突然传来"嗒嗒嗒嗒"机枪扫射的声音，"嗖嗖"叫着的子弹在头顶掠过。腊八回望一眼，接着一个饿虎扑食将疤脸人扑在了地上。

一辆乌龟似的巡逻车停在了远处铁轨上。鬼子又朝腊八他们扫了一梭子，巡逻车也就往南开去了。过了一会儿，腊八从疤脸人身上下来了，接着他把疤脸人拉了起来。疤脸人拍了拍沾在身上的土，看看腊八，脸上露出满意的表情。与当初瓜园救他不同，这次他没有道声"谢谢"。腊八如今已属于队伍里的人，队伍属下救长官那是他天经地义的职责，即使为长官死，也是义务。

"好险哩！"腊八却不无后怕地说。他说着从地上捡起杀猪刀，夹在了胳膊下。

他俩继续往前走了，原野上的村庄越来越少，有萧萧冷风飘荡的河两岸也显得荒凉起来。终于，他们远远地看到了一个村庄。腊八说："过了那个村儿，这河也就往西北拐去了，那里是一片荒天野地。"

"你去过那里？"疤脸人抬起沉重的眼皮，惊奇地看着腊八。

"嗯。"腊八点了点头。

"现在可不是荒天野地啰，那里有我们的游击队。"疤脸人道。

"那儿能住人哇？我还想，那儿除了野兽可是没个活物件儿哩！"

腊八惊讶地说。

"怎么不能住哩?"疤脸人笑笑,"再艰苦的条件也难不住咱们革命队伍,红军长征时可比目前艰难多啰!"

他们边说边走,不觉来到了那村庄附近。

疤脸人显然走不动了,停下来说:"我们去村里休息休息吧,顺便在老乡家填填肚子。"

"霎尽想好事儿了!人家外乡人见喽咱,说不定会给咱个冷脸冷屁股哩!哪儿不一样哩,就连狗也他娘的排外、欺生!"腊八想起了前年在那个山坡上的遭遇,说罢就走上河岸,一屁股坐了下去。

疤脸人笑了笑说:"你那是老皇历啰!咱人民群众可不同于过去了,现在他们都换了脑筋,成了很容易亲近的人,热情着哩!他们只对鬼子冷,对抗日战士,他们会看成亲人,热情支持,提供积极的帮助。"他突然发现腊八一条裤腿湿了一小片,心头微微一惊,便三步并作两步奔上岸去,看着腊八的腿问,"你可是受伤啰?"

腊八抬头惊看疤脸人一眼,接着看向自己的小腿,这时,他腿上才突然感觉到了疼痛。他连忙往上撸起裤腿,但见小腿还在流血,一颗子弹在腿肚子外侧嵌了进去,半个小腿都被鲜血模糊了。腊八有些懊恼地说:"他娘的,我就觉着给瞎蜢咬了一下似的,没当回事儿哩!嘿,这么远,幸亏是机关枪,要是三八大盖儿,这腿就他娘的给打穿了!"

疤脸人的眉头却皱了起来,有些着急似的来回踱着步,自言自语地说着:"怎么办哩……"

"么怎么办?"腊八抬头问。

疤脸人迟疑了一下道:"路还远……自然你是送不了我啰。"

腊八没理会疤脸人,他左手捏住了腿肚子,让那流血的枪眼凸出来,右手跟着拿起了杀猪刀子。

"你要做么子?"疤脸人惊问。

"把黑枣儿挖出来。"腊八淡淡地说。

"就用你这刀子?得用镊子才能把它弄出来。况且,你这刀子没有消过毒，伤口会感染的！"疤脸人道。

"没有胡屠夫就吃连毛猪了？"腊八笑笑，杀猪刀子的刀尖进入了伤口里，剜了几剜，把弹头挑了出来。腊八脸上虽依旧带着淡淡的笑意，可额头上却铺了层蒙蒙的汗湿。他扔掉杀猪刀，顺手从地上抓了把沙土，捂在了又在流血的枪眼上。接着，他向疤脸人伸出手去，"你把绑腿解下来，借俺用用。"

疤脸人一时目瞪口呆，呆怔了片刻，才像服从命令似的把一条腿上的缠腿布解下来，交给了腊八。对于腊八的止血方式，他感到匪夷所思。他不知，穆家人从晚秋到初春下地劳作，不小心伤了，就一直是这样止血的。当然，若是暖春或夏季，他们会采一把野蓟放嘴里嚼烂，然后敷在伤口上。

腊八用绑腿缠住了伤口，站了起来。

疤脸人脸上不由露出了笑容，那整天耷拉着的眼皮也像是被什么东西扯起来了。他放心了：这一路上还会有疯子腊八继续护送他。而让他欣喜的是——他意识到，腊八这个曾坚决不跟随他参加队伍，而且固执、粗鄙、有着愚昧乡土观念的家伙，终于成了革命队伍里的一员。他更加坚定了把腊八带在身边的想法，他要把他培养成一个真正的革命战士，让他在广阔的抗日战场上茁壮成长——不，其实他是想让腊八做他的警卫员——一个机智勇敢而视死如归的保镖。当初的瓜园一面，疤脸人就看中了腊八。

然而，腊八刚站起来，试着走了两步，一咧嘴，就又坐下了。

疤脸人不禁又是一脸的失望，甚至是绝望，那双沉重的眼皮又耷拉了下来。

这时，从村庄方向走过一个民兵来，盘问道："你们是哪部分的？到这儿来干么？"

天无绝人之路！疤脸人心头又一阵惊喜，他忙从兜里掏出个路条给民兵看了看，然后以命令的口吻对民兵说："同志，请你找个担架来，再带上几个乡亲，护送我们去根据地。对了，再带上一些干粮。"

"好哩！"民兵爽快地答应一声，向村子跑去了。

"弄担架干么？"腊八问。

"不把你抬上，怎么去根据地哩？"疤脸人笑笑。他接着从兜里拿出包香烟，抽出一支点上。

腊八突然说："俺回去了。"

"为么子？"疤脸人一惊，疑惑地看着腊八。

"有他们送你，俺也就省事儿了呗。"腊八找到了不再护送疤脸人的理由。其实，自他发现自己受了伤，心头就一阵自喜。

"你是怕前边有危险？"疤脸人故意问。

"×！要怕危险就不给你挡那一枪了！"腊八愠怒地说。

疤脸人无话可说了，脸上一片尴尬，但更多的是失望。他停了停才说："我是说……到了根据地，你可以安心治伤养伤。"

"这算个么伤哩，又没折胳膊断腿儿！就算养伤吧，俺回去不照样养？就算养不好，就算死喽，俺也得死到穆家去不是？总不会死到外边儿吧！"腊八道。

"你……怎么还不思进步哩？！要成为一个真正的革命者，你狭隘的乡土观念必须破除啊！你现在已经是个战士了，是战士就要听从指挥。你不能回去，这是命令！"疤脸人真生气了，口气严厉地说。

"你管不着俺。"腊八丢下淡淡的一句，抓起杀猪刀子夹在了胳膊下，然后站起身，就一瘸一拐地在岸上往回走去了……

四

疯子腊八回到穆家，又是一个月后，天已转暖。残雪早已化为雪水渗到了地下，哺乳着土地的墒情；麦苗已经泛绿，树木吐出了嫩芽；在燕子的呢喃中，天空开始飘起蒙蒙细雨，那雨就像雾一样，打不湿衣裳，却使人浑身上下泛潮，就连心也在泛潮。

今年的农历三月初五，适逢清明节，汉人的后裔们带上纸烛供品，纷纷走向原野，走向先人们睡觉的地方。清明扫墓，本始自帝王将相家，民间效仿下来，由此成为汉人天下每年的一道风景。

穆刀沟两岸，今年的清明却有点不同寻常，南北穆家难得一见地不再各自祭祖。人们像是在一个古老的梦中——被枪炮声惊醒了，之后认祖归宗，跪向他们共同的祖先。

昨日是寒食节，家家户户都没动烟火。吃了一天冷食的北穆家人，熬过一夜，今天一早就在文举爷的带领下过河来了。下了河岸，文举爷回头看看身后的族人，再看看细雨蒙蒙的原野，他的眼睛有些湿润了。也许只有此时，他心头才有了些轻松，也有了些许感动。秀才的情怀像是又回来了，他自言自语似的低声感慨起来："清明时节雨纷纷，路上行人欲断魂……"

他们走进小沙洼，走进穆刀沟故道里。他们远远看见了南方的柏树林，蓊蓊郁郁的柏林似是先人的帐篷。林子有几十亩地大，与大沙岗子相距数百步远。最早，这柏林为各为一脉的两个穆家共同所有，是穆家的共同坟地。只是随着北穆家一支失势，被迫迁往穆刀沟北岸，地下的北穆祖先也失去了栖身之地，随之迁走了。但他们不会忘记，这穆刀沟南岸是穆家的发祥地。也由此，这百年来才有的共同上坟，就先从南穆家坟地开始。

看见柏树林，文举爷带着北穆家人不由加快了脚步。待他们走近，见南穆家人已在林外恭候了。

老根爷迎了上去，亲热地喊了声"哥"，抱拳弯腰施了个礼；文举爷也抱拳还礼叫了声"贤弟"。四只手紧紧握在了一起。

上坟先从北端开始。最北端那个坟墓是灰砖砌的，比所有的坟堆都大，更气派，也更古老。那灰砖坟里的人，是整个坟场里的最长者。北为上，因此他埋在了最北端，后来者只能依次往南埋下去了。正如阳世讲长幼尊卑一样，阴间也排了辈分。在这个坟墓前，文举爷无声地跪下了，一种复杂的水波在他的眼睛里轻荡着。老根爷跪在了文举爷身旁，扭头看了看文举爷。两个家族其余的上坟人，次第排下去，在每一个坟堆前都烧起纸钱。蒙蒙细雨中，火光在柏树林里燎起，蒙蒙的烟雾穿出林幕，与蒙蒙细雨融为一体，在树林的头顶缭绕着。

老根爷把一沓纸钱放在地上，再拿个土坷垃压住，接着文举爷就把纸钱点着了。文举爷拨弄着燃烧的纸钱说："先贤哇，后辈们来看您了……您若有知，就保佑您当了亡国奴的后世子孙吧……"在燃烧的纸火面前，两个老人一齐向着逝者磕拜下去，然后抬起头来，闭上眼睛，嘴里默默念叨着什么。

就在这时，破盆神色慌张地跑到老根爷身旁，惶急地说："不好了！不好了！"

两位老爷一惊，都扭过头来。老根爷瞪起那只独眼问："说都说不清楚！么不好了？唵？"

没等破盆回答，几个小伙子就抬了个人走过来，放在了蒙蒙细雨吻湿的地上。

两位老爷站起身来，看着躺在地上的人，吃了一惊——地上躺着一个死人，而这死人不是别人，正是那没冻死反而跑了的家伙！那人还是穿着庄稼人的衣裳，但他的喉管断了，已干结的黑血糊在脖子上，眼睛微微闭着。

两位老爷都脸色大变。老根爷那只瞎眼窝里又流出了水，另一只眼睛睁得大大的。他弯下腰来，将死人上下仔细打量了一番，扭头对文举爷说："这是谁把他弄死的哩？"

文举爷也仔细看了看那人，那双昏花的老眼里又隐隐泛出怨毒的光，他摇摇头说："谁晓得哩。看上去那杀手下手够狠……他怎么会死到这儿，还叫人抹了脖子哩？"

"会不会是仇杀哩？还是图财害命？还是响马窝儿里斗？唵？咱这一带先前不是闹过响马吗？"老根爷说。

"说不准……不会。"文举爷又摇摇头，"这咱鬼子来了，就是有再大的仇也顾不上计较了。再说，自从东洋人进来，多数响马贼也都金盆洗手不干那营生了，有的还变成了抵抗势力……哦，会不会是汉奸，叫区小队给掏了？"

老根爷高兴了，绷紧的脸也悠地松弛下来："说得在理，兴许是哩！"

老根爷话音刚落，疯子腊八由破罐带着，从柏林另一头钻了出来。腊八腿上的枪伤已基本痊愈，只是雨天会有些不适的反应。他跟着破罐快步走来，顾不上和谁打声招呼，拨开围看的人群，弯身看了一眼地上的死人，惊叫道："他娘的！这不是俺队上的李春生吗？俺们到处找他——这小子真他娘的会挑地方——怎么会死到这儿啊？"

"他是你们的人？！"老根爷吃了一惊。

"可不，还是个满人哩！"

"你说……他是满族人？"文举爷也凑近了一步，有些怀疑地看看地上的尸体，又看看腊八。

"他自个儿说的。"

"那他怎么是汉人姓名儿哩？"

"那俺不晓得……准是满人败落，当汉人吃香了呗！"

"哦……兴许是。满人欺在汉人头上三百年，天罡轮转地覆天翻后，他们怕汉人欺压报复。"

腊八认尸，众人围了过来，翠兰也好奇地插进了围观的人群。只是她的脸色马上变了，一脸说不清是震惊还是什么的复杂表情。她无声地走开了。

翠兰懵懵懂懂走到了林子东头，或许为了走出茂密的柏树遮蔽的坟地，看到林子外面的世界，让自己的心敞亮一些。她靠在了坟地边缘的一棵柏树上，两眼呆怔怔地看着远处的大沙岗子。

俄尔，像是梦里，忽有一个人影在远处出现了。他幽灵般穿过泛青的麦地，静静地上了沙岗。翠兰的心不由怦怦跳起来，她欲喊又止，两眼也不由像这雨天一样潮湿了。

她终究没能约束住自己，悄悄向沙岗子走去。

去年腊月，南穆家的花轿到来之前她逃走了，向村东逃去，去找区小队——更是去找三省。自然，她未能找到区小队，因为谁也不知区小队现在哪里。绝望中，她折向了河边。她想死，可穆刀沟里是一河厚厚的冰。此时恰有一个人走来，那人是老秋。老秋把她带走了，送去了东西套的抗日培训基地。从培训班回来，她抗日分子的身份并未公开，因北穆家有鬼子据点。老秋不让她暴露自己，倘若暴露，说不定命就没了。

此时三省和翠兰蹲在酸枣树下，阴霾笼罩的心头就像这天空一样。三省手上拿枝枯干的狗尾巴草，折着，两眼静静地望着前边某个地方；翠兰两手交叉，胳膊搁在膝盖上，泪光蒙眬了双眼。

沉默了一会儿，三省把目光收了回来，扭头看看还穿一身棉衣的翠兰，终于说："为么你不肯回腊八家哩？"面对穆家人，三省将习惯说的"什么"又改回成了"么"字。

翠兰的眼里流露出一丝哀怨，迟疑了一下，恨恨地说："你问我？你是真不明白，还是揣着明白装糊涂哩？……再说，他是个——蛮子！"

"蛮子？"三省不解地望着翠兰。

翠兰没再吱声，紧紧咬住了嘴唇。她无法回答，更无法解释，因为无法启齿。

停了停，三省说："翠兰同志，你要明白，腊八已经是区小队战士，是我们的同志，是一个战壕里的战友。"

翠兰睁大了眼睛，吃惊地看着三省："你说么？同志？战友？为这你就把俺让给他了？"

"这怎么说是让不让哩？本来你就是腊八的妻子，为了抗战事业，你该多支持他、辅助他才是啊！他是有不少毛病，可他本质上是个非常好的男人哩！"三省似乎有些不耐烦起来，以有些陌生的口吻道，"你找我还有别的事儿不？"

"没……"翠兰低下了头，过了一会儿才幽幽地说，"俺对不住你，你也对不住俺……"

"我不明白。"三省淡淡地说。

"三省哥！"翠兰突然凑近三省，两手抓住三省的胳膊，望着三省的脸，眼睛里大颗的泪珠闪动着，"你真的一点儿也不待见俺了？"

三省还没想好怎么回答，突然有人在喊"队长"。

那是腊八的声音。三省和翠兰一惊，慌忙站了起来，他们看到了已走上沙岗的疯子腊八。腊八也看见了他们，他的脸色变了，呆怔怔地看着沙岗子上方。他脸上先是布了层凶狠的怒色，但那怒色很快就消失了，继而一丝冷笑挂上了嘴角。少顷，他扭头回走了。

"腊八你站住！"翠兰突然在身后喊。

腊八站住，扭回了头。

"过来！"翠兰又喊道。

腊八莫名其妙地皱皱眉，迟疑了片刻，还是反身往沙岗上方走了去。到了三省和翠兰跟前，只见三省一脸尴尬，翠兰一脸怨气。

翠兰瞪了三省一眼，一把抓住腊八的手臂，拉着他往野酸枣丛深处走去……


三省走进柏树林，几乎同时，穆小拴等几个区小队员也来了。三省挤过人群，看到文举爷，喊了声"爹"，眼睛便停在了死去的李春生身上。他眼里冒着火，脸色变得有些发青，紧闭着嘴唇一句话也说不出来。停了片刻，他弯下腰去。

人们沉默着，好像谁也不知该再说什么。过了好长时间，老根爷终于憋不住问："是叫鬼子弄死的？"

三省没有立刻回答，思考了片刻才直起腰说："他可能遇上了侦缉队的特务。"

这时，文举爷翘着灰白胡子走到三省跟前，眉头皱着，脸色很不好看："三醒啊，为父要跟你念叨念叨。我老朽不管你是共产党还是国民党，也不管你当多大的官儿，今儿个哩，你就当着族人跟乡亲的面儿，给大家伙儿说说，这几个月了，你的队伍灭了多少鬼子汉奸？又拔了几个据点儿哩？你看看，咱的地叫鬼子占了，村子叫鬼子搅得鸡犬不宁……"两行老泪从文举爷清瘦的脸上流下来，他举手向着坟地划了一圈，"你好好瞅瞅吧，他们都欺到了你祖宗头上！"

"哥！"老根爷拉了文举爷一把，"甭恁难为孩子，他们也有他们的难处哩。这咱正是东洋人兵强马壮的时候儿，不容易对付。"

三省的脸红一阵白一阵。他无法回答老父亲，思忖良久，突然向后招了一下手，对区小队的人说："你们找个地方把李春生同志埋葬了，之后通知全队，老地方待命！"

三省拨开人群离去了。

他蹽开大步走向空旷的原野，然后沿着河岸向西，渐渐地，消失在了细雨蒙蒙的烟雾里。

过了好一阵子，河南岸上发出"砰"的一声枪响，没多久，河北岸也响起了匣子枪"啪啪"的回声。但枪声很快便停息了。

河南岸一个人喊："穆二狗，你听着——三天之内我要你的人头！"

河北岸一个人回道："穆三醒，我听着哩！可你也记好喽，我三天之内要你的脑袋！"

接着原野上归为宁静。

# 第九章

*谚语说：好事不出门，恶事传千里。*

## 一

清明日已过去三天，可从清明开始的阴天还滞留在穆刀沟两岸，依旧没有离去的意思。虽然没了那蒙蒙细雨，但天色仍然灰暗低沉，就像一张阴郁的满含苦楚的脸。但夜里，就是这张脸也看不见了，天地间被黑色的幕布遮了起来，伸手不见五指。

这样的夜，人们早早睡了。尤其是北穆家，人被瞌睡虫催着似的睡得更早。他们小心地压低说话的声音，不敢让透窗的灯光亮得太晚，有的人家甚至用被子把窗户蒙起来，以免引起黑狗子注意而招来麻烦；无论男女，都避免在黑灯瞎火的夜里串门，他们怕碰上黑狗子，就像怕遇到游荡于半夜的恶鬼。人生地不熟的鬼子一般夜里不会出来，皇协军也不会出来，而侦缉队的黑狗子却常常夜出，夜也是他们的天下。

村东头一家响起了狗叫声，因为轻轻的脚步声进了村子。很快，随着那轻微的脚步声远去，狗也闭上了嘴。

轻微的脚步声从西南方向出了村。

据点前有夜猫子轻轻叫了两声，很快，吊桥轻轻放了下来。几乎看不见的两个影子上了吊桥，过桥后就闪躲在了桥桩后边。

放下吊桥的二鬼子冲着炮楼喊："穆队长，上峰来人了，找你！"

今夜二狗他们没有出动。

随着炮楼的门打开，二狗与炮楼里的灯光一起走了出来。他披了件外衣，嘴里叼着燃去半截的香烟。因从灯光下出来，眼睛还不适应外边的黑暗，他在炮楼下站了站，这才朝吊桥走去。他刚才在和几个手下推牌九，手气正好，不想外边的呼叫扫了他的兴，因此心头有点不快。

"谁找我哩？是金大队长不？"二狗一边走着一边问，可走到吊桥前站住，却不见桥上有人。

他刚刚站定，桥桩后闪出个影子，一条粗麻绳索子套在了他脖子上。强壮的影子将绳索往肩上一搭，背起二狗就走，另一个影子也随之而去。

仰在影子背上，二狗双手抓住了勒着脖子的绳索，两只脚不住空空蹬踏着。他想叫，可叫不出来。影子背着他消失在茫茫夜幕中，只听到轻轻的脚步声快速移向了村子里。

影子背着二狗站在了文举爷家门前。另一个影子走上前去，抓住门上的铁环轻叩了几下。门没有打开，门内也没有回声，他不禁加重力道又叩了几下。过了一会儿，院子里响起"踢啦踢啦"的脚步声，指不上在门内问："黑灯瞎火的，谁呀？"

"我，三省。"

门开了。三省回头对背着二狗的影子说："快点儿！"

惊诧的指不上还没有回过神来，那强壮的影子已进了大门。

"背着谁哩？"指不上急忙关上大门，追上去几步问。

"鬼子喂的狗。"三省道。接着他又低声对前边的影子说，"腊八同志，带他到后边的牲口房去。"

疯子腊八像背着条死狗背着二狗去了后院，三省和指不上也随后跟了去。他们摸着黑进了牲口房，指不上摸出火柴把油灯点亮；腊八像扔下条麻袋似的将二狗扔在地上，然后扯掉套住二狗的绳索，再把二狗腰里的枪抽出来别在自己腰上，这才从嘴上拿下杀猪刀子。

穆二狗不会动弹了。他的形象吓人，两只眼鼓着，舌头从嘴里长了出来，一副吊死鬼的模样。

"×！看我揍么？不认得你爷爷了？"腊八轻蔑而戏谑地对二狗说着，伸手合拢了二狗的眼睛，又摸了摸二狗的鼻子，回头对三省说，"坏了，他娘的不出气儿了！"

三省突然变了脸色，紧走两步俯下身去看看地上的二狗，回头对腊八生气地说："你怎么把他勒死了？真是误事！"

三省本想夜审二狗，通过二狗了解炮楼里敌人的情况，谁知疯子腊八成事不足败事有余，稀里糊涂把二狗勒死了。一具死尸没有任何价值。

"鸡巴毛！谁晓得他这么不禁勒哩！"腊八也生气了，冷言说。他继而想到：三省怪罪他勒死二狗，原来三省并不想二狗死——人家毕竟是亲兄弟哩！

这时指不上弯下腰去，用手背探了探二狗的鼻息，又摸了摸二狗的心口，然后站直了说："猫有十二个魂儿，狗也有九个魂儿，放心吧，他死不了。"

半个时辰后，二狗开始动了，接着睁开了沉重的眼皮，而后坐了起来，黄色的眼珠子骨碌骨碌转了转。还幸亏他双手抓住了套在脖子上的绳索，绳索没勒死，不然，穆二狗就是有九十九个魂也不会缓过来了。他看见冷着脸的三省和腊八，不禁打起哆嗦来。

"穆二狗，今天可是三天之内？"三省冷冷地问。

二狗猛然想起河岸上的三天人头之约，不禁异常懊丧。他目光凌乱，但还是强打精神看着三省，双臂抱在了胸前。过了片刻，二狗说："算你沾，你有种儿！你敢不敢把我放喽，咱们再赌一回？"

三省冷笑道："做梦去吧！"

"你想怎么着？不是想杀我吧？"二狗惶恐起来。

"你的下场你应该清楚！"

"你……也甭忘喽，这儿可是日本人的地盘儿，炮楼离这儿很近哩！"

"那又怎样？"

"杀了我，皇军不会放过你们！"

三省又冷笑一声，拉了一下指不上就向门外走去。他去见文举爷，他不想再听爹隐悲含怒的埋怨声，他要让爹看看，八路军区小队不是吃素的！此外，虽说爹是另一个阶级的人，没人民的阶级觉悟，但他毕竟是自己的亲爹，还是要给他应有的尊重才对。再者说，二狗也是爹的亲儿子，虽说断绝了父子关系，但毕竟是亲骨肉啊！于情于理，都该让爹和二狗最后见上一面。

"三醒，我可是你亲哥呀！"身后，二狗突然喊道。他看到三省向外走去，顿感绝望了。

三省回转身来刚要说什么，站二狗旁边的腊八先说话了："奭他娘的没脸没皮了！谁是你亲兄弟哩？三省队长是八路，你算老几？你他娘的就是条杂毛儿狗，压根儿不是你爹的种儿，说不清是哪条蛋狗上了你娘……"

"腊八！"三省沉声喝道。疯子腊八骂二狗，有意无意把三省也骂了进去，把文举爷一家都捎带进去了。三省瞪着腊八，"少多嘴行不？你只管给我把这汉奸看好了！"

"指不上——"二狗又惶急地喊，"你可得给我证明哇！你跟老三说说，我是给日本人当差了，是汉奸，可没有我，咱北穆家能这么安生哇？咱北穆家可是治安村儿哩！北穆家该上的粮食，都算到南穆家头儿上了；日本人也没到咱村儿抢过东西，没有打过人，这可都是看在我分儿上哩！我是有功劳啊！"

三省没再理会二狗，拉上面带难堪之色的指不上，跨出了牲口房的门。门外传来指不上的声音："我晓得了，二少爷！"

三省和指不上一走出牲口房，腊八却是心头一震。他突然想：怪哩！这三省怎么突然走了？莫非……一个大大的问号挂在了腊八心头。他忽然有点紧张起来。捉了二狗，三省为么不叫把他带出村，却偏偏带回他家哩？明白了——这是人家的大院，这院子说不定就是个陷阱！穆三省他总跟爷爷我过不去，这回……莫非想对爷爷不利？——还是老根爷说得对，打断骨头连着筋，人家可是吃一个娘的奶长大的哩！是了，三省这小子是有意把我留到这儿，叫我跟二狗死掐，死了谁算谁！他娘的，你小子那小算盘儿打差了，你也不看看爷爷是谁！就二狗这货也是爷爷的对手？沾，你就去等着吧，等你狗×的回来看个子丑寅卯！——不价，爷爷要等你回来，等你回来自个儿宰了你亲哥，看你宰不宰！嘿嘿，有看头儿了！腊八自以为得意，心头释然了，一口气松了下来，不想来尿了。他向着牲口圈走去，可刚走出一步，又转了回来。

"疯子腊八，你放喽我沾不？放了我，你要么好处只管说，我绝不说个'不'字。"二狗又求起腊八来。

腊八没有搭腔。他把杀猪刀子丢到一边，一下子把二狗掀翻趴在地上，闷不作声地开始脱二狗的裤子。

"你揍么？！"二狗惊问。

"不揍么，怕你跑喽。"腊八说。

"我不跑。"

"谁信哩！"腊八三下五除二扒掉了二狗的褂子、裤子，连裤衩子都给他扯了下来。腊八心里笑笑："爷爷脱你个光屁股，看你狗娘养的往哪儿跑！"

他拾起地上的杀猪刀子，连同二狗的衣服也拿走了。他走到牲口槽旁选了个背阴的地方，把二狗的衣服丢进了牲口圈里，然后从腰里抽出二狗的枪，连同杀猪刀子放在牲口槽上。那头大青马仅仅扬了扬头，挤在旁边的牯牛和驴看也没看腊八一眼。腊八嘴里哼着《铜盆谣》解开裤腰带，从裤裆里掏出那个东西，边哼边对着牲口槽的砖墙放起水来。这泡尿憋了太久，因此尿起来时间也长。好不容易尿完了，他系上腰带，再有些得意地拿起杀猪刀子，又把缴来的枪插进腰里，走了回来。

疯子腊八傻了眼，惊异地瞪起一双空空的小眼睛——二狗不见了！地上仅仅留下了那条卷曲的绳索。

腊八失算了，做了件天下最愚蠢的事，只因他忽略了一个最浅显的道理：命比脸面要紧。况且二狗本是个不要脸的人，别说光着屁股跑回炮楼，只要能活命，就是光着屁股跑遍所有的村庄，甚至跑遍整个大平原他也不会犹豫。腊八气恼地骂了声"×你奶奶的！"便冲出门口，从腰里拔出枪，对着外边就放了一枪。

听到枪声，三省冲出正房，看到追出来的腊八，惊问："怎么回事？"

"跑他娘的了！"腊八一脸懊恼地说。

"怎么搞的？还不快追！抓不回来我枪毙了你！"三省怒吼道。

"娘的，追不回来给你毙！"腊八也异常气恼。

三省和腊八同时向外追去。临出大门腊八绊了一跤，一个趔趄，差点儿栽倒在地上。

街上响起了狗叫声，四面八方的狗叫声连成了一片。他们追出村去，却没能见到二狗的影子。鬼子据点就在前面了。此时据点里响起了瘆人的哨子声，接着是嘈杂的呼喊声和脚步声；炮楼和平房都灯光大开，炮楼顶上的探照灯也亮了，像只恶鬼的眼睛四下扫瞄着。

少顷，据点里响起"砰"的一声沉闷的枪声。

腊八还在往前追，三省一把拉住了他。三省凝望着那高高耸立的炮楼，一双不甘的眼睛在夜幕中闪烁着。

"不追了？"腊八问。

"追？你是想去送死！"三省说。

"反正都是死，爷爷说话算数儿，这条小命儿给你了！"腊八也将目光从炮楼方向收回来，把手里的枪递给三省。

三省僵在了那里，更没接枪，等他回过神来，远处据点的吊桥发出吱呀呀的叫声。三省低声说："快撤！分头跑！"

三省往西北方向跑去，腊八往东北方向跑去。

在一片狗叫声中，腊八懵懵懂懂又跑进了村子。村子里每家都是紧门闭户，腊八东张西望，就是找不到一扇开着的门；不经意间他又到了文举爷家大门前，他看到了门前空地上那棵老槐树。黑暗中，吊着大铁钟的大槐树显得朦朦胧胧，模模糊糊，像是还沉湎在三百年古老的梦中。八国联军到来它唤起过这平原的汉人，日本人到来它又唤醒了这多难的土地……只是它苍老的躯干上也绑过凤姐，绑着凤姐的屈辱和文举爷的耻辱。

腊八三步两步到了树下，在粗壮的树身后藏起身子。他下意识地摸了摸树身。此时村西口又有狗叫起来了，他心头一惊："娘的！这儿不沾哩！"是的，这儿无法藏身，鬼子会像箅虱子一样把这里箅一遍的！他不假思索地拔腿就跑，离开大槐树向东跑去。

他到了村东头一人家的院墙外。显然，这也是一个普通人家的院子，院墙由黄土夯成，没有一块砖，敞开的大门就是个豁口，别说门楼，就连个秫秸栅栏都没有，与腊八家的院子没什么两样。然而，这家院子里却多了一面西厢房——对农人来说，他们一辈子省吃俭用就是为了多盖一处房子，有了房子，儿子也才能娶上媳妇。腊八在院墙外突然停下了，因为他看见村口东南方向有手电筒的光亮正晃动过来。他已无法逃出村去，而让他更为吃惊的是——他一扭脸的当儿，发现这家西屋顶上模模糊糊站着一个人！不过，待他仔细看了看，又放下了心来。这家的土院墙矮矮的，似乎一抬腿就能迈过去。腊八扒住墙头，一个纵身跳进了院子里。

房顶上站着的是个草人。

区小队的人都知道，房上扎了草人的人家便是抗日堡垒户。堡垒户不养狗，即使有看家狗也会将它宰了，因为狗难辨敌友。

在这暗夜笼罩的院落里腊八怔怔地站了片刻，他模模糊糊有点熟悉的感觉，但他顾不上多想什么。这时村子里狗叫得更疯狂起来，村西头狗的狂吠连成了一片。他紧挪了几步，敲敲那插着草人的西屋的窗户，轻声而急切地叫道："老乡，俺是八路，正被鬼子追哩！"

屋内炕上发出轻微的声响。腊八刚刚移到屋门前，门就开了。腊八隐隐觉得屋内站着的是个女人，而且是个年轻女人。他没多想，闪身进了屋。那女人拉了他一把，三下五除二，麻利地脱掉了他的衣服，用衣服把枪和杀猪刀子包裹起来，弯腰塞到了什么地方。女人也脱掉了自己的衣裳，腊八只觉得有个光滑的身子靠了过来，甚至还没来得及吃惊，便稀里糊涂地被光滑的身子拉进了被窝。

这时，伴随着杂乱的脚步和叫喊，狗的疯狂吠叫声已从村西头向村东头蔓延过来。

过了一会儿，院子里响起脚步声，接着听到北屋的门被脚踹的声音；同时，这西屋的门也被踹开了。女人把腊八的胳膊拉过来，放在自己腰上，然后伸出柔软的双臂紧紧搂住了腊八，并有一条光滑的大腿跨在了腊八的大腿上。幻梦般，腊八突然从一个极端凶险的境地里跳出来，躺在了一个醉人的温柔乡里。

但女人还是有点惊慌和害怕，她紧贴着腊八的光溜溜的身子微微有点颤抖。

几个人进了屋，魔鬼眼睛似的手电筒四下晃着。手电筒照在了炕上，一个二鬼子用长枪挑开了被子。炕上搂着一对赤条条的男女，赤条条的男女像是吓坏了，紧闭着两眼，一动不动。二鬼子们坏意地哈哈大笑起来。一个矮个子色眯眯地看着炕上，不由吞了口涎水，他渴望地回头看了一眼身后。

"开路！"身后的鬼子说。

鬼子和皇协军走了。

过了好长时间，村子里才渐渐安静下来，街上没有了脚步声，狗的吠叫也已经稀落。炕上惊魂未定的两人终于松了口气。女人坐了起来，摸黑穿上了衣裳，然后点亮了油灯。

"你？！"女人看着坐起来的疯子腊八，眼睛睁得大大的。她眼里闪动着一种说不出是愤怒、屈辱、难堪还是喜悦的光芒。

她是翠兰。

腊八黑黑的脸变得通红。他不知该说什么好，像是一下子愣怔了，傻了。当然，他也不知道何时翠兰成了抗日分子，而且还当了穆家妇救会主任。这时，翠兰从炕洞里掏出裹着枪和刀的衣服，扔给了腊八。

"你走吧！"翠兰说。接着她转过了身。

翠兰冷漠而决绝的声音又一次打击了腊八，这话在他心头再次击石成火，虽然这次少了个"滚"字。

清明那天的大沙岗上，翠兰拉着腊八走去野酸枣丛深处。翠兰在一小片空地上蹲了下来。好事突然降临——腊八呆怔地站着，既惊喜又紧张，竟不知如何是好。少顷，翠兰支起身子往后看了看，见三省有些茫然地尚站在原地，接着她又蹲下了，扭头对腊八说："你也快点儿蹲下呗！"

这种做梦也想不到的浪漫的恋爱情形，使得腊八大喜过望。他说了声"沾"，就一屁股坐在了翠兰身旁，并把手向翠兰伸了过去。

"你揍么——"翠兰一下子打开腊八的手，扭头怒视着腊八。

腊八蒙了，他不明白翠兰为什么突然翻脸。不过，他也生气了，质问道："那你把我拉过来要揍么哩？"

"嗯……俺就想气气他。"翠兰有些难堪地说。

"你说么？合着你把爷爷当么物件儿使呀！不要脸的养汉老婆！今儿个我就——"腊八气得火冒三丈，"弄死你"三字还没出口，就猛然把翠兰摁在了身下。

完事，翠兰一边绝望地哭着一边狠狠扇自己的脸。腊八终于冷静下来，有些茫然失措，一边搂起裤子，一边在想着怎么安慰一下翠兰。只听翠兰冷冷地说："你走吧！滚！"

腊八站了起来，只见沙岗上早没了三省的身影……

此时腊八慌乱地穿上衣服，跳下炕——他还从未如此狼狈过。但他很快又恢复了常态，又还原了那个原有的疯子腊八——那个又冷又狠的角色。刚到门口，他又转回身来，没有说话，伸手拿起忘在炕上的杀猪刀子，然后带着一缕苦笑转身走了出去。他把枪落在了炕上——有意把枪留给了翠兰。

腊八打开门，刚要迈出门槛，却突然又退了回来。

屋门口蹲着一个人。那人站起，旋即进了屋，随手把门关上了。

"你怎么找到这儿了？"腊八狐疑地问。

"你能找到我就找不到？"三省笑笑，"你别忘了，抗日堡垒户的标记还是我告诉你的哩！我估计你还没有出村子，只好来接应你了。"

三省忽然看到炕沿上的翠兰，回头看了腊八一眼，脸上有点尴尬。他对翠兰说了声"谢谢",接着对腊八说:"咱们走吧。"

"覅走了,这咱外边儿兴许还不安全,等鬼子折腾够回去睡了,你们再出去吧。这儿他们来过,不会再来了。"翠兰说。

二省想了想,点了点头。

"他娘的,咱们白捡了条命!"腊八心有余悸地说,"外边儿是么情况哩?"

"我和他们捉了半天的迷藏,总算把他们甩掉了!搜查完村里他们就去村外了,正在村子四周搜查哩!"三省说。他环视了一眼屋内,突然警觉起来,"这可不行,危险!——快点儿把灯吹灭,咱们也别再说话了!"

翠兰赶紧吹灭了灯。

翠兰挪到了炕上,靠着炕柜坐着;三省和腊八也不约而同矮下身去,靠着墙壁坐在了地上。

被吵闹醒的夜又慢慢睡去了,虽不知鬼子是否已收队回了据点。但天亮前他们一定会收队的,他们要在白天补觉。

三省、腊八和翠兰在无言无眠中熬过了后半夜。尤其翠兰,她心内五味杂陈。痴心于三省的翠兰尽了最后的努力,使出了天下最愚蠢的女人才会使的招数。她利用了腊八,本想借此激起三省的醋意,把三省拉回,谁知激人成祸,赔了个干净。她没能收获三省的心,却偷鸡不成蚀把米,让疯子腊八占了便宜。从此,这两个男人或许都会成为与她再不相干的路人,而仅仅剩下不堪回首的恩怨留在记忆里。

天刚麻麻亮,腊八和三省起身离去,他俩脸上不约而同地都带了层尴尬的神色。然而,危险并没有随着夜色的消逝而消逝,也没有随着鬼了回据点补觉而走开。

"想走哇?我来送送你们!噢,我是琢磨来琢磨去,最后想,疯子腊八还是藏到这儿的可能性大,这儿是你老丈人家啊!嘿嘿,咱还够交情吧?我可是在这大门口儿候了多时了!"

三省和腊八刚刚迈出屋门,二狗已带着几个黑狗子,举着盒子炮从大门外走进院来。黑狗子中有一人腊八曾经见过,就是当初在北穆家坟地打死五叔鹰的那个"对眼"。

腊八一惊，扭头看了三省一眼——突然明白了：×你娘的，没承想你们兄弟俩是串通好了的啊！腊八一把抓住三省的领子，杀猪刀子横在了三省的脖子上："我说那么巧哩，半夜开门儿你在门外边儿蹲着，还他娘的编一套瞎话说来接应俺，合着是你小子有意把他们引到这儿来的呀！"

"腊八，你浑啊你，你怎么冤枉人哩！"翠兰在门后喊道。

就在腊八一迟疑的当儿，三省一转身——顺势一把将腊八推进了屋里。他还没来得及掏枪，黑狗子的枪响了。三枪。一枪打在墙上，一枪打在门框上，一枪打在三省肚子上。

三省蹲了下去，一手捂住肚子，一手去掏枪。

"甭动！"二狗手里的枪指向了三省，"三醒哇，虽说你不义，可我原本也没打算要你的命，你要不识抬举，也就甭怪二哥情薄了哇！"

腊八先是被这突变的状况搞蒙了，可他醒过神来，心头的感动却是震惊性的。他明白自己冤枉了三省。他跨出屋门，蹲下身子搂住了三省。他看向二狗，脸上蹿动着又狠又冷的死神的神色："狗×的！"

"嘿嘿，你骂吧，今儿个你骂多难听都沾！"二狗得意地笑笑，晃了晃手里的枪，"三醒你挪开，咱俩的账下来再算。今儿个哩，咱要的是活三醒死疯子！"

"是不是也要个死文举呀？"文举爷突然走进了院里，站在了二狗面前。他没戴老花镜的一双眼眯着，翘起的灰白胡子几乎戳着二狗的脸。接着，他一把抓住二狗手里的枪，把枪口顶在自己脑门儿上，"开枪吧！"

"爹！"二狗一惊，用力抽回拿枪的手，一时有点呆怔。

"不敢！"文举爷冷言道，"这么叫，老朽可承受不起。你爹不是我穆文举，是东洋人。你弄差了！"

"爹！你怎么这么说哩！"二狗急道，"他们是八路，那疯子腊八也更是咱家的祸害哩！你还护着他？"

"我不管他们是八路九路，就晓得他们是中国人，不像一些畜生！"文举爷面对二狗骂道，接着又扫了一眼那几个黑狗子。

"那你想怎么着？把他们放喽？我回炮楼儿又怎么交差哩！"二狗说。

"那是你的事儿！"文举爷又一把抓住二狗的手，把枪口抵在自己胸上，回头道，"三醒你们走吧！"

腊八将杀猪刀子叼在嘴上，把三省拉起来背上了背。

"不准走！"二狗冲腊八大声喊。接着对几个黑狗子道，"他们敢出这个院儿，就开枪往死里打！"

黑狗子们举着枪往前走了几步。

"我看你们谁敢拦着！"文举爷对黑狗子们怒道，接着回头对二狗大声说，"他们今儿个走不出这院子，今日也就是我穆文举的死期！"

黑狗子们手里的枪耷拉了下来，腊八也背着三省出了院门。二狗气得猛跺脚："爹！你可是坏了俺的大事儿哇！这这、坏了俺的大事儿啊！"

"我是给你积了点阴德，免得你下地狱阎王爷也不饶你！"文举爷松了手，准备走开了。

这时，翠兰走出了屋门，翠兰的爹娘也从北屋出来了。他们带着既害怕又惊喜的神态，表现出少有的亲热，忙不迭地招呼文举爷和黑狗子们去屋里坐。二狗也想去坐坐，跟他爹坐坐，缓和缓和感情，也许爹会认了他。可他们还没挪脚，听到枪声赶来的鬼子已到了院子里。

二狗只能为自己开脱了，他向日本人弯了下腰，抬头道："又没捉住，跑他娘的了！不过哩，俺们把他们打伤了！伤得不轻，兴许活不了了！"

文举爷亲眼看着日军小队长狠狠抽了二狗一个耳光！

## 二

穆刀沟里的水还不是太深，虽依旧有些清凉。疯子腊八蹚过河水，上了岸，他把三省背到了五叔家。他不能把三省带回古墓，带回古墓三省也许就没救了。古墓里没有任何救治条件。

此时三省躺在五叔家炕上，炕沿下站着焦急而束手无策的五叔、五婶和腊八。秀花去过了老根爷家，五叔让她去老根爷家找治枪伤的药。可惜，老根爷家也没有。

三省脸色苍白如纸，豆大的汗珠子在他额头滚动着。

"队长，俺他娘的对不住你哩！"疯子腊八像是憋了很久才憋出了一句话。

三省微微笑了笑，没有说话。

"打今儿起，你就是俺哥了！俺会把你当亲哥待哩！哥哥，你可得挺住哇！"

"不要紧，死不了。咱们不是还得一起打鬼子呀！"三省说罢就闭上了眼睛。

五叔看向腊八，轻声道："你刚才叫队长么哩？哥哥？差辈儿了！你该叫叔叔。"

"叔叔……是哩！"腊八恍然明白了，五叔和三省才是一个辈分。

只听五婶说："哪儿还有那么多讲究哩，人出门各叫各，况且多少代了，你们穆家的辈分早乱了哩。"

约莫过了两个时辰，院子里响起急促的脚步声。屋里人脸上都不由一惊，五叔五婶有点慌神，腊八则从炕沿上一把抄起了杀猪刀。

很快，脚步声进了屋。原来是老根爷。

老根爷带了一个人进来。这人四十多岁的样子，手里提了个药匣子，一看便知是个大夫。大夫由老根爷从沙头接来——此时那枣红马拉着的大车就停在大门外。这大夫是沙头镇那老中医的儿子。

见来了大夫，五叔、五婶和腊八喜不自禁，腊八随手把杀猪刀子丢在了炕头。可大夫仅向他们点了点头，回头对老根爷说："我瞧瞧。"

大夫上了炕，把药匣子搁在身旁，跪着抽出三省的枪放在了一边，解开了三省的上衣，然后转身说："拿块儿湿布巾来。"

五婶赶紧去外屋拿了条湿毛巾来，递给大夫。

大夫擦拭完枪眼周围的血，把毛巾交给五婶，接着就打开了药匣子。他从药匣子里拿出个药罐，用小木片掘出黑褐色的膏药，涂在了三省的伤口上。

三省睁开眼，疼得轻轻叫了一声，接着昏过去了。

"找块长布条来吧。"大夫吩咐道。

五婶又赶紧打开柜子，从柜子里拿出一卷白布，理出一头用牙一咬，手上一用劲儿，白布撕开了个小豁口。接着，她两手用力，一阵"哧哧"响，扯出了个一丈长半尺宽的布条。

大夫从五婶手里接过白布条，对炕沿下的人说："你们上来俩人，打打帮手儿。"

五叔和腊八上了炕。五叔往上拉开三省的上衣，双手抄到三省后背，腊八则两条胳膊圈起三省的臀部，二人一起用力，把三省抬了起来。大夫麻利地把白布一层层缠裹在了三省腰上。

轻轻把三省放下，三个人下了炕。

大夫收拾好药匣子，微摇着头叹了口气说："幸亏没有伤着要害。不过哩，俺的药只能给他止住血，也预防伤口儿发炎，可顶不了大用。他这是大伤，这伤得进医院开刀，把留在肚子里的东西拿出来。"

"医院？俺？就无极城里才有哇！沾，咱就送他去城里！"老根爷道。

"先生你看，他能挺多长工夫儿哩？道上会不会有事儿？"五叔担心地问。

"就这么着，挺过一两天问题不大。可不开刀的话，怕是终究不保。"大夫说罢提起药匣子向外走去。

五叔赶紧把大夫喊住："等一下！多少钱哩？"

老根爷正要跟大夫出去，回头说："钱你们就甭管了，我出！"

大夫摆摆手："你们谁都不用出，不要钱！虽你们嘴上不说，可俺明白是怎么回事儿，晓得他的伤是么伤，又是谁打的。给他们看病治伤俺不收钱。"

老根爷赶着马车送大夫走后，三省醒了过来。

“三醒队长醒了？好，忒好了！俺们这就送你去城里医院！”五叔叫道。

三省有气无力地说：“不行。城门都由鬼子把守，盘查得紧。”

“那怎么好哩？咱总不能这么干等着吧？”五叔着急起来。

“我去一趟城里，把会开刀的大夫捉一个回来！”腊八说罢就往外走。

“回来——”三省把腊八喊住，缓了口气说，“你去是白白送死。医院由鬼子看守着，就是防备咱们的伤员进去，你即使能进去，也不可能把医生带出来。”

大家焦急而沮丧地沉默了，一脸急相的腊八跺着脚在屋地上转了一圈，然后靠在墙上，开始抠脑袋，皱起眉头想主意。

只听三省说：“把我送到司马庄吧，上级会有办法的。不过，得等天黑了再走，公路上有敌人的巡逻车。”

从老根爷家回来，秀花就在大门口望风了。这时她回到了屋里，往炕上看了看，回头问五婶：“怎么样了哩？”

五婶没有回答秀花的问话，却说：“你去把大升家那只鸡捉过来吧，咱给三醒熬个汤。”


终于等到了天黑。

当夜幕笼罩了大地，世间慢慢寂静下来时，一头毛驴拉着架小拉车悄悄出了五叔家大门。夜路上，包了几层布的驴蹄还是难掩落地声。驴蹄弹奏出“嗒嗒”的声响，“嗒嗒”声往西穿过几户人家，到了腊八家墙外开始折向南去，然后顺着那条街路出了村。

五叔在前边牵着驴，腊八跟在车后，车上躺着三省。三省被一床棉被包裹着，轻轻的夜风吹过他脸上，也吹来了他的清醒。

出了村，大地变得开阔起来。夜色下，虽然无法看清人的面孔和万物真实的表象，但前方突出来的轮廓还是可见的，树林、沙丘、窝棚……时而朦胧地出现。约莫走了二里地，只听车上说：“五叔，停一下。”

五叔"吁"了一声，把驴带住了，腊八也从车后走到车辕旁。

只听三省说："腊八同志，别去送我了。你回区小队吧，把我的情况告诉大家。另外，我不在的这段时间，区小队就由你暂时带着。记住，千万不能莽撞，更不能意气用事，遇到情况和大家多商量。"

"俺还是送你去了再回来吧。"腊八说。

"不行，服从命令！同志们在等咱们，一定很着急，如果他们出来寻找，那很危险哩！"三省口吻严肃地说。

"那……沾吧。"腊八道。他接着对五叔说，"叔，你可得给俺把三省哥送到地儿哇！"

"放心吧。"五叔说。

五叔"嘚"了一声，牵着毛驴往前走去。

"叔，道儿上可得当心点儿啊！"腊八喊道。

"嗯。"五叔回头应了一声。

驴蹄有节奏的"嗒嗒"声远了，腊八这才反身往回走去。

朦胧的夜路像是通向家，又像是通往一个无底的深渊。清明后的大地上依旧泛着潮气，夜空很深，就像黑色的海，所有的星辰早在清明前就逃遁了，就像茫茫大海上不见点点帆影。

腊八回到大沙岗上，钻进了古墓。古墓里亮着暗淡的油灯，谷草上坐着一个人，正抬头望着他。

"秋书记来了——你怎么来了哩？"腊八脸上挂了缕惊喜的神色。

"我在等你。"老秋道。

"等我？"腊八一怔。他这时才感觉到古墓里空荡荡的，不见一个区小队员，不无紧张地急声道，"坏了！他们哩？——保准是找俺们去了！"

老秋环视了古墓一眼，神色严肃地说："上边得到消息，鬼子这几天又要扫荡了，形势会越来越残酷，所以就通知区小队撤离了，暂时去跟县大队会合。我就是来通知你们的。你也赶紧动身吧，甭耽误了。"

"这样哇……"腊八不觉心情沉重下来，心头升起一片茫然的迷雾。他把三省的情况报告给老秋，停了停，以认真的口气说："管他哩，反正俺不走，也不去县大队！"

"为么？"老秋吃惊地看着腊八。

"找二狗算账！"腊八恨声道，"三省队长不能白挨那一枪！"

"这可不是闹着玩儿的，你会有危险哩！"老秋皱了皱眉，站了起来，口气变得严峻，"八路军 120 师到了咱们冀中，大大鼓舞了咱冀中军民的抗日热情，可小鬼子也就更发疯了，他们会倾尽所有的力量来对付咱们哩。大部队说不定也就要撤走了，你还是走吧，消灭敌人，也不一定非要在这几天啊！你说是不？你还是服从指示吧，啊？"

"谅他娘的奈何不了我，能捉住我的人还没生出来哩！"腊八道。

"浑小子，你可甮忒固执啊！你一个人，单枪匹马，就是再有能耐又能干成么事儿哩？"

"反正俺不走。"腊八仍固执地说。

"非不走哇？"

"不走。"

老秋无奈地摇了摇头，走过去拍了拍腊八的肩膀："可得稳当点儿啊，千万甮冒险。你要有个闪失，三省队长肯定会难受，你爹在地下也不会安生哩。"

老秋说罢，钻出了古墓。

三

那天夜里，二狗光着屁股赤条条逃窜回据点，就急匆匆钻进了炮楼。他很快穿上了衣服，去手下黑狗子的房间要了把枪，便又气急败坏地挥着匣子枪冲了出来。那吊桥后的皇协军岗哨未及辩解，就被二狗一枪打死了，二狗是抵着那人脑门儿开的枪。

那人的家在马驿，区委老秋下了很大功夫才把他收买过来，做了区小队的内应。只可惜，他头一回为抗日出力就做了鬼，区小队与穆家炮楼唯一的线索也就此断了。

这次行动惊醒了敌人，鬼子开始加强戒备，对皇协军也全体审查了一遍。区小队撤走的第二天，据点里的敌人出动了，在穆刀沟两岸挨家挨户搜查八路；第三天，穆刀沟两岸所有的据点，甚至无极城里驻守的鬼子也出动了，开始了这片土地上篦虱子一样的清剿行动。

终于，中国的老天不乐意了，谷雨过后第二天就哗啦啦下起雨来。雨下了两天，虽非暴雨，却也暂时阻止了鬼子的清剿行动。平静的穆刀沟又涌动起来，河水荡荡，似乎流淌着对天怨人怒的鬼子的不满。

近半个月过去，原野上的麦子已进入扬花时节，再有一个多月，麦收季节也就到了。鬼子的清剿行动又是徒劳一场，他们未能发现土八路的影子。神出鬼没的区小队早已转移，谁也不知去了哪里，找他们如同大海捞针。

不幸的是，疯子腊八的处境却落得十分尴尬。夜里，他就像个夜游魂去据点附近转悠——却始终未见二狗出来；白天，他得藏匿起来——他反倒成了被追踪的猎物！

而此时，他想逃离穆刀沟两岸也不可能了，他没有了去处。他知道，在鬼子的清剿行动中，所有抗日武装所在的村庄都不能幸免，他们一定转移了，那些村庄也一定又遭了殃。腊八坠入了迷迷茫茫的失望里，他觉得自己就像一只断了线的风筝。他孤魂野鬼般在原野上流浪和藏匿。鬼子已知他是土八路，就连五叔和老根爷都受到了牵连。为知道他的去向，五叔和老根爷都被捉去打了一顿，幸亏有文举爷和指不上作保，这才被放了回来。

区小队撤走的第三天深夜，饿瘪肚子的腊八曾悄悄回了趟村，把他的藏身之处告诉了五叔。从此隔上一天，五婶婆媳就给他送上一次吃的，而且是在中午地里人影稀少时。这事男人不能干，男人容易引起鬼子汉奸注意，除了在地里干活儿，男人出现在原野的路上——碰上了鬼子和侦缉队，总会被搜身盘查，陌生人还会被当八路抓走。

大沙岗上的古墓，成了腊八唯一可栖身的"窝"。难熬的白天，他都躺在牢房似的古墓里睡觉，实在睡不着，就坐起来玩弄手里的杀猪刀子。他一次次把杀猪刀子甩出去，甩向靠在墓壁的一块标靶。只有金桂来送饭，那成了他的节日，他会疯狂地把金桂压在身下，把满肚子的憋闷发泄在金桂身上。当夜幕降临，瘆人的死寂走上沙岗子，他有时也会触景生情，不自觉地怀念起曾经的响马生活来。快活的响马生活是另一番天地，像是神仙过的日子，不愁吃不愁穿，甚至不愁女人——如果想要的话。每想到做响马的日子，他就不由自主地从古墓里爬出来，在夜幕的庇护下去侯七的坟前坐坐。这时，他会有种难忍的孤独感，心头暗暗生出对区小队的怨愤："这帮他娘的王八羔子诶，有点风吹草动比兔子跑得还快，一眨眼连个鸡巴影子也没了！"

自那两天大雨过后，天就晴朗起来，南来的风也慢慢有了些燥热。古老的穆刀沟依旧荡荡地流淌着，把无助的平原一步步推近初夏。布谷鸟开始喊着"光棍儿背锄"在天空飞过，成群的灰麻雀在林间或田野里起起落落，偶尔也会有一只孤独的鹞鹰飞来，在白云间展翅翱翔。这天午后，腊八终于没能按捺住冲动，破了昼伏夜出的习惯。

鸟儿的歌唱把他唤了出来。

他拿着杀猪刀子悄悄钻出了古墓，趴在洞口向着沙岗下的树木看去。为了隐蔽，他头上戴了顶草帽，草帽上缠着已干枯的青草。他把草帽往上抬了抬，又在洞口趴着四下看了看，却立即埋下了头，伏下身去。他看到二狗、鬼子小队长青野及四个鬼子兵正在沙岗下走过——在沿着麦地向小沙洼走去。他突然感到了紧张，他想，这古墓总有一天会露馅的。

过了好一会儿，他估计鬼子远去了，就又抬起了头，透过酸枣树丛目送鬼子走远，走进小沙洼里。他把目光收了回来，看向通往村子方向的小道。惊飞的麻雀又三三两两从远处飞来，落在道旁的白杨和槐树上，隐藏在绿云似的树叶后，大惊小怪地叽叽喳喳叫着。阳光将树荫投进麦地，麦地印上了一块块并不规则的黑灰色图案，犹如大地塌陷的凹坑。

秀花站起在麦地里。麦浪在微风中起伏着，微微的波浪由南向北缓缓滚动。秀花就像一棵孤独的珊瑚树站在灰黄色的海里，一动不动。她头发凌乱，衣衫不整，一片玉胸醒目地露在外面，使得她像一尊半裸的神女塑像。

腊八猫着腰溜下沙岗子，站在了秀花面前。秀花头发上挂了些许麦芒，她双眼呆滞，湿了的脸上沾着泥土。

"秀花……怎么了？"腊八吃了一惊。他预感到了什么，变了脸。

秀花呆呆的，没有说话。

腊八眯着眼睛四下看看，他看到地头上有个倒着的筐子，跌出的半筐青草中露出一摞烙饼。筐子周围布满了蚂蚁，而且还有无数的蚂蚁正从四面八方源源不断地赶来。他回过头来，又看看秀花，目光落在秀花的胸脯上……他突然明白了，黑下来的脸抽搐起来，狂暴地骂了声"我×你老祖宗！"拔腿就向小沙洼追去。

猛然清醒过来的秀花在身后急声喊："腊八——回来！"

但腊八没有听到。不，他听到了，他没理会秀花的呼喊，而一直追了下去。可鬼子已经穿过了小沙洼，在河岸上消失了。腊八追上河岸，见鬼子正坐在一条小木船上向对岸划去，船已到了河心。他站在岸上跳着脚怒吼："小——日本儿，我×你奶奶！二——狗，我×你十八辈儿祖宗！"

回答他的是"砰"的一声枪响，他头上的草帽被打落在地——那草帽就像一张慢慢飘落的荷叶。腊八骨骨碌碌滚进了河里，沉了下去……

过了好一会儿，水面上没有动静，甚至没有一个波纹。鬼子这才掉转了船头，叽里呱啦喊着，笑着，继续向对岸划……小船突然晃了一下，在一阵惊呼中翻了过去，二狗和鬼子纷纷落进水里。等醒过神来，二狗和鬼子开始仓皇地向着河对岸游，河水则慢慢把他们往下游冲去……两个水性不好的鬼子落在了后边，一个刚要呼叫，河水便灌进了他张开的嘴里。那鬼子悠地沉了下去，沉下去的地方河水忽然翻动起来，荡起一个不大的漩涡，浪花在漩涡上飞了几飞，接着又归为了平静……一个头突然冒出了水面，是腊八。他"噗"地喷了一口水，眯着眼睛在河里张望，他看见了另一个落单的鬼子，那鬼子已游出去两丈远。腊八一条胳膊抬出了水面，手里的杀猪刀子飞了出去，那鬼子仰了一下头，也沉入了河底。古墓多日里无聊的白昼，不想给了腊八一手飞刀功夫。他再想追赶前边的鬼子，已是不能，逃脱的鬼子和二狗被河水冲远了，已接近河岸。也就在这时，有条炮艇从上游疾飞而来，听到枪声的鬼子和皇协军也从炮楼赶过来，接着密集的枪声响起了。腊八心头一紧，又泥鳅一样沉入了水底……过了一会儿，他突然从水里蹿出来，连滚带爬上了河南岸。"嗖嗖"叫的子弹在头顶上飞过，有的子弹打在干燥的河岸上，腾起小股小股的尘土……腊八骨碌碌滚下了南岸河堤。

他逃走了，落荒而去，可他不敢再回大沙岗子。他如受伤的野豹一路狂奔进了村。街上有人看见他在村口闪了一下，接着就没了人影。他钻进了家门外的壕汀里。壕汀里已有半人高的芦荻拥挤着，密不透风。腊八按倒壕汀边上一小片芦荻，开始坐下来喘息；等缓过气来，他又开始愣怔怔地发呆，呆怔了很久，不知不觉中眼皮打起架来。他的头猛然栽了一下，接着，他气恼地使劲摇了摇头，摇去了不请自来的睡意。这时，他发现自己坐在了水里——水漫过下沉的芦荻淹了他的屁股。

他清醒起来了，麦地里伫立的秀花回到了他的脑海里。他开始回忆两个时辰前发生的一切，回忆着，不觉心头一阵疼痛般的感动。秀花是为给他送吃的才被鬼子糟蹋了。他继而想到，五婶和金桂嫂也都是冒着危险给他送饭的。很奇怪，这时一个个女人接连走进了他的心里。首先走过来的是五婶。自他生下来，五婶就把他当成亲骨肉看待，没有五婶，他也许活不下来……金桂走来了，金桂嫂在以火热的热情帮他撮合婚事……走来了凤姐，凤姐让他懂得了什么是爱……秋莲在以善良为他擀面条，老太太在以虔诚为他祈福……就是这辈子的冤家翠兰也来了，她情急之下把他脱光拉进了被窝，救了他一命……他突然发现，这世上最善良、最无私、最可信赖、最伟大的就是女人！他心里叹道："唉，这娘儿们家就是比鸡巴男人强——原先怎么没有想到哩！"

直到天黑下来——壕汀里响起蛤蟆的叫声，一群群嗜血的蚊子开始疯狂地向他进攻——他才左拍右打着站起身，爬上了岸边一棵高大的柳树。树上一阵"哧啦啦"响，一只受惊的鸟儿胡乱地飞入了夜幕中。

腊八垂下一条腿，一只手钩住粗粗的树枝，躺在了树杈上。他说不出心头有多气闷，心里恨恨地骂着："我×你奶奶！"可他自己也不知他在骂谁。透过枝叶的缝隙，只见一弯月牙挂在了天空；几片旧棉絮一样灰白色的云，在月牙旁边飘浮着。月牙显得清冷、孤独，像个无依无靠的幽怨的女子。

树上可不是睡觉的好地方。待夜静下来，腊八又从树上下来了，顺着墙根溜进了家里。他把那快要散架了的梯子撤下来，拆烂了，从院墙爬上了房顶。折腾了大半天，精神的高度紧张和挖空心思的回想使他很疲乏，他躺下不久就睡着了。他在房顶上进入了酣酣的梦里。

他梦见二狗带着鬼子在追他，他拼命逃着，不一会儿就把鬼子甩得没了踪影。他站下来，笑鬼子笨蛋，像猪。见鬼子没再追来，这才转身继续回走。

"锔盆巴碗钉大缸，挑着担子走四方……"他哼起了小曲儿，慢悠悠走着，不知不觉到了村口，他又在村口停下了。

他看见一只红冠子公鸡带了群大大小小的母鸡在街上觅食。那妻妾成群的红公鸡无心觅食，"嘎嘎嘎"地叫着和一只只母鸡调情；它把一个翅膀开成扇形，拖在地上，绕着母鸡转圈，拖在地上的翅膀发出"沙啦啦"的声响。母鸡卧在了地上，公鸡骑上了母鸡的背，尖尖的嘴叼住母鸡头顶的羽毛，尾巴从母鸡的尾巴旁压下去。随着一声兴奋的叫，公鸡从母鸡背上跳下来。稍事歇息，它又亮开翅膀绕着另一只母鸡转，又踏上另一只母鸡的背……腊八看得有些痴迷，苦笑道："他娘的，要是生到鸡世界多得劲儿啊！"

他不由幻想起来，他幻想着自己有一大群女人，一群麻雀一样叽叽喳喳围在身边的女人……

让他吃惊的是，一只母鸡变了形，成了女人。惊愕中，腊八看不准那女人是谁，她像凤姐，又像是金桂，还像点翠兰。他刚要喊，那女人又变了回去，变回了一只母鸡，那大红冠子公鸡又跳到了母鸡背上。他很失望，他忽然想到自己也该变成只鸡。果然，他变成了只大公鸡，比那只红冠子公鸡还要强壮的大公鸡。他很兴奋，笑着，"嘎嘎"叫着，扇动着翅膀向那母鸡扑去……

疯子腊八突然感到浑身疼痛，坐了起来，这才发现坐在房后的墙根下。原来他在做梦，梦中追赶母鸡的他掉下了房顶。还好，人在梦中是一种失重状态，没有摔断筋骨。他开始回忆刚才的梦境，回忆游梦之前发生的一切，最终，一切都没给他留下什么值得记忆的，倒是有一样东西让他遗憾不止。

"奶奶的，爷爷的杀猪刀子丢了，可惜了的！"他心头懊恼地说。

他在地上坐了一会儿，忽然感到肚子饿了，这才想起一天还没吃东西。他抬头看看天上的星星，知道此时已是深夜，便站起来，下意识地向五叔家走去。

像只夜里出行的野猫，他顺着人家的墙根蹑手蹑脚地走着，悄悄来到了五叔家的院子里。他一进院子就站下了，再没往前走。他见秀花住的西间屋还亮着灯，窗户传出秀花的哭泣声。

只听五婶说："你要死不当紧，死了你倒是干净了，可小斗儿怎么着哩？叫你爹俺老俩怎么着哩？你想叫俺白头人送黑头人是不？你要撇下俺们，你说，你爹俺俩还有么活头儿啊！"

窗上有个人影晃了一晃，又伏了下去。听到秀花哭着说："俺还有么脸活到这世上哩？俺还有么脸见人呀！"

五婶说："孩子，这哪儿能怪你哩？你又不是凤姐那种人，德行不好。你没有养汉子，谁敢烂嚼舌头我首先就不算他！再说，这兵荒马乱的年月，谁敢保险说她就不会叫那狗×的糟蹋喽？生成个娘儿们，不怕身子脏喽，就怕德行脏喽，你就想开点儿吧……"

在这时，西院的屋里也传来吵架的声音。腊八又是一惊，他再也不好进五叔家的屋去找东西吃了，他宁可饿死。他悄悄退了出来。

他沿着院墙走过大升家的大门，听到房间里大升和金桂吵得越来越凶。

"你今儿个得给俺说清楚喽，你到底跟谁勾搭上了？！"

"跟你说了，跟谁也没有勾搭！"

"没有？拉倒吧！你哄谁哩？你当我是傻子呀？刚儿你还在梦里叫唤哩！"

沉默了片刻，突听金桂吼道："我就是要跟人好又怎么了？你把我吃喽？你当当娘儿们看！你总不能叫俺当一辈子活寡妇吧？！"

接着传来大升怒不可遏的声音："你——你个养汉老婆！今儿个老子不掐死你就不是人揍的！"

金桂说："哟，今儿个你有种了？不尿了？一个炸弹就吓得尿裤子的货，在家欺负娘儿们就英雄起来了！掐吧，你有种儿就掐吧，掐死了倒干净！"

伴随着金桂的说话声，黑洞洞的屋里响起"咕咚咕咚"的声音，也许是尿壶从炕上滚落了下去，发出"砰"的一声破碎的声响。接着，屋里又响起平娃大声的哭叫。

腊八急得不知如何是好，他不能走，也不能冲进屋去劝架。他心头惶惶的，突然恨起自己来，他恍觉自己就是个十足的孽障。

"你们吵吵么呀？！省省沾不？深更半夜的，你们嫌咱家霉得还不够哇？！"忽听五叔站在墙那边喝道。

屋里静了下来。

呆呆站了一会儿，腊八蹑手蹑脚地离开了大升家门口。他脑子乱哄哄的，也紧张，心口"嗵嗵嗵"跳着，像有无数个吊桶在晃荡。他顺着墙根溜着，不时被坷垃或砖头绊一跤。突然一个趔趄，他的脸撞在了墙上，他感到嘴唇上一热，知道鼻子出血了。他觉得很狼狈，比被鬼子追赶还狼狈。

他走出村去，在村口站下回头望了一眼，突然抬起巴掌狠狠扇在了自己脸上。

# 四

好事不出门，恶事传千里，秀花被鬼子糟蹋的传闻第二天就传遍了全族，接着流向周围的村庄。更可恨的是，甚至有外村人还来打听底细——自然，被恼怒的南穆家人赶走了。人们悄悄议论着，消息经过一次次传递，到最后五花八门什么样的说法都有。心里不干净的人还在猜测："秀花被鬼子轮奸了，那二狗上没上秀花的身哩？"穆老丢私下对儿子哈喇秃子说："说不定哇，她是心甘情愿叫人家上哩，要不，她一个孤身娘儿们——平白无故到野地里去挨么哩？不晓得容易出事儿哇！小斗子走了，说不定她忍耐不住了哩！"心里不干净的人总会觉得别人心里不干净，好像所有人的灵魂都藏污纳垢。他们由此更见不得名声不再干净之人——会在走霉运人头上再泼上盆乌黑的水，从而将其名声渲染得臭不可闻。

人是一种最庸俗的动物，谁也管不了别人的嘴，更管不了自己的嘴。

然而，面对外侮，庸俗的人又往往会变得高尚起来。此时就是如此。对秀花的遭遇，多数人本能表现出来的，更多的还是同情和愤怒。女人在一阵骂声连天之后，纷纷在殆危里闭上了嘴，带着害怕的神情回了家，一时不敢再走出屋门；男人却被点燃了，烧成了一团怒火，他们仰天怒骂——鼻孔里呼出的恶气似乎都烫人，其架势若举火烧天。骂的同时，人们一个个摩拳擦掌——恨不得将手变成菜刀，发誓要弄死鬼子给秀花报仇。天傍黑，许多人集在了老根爷家里，嚷着，骂着，咒着。女人的贞节被侵犯更能激起男人的义愤——不管她是不是自己的女人；这种义愤是不共戴天的——因为侵犯女人的是他人。

老根爷那只瞎眼坑又流出了水，水流起来止不住；剩下的那只眼也红了，红得像个灯笼。他坐在炕上，紧紧咬着牙关，好长时间不说话。不过，他还是把族人们轰回去了，他要好好想一想。人们走了，他在家闷坐了一会儿，就"咕咚"一声跳下炕，独自过河去了。

老根爷去了文举爷家。

天已黑下来，文举爷家点亮了蜡烛。明亮的烛灯下，老根爷和文举爷八仙桌旁相对而坐，屋里的气氛就像孕育着风雨的天空。老根爷一来，谨慎的文举爷就把指不上支出去了，让他去大门后听着动静。其实，这有些多余，一般情况下，鬼子汉奸是不会来骚扰这个家的，因为它由二狗罩着。这个家成了穆刀沟两岸唯一能避风的港湾，除非据点得到可靠消息——这个家藏匿了抵抗势力。

老根爷那只独眼还在冒火。他本就是个爱上火的人，火气大，燃烧起来就难扑灭。他竭力压制着自己，狠命地抽着旱烟，待指不上出去后，他把秀花被糟蹋的事说了一遍，接着说："哥呀，你养的那个祸害着实是该弄死哇！唵？要不，往后还不晓得会有多少人遭殃哩！"

文举爷的眼睛眯着，阴鸷的目光从那缝隙里挤出来，脸上浮着一种狠毒之气。他看了看老根爷，又把头低了下去，紧咬着牙关骂道："孽障！"过了一会儿，他像是已从盛怒中平静下来，接着说，"只是……上回三醒跟疯子腊八捉住他，又叫他逃脱了，再捉恐怕就不那么容易了。这畜生狡猾得很，心眼儿多……要再捉他，得好好琢磨琢磨，想个万全之策。"

老根爷又拿起烟袋来，对着蜡烛点着，吐了口烟气说："你看这么着沾不，唵？你找人瞅着点儿，他们过河去扫荡，你们事先给俺传个信儿。俺带着人藏到路边儿，他们来喽，俺们就出来砍他个狗×的！"

文举爷喝了口水，想了想，然后摇摇头说："不行——他们有枪。虽说你人多，可管不了用，不及你靠近，他们就先把你撂倒了。那不是鸡蛋往石头上碰？这法儿不行……得再想想。"

老根爷不满地说："那还有么好招儿哩？唵？总不能这么着便宜了他们吧？"

文举爷又想了想，还是摇了摇头，他再次摘下老花镜擦拭起来："一时半会儿我也想不上来……不如咱先吃饭，一边儿吃着一边儿琢磨。"接着他向门外喊了声，"上饭吧！指不上哇，你也来吧！"

365

指不上回到屋来，坐在了桌旁。不一会儿，女用人穆大娘便把酒菜端了上来。指不上欠了欠身子说："我看我还是去门口儿听着吧，万一……两位爷说是不是？"

老根爷烦躁地一挥手说："用不着，他还把俺们俩老头子当八路不成？再说了，你是维持会长，也不敢劳你呀！"

老根爷把怨气撒在了指不上头上，老根爷想：你是俺们推举的维持会长，就该给乡亲们办事，维护着乡亲们，叫乡亲们免遭殃，可你办了点儿么事哩！你真就是个指不上！只是老根爷高抬指不上了，他不清楚一个乡村维持会长在日本人眼里是个什么角色，有多大点儿地位和能耐。

"算了。陪陪根儿爷吧。"文举爷对指不上说。他心里因老根爷的咄咄逼人也有了点怏怏不乐，但他并没表现出来。他把眼镜搁在桌上，嘴角露出一丝不易察觉的笑，"哦，先去沏壶茶来。"

指不上有些难堪，老根爷的话让他脸上有些挂不住，但文举爷给他解了围。他应了声，赶紧去沏茶。

很快指不上就从里间屋出来了，提了个茶壶，给老根爷文举爷各倒了碗茶水。老根爷把茶碗推开了："俺不喝这个，有碗白开水就得了。"

指不上歉意地赔着笑脸，赶紧给老根爷换了碗白开水，接着给老根爷满上酒，再给文举爷满上，然后才满上自己的。

老根爷的怨气似乎有些消退了，有点不好意思地对文举爷说："哥吧，你看，我来讨酒喝了。"

"这说的哪儿到哪儿哩，贤弟不是见外了？虽说疯子腊八的婚事儿黄了，我也还没来得及再给他物色一个，可在我文举心里头咱还是亲戚。再说，先人在这儿开天辟地，一家人患难与共，可从没有分过彼此，咱后人就更不能生分了……"文举爷说到这里突然停顿下来，像是又想起什么，一缕喜色挂上了阴云锁着的眉梢。他看看老根爷，突然问，"能找着咱疯子腊八不？"

"疯子？找他揍么？"老根爷不解地问。

"他当过响马，道儿上有过历练，必定能想出招儿来。"文举爷说。

"唵？你说么？疯子当过响马？！"老根爷大吃一惊，那只独眼睁得灯笼一样大，他的脸有些变了，"哥吔，可甭乱说哇！你这话儿我可不待见听哩。唵？古往今来，咱穆家可都是正经人家，么时候出过响马？你们是看走眼了还是听谁胡诌哩？这没影的事儿你怎么能信？唵？要说疯子，杀人放火他干得出来，要说劫道，打死谁也不会信！"

一旁的指不上也吃了一惊，继而他眼睛里有丝奇怪的光闪了闪。

"本来我也不信。"文举爷说，"我给劫了道的事儿你也有耳闻吧？那伙儿响马的头子就是疯子腊八。是我走了，响马头子拉下了面罩儿，大脑袋才晓得是他。这还是大脑袋前日才说给我听的，以前他不敢对人说实话。腊八放下了狠话，大脑袋要说出去，就灭他全家，一个活口儿都不留。"

"唵？这……"老根爷迟疑片刻，这才半信半疑改了口，"兴许这是真的？这小子身上是有股子匪气，天生他娘的一个响马坏子！可……这咱到哪儿去找他哩，他就是不去找区小队，也不敢在咱这儿露面呀！"

"是呀，他来无踪去无影的，不好找。况且小鬼子也在到处找他，他就更是居无定所了。"文举爷说。

"说得是。"老根爷郁闷的心情开始有些松动，不禁再现了粗人本性，像他是本院的主人似的，端起了酒盅，"咱先喝酒，一边儿喝一边儿说。哥，我先敬你一盅儿！"

文举爷端起了酒盅，可刚要往嘴边递，酒盅却停在了空中。老根爷还在等文举爷喝酒，可文举爷怔住了，开始想什么。文举爷手里的酒盅突然晃了一下，他慢慢把酒盅放在了桌上，说："有了。"

看看洒在桌上的酒，再看看文举爷，老根爷睁着那只独眼问："么有了？"

文举爷脸上浮现出一丝淡淡的笑意，两束微光在眼里闪了闪。他把身子往前递了递，轻声问："咱再等等行不？"

"等等……等么？"老根爷不解地看着文举爷。

"下月十五就是老朽的生辰了。到时候儿我办上两桌儿酒席，摆他个鸿门宴，就……"文举爷干枯的手往桌上抓了一把。

念过书的人就是不一样。老根爷深深佩服起文举爷来，他不假思索地说："沾，我看沾！"可话刚落，又不禁担心起来，"要是他……万一不肯来哩？"

文举爷说："我寻摸着他百分之八十要来，这畜生脸皮厚，就是觍着脸也不在乎。再说，他再丧尽天良，我毕竟是他老子不是？"

老根爷抬手把盅里的酒喝了个净干："沾！就这么着，按哥说的。哥哇，这回可真难为你了！赶事儿完喽，俺老根儿杀头猪过来谢你！"

文举爷看着老根爷，迟疑了一下道："不过，这事儿呀，到时候儿还得请你老弟出手，要带几个人过来。这边儿的人都沾亲带故，我怕他们到时候儿下不了手……那就一切枉然了。"

老根爷脸上现出了一层红光，那红光泛着豪气，就连粗刺刺的胡子像是也在发亮。他一拍胸口，豪气干云地说："哥哇，这你放一百个心！只要是有口气儿的——就是要整个南穆家的人，我也会一股脑儿给你领过来！"

"用不着。找几个身强力壮的就够了。"

"好嘞，到时候儿我给哥你祝寿来！"

老根爷呵呵笑了起来；文举爷也陪着无声地笑了，虽笑得不大自然，甚至有点苦味。他们不约而同端起了酒盅。

夜风来袭了，西厢房后的白杨树拍出"哗啦啦"的掌声；一阵凉爽的风儿吹进了北边堂屋里，蜡烛欢快地闪了闪。指不上走出屋去，并顺手关上了屋门，他又去大门口放风了。

也许坐久了，文举爷觉得腰有些酸。他一手扶着腰站起来，到里屋拿了个枕头出来，垫在了背后。那是个方枕头，和谁家的枕头都没两样。但文举爷的枕头布料好，枕头两头还绣了花鸟——一头是牡丹，象征了富贵；一头是两只浮水的鸳鸯，象征了恩爱。这枕头是凤姐的陪送嫁妆，寄托着文举爷和凤姐的美好愿望。不幸活埋了凤姐，也便不再指望什么夫妻恩爱了；日本人来了，也更不再指望什么富贵了。凤姐走了，只留下这枕头还在陪伴着文举爷，枕头里装满了荞麦皮，很柔软。

两个老爷又喝了好长时间的酒。这一夜，老根爷没有回南穆家，他和文举爷睡到了一条炕上，两人唠嗑到半夜，才心满意足地睡去。

# 第十章

谚语说：齐心的蚂蚁吃角鹿，合心的喜鹊捉老虎。

一

离芒种还有几天，已是燥热的麦收季节。人间日复一日打发的日子似乎与往常并没什么不同，文举爷的生日宴席也在不事张扬里悄然准备停当。

约二狗的差事自然交给了指不上。只因他是维持会长，在给日本人当差，至少名义上是日本人的狗腿子。指不上本不乐意接这差事，可又不得不接，因为是东家文举爷的差遣。从东家大院出来，向南穿出村就可走近据点，可他舍近求远绕了个大弯，出了村西口，再由村西口往东南走。为省出些时间留在路上，他慢悠悠地走着，脑袋里像有个闹钟"嘀嗒"响着，转着弯弯。

他心头还依旧有些憋气，可这气找谁出去？没地方出，得受着。刚才文举爷差遣他，那穆老根也在，还有疯子腊八。那响马羔子很久不见了，这会儿不知从哪儿钻了出来。

上月那回夜宿文举爷家，第二天一早老根爷就回了南穆家。他找到五叔，问能不能找到疯子，五叔说："兴许能找着，找找看吧。"

几天后的一个深夜，疯子腊八偷偷到了老根爷家牲口房，老根爷不禁大喜过望。今天一早，老根爷悄悄把腊八带到了北穆家。

见指不上面上有些为难，老根爷和文举爷都拉下了脸。

蹲在墙旮旯儿的疯子腊八发了话："就那么鸡巴大点儿胆呀？你去不？不去就是跟汉奸穿一条裤子，我就代表区小队弄死你！"

指不上恼怒地往墙旮旯儿看一眼，也只有硬着头皮答应下来。可他临出门，疯子腊八又补了一句——"指不上叔，你要是给二狗透喽风儿，我还是要弄死你哩，你可憂怪俺哇！"

这疯响马羔子真他娘的气人，不被他弄死也得被他活活气死，谁碰上这号儿主儿谁就倒了大霉！只有接下吧，可接下这差事更难办。约二狗是为了杀二狗，不说同族有悖情理，就是鬼子也不会放过自己，肩上的脑袋说不定接着就搬家哩！

没有第三条路可走，仅有的两条路哪条也是死胡同。

夕阳西下的时候，原野渐渐静息了，暮色如轻雾一样正从东方弥漫过来；但火轮一样的太阳还悬在西边的天上，照耀着一片极小的天空，也留给世界最后一点希望。夕阳将炮楼的西面镀了层金色，就像死神的脸；炮楼的东面被黑灰色的阴影遮着，也像一张死神的脸。炮楼西面的枪眼，像吊死鬼的眼睛狰狞地瞪着；而东面的死神之眼，却阴险地隐藏在黑暗之中。这个半阴半阳的怪物矗立在那里，就像个可怖的魔鬼，浑身散发着死亡的气息。

指不上磨磨蹭蹭终于走近据点，还有十几步远又突然站住了。炮楼让人惧怕，就像走近死神一样，没人愿意走近它。但让指不上心惊胆战而毛发竖立的，并不是前边的炮楼。他眼睛直直地盯在吊桥这边，吊桥前站着一个人。

那人是凤姐。

"鬼？！"指不上心里惊呼一声，即刻感到头皮发麻，脊梁骨上有股冷气噌噌地冒出。

鬼来索魂了。指不上明白，年轻的东家奶奶是他带人活埋的，冤魂若来索命，头一个要找的也便是他！鬼是看不见的，可闻其声却不见其形，谁若看到了鬼，甚至看见鬼的影子，他很快就要不吃这阳间的饭了。据说在黑沉沉的夜里，人们听到过怨鬼那遥远的若有若无的哭声，那幽怨的嘤嘤的哭声在冥冥的夜里飘悠着，轻若游丝，像是来自遥远的地狱。而此时却是白天，大白天见鬼更不可思议，也更为可怕。

指不上自己也不知自己是怎么逃走的。

凤姐来找二狗。自从她被疯子腊八从沙土下挖出，沙头镇上一别，她便去寻二狗了。也许换个女人活到这份儿上，她可能早就死了，也许跳河了，也许上吊了，也许拿把剪子刺进了自己的胸口……可凤姐没有，劫后余生，她像一株遭到狂风和冰雹袭击的罂粟花，苦苦地生存了下来。

离开沙头镇，她去了无极城。她绑在家门口那棵老槐树上时，恍惚间听到人们悄声议论，说二狗去投他哥大仁了。凤姐在县党部大门外的拐角处躲着，却不能进去。她知道，如若进去，她会再死一次——被穆大仁弄死。她在县党部大门外苦苦等了两天，第三天黄昏，像正被人追打的断了条腿的狗——二狗跳着从县党部逃了出来。他是被大仁赶出来的。

二狗腿上还打着夹板，缠着绷带，像个伤兵。

凤姐伴着二狗去流浪了，几天后，在城东那个废弃已久的破庙住了下来。破庙是流浪者的行宫。庙内角落里有一层陈旧而凌乱的谷草，谷草散发着刺鼻的霉臭气息。那是流浪汉的卧榻，也是跳蚤的家园。当凤姐走近这破庙，像是突然受了惊吓，脸色发白，站在门口裹足不前。眼前的情景又让她想起瓜园的窝棚，那窝棚让她落了大难，也改变了她的一生。触景生情唤醒的记忆，又在让她的心流血不止。

在二狗的一再催促下，凤姐最后还是皱着眉头走进了庙里。

在破庙住下来，凤姐把手上的一双玉镯典给了当铺，再加当掉陪葬的金镯子剩的钱，为二狗治好了腿，还剩了些作为糊口之用。可腿好了，二狗又不安分起来，他结交了一伙街上的混混儿，游手好闲的习气死灰复燃，虽不挣钱，却对吃喝嫖赌样样着迷。一天，二狗刚进破庙便喊："发财了发财了！"

二狗把一个方形的包袱放在了凤姐面前的地上。打开包袱，里边是个精致的木匣子；再打开木匣子，里边装满了女人的金银首饰，还有个男人的纯银鼻烟壶！凤姐睁大了眼睛，吃惊地问："这是哪儿来的哩？"

二狗瞪了凤姐一眼："你甭问！"

凤姐没再问，但她知道这些东西来路不正。自从发了财，他们在城边上租了一处房子住，生活安顿下来。可二狗却三天两头带那帮混混儿到家里来喝酒，或三五天不回家来。

转眼到了秋天，一天二狗回来了，喜气洋洋地对凤姐说："赶紧收拾收拾，咱们离开这破地方！"

"离开？那去哪儿哩？"

"保定府——那儿能真正发大财哩！嘿，那地方，要么有么！"

嫁鸡随鸡嫁狗随狗，虽凤姐未曾嫁给二狗。但她成了他的女人也就跟定了他，况且这世上除了这个男人，她也再无人可跟。她跟着他和他那帮狐朋狗友，一同进了保定城。

她终于见了世面。她想不到保定府这么大，可比无极城大多了，也繁华多了。

这里已是日本人的天下，时而可见载着日本兵、插着膏药旗的电驴子屁股上冒着烟，风一样在街上驶过。凤姐更想不到的是，进保定城的当天夜里，二狗就把她卖到了一个叫"红花院"的窑子！

本不曾有恨的凤姐终于生出了恨，恨起二狗来，怨恨这薄情寡义的畜生丧尽天良。可慢慢她就不再恨他了，她把一切又归结为命运。她想，这是命，怨不着谁，她甚至连一滴眼泪也没掉过。她的心死了，过了段日子，她甚至不再记起二狗来。她咬着牙让自己不再记得他，就当他死了。不过，她偶尔会忽然想起疯子腊八，因为她在内心深处总觉得亏欠着腊八。其实，打从腊八从坟堆里把她挖出来，她就觉得欠了他一辈子。此时，每当腊八走进她的记忆里，她内心会悄然生出一丝悔意，后悔当初决绝地离开腊八，去寻找万不该寻找的二狗——那个丧心病狂的薄情汉！

一年多的窑子生活，使凤姐忘记了曾有的世界。可就在前些天，凤姐的心却又不平静了。那些天里，鬼子到处抓女人，街上见到年轻的女人就给抓走，去做什么"慰安妇"。据说有的还送去了千万里外——鬼才知道是什么地方的战场上。

红花院的杏花也被抓去了。

杏花是凤姐最要好的姐妹，凤姐初进红花院，精神儿几近崩溃，多亏了杏花照应，因此两人感情极深。那天杏花到门口接客，不幸碰上鬼子，鬼子把她扔上电驴子就拉走了。

杏花被送去一个兵营里，被鬼子大兵折腾了两天两夜，第三天送回来，人只剩下了一口气。当天夜里，杏花死了。

凤姐恨起了鬼子，同时也担心起自己的命运，而在这时，她不由又想起那个该挨千刀的二狗来。

那天来了个嫖客，这人凤姐认识，因为他以前是个混混儿——二狗在无极城里的狐朋狗友。她从那人嘴里得知二狗进了日本人的侦缉队，去年还打通关系调去了无极，后来又去了穆家据点……

凤姐依旧是那么美丽。

如今她穿了身城里人才穿的旗袍，红底蓝花，丰满而顺溜的身段儿尽显生动，走起路来娉娜多姿；她脸上打了粉，还涂了口红，人也便更显得妩媚动人。只是她那双银杏似的眼睛没有了以前的灵动，眼神里再没了以前那闪动的光亮；一双大眼睛像暮色里沉思的湖泊，沉静而凝滞，不再流动，也再泛不起波澜，像是再没什么可惊动它。

炮楼上的皇协军岗哨看见了凤姐，猛然一拉枪栓喊道："干么的？！"

凤姐说她找穆二狗。

"等着！"那二鬼子怪异地笑笑，从炮楼顶上下去了。

过了一会儿，二狗大摇大摆从炮楼里走出，随着他的走近，那高高竖起的吊桥也放下了。


第二天一早，指不上又到了吊桥前，但这次是与大脑袋同来。

昨日黄昏他跑回文举爷家，腿还在发抖，脸色煞白，就连舌头似

374

乎也短了，惊恐地把遇鬼的事说给了文举爷和老根爷听。文举爷顷刻变了脸，张了张嘴，一双老眼睁得大大的。他的眼睛一动不动，就连胡子也安静了下来。他痴痴地看着什么，可他什么也没看。就连疯子腊八也是大吃一惊，激动的心头一阵猛跳，怔怔地发起呆来。

老根爷却对指不上的说法嗤之以鼻，他从嘴里拿下烟杆儿，大声说："唵？夔瞎胡扯！大白天儿哪儿来的鬼哩？怕你是看走眼了吧！"

指不上争辩道："爷诶，俺实在是没有胡说哩——她的人俺瞅了个清清楚楚！一点儿也不假，就是叫俺带人活埋了的东家奶奶！"

指不上的话惊醒了文举爷。文举爷叹气似的咳了一声，声音有些低沉而沙哑地对老根爷说："贤弟，那贱人兴许还活着……"文举爷像是又勾起了对凤姐的回忆，他沉思起来，过了好一会儿才叹道，"天意呀！"

凤姐的出现，老根爷和文举爷都认为不是鬼，而是个活生生的人。

文举爷立即派指不上带人去挖凤姐的坟——那个沙堆。指不上回来说，那沙堆下果然是空的，别说骨头，就连根头发丝儿也没见着！

一个埋了的人又活生生来到了这世上，这可是让人瞠目结舌的恐怖奇闻！人们开始挖空心思猜想，试图找出凤姐爬出坟堆的真相，却也总理不出个头绪。掌握头绪的只有疯子腊八，但他一直闭着嘴，一声也没吭。

此时凤姐和二狗还在温柔乡里。

炮楼第二层靠北的一间房属于二狗。房间里很简单，一张床，一张桌子。桌上七零八落地摆着饭盒、酒瓶、罐头、牌九等，临桌的墙壁上挂着一把匣子枪。二狗还没起床，他把个凤姐折腾了一宿，此刻又趴在了凤姐身上。他一边动着身子一边和凤姐说话。

凤姐说："俺跟你说的话儿你都记住了不？俺再跟你说一遍，你到哪儿混事儿俺不管，干么坏事儿俺都不问，可就不能给日本人干事儿，不能当汉奸，除非你不是中国人。俺大老远来找你就是……"

"我不是说想想呀！"二狗不耐烦地打断了凤姐的话。

他下身还在不停地动着，却伸手从枕边拿起一包"三炮台"，用嘴叼出一支；凤姐也反手从枕边摸到火柴，为二狗把烟点上。二狗一口烟雾喷出来，正好喷在凤姐脸上，凤姐便咳嗽起来。凤姐的咳嗽使她的肚子一鼓一鼓的，二狗感觉到了一种新奇的舒服，这个不意发现让他生出种莫名的兴奋。他嘿嘿笑起来，也更来劲儿了，说着又对着凤姐的脸喷了口烟雾……

这时有人在门外喊："穆哥，有人找！"

好事被突然打搅，二狗不禁大为气恼，冲着门口说："娘的！早不叫晚不叫，偏偏这咱叫！跟他说——等一会儿！"

门外没有了声音，稍停，有脚步声上楼顶去了。

皇协军的人不敢惹二狗，因为侦缉队是日本人的宠儿。日本人知道，没了这群汉奸特务，他们就是一群没长眼睛的瞎蜢。

过了好一会儿，二狗终于走出了炮楼。

"二少爷，今儿个是爷的生日哩！有空儿回家不？"隔着据点的壕沟，指不上高兴地大声说。

二狗怔住了。他不曾设想过爹还会认他，可今天，太阳打西边儿出来了！他开始是喜忧参半，之后就剩下满腹狐疑了，不置可否地回了句"晓得了"，就又转身回了炮楼。

# 二

已近午时，热辣辣的太阳把大地烤得发烫，也许地皮随时会燃起火来。白杨叶子软绵绵地垂下了，槐树的叶片还打起了卷儿，吊起一树密密麻麻的喇叭筒儿。偶有一阵风在原野上吹过，麦浪便扑下身去，泛出一片涅白色的光晕。风也是热的，有些发烫。热风将野兽赶进了洞穴，将人赶到了树荫下。

据点内外没有树木，那曾有的树都通通被砍掉了，因为树木遮挡眼睛。由此炮楼里更热，热得像一个烟囱。燥热的天气使人昏昏欲睡，总有挥之不去的困意，眼皮像是吊了块砖。

即使天不热，二狗和凤姐也该困了，只因床上折腾了一个晚上又一个早晨。早上见过指不上和大脑袋，二狗回到炮楼，已没了再爬上凤姐身子的欲望，说了几句话，就躺到凤姐身旁睡了。

他们把觉挪到了大白天，此时还昏昏地睡着，也许在做着什么好梦。他们依旧光着身子，只用一条床单搭着下身。凤姐半侧身躺着，一条雪白的胳膊搭在二狗胸上，脸上停留着一缕心满意足的笑意。她已经满足了，因为二狗已答应离开日本人，与她远走高飞，去一个谁也找不到谁也不认识他们的地方。但去哪里，他们没说，也没想过。

有人又在敲门。

两人醒了过来。二狗嘟哝了一句："娘的，睡个觉都睡不安生！"

他坐了起来，极不情愿地开始穿衣服，而眼睛还在惺忪地眯着，似是依旧在半睡状态。

凤姐也跟着坐起，连忙抓过衣服穿。凤姐一边把胳膊伸进袖子里，一边说："今儿个是你爹的生日，可甭忘了呀。"

"没有忘，一会儿我就去。"二狗穿好衣服，板着张生气的脸下了床。他去开门。

走进来的是青野小队长。

二狗的脸比天变得还快，那张生气的脸上堆出了一堆低贱的笑容。他弯着腰说："太君坐，请坐！"

青野没瞧二狗。他的头歪了歪，八字浓眉下——眼镜片上有两抹儿反光闪了闪；镜片后色眯眯的眼睛笑了，也放出光来，骚动的光透过镜片晃动在凤姐身上。

"吆稀！"青野笑眯眯地看着凤姐，发出一声感叹。

"您坐！您坐！"二狗低头哈腰地说着，从墙上取下匣子枪，溜出了门去。

"二狗——你个六畜！你不得好死！"凤姐一惊，突然明白了将要发生什么，愤怒了，跳下床，一边骂着一边往门外奔。可青野一把抱住了她，并顺势一脚关上身后的门，接着把她扔在了床上。

凤姐又在床上爬起，骂道："小日本儿，回去弄你娘去，弄你妹子去！你姑奶奶我叫全中国人弄，也不会给你们这些畜生！滚！滚——"

青野上去就给了凤姐两个嘴巴子，凤姐的嘴角流出血来。青野扑了上去，撕开了凤姐的衣服，压在了凤姐身上。凤姐挣扎了一阵，终于无力。她把头扭在了一边，像具僵尸似的，没有思想，没有意识，没有感觉，任那野兽在她身上折腾……

二狗的睡意飞走了。他心头已愉悦起来，下了炮楼，摇头晃脑地哼唱着什么走向炮楼南侧的平房。平房里住着皇协军。他去揩皇协军的油，以孝敬他那失而复得的老子。

文举爷正在家等着二狗，等二狗的还有老根爷他们。昨天夜里，老根爷回去喊上五叔，就带着腊八和破盆等年轻汉子悄悄到了北穆家，文举爷也叫来大脑袋等几个北穆家年轻人。此时疯子腊八又戴了顶草帽，把帽檐压得低低的混在人群里。

文举爷家大院的树荫下，早早摆了两桌酒菜，大鱼大肉，寿宴还算丰盛。两位老爷和五叔、指不上等上点岁数的人坐了一桌，年轻人坐了一桌。

天太热，两位老爷坐在高脚杌子上，不住地扇着蒲扇；苍蝇嘤嘤叫着在桌上飞过，不时落在菜上，指不上挥手赶着苍蝇。老根爷仰脸看看天空，太阳迷离了他那只独眼；天已近午，树影已向着北方倒下。然而二狗还迟迟没来，老根爷不免有点焦躁不安，禁不住不放心地问："怎么还不来哩，俺？他不会不来吧？"

"再等等吧……兴许快了。"文举爷说。其实他心里也不踏实。

文举爷心头有些乱了，像有什么在跳腾，是什么，他自己也说不清。忽然一个声音在意识里飘过——"虎毒不食子。"这声音就像个念头一闪而过，却也使他心头隐隐作痛。原本的那大义灭亲的豪迈感，却在不知不觉中低下头来，占据心头的愤恨也悄悄躲去。他仿佛看见二狗已被制住了，摁在了地上……在不住求饶，一声声喊着"爹"……文举爷想不出自己该如何办了，是躲开？还是装没听见？

这世上最复杂的，便是人的感情。

文举爷在怔怔地想什么，老根爷扭头看了过来。发现老根爷在看着自己，文举爷自知失态，不无尴尬地微微一笑。也许为掩饰窘态，也许是为坚定决心，他捋了捋胡子，站起身来："我去写幅字儿。"

指不上跟着文举爷进了屋去，一会儿，他们又出来了。他俩每人手里托着一张长长的纸，纸上墨迹未干。字是柳体，但略显瘦了些，因而更添了骨感；字如其人，文举爷写的字也便有几分像文举爷。

老根爷笑着说："哥诶，你的字儿写得真好哩！跟俺亲戚贾先生的字儿比，可不晓得强到哪儿去了！"

"哪里哪里，可不敢当。"文举爷谦笑着说，"这对子里有的词儿，还是拾了咱无极先贤刘越石的牙慧哩！"

说着，文举爷腾出一只手，指着对联念起来。

冷冷涧水安知存与亡长流吾土
烈烈悲风任凭来和去总归汉魂

在这副对联上，依稀可闻到《扶风歌》的气味。大诗人刘琨本是这穆刀沟岸边人，那是在晋代。他曾做过并州刺史，受命都督并、冀、幽三州军事，乃对抗胡寇的民族大英雄。

"好！写得好哇！"老根爷击掌叫好。其实，他根本弄不懂这对联的意思，更不知刘越石何许人。也许为掩饰"老粗"的尴尬，老根爷接着把脸扭向了大门口，自言自语似的说，"怎么还没来哩？"

没有人回答。人们你看看我，我看看你，整个院落陷入沉默。文举爷摇了摇头，叫指不上把对联拿进了屋去。

其实二狗已从炮楼出来了，还带了两个黑狗子手下。他大摇大摆地走在街上——像只成精了的黑色大鸭怪，人见他就像见了瘟神，无论男女老幼，都赶紧跑进家里，有大门的连门也赶紧关上了。但这并未让二狗感到难堪，他早就习惯了。他此时显得很高兴，得意扬扬，犹如一个步月登云之人荣归故里——脸上带着光宗耀祖的人喜悦的神气。他还为老父带了两瓶杏花村汾酒，当然，酒是在皇协军小队长那儿要的。他已打消了疑虑，全没丁点危险迫近的感觉——他只知道家里摆着宴席，老爹在眼巴巴地等他。逃出家门两年多，爹又接受了他，认他了，他从指不上的口气里听得出来。看来，爹原谅了他，不再记得那乱伦夺妻之恨。其实爹早就该明白，娘儿们，还不是件烂衣裳，谁穿不一样哩？况且凤姐本该就是我二狗的，还不是叫老子你先给抢占了去！还有，那回放走三醒跟疯腊八，还不是看在爹的面儿上，是送给爹的大礼呀！二狗为自己找到了理由，心里更轻松了许多，也更愉悦起来。他忽然觉得自己太多疑了，还多余地带了两个手下。

"你俩甭跟着了，回去吧。"二狗向两个黑狗子挥挥手，转过身，一脸轻松地向家里走去。

他家大院里却没这么轻松，人们在一种紧张、沉闷而焦急的气氛里等待着。那气氛就像这酷热而烦躁的天气，紧张和不安写在人们脸上。

"咱们先吃着吧。"文举爷从屋里走出来，以一种轻松的口吻说。

其实他一点也不轻松，他昏花的老眼总是闪闪烁烁地瞅向大门口。他已从院里走进屋，又从屋里出来，来回走了几趟。随着时间的移动，他的神魂也在不停地走动。他七上八下的心里，锄奸的热情好像在被时间慢慢蒸发着，每次走进屋，他会禁不住紧锁起眉头，一双昏花的老眼挤成了三角形。但从屋里出来，他又不得不做出一副轻松的样子。

人们闷闷地坐下了。

"快到了！"在门外放风的大脑袋跑了进来。

指不上连忙钻进了屋里，藏在了门后。

文举爷的脸色一下子变了，变得苍白，像一张纸。他双手有些颤抖，刚刚端起的酒盅晃荡着，酒从盅里荡了出来。他把酒盅放下，站起了身，一手抓住老根爷的胳膊，艰难地说："贤弟……我看，咱不杀他行不？"

老根爷扭头看看文举爷，站起身，脸色变得异常难看："我说哥诶，你不是在耍弄俺吧？唵？说不杀就不杀了？要不为么说'百无一用是书生'哩！唵？你这么护着他，感情他还是你家亲小子啊！说句不好听的，俺想不到你也是个这号儿人！"

"非也……不不，"急切中文举爷那双老眼闪出了泪花，"虎毒不食子，我下不了狠心哪……要不，把他弄残废……"

而在这时，二狗进门了。他拿眼睛往院子里扫了扫，眼珠子溜溜地转着。他觉得，这生他养他的大院似乎有些陌生了。虽然清明后那天夜里被捉来过，可那是黑灯瞎火的夜里，再加来时被勒昏了，去时又慌慌张张，什么也没看清楚。他在大门内站了站，看到了爹，便咧嘴笑着走过来。

不想老根爷脾气急躁，一见二狗，怒从心头起，恶向胆边生，仇恨的火焰大炽。他忘记了事先的约定——等二狗坐下喝酒时下手，一拍桌子大喝道："把他给我绑喽！"

邻桌的腊八他们立马跳起来，向着二狗扑去！

可二狗并非省油的灯。他手疾眼快，老根爷的话音刚落，手上的两瓶酒已向着腊八他们甩了过去……在酒瓶的炸裂声里，二狗边后退边从腰里拔出枪来，"砰"的一声向老根爷打去，然后扭头就往外跑！

"哥——哥！"老根爷惊喊道。

二狗那甩向老根爷的一枪，不幸打在了他爹的胸口上。

文举爷倒在了老根爷怀里。

听到喊声，追赶二狗的人连忙跑了回来，围在了文举爷身旁。老根爷抱着文举爷，一屁股坐在了凳子上，嘴里还在大声地喊着"哥"。文举爷睁开眼，看着老根爷，脸上的肌肉痛苦地拉动了几下，挣扎着露出了一丝笑意。他苍白的嘴唇动了动，声音极其微弱——其实他什么也没说出来；当世间的光亮最后一次吻过他的眼眸——像是被灼伤了——随着瞳孔缓缓地扩散，他也永久地闭上了眼睛。

老根爷那只瞎眼坑里又流出了水，那只烧红了的独眼里也流出了水，他一边流着泪，一边嘴唇颤抖着哭喊着"哥吔"。

人们都蒙了，这突如其来的变故让人不知所措。

"老根爷，嫑把泪掉到人身上……"五叔走到老根爷身后轻声说。他提醒老根爷，是基于一个古老说法：把泪滴落在死人身上，死者的灵魂便不得升天。他的阴魂会缠着你，直到你随他而去。

"唵？哪儿还有那么多穷讲究哩！"老根爷哭着说，"文举哥去了，我还有么怕的哩！"

指不上早已从屋里奔出来，此时弯腰对文举爷哭喊："爷呀，你怎么就这么走了啊，你还有么话儿可要说说哇！爷诶，你还有么要跟俺交代哩？"

指不上跟了文举爷二十多年，而今人到中年，主人却离去了，他甚至比做亲儿子的还要伤心。他不觉又在心里隐隐恨起南穆家来，尤其这穆老根，要不是他找事，文举爷也不会死！还有那天生恶徒疯子腊八，可真是个煞星哩！要不是他恶狠狠相逼，我也就不去炮楼叫回二狗了……

老根爷一拳擂在了桌上，震得桌上的碗碟叮咣响，一个酒盅掉落在地上，碎了。老根爷发誓说："哥，你在那边儿瞅着，老弟不给你报这个仇就不是人！"

腊八站在一边，紧咬着嘴唇一言不发，而小眼睛里却有一种光像蛇芯子一样闪了闪。过了一会儿他走开了，走开几步又停了下来，蹲在了地上。他黑着脸，看着脚下，小眼睛一眨不眨。当他停止思想回到现实中来，在一扭脸的当儿，恰好发现指不上带有恨意地斜了他一眼。

在指不上的眼里——看到疯子腊八，仿佛又看到了当年的山贼……


三


文举爷一去，北穆家人便失去了主心骨，就像大厦顷刻间倒塌了一样。北穆家陷入一片惶然和哀伤里，而这惶然和哀伤又显得那么无助。多年来，人们已习惯了文举爷的存在。

这个生日酒席，成了文举爷与人世间诀别的午宴。人世间就是个盛大的宴席，围着宴席的是形形色色的人——也便围着大大小小不知疲惫的欲望，围着各不相同的固执念想以及最终的必然失望。但天下没有不散的筵席，人人终将离去，只不过文举爷先一步走了。

午后，在老根爷的主持下，人们开始准备文举爷的后事。报丧的人飞快跑进每家每户，老根爷又让疯子腊八绕道过河回了村，通知了南穆家族人。

文举爷走得孤独，这成了他一生的遗憾。自古来，生儿只为养老送终，此时却不见一个儿子的身影。没人通知二狗——即使通知了他也不敢来，三省已不知所终，大仁早在日本人来前就已逃走，为文举爷送终的没有一个至亲。

人老了，家里男丁稀落，这一点上老根爷与文举爷何其相似！老根爷仿佛看到了自己离去的那一天。或许是同病相怜吧，此时，他觉得文举爷就是这世上自己最亲的亲人。

大院里聚满了南北穆家乡亲，人头攒动，哭声一片。正屋设了灵堂，文举爷最后的墨迹——那副对联作了挽联悬挂在灵堂两侧。他不曾想到，自己为自己写了挽联，即兴提笔为自己准备下了后事。他用今生最后一副对子为自己送行，那隐含悲壮的挽联充溢着无奈和苍凉。

守在文举爷身边的，却是他几乎一生的死对头。老根爷带着五叔和指不上为他守了一夜的灵。按规矩是三日大殓，可天太热，停尸时间不宜长，再加又是兵荒马乱的年月，因此第二天便要出殡了。但遵从了中午不出殡的遗俗，出殡的时间拖到了下午。

一口红木棺材从屋里抬了出来。棺材里躺着文举爷。他身上盖着白纸，纸上撒了铜钱及红枣、大豆、麦子、小米等吃食。棺材落在了院子中央，几个人抬起一旁的棺盖，盖了棺，然后一阵噼啪声响，棺材钉死了。

大脑袋和二混抬了一幢纸糊的房子，已在大门外等着。过了一会儿，南北穆家各有十二条汉子，拉着一辆大车出了文举爷家大院，送殡的队伍就出发了。男人头上戴了孝帽，女人身上披了孝衣，街上像开满了棉花的田野，白色的人流涌动向着村东缓缓而去。出了村口，便远远看到森森的柏树覆盖的坟地，坟地上空有无数的乌鸦飞舞着，密密麻麻，它们像乌云一样游动在柏林上空；乌鸦发出呜咽般哇啦啦的叫声，叫声连成一片，惊天动地，大地上的一切声音都被这可怕的哇啦声淹没了。

送殡的队伍还没到坟地，两个挖坑的土工便从柏树林跑了出来。人们在柏树林前停下了。一个挖坑人把指不上拉到一边，悄悄说了些什么。

指不上神色紧张地走回来，又把老根爷和五叔拉到一边，小声嘀咕了几句。老根爷和五叔也乍然变了脸色，老根爷扭头看了看北穆家族人，神情沉重地低声说："咱们先过去瞅瞅。"他又停下想了想，让指不上把穆麻了父子也喊了过来。

他们跟着挖坑人走进了柏树林子。

林中一棵树上吊着个人，人们一眼便认出那是凤姐。一条由旗袍上扯下的布条搭在树杈上，挂着凤姐的脖子。凤姐穿了身白色的衣裳，那身撕烂了的红底蓝花旗袍丢在地上；而她那张摄人心魂的娇媚的脸，此时却变得狰狞可怖。

"闺女呀！"穆麻子哭喊着扑了过去，抱住了凤姐离开地面的一条腿，"闺女呀，屈死的闺女呀！爹糊涂呀！爹对不住你呀！"

麻子的痛苦悔恨是真切的。是苦命的闺女嫁给衰老的文举爷，为家里换来了地，也换来了在家族里的地位，儿子大脑袋也娶上了媳妇。

大脑袋也扑了过去，抱住凤姐的另一条腿，哭喊着"姐姐"，过门不久的媳妇一脸凄清地站在他身后。

听到哭声的人们纷纷走进了柏林。眼前的情景使在场的人无不动容，人们以怜悯而凄楚的眼神，看着眼前这不幸的女子，却说不出话来。

凤姐昨天被青野强暴后，便来到了这柏树林。她在坟地里坐了一个下午又一夜，早晨天一亮，她便把旗袍上扯下的布条搭上了树杈……这个世上她再没了亲人，没了任何依靠，也没了任何留恋，更没了任何牵挂。自然，也没了任何去处，她唯一可去的地方就是自己的祖坟，就是这埋葬了她祖祖辈辈先人的坟场。她那无依无靠无所寄托的孤独的芳魂，鸟儿一样飞离了这个尘世，飞向了另一个世界，一个活着的人永远无法弄懂的遥远的世界。

在场的人却不知凤姐为什么要死。只是下意识在说：原来凤姐是个性情中女子，是个懂妇道的女人。她跟二狗好上，是被那畜生哄骗了，她心里装着的还是文举爷，她来为文举爷以身殉葬了。

混在人群里的疯子腊八将草帽压得很低，但依旧可看出他的脸变得扭曲了。他默默地挤出了人群，穿行在柏树林里寻找起什么。终于，他找到了那个新挖的坟坑。他在坑边站了一会儿，从腰上解下了那手掌大的装半袋金末的布袋，扔进坟坑，然后消失在了原野里。

送殡的人们还围在原地。看着吊在树上的凤姐和哭在地上的穆麻子父子，人们唏嘘不已，跟着过来的女人们流下了泪水。

"都愣着揍么？还不快点儿把她弄下来！"心情沉重的老根爷急道。

大脑袋站起来，抱住姐姐僵硬的身子往上举，又过来几个人将凤姐扶住，小心地把挂着的凤姐放了下来。

翠兰走到指不上身旁，小声说："把他们埋到一起，沾不？"

指不上用征求主意的眼神看看老根爷。

"该哩！"老根爷说。

日落之前，文举爷和凤姐又在另一个世界聚首了。当然，谁也不知他们在另一个世界会是一对恩爱夫妻还是一对冤家。


四


文举爷死了，凤姐死了，他们不再记得尘世的苦难。可他们身后依旧是个可怕的乱世，活着的人依旧要面对。文举爷走后，最犯愁的就是指不上了。他头脑灵活，此时却也没了章程，几乎一夜间头发就花白了。

文举爷死后第四天，指不上终于胆战心惊地硬着头皮走进了据点。他料二狗不会放过他，每想到这一层，他就不由在心头怨恨起疯子腊八。要不是那小子放下狠话，指不上兴许会给二狗透点口风，也便免去了文举爷一死。

果然二狗要找指不上算账。在炮楼底下碰上指不上，二狗不容分说就给了他两个嘴巴子，扇得他两眼金花。二狗将指不上带进炮楼二层房间，回头喝道："给老子跪下！"

指不上一个惊颤，惶惶然跪下了。

这房间里弥漫着浓浓的烧酒的味道。指不上抬头望去，见屋角的桌上摆着一个崭新的牌位，牌位前摆着大半碗白酒。指不上不由痛从心起，两行泪挂在了脸上。同时，他还有些感动，感动二狗并未人性泯灭，他还有孝心，他的心里还装着他的爹。指不上想，二狗这东西还能回头，还有救。

二狗在桌前跪下了，冲着他爹的牌位磕了四个头，说："爹呀，你可要怪二狗哇！俺可不是有意伤你哇！你到那边儿可要恨俺啊，爹，你就饶过俺吧！"他回头看了一眼指不上，接着对牌位恨声道，"爹，你的仇二狗会给你报哩！他们——老子一个一个都不会饶他们！"

二狗站起身坐到了桌旁，从腰间抽出匣子枪，"啪"的一声拍在了桌上。他跷起二郎腿，一双泪湿的眼怒视着指不上。

说来也怪，被人骂作畜生的二狗，面对他爹的牌位就成了人。其实，人和畜生怎么区分，或者说区别多大，没人说得清。看到人或看到畜生，也许仅仅是人的一孔之见。

"说吧，为么要害我？娘的，害我不打紧，你们还把俺爹给害死了！说吧，说不清老子崩了你！"二狗恶狠狠地对指不上说。

"二……少爷，"指不上已不再那样害怕，因为他知道有希望了，如果一见面二狗就毙了他，那他就没希望了。他跪着，不住捣蒜似的磕着头，口气悲凉地说，"俺怎么会害你哩，二少东家？给俺一百个胆儿俺也不敢呀！你说是不是？你瞅俺是不是个不晓得好歹的人哩？你是俺的少东家，是俺的主子哇，俺可揍不出那坏良心的事儿！俺在你家都二十多年了，这一点儿你还信不过俺？"

二狗咧咧嘴，冷冷地说："信你？信你吃里爬外！你他娘的还跟我瞎掰，合着来炮楼叫我的不是你？"

指不上慌乱地摆着手，委屈地说："少爷，少爷哇，你可冤枉俺了！俺只是听爷的差遣来叫你去祝寿，俺能不听？你想是不？没法儿呀！"

"我爹叫你揍么你就揍么呀？合着么你也听呀？叫你死你死去不？！哼，你他娘的就是我爹喂的一条看家狗！"

"是哩，是哩，俺是狗……"

"呸！你他娘的狗都不如！谁家的狗会咬家里人哩？！你竟敢帮着外人捉我，要不是老子机灵，一准儿会着了你们的道儿！"

"冤枉，俺可又冤枉死了哩，少爷吧，谁晓得他们要捉你呀！俺可是一点儿底细也不晓得哇，爷他们都瞒着俺，瞒了个严严实实……"

"瞒着你？他们要绑我那工夫你在哪儿哩？为么不事先跟我通个信儿？还有，那土八路疯子穆腊八也在场，你为么不报告？！"

"还是冤枉啊！二少东家，你么时候看见俺了哩？俺不在场哇！二少东家吧，你看，俺不是维持会长呀，整个儿前半晌——俺跟你传了话儿，接着就到南穆家走家串户儿为皇军征粮去了啊，腿肚子都跑转筋儿了……你瞅瞅，你瞅瞅俺这头发，这一黑价工夫儿就白了！俺是愁哇，为皇军的差事儿发愁；俺是急呀，难受哇，你说爷他……说走就走了……"

指不上咬住了嘴唇，硬憋着不让自己哭出声来，可两行眼泪还是止不住又流了出来。指不上就是指不上，一把眼泪把自己的责任洗了个干干净净。让人想不到的是，他还顺便为老根爷进行了开脱。他说老根爷是文举爷请的，本来人家不愿来，却又不敢不来，你少东家如今就是天，能在这穆刀沟两岸呼风唤雨，他敢不来呀。听说穆老根发话绑你，也是爷指使的，爷的话，穆老根他不敢不听。总之，指不上把一切都推到了文举爷身上，文举爷死了，死无对证。

二狗心里也烦乱，也痛。爹就这一个，是自己的亲爹，而且死在了自己手里，这成了二狗的一块心病。二狗失手打死爹，几天里心情大坏，他虽知道指不上说的不都是实话，但也没心思再追究下去。不过，他对疯子腊八和区小队的仇恨又加深了一层。他想，若没有土八路撑腰，南北穆家没谁有胆子敢动他一根毫毛，甚至不敢有一毫对他不利的心思。

　　文举爷死后的几天里，老根爷茶饭不思，神色恍惚，一种兔死狐悲的伤感笼罩着他。他明显瘦了下来，那只神采奕奕的独眼凹了下去，目光也变得浑浊了；他感到了一种孤独。然而，仇恨的地火却从未在他心头熄灭过，他曾独自跑到文举爷的坟上，求文举爷显灵，再给他指出杀掉二狗的办法，给他出个毁掉鬼子炮楼的主意。如果疯子在也好，可以问问那浑小子，让他想个招儿。他毕竟是八路，还当过响马，有杀人的经历，也有打鬼子的经验；可疯子腊八不在，自那天他悄然离开北穆家坟地，人们就再没见到他的人影。老根爷也盼望着区小队回来，在他和族人心头，区小队成了唯一的依靠，成了他们唯一的指望。这种愁苦的等待一拖又是一个月，一个月像一百年一样漫长。有时他也极其失望，他想自己怕是等不到那一天了，也许没赶走鬼子，自己就已随文举爷而去了。

　　光阴蹉跎，时间像老牛拉着的一辆破车，缓慢地行走在岁月的长路上，青纱帐不知不觉中又一次覆盖了原野。

　　天空万里无云，如火的阳光下，辽阔的青纱帐顽强地守候着夏日的土地。穆刀沟蜿蜒而去，像系在绿野上的黄色腰带；河两岸，是老天爷特意开垦的一个弥漫着泥土芳香的花园。茫茫的绿色原野，在南风荡漾着的阳光下泛着波浪，色彩绚烂，光怪陆离；灿烂的阳光不知疲惫，将水晶似的光点洒在树木和庄稼的叶子上。那光点筛漏在绿荫里，热烈而又无声无息地晃动着，像密密麻麻的鱼儿吐着晶亮的气泡。

　　此时，这上天留下的花园仿佛是一个虚幻的记忆，没人再注意到它壮阔的美丽。人们只能感觉到一种水深火热的煎熬。不过，随着原野里青纱帐的搭起，鬼子的出动次数也渐渐稀疏下来，青纱帐遮住了他们的双眼，小股人马一般不敢轻易出来——因为抗日的势力还在这片土地上。

文举爷的四七祭日，傍晚时天空突然有些变脸了，西边的天空又一次出现了红云。血一样的云。红色的血云就像涌动的海浪——红色的海浪。血云的背景是墨黑色的云——黑血似的——黑色的海，那红云像是涂在黑云上的血——不，是陈旧的黑血上涌出的鲜血。黑红两色的云交织着，两色云的边缘相互浸濡着。那是一幅油画，一张浓墨重彩的巨幅油画，一幅以黑血和红血作颜料的油画。黑色的沉重和红色的热烈都在天上渲染着，张扬着；这样的天色很少见，也很恐怖，仰望天空一眼，人心里就会发抖，就会生出绿茸茸的毛来。这样浓重而大面积的红云怕是百年难遇，也许有一场百年不遇的血光之灾随后就来。

　　最可怕的是那云并不游走，它就那样悬在天上，而且越来越浓，越积越厚，根本没有离去的意思。也许大难就要临头了，人们在心里不住央求着，祷告着，希望那云飘走，无论飘到什么地方，南方，北方，东方，西方，天涯海角，哪儿都行，只要离开这平原上空，离开穆刀沟两岸。

　　自文举爷死后，疯子腊八虽然不再整日躲在墓穴里，可多数夜晚还是在古墓睡的。游离队伍和人群之外的日子太过漫长，这漫长日子的孤独，使得他几乎要疯掉，他不由又产生了脱离区小队的牵绊、出走做响马的想法。他曾在夜深人静时去找过破盆、破罐以及白蛋，可他们都舍不下一家老小，不愿撇家离村整日游荡在外，别说去做臭名昭著的响马，就是离家参加八路也难。腊八绝望了，绝望中他又想起了甄虎，他剩下的唯一的一条路就是再去寻找甄虎。西边的天空出现红云的这个夜里，他决然走出了古墓。可当他正要离开，却见一群人影静悄悄向大沙岗子飘移过来。

　　又见区小队的惊喜，几乎要使疯子腊八崩溃。

　　当天夜里，在古墓安顿下区小队，三省便带上疯子腊八到了五叔家。他要感谢五叔一家的救命之恩，还想要尽快了解一下目前穆家的情况。

昏暗的灯光下，一阵带惊喜色彩的寒暄之后，三省坐上了炕沿的一头，五叔和五婶坐在了另一头。五婶亲切地看着腊八，叫他也坐到炕上来，腊八说声"俺就在这儿吧"，随手搬过一个小杌子，就在屋地上靠墙坐了。

这时，秀花也从西间屋过来，默默地挨炕沿靠在五婶身边，一条胳膊搭在五婶肩上。她脸上少去了以往的那种灵气，却平添了一丝若隐若现的沧桑感。

看着五叔，三省感动地说："五叔，谢谢你们救了我……还连累你和乡亲们受苦了……"他的眼睛有点湿润。他从腊八口里知道了一些穆家的情况，知道五叔和老根爷在据点里挨了打，也知道爹已死了。但他对爹的死并未表现出过分悲伤，艰苦的战争环境早已使他变得比常人坚强。

五叔摆摆手道："三醒你千万甭这么说，一说就显得见外了。咱庄稼人没有么能耐，为抗日出不了么大力，能做点儿么也是分内事儿。再说了，咱们都是穆家人，是沾亲带故的一家人，咱穆家人能看着穆家人不管哇？"

三省点头"嗯"了一声，接着微微皱起了眉头。他似乎突然间明白了什么，又似乎越发地不明白起来。这"明白"和"不明白"都是带点震惊性。此刻，曾经淡忘在心头而变得有些遥远了的穆家不再遥远，家和亲情，也不再是一片虚无缥缈的飘过身后的云。他不禁又想起了老根爷。老根爷曾是爹的死对头，可最终两个死对头的感情竟然胜过了亲兄弟。听腊八说，爹的后事还是老根爷主持操办的呢，而且他还发誓要为爹报仇！三省禁不住又问五叔："老根爷现在情况怎么样哩？"

五叔叹了一声，微微埋下头道："他活得沉重啊！"

"啊？"三省看着五叔，神色也变得凝重起来。

五叔抬起头接着说："打从文举爷去喽，老根爷就变了一个人，话也少了，整天价愁眉苦脸地琢磨报仇的事儿。我看呀，他是打定死的主意了。这不，就在前两天，他还把他多半的地散给了人多地少的乡亲们哩！"

"把地散了？！"屋地上，腊八睁大小眼睛看着五叔吃惊地问。他屁股下的小杌子也随着他身子的猛然一动，发出轻轻的"吱"的一声响。他不敢想象，一向视财如命的老根爷竟能做出如此大善的举动！

"可不是哇，"五叔道，"他还要分给你地哩，他待见你，也就偏向你，想把最好的地分给你，给你的地也比别人多得多。不过哩，我把他给劝住了——没有经过你同意，我就把主儿给你做了。我想哇，你在队伍上，哪儿来的工夫种地哩，再好的地给了你，还不是照样瞎了哇。可老根爷说么也不沾，非要分给你不行，我就给他出了个主意……就把河那边儿那块刀把子地归到了你的名下。那块地大半叫鬼子建据点占了，还剩下几亩，可在鬼子汉奸眼皮子底下，谁又敢去种哩？尤其那个二狗，他要见到南穆家人去喽，说不定又要发么坏哩！"

"真想不到他还这么实在哩……"腊八呆呆地自言自语着靠在了墙上。

"唉……"五叔叹道，"咱庄稼人说不来大话，可在大义面前，是么也舍得哩。"

老根爷的义举更是让三省异常感动，他忽然感觉到了自己是那样的无知，甚至为多年离家不回而感到悔恨。他似乎有些迫切地出溜下炕，眼里闪着泪光说："我和腊八这就看看老根爷去！"

三省和腊八来到老根爷家，这是三省第二次踏入老根爷家大院。他为老根爷的举动深深感动，也更深切地体会到，区小队离不开当地百姓，离开了，他们就是群没眼睛的瞎蝙，是群无处栖落的鹞子。

其实老根爷也在等三省，他和族人需要八路的指引，需要区小队为文举爷报仇，需要抗日武装为穆刀沟两岸的乡亲撑腰，因为他们有枪。血的教训使老根爷不再那样感情用事，不再轻举妄动，他一直在等待。

深深的夜像个无底的洞，一片漆黑，万籁无声，谁也不知当太阳照亮洞底的时候，会在那洞底发现什么。

此时，三省又坐在了老根爷家牲口房的炕上，与他对坐的是老根爷，而腊八还是习惯地蹲在墙根下。见到三省和腊八，像一阵风吹过，老根爷脸上的愁容一扫而去。一个多时辰过去了，他们在商量怎么消灭鬼子，却又始终找不出一个稳妥的办法。腊八不怎么开口，他像一个安静的听客，只是听到最后才插了嘴。

"俺有个法儿。"腊八身上痒，他一边把手从领口伸到后背抓挠一边说，"挖个地洞到炮楼底下，再把炸药弄进去，把鸡巴炮楼给他端喽！那咱鬼子甭说放枪，怕是连根有气儿的鸡巴毛都没了！那地方俺转悠过多少回，琢磨过来琢磨过夫，就想出了这么个招儿。"

"这主意好！腊八同志，行啊你！嗯……地洞战，新战法啊！等打完这仗，咱们就把它在咱们区推广开来！"三省看着腊八，兴奋得容光焕发，就连墙上挂着的油灯也忽闪着亮了一亮。

对三省的表扬，腊八并没有生出得意之色。他有些变了，生与死的经历和久时的孤独耗磨，已使他荣辱不惊，像块石头。

三省回头问老根爷："老根爷，你看哩？"

老根爷从嘴上把烟杆取下来说："使坏是这小子的绝活儿，他这招儿我看不赖，俺？这么着，咱就用不着硬拼了，也免了搭上人命。"

他们又说了会儿话，许是时间久了，老根爷已有些疲态，不自觉地打了个哈欠。他又把烟袋拿了起来，准备再抽锅烟。三省见状，便开始下炕，他一边下炕一边说："老根爷呀，咱民主政权可真感谢你了，你为抗日做出了贡献，等胜利了，民主的人民政权不会忘记你！嗯，你歇着吧，我们也该走了。"

"今儿黑价就住这儿吧，甭走了。你们不也两天两夜没合眼了呀？人不能忒疲喽，先睡会儿吧，头天亮再走。"老根爷说。

"不了。当兵的人到处都能睡，天当被子地当炕，野外宿营也是常事！"三省说。

"你看，大侄子，你还信不过我是不是？"

"不不不，我是怕麻烦群众。"

"俺？又说两家话了不是？甭说了，就这么着，你们就睡这炕上！

我给你们听着动静去。唉，俺老根儿活了一辈子，就觉着今儿个才有活头儿了，这么才活得值当！"老根爷拦住三省，自己下了炕。他走到门口又回头说，"要么物件儿就喊我一声。"

老根爷出去了。

"睡吧。"三省说。

腊八上了炕。三省从腰里掏出枪，拿在手里，把灯吹灭了。二人躺下了，鞋也没脱，像是随时要跳起来应对意外。

牲口房沉入一片漆黑的寂静里，只有牛的倒嚼声不时从隔壁牲口圈里传来。睡惯了古墓和原野，突然又睡在炕上似是有些不适应了，像是睡在针毡上——其实是因见到区小队而兴奋，过了好长时间，腊八翻了个身，侧起身子轻声问："喂，睡着了没有？"

"睡着了。"三省说。

"真睡着了？"腊八又问。

"睡着了。"三省又说。

腊八又翻身躺下了，嘿嘿一笑，嘴里咕哝了一句："鸡巴毛！睡着了还会说话？"


一条地道从小沙岗脚下开挖了。夜风吹来，虚饰性地弹唱着古老的闲曲走过穆刀沟两岸，夜色和庄稼似乎也有了灵性，掩护着这片土地的不甘屈服的主人，守护着一个智慧和仇恨联手谋划的秘密。洞口斜着向下挖去约一丈深，然后再平直着挖去。地道呈拱形，近一人高，三尺宽。挖掘还算顺利，前边的人挖，后边的人把土装进筐里，再一筐一筐提出去。开始，挖地道的只是区小队的人，但随着地道的延伸，人手就不够了。地道里又黑又窄，行动极不方便，再加一筐筐把土提出来，实在耽搁时间。

"光这么着可不沾，这得挖到么时候哩！"黑暗中，腊八拄着手里的镢头，对装土的三省说。

"这么着是有些慢了，可也没有别的办法呀。咬咬牙，坚持吧。"三省说。

"嗨！活人叫尿给憋死呀？再添人手儿呗！要那民兵们干么哩？把他们叫来不得了。"

三省不无遗憾地说："远水不解近渴啊。在各村组织成立民兵队，那只是区委新的考虑，还没有正式开展，哪儿来的民兵哩！"

"嘿，你可甭把咱穆家人看扁喽！你晓得，咱南北穆家没有人不仇恨鬼子，谁说没民兵哩？个个儿都是！"

三省笑了，笑着给了腊八一拳。

接下来，七八个穆家汉子加入了挖地道的行列，而后，还有人在不断加入进来。随着地道一步步延伸，地道的墙壁上，隔几十步就铲出个坑窝，坑窝里放了油灯；随着人手的增加，他们也不再像蚂蚁搬家似的一筐筐往外提土，而是人接连站成一排把土筐传送出去。

第三天，挖地道的人也开始换班了。光着膀子、一身泥汗的腊八和破盆向外走去，没走多远，腊八怔了一下。他看到了翠兰。翠兰也带来几个北穆家女子，混在汉子们中间在传递土筐。腊八与翠兰擦肩而过，可谁也没理会谁，像不认识似的。

腊八和破盆前后出了洞口，皱起眉头的腊八一屁股坐在了地上。

破盆笑笑："喂，疯子，见你媳妇儿怎么不打声招呼儿哩？"

"有么可打的哩。"腊八有些抑郁，淡淡地说。

"你晓得不——"破盆又道，"你们区小队的鞋，可都是她送的哩！她私下联络了不少娘儿们，给八路军揍鞋，那天还去过咱南穆家，找过我媳妇儿她们。"

"是不？"腊八抬头看看破盆，又低头看看自己脚上的鞋——这双鞋还是清明前队上发的。他郁结在眉际的烦闷气息散去了，脸上现出一层尴尬的神色，但嘴上依旧淡淡地说："这俺倒不晓得。"

"嘿嘿，你小子沾！"破盆弯下腰来，有点惊奇地低声问，"瞅见了没有哇，翠兰的肚子鼓起来了。你小子么时候儿给她装上的哩？"

"放屁！"腊八不高兴了，"她早不是俺媳妇儿了，谁晓得装的是他娘的哪个王八蛋的哩！"

破盆赶紧摆了摆手，又往地道里指了指，小声警告说："你轻声点儿！你舅子二混可在里边儿哩，要叫他听见喽，会跟你急眼哩！你他娘的也真是，提起裤子就不认账，到时候儿人家生喽，你家小子会排街里跑认爹哩！"

"胡吣！谁他娘的……"腊八正要争辩，心头却忽然疑惑起来，又一次皱起了眉头。他突然想起大沙岗子上翠兰把他拉到酸枣丛深处……腊八有些呆痴地回想起来……

破盆忽然直起了腰，嘿嘿坏笑起来。

破盆的笑声令腊八回过神来，他疑惑地看着破盆："笑么哩？"

"还他娘的不认账哩，你小子哇，你家老二都快蹿出来了——快点儿把伞收起来吧！"破盆笑着指了指腊八的裤裆。

腊八低头见裤裆里一把"伞"高高挺着，脸一下子红了，尴尬地笑笑，赶紧把两腿夹了起来。

破盆和腊八的注意力都在那把"伞"上，没有发现大脑袋从地道里出来——这时已到了跟前。

"你们在说么哩？"大脑袋好奇地问。

破盆扭脸怔了一下，似乎是有意为腊八打掩护——转而得意地笑着说："说俺媳妇儿的呗！"

"你媳妇儿怎么了？"大脑袋问。

"又有了！"破盆道。

"嘿嘿，跟你们说，俺媳妇儿也怀上了哩！"大脑袋不无骄傲地说。

"那感情好了，到时候儿咱俩打儿女亲家，我可先占下了哇！"破盆玩笑道。

"沾呀，沾！"大脑袋痛快地随口应道。他接着看看腊八，又有点讨好嫌疑地说，"这不是腊八哥在这儿呀，他来做个见证！"

"喊，拉倒吧！"腊八抬起头，嘲弄道，"你们俩他娘的在这儿一唱一和瞎咧咧，你晓得到时生出来个么？要是俩闺女哩？"

"我敢打保票，俺家那个一定是小子！"破盆道。他似乎对此坚信不疑，因为他找人算了命。

腊八看看破盆，带点坏笑地说："破盆哥，你就认命算了，俺看，你这辈子就是个当老丈人的料儿。"

"放你娘的屁！"破盆瞪了腊八一眼，生气地走开了。

一连七天，区小队和穆家人足足干了七个日夜。一条由西往东的长长的地道挖成了，地道从小沙岗下穿过高粱地，一直通到据点的壕沟，再由沟底通到炮楼底下。

第八天夜里，区小队和南北穆家人悄悄出动了。二混带着北穆家汉子们埋伏在了炮楼北面，区小队派了一名队员作为指挥，任务是牵制敌人和配合夹击；区小队和南穆家人担任主攻，他们弯着腰，悄无声息地渡过穆刀沟，悄无声息地穿行于青纱帐里，悄无声息地趴在了壕沟外的地边上。而炸药，已通过地道送到了炮楼下。

南穆家这边老根爷也来了。本来三省不让他来，对他说"您上年纪了"，老根爷坚持说："你可要嫌我老，那赵子龙、黄忠老了还上阵哩！何况……俺侄子哇，你爹可是在那边儿看着哩，可要叫俺那哥哥看不起我啊！"三省无奈，只有答应他跟在后边，远远地看。可老根爷忘记了三省的约束，把自己的保证也早忘到了一边。

"镇静，大家伙儿都镇静点儿哇！"此刻，老根爷弯着腰，一个久经战阵的前沿指挥似的，压低声音指挥着族人和区小队，好像他才是这次行动的头脑人物。

老根爷的表现，使得区小队员无声笑了。

疲乏的星星早已隐退，苍白如纸的月亮已被乌云遮去，它们悄无声息地走了，留给了这世界一片黑暗。也许太阳很快就会出来，新生的太阳，将照亮沉睡于茫茫黑夜的这片平原。

黎明前的黑暗是漫长的，也是可怕的。人们知道他们面对的是什么，也知道他们等待的是什么。或许为了缓解紧张情绪，也许为鼓舞后辈们的杀敌斗志，老根爷扭过头，轻声说："孩子们，你们晓得咱这条河为么叫'穆刀沟'不？"

没人吭声。但每个人都在侧耳听着下文。

"当年穆桂英带人马在这儿抗辽兵，真是把辽兵杀得尸横遍野呀，就连这白花花的沙地都变成了红土哩！唵？后来，她那口大刀往这地上一戳，就吓得辽兵像老鼠见了猫，不敢靠近……再后来，穆桂英还是败了，逃走的时候儿，她那大刀拖在地上，划出了一条沟，后来就有了咱这条河。"

"穆刀沟就是这么来的？"三省不相信地笑了笑。他虽出生在这片土地上，可并不深知这片带着传奇色彩的土地，以前也不曾留心读过这片土地。他甚至曾经读不懂老根爷。一向守财如命的老根爷，竟然把他大部分土地和财产散给了缺地少吃的族人。穆刀沟哺育的这片平原啊，你是怎样的一片神奇而深沉的土地啊！这片慷慨悲壮的土地，自古至今都在产生着慷慨悲壮的故事。

接下来又陷入了一片寂静，人们的目光又钉子般盯在炮楼上。

"唵？怎么还不响啊？人早该进去了呀！这疯子在磨蹭么哩？"老根爷有些焦急，禁不住问。

"再等等看。"趴在老根爷身边的三省说。

按部署，腊八和穆小拴钻进地道，把事先放在炮楼下的炸药点燃。只要一声爆炸响起，不管炮楼炸垮没有，壕沟边上的人就往据点里冲，杀掉没炸死的鬼子汉奸。此时一条长木板已架在了壕沟上，只等一声轰响，人们就会从地上跳起来，像群愤怒的野狼冲进去！

"队长。"腊八趴在了三省身边，轻声叫道。

三省扭头见是腊八，惊讶地问："怎么回事儿？你怎么上来了？"

"坏事儿了！地道里进了水，炸药都他娘的湿了！"腊八懊丧地说。

三省沉吟了一下，坚定地说："撤吧。"

炮楼上的探照灯又一次扫了过来。区小队员们头扎在地上，一动不动；老根爷下意识地往后缩了缩身子，却又不甘地问三省："咱就这么走了？"

因为大意，老根爷身边的高粱秸摇了摇。炮楼上"砰砰"打了两枪，子弹擦着高粱叶在头顶穿过。没有打仗经验也没有耐心的老根爷听见枪声，突然站了起来，大声喊："上哇！上哇！去剁喽那王八羔子们！"

老根爷第一个上了木板，提着菜刀冲了进去，南穆家子孙听老根爷一声呼，也呼啦啦从高粱地里蹿出来，举着家伙，嗷嗷叫着随后跟了上去；听到喊声，据点北边的北穆家子孙也开始往据点里冲。

"回来！老根爷回来！"三省被这突变搞蒙了，他的脑袋里像是突然爆炸了一颗炸弹，气急败坏地大声喊着。

炮楼上的机枪"嗒嗒嗒嗒"响了起来，像恶魔眼睛似的枪眼吐着火舌。三省随后命令区小队："打！把敌人的火力压住！"

然而，区小队稀零的枪声无法压下鬼子密集的火力，冲进去的汉子们有的开始往回跑，有的还在往前冲，往前冲的不时有人像喝醉了酒扑倒下去……炮楼上的枪声停息下来后，皇协军从平房里冲出来了。

"快组织乡亲们撤出！"三省大声喊道。

部分区小队员继续射击阻击敌人，部分队员连拉带扯，把退出来的乡亲推进了高粱地里。

"你们也下去吧。"见最后一个没倒下的穆家人跑出来，腊八对三省说。接着，他从腰里摸出仅有的一颗手榴弹，看了看，"奶奶的，你总算用上了！"

随着壕沟对岸一声爆炸，鬼子和皇协军都趴在了地上。趁此间歇，腊八抬脚把架着的木板踢进了壕沟。

## 五

天亮了，壕沟圈着的那片土地被血染红了。空旷的地上横躺竖倒着一具具尸体。大片的尸体中，有一个鬼子和三个皇协军，其中两个皇协军是被棍棒或锄头打死。敌人的尸体被抬走了，抬到了炮楼南邻的一间小平房里。

此时，穆家人的尸体旁，站着端枪的鬼子和皇协军。青野双手抱在胸前，脸上挂着胜利者的微笑，镜片后那双神秘的眼睛在血染的土地上扫视着，欣赏着自己血腥的作品；有几个鬼子穿行于尸体间，查看着，发现没死的就会补上一枪；二狗站在青野身旁，脸上说不出是一种什么表情，木木的，似乎有些发呆；多数皇协军脸色却很严肃，他们有种闯了大祸的感受，一种灾难的预感使他们的心在颤抖。他们木偶似的站着，甚至有仇视的目光在青野和二狗的身上掠过。

就像鸡蛋往石头上打去，一场抗争就这样结束了。南穆家十三人，北穆家十一人，二十四人死在了据点里。

临近中午，成群成群的女人走进了据点。这是南北穆家的女人，她们来为亲人和乡亲收尸。来的都是女人，鬼子只准女人来；男人不能来，来便是送死。女人们把一个个老少爷们的尸身背在背上，艰难地走出据点，走向北穆家或南穆家的祖坟……她们没人哭泣，也没人掉下眼泪，她们的眼睛被仇恨和痛苦烧干了。

在破盆媳妇等南穆家女人协助下，大丑媳妇背起丈夫的尸体走了，二愣的娘背起儿子的尸体走了，大水的妹子背起哥哥的尸体走了……金桂、秀花和秋莲在尸丛里找到了老根爷。老根爷仰面躺在地上，面对着麻木的苍天。一颗子弹从他那只瞎眼窝里穿了进去，血从那个深窝里流出来，染红了半个脸；而他那只完好的左眼却圆睁着，充满仇恨、愤怒和恐怖。秋莲用柔软的手抹在公公脸上，合上了他的眼睛。

秀花的眼睛红红的，她蹲了下去。金桂把秀花拉起，用眼睛瞄了瞄秀花的腰。秀花会意地叹了一声。秀花的腰有些微微变粗了。她有了身孕，细心的女人都看得出来。一个月前，见秀花恶心呕吐，五婶就知道秀花怀上了。秀花肚子里怀了"小日本儿"，五婶和金桂曾鼓动秀花把胎儿打掉，可秀花心软，总下不了决心，找大夫开了打胎药却又总没吃下去。

秋莲蹲下去了，金桂和秀花一起努力，把老根爷僵硬的身子扶到了秋莲背上。

她们默默地走出据点，走向穆刀沟……

穆家祖先又一次迎接了他们的后人。古老的坟地沉浸在深深的悲伤里，但柏林下没有哭声，只有乌云般蔽天的乌鸦，在柏林上空不歇地哀嚎着。

埋葬了死者，天也快黑下来了。林子里一片晦暗，只有林子外还有蒙蒙的光亮。区小队没有撤走，他们帮着乡亲们埋葬了亲人。此时腊八还跪在老根爷的坟前，一言不发，五叔拉他也拉不起来。

这场血灾很快便传遍了平原，傍晚时，一个"灰军装"来到了南穆家坟地。

见是那位疤脸首长，腊八站了起来。

那人问："穆三省同志哩？"

"我在这儿。"没等腊八回话，三省道。他从北穆家坟地赶回来，恰好到了跟前。他一脸的痛苦和内疚，对疤脸人说，"首长怎么来了？"

"我从县大队来。本来嘛，要回基地去，可听说了你们这里的情况，就顺路过来看看啰。"疤脸人先是淡淡一笑，可接着就变得严肃起来，"我代为宣布一下上级命令：你穆三省同志冒险行动，致使百姓死伤惨重，暂时撤去区小队长职务，听候进一步处理；区小队立即赶往县大队驻地整训。"

那人停了停，见三省没有说话，就又换了一种温和的口气道："三省同志啊，你怎么那么冒险哩？这不是又犯了冒险主义呀？我告诫过你，要保存实力，莫要冒险，你忘记了？可得吸取教训啊！"

"么？把三省队长撤喽？你他娘的敢！打了败仗，死了人，那是三省队长的错儿哇？哪儿有打仗不死人哩？怕死人，就回去炕头儿上窝着！你他娘的嫑说打仗了，连他娘的枪也没见你拿过，你穷咋呼鸡巴毛哇？怎么不问问到底是怎么回事哩！"一听疤脸人的话，腊八一步跨向前，怒道。

腊八本就心里不痛快，一听那人的话就黑了脸。他不容那人说话又接着大声叫道："要怪，就怪爷爷我吧！出主意的是我，挖地洞的是我，点炸药的是我，你说都有么罪吧，横竖爷爷一个人背着！就是枪毙就枪毙我好了，碍不着别人！"

五叔也忙着帮助解释："是哇，这也真怪不着谁，咱这河边儿上

400

水高，再加这土带沙性，弄不好水就会渗过来。唉，当初挖地洞怎么没有想到这一层哩！"

疤脸人想了想，以缓和的口气说："哦，让我看，区小队没有伤亡——这就好，也就不算失败。老百姓死了不少，可与别的地方比起来，也不算多，没有么子大不了的。可是哩，这一仗对群众的抗日热情会产生消极影响。这么着，具体情况，你们还是到县大队再说吧。"

"说个屁！俺们队长叫他娘的给撸喽，区小队拉走喽，谁还在俺这儿打鬼子哩？是吕司令来还是他娘的你来？！"死了那么多人，腊八本就在愤怒和痛苦之中，此时被激毛了，浓黑的眼眉拧了起来。

三省一直没有言语，此时只听他沉静地说："执行命令吧。"


天黑下来时，队伍集合齐了，区小队向着东南方向开去。沉沉的夜色隐去了区小队的行踪，他们像一队梭鱼游进了大海。穆家早已消失在了身后，又擦过一个村庄——他们清楚，已走出了五六里路。他们大概还要走二十里，连夜穿过鬼子的封锁线，越过鬼子巡逻车来回穿梭的正无路，因此他们以急行军的速度前行着，而且尽力避开村庄，走在搭满青纱帐的原野里。

疯子腊八跟队伍走着，由于悲伤和愤怒，再加多少天没怎么睡了，只觉得头很重，昏昏沉沉，像有什么东西把脑子塞得很满。

"哎哟！"他突然叫了一声，感觉到身子一直掉了下去，等落到底，又补充了一句，"好他娘深的坑哇！"

他掉进了一个枯井里。

等他明白过来，才知道自己掉进了井里，不由急声喊起来："喂——等着我呀！你们他娘的先把我弄出去再走哇！"

他连喊了几声，没有回音。他不禁气恼起来："王八羔子们，不讲他娘的义气！"

他只管喊，只管骂，但没人过来。人们已听不见他的声音。本来在他昏昏沉沉中，就不知不觉与队伍落下了一段距离，而这时，队伍已走远了。

他继续喊下去，却只有他自己的喊声在枯井里回荡。坐在落满树叶和玉米秸的井底，他突然感到了无边的茫然，继而是绝望……不知过了多久，他的头靠在了井壁上，渐渐地，他迷糊起来，迷迷糊糊地睡了。

# 第十一章

*谚语说：火要灭，还亮一亮；人要死，还旺一旺。*

一

隐约间，仿佛有玉米叶子"沙啦啦"的声响传来，接着又有杂乱的脚步声走近。像梦游，疯子腊八的意识飘忽着，被一种似是而非的声音牵引而去——扑向生命本能的召唤。此时对他来说，只要是人就是救苦救难的菩萨，任何人声都是菩萨的声音。他艰难地坐起来——感觉身子很轻，又仿佛很重。缓了缓，他眯着眼睛向上望了望——伏大的阳光从井口射下来，白光一片，很是刺眼。他本能地喊了声："喂——"

声音很小，或者说微弱。

他已四天没吃东西，绝望的肠胃似乎已停止了蠕动。他已感觉不到饥饿，但他依旧能感觉到干渴，干渴几乎要让他枯竭，他觉得自己即将要成为一具遗弃在枯井的干尸。本能似的，他艰难地伸出舌头，对着井底边沿的苔藓舔了舔，而后看向井壁。井壁三尺高处，砖缝里孤零零长了株打碗草，他伸手拔下来，连叶带根塞进了嘴里。

枯井上边发出一声含混不清的惊叫，接着便是乱糟糟的脚步声和说话声。腊八艰难地抬起头，他朦朦胧胧看到一张悬着的脸——有人在扒着井沿往下看。那张脸消失后不久，一条长长的黄布带子从井口垂了下来。黄布带由一条条绑腿连接而成。腊八本能而困难地抓住那

403

黄布带子，绑在了腰上。

他飞了起来——他感觉自己在飞——头"咚"地撞了一下井壁，有些疼。他暗暗笑了，心里自嘲道："爷爷还没有死哇！"

腊八被拉出了枯井，拖上了地面，软绵绵躺了下去——好像梦醒，他一下子惊住了。他本能地要跳起来，可他无力动弹，甚至说话的力气也没有。嘴唇已经干裂，他张了张嘴，却没有声音发出来，只有微睁着那双眯眯眼，绝望地看着周围的人。

把他拉出枯井的是日本人。

日本兵将腊八团团围住，青野歪着头看看半死不活的腊八，挥了一下手，便有两个鬼子从腰里抽出匕首离去了。过了好一会儿两个鬼子才回来，他们拿了两长两短四根木棒——新砍下的胳膊粗的槐树枝。他们将黄布带绑腿从腊八腰上解下，缠在槐木棒上，绑成了一副担架。

腊八打定了听天由命的主意，闭上了眼睛，因为他已无力做什么。

鬼子把腊八抬上担架，嘀咕了几句，然后抬着腊八向着穆刀沟的方向走去。他们走在田间小路上，前边的鬼子戒备地端着枪，显然，他们害怕青纱帐里突然有八路闪出来。腊八脚前脑后地躺在担架上，微微睁开了眼，他看到抬担架的鬼子后背被汗水洇湿了。他忽然有种莫名其妙的感觉：这小鬼子还忒他娘的能吃苦，要不为么那么能打哩——打起来还不要命！而中国人，只有窝里斗才有本事，才肯下大力气！

井边到穆刀沟有五六里的路程，已没指望还能活下去的腊八，却并没觉得路途遥远。他很享受似的让日本人抬着走，忽而在心里笑道："嘿嘿，孙子们还挺孝顺哩，这道儿有他娘的一万里长就好了！"

炎炎的烈日下，辽阔的青纱帐里看不到一个村民的影子，只偶尔有被惊动的麻雀仓皇飞起，远远而去；玉米和高粱叶子经不住烈日的灼烤，垂头丧气地耷拉着，像是在为一个季节默哀。

远处的穆刀沟，在一眼望不到边的青纱帐里隐匿着，似是已在大地上消失。

三天之后，疯子腊八恢复了体力，也恢复了精神。只是他栖身的环境变了，他被抬到了依旧弥漫着血腥味的鬼子据点，塞进了西侧一间小黑屋里。那小黑屋曾停放鬼子和皇协军的尸体。他被关了三天，只有拉屎才会被押着走出来。小屋里黑洞洞的，弥漫着令人恶心的臊臭气息——腊八把尿都撒在了一个角落里；地上铺了层麦秸，不时有自由的老鼠从角落里钻出来，睁着发亮的小眼睛看看他，然后哧溜溜在麦秸上穿过。当然，腊八有饭吃了，每天会有皇协军过来，从那个刚好伸出头的小窗把饭递进来。

　　孙子孝敬爷爷，不吃白不吃，腊八不会拒绝鬼子的饭菜。

　　这天上午，小黑屋又打开了，怀揣阴谋的光亮也跟着进了屋。二狗走了进来，身后还跟着两个鬼子。

　　"好臭好臭！"二狗伸出张开的手在鼻子前扇了扇。他那发黄的眼珠子滴溜溜转着，然后弯下腰，带着一种坏意的笑看着腊八，"觉着怎么样哩？舒服不？嘿嘿，服气不服气？你还是没逃出老子手心儿啊！"

　　坐在麦秸上的腊八斜了二狗一眼，扭过了头。

　　"不服呀？你沾！你他娘的叫八路给甩了，又成了个没人要的穷庄稼汉，你还有么可神气的哩！"二狗有些气恼了，"哼！要不是青野太君看你还有用，老子早叫你蹬腿儿去阴间了，你爹还在那儿等着你哩！再说，我也不能就这么便宜了你，咱俩的账还没有算完，是吧？你打折老子一条腿，还脱了老子的裤子，老子就打折你两条腿，也脱了你的裤子，还把你小子的子孙袋子也揪下来！"

　　腊八忽然笑了，扭过脸来，又挪了挪身子："要不是爷爷大意，你狗×的能跑喽？没门儿！上回，算——便宜你了！"

　　二狗说："这咱说么也晚了，老子反正还是跑了，老子命大。今儿个你跑不了才是真的，给你小子插上翅膀你也跑不了！"

　　"你爷爷还没想过跑哩！"

　　"那是你跑不了！"二狗突然严肃起来，直起了腰，"跟你说，我懒得跟你瞎磨叨，今儿个是奉皇军的令来问你话的。皇军说了，只要你投靠皇军，跟皇军合作，带着去找八路或者说出他们待的地方，过了的事儿既往不咎，还要重重给赏哩。自然了，宰相肚里能撑船，老子我也大度大度，看在一同共事的分儿上，咱俩以往的账也就一笔勾销了！怎么样？"

"呸——"腊八狠狠向地上吐了一口，"还是搂你娘的春秋大梦去吧！你想爷爷也像你？我虽说不是区小队的人了，可还是个正儿八经的穆家人哩。你哩？你也不尿泡尿照照，瞅瞅你是个么玩意儿！"

二狗恼羞成怒，上去"啪"地打了腊八一耳光。腊八忽地站了起来，抡起拳头就要揍二狗，却被两个日本兵用刺刀逼住了。接着，日本兵把枪掉过来，两个枪托一齐砸在了腊八腿上。腊八"哎呀"一声，倒下了。

"我×你祖宗！"像受了伤的狮子，愤怒的腊八大骂一声，可不等他爬起来，枪托又雨点似的没头没脑地往他身上招呼！腊八浑身疼痛起来，鼓起的眼睛红红的，燃烧着愤恨。他紧咬着牙，没再吭一声。

这时青野来到了小黑屋门口，他的到来让腊八少受了些皮肉之苦。二狗和两个鬼子退出屋去，屋门随后又锁上了。

只听二狗说："这小子死活不说，他娘的就是块铁疙瘩，良心大大地坏了！"

"死了死了的！"青野怒道。

青野和二狗走去了，似乎听到二狗又在费劲地向青野嘟囔着什么，末了，青野大声叫了句"吆稀"，随后干笑了几声。

约莫过了三个时辰，院落里的动静惊动了腊八。他站起身来，凑近那个小窗向外望去，结果大吃一惊！

鬼子抓来了个抱婴儿的年轻女人。女人被鬼子用刺刀逼着带到了院落中央，他们身后跟着青野和二狗。女人站下了，她紧紧抱着孩子，害怕似的深深埋下头，把脸贴在婴儿身上。

她面前是口已支架起来的大铁锅，锅里盛满了水，劈柴瓣子在大铁锅下熊熊燃烧着。

二狗紧走几步，超过了那女人。他看看大铁锅，再看看抱着孩子的女人，又向关腊八的小黑屋瞄了一眼。他不说话，脸上却挂起了一缕奸笑。不一会儿，锅里的水便沸了起来，发出"咕嘟咕嘟"的声响，热烘烘的气体蒸腾着。二狗这才对那女人说："小拴家的，就因为咱们亲戚里道的，我本来也不想为难你，不想跟咱北穆家谁结仇，可谁叫你家小拴忒糊涂，当了他娘的八路哩！你家男人进了区小队，也就成了我二狗的对头儿，我爹的死，他头上也少不了得记上一笔。要想抹掉这一笔哩，也容易，那就看你了。这么着吧，要是你能劝小拴脱离八路回来，或者说出他们藏哪儿去了，皇军就不跟你过不去，你在家安安生生过你的日子。沾不？"

女人抬起了头，看向二狗："他当八路，碍着俺么事儿哩——你们捉俺。"

"怎么不碍你事儿？他是你男人！"二狗生气了。

"他是俺男人俺就管得了哇？俺能把他拴到裤腰带上？"

"那你总晓得他去哪儿了吧？"

"俺怎么晓得哩？俺又没整天跟着他。"

"他没有回过家？"

"回么呀，"女人看了看怀里的孩子，带着怨气说，"打有了孩子——他连孩子面儿都没见过哩！"

"耍他娘的瞎胡扯了，你糊弄谁哩！"二狗生气了，黄眼珠子一瞪，"一回也没有回来过？谁信哩！"

态度本平淡的女人也生气了，抬头瞪了一眼二狗，带着恨意的口气道："愿信不信。你找他是吧？俺不晓得别的，只晓得他打狗去了！再说，你爹死到谁手里了？怕是只有六畜才没长记性哩！"

"你……臭娘儿们不识抬举！"二狗气急败坏，跨步上前，一把从小拴媳妇怀里夺过婴儿，顺手丢进了旁边的大铁锅里。

婴儿"哇"地惨叫一声，扑腾了一下，便沉入了锅底。

"孩子！"小拴媳妇大叫一声向铁锅扑去，可刚迈出一步就扑倒在了地上，昏了过去。

几乎是同时，小黑屋里传来腊八愤怒的骂声："×你奶奶的二狗！你个六畜，爷爷要扒了你的皮！"

二狗并没有理会腊八的叫骂，他在看着那大铁锅。他看着一个鬼子的刺刀扎进了婴儿的尸体，然后挑起来走向了炮楼。炮楼下拴着一条大狗。这狗身材高大，灰白的毛色，张扬着一种冷酷的气质。这狗出自日本，叫日本狼狗，也叫日本狼青。鬼子走近那大狼青，把婴儿丢了过去……

同时，两个鬼子把小拴媳妇架了起来，拖出据点，扔在了壕沟外边。

后来听说小拴的媳妇疯了，一个月后又走失，从那儿人们再没见到她的影子。

腊八长叹一声，沮丧地一屁股坐在了地上。他目睹了穆小拴的孩子被二狗扔进锅里，他恨得牙疼，可又无奈。关在这小黑屋里，他一点办法也没有。他心头乱乱的，双手抱住脑袋，任凭窗外的一切在时光里慢慢沉淀下去。

就在这时，一阵狗叫声——那大狼青的咆哮从炮楼方向传了过来。过了一会儿，仿佛又有两声男人的哀叫飘过……那哀叫声也许在炮楼里，因此显得微弱而模糊。显然，不知谁又被鬼子抓来了，可腊八无法弄清楚，他侧耳听了听，只好又无奈地在麦秸上躺下了。

又过了约半个时辰，屋门再一次打开，腊八又挨了一阵枪托，双手被反绑起来，带到了兼做操场的院子里。

这操场上已变了阵势。刚才面对小拴媳妇的只有青野、二狗和几个鬼子；此时操场上却站了十多个鬼子兵，还有穿黑狗皮的侦缉队特务，就连皇协军也从西南边的平房出来了。

腊八被带到了大铁锅前。他浑身青一块紫一块的，鼻血还在流着，流进了嘴里；他把鼻血咽了下去，腥腥的，咸咸的。接着他和大铁锅被鬼子汉奸围在了中间。这时，那条气势汹汹的大狼青钻进了圈里，嗅了嗅腊八的腿，忽地站了起来，两只前爪搭在了腊八的胸脯上。

腊八闭上了眼睛，一动不动，像是在等待那大狗下嘴。

"嘿嘿，怕了？你小子也有当草鸡毛的时候儿哇？嘿嘿。"身边响起二狗的奸笑声。

腊八睁开眼，他首先看到的，还是那条吐着长舌头、与自己脸对脸的日本狼狗。大狼青用凶狠冷酷的目光看着腊八，腊八的眼里也冒出火来。他想伸手掐住狼狗的脖子，把它掐死！可他不能，他的双手被反绑着。

"想好了没有哩？想好喽，点一下脑袋，跟着皇军干，咱们联起手儿风光，吃香的喝辣的；要还是臭硬，没法儿，就只有叫狗掏你的心吃喽！——要不你就跳到后边儿的锅里去，像飞到锅里的鸭子，煮熟了喂狗！你小子不是把俺家的驴烫吃了哇？今儿个你也尝尝被烫着吃的滋味儿呗！"

腊八厌恶地看了二狗一眼，脖子一梗说："鸡巴毛，随你给个死法儿吧，我眨下眼就不是俺爹揍的！哼——这有么哩，顶多算是爷爷今儿个走了背道儿呗！"

二狗身边的青野脸色变了，太阳的反光在他的眼镜上闪了闪，他恼怒地骂了声"八格！"举起了右手，准备挥出杀掉腊八的命令……可他刚刚举起的手又放下了，喝去了双爪搭在腊八胸前的狼狗，脸上露出一缕带有敬意的微笑。

青野后退了一步，仰脸望向了阳光刺眼的天空……望着这片陌生的天空，轻轻叹了口气。他突然想起了那片像是在大海上漂浮的土地，那片于地震中摇摇晃晃而支离破碎的岛屿。

开满樱花的北海道似乎又摇晃着漂了过来。他又一次在那片土地上看到了曾经的自己——

还穿黑色学生制服的青野走在放学路上，在他那副近视眼镜里，满是有序的忙碌、紧张而又充斥激情氛围的街道与往日并无不同。他走到家门口时，只见大门上挂满了旗帜，"嘿——"惊喜的青野激动地跳了起来，仰面向天空大喊一声，冲进了家门。

家里贺客盈门，一扫往日的清冷。

爹已从街上买了好多清酒回来，在忙着招待客人。娘不在家。她出门去了。她缝了一条绣有"武运长久"四字的红布佩带，拿到了街上，穿过每一条巷子，遇人就叫人家缝上一针。

这叫"千人缝"，它将保佑出征人一路平安。

翌日就是新兵报到的日子，青野肩上斜披那佩带，头裹太阳旗毛巾，手拿太阳旗，在亲友们的簇拥和鼓乐声中，离开了家门……那时他还很单纯，与伙伴们一样——应征同样是他内心的日夜向往。尚武早已成为一种时尚，战争的狂热已浸透人的骨髓，人们渴望去远征的路上——做个无限荣耀的大和英雄。多年的教化已产生空前效果，人们成了"忠勇"的化身，为天皇陛下尽忠，那是生命的全部意义。人们深信，天皇陛下与他们同在、同心、同梦，帝国与他们同梦。然而，那片漂浮在大海的狭小、贫瘠的山地，不可能给人提供遥远的梦想。由此，人性的恶爆发出了汹涌的力量。

经过短时的新兵训练，青野与众多的新兵被送去了中国的关东，几年后，他又随队伍入关到了华北。此时，已成老兵的青野早没了当初的单纯，他已变得复杂了许多，人性的贪婪将他喂养成了只残暴的野兽，战争让他成为一个冷血的魔鬼。

他从回想中归来，看看周围，走近腊八一步，抬手重重拍了两下腊八的肩头，竖了竖大拇指。面对这个视死如归的中国人，青野有种震惊感，也有种敬重的感觉。他想不到一个并非正规军军人的"土八路"，竟也有这样坚强、无畏的气概。如果中国人都这性格，那又会是种怎样的情形呢？他不敢想象，至少，怕是天皇陛下也不敢有觊觎中国的念头。

"你们的，嗯——松开！"青野招招手，让皇协军给腊八松了绑。他接着从一个鬼子手里要过上了刺刀的枪，交给腊八，然后一挥手，命鬼子汉奸都往后退开。他也退了几步，那情形像是变戏法拉场子，要摆摊儿了。

腊八不明白青野要做什么，他眯着眼睛，莫名其妙地看着青野。在鬼子退开腾出的这块空地上，只留下了他和青野。当青野"唰"地一声从腰间抽出马刀，腊八明白了：青野要跟他决斗！

这是大和武士给予被俘的敌手最高礼遇了。只是这个"敌手"不是职业军人——中央军和八路，而是一个业余抵抗分子，一个可怜而愚顽的穷苦农民。

腊八的嘴唇动了动，他又一次把淌下来的鼻血抿进了嘴里，咽了下去，微微笑了，虽这笑是那样冷。

腊八在区小队学过打枪，也学过几天拼刺刀，虽仅仅学了点皮毛。可此时他浑身的血管又亢奋起来，手里的枪握得越来越紧。他眯眼看着青野，心里笑道："小子，使家伙爷爷玩儿不过你……"

青野平举起刀，刚刚使出个马步，疯子腊八猛一拉枪栓，扣动了扳机。

## 二

枪响了。不幸的是子弹没能射进青野的胸膛，而是将他的衣襟穿了个洞——撂倒了其身后不远处的黑狗子"对眼"。"对眼"痛叫着倒了下去，双手捂在裆上。子弹不偏不倚穿过了他的裤裆，打碎了他的子孙袋子。子弹没要"对眼"的命，却把他废了。青野回头看一眼，大怒，刚刚对疯子腊八怀有的敬意也变成了鄙视，他气急败坏地哇啦啦叫着，举刀朝腊八扑了过来！

就在青野快要接近腊八时，一个大长脸二鬼子跑了过来，向青野立正报告："太君，有人找！"

这长脸皇协军救了腊八一命。

青野迟疑了一下，举起的刀放下了，随之鬼子蜂拥而上，一把把明晃晃的刺刀对准了腊八，皇协军的枪口也对准了腊八。余怒未消的青野转身向吊桥走去，二狗也丢下腊八跟在青野后边。

见青野过来，吊桥吱呀呀放下了，从桥上走下三个人来——五叔、五婶和指不上。五叔手里提着两瓶衡水老白干；五婶胳膊上挎着一个篮子，篮子里装满了鸡蛋。鸡蛋还是族里各家各户凑的。

下了吊桥，看到青野与二狗，三人站下了。他们有些紧张，心口在怦怦地跳，但又不能不堆出满脸笑容。

"么事儿？"看到南穆家人，二狗本能地生出一种厌恶情绪，他神气而面无表情地眯起眼睛问。

"二少爷，能不能跟皇军说说，把大升跟腊八放喽？"五叔赔笑说。说着，他把手里的酒递上去。

二狗稍迟疑了一下，向不远处一个侦缉队特务招呼一声，那家伙接过五叔手里的酒和五婶的篮子，拿进去了。二狗扭头看看青野，对五叔说："你家大升跟八路没么关系，早走了。这疯子腊八……不能放！"

"为么哩？"五婶着急地问。

"明摆着的呗，他当过八路。"

"是当过……可他早脱离了八路哇！"

"脱离就了了？他杀皇军的账还没算哩！"

"这……"五叔五婶一下子傻了眼，面对眼前这人渣，不知该怎么说。

"本来哩，皇军大度，给了他条活道儿，可他偏偏不走，这怨谁哩？要怨就怨他自个儿找死！"穆二狗冷笑着，有点狰狞。

"么活道儿哩？要能留个活命，么条件儿俺们都答应！二狗兄弟，你行行好！"五叔说。他似乎看到了一线希望。

"投皇军！"二狗说。

"当汉奸？"五叔先是一惊，接着皱起了显得灾难深重的眉头。他失望的目光投向了身边的指不上。

"嗐，这没么大不了的！常言说，识时务者为俊杰。当年杨五郎被捉住，还不是降了大辽哇。叫我说，跟谁当差还不是一样哩，我不是也在给皇军当差呀？"指不上说。接着他往前走出一步，又对二狗赔笑道，"二少东家，你看这么着沾不，俺去跟疯子腊八唠唠，劝劝他。"

"算了呗！皇军么招儿都使过了，都白搭，你也不还是瞎子点灯白费蜡呀！"二狗跟指不上说话的口气倒柔和了许多。指不上毕竟是北穆家人，更是文举爷生前视同家人的管家。

"咳，不试试怎么能晓得哩，你说是不？兴许他肯听哩。"

二狗有些腻烦指不上了，将头扭向了一边。

"好少东家哩，试试呗！沾不？"指不上继续赔着笑脸，"俺去劝劝他，也算给皇军出了点儿力，要是劝动喽，也就给你长了脸哩。再说，俺不还是维持会长呀，也算是分内事儿，你说是不？少东家，你也跟太君说点儿好话，俺保你往后会有好处哩！"

二狗黄眼珠子转了转，勉强答应了，他边说边比画地费了好大劲儿，才把指不上的意思向青野表达明白。当然，青野乐见其成。

指不上被放过去了。他快步走向那口大铁锅，边讨好地向鬼子汉奸点头哈腰，边将腊八拉到了一旁。他的说话声有高有低，人们听到的，都是些劝腊八当良民或效忠皇军的好听话。

谁也想不到，指不上的脑袋好使，而他的舌头更好使，他就凭着那三寸不烂之舌说动了冥顽不化的疯子腊八。

疯子腊八又成了"汉奸腊八"。


第二天早晨，当烧红的太阳高高升上天空，据点的吊桥又"吱呀呀"落下了。在一面枪挑着的太阳旗引导下，吊桥上走出一队鬼子和皇协军，走在鬼子和皇协军后边的，便是降了鬼子的疯子腊八。

疯子腊八投靠鬼子，最不敢想的还是五叔和五婶。昨日指不上说要劝腊八投靠鬼子，当时五叔五婶就很不明白，弄不清他葫芦里到底卖的什么药。他俩惊讶地瞅向指不上，但心里想：你劝也白搭！不幸的是，指不上还真有能耐，当他喜滋滋跑过来，向着青野和二狗点头哈腰报喜时，五叔和五婶都诧异得目瞪口呆。醒过神来，五叔拉起五婶转身离去了。

五叔对腊八极度失望，疯子腊八当了汉奸，从此全家在族人面前就会再也抬不起头来；五叔对指不上也极度失望，甚至愤恨，只因指不上吃里爬外——甘露寺招亲弄假成真，还真正当起了鬼子的维持会长，真心帮上了鬼子，成了死心塌地的东洋人的狗腿子。而此时，老根爷等死去的众乡亲尚尸骨未寒！回家的路上，五叔禁不住愤愤然："这他娘的指不上啊，要不他为么打光棍儿哩，要不为么绝后哩，你看他干的这是人事儿不？合着这断子绝孙的事儿他也揍得出来！"

还是五婶先冷静下来，她忽然意识到：指不上并不是有意使坏。他多半是出于好心，只是想搭救下腊八的命来——就是叫腊八变条狗，也总比丢了命强吧？五婶把她的想法说给了五叔。

五叔愤愤地说："管他是人是狗，打今儿个起，咱没有这个侄子了！"

腊八跟着鬼子穿过北穆家，出村东口再往南走，走向了穆刀沟。鬼子有意绕个大圈——穿村而过，就是为了让乡亲们知道：疯子腊八已经归顺。走在街上，偶尔有人看见——但只是以不解的目光看看，然后关上院门。

河边上一片宁静，默默站着的青纱帐静静地没有一点声音，像是在为岁月志哀；鸟儿像见到瘟神一样远远地四方遁去。腊八和鬼子上了那条掳来的大船，由皇协军撑着过了穆刀沟。他们登上南岸，然后往小沙洼折去。

茫茫的小沙洼里寂静而荒凉。此时，它的寂静被邪恶的脚步声打破了。疯子腊八有意放慢脚步，慢慢腾腾走着，不安地左顾右盼，四下张望。见他磨磨蹭蹭不肯走快，青野不住停下来瞪眼睛，操着半生不熟的几句中国话对腊八进行呵斥。而这时疯子腊八就会装没听懂，眯着小眼睛愣怔片刻。最后一次挨呵斥，他急了："你们他娘的下手也忒狠，戳得爷爷两腿这咱还疼着哩，能走快不？嫌俺慢，你就来背俺呗！"

青野愠怒地看着腊八，却也无奈。不过他们还是穿过了小沙洼，走到了大沙岗子跟前。二狗凑到腊八身边，有些得意地小声笑着说："嘿嘿，找到这儿，晓得是谁告的密不？"

"谁？"腊八一惊。他突然明白了，鬼子出来扫荡，却直扑大沙岗子，原来他们知道了区小队的营地！他不觉沮丧起来：唉，说区小队在小沙洼里的谎，算是他娘的白扯了！

二狗卖关子地停了停才笑着说:"嘿嘿,不是别人,就是你堂哥大升。"

腊八像是被人敲了一闷棍,怔住了。他的脸蓦然黑了下来。

眼前的大沙岗子像在沉睡着,就像一个沉睡了千百年的巨型坟墓——阴森而神秘,甚至有几分神圣。在大沙岗前停了片刻,青野一挥手,皇协军在前,鬼子在后,端着上了刺刀的枪围了上去。他们一步一为营地走上沙岗子,然后慢慢合拢,眼睛小心地筛过每一个洞穴、每一片野酸枣树丛,甚至每一株偶尔被风吹动的野草。

那古墓的洞口被包围了起来。腊八也慢慢腾腾走上了沙岗,二狗提着匣子枪跟在身后。

一个二鬼子被逼着走上前去。他避开酸枣树丛,趴在洞口往里看,然后蹲起来,准备下去。这时,像是脑海里突然灵光一现,腊八心头暗暗一笑:嘿嘿,这空坟柯楼,就是你们这群狗要咬的尿脬!腊八释然了,浑身也轻松下来,他看着那个二鬼子,接着在心里继续笑骂道:"区小队早他娘的走了,连根鸡巴毛也没有留下,你找屄子哇!"

突然"砰"的一声枪响,那二鬼子一头栽了下去!

腊八一下子怔住了,目瞪口呆。他的脸色大变,那双眯眯眼也睁得大大的。而这时又有个二鬼子被逼上了前去,又是一声枪响,那家伙哼了一声,趴在了洞口边。

鬼子和皇协军一下子变得紧张起来,不敢再走近洞口,纷纷往后退开。眼前的古墓仿佛就是埋葬他们的坟墓,古墓的洞口就像是富士山的火山口,走过去就会化为灰烬,化为一缕青烟。

枪声惊动了青纱帐,沙岗下树上的鸟儿四散飞逃,不远处高粱地里的庄稼人也赶紧跑回了村去。

"炸呀!炸他们!炸死他们!"二狗猫着腰,在后边张牙舞爪地咋呼道。

鬼子从腰间摸出了手雷。几枚手雷扔了进去,接着便是几声沉闷的爆炸声;爆炸声响过,呛人的硝烟弥漫了洞口。

古墓寂静下来,过了一会儿,鬼域之云气一样的硝烟也在洞口散去了。青野又挥了一下手，鬼子们一拥而上，拉开了二鬼子的尸体，有几个钻进了古墓。不一会儿，一个人被拽了出来，扔在了地上。

"老秋？！"腊八的头"嗡"的一声响，心里叫苦不迭。他顷刻感觉自己的头斗一样大了，他不敢相信自己的眼睛。

老秋的右臂炸没了，衣服破碎，脸上身上都是血，头发里裹满了黄色的沙土。他跪了起来，想站起，却无法站起来。他看见了腊八，怔了一下——接着若有若无地微微一笑，但很快又恢复了常态，扭过了脸。

"你的！"青野把手枪递给腊八，嘴巴向老秋努了一下，"嗯！"

"俺？！"腊八又一次睁大了眼睛，糊里糊涂地接过了手枪，等镇静下来才掂着手里的枪说，"俺他娘的不会使这玩意儿啊！"

青野把手枪交给腊八，其实是要考验他。如果打死了老秋，那他的皇协军小队副也就当定了，而且回到据点就会有一支枪交到他手里，有一套皇协军的黄军装穿在他身上。只是腊八没想到这一层。

二狗看着腊八，阴险地笑着说："拉倒吧！不会使？谁信哩！当过八路不会使枪，廋他娘的装蒜了！你冲太君放枪怎么会使了？——嘿嘿，你怕是下不了手吧！"

"爷爷下不了手？放你姥姥的狗臭屁！爷爷有么事儿怕过？那枪是长枪啊，这王八撸子呀盒子炮哇当官儿的才有，爷爷想摸摸还没他娘的资格儿哩！"腊八眼一瞪，不服气地争辩道。

"狗汉奸！"老秋突然扭过头来，双目圆睁，冲腊八骂道，"怎么不开枪哩？！是汉子就痛快点儿！连这点胆量都没有，还当他娘的哪门子汉奸啊！"

腊八惊诧地望着老秋，心头乱糟糟的，不知如何是好。他的头彻底昏了，慢慢地，脑海里变得一片空白——他眼睛一闭，手里的枪"砰"的一声响了。

# 三

走在通往南穆家的路上，疯子腊八感觉自己就像一具丢了魂魄的行尸，又像一个失去形体的飘荡的魂魄。杀死了老秋，他对青野说他要回趟家，因为家里人还不知他死活。青野迟疑起来。二狗却撺掇说，"叫他去吧，谅他也不敢背叛皇军。"二狗心里有个阴险的算盘：疯子腊八若脱离皇军，就得被八路弄死，说不定还会被他族人弄死。

一路上，腊八的大脑半睡似的，总处于一种迷糊状态。这片把他养大成人的原野仿佛陌生了，脚下的路也似乎不知通向哪里。迷糊中，他的头疼痛起来——涨痛，刚才那残忍的一幕，开始在他的脑海里放映，就像噩梦挥之不去。

他那一枪打在了老秋腿上。青野不满地看向他，可接着脸上又换了副认可的表情。青野微笑着从腊八手里要过手枪，拍拍腊八的肩头："大大的好！"

二狗却一把推开了腊八："笨蛋一个！就这点儿准头儿哇？去去去，靠边儿去，你瞅老子的！"

二狗把枪伸出去，枪口对准了老秋的脑袋。一声枪响，老秋倒下了。他身体侧卧着，一双圆睁的眼睛依旧燃烧着，怒视着二狗……

这一幕，像烙痕一样烙在腊八心头，那烙痕还在发烫，甚至还在冒烟。

回家的路像是异常地漫长，却又异常地短。终于，腊八踌躇地走进了五叔家大门。他走过去，愣愣怔怔地站在屋门前，低垂着双手，两眼无神，撇撇嘴，想哭。

五婶正在屋门口洗衣裳，她坐在一个小板凳上，埋头往衣服上打"猪胰子"。木盆里的水黑黑的，像死水坑里的污水。她俄尔一抬头，看见站在跟前的腊八，怔了一下，过了片刻才冷冷地说："你来揍么？"

腊八不知所措，张了张嘴，却说不出话来。这时金桂走进了院子，走过腊八身边，扭脸恶狠狠剜了腊八一眼，便再也不看他，像是这院里根本就没这么个人。金桂蹲在了五婶身旁，低着头说："娘，衣裳我洗，你去陪秀花吧。"

金桂接替五婶洗衣服，她把气愤发泄在了衣服上，搓衣的动作很大，甚至有些夸张，以致盆子里的水不住地外溢或溅出。盆子下湿成了泥，水汪汪的。

五婶没再看腊八一眼，起身进屋去了。秀花在屋里，这些天，她几乎整天都不走出屋门。她已微微显怀，人也憔悴了，脸瘦了一圈。

很快，五叔拿了根擀面杖出来，站在了屋门口。他怒视着腊八，这个生来好脾气的人又一次愤怒了，大声吼道："俺门儿里没你这号儿不要脸的物件儿！还是去当你的汉奸吧，滚出去，夓把我的院子弄脏喽！"

腊八刚想说什么，金桂抬了一下头，提起湿衣服"啪"地摔在地上："叫你滚哩！还不滚？！"说着，端起盆子向腊八泼了过去！

腊八脸上、身上湿漉漉的，像是刚被一场瓢泼大雨淋过。他眼圈红了，紧紧咬着嘴唇，转身走了。他不知自己是怎么走出的五叔家大门，怎么走出的南穆家。他走出村头，茫茫然向流淌着一河黄沙般的穆刀沟走去，上了通往穆刀沟的那条小路。小路由茂盛的高粱和玉米护卫着，此时地里的高粱或玉米也仿佛是一杆杆驱赶人的棍子，或是一杆杆愤怒的红缨枪，抑或是有着仇恨情绪的人。疯子腊八依旧昏昏沉沉，有些恍惚。潜意识告诉他，他这一走，就再也回不了南穆家了。从五叔家出来时，他在村口碰上了破盆夫妻和白蛋等人，他们往他脸上吐了唾沫。他没有反击，也没吱声，甚至没反应，只是出了村子好远，才用袖子抹了一下脸。他继续在恍惚中挪动着两腿，熟悉的小路在脚下慢慢后退着，身后的南穆家也越来越远，像是在无言中别过。他走着，忽听路边高粱地里发出一阵沙啦声。他下意识地扭头看去，只见高粱秸在惊慌地摇晃，一个弯下的背影正往里钻。

逃遁者是大升。自炮楼回来，他就像吓傻了似的，癔癔症症的，胡子拉碴的脸上时不时会浮现出一副惊恐状。白天，他就躲到庄稼地里，好像只有这青纱帐才能保护他。

腊八不禁双眉一拧，猛然跳起，冲过去把大升扑在了地上，高粱

418

秫也扑倒了一片！他骑在大升身上，愤怒地骂声"尿包"，一只手向大升的脖子掐去。

"嫑打、嫑打……腊八你听俺说……"大升慌乱地摆着双手。

腊八却不听他说，一拳狠狠砸在了大升头上。

"俺……叫他们拿枪戳的……实在是受不了哇！"大升哭了起来。

腊八怔了一下，举起的拳头也停在了空中。他有点心软了。然而就在这时，老秋那张血肉模糊的脸仿佛又在眼前晃动起来……腊八的拳头又狠狠落了下去！几拳过后，大升的头侧贴在了地上，他似乎认命了。

大升毫不反抗，也不再申辩，这反倒使腊八有些气短了。一丝理智又回到了他的脑袋里，他停了停，从大升身上下来了，站起身来。他以一种陌生的目光看着大升，一种复杂的神情在眉宇间纠结着，脸上抽动了几下。过了一会儿，他双腿僵硬地走出了高粱地。

他折转去了大沙岗子。在古墓的洞口外几步处，他又看到了老秋的尸体——老秋孤零零的尸体还停留在原地。腊八两眼饱含着眼泪看着老秋，眼前一片迷茫，心头却感觉到了一种疼痛般的孤独无助。他觉得自己就像一粒孤独无助的被风卷起的沙子。一粒沙子在空中飞着，没有落脚地，更不知飞向哪里。望着老秋的尸体，他呆怔怔地站了很久，然后弯下腰，把老秋抱了起来，脚步沉重地走去。

腊八将老秋的尸体抱到了侯七的坟堆前。他在侯七的坟旁用双手挖起来……挖了好久，才挖出一个能容下老秋身体的坑。不过，腊八的手指挖破了。因为沙岗表层是疏松的沙，半尺往下则密实坚硬起来——那是岁月的沉淀。自此，老秋便和侯七做伴了。

埋葬了老秋，腊八走进了小沙洼，他要穿过小沙洼，然后过河回到鬼子据点。曾寂静在早晨的小沙洼此时还是那样寂静，也依旧那样荒凉，但它似乎变得浮躁了，像是充斥着一种愤怒的情绪。小沙洼热烘烘的，白沙在太阳底下闪动着亢奋的光亮。沙子很热，像是火烤过，热度甚至可透过鞋底，有些烫脚；偶尔可见冷血的蜥蜴快速在沙上爬过，然后停下来大口喘气，身后留下一行浅浅的曲谱一样的爪迹。除此之外，荒凉的茫茫沙洼似乎再不会出现生命。这寂静的河流故道沉默着，沉默过一个个春夏秋冬，百年？千年？谁也不知道。它像一个永远沉睡的谜，再不会醒来——除非狂风陡起。

疯子腊八回到了据点——一路烈日下，他湿了的衣裳也干了。他在吊桥旁碰上了二狗，见他一副丢魂落魄相，二狗笑道："哎哟，这怎么成了个蔫茄子哩！"

"×你娘的，关你蛋疼！"腊八愤怒地白了二狗一眼，径直去了皇协军的平房。

平房里乱糟糟的，皇协军们有的在打麻将，有的推牌九，也有几个在喝酒。腊八没理会谁，穿着沾满泥土的衣裳和鞋，大咧咧躺上大炕就睡了。二鬼子们扭过头来，但马上又把脸转开——虽心头不满，却没谁吱声。谁敢招惹这疯子腊八？没人敢。他们早听说过这家伙有多狠，而且目睹了他面对皇军的刺刀、面对烧开的大铁锅。俗话说，软的怕硬的，硬的怕横的，横的怕不要命的，这疯子腊八就是个不要命的主儿，见这样的主儿最好躲着点。此外，这家伙是否真心投靠谁也吃不准。若是假投，那将更糟，因为区小队在他的身后，惹着了他，自己的家说不定哪天就会被掏了！

那个坐在角落里推牌九的"大长脸"却久久地凝视着腊八，脸上浮现着一层复杂的表情。在这个皇协军小队里，只有他认识疯子腊八，而且永远也忘不了。虽然腊八早已不再认识他，甚至不曾记住他的模样。他就是那个曾在牢房里被腊八掐昏死的看守。

第二天头晌午，疯子腊八才从炕上爬起来。他心情依然不好，头昏沉沉的，坐在炕头上，望着空空的屋落发呆。皇协军跟鬼子抢粮去了，临走没有喊醒他，皇协军小队长对青野撒了谎，称穆队副病了，在发烧呢。

疯子腊八终于走出了平房，到了院子里。他的目光落在了炮楼下，不由想起了小白，下意识地噘起嘴唇，"吁吁"吹了两声口哨。炮楼下那条日本狼青也"吱吱"叫了两声，扭动起身子，摇动着尾巴，狗链子随着狗的蹿动发出一阵哗啦声。狗通人性，一天之隔，那狗便和他熟了，那狗知道这当初的爪下之物如今已成了它的主人。腊八又站了一会儿，走过去，解下铁链子，然后牵着那大狗走向吊桥。他要出去，站岗的二鬼子不敢拦他，因为他是队副。吊桥刚放下，二狗带着个侦缉队特务从后边赶了过来："疯子腊八，你哪儿去？不是想跑了吧！"

腊八回过头，看着突然露面的二狗，恍然明白了："你他娘的在暗里盯着我？"

"没……没价！碰上了，随便儿问问。"二狗有些支吾地说。

腊八的脸变得扭曲起来，冷冷说："爷爷出去散散心不沾？管得宽！我先跟你说下，你敢再他娘的找爷爷的事儿，我回来就撕了你个狗×的！"

二狗没再吱声，他知道疯子腊八正在气头上，惹火了他，他说撕你还真就会撕了你！仇像毒虫在二狗的心底蠕动着，可他强压着不让它爬出来，因为不是时机。二狗翻了翻眼，只有眼睁睁看着腊八手牵日本狼狗走上吊桥，扬长而去，他也没趣地回了炮楼。

然而，腊八的晦气还没消散。他牵着狗刚走出据点，便在据点外遇见了哈喇秃子。

哈喇秃子两条胳膊抱在怀里，畏畏缩缩地弯着腰，讨好地喊了声"腊八哥"。

腊八皱起了眉头："你在这儿揍么哩？"

"腊八哥，俺听说你当了皇协军，还是个官儿……你把俺也收了呗，也叫俺混个饭吃，沾不？"

"你说么？"腊八立刻双眉拧了起来，他心头的火气本还没有熄灭，不想哈喇秃子又给他加了把柴。他压低声音恶狠狠地说："你他娘的不想活了——是不？你要还想活，就赶紧滚你娘的蛋！"

哈喇秃子还想说什么，腊八把手里的铁链子一抖，命令狼青："咬他！"哈喇秃子吓得赶紧逃窜而去，转眼没了人影。

腊八牵着狗向西北方向走去，走向北穆家村西口。潜意识里，他希望能在哪儿碰上指不上，向他说说心头的憋闷。是指不上劝他投敌当汉奸的，鬼子给他小队副做，也是通过指不上的嘴许下的。他不敢往村子里走，更不敢往村东头走，因为村里有敌视他的北穆家人，更有翠兰和二混姐弟俩，还有那曾经的老丈人和丈母娘。

他走上了村外那条路，牵着日本狼青，在路上漫无目的地溜荡。前年活埋凤姐，那辆"吱呀呀"的牛车就是从这儿过去的，去了小沙岗子。腊八突然觉得这条路空空荡荡的，很荒凉。此时他任何心情都没了，他觉得自己是个空空的壳。他想找个树荫坐一会儿，那狼狗却突然"汪汪"大叫起来，拼命扯着铁链子往前扑。腊八一惊，抬头往前看去，他看到了小白。小白站在不远处，以一种伤感的神情静静地望着他。腊八心头突然涌出一种亲切感，之后，他又感到了一种淡淡的伤感。突然，小白也"汪汪"叫了两声，然后消失在了青纱帐里。腊八一下子感到很失落，心头有种说不出的难过的感觉。

"你奶奶的——"他猛然把使劲前冲的大狼青拉了回来，随后往狗身上狠狠踢了一脚。狼狗委屈地"呜呜"了两声，抬头怨恨地看了看腊八，蹲了下来。

腊八忽然想起了那口大铁锅，想起大铁锅前这日本狼狗那凶神恶煞的神气样子——他低头看了一眼狼狗，心头突然一动："他娘的你再活几天吧！等有了机会，你就是爷爷的下酒菜！"

他把狼狗拴在了路旁一棵槐树上，准备在路边坐一会儿，刚刚直起腰，那狼青又奓起毛吠叫起来。他回过头，看见村口上站着小白。腊八冲狼狗骂道："吵！吵吵你娘！我看你是活得不耐烦了！"

那狼狗又一次安静下来。腊八走开几步，在路边的树荫下坐着了，他遥遥地向村口招了招手："小白，过来吧！"

小白快速到了腊八身旁，摇摇尾巴，亲昵地舔舔腊八的手，又舔舔腊八的脸。腊八也用手抚着小白的头："伙计，你他娘的沾哩，在这儿找着了俺！"

小白又舔舔腊八的脸，然后仰头看了腊八片刻，便静静地离开了。它顺着小路往南跑了一段，然后折身钻进了青纱帐里。

腊八本该回据点吃饭了，可他不想吃，更不想回去。不知不觉中，他又睡了一个下午。他就坐在路边的树下，双臂交叉搁在双膝上，头扎在双臂上睡了，醒来时黄昏正在走近。

他是被那日本狼青的吠叫声惊醒的，他咬牙切齿地"嘿"了一声，气恼地一下子跳起来，冲上去就要踢那狼狗，却忽然心头一动，扭头顺着狼狗狂吠怒对的方向望去——发现村口站着一群南北穆家的土狗，有十来条，其中还有小白。以往，南北穆家的狗见面就会打架，相互撕咬，就像世仇的南北穆家的人一样充满敌意，时常会有哪家的狗低垂挂了彩的头或拖着受伤的腿跑回家去。奇怪的是，如今两岸的狗也站在了一起，结盟了，结成了一个亲和而同仇敌忾的群体。此时的情形，令人既惊奇又感动。

腊八收回了抬起的脚，想了想，便不声不响地回到了路边，又坐下了。他眯着眼睛，看看身边的日本狼狗，又看看村口上南北穆家的土狗，脑袋转来转去。

南北穆家的看家狗忽然低下了头，开始慢慢地往前移动，距大狼狗还有一丈之遥时站下了。它们排成了一排，昂起头，看着那远从东洋来的大狼青。突然，它们又把头压下前出，发出一片低沉而仇恨的"呜呜"声。狼狗也更加疯狂地吠叫起来，发疯地蹿动着，使得铁链发出"哗啦啦"的声响。

腊八暗暗笑了，他知道一场好戏就要上演。他想解开拴狼狗的铁链子，让它们放手一搏，咬个痛快，撕个痛快。可他又突然改变了主意，站起身走开了，向南北穆家的土狗一挥手喊道："上哇！"

土狗们一拥而上，惊天动地的狗的狂叫声响起在原野上，一场惨烈的厮杀开始了！日本狼狗虽身强力壮，个头大，但被拴着，东咬西咬咬不着，毫无办法；穆家的土狗却展开了游击战，忽左忽右，忽东忽西，上下腾挪，不断对那狼狗进行袭击。终于，那狼狗力疲了，动作不再那样灵活，穆家的土狗一齐冲了上去，将那不可一世的大狼青扑倒在地……

那日本狼青被咬死了。疯子腊八没想到那狗会被咬死。土狗们还在围着狼狗的尸体，虽已停止了撕咬。小白离开狗群走了过来，抬头望着腊八。腊八蹲下，看到小白的一只耳朵被咬破了，还在流血，鲜血染红了头部一片皮毛，就像开了一朵鲜艳的红花。腊八不曾想到，这条平时温顺如绵羊的细狗竟也这样勇敢，他拍拍小白的头："好样的，有种儿！"

话音刚落，腊八舒展开的眉头又锁了起来。"坏了！"他心里叫了一声苦。他忽然想起，他把狗牵出来，二狗是看见了的，这狗死了，回去怎么交代哩？这狼狗可是青野那家伙的宝贝疙瘩，就像是他爹似的，他不知会气成么样哩！

腊八不由紧张起来，他赶紧起身走近狗群。土狗们的嘴都被血染红了，狼狗躺在血洇的地上，浑身血肉模糊，那粗壮的脖子被撕开了半边，快要断了。而就在这时，来路上传来二狗的呼叫声。腊八回头看看，见二狗带着几个二鬼子正往这儿走来，他赶紧对狗群说了声"快撤！"南北穆家的土狗们迅速消失在了青纱帐里。

"好哇！"见那狼狗死了，二狗不知是气愤还是幸灾乐祸，他把腰一叉，摆出一副长官相，"疯子腊八，你竟把军犬弄死，你沾，你他娘的有种儿——等好事儿吧！"

"放你娘的屁！谁说是俺弄死的？是他娘的狗打架咬死的啊，你爷爷我根本没上去咬一嘴！"腊八说。

"嘿嘿，反正这事儿你是摊上了，浑身是嘴你也说不清——把他绑起来！"二狗向皇协军下令。

四个二鬼子——其中还有那个"大长脸"——欲上前捉拿腊八。

"我瞅你娘的谁敢！"腊八攥起了拳头，恶狠狠怒视着部下，"爷爷我是你们上司哩，瞎了你娘的狗眼！"

二鬼子们胆怯了，呆呆地站在原地，不敢上前。他们相互看看，用眼神交换着难处：摊上这事儿，夹脚！眼前这两个人，他们谁都不敢惹。

二狗的眼珠子转了转，突然换了口气："这么着吧，不绑你了，你把这狗抱起来，回炮楼自个儿跟太君说去，沾不？"

"说就说，有么鸡巴大不了的！"腊八说。

他弯下腰去抱地上的死狗，二狗向二鬼子们使了个眼色，四个二鬼子一拥而上，将腊八扑在了地上！他们这次听二狗的了，因为疯子腊八没有防范，自己不至于吃眼前亏。再说，二狗的后台是青野，找腊八，二狗是奉了青野的命令。

腊八悔恨没防备二狗这一手。他愤怒地骂着，挣扎着，可白费力，毕竟双拳难敌四手，好虎架不住群狼。他被摁住了，嘴啃在地上，双臂被扳到了身后；二狗从狼狗脖子上解下铁链子，拴住了腊八的双腕。

腊八被拉了起来，由两个二鬼子按住肩膀，跪在地上。他满脸是土，嘴唇压破了，二狗得意地站在他面前。"小子，好受不？"二狗阴险地笑笑，"老子这辈子吃了你不少亏，小命还差点儿叫你小子收了去。嘿嘿，过了这村就没这店儿，今儿个赶上了，咱俩就结结账吧！"

腊八仰起了头，笑了，微微笑着。

"你小子还有工夫笑哇？你沾！"二狗狠毒地瞪了腊八一眼，从腰里抽出了枪。

"使不得！皇军会怪罪下来哩！"腊八身后，"大长脸"连忙摇着脑袋说。

二鬼子们心头依旧不踏实，他们仍吃不准腊八是不是真心投日。如若假投，而他死了，自己一家老小就再不会安全。区小队会报复，即使区小队不报复，他南穆家族人也会去报仇。"大长脸"心头更是紧张不安，因为他吃过共产党人的亏，自己的命还差点丢在眼前这个"政治犯"手里。对他们那边的人，还是少惹为妙，再不济，也得给自己留条后路。

二狗想了想，犹豫起来，可错过这报仇机会又实不心甘。他迟疑了一阵子，眼珠子不住骨碌骨碌转着，最终拿定了主意，狠声道："老子今儿个就先留你这条小命！"说罢，他把枪插回了腰里。

腊八脸上并无喜色，还是那平静的样子，带有嘲弄意味地淡淡地说："你最好还是先把爷爷崩喽，要不总有一天爷爷会弄死你。"

二狗气得直翻白眼。他原地连转了几圈，停下来，恶毒地看着腊八，咬着牙说："沾！沾！老子就剜喽你的眼珠子，看你上哪儿找老子去！”

二狗从二鬼子枪上下了把刺刀，在腊八眼前晃了晃，然后左手抓住腊八的头发，往后一拽，腊八的头就仰了起来。二狗右手拿着刺刀对着腊八的眼睛，刺刀的寒光在腊八眼前晃动着，二狗的手却在微微颤抖；腊八脸上并没什么表情，二狗的额头却有一层细汗浮了出来。

“说！你还杀不杀老子？”二狗问。

“杀。”腊八说。

二狗气得直摇脑袋，松开腊八，跺着脚转了一圈，回头手指腊八愤愤地说：“疯子哇疯子，你沾，你他娘的真沾！嗐，白瞎了老子大肚量——先时放你一马，拉你一块儿干事儿！可你小子为么就不放过老子哩？老子还想学着戏台上的话儿当回角儿哩，一笑……忘他娘的怎么说了！”

“一笑泯恩仇。”那长脸皇协军插话道。

“么意思？”腊八扭头盯着“大长脸”问。那话腊八也曾在戏词里听到过，但只是像风一样在耳边一闪就过去了，未往心里去，更别说有心琢磨了。

“就是俩人儿见面一笑，恩怨就没了，仇也就化了。”“大长脸”解释道。

“说得轻巧！”腊八不屑地说。接着他转向二狗，“化得了不？哦，我把仇放下，平白无故化没了，放过你，回过头来你他娘的再收拾我，是不？”

“你放过我，我就放过你。”

“放过你？你去问问咱穆家叫你害死的人，哦，还有叫你祸害的人——他们同意不同意哩？放过你？不把你活剐喽就便宜你个狗×的了！”

二狗的头突然大了，他似乎看到了自己的下场。绝望中，他又一把抓住了腊八的头发，刀尖扎进了腊八的左眼。

腊八的头震动了一下，一道血流从眼睑淌了下来。

“你叫我一声爹，老子就、就……给你留一只眼！”二狗气急败坏地说。

"甭耽误工夫了，还是你叫我一声爹——那只你也拿去吧！"腊八道。

二狗一咬牙，刺刀尖又要扎进腊八的右眼，可刺刀在他手里不听使唤似的颤抖起来。他更为害怕了——心头七上八下，于慌乱中想了想，扔下刺刀，一拳狠狠打在了腊八右眼上。

腊八的头忽然一垂，身后的二鬼子便松开了手——腊八一头栽了下去。他疼昏过去了，二鬼子将他翻过来，见他依旧紧紧咬着牙关，只是他的半边脸被血模糊了。

二鬼子们你看看我，我看看你，面面相觑，似乎都有些紧张害怕。"大长脸"似乎有些于心不忍，弯下腰去，小心地解开了拴住腊八双腕的铁链子。二狗看着腊八还在流血的眼睛，又变得紧张起来，心头一阵寒气袭过——他仿佛看到了自己的末日。过了好一会儿，他才扭脸对二鬼子说："兄弟们，回去可千万甭承认是咱们弄得哇，要不麻烦可就大了……咱就说没见着他？不沾……反正是死不认账得了！走——哎，抬上那狗。"

皇协军抬起死狗，跟着二狗回炮楼去了。


四


腊八苏醒过来天已黑了，而他的世界，此时陷入了一片黑暗。从此疯子腊八又成了"瞎子腊八"。

遥远的天上，有几颗稀落的星星挂在暗云的边缘——但腊八再无法看见，他只是感觉到有一阵潮湿的小风在身边吹过，听到青纱帐发出"沙沙"的声响。他爬起来，可接着又栽倒下去。他感觉眼睛撕裂似的疼痛，这疼痛扯得太阳穴，甚至整个头都疼痛起来。他突然记起自己一只眼被二狗"剜"了，另一只眼也被二狗毁了……他又一次昏了过去。

第二次疼昏没多久他就又醒了。他坐了起来，开始怔怔地想什么。一个念头在心头闪过——死。在树上撞死，或跳进穆刀沟里淹死，他甚至怨恨起二狗没把他杀死。他不敢想象一个瞎子怎样在这个世上活下去，即使活着又有何趣？不过，死的念头也仅仅是个闪念，一晃就没了影迹。他在心头自己否决了自己的念头："我不能死！"过了不知多长时间——也许有一个多时辰，夜风又一次吹来了，腊八自言自语嘟囔着"二狗"这名字。

这两个字，他一连嘟囔了多少遍。

他站了起来，试图睁开右眼——他不知道右眼是不是也瞎了，可肿胀的眼无法睁开，眼部的疼痛连成一片，他甚至不知眼球还在没在眼眶里。他只能向前伸出双手——虽没什么可借助的，开始挪动脚步……他一个趔趄摔倒了。他的手指触碰到了个什么东西，摸摸，是把刺刀。他猛然想起，就是这把刺刀扎瞎了他的左眼。他把刺刀捡起来，叼在嘴上，又重新站起来，继续本能地以摸摸索索的姿势向前走，可他又一次倒下了。当他第三次站起又第三次摔倒之后，他没有再站起来。他开始爬，两手就像探雷器一样在前边摸摸拍拍。过了一会儿，他不再感到爬行的困难。

他在那条通往据点的小路上往前爬去。爬了一段路后，也许是汗水流进了还在出血的眼窝，他的眼睛又剧烈疼痛起来。他趴在地上不动了，就像这乡间小路一样静止下来。他心里气恼道："腊八呀腊八，有种儿你就挺住，挺住！眼呀，你耍他娘的疼了沾不？！"歇了一会儿，他又挪动身子向前爬去，并把嘴上的刺刀取下拿在手里。

这并不长的一段路，疯子腊八足足爬了一个时辰。他爬到吊桥前就大声喊起来："穆二狗，你个狗杂种儿出来！出来！出来！不敢出来你就是万人揍出来的！"

炮楼上的探照灯亮了，贼亮的灯光照向了吊桥。腊八还在不住地喊着，骂着，过了一会儿，吊桥"吱呀呀"放下了。腊八迅速爬上了吊桥，爬进了据点，他感觉就像爬进了地狱，爬进了阴间；他站了起来，探照灯照在他身上，只见他的膝盖已磨擦得血肉模糊，血染红了半张脸，一只眼肿成了桃子，一只成了红肿的血坑儿……他脚下一绊，又倒了下去。

二狗没有出来。

吊桥内侧不远处站着青野，他身后是两个肩挂长枪的鬼子。看到没了人模样的腊八，青野的脸色大变，骂了声"八格"——却不知在骂谁，他身旁的两个鬼子兵却像木头一样没任何反应。

腊八侧耳听了听，突然一抬手，那把刺刀"嗖"地飞了出去！

刺刀没能扎中青野，而是擦着青野的肩头飞过去了。由于瞎了，也由于疼痛，更由于心头燃烧着的仇怨情绪的激荡，腊八手上没了准头。青野更为恼怒地骂道："八格牙路！死了死了的！"

腊八被两个鬼子摁住，然后拉了起来。

腊八的血脸扭曲了，变得更为狰狞可怖。但他很快安静了下来，像是失去了意识，那扭曲的狰狞可怖的脸也像是定格了。血水又从那个眼窝里流了出来。

青野走过来，对鬼子兵咕噜了句什么。

腊八又一次被押进了那个小黑屋。他又与老鼠为伍了，去闻自己尿出的臊臭。不过，这小黑屋与外面的世界没什么区别——在腊八眼里，世界已无处再有光明，或许，他将一生与黑暗为伴。

他躺在了麦秸上，又开始怔怔地想着什么。

"我不能死！"他又一次对自己说。

然而，眼睛的疼痛又一次剧烈发作了，致使他的脑袋也爆炸了似的疼痛。他双手使劲抓住头发，低低"哎哟"一声，又一次昏了过去。

又过了一会儿，他动了动，再次醒来。

"我要杀了你个狗×的！"他心头对二狗恨得咬牙切齿，嘴里嘟哝道。

他一夜间昏厥了几次，生不如死地熬过了一夜。人受伤，最疼痛时还是最初的那十几个时辰，熬过那段时间，疼痛便会减弱下来。

第二天上午，小黑屋的门打开了，一个黑狗子端了盆洗脸水进来。他把脸盆放在铺了麦秸的地上说："洗个脸吧。哦，俺们队长还叫问问你想吃点么。"

腊八皱皱眉，问道："那狗×的怎么生孝心了哩？"

那黑狗子没有回答，等了一会儿见腊八无动于衷，就又把脸盆端走了。

原来，二狗也是一夜难以入眠。昨天傍晚他回到据点，报告了青野，就躲进了炮楼自己的房间，晚饭也没吃。他躺在床上，心头有着一种莫名的恐惧，越是夜深人静，这种恐惧感就越发强烈。直到天亮，恐惧的雾霾才慢慢消散，但心头依旧残留了某种不安。他突然想到了几年前那个瘦高汉子追杀自己，是疯子腊八拿着杀猪刀子缠住了瘦高汉子，救了自己一命。起床后，二狗做的第一件事就是喊来一个黑狗子，悄悄交代了几句。


天又一次黑下来，不过腊八看不见，他估摸着天又一次黑了，因为据点里开始安静下来。他不再想自己的眼睛，他想，这双眼怕是都不再属于自己了。

"哗啦"一声响，屋门打开了，二狗拿着手电筒，带着两个黑狗子走了进来。黑狗子手里还提着一壶酒，端着一盘菜，酒菜放在了麦秸上。腊八闻到酒香，一下子坐了起来，笑了："真不赖哩，还他娘的管酒喝！爷爷不出去了！"

二狗迟疑了一下，叹了口气说："是哩，是不赖——可这是最后一回了。"

腊八一惊："你说么？！"

"我说是最后一回了。明儿个起，你就不喝这阳间的酒了。"

"要杀俺？"

"不是杀，是陪葬。"

"给谁陪葬？"

"狗。"

腊八更是大吃一惊："他娘的一条破狗有多金贵？莫非比人还金贵呀？！"

"那当然。"二狗摇了摇头，有些无奈地说，"咱中国人的命算个鸡巴毛呀！唉，那狗可比咱中国人金贵多了，也更比你的小命值钱多了。太君说了，那狗跟太君一样是入了军籍的，是皇军！它死了，就成了烈士，当然也得按烈士厚葬。不过哩，你小子还真有种儿……"

"那也不该叫爷爷陪葬哇！他娘的这是么鸡巴规矩哩？！"腊八急了。

"不该你该谁？谁叫你把它弄死哩。"二狗说。

"谁说是俺？"

"那还用谁说哇，皇军可不傻，拿脚指头想也会是你。我也就是如实禀报了罢了，没有给你添油加醋——要说我气恨你不假，可这回我是真没有使坏哩！"

腊八沉默不语了。过了好一会儿，他突然跳起来，扑向二狗："那爷爷也拉上你陪葬！"

可狡猾的二狗早有防备，腊八刚跳起来，他便和黑狗子闪出了门去，并立马把门锁上了。

小屋又陷入了黑暗之中。屋里一片黑暗，世界一片黑暗，疯子腊八的心一片黑暗。他呆呆地站了良久，坐下了。他感到了困顿，感到了无助，感到了恼恨、痛苦和绝望。心头仿佛异常紊乱，又仿佛空无一物，就如屋外空旷的夜空。他明白，明日他就死了，他将背着一个汉奸的骂名，像只臭虫一样死去。他不由想起亲人们来，五叔、五婶、秀花、大升和金桂还有平娃子……他们一个个都走了过来。忽然，远处有人在喊他，他先看到了爹，接着看到老根爷、文举爷等人站在河岸上，在遥遥地向他招手……

屋外，忽然有只夜猫子在夜空飞过，夜猫子的叫声唤醒了腊八。腊八从幻觉里回过神来，长叹了一声。

他又闻到了酒香，过了一会儿，黑暗中他忽然自言自语地说："吃也是死，不吃也是死，他娘的不吃白不吃！"

他摸摸索索找到了菜盘子，伸手抓了把菜，塞进了嘴里，接着又小心地抓起酒壶，嘴对嘴喝起来。

喝完酒，腊八又自言自语说："他奶奶的还真不赖，临了还有肉吃有酒喝，爷爷他娘的见天死一回就赚了！"

说罢他就躺了下来，躺下来等死。

夜深了，不知此时已是什么时辰，世界寂静得如同死了一般。疯子腊八无法入睡，他睡不着，因为明天他就要离开这个世界，去见阎王爷，去见他在地下的祖宗们。他会像无数的祖先那样埋在这片土地里。

实在睡不着，他就又站了起来，扒着那个小窗侧耳听了听。外边很静，他知道外边同样是一片黑暗，就是有一双好眼睛的人，出去也会两眼一抹儿黑；他又挪到木门后，用手拉拉，门锁得很紧。他真想在临死前扯着嗓子痛痛快快喊几声，骂几声。可他没有，他知道这没任何意义，反而只能招来麻烦，临死也不能图个安生。这种压抑让他有点气恼，一脚踢在了门上，不想用力过猛，门被踢了个洞，卡住了他的脚。他好不容易才把脚抽出来，摸索着门板蹲下去，不禁喜出望外。他有力的大手触到了那洞，轻轻试着扳了扳，然后用上了力，他把那下层的门板一块块拆了下来。

他的头伸了出去，侧着耳朵听了听，然后整个身子钻出了屋。据点里很静，腊八知道，除了吊桥和炮楼上有人站岗，其余的鬼子和皇协军还在睡梦中。他顺着墙根悄悄摸到了炮楼下，准备避开开阔地，再沿着壕沟摸到吊桥处。可他突然改变了主意。他心里嘀咕道："爷爷先把仇报了再说，要不就便宜你个狗×的了！"

他要先把二狗弄死——这是本能的决定，至于结果如何，自己还能不能脱身，他没想过。

他终于摸进了炮楼，蹑手蹑脚地摸到了二层楼上。可此时他有些茫然了。他没有上来过，不知二狗住在哪间屋。有病乱投医，情急之下，他轻轻推了推右手的门，那门里边插着；他又反身过来，耳朵贴在左手的门上听了听，里边没声音。他推了推，门开了。稍一迟疑，他闪了进去。不知为什么，眼睛瞎了，听觉反倒极其灵敏起来，他感觉到，有张床在对面的墙根下，床上脸冲墙侧身睡着一个人——他从那人的呼吸声感觉得出来。腊八不知那床上睡的是谁，他刚想走近些，那人突然翻了个身，脸扭了过来！

腊八赶紧蹲了下去——任何细微的动静都不会逃过他的耳朵，他的心口"怦怦"跳着。过了一会儿，那人还是没有再把身翻过去，而且依旧无法弄清那是谁。时间在慢慢地溜走，腊八知道，在这儿越久越危险，自己走不掉的可能性也越大。

他突然蹲了上去，伸出铁钳一样的大手掐住了那人的脖子！那人喉咙里发出"呜"的一声响，腊八手上不由又添了一分力，那人的喉咙便再也发不出声来；那家伙双手使劲拉住了腊八的胳膊，双腿在不住地蹬踏，腊八抬起一条腿跪了上去，把他死死压住了。过了好长时间，那家伙的手终于垂了下去，整个肢体已不再有什么反应，腊八这才松开了手。他把手伸到那人的鼻子下，探探还有没有鼻息，不想他的手弄湿了。那人的鼻孔流血了，腊八这才相信那家伙死了。他放下心来，不由把脸凑近那人的脸，可他看不见那张死去了的面孔。

"爷爷走了。"腊八轻声说。他扶着楼道的墙壁，蹑手蹑脚地摸了出去。

出了炮楼，他就趴下了，慢慢地爬向了吊桥。该着疯子腊八好运，他摸爬到吊桥跟前，那站岗的二鬼子正在壕沟边撒尿。腊八心头笑笑，突然蹿起，那二鬼子还没来得及回头，已被腊八推下了一丈深的沟。

倒霉的二鬼子"哎哟"一声，接着在沟里大声喊叫起来。腊八迅速摸到桥桩，解下绳索，吊桥"哐"的一声躺了下去。炮楼上的皇协军岗哨听见这边的声音，大声问："怎么回事儿？谁……谁放吊桥哩？！"接着探照灯大亮，继而响起"砰砰"的枪声，炮楼上受惊的子弹尖叫着向吊桥飞来！

腊八爬过了吊桥，然后像只瞎蜢蹿起来，没头没脑地向前逃去。当鬼子集合起队伍追出来，为时已晚，腊八早已消失在了夜幕笼罩的青纱帐里。


从此以后六年里，穆刀沟岸边再没谁见到过疯子腊八。

# 第十二章

谚语说：两座山难碰，两个人没有不碰头的。

一

六年后的那个秋天，安详的原野像是沉浸在金黄色的梦中，呈现给平原一张迷醉的笑脸；怀抱千年忧患的穆刀沟也像是安静了下来，河水缓缓地、静静地流着，像是自古就无仇无怨无恨，也从来没有过愁伤；搭起一路凉棚的岸柳将绿荫铺在河岸上，迎送着东来西往的行人。

鬼子投降不久的一个午后，穆刀沟南岸走下三个人来。其中一个刚下河岸，对走在前边的人说了句什么，就又回到岸上，顺着来路往回走了。

走在前边的，是失踪已久的疯子腊八。他是从外地一路乞讨着归来。

在外流浪了六年，穆刀沟两岸已经没人再认得他，包括他的族人。他唇边已长上了粗刺刺的胡子，瘦下来的脸肮脏不堪，一只弄瞎了的眼睛变成了干涸的坑儿，而另一只眼睛也变得更小了。他穿着件破破烂烂的黑褂子，敞着怀，裤腿成了布条条，可脚上的黑布鞋几乎还是新的。他一只手拿根槐木棍子，一只手倒背在身后，不紧不慢地走着。他身后的手上牵着一条粗麻绳子，一个被捆着双手、上半身也被绳索一道道捆着的人，像个牲口被绳子牵着——而疯子腊八，则是个刚遛完牲口的归来者。

被牵着的是二狗。二狗戴了顶灰色毡帽，一身半成新的黑褂黑裤，可双脚却光着。他的鞋穿在了疯子腊八脚上。

腊八是在贾村镇上碰见二狗的。

这天清晨，腊八自平汉路以东要饭走来路过那集镇，走过尚冷冷清清没几个人影的街道，在镇子东头一个小饭馆前站下了。饭馆的伙计出来倒了盆刷锅水，向腊八吼了声"别处儿要去！"就又走回屋去。腊八突然一惊，浓浓的眉毛凝聚起来。那伙计的面孔他无法忘记，那声音也无法忘记。

疯子腊八尾随那伙计走了过去，进了饭馆，走近那正在搁盆子的伙计。就在那人一转身的刹那，腊八一只胳膊猛然勒住了他的脖子："二狗呀二狗，合着你狗×的跑到这儿，爷爷就找不着你了？"

突然听到疯子腊八的声音，二狗几乎吓了个半死。他使劲挣扎着扭过脸，翻着惊恐的双眼看着已陌生的疯子腊八，张着嘴——那是腊八勒的——憋得出不了气。他突然两手抓住了腊八的胳膊，极力反抗着，想挣脱腊八的束缚。

一身灰色长衫的饭馆主人听到声音，从内间走出来，喝道："俺？哪儿来的瞎子到这儿撒野？！"

腊八用力控制着二狗，扭头面向饭馆主人，浓浓的眉毛敛了敛说："你咋呼鸡巴毛呀你！你他娘的晓得他是谁不？大汉奸啊！穆二狗！这货揍得坏事一条穆刀沟都他娘的装不下！"

"他——他说他叫高仁军啊！"饭馆主人争辩道。

"你他娘的那么好骗呀！他说他叫观音菩萨你也信？"腊八生气地说。

饭馆主人吃惊不小，他万万没想到，雇来的伙计是个隐藏起来的汉奸！他脸色僵硬地望着腊八和二狗，呆怔了，说不出话来。

"还愣着揍么？还不快点儿找条索子！"腊八反倒向主人吼起来。

"俺……唉！唉！"饭馆主人答应着进里屋去了，很快拿出来一条粗麻绳子。

"先绑住他的手！"腊八道。说着，腊八的胳膊离开了二狗的脖子——两条胳膊拦腰抱住了二狗。

情急之下，急于逃脱的二狗一口咬住了腊八的左臂！

"×你娘的还下嘴哩！"腊八一怒，"砰"的一声就把二狗摞在了地上，接着手脚并用把二狗死死摁住了。

二狗的双手被绑住了。腊八把二狗拉了起来，对饭馆主人说："他身上也缠两遭儿！"

二狗的上身连同两条胳膊也被捆上了，绳子打了死结，二狗的半个身子再无法动弹。

饭馆主人看看腊八，接着愤恨地瞪了二狗一眼，拍了拍手，转身又回里屋去了。他从里屋拿出两个馒头递给腊八："灶上火还没生着，唵，先啃个凉馍馍吧。"

"你……你是不是贾先生哩？"腊八恍惚觉得饭馆主人有点面熟，便试探着问。

"是啊，我是。你……"

"哦，你可是瘦了不少呀，也显得老了好多，俺还差点儿没认出你来哩。我是老根爷家的疯子腊八呀！"

"疯子！"贾先生更是吃了一惊，他定睛看着这让他读"天书"的家伙，"你怎么落到这一步哩？你的眼……"

"这小子弄的。捅瞎了一只，伤了一只。"腊八淡淡地说。其实，他是在假装不在意，他心头战争的创伤又在隐隐作痛，心底的仇恨之火仿佛在被秋风扇动——呼呼地冒着。邪恶的人性动员起来的战争毁了他，他将作为一个不完整的人度过今生。

"你怎么这么歹毒哩！"贾先生狠狠瞪了一眼绝望地蹲在地上的二狗，恨声道。他回头对腊八说，"你先坐下，我去看看水开了没有。"

腊八坐在了一条长凳上。

贾先生提了个壶来，给腊八倒了碗水，把壶搁在桌上，便在与腊八相邻的一条凳子上坐了。

腊八一手牵着绳子，一手拿着馒头狼吞虎咽地吃着，吃完了才

436

说："贾先生你不是在学堂呀，怎么开起了饭馆儿哩？"

"说来话长。"贾先生叹了口气，"学堂叫鬼子征去了，唵，我多年收存的古董也被鬼子抢了，我又不会种地，无奈之下就开了这饭馆儿。"

贾先生那僵尸似的脸浮现出一丝苦笑。

"你不是在北平城教过书呀，就干脆回北平呗！"

"那是吹的！"贾先生尴尬地摇了摇头。他接着说，"何况，虽说日本人走了，可这天下还是太平不了。以后干么，等等看吧。"

"这鬼子都走了，还有么不太平哩。你多虑了。要不是太平了，俺还回不来哩。"腊八依旧平淡地说。

贾先生凝视腊八片刻，突然问："还记得八年前咱们那回见面不？"

"八年前？"腊八疑惑地看着贾先生。

贾先生道："唵，就是为你家院墙，你戗我那回。"

腊八恍然想起来了，有些尴尬地表达了歉意："那时候儿俺还忒年幼，不懂事儿哩，你可嫑跟俺一般见识哇。"

贾先生微微点了下头，表示理解，接着认真地说："回来我又琢磨了好久。那院墙的属性是隔阂、是排外，这不假。可更概括、更直接地说，唵，那就是'自我'。墙有小有大，有长短，有高矮；人有个人，有团体，也有国家民族。这些个，都是'自我'，只是大小而已。唵，人自出生，他生命的属性就已经决定，也决定了团体、民族、国家的属性。在以利益养活的'自我'性驱使下，所谓血缘、亲情、乡谊、博爱……都是靠不住的，唵，按照书上的话说，它们就像彩色的烟雾，随时都会在天空中飞灭。亲人跟仇人、朋友跟敌人，也仅仅是不同背景下标注的不同符号，可以随时转换使用的对立的符号。唵，不瞒你说，那会儿我还想过把这个想法儿写下来，写成教材，可……你知道，我当时心思没放在教书上，也就没写。后来，日本人来了，书教不成了，也就更没有了做学问的想法。"

"这咱日本人走了，你就安心写呗。"腊八说。虽然贾先生的话里带了不少书本语言，可腊八这次还是听懂了他的"外国话"。这是在古墓里学字的收获。

"俺，难哪！日本人走了，可天下未定，国人不会有真正安定的日子。自然，我也静不下心来。"

"为么哩？"

"外患已去，内患未了，俺，内战迟早得来。按说，世上的国家组建军队，大都是为了保家卫国，掠地扩疆土，俺，可咱们中国组建军队哩，根本的使命就是打内战，对付对立势力和镇压百姓！他们内战内行，外战外行，俺，这么大的国家短短工夫就叫小日本占领了，一占就是十四年！要不是美国参战，在日本投下核弹，日本人怕国灭掉——俺，说不定咱们就真亡国了！"

"我在山里听说，可是老毛子出了兵，鬼子才投降了哩。说是老毛子的军队在咱们东北打败了日本关东军，占了东北，日本天皇才宣布败了。"

"他们出兵了不假，打败了关东军也不假，可那东北一角在中国才占多大比例哩？并且我听到的消息是，苏俄也在东北运走了好多物资，跟日本人的抢掠没么两样。俺，还有，他们支援了中国七千万的枪炮，可鬼子一投降，他们就逼着民国政府还了两个多亿！这样下来，咱们国家么时候儿能缓过劲来，还真说不清哩……唉，接着还会打内战，国家得不到休养生息，苦的还是老百姓啊！"

贾先生发罢感叹，使劲儿摇了摇头。

"这么说……那两边儿的旧仇还没有化掉哩……"腊八也摇了摇头。

贾先生苦笑道："谈何容易呀！俺，这世上，情好忘记，恩好忘记，也好化；可就是仇不好忘，也化不了，即使化掉也是一时。俺，世上只要有人，就会有利益之争，有争斗就会有仇。旧仇过去新仇会来。俺，卧榻之侧岂容他人酣睡——如此说来，内战爆发在所难免。"

腊八怔了怔，明白了贾先生的意思。他端起碗，咕嘟咕嘟把一碗水喝了下去，却有些不以为然地大声说："么他娘的内战外战哩，都是外战！要说内战，那就是——除非一个人自个跟自个打呗！除喽自个儿都是'外'，小外大外罢了！"

贾先生睁大了眼睛，他看着腊八，那张僵尸似的脸露出了惊喜的笑容。他曾认定的这个"不可教"的"竖子"竟然上道很快，倒是让人刮目相看了。

其实，一切的学问并非来自学堂，而是来自生活。人的体会或者感受，亦来自美好或苦难的经历。腊八就是如此。

腊八停了停，接着没头没脑地骂了句"他娘的！"而后像是回避什么似的，侧埋下头冷淡地说："一道儿上俺也见了，是有点儿不对劲儿。你说，咱们遭了这么多罪，还嫌咱们过得不苦哇，又要打……唉，打就打他娘的吧！反正跟俺没有么相干了。"

贾先生摇摇头，嘴角挤出一丝苦笑："你能逃避得了？俺，人就像沙尘，你也不例外。只要大风起，凡是沙尘都会被裹挟起来，由不得自个儿。"

对贾先生的话，腊八无可反驳，他说不出更多的道理，但在内心深处他还是在执拗地坚守着自己的主意。因为想到战争，爹、老根爷、文举爷、凤姐等大群死难的乡亲就会走进他的心里，被糟蹋的秀花就会又站在面前，扎进眼睛的刺刀又扎在心头……那深深的创伤无法平复，而六年的乞讨流浪生活，已让他对乱世变得憎恶，他对人世间不休的争斗已没了兴趣。他不禁又一次回避似的扭开了脸——这时，又才注意到了地上蹲着的二狗，他接着眨了眨那只视线有些模糊的独眼，往门口方向看了看，回头对贾先生说："俺就不耽误你的活儿了，等有了工夫儿，俺把索子给你还回来……对了，这儿离俺那儿还有多远哩？我记得像是有十七八里吧？"

"差不多吧。"贾先生站起来说。他目光停留在了腊八脸上，想了想又道，"你眼不方便，我送送你。"

腊八弯腰拾起丢在地上的打狗棒，接着把绳子一拽，站起了身。

可蹲在地上的二狗不肯站起来，脸色苍白的他明白这一走预示着什么。

"狗×的！"腊八骂一声，举起了打狗棒。

二狗站了起来。他极不情愿地被腊八牵出屋去，贾先生在后边锁上了饭馆的门。腊八牵着二狗出了镇子，由贾先生带路向野地里插去。走田野是直线，到家要近些。

一路上，青纱帐已开始褪去青绿的色彩，发黄了。高粱和玉米叶子开始枯败，谷子地像一片片波动的黄色沙漠。在不时出现的一片片荒地里，娇嫩的苦菜花已老成了细细的秸秆儿，曾有的叶片已苍白如纸；狗尾巴草还在举着干瘪的长穗，作着最后的招摇；一丛丛蛮横的野蒺藜匍匐在大地上，暗自庆幸它们金色的收成。

走进野地里，腊八才发现这选择是个错误，不禁有点懊悔。

原野上到处是蒺藜，金色蒺藜果上乡起的针刺从来不会对踏来的脚客气。腊八光着的双脚被扎得生痛，他不时停下来拔出扎在脚掌的蒺藜。他突然想起二狗的脚，嘴角不禁微微一笑。他转回身对二狗说："小子，你娘的就是没眼色，长这么大了还不晓得孝顺！"

腊八把绳子交给贾先生，不容分说，弯腰扒下二狗的鞋就往自己的脚上穿。鞋紧了点，但他还是硬把双脚塞了进去，然后直起腰对贾先生说，"你就专拣蒺藜多的地方遛！"

贾先生会意地微微一笑，像遛牲口一样牵着二狗往前走，专门拣蒺藜多的地方走。二狗被蒺藜扎得受不了，便耍起赖来，一边"哎哟"着一边坐到了地上，不肯再往前走。

押后的腊八走上去，拿手里的打狗棒槐木棍子戳戳二狗，冷冷威胁道："肉皮痒痒了？想爷爷修理修理你是不？"

"你杀了我吧！"二狗说。

腊八将槐木棍子拄在地上，说："甭慌，想死不是？快了！你小日本儿祖宗们，正在阴间等着你哩。对了，还有你青野干老子死了没有哇？要是死了，也恐怕整天价都在提念你哩！你这咱去见他们显得早了点儿，还是先跟爷爷回去一趟，先把账算算再说吧！"

可二狗还是不肯起来，甚至连话也不说了。

"起来不？"腊八问。

440

二狗不出声。

"娘的，看来不×你娘你就不认是你爹哩！"腊八说着，摸摸索索从地上拔起一株蒺藜，一脚把二狗踢趴在了地上。他抬脚踏住了二狗的背，左手放下打狗棒，提起二狗的裤腰，右手一把将蒺藜塞进了二狗的裤子里。接着他抬起脚，伸手抓住二狗的领子一提，顺势往后一拉，二狗一屁股蹲在了地上！

"哎哟哟——"二狗疼得大声叫唤着，腾地蹿了起来！接着破口大骂："疯子！瞎子！×你娘的，你又疯又瞎还这么横！"

腊八正要说什么，这时贾先生往回走了两步，面对二狗冷言道："亏了你不疯不瞎！俺，你要疯了，瞎了，鬼子也就不会收留你这条癞皮狗了，你也就不用卖身求荣祸害乡里了！再说了，疯子有么不好？瞎子又有么不好？在这个说不清道不明的世上，到底谁正常谁不正常哩？你不疯不瞎，你就是正常人了？俺，这世上呀，或许只有疯子才是明白人，世上的事儿，也只有瞎子才看得清。我就因为不疯不瞎才成了白痴，没看出你这个败类来，收留了你这个祸害！"

二狗翻着白眼看着贾先生，无法回答，就只有不去理会贾先生了，而回头又冲腊八骂道："你个狗娘养的，你不是人！"

"人养的狗养的大家伙儿都清楚，要不你为么叫'儿狗'哩。"腊八接着说，"废话了，还是走吧，爷爷不想再跟你耗磨。"

二狗泄气了："疯子腊八呀，老子这辈子就栽到你手里了！"

腊八没听明白似的，愣怔怔地面对着二狗，像是在想什么，忽然说："你没有弄差吧？怎么说是栽在我手里哩？善有善报，恶有恶报，是你他娘的自个儿栽在了自个儿手里！"

腊八说话时，他那只更小了的右眼挤了挤，瞎了的左眼坑儿扯动了两下，拧起的眉毛上仿佛有道杀气闪了闪。腊八曾想过立马把二狗弄死，自从捉住二狗就想把他弄死，可又觉得这样不解气，便宜了他。他要把二狗带回去，带到爹的坟上，带到死去的族人坟上弄死！

这时贾先生弯下腰去，从地上捡起二狗的毡帽，直起身给他戴上。贾先生说："自作孽，不可活。俺，还是走吧。"

腊八从地上拾起打狗棒，又从贾先生手里接过绳子，牵着二狗继续往前走去。

二狗的屁股和双脚一样疼，但他不敢再坐了，只有乖乖跟腊八走——虽疼得不住龇牙咧嘴。

终于走到南穆家地界，腊八见到了那片他是那么熟悉的土地，再过几十年也会依旧熟悉的土地。他心头一阵激动，有种百感交集的感受，那只留存下来的小眼睛不由有些湿润。

但贾先生对这片土地仿佛陌生了。老根爷已经死去，他与穆家的关系也就淡了，再加惦记着自己的饭馆，他便在河岸下与腊八道了别。

腊八将二狗带到村口，正巧碰上了要出村下地的破盆。

破盆把肩上的铁锨戳在了地上，吃惊地望着腊八和二狗。他认出了二狗，但已认不出腊八。凝目看了好久，破盆突然惊诧地大声说："你是疯子不？我娘诶，你是人还是鬼哩？"

"是人是鬼，我自个儿都不晓得了。"听到破盆的话，腊八心里觉得有点不是滋味，因而有些冷淡而认真地说。他接着又反问："这世上，人跟鬼又有么区别哩？"

破盆怔了怔，没有回答腊八。他转身快速向村子里跑去，跑去十几步就大声喊起来。

消息很快传遍了整个村落，不一会儿，腊八和二狗便被人群包围了。经破盆介绍，人们终于认出了腊八，但没有谁与他寒暄，没谁过来拉拉他的手以示亲热，甚至顾不上对苦难深重的他报之以同情。腊八带着一瞎一残的双眼，在死亡线上逃回，在漫长的流浪路上走回，却发现这片土地没有了热情，乃至有些陌生了。

仇比情分量更重，恨比爱的位置更显赫。此时，这里的中心人物是二狗。人们心底的愤怒又野火般蹿了出来，仇恨的目光烧在二狗身上。

五叔从自家的方向快步赶了过来，他劝阻了怒不可遏的族人。五叔说："大家伙儿嫑急毛！这货不光是咱南穆家的仇人，也是北穆家的仇人哩。说到了儿，他毕定是北穆家人哇，要弄死他也得北穆家人下手。算了，还是送过去吧，免得人家有话儿说。”

五叔似乎有什么担心。

腊八将二狗交给了五叔。五叔定定地凝视着腊八，两只眼睛潮湿了；腊八也凝视着五叔，那只残留的小眼睛里也荡起了泪光……五叔没有说什么，转身和破盆等人押着二狗过河去了。押解队伍浩浩荡荡，南穆家的男人几乎都跟来了，跟来的还有部分胆大的女人。

临行前二狗的脚也被拴了起来。有个孩子手里拿着条牛皮筋玩，哈喇秃子就把牛皮筋要来，拴住了二狗的双脚。但拴的不是脚腕，细细的牛皮筋拴住了二狗两个大脚趾。拴脚腕不会疼痛，步子迈大了顶多摔个跟头，拴脚趾却不然，只要一扯，就会钻心地疼。二狗疼得龇牙咧嘴，汗水直往下流。当然，汗水一半是吓出来的。

## 二

人们过河去，就连受了多年窝囊气的看家狗，也跟去了。日本人在时，连畜生也遭殃，家家户户的鸡鸭多被鬼子和皇协军抢去；不少土狗还被打死，因为狗看到他们就叫，就咬，还有，它们咬死了日本人的大狼青。

人群后是滚滚风尘，一路的黄尘扬着东方人的脸色，兴奋地狂舞着；风尘像是也要看热闹，看那个连黄土都不收的二狗怎么死。无脑的风尘本没有立场，它会跟随任何人的脚步而起，无论是好人还是坏人，无论是汉人还是鬼子——此时，它跟随上了一群愤怒而兴奋的农人。

疯子腊八没过河去，他走向了家的方向。六年不见了，他已想不起那个破烂的家是什么样子。他想，那破落的房屋也许早就垮塌了，此时已是一片废墟，说不定那废墟已被茂盛的野草覆盖了，像个荒坟。

那倔强的家还在，朽败的房屋还顽强地站在那里。

走进院里，只见黑黢黢的窗上没有了一片窗纸，像烟熏火燎过的蜂窝；碱蚀的墙根下隆起了一垄厚厚的细土，细土上布满麻雀或老鼠的爪印。门上的锁已经锈蚀成了一块生铁，腊八在屋门口站了一会儿，在门旁捡起一块半截砖，把锁砸开，有些迟疑地推门进去了。

屋里还是原来的样子，只是结满了蛛网，一股霉臭味扑鼻而来，几只叽叽叫的老鼠快速钻进了炕洞。他抹去挂在脸上的蛛网，拍了拍炕，灰尘兴奋地飞扬起来。

腊八打了个喷嚏。站在这黑黢黢的生他养他的屋里，他说不出是种什么心情。他呆呆地站着，孤独地感觉着这家，这屋，这炕，他又一次想哭。

"腊八——"

金桂在院子里喊。可声音刚落，她人已到了屋里。她看见了愣怔怔站在炕沿下的腊八，怀抱里的被子和包袱甩到了炕上，一下子搂住了腊八的脖子，在腊八脏兮兮的脸上疯狂地亲起来。她一边亲一边说："腊八……腊八！俺可想死你了！……想死你了！……俺们都还以为你死了哩！……你可晓得俺这几年是怎么过的呀——天！你的眼！"

金桂猛然松开了腊八，她看着腊八那只瞎了的眼，摸着腊八的脸，心疼得马上要哭出来。过了一会儿，她回过头来，看看厚厚一层尘土作褥子的土炕，到外屋找了把笤帚过来，开始俯下身子扫炕。她一边扫一边说："你瞅这土厚的，能种麦子了。"

腊八说："能埋人了。"

"又胡咧咧！才回来就说不吉利的浑话，还是那张臭嘴，改不了！"

"我还以为这房子早塌了哩。"

"你这破房子也跟你一样，命大。你走后有一天，小鬼子找不着你，就过来烧你家房子了。可谁晓得哩，他们刚要放火，天就下起大雨来了！狗×的鬼子叫老天爷给赶跑了……"

腊八已把金桂抱到了炕上。

"嫑，腊八——不沾！"

"怎么不沾？"

"瞅这窗户，长满了眼，人一进院儿就能看到屋里。"

"谁看哩？都去瞧宰狗了，谁还有心瞅咱俩？"

轰轰烈烈干完事，两人躺在炕上说话。

"这几年你到哪儿去了？"金桂问。

"甭说了，没有死就他娘的便宜了……那天俺跟着队伍走，谁晓得掉到了井里，还叫他娘的鬼子给弄上来了哩！他们把俺抬到了据点里。后来指不上来了，他说区上叫俺假意降了鬼子，当汉奸，暗里给抗日武装通风报信儿。鬼子带上俺去扫荡——谁晓得就去了他娘的大沙岗子哩！到了那儿，俺想，区小队走了，那古坟柯楼连根鸡巴毛都没了，他们找个屁呀，叫他们狗咬尿脬空欢喜一场吧！可谁晓得，那老秋偏偏就在里边哩……末了儿，俺弄死了炮楼里一个家伙，跑走了，去找队伍。在他娘的那连天大雨里，俺找哇找，甭说人影儿，就连个鬼影子也没找着！后来一打听，才晓得咱这平原上忒残酷，队伍待不下去了，大部队撤到了山里，县大队区小队有的分散了，有的跟着八路主力走了……人家还笑话俺，说：你个瞎子还想当八路？瞅你愣愣怔怔的，不是揍梦撒癔症吧！俺想，也是，俺个鸡巴半瞎子，能揍么？只会给人家添累赘，谁待见哩！可俺又没有地方去，没法儿，就去要饭了。唉，他娘的，要饭也不是那么好要的哩！后来俺想，就是要饭也得有模有样儿不是？这么着人家才会可怜你呀。俺就弄了根棍子拿着，把这个没有全坏的眼也闭上，装成个两眼瞎子。再到后来，这要饭要上瘾了，就成了个真要饭的了……俺走了好多好多地方，去过无极、定州、新乐，还去过藁城、赵县、宁晋、石门，远处儿到山西，还到过河南地界儿。鬼子眼看不沾了，俺就往回要着走，这家再不济，俺还得要回来；有一天后晌，俺睡在一个破城隍庙里，外边儿响起了噼里啪啦的鞭炮，还有敲锣打鼓的，把俺吵醒了。俺爬起来，去了街上，这才晓得小鬼子败了，走了，咱穆家这地儿也见天日了。俺么也没有想，扭头就跳着脚地往回走……"

金桂心里猛然一阵酸痛。腊八打从住进炮楼，他在这世上便没了亲人，也没了亲情，成了个众叛亲离的弃儿，不被人世间所容……天大地大，却没地方能够收留他，他成了个天不收地不留的流浪汉，失去了他曾有的世界。其实，在腊八逃走的第二天，他的事就在穆刀沟两岸传开了。他弄死了青野！五叔一家知道了真相，就开始了痛苦的懊悔和内疚，这内疚像把流血的刀子，插在五叔一家人的心头。

金桂鼻子一酸，眼睛里包起了泪水。沉默了好一会儿，金桂才强作笑脸转移了话题："想过俺没有哩？"

"想，怎么不想哩！黑价到路边儿上一躺，就想家，想叔、婶子……"

"俺问想过俺没有。"

"想哩，有时候儿想得心慌！想起你俺那家伙就……"

"臭嘴！"金桂乐滋滋翻身拧了一把腊八的脸，两个大奶子在腊八胸上蹭来蹭去。接着她把头埋在了腊八胸口上，说，"俺也是……"过了一会儿——她像是想了想什么，声音有些伤感起来，她对着腊八的胸口说，"腊八，俺好怕哩，怕……怕你再寻媳妇儿，有了媳妇儿就会扔了俺，就像扔个烂茄子，不要俺了……你耍沾别的娘儿们，沾不？你么时候儿要，俺都给你，你说好不？"

"你不怕叫人晓得喽？"腊八说。他想起了大升对金桂的怀疑。

"打从老根爷那老古董死喽，族里就没有真正管事儿的人了，族规么的也就差不多废了。其实自小日本儿来喽，也就没有谁再结记人家——那档子事儿。谁还顾得上哩？时候儿一长，人们也就不再把那当回事儿。那狗×的鬼子来就有一个好处，就是废了咱那些个破规矩，没谁再管人家在炕上揍么，也不去经意跟北穆家过不去了；人们晓得了相互照应，村里就连骂街打架也不见了……哎，俺问你，你可要说实话——你还想不想寻媳妇儿哩？"金桂说。

"寻媳妇儿？寻鸡巴毛呀！谁会跟俺这个臭瞎子哩！"腊八说。说着，他又翻身压在了金桂身上。

他又干了一次。

金桂怀着一种满足感坐起来，拍拍她甩在炕上的被子："这是你婶子叫俺送过来的，她跟秀花正赶着给你揍衣裳，还说叫你天黑喽过去吃饭。"

"沾。"腊八应道。

金桂又把炕头的包袱拿过来，解开。包袱里是一身衣服，金桂把衣服拿给腊八："这是你哥的衣裳，你穿着不一定合身，先凑合着穿吧。"

腊八感激地接过衣服，然后把衣服放在了一边。他开始愣怔怔地想什么……他感到了一种羞愧，他觉得对不起大升哥。从小大升就对他很好，看成亲弟弟……腊八开始在心里骂起自己来。

"还愣着揍么？还不快点儿脱了换上！"金桂说。

"你得先出去喽。"腊八说。

"呦！还怕臊啊？你身上么物件儿俺没见过？真是的！"金桂嗔笑着说。但她还是下了炕，走了出去。金桂去前院邻居家打了盆水回来。

腊八换了衣服，又洗了把脸，和金桂一块儿走出了院门。

只是腊八并没有跟金桂回五叔家，他去了河边。

## 三

原野像是铺了层金箔，在夕阳的光辉下，黄得可爱，黄得幸福，黄得隆重。微微的秋风在原野上吹过，庄稼叶子发出轻声的欢呼；河岸上的柳树甩着柔曼的枝条，就像甩着长发的少女，在岸上欢快地舞蹈着。一群群市井人物似的麻雀，在柳荫里叽叽喳喳议论着什么，但也有喜不自禁的喜鹊，站在高高的枝头快乐地歌唱着。在这个季节里，一切的哀伤和惆怅都望风而逃了。

黄昏落下时，疯子腊八上了河南岸。他抬头看看天空，然后小心地走下岸来，走上通往南穆家的路。

他进了五叔家屋门，把一块高粱叶层层包着的东西放在锅台上。他一进里屋，五婶就从炕上跳了下来，叫了声"腊八！"就一下子抱住了他。五婶哭起来，炕上的秀花手里还拿着针线和未缝完的衣服，见状眼睛里也闪出了泪花。

"孩子，来，坐下！"五婶拉腊八坐上炕沿，对着腊八的脸左看右看。腊八浓眉下那个坑儿，就像是剜去了她的心头肉，让她心疼得不得了，"孩子哇，你可遭了多少罪呀！那挨刀的六畜，千刀万剐了也不屈他！"

六年过去了，五婶老了许多，头上已有些花白，那张饱受苦难的脸上平添了许多皱纹。

"见你叔没……"五婶拉着腊八的手，反应过来——苦笑道，"瞅瞅，瞅瞅，我都糊涂了！"

"俺叔等会儿才回来，他得把那边的事儿了喽。"腊八说。他挤着那只残存下来的小眼睛环视了一眼屋里——像是在听，见坐炕角落里的秀花在泪目看着他，就接着问，"俺小斗子哥哩，他回来了没有？"

秀花低下了头，脸上浮了层悲楚的神情。接着她哭了起来，压抑着哭声使她瘦削的肩膀不住抽动。

屋里的气氛变得冷清起来。腊八已预感到了什么，一片阴云飘进他的脑海，他那只受过伤的独眼在五婶和秀花间来回探测着，蚊虫似的影子又在他的眼睛里飘忽起来。

过了一会儿，五婶抬头望着房顶叹了口气，幽幽地说："他回不来了……"

五婶不忍说，腊八亦不好追问，但他还是在过后几天知道了怎么回事。秀花告诉他：两年以前，区委来人通知，说八路军一支队伍在穆刀沟上游拔鬼子炮楼，有几个人被鬼子围在山上，他们跳下了悬崖，其中就有小斗。

泪花在五婶的眼睛里闪动着。停了一会儿，她又埋下头来，自言自语似的说："就连咱那小白也没了……还是你走了没有几天——兴许你晓得，咱这儿闹了场百年不遇的大水灾，那雨呀，整整下了俩月，这满世界都是大水哇！庄稼都淹了，一个秋天地里也就没有了么收成；大水也灌了地洞，地洞里不少地方还塌了，村外的地洞口儿也有的露了出来。那大水直到阴历八月才退走——水退了，地洞里的水也渗得差不多了，乡亲们这才连忙把塌了的地洞清理了清理，还挖了新地洞。大水退走，可那狗×的鬼子也就出来了。秋后的时候儿，有野兔子跑进了村儿，钻到了那壕汀里，小白去壕汀里捉兔子……谁承想哩，这工夫儿二狗那扒灰头又领着鬼子来了，他们说那荻子里会藏八路，就放把火，把一壕汀荻子给烧了……小白受不住，就跑了出来，叫那挨千刀的一枪给崩了……"

腊八的眉头又皱起来，想了想，问道："大前年'五一大扫荡'，不是说通通杀光、烧光、抢光哇，咱这儿遭难大不大哩？"

"是遭难了不假，可也没有传说得那么邪乎。那小鬼子不傻，他们要是把老百姓都杀光喽，那还有谁去种地哩，他狗×的鬼子也不就饿死了呀！他们对付的是抗日堡垒户，凡是跟国军、跟八路沾点边儿的人家都遭了殃。北穆家穆小拴子的家叫鬼子烧了，翠兰家的房子虽说没有烧，可你原先那个结巴嘴老丈人叫鬼子给弄死了。唉，咱南穆家老根爷的房子叫鬼子烧了，破盆家的房子烧了，他爹也死在了鬼子手里。咱这房子也烧了，咱这房子还是今年春天才盖上屋顶哩，在这之前，俺们都挤到大升家住了。唉，万幸咱村儿挖了地洞，你叔叔俺们都钻到了地洞里，咱家这才没有死人。"

五婶说罢，扭脸看向了炕席。炕席下有个洞口。

腊八那只残存的小眼睛敛了敛，嘴角痛苦地抽搐了几下。他突然想起刚才五婶提到的"原先那个老丈人"，便问："婶子，那翠兰这咱么样儿哩？她……有孩子了吧？"

五婶怔了一下，凝目看看腊八，随后转开脸，有些闪烁其词地说："她……俺不大晓得。她倒是有过孩子，可那孩子……好像是弄丢了。"

"丢了？怎么会弄丢哩！"腊八猛然一惊，急声道。

五婶又惊愕地看向腊八的脸，停了片刻才问："怎么了？你……"

腊八自知失态，便又装作一副无所谓的样子，淡漠地说："没有么，俺是随便儿问问。"

五婶的眉头皱了皱，接着低下了头，像是很艰难地追忆起什么来，过了一会儿才抬起头，扭脸对秀花说："花儿呀，你去你嫂子家待会儿吧。我跟腊八——俺娘儿俩说点儿私房话儿。"

秀花默默地下了炕，出去了。

秀花走了，五婶迟疑了一下，话带伤感地说："腊八呀……婶子问你——你说实话，翠兰那孩子是不是你的哩？"

腊八低下了头，迟疑地说："俺也不晓得，估摸着是吧。"

"么估摸着是哩，你走喽，人家老结巴媳妇儿找上门儿来过；有了孩子，翠兰也亲口承认了，就是你的哩！"

"是不是还有么用哩，反正都给丢了……"

"不是丢了，是死了。"

腊八更是一愣，吃惊地睁着独眼看着五婶。

五婶接着说："那天，翠兰抱着孩子，正好儿在咱南穆家发动妇女给队伍揍鞋，谁晓得鬼子突然就来了——"


街上响起了惶急的锣声。

地里干活儿的人，有的迅速趴在了田垄里，距地道口较近的人也迅速钻进了地道。五叔家只有五婶一人在家，她正紧张地站在屋门口听街上报警的锣声。只见翠兰怀里抱着个吃奶的孩子，慌慌张张跑进院来。翠兰焦急而亲热地喊了声"婶子"。

五婶怔了一下，连忙把翠兰拉进了屋。她掀开炕席，让抱着孩子的翠兰下到了地道里。五婶凝眉想了想，随后一只手半撑着炕席，一只手撑在炕上，斜着身子艰难地进了地道……一松手，炕席自然地又铺开了。

作为穆家妇救会主任的翠兰，是来南穆家开展工作的。她走家串户，当到了大升家，见家里锁着门，自然见不到金桂，正有些失落地往外走，却听到街上突然响起了报警的锣声。情急之下，她慌慌张张跑到了五叔家。自从腊八从鬼子据点逃走没了音信，人们也几乎忘记了她和腊八的纠葛。至于她肚子里怀上了谁的孩子，多数人认为孩子的爹是腊八，却也有个别人怀疑那留种的男人是三省，甚至是别的什么人。不过，人们并没有以鄙视的目光看她。在这艰难而残酷的时期，人们没有心思去计较别的，人们心头装的是抗日和活着。相反，穆家人对翠兰倒有着一种真心的敬重感，因为她是穆家妇女的抗日带头人。

黑暗中，翠兰又感激地叫了一声"婶子"。

五婶愉快而轻声地应了声，接着说："你就放心吧，咱这儿的地洞都隐蔽着哩，小鬼子找不着。"

"哇……"翠兰刚要说什么，怀里的孩子突然哭了起来。她连忙一条胳膊抱着孩子摇晃，另一只手轻轻拍打着孩子。孩子很快停止了啼哭，睡了。

"孩子是不是饥了？"五婶关切地问。

"他着凉了。"翠兰道。

五婶伸出手去，于黑暗中摸摸索索摸到了孩子的头，低声而焦急地说："孩子在发烧哩！可……在这地洞里，这可怎么办哩！"

翠兰说："只有等鬼子走喽再说了……"

地道里陷入了沉默，沉默就像这地道里的黑暗一样压抑。过了一会儿，五婶终于开口问："闺女呀，你可甭嫌俺多嘴多事儿……俺就是想问问，这孩子他爹——是谁哩？"

翠兰过了好久才低声说："腊八……"

五婶心头不由一阵惊喜，自言自语道："这可好了，腊八有后了……"

翠兰又沉默了一会儿，而后带着一种幽怨的口气说："他可真造孽哩……也算是俺命不济吧。怀了他的孩子，俺也就认命了，心想，俺还能怎么着哩？这辈子就只有跟着他吧，不为别的，就为这孩子。可……谁又承想，他跑了，人也见不着了……"

五婶也哀伤地轻轻叹了一声。

就在这时，突然"啪啪"几声枪声响起——枪声好像响起在地上的院子里。随着枪声的响起，翠兰怀里的孩子又"哇"的一声哭起来，急切中，翠兰慌忙用手捂住了孩子的嘴。

很快，上边屋里传来杂乱的脚步声，而后是"咚咚咚"的枪托的戳砸声。

五婶和翠兰惊缩成一团，大气都不敢出。又过了一会儿，上边没有了动静，可她们闻到了烟火的气味。

"不好，狗×的放火了！"五婶惊道。她摸摸索索拉住了翠兰一只胳膊，往地道深处去了。黑暗中，五婶一手拉着翠兰，一手摸索着地道的墙壁，摸摸索索往前走着；翠兰一手抱着孩子，一手捂着孩子的嘴，在五婶的牵引下亦步亦趋地往前走。走了好一会儿，感觉孩子不再哭泣，翠兰才拿开了捂在孩子嘴上的手。

她们在地道里待了约两个时辰，这才战战兢兢地从村东的庄稼地里钻了出来。五婶向村庄的方向回望了一眼，她远远地看到自家的房子还在燃烧着，已衰弱下来的火光裹着浓烟在空中卷动着……五婶突然觉得一阵眩晕，两腿发软，眼看就要倒下去……这时，身后的翠兰突然发出一声凄厉的哭叫——"孩子——！"

五婶猛然转过身去，只见翠兰坐在地上，伤心地哭着，一手抱着死去的孩子，一手悔恨地扇自己的脸……她悔恨自己因慌乱也捂住了孩子的鼻子。


"她怎么这么狠心哩！他娘的不是人！"腊八张着一张苦楚的脸，狠声骂道。

"你……甭怪她。"五婶伤心地说，"她也是无心……她比你更心疼，孩子毕竟是她身上掉下的肉哇。再说，她把孩子捂死了，也救了大家伙儿。村里的地洞都是连着的，一处暴露，乡亲们就都藏不住了……唉，你跟她，也真是没有缘分，造化弄人哇……"五婶的眼角滚下了浑浊的泪。

这时，金桂和秀花各拿着棵白菜，走进屋来，看看脸带愁伤的五婶和腊八，金桂大声说："瞅你们！今儿个是二狗那狗×的挨刀的日子，喜兴还来不及哩，你们还愁苦戚戚的！"

五婶脸上露出了些笑容，就连眼睛里的泪花也放出光来。她擦了擦眼睛，说："是哩，金桂儿说得对，咱是该喜兴哩！你瞅我，这老了，人也唠叨了。嘻，好歹吧，这仇总算报了，等老头子回来喽，咱得好好热闹热闹！"

"是哩！"腊八说。说罢他下炕去了外屋，从锅台上把那高粱叶包拿来。

"这孩子，你要饭不容易，揍么乱花钱啊！"五婶打开高粱叶包，见是一块肉，就顺手递给了金桂，"去炒了吧，等你爹回来，叫他们爷儿仨喝几盅儿！"

秀花跟金桂去了外屋。知道秀花心情不好，金桂说："你去歇着吧，甭管了。"秀花把白菜放在了锅台上，跟着回到里屋，上了炕。也就在这时，只听金桂在外屋兴奋地说："哎……快点儿去见腊八吧！"

大升走进里屋来，身边还带了个孩子。他没有到河那边去，他胆小，心也慈，怕看杀人。看见了腊八，大升高兴地大声说："腊八，你可总算回来了！"

"哥！"刚刚坐上炕沿的腊八又跳下炕来。

兄弟俩亲热地搂在了一起。过了一会儿，他们就分开了，脸上都有点尴尬的意味。

那孩子爬上了炕，依偎在了秀花怀里。

他约五六岁的样子，一双黑黑的八字眉——仿佛先天就有着满腹的苦闷和委屈，但除此之外，那张小脸却也长得俊朗可爱，一脸的天真里透着聪慧；他眨着一双黑黑的眼睛看着腊八，长长的睫毛忽闪忽闪的像是在说话。听到喊"娘"的声音，腊八猜想得到，这就是秀花肚子里那个鬼子留下的杂种儿！

秀花对孩子说："麦子，叫叔叔。"

那取名"麦子"的孩子看着长须乱发而瞎了一只眼的腊八，以为是个疯子，不禁有些害怕，但还是怯怯地喊了声"叔叔"，可腊八仅仅在嗓子眼儿里冷冷应了一声，就把脸扭过了。六年过去，战争风云本已在他的眼里飘逝，枪炮声的回音也不再在他心里激起什么浪波，但他灵魂深处还残留着对鬼子和二狗的仇恨，偶尔，这仇恨会像一股悄然吹起的风在他心头的灰烬上诱发出火星或烟气。奇怪的是，鬼子走了，二狗死了，他心里甚至突然有了一种空落落的感觉，他感觉人生也成了一个空壳。此时，那突然诱发的硝烟吹到了这无辜的孩子身上。

孩子的名是秀花取的，因为她这辈子不会忘记麦地受辱。

大升对腊八说："你先坐着，我打酒去！"

大升出去了，他顺便在外屋也把金桂喊了去。

他们回到了西院，进了屋。大升说："俺晓得你……跟谁了，跟腊八是不？俺想，你跟了他也好，总比跟着俺当活寡妇强……这么着吧，过几天俺就把你休喽，叫腊八寻你……"

金桂低下了头。沉默了好一会儿，她抬头看看大升，眼睛里闪出了泪花。她想说什么，可欲言又止，什么也没说出来便又把头低了下去，默默地走出屋，又去东院了。

# 四

五叔回来了，还带着平娃。平娃如今是个十几岁的半大小子了，高个头儿，长了个像大升一样的大脸盘，却比大升俊朗多了，也更讨五叔喜爱。

五叔一进门就兴奋地喊起来："吃饭喽——"

一阵嘻嘻哈哈的说笑声，一家人团聚了。

人多了起来，便把两张炕桌并到了一起。五叔和五婶坐在了上方，其他的人就胡乱坐了。金桂把饭菜端上桌，坐在了大升旁边。

五叔说："今儿个喜兴，你们娘儿们家也喝两盅儿！"

大升忙着斟酒，两个孩子忙着抢菜吃。酒满上，五叔端起酒盅说："我先跟腊八喝一个。腊八呀，你可夔怨叔叔，那年……叔叔错怪你了。"

"叔，你可夔这么说，那是怪俺没有跟你透个口风哩！"腊八忙不迭地说。他接过大升递上手的酒盅，和五叔一同干了。

"接下来哩，咱一家子都得喝，喝仨。一盅儿为腊八回来了；一盅儿为咱穆家的仇报了；第三盅儿哩，就是鬼子走了，咱庄稼人总算有安生日子过了。"

大家一起连喝了三盅，这才开始吃菜。只是腊八乞讨流浪了六年，用筷子夹菜似是有些生疏了，因此动作要慢一些。为此五婶不住夹菜放到腊八的碗里。

　　秀花以前没喝过酒，她呛得直咳嗽，在油灯的光亮下，可看到她脸红了，就像盛开的桃花。

　　腊八说："吃口菜压压酒气。"

　　秀花抬起头，用种感动的眼神看了看腊八，夹了一块肉放进嘴里。秀花有些文静地慢慢嚼着，等咽了下去却又说："肉丝儿这么粗，是么肉啊？"

　　"没有吃过吧？"

　　"没有。"

　　"是……狗肉。"腊八说。

　　狗肉很多人吃过，五叔和大升也吃过。但大家都在兴奋中，因此并不留心夹到嘴里的是什么肉，更没像秀花去留意肉丝的粗与细。

　　金桂用警惕的眼睛瞄着腊八和秀花，脸上悄悄闪过一缕复杂的表情。

　　五婶以一种慈母才有的眼神看着腊八，像是突然想起了什么心事，愣了愣，又把一块肉夹到腊八碗里，认真地说："孩子，你回来了，你婶子我哩，心里一块儿石头也总算落地了。转眼你也是快三十的人了，瞅着你，俺心里还有块疙瘩。这咱，你的眼又坏了，俺想哇，往后遇上个合适的，你还是把家成了吧。老话儿说，远亲不如近邻，近邻不如对门儿，对门儿不如炕上的人。你婶子俺也老了，管不了你一辈子，你身边儿总得有个知冷知热的人照应才沾哇……"

　　腊八的嘴角动了动，不知说什么好，那只残存的小眼睛湿润了。流浪六年，腊八终于感觉到了家的温暖。

　　看到腊八这个样子，五叔心里也酸酸的，但他把话岔开了。五叔对腊八说："赶明儿要是没事儿，就叫大升领着，你去看看你爹。这六年里，上坟的时候儿，俺们都替你把纸烧了，一回也没有落下。我想，他也会结记着你哩。哦，还有，也顺便儿看看老根爷他们。自从老根爷死在鬼子据点儿里，老太太就伤心过度，一病不起，鬼子烧喽他家房子，没过几天工夫儿，她也就死了。家里就靠秋莲一个娘儿们家支撑着，可真不容易哩。"

"沾……"腊八带着哭腔应道。他想哭，可硬憋着不让自己哭出来。他使劲咬着嘴唇，思绪又回到了六年之前，仿佛爹和老根爷他们又一个个走来……他像是突然想起了什么，抬起头，"也去看看秀才爷他们不？"

"这个……你瞅着办吧。"五叔有些迟疑地说。

"……不去看？"腊八莫名其妙地面对着五叔。

五叔叹了口气，面色有些沉重，他默不作声地喝了口酒，过了一会儿才缓缓地说："这人呀，当不成长久的仇人，更当不成长久的朋友，人跟人之间，是香是臭谁也把持不住。你不晓得，打从小鬼子走喽，这南北穆家就又不怎么和睦了。前几年就跟一家人似的，可这咱……虽说不明显，可暗地里又开始了明争暗斗，为了据点那块儿地归谁，那是变着法儿折腾哇！北穆家大脑袋那小子挑头儿，指不上躲到后边儿当小鬼儿，出点子；这边儿哩，老根爷家大小子富贵也回来了，他一回来就张罗收回他爹散去的地，也争据点儿那块儿地，整天价撺掇乡亲跟北穆家找别扭。这旧仇去了，新仇又来了……唉，我不是在说卖国话——这小日本儿打进来呀，有一个好处，那就是叫咱中国人忘了窝里的仇，不再窝里斗，抱成了一撮儿！原指望鬼子走喽，就有好日子过了，可这么斗来斗去，就是有好日子也会给斗没喽！唉，人这物件儿，真是说不清呀！"

"是哩，俺也觉着，人就跟他娘的那沙子似的！"腊八说。他突然又想到了什么，迟疑地问，"你说……富贵叔把地都收了？那……那块刀把子地哩？"

"自然也收了呗。"五叔摇摇头说。

不知怎么的，金桂突然生了气，她把手里的筷子"啪"地往桌上一放，愤愤不平地插话道："哼，那家伙真不是么好物件儿！他回来收地不算，还把秋莲婶子给休了哩，离了婚！一点儿情分也不念，亏秋莲婶子还给他生养了一双儿女哩！"

"离了？"腊八惊问。

"是离婚不离家。"五叔道。

"嗯……看去真不是么好玩意儿！"腊八说，"一回来就揍那么多六亲不认的事儿，我怎么觉得他沾点儿二狗那货的德行哩？"

"谁说不是哩……"五叔苦笑道，"算了，咱不提他。哦——对了，还是说说二狗吧——你把他捉回来，可是给咱南北穆家出了个难题哩！"

"怎么？"腊八不解地望着五叔。

"你晓得我为么非把二狗送去北穆家不？我是想哇，北穆家人虽说恨二狗，可他们毕竟是一脉呀，他们弄死他没说的，可要是咱给弄死哩，那可是个事儿了！北穆家肯定不乐意，说不准还会跟咱记仇哩。人家族里不管有多大的仇气，可毕竟是内伙子里的事儿，咱哩，可就是外人了。"

"那俺不去秀才爷坟上了。"

"还是去吧……文举爷到了儿总算成了明白人，成全了南北穆家归宗认亲，死得也像条汉子，况且人家还救过你的命哩。"

提到文举爷，腊八不禁又想起了三省："哦，叔你后来见过三省队长不？还有区小队，他们么样了哩？"

"没有。"五叔道，"听说他们跟贺龙的队伍走了，归入了八路主力。咱这平原上都传遍了，说贺龙的队伍来的时候儿只有三千人，可走的时候儿就壮大到两万多人了！哦，你不提三醒我还忘了，你还记得我跟你提起过的老根爷家的老二不？"

"记得。他不是在日本国念书哇？"

"你走了不到一个月，也是八路军的武装刚打咱这平原撤走，那穆富堂就回来了，回来看他爹娘，还带了个日本娘儿们。那时候儿他就没有在东洋念书了。当初老根爷想，这老二保准是叫日本国给扣下了，说不定还叫人家弄死了哩。可谁能想到哩，'七七事变'没有半年他就回国了，还在北平临时政府里谋了个官儿当。他兴许想，这功成名就了，就该回来炫耀炫耀，也替南穆家长长脸。谁料想他一回来才晓得，他爹叫鬼子打死了，他一气之下就去追赶三醒他们，投了八路军。"

"嗐，可甭提八路军了！这不是哇，俺回来的路上打石门路过，心想八路军该进城了，谁承想石门叫人家国军抢先占了哩！打山上下来就几步脚的事儿，竟……忒他娘的没出息了！"

"哪里是他们不想占呀。我在集上可是听说，是老蒋下令不准他们进城哩！"

"这老蒋也忒不是个物件儿了！打不过鬼子就一路败下阵去了，把咱这儿丢给了日本人；日本人败了，他又叫人过来捡洋落，八路军么好处也没捞着！看来这国民党还是容不下共产党哩！"

自鬼子投降，国民党军队就迅速从大后方空运海运而至，占领了各大城市，把共产党的势力紧紧压缩在乡村和边远的解放区里，全力阻止其扩张。

"这有么奇怪哩，明摆着的事儿呗！这国民党跟共产党当初化敌为友，还不是因为日本人打来了呀。日本人在，他们谁都甭想坐大；日本人走喽，他们谁都想坐大。当初共产党臣服于国民党，也不过是权宜之计罢了，八路军还不是借着国军跟日本人打仗的工夫偷偷壮大了队伍哇。以我看，这共产党跟国民党就好比当初的刘邦跟项羽。"五叔的神情忽然暗淡下来，"我估摸着哇，这俩党好不容易联手打跑了日本人，他俩说不定又会自家打起来哩。我送小斗子去当八路军，指望着打跑鬼子咱中国就太平了，看来这太平日子连个影儿都没哩……唉，要是共产党夺了天下就好了，咱们再苦点儿也值得。"

"管他娘的哩，反正死活俺是不瞎掺和了。"腊八的情绪又低落了下来。

"嗯？"五叔不解地看着腊八，语气里带了些不满，"你怎么这么说哇？俺小斗子可是……再说了，你原先也是八路里的人哩。"

"嗯……是哩！"腊八像是突然意识到他也曾是"八路"，再加见五叔有些不高兴起来，便强打起精神说，"俺自然也偏向共产党哩，国民党忒他娘的坏了，早就该下台了！"

"谁说不是哩！乡亲们都遇事儿随大流，没有主见，更不去琢磨庄稼地里以外的大事儿，俺就跟他们说：还是共产党好，八路军好。虽说俺心里也没个底儿，不晓得共产党夺了天下又会是么样，可俺觉得，他们至少会比国民党强吧？腊八你在外边儿这么好几年，见得多了，你说说，将来咱八路军得了天下又会是么样哩？"

"俺琢磨哩……兴许咱们就有好日子了呗。区小队上时，三省就说，共产党是老百姓的党，八路军是为天下百姓打天下哩。"

"可你指不上叔不这么想，他总是疑神疑鬼的，还老跟我唱反调儿。他说，当初国民党不也是靠嘴上喊'三民主义'夺了天下哇？谁说过的又算数儿了哩？"

"三民主义是么哩？"

"俺也闹不清。指不上跟文举爷久了，晓得的是多点儿，可还不是个二五眼呀。"五叔接着若有所思地叹道，"唉，咱庄稼人就是乏力的老牛，终年价在老磨道里转，可又始终走不出自个儿的命。可为么还要转哩？就因为心里头有个念想——好日子在前边儿等着哩。但愿八路军得了天下……"

五婶用筷子敲了敲碗沿："我说你们爷儿俩边吃边说呗，菜可是都凉了呀。"

"呵呵。"五叔笑笑，"好，好，咱喝酒，喝酒！"

一家人吃着，喝着，说着，不知不觉已吃得差不多了，两个吃饱了的孩子早跑了出去。金桂挨近五婶，对五婶耳语了几句。五婶笑了笑，放下筷子，挪动着身子下了炕："俺吃饱了，想出去走走，化化食儿。"她向五叔使了个眼色，五叔也跟着下了炕，与五婶一起离席而去。见五叔五婶离去，金桂拉了拉大升的袖子，然后跳下炕，把大升也喊走了。

炕上只剩下了腊八和秀花。见几个人突然间一齐走了，两个人都感到惊讶、莫名其妙，突然慌乱起来。

腊八说："怎么说走都走了哩？这么怪哩！"

秀花看了腊八一眼，脸红了，低下了头。但她不说话。

"他们走了，俺也该走了，再去河那边儿转转……那家伙，嘿嘿，还不晓得是一副他娘的么模样儿哩！"

腊八下了炕。酒喝多了点儿，像是有点儿晕乎，他伸出一只手扶住了二门墙壁。

"天黑了……你的眼又不好使，怎么去啊？"秀花忙支起身子劝阻道。

"不当紧！"腊八回头笑笑，手离开了墙壁。

"那……俺给你揍个伴儿，给你领道儿吧。"秀花说着往炕沿上挪去。

夜幕下，他们来到河边，下了河，秀花把腊八扶上了小船。她解开拴船的绳索，跳上船，说声"坐稳了"，就划动小船往对岸而去。

夜很黑，却依稀可见树木的影子；微风还在轻轻地拂着，拂着一种温柔。站在穆刀沟北岸那片荒芜了七年的土地上，却有一种与世隔绝的感觉，也有一种恐怖的感觉。不远处，三层楼高的炮楼，还像鬼魅的影子一样站在那里，站在文举爷和老根爷的地界上。

据点的壕沟已被填上了，这里又成了一片平缓的土地。秀花跟腊八走到那片空地上，看见一个快要熄灭了的火堆。火堆的灰烬连同火星，不断被微风轻轻撩起。腊八耸了耸鼻子，拉着秀花走了过去。

眼前是个一人高的木桩子，木桩子旁竖着根一丈多高、大碗口粗的木杆，木杆子上高高吊着一团黑乎乎的东西，那黑乎乎的东西还在忽明忽暗地透出红色的火光，空气中弥漫着令人恶心的焦臭。

那黑乎乎的东西是二狗的尸体。

族人最初给二狗的死法是活剐，方圆几十里内罪大恶极的汉奸被老百姓逮着，也多是被剐的。后来听说，曾经的响马甄虎也终于露面了，改行当了刽子手。无极城有两个汉奸被民众逮住——活剐时，五叔和指不上还曾去观看，他们在那儿见到了甄虎，虽然他们并不知道他是谁。两个汉奸被各绑在一人高的木架子上，甄虎站在一丈开外，面无表情地瞅了瞅两人，然后向第一个挨刀的走去。他左手拿了个铁

460

钩子，右手拿刀，铁钩向挨刀人的身上锛下，连皮带肉拉起来，右手顺势一刀下去，一块肉就飞离了躯体。活剐，也叫千刀万剐，官方说法叫凌迟。所谓"千刀"，其实也并非就是千刀，按照大清律例，是三百六十刀，而执行起来则是三百五十七刀：天饶一刀，地饶一刀，皇帝饶一刀。只是到了民国，那些前朝的规矩也就废了，民间更不去受那些条条框框的约束。

甄虎手麻利，一会儿工夫，挨刀的汉奸便变成了一具骨架子。可那汉奸并没死，所谓绝活儿也就绝在这里，最好的手艺就是肉剐完人还活着。接下来的程序是掏心，这也是最后一刀。甄虎把左手里的钩子丢到地上，右手里的刀闪电般向汉奸的胸口划去，胸膛裂开了，甄虎的左手同时递过去——不想这次失手了，心脏没吐露出来。他摇摇头，绕到了那汉奸背后，对着汉奸后背猛踹一脚——那人心便吐噜一下子出来了，随着刀光闪过，那颗血淋淋的心脏便托在了甄虎手上。不幸的是，另一个汉奸吓死了，因此也就免了一场活剐。但愤怒的人们并没饶过他，有人拿来一条铁棍，从他的嘴里贯下，另一头从屁眼儿里出来……

被扒光的二狗也绑在了木桩上。木桩子周围密密麻麻站满了人，里三层外三层，后边的人踮起脚跟往里看，小孩子只有爬到大人肩上。

见疯子腊八来了，破盆连忙跑了过来，兴奋地捶了腊八一拳道："在村口儿那儿，俺没顾上跟你多说话儿，你可甭介意呀！"

腊八苦笑一下，还没开口，大脑袋过来了，亲热地喊了声"腊八哥"。六年过去，大脑袋的头似乎更大了，因为吃胖了，人也变得富态了——身上的粗布衣裳也换成了缎子衣料。他手牵一个孩子，孩子约六七岁的样子。大脑袋指指腊八，对孩子说："常有，这是你大伯哩，快点儿叫大伯！"

没等孩子叫，腊八就问了："这是谁家的哩？"

"嘿，俺家小子呗！你忘了？当初挖地洞，破盆哥还说跟俺打亲家哩！"大脑袋说。

"嘿嘿，俺想起来了！"腊八转向破盆道，"当初你说你媳妇儿怀了个小子，到底是个么哩？"

破盆一脸尴尬，没有回答。

这时，五叔、破罐、二混、哈喇秃子、穆小拴的哥哥穆大拴等一大群人又围了上来。其中几个跟腊八打了招呼，而更多的人却是在听他们说话。

指不上也过来了，他笑着跟腊八招呼一声，然后对二混和破盆说："你们俩民兵队长都在这儿呀，要我说，今儿这事儿，还是你们主持好。"

原来，腊八逃走后的第二年，穆家就正式成立了民兵队，二混当了队长，破盆是副队长。

二混和破盆相视一笑，看向了指不上。二混说："指不上叔，你是老革命了，大家伙儿都尊敬你，还是你主持妥当。"

指不上圆滑，凡碰上得罪人的事总往后躲，然而又改变不了做管家的习惯，总在背后对二混他们指手画脚。二混和破盆一番合计，就把处置二狗的事交给了他主持，难为难为他。

指不上不满地看了二混一眼，把五叔拉出人群，走出几步远，然后蹲了下来。他看看五叔的脸，像是难以启齿似的小声说："老弟……常言说，'得饶人处且饶人'。我说呀，咱还是把他埋了算了，活剐有点儿……忒残忍了，你说是不是哩？"

五叔看着指不上的眼睛，没说话，只是嘴角动了动，露出一丝苦笑，意思是：那是你北穆家门里的事，你们看着办。

不想疯子腊八耳尖，指不上小声的说话，他老远就听见了。指不上的话又诱出了他埋在心底的仇恨，他一边挤出人群一边嚷了起来："鸡巴毛！我看他娘的谁敢！把他埋到咱的地里？亏你想得出来！这地里，会一万年连根鸡巴毛都不长哩！"

人们纷纷跟了过来。

指不上抬起头，强笑着说："那你说怎么着哩？不会把他送到日本国埋了吧？"

腊八一脸冷酷，那只残留的小眼睛放出光来："剐了他……叫鹰吃喽！叫狼叼喽！要不，点喽天灯！"

"一只眼瞎了还这么鸡巴横！"指不上心里骂道。他不快甚至怨恨地瞟了腊八一眼，好长时间不言语，大概过了半袋烟工夫，才隐忍着不悦说，"剐吧。"

腊八转身离去了。

围着木桩子的人群让开了一条通道，可没人从那通道走过去。这里没谁剐过人。况且北穆家人也不愿动手，自从鬼子投降，他们的恨怒也便渐渐淡了下来。人们你看着我，我看着你，都抄着手站在一边，没人走上前去。

腊八说："就他娘的这么鸡巴大点胆儿呀？都腾不出手来是不？你们谁带着刀哩？"

大脑袋走到腊八身旁，说声"你等着"，就往村里跑去了。自疯子腊八失踪后，大脑袋就像是变了一个人。他开始仿效腊八，说话有时不干不净，处事变得蛮横粗野，当然，在腊八面前他还是以前的那个大脑袋。在大脑袋心里，疯子腊八是耍横的真神。人横，才不会被人欺负。过了没多久，大脑袋回来了，他将一把杀猪刀交到了腊八手里。

疯子腊八朝木桩子走去，人们齐刷刷的目光都跟上了他，可没谁相信一个半瞎子还能把人剐了。剐人只心狠手辣不行，还得手疾眼快，那是个细活儿，是个手艺活儿，不是打架，也不是胡乱砍杀。

腊八走近二狗，二狗也在用一种绝望的眼神盯着腊八。二狗突然扯着哭腔哀求："剦剐我呗，剦剐我呗……疯爷爷，瞎爷爷，行行好……我对不住你，我不是人，不是人揍的，求你了……要不，你就一刀把我捅喽，剦叫我受罪呗！"

也许从这时起，腊八的诨名又多了两个：疯子爷和瞎子爷。

腊八装没听见，他侧过身子，在二狗身上拍了拍。他的手有些颤抖，一种疯狂的快感使他的手在颤抖。他的手从上往下拍下去，拍到了二狗的屁股。他停了停，然后微微弯下腰，杀猪刀子"噌"地割在了二狗的屁股上！屁股上涌出的血顺着二狗的大腿流下去，二狗疼得挨杀的猪一样歇斯底里地痛叫起来。二狗的嘶叫声反使腊八的心变得更硬，他想起二狗拿刺刀扎自己的眼睛，便在刀上耍起了花样。他记起年幼时剥狗皮——干这活儿他熟练，由此左手捏住二狗豁开口子的肉皮，右手里的刀像剥狗皮一样慢慢割下。他知道，人的疼痛感觉在皮层，那好，就叫你狗娘养的越疼越好！可人皮不比狗皮，剥起来要困难得多，腊八费了好长工夫，才把二狗半边屁股上的皮剥下来。二狗一直没有停止号叫，号叫得嗓子都哑了，可疯子腊八像是充耳不闻，一发狠，一刀片去，二狗一大块肉从屁股上掉了下来。可这家伙不肯死，甚至不肯昏过去，他还在娘呀娘呀地叫。像站在街头看卖艺人玩把戏一样，男人们依旧无声地袖手旁观；女人们心软，纷纷扭过了脸去，不敢再看。

腊八的第二刀还没下去，二狗又哭号道："爷爷，疯子腊八爷爷，你就饶了我吧！疯子爷爷哒，瞎爷爷哒，咱不记仇了沾不？咱穆家门里的仇可不是俺一人结下的啊！爷爷哒，你就行行好，放过我吧……当初在据点儿里我可是想放你过呀，是那青野不干哩……"

腊八突然怔住了，可以想象他心头受到了怎样的震动！他的脸扭曲了，嘴唇神经质地抽搐了几下，那只残留的眼睛里流出水来，手里的刀子停在了空中……过了一会儿，他把刀子扔在了地上，弯了一下腰，然后低着头走出了人群。他没和任何人说话，径直去了河边……

这剐人的场面令在场的人禁不住心头战栗，原野里吹过的秋风仿佛也在战栗着，惊惧中，这个土刑场陷入了一片沉默。人们在痴呆中回过神来，腊八已走出了人群。人们继而莫名其妙地看向腊八，好像再也弄不懂这个又疯又瞎的人——他的行为总是不可理喻。人们望着腊八远去的背影，却忘记了身边挨刀的二狗。过了好一会儿，指不上回头看看又在木桩子上开始呻吟的二狗，对五叔说："我看算了，就甭剐他了……你看沾不？要不，还是把他埋喽算了。"

五叔点点头，表示同意。而这时大脑袋却站了出来，眼睛里喷着怨恨，冲指不上大声说："没有人下手剐就点天灯！反正不能就这么便宜喽他！"

"为么非要点天灯哩？"指不上说。

"为么不能点天灯哩！"大脑袋说。

大脑袋忘不了姐姐的仇，忘不了小侄子被扔进开水锅里。亲人们的悲惨遭遇，都是这个该死的畜生所赐，大脑袋难解心头之恨。当然，因为穆大仁和穆三省不在家，二狗无论怎么个死法，文举爷家就基本成了"绝户"，其家产也多半归了大脑袋。其实，自从日本人走了，二狗逃了，大脑袋就以帮姐姐凤姐守家的名义搬进了文举爷家，住进了文举爷家正房。

指不上不再吭声。他不敢惹大脑袋，除了大脑袋作为文举爷的小舅子已搬进文举爷家，当起了指不上的代东家，而且人也变浑了，变得霸道，有了些疯子腊八的蛮横凶狠劲儿——虽然是个"假李逵"。

一个木杆子在木桩旁竖了起来，就像棵被砍尽枝丫的树干；杆子一头深深埋进地下，杆子顶端还弄出了条浅浅的沟槽。大脑袋回了趟村，临走还拉了把一旁捂着脸的媳妇，把媳妇也喊了去。媳妇抱来了白布，大脑袋提来了半桶棉籽油，接着，他又颠颠地跑到炮楼里，找来了铁丝。

二混招呼一声，几个民兵站了出来。二狗被一层层白布裹了，又被一道道铁丝缠住，接着，半桶棉籽油浇在了二狗身上。猴子似的哈喇秃子爬上了杆子，将牵着二狗的铁丝搭在杆子顶上，数十个汉子抓住了铁丝和铁丝另一头套紧的木棍。指不上看了五叔一眼，一脸无奈地弯下腰，蹲在了地上；他看着秃子从杆子上出溜下来，大脑袋接着就点着了二狗，无奈的眼神里揉进些许伤感。随着人们"嗷"的一声哄叫，铁丝另一头的汉子们一齐用力，一个火团裹着二狗升上了天空。

点天灯时腊八并不在场，他走了。临走他弯了下腰，顺手把二狗那块肉拿走了，只是因惊惧而似痴呆的人们未曾留意。他把那块肉在穆刀沟里洗了洗，又回头去了岸边的高粱地里，扯下几片高粱叶子把肉包了起来。他在岸上站了一会儿，接着弯腰解开了岸边的小船，过河去了。他将那包肉带回五叔家，但他不敢言明，更不敢对秀花她们说出真相，说出了她们准会呕吐，会把肠子都吐出来。

而此时，腊八带上秀花再次踏上这片土地，却是人去"场"空，原野上一片寂然。

　　夜色笼罩的原野，吹过一阵加了把力气的秋风，那盏已暗淡下来的"天灯"悠然泯灭了，隐没在静寂的黑暗里，像是沉入了永恒的地狱；远处掠过一声悠扬的狼嗥。那狼嗥似乎发声在北穆家坟地，接着，不远处的小沙岗上也有狼嗥声响起，东西方的狼嗥声遥相呼应。来回看看那狼嗥的方向，腊八忽然想起了文举爷，想起了凤姐。他再抬头看看那熄灭了的"天灯"，长长叹了口气。

　　如今，在这世上，他的一爱一恨都死了，凤姐死了，二狗死了。不想金桂的胡言乱语竟一言成谶，凡占有了凤姐的男人都没得好死，文举爷死了，青野死了……最后二狗也死了。

　　过了一会儿，数十丈外出现了一群绿色的光点。那光点闪烁着，忽明忽暗，忽隐忽现。那是狼的眼睛。

　　秀花惊叫一声，扑进了腊八怀里，腊八用有力的双臂把秀花搂了起来……仿佛过了好久，那绿色的光点消失了，而腊八裆里那家伙却莫名其妙地翘了起来，跳动着，兴奋得有点疯狂。

　　秀花感觉到了，她的脸不由发起烧来，像是有无数的虫子在她的身躯里轻挠从而使她浑身酥软，一种渴望驱使她和腊八贴得更紧了。

　　腊八一只手向下边伸去……

　　秀花轻声说："不沾。"

　　腊八有些猴急："为么哩？"

　　"……等过了门儿。"

　　"我都憋得受不了了……"

　　"忍着。"

# 五

　　几天之后的一个早晨，一个风雨后的早晨，疯子腊八被一阵敲门声惊醒了。

一夜里风雨大作，疯子腊八却睡得很酣。鬼子走了，二狗点了天灯，穆刀沟两岸又归为平静。虽说国民党和共产党又在较劲死掐起来，忙着争抢日本人留下的地盘，国军还用军舰把大批人马送上天津港，以抢占华北平原。但眼下他们争抢的还多是城市——正如当初日本人初始占领时，顶多扫到县城，似乎与偏僻的乡村无关。平原上的乡村已从噩梦中醒来，正在喘息，正在舔日本人留下的尚未愈合的伤口。

南北穆家也在各自舔着伤口，只是不再为对方舔了；穆家南北两脉，又相互看着不顺眼起来。但这些似乎与腊八无干，穆刀沟两岸关系的微妙变化，疯子腊八并未在意。

他从炕上起身，揉了一把那只依旧残留睡意的独眼，挪到了炕沿上。他第一眼看到的是桌上捆在一起的三个纸包。纸包是五婶昨晚送来的——五婶瞅瞅腊八受过伤害的独眼说："你叔去沙头给你抓了服药，也不晓得顶用不顶用。"

为掩饰一只瞎眼坑儿的丑陋，腊八让秀花缝了个蓝布眼罩，用眼罩遮住了瞎眼坑儿。他又准备娶媳妇了，因此走出家门总显得神采奕奕，见人就笑；有时，他也会在睡梦里"嘿嘿"笑醒，然后坐在炕上愣怔怔发呆。

这次是娶秀花。昨天秀花来过，还帮他收拾了屋子。五叔说了，等秋收完了，就帮他把这破破烂烂的老房拆了，另盖几间新房。

敲门声把腊八从梦中拉了出来。

秀花来了。腊八想。他慌忙穿上衣服，把眼罩戴上，喜滋滋地跳下炕，趿拉着鞋快步到了门后。

门开了，门外站着四个人，两人穿着土黄色军装，一人穿着蓝色中山服，还有个女人——翠兰。翠兰半年前就调去县妇救会工作了，今天做了带路人。虽说已十二年没再来过这个家，可她还记得这个家门，记得这个给她留下了难忘记忆的家；只是腊八一打开屋门，她就不吭不声地扭头走了，去了北穆家，她不想看到腊八。

"你……是穆腊八？那个疯子腊八？"中山服疑惑地问。他抬起沉重的眼皮，两眼有些发直地审视着腊八，一条毛毛虫似的疤痕僵硬地停在脸上。

"……是哩。"来人不是秀花，而是那个疤脸人。腊八先是一喜，可转瞬又有些失望了。突然间见到故人，腊八该惊喜地说上几句亲热的话，可疤脸人说话的口气显得不大友好，腊八心头就不禁阴了下来。他不满地说，"那个鸡巴名是往年的叫法儿了，俺这咱是疯爷爷、瞎爷爷，死人叫的！"

"呵呵，你是说穆二狗叫的吧？那我该叫你疯爷爷还是瞎爷爷哩？"那人口气带着寒意地笑笑，"其实啊，等你老了，也就自然成'疯爷爷'或'瞎爷爷'了，就看你能不能活到那个时候啰。"

腊八并未在意疤脸人的"诅咒"。他突然想到疤脸人也曾是八路队伍的人，不由觉得感情上又有些亲近了，也就不再介意疤脸人的冒犯。他转而有些亲热地说："你看看，咱们可是多年没见面儿了哩！哦，你不是在队伍上呀，怎么又回来了哩？"

"转地方上了。"那人道，"你的眼怎么了，莫非真瞎了？"

"就是一只眼看不见鸡巴天日了呗！"说到眼睛，腊八显然又有点不痛快了——俗话说，打人不打脸，揭人不揭短。但腊八还是忍住了，往一边闪了闪，"哦……你们屋里吧，甭嫌俺屋里脏就沾。"

"不用了。嗯，你跟我们走一趟吧。"那人说。

"跟你们走？到哪儿去？揍么？"

"去了你就晓得了。"

"有事儿？"

"有事。"

"那沾吧……可办了事儿，俺得早点儿回来。"腊八说着弯下腰，伸出一个指头蹭上趿拉着的鞋，然后回里屋拿出门锁。他拉上门，刚要上锁，却又迟疑了，他仅仅把锁挂在了门鼻上。

"你不锁上门？"那人问。

"锁它揍么哩，穷得叮当响，谁偷？再说……嘿嘿，俺没过门的媳妇儿还要来哩。"腊八转过身，幸福地一笑。

穿过风雨后满是残枝败叶的泥泞院落，一行四人走出去，出了村东口。

原野上一片狼藉，水汪汪的路上几乎找不到落脚的地方。路边上有棵碗口粗的白杨树被风折断了，像一个高挑的汉子倒了下去；大片大片没来得及收回家的高粱和玉米，匍匐在了大地上。辽阔的平原显得空空荡荡，只有远处森森郁郁的柏树林，还像一群不屈的老人，无言地在大地上站着。

他们在泥泞的路上跋涉着，一只受伤的灰雀趴在路边的泥坑里，见人走近，拼命扇动了几下泥湿的翅膀，却飞不起来。疤脸人他们一言不发，带着腊八走了好一会儿工夫，终于走上了河岸。腊八迷迷糊糊的，好像还沉醉在把秀花搂入怀抱的幻想里。可他还是突然意识到了什么，觉得有点不妙，因为两个当兵的一路总跟在他身后，不肯超前，也不远离。腊八的脸色变了，走上河岸他就站了下来。

"你们他娘的要揍么？"腊八一下子扯掉了蒙在眼上的眼罩，两条眉毛拧在了一起，恼怒地对着疤脸人问。

那人回转身来，腊八挂着一个瞎眼坑的脸让他大吃一惊。等了一会儿他终于说："逮捕你。"

"为么？！"腊八问。

"你做过图财害命的强盗，还是个罪大恶极的汉奸。"那人冷冷道。

"你们是锄奸队的？"

"是反攻动员委员会的。"

"噢……强盗？是不是就是响马哩？俺是干过，可那是叫官府逼的呀，是被逼上梁山哩！但凡有个生路，谁他娘的愿意干那个哩！还有，你说俺是汉奸？这他娘的哪儿跟哪儿哩，邪门儿了！你也信他娘的那鬼话？哼，听到蝲蝲蛄叫就甭他娘的种地了！这是哪个孙子在后头烂捣鼓哩？爷爷我堂堂的当过八路那才不假！俺跟鬼子有仇，这谁不晓得？"

"谁能证明哩？区小队转移，难道不是你当了逃兵？难道你没在敌人据点里干过？"疤脸人以不可抗辩的口气道。

"是干过……可俺是卧底呀！这可是受咱们这边儿指使哩，是咱区上的安排呀，区委书记老秋晓得！"

"老秋牺牲了，而且是你带鬼子杀害了他。"

"是……是死了……"想到老秋，腊八不禁有些痛苦，老秋用生命让他赢得了鬼子的信任。稍等了等，他突然说，"哦，卧底的事儿，还有北穆家指上不晓得，老秋就是托他给俺传的话儿！"

"我们问过了穆指不上，他说你是否卧底他不清楚，也不认识老秋。"

腊八一下子瘫坐在了地上，脑袋一下子空了，像被人抢劫了似的。湿湿的河岸洇湿了他的屁股，他像掉进了恶浪滚滚的穆刀沟里，陷入一个叫天天不应呼地地不灵的境地。他的脸扭曲了，在心里发出一声感叹："这是他娘的么世道儿哩，有病哇？"绝望中，突然有一道光亮在脑海里闪过，那个忽明忽暗的"天灯"仿佛又在空中挑了起来。腊八忽地从地上跳起，冲疤脸人喊："你去打听打听——那大汉奸穆二狗是不是我捉住的哩？我要是汉奸，还会他娘的去捉汉奸哇！"

"可穆二狗说过他想放你一马哩，你忘了？"疤脸人道。

"放我？在哪儿？么时候哩？他狗×的有那好心，日头儿都打西边儿出来了！"

"前几天，刑场上。难道不是穆二狗亲口说给你的？"

腊八突然想起来了，有这么回事。他目瞪口呆地看一眼疤脸人，低下了头。他眼里，连一根救命稻草都看不到了，心头不由更恨起二狗来："二狗哇二狗，你狗×的临死还拉上俺垫背呀！"腊八闭上了那只残留下来的眼睛，他的天塌了。

天阴着，黑灰色的天很低，乌云浪一样翻滚着，老天就像一位永远恨色满面的苦行人。

一场劫难后的穆刀沟，还在忧忧悒悒地流着，像是有着永远流不尽的烦恼、伤感乃至悲怆，流成了一首幽怨的曲子；雨后的小沙洼白花花的，自私而冷漠的白沙拥挤在小河故道里，一如既往地默然无语。

过了一会儿，疤脸人说："走吧。"

腊八被带走了。也许疤脸人说得对，腊八大概等不到晚辈喊他疯子爷或瞎子爷的时候了，怕是他已无法活到白发时。他脑海里又一次出现了二狗被活剐的情景，出现了高杆上的"天灯"。他接着意识到，下一个高高吊上空中的"天灯"，就是自己。

他又一次被投进了"大院子"，关在曾关押他和甄虎、侯七的牢里。他被人架到一间牢房门口，嘴角忽然露出一缕苦笑。他习惯了人世间的荒唐，习惯了磨难，也习惯了面对死亡。

自此他又躺在那铺了谷草的秫秸席子上，几乎整日里躺着，等着被拉出去吊上杆子。他会躺在那秫秸席子上胡思乱想，战争的伤害让他的意识常常回到昨日，回到那风雨飘摇的死亡线上。他回想最多的还是鬼子据点里的小黑屋。在那儿，他一时成了不见天日的瞎子。想到自己的眼，他又会不由自主地想起老根爷来。想起老根爷，再想想自己，他嘴角便会挂上一缕苦笑。他想：老根爷瞎了一只眼，死了；我也瞎了一只眼，也就要死了……怎么这么巧哩！难道是天意？

其实，这世上谁又不是瞎子呢？没谁能看到未来，没谁能看透命运，甚至看不透人。人能看透的，无论怎么个活法，最终都得死。

腊八躺在秫秸席子上等死，这一等就等了两个多月。


奇怪的是，两个多月后，疯子腊八又被放了出来。

那天，一架毛驴车赶进了监狱，大升和秀花把腊八接了出去。路上，秀花和腊八对坐在车上，像是经历了一场生离死别。秀花的泪珠不住落着，轻声抽泣着。腊八抓住了秀花的手："啼哭么哩，毑这样儿。你瞅瞅，俺不是好好的呀！嘿嘿，跟你说呀，俺就觉么着俺他娘的命忒硬，谁也拿不去，就跟一个沙砾子似的，弄不烂，就是吃到嘴里也硌牙。"

"你还笑哩！"秀花嗔怪道，"你能保下命来就是万幸了。你晓得他们为么放了你不？多亏了你叔跟你婶子哩！"

"是哩。"赶车的大升扭了一下头，"他们老俩把俺们都喊上，还发动了族里近百号人去给你作保，破盆二混他们民兵队也作了保，管

471

事儿的一看这阵势，就答应再查查看。哦，大脑袋也给你撇清了当响马的罪，说你没有劫过道。"

腊八的嘴唇撇了撇，他又一次想哭。

不过，还有一个救腊八的人大升他们是不知道的。五叔他们去请命后，过了一些天，一个被关的汉奸站了出来。他是穆家据点那个"大长脸"二鬼子。鬼子投降后，中国大地上二百多万汉奸伪军也有了新的归宿。除了大汉奸或汉奸头目被逮捕，以及少数普通汉奸回家务农，多数汉奸伪军已被收编，国统区的加入了国军，共占区的则收归进了八路的队伍。"大长脸"因为帮助二狗拿住腊八，挖了腊八一只眼，被二狗赏识而拉进了侦缉队，两年后又提携为侦缉队队副，因此也就成了罪恶严重的一类人，由此被逮了起来。人世间就这么巧，他曾经是这儿看管犯人的人，如今成了这儿的犯人。对腊八失去一只眼的伤害，他一直心头不安，甚至愧疚，因此在被问讯时，便说出了腊八在炮楼的一切。

毛驴车下了正无路，折转往北走向了沙头方向。就在这时，正好有辆马车从沙头方向过来，与毛驴车擦肩而过。

"贾先生——"腊八在毛驴车上喊。

马车停下了，靠在了路边。腊八从驴车上跳下，奔了过去，亲热地对坐车辕上的贾先生说："贾先生哇，怎么在这儿碰上了你呀——可真巧哩！"

贾先生微微一笑："唵，我去接守文了。"说罢，他往车厢里看了一眼。

车上的守文已是个十四五岁的半大小伙儿，戴了副眼镜。但他仅仅淡淡地瞟了腊八一眼，接着就把头扭开了，好像不认识谁。

"你看我都忘了——你的索子俺还没有还你哩。"腊八歉意地说。接着问，"你还开着饭馆儿的吧？"

"不开了。唵，我又干起了老本行，去正定中学了。"贾先生说。也正缘于贾先生去正定中学教书，见到了守文，他和老根爷家的亲戚关系才接续起来。自然，守文去正定念书，是因为无极没有中学。贾

472

先生接着问腊八，"你哩？还好不？你这是从哪儿回来的哩？"

"……牢里。"腊八的脸黑了下来。

"唵……你犯了罪？"贾先生一怔。

"么他娘的罪哩，也不晓得哪个狗×的那么邪恶，发坏冤枉我是响马，是逃兵，还是汉奸！那个疤癞脸不问青红皂白就把我捉去了，唉，上他娘的哪儿找公道哩！"腊八气愤地说。

贾先生带着笑意的脸突然又换成了那张僵尸脸。他想了想，有些高深莫测地说："这就是人世——不要奢望么公道，除非这世上不再有人。唵，有人就会有邪恶；世上任何屋檐下都会产生邪恶，不管这房屋富丽堂皇还是简陋粗鄙。唵，至少，世上更大的罪恶不会在茅屋陋室里，不在穷乡僻壤，不在荒山野岭，人世最大的邪恶势力也不会在民间。唵，自古以来就是如此。你习惯了就行了，犯不着为它生气。"

腊八莫名其妙地看着贾先生。

贾先生微微一笑，赶着马车走了。


回到南穆家的当夜，五叔一家又坐在了炕头上，为腊八摆酒压惊。

五婶喜极而泣，像看不够似的以疼惜的目光望着腊八。

五叔则说："这人呀，大难不死必定有后福。这么多风风雨雨沟沟坎坎都过来了，往后也就顺当了，腊八跟秀花你们俩，也算熬出头儿了。你们俩成亲的事儿，我也就给你们把主儿做了，咱这是亲上加亲了。成了亲，你们俩想住哪边儿都沾。我的想法儿哩，还是先住到这边儿。腊八那房子忒旧了，等翻盖喽，你们再搬过去也不迟。"

温暖和幸福充溢在腊八和秀花心里，腊八感动得不知说什么好，秀花低下了头。

几天后，五叔和五婶就开始忙活起来，为腊八和秀花筹备起婚事；成亲的日子，也随冬日的到来而一天天走近。

初冬的寒风带着一脸冷漠游走过来，在空旷的平原上扫过，继续往前而去，身后的天空飘起了稀疏的雪花。

雪花初飘的那个早晨，天亮了，村里的鸡鸣声渐渐静息下来。半瞎子腊八像是听到了飘雪的声音，一种天籁般娓娓动听的声音飘进了他的灵魂。醒来的他坐在了炕沿上，怔怔地回味起什么来。他忽然无声地笑了。

这时，他听到脚步声在院子里响起，接着屋门发出"吱呀"一声响，一个人走进屋来。

"嘿嘿，秀花来了？"腊八从脚步声里就知道是秀花进了屋。

秀花没有说话，却突然一巴掌扇在了腊八脸上。

"凭么打我啊？！"腊八吃了一惊，怔怔地问。秀花的手不重，却也让腊八震惊异常——就如那个风雨后的早晨疤脸人来捉他问罪——让他震惊。他从没想到单纯而柔弱的秀花，还会伸手打人。

"问你自个儿！"秀花大声说。

此时的秀花一脸气愤，那双美丽的丹凤眼也红了，眼看就要掉下泪珠来。

"我……我怎么了？么事儿招惹了你哩？"腊八又莫名其妙地问。

"嫂子有了！"

腊八的头"嗡"的一声响，怔怔地呆住了。他脸上的肌肉微微抖动着，那个瞎眼坑儿像个静止的黑洞，那只存留下来的眼睛里又飘起了云雾。过了好一会儿，他也一巴掌重重地扇在自己脸上，接着弯下腰，把脸埋在了两腿上。

秀花出去了，腊八从那远去的脚步里，听到了一种痛苦的抽泣声。

一切都完了。腊八想。

# 六

一个时辰后，疯子腊八走出了村去。

他肩上挎了个包裹着衣裳的包袱，驼背似的弓着腰——蜷缩着身子，手拿那根槐木棍子上了寂静的河岸。他仰起脸，睁着那只酸涩的独眼望了望天，有稀零的雪花落在脸上。他回头向村庄望了一眼，稀疏的雪幕中，南穆家化作了一个影影绰绰的遥远的影子。

他不得不离开这片土地——带着四顾茫茫的孤惶的眼神。显然，这片土地上已没了他的立足之地。不知怎么的，他感觉这片土地上的人都成了陌生人，而自己，是个散发着恶臭气息的陌生的邪恶之徒。

就像风中飘行的一粒沙子，他又一次出走了，他的世界在远方。这并非疯子腊八第一次离开穆家，可他意识到，这是最后一次了，而且是一世永别；前头，是个心头勾画不出的未知世界。此时他的心头一片茫然。他在河岸上站了好久，待心神稍稍安定，最后还是决意离开——他紧了紧拴在腰上的粗麻绳子，眯着一只伤残的小眼睛，在茫然中沿着穆刀沟向西而去。

走着……可他又不时回头望望，走走停停，直到河岸下的路上有人影出现，他才走出三四里地，到了马驿村北。

他又一次停了下来，回头向着南穆家方向望去，呆望了良久，然后挪动起双脚——却在河岸上坐下了。坐在积雪覆盖的河岸上，他的脸一直朝向南穆家，目光也呆痴地不肯从那个方向离开，那只伤残的小眼睛里一片雾霭。

他似乎不再想离去，因为他一直抱肩坐在那岸上，像被冻结了似的坐了一天——飘落的雪将他塑成了雪人——直到夜幕将要降临，他还没有起身的意思。很快，夜幕落了下来。像是老天也在有意刁难，夜风起，雪天的寒意更为凛冽起来，岸柳在瑟瑟发抖。

寒冷的夜色让他不禁有些紧张。他惆怅起来——既不想再往前走下去，又不能回穆家。进退两难中——在夜色的朦胧里，一个影影绰绰的村庄走进了他的独眼。他知道，那是马驿。他缓缓地站起身，跺了跺脚，待麻木的双腿有所缓和，便在飘雪的夜幕里走下了河岸——眼下最要紧的，是进村去暂避一夜风寒。他在岸下站了站，然后踏雪穿过田野走到了村后，迟疑地在村外停了停，又抬头望了望天，然后进了村子。他想，即使人家不给他个热炕头，起码也得借给他个遮风避寒的墙旮旯吧。

胡同左手一家的门洞敞开着。他迟疑了一下，正要抬脚迈进去，拴在门洞里的狗突然"汪汪"吠叫起来。

他惊退了两步，一阵气恼，又连忙退到了村外。不过，他很快就消气了，因为他想起了自己是谁——一个流浪者，一个外村人。他又沿着村子往西走去，在村西北角一家的房后站了站，钻进了那家的秫秸堆里。

这里的风雪似乎比穆家停息得更早，或许黎明之前就停了。

天亮之后，大地披了身白色的孝衣，灰白色的晨雾弥漫了原野，遗落在地里的玉米秸、田边上的土埂、房后的矮树也戴上了孝——未被白雪盖住的，也在晨霜下变得面色苍白。疯子腊八钻出了秫秸堆……秫秸上的积雪哗啦啦落了一身。他坐在了秫秸堆旁，从怀里拿出个黑乎乎的山药面饼子——把饼子揣在怀里，仅仅为了不使饼子冻成冰冷的石头。

他一天一夜没吃东西了，实在饿了，此时又冷又硬的黑面饼子却显得那样香甜。吃完，他的手再次伸进怀里，拿出了剩下的那个。可他把这仅剩的一个饼子递到嘴边，却又停下了，若有所思地嘟囔了句什么，又把饼子塞进了怀里。他站了起来，转身进了胡同，他要去这家讨碗热水喝。

他敲了敲门。过了一会儿，大门内还没动静，他又敲了敲。这回门洞里有了轻轻的脚步声。一个女人在门后悄声怨道："天杀的，你怎么才来呀？这天都大亮了，叫人看见会说闲话哩！你还是走吧，等天黑喽俺给你留着门儿。"

腊八怔了怔，嘴角露出一缕苦笑。他又一次敲了敲门。

迟疑了片刻，大门轻声呻吟着开了——拉开了个缝隙。门内站着个少妇，她见一个独眼的陌生汉子站在门外，不禁一愣，接着红了脸，继而恼羞成怒的大门"咣当"一声就又关上了，接着是门插关"咔"的一声气恼的脆响。

腊八怔在了门外。他想了想，还是心有不甘地再次敲响了大门。为讨口水喝，心有不甘的他希望那女人听他解释。可是，大门内已没了任何回应。他刚要再一次敲响门板，房顶上却响起了那少妇惊慌的呼喊声："快来人哪！来响马了——"

少妇一遍遍喊着，巷子那头也响起了一个男人的喊声："乡亲们都抄家伙出来喽，彭寡妇学仙家遭抢了！"

转眼间，巷子那头就聚起了五六个手拿棍棒、铁锨的汉子，他们一边嚷着一边快步朝这头跑来。

见势不妙，腊八撒腿就朝村外跑去了，在身后的叫喊声里，他跑向了河边，然后顺着河岸一趟子向西逃去。他被冤枉了，可他不能面对这些误会他的人，因为他们是一群愤怒的混蛋。对他们，你甚至会连解释的机会都没有，也许未来得及开口，就已被乱棍打死了。

直到村庄那边寂静下来，腊八才放缓了脚步。他回头看看，那村子已在三里开外了。他喘着气，走上河岸坐下，自言自语地怨叹道："他娘的，都说寡妇门前是非多，可谁晓得——就偏偏碰上这么个鸡巴寡妇哩！出门碰上'出殡'的，爷爷算是倒霉到家了！"

他突然想到"好出门不如赖在家"的老话，眉头不禁深锁起来，一脸苦楚。家再好，他却是有家不能回。可他又能去哪里呢？不管去哪里，反正不能再沿袭乞讨流浪生涯——他意识到。那寡妇的呼喊刺激了他。可他又能干什么呢？至少，得找个体面点的活儿干，先把自己养活下来才是要紧的。飞虫的影子在他的独眼里飘动起来，他揉了一把眼睛，望向原野里，天地间只有无声的晨雾飘荡着，仿佛雾气也带着茫茫然的情绪——无助地飘荡在穆刀沟两岸。

疯子腊八心头突然动了一下。

他又起身沿着河岸快步走去，走出十几里，便看见了那个大集镇——贾村。

走到贾村东北，他站了下来，目光越过田野，遥遥向着贾村望去。这原野虽然已被白雪覆盖，可它深秋的景象仿佛历历在目。年幼时跟五叔赶集，他来过这镇上；当初捉住汉奸二狗押解回村，也是在这片原野上走过。他曾窃自希望贾先生能够收留他——他有手有脚，起码可以像二狗那样在贾先生的饭馆做个伙计。在马驿以西的河岸上，这忽而飞来的想法曾让他有些兴奋，那只残留的独眼也不禁闪出了光亮。可此时到了贾村附近,他眼睛里的神色却又忽然暗淡了下来,垂下了头。他突然想起:贾先生已不在贾村,那饭馆也关了。

此时此刻,疯子腊八觉得自己就像二狗,像恶贯满盈的二狗一样叫人厌恶。低落的情绪使得他又在河岸上坐了下来。他又坐了好久,挖空心思地想着,可终究没能想出自己的去处是哪儿。他摇了摇头,决定不再枉费心思,站起了身——任由双脚走向哪里。

一种本能引导他沿着穆刀沟向西而去——像是要用双脚丈量这河流。这条路他曾经走过,而此刻,这条通向远方的路仿佛陌生了,留在记忆里的也仅仅是个朦胧的轮廓。他孤独而茫然地走在积雪遮盖的河岸上,像个黑色幽灵。河两岸远处的村庄偶尔传来鸡叫的声音,原野上,寒雾中朦胧的村庄也时而显现在他的眼里。

约莫走了两三个时辰,平原上的雾霭在渐渐淡去,也许很快就要散尽了。但他没有停下来,又走了一会儿,一声长长的汽笛的鸣叫响起——平汉铁路已横在眼前,正有一列火车喷着浓重的白烟轰隆隆驶过。

火车远去,他过了铁路,在路西站下了,回头望了望。他不由想起当年护送疤脸人去山里,也就是在这儿,他飞身扑过去救了疤脸人一命,而他却挨了鬼子一枪,差点死在鬼子的机枪之下。想到护送疤脸人,腊八苦笑着摇了摇头。

他转身又顺着弯弯曲曲的河流继续前走,只是前边的村落显得更为稀疏,人烟稀少了许多,更没看到太行山的影子。九年前为逃避官府捉拿第一次走向大山,傍晚时分抬眼一望,就能看到夕阳之下大山灰色的轮廓——似乎也看到了河流的源头。而此时,那曾经的夕阳仿佛在九年前就已落下了,落下了再没升起来。天阴着,那暖洋洋的太阳似乎已忘记了人间。

他继续走着——顺着河流、顺着曾经的太阳落下的方向而去。辽阔的原野终于又一次出现了村落,夜幕正在慢慢把村落包裹起来。十里不同天,山区与平原的气候更是迥异,越走近西部山区,天气便越发寒冷。这本就多雨雪的地方好像前些日子就下了场雪,河岸与村落间的田野裸露着，一片片灰白色的残雪就像缝补在大地上的补丁。

他转身走进了河里。河流在这里似乎凝固了似的看不出流动的迹象，岸边的浅水已经结冰。腊八左右看看，在沙滩上捡起一块石头，前走了几步蹲下身子，用石头砸破了冰层。他捞起一个小冰块儿送进嘴里，可冰块儿包在嘴里依然化得很慢，他不得不"嘎巴嘎巴"嚼起来。在河里吃过冰凌，他继续上路了，依旧慢悠悠地走着，像闲逛似的。

弯弯曲曲的河流转向了西北方向。这条河无论怎么弯转，腊八是不会迷路的，因为这河岸就是他的路，河流的方向也就是他的方向，虽然河流的源头并不一定是他的目的地。只是越往前走人烟越是稀少，前方的原野变得不平坦起来，路也越发地难走。天黑时，他终于又看到了一个村庄，虽然他不知这会不会是进山之前最后的一个村庄。他又在一人家房后的柴堆里过了一夜，只是没有再去讨水喝。

接下来的一夜他是在野外度过的，因为原野里已再没有了人家。凹凸不平的大地散布着一片片一尺多高的干枯的野草，也有一窝窝荆棘丛撒在草地上，再远处，是一片片稀疏的树林。这里的情形九年前腊八应该看到过，可他当初还年幼，一门心思赶路，因此一路上的地形和景象，并没在他的记忆里留下深一些的印痕。

还是天又一次黑下来之前，前方——河的两侧出现了一眼望不到边际的湿地。死水散布的湿地冰冻着，浅浅凸出冰面的大小沙洲上，或直立或匍匐着一丛丛枯草。腊八不准备继续前行了。他感觉到了疲乏，而且天很快就会黑下来，这里的地形也开始变得复杂，岸边的路变得狭窄而坑坑洼洼。

他丢下手里的槐木棍子和包袱，去远处的林子里弄了一抱干树枝过来，放在了地上，接着又去了。他一连跑了几趟，枯树枝已堆了一堆。之后，他拔下了身边的一片枯草，把枯草也扔成了一堆。

他坐下了，眯着独眼望了望西方。

坐下不久，夜幕就慢慢合拢了。他准备点火，手本能地伸进衣兜。"他娘的，忘了带火儿哩！"他懊恼不已。其实，这也不怪他粗心疏忽，因为他不曾设想会在这荒天野地里过夜。他呆怔了一会儿，突然蹿起身来，在周围寻了两块鹅蛋大的石头。他回来，蹲到那堆枯草旁"咔咔"地磕碰起石头，偶尔溅出的火星射向那堆枯草。然而，碰了好一会儿，甚至手腕都酸了，那枯草却没有一点"买账"的意思。他停了手，想了想，扔下了手里的石头，两手使劲在袄襟下方撕开个口子。他在袄襟里扯出了一把棉絮。他接着把棉絮一阵撕扯，棉絮蓬松起来，然后把棉絮放在了草堆上。他又捡起了那两块石头，随着"咔咔"的碰击声，有几个火星射在了棉絮上，棉絮燃了，接着又烧着了枯草。他拿了些枯树枝放在草堆上，一阵"噼啪"声响，一个火堆照亮了荒野。

腊八坐在了火堆旁，不时往火堆上加点树枝。他一边烤着火，一边思想起什么来。他的神魂又回到了穆家……他无助地呜呜大哭起来，虽然他的哭声在这茫茫暗夜的原野没人听到。

远处突然响起了野狼悠长的嚎叫声，狼嚎惊跑了腊八的伤心悲痛，也止住了腊八的哭声。他扭脸望去，见树林方向散落着一群绿色的光点。那光点闪烁着，忽明忽暗，忽隐忽现。原来这里是狼的领地。任何生命都有排他的本能，狼也如此，作为入侵者的腊八却是一顿送上门的晚餐。腊八突然意识到，他进入了一个危机四伏的境地，在这苍茫荒野里，定然还有其他的野兽，不知有多少种猛兽正在暗地里窥视着他。他不禁紧张起来，心里有些打怵，随手捡起了丢在地上的槐木棍子。若是一两条狼，他或许不会惧怕，至少有得一搏，可面对群狼，他基本上没有能活下去的希望。

那群绿色光点突然静止了，狼群停了下来，并未继续前行。狼不是害怕疯子腊八，而是害怕他面前的火。腊八的嘴角露出了一缕苦笑，他觉得狼比人抱撮儿，却也比人懦弱，比人愚蠢，也比人仁慈多了。

坐在火堆旁熬过一夜，天刚麻麻亮，疯子腊八就又上了路。

岸边的路虽然高过湿地，却变得狭窄而坎坷不平，腊八的脚步明显更为缓慢起来。有时，他会茫然地坐下来，歇息一会儿。因为实在太饿了，他感到浑身没了力气。

后半晌，他终于又一次来到了山上，来到了那个老疯子曾居住的山坡。然而，那个陈旧的木屋早就不在了，取而代之的是一座石头作墙基的散发着邪恶气息的炮楼，炮楼的外壁上布满了子弹射击的痕迹，就像人脸上布满了麻子坑儿。

疯子腊八站在那老疯子站过的山坡上，回头望了望山下的河——其实他是想望见穆家——这才发现——犹若鬼使神差，自己犹如一粒被风吹起的沙子——一路走来，竟然从不曾离开这熟识而又陌生的河流！大概因为是活水——此时这古老的河尚未完全冰封，还在有气无力地缓缓流着，也流淌着一河不甘沉静的沙。

2001.8—2002.2 初稿
2002.9—2021.3 修改

# 后　记

第一次写小说。

写小说的冲动源自小时候大人们讲的故事。那些故事曾真实地发生在我的家族、我村和周边的村庄，以及整个大平原上。那些故事一直苦苦滞留在心头，从而成为生命的一种负累，沉甸甸的，不写出来，心有不甘。

汗颜的是，犹若蜗牛爬行，一部小说的写作竟然耗时二十年！这情形显得那么自然却又那么无奈。对我而言，这是一个摸索入门的练笔过程，也是一个掌握小说语言和写作技巧的熟练过程，更是为实现某种追求而呕心沥血苦苦锤炼的过程。小说（成书部分）初稿半年写出——就放下了，然后隔上一两年修改一番，二十年里大概修改了十多稿。其间，2003年、2008年、2016年，三次交与出版社，三次又都要回了，因为忽然想到有什么地方需要再作修改。尤其是2016年，出版社的朋友顾萍老师已写出审稿意见上报，我却生生掐断了这次出版程序。在这里，我诚挚地向顾萍老师深表歉意。夫人何学斌先生说我是个完美主义者，其实，我是缺乏自信。一个四十多年极少读小说的圈外人，自然是小说创作的门外汉。这次将书稿交出，实为夫人所逼，为了让我活得长久一点，她命我赶紧了结这部作品，开始养生的日子。

何先生说："你是在拿生命写作。"她说得没错。我自己也认为我在拿生命写作，把生命付与小说，在小说里喜怒哀乐，在小说里呼吸。这时，一个匪夷所思的奇怪现象出现了：写到上坟烧纸的情节，我会闻到纸灰的味道；写罢地震，刚睡下不久就被泸州地震摇醒（或许是巧合）。更可怕的是写到煤油，书房里忽然充斥了浓烈的煤油味。我慌神了，赶紧起身去把夫人喊过来："你闻闻，这屋里怎么有这么大的煤油味呀？"夫人进来闻闻，脸色大变——也禁不住惊奇和紧张起来，然后和我满屋子寻找半个世纪前见过的煤油。天地良心，这一切都是真的，不是梦，更非危言耸听。由此我相信了"第六信息"的存在。夫人不安地说："真神了。"我亦于惶惑不安中自言自语地问："我成神仙了？"后来我想，那是种天人感应。大概是因为用心用情达到某种程度，进入某种境界，某种作为历史过往的情形就会在现实中映射，虽它的显现像海市蜃楼一样短暂。

不幸的是，小说写完，我就开始生病了，时常发烧，最后连续发烧五天后被送进了医院。结果有点糟糕：脏腑大部分"部件"都损坏了，还患了食道癌。手术后发现是"早癌"，"虚惊"一场后我笑对夫人说："死神召我去做客，谁知刚上路就被你截回来了！"谢天谢地，加强 CT 扫描下——竟发现我的脑袋完好如初，大脑更未受到外界病毒的污染和侵害。我想，这大概得益于我半个世纪来养成的独立思考习惯，患了过敏症的思维随时保持着警惕性。

感谢夫人！去年一年，作为中国顶级画家的她搁置了画笔，做了专职厨娘，伺候我专心写作，这才有了整部小说（含未成书部分）的最后收工。此外，她还拜请我所敬仰的文学大师张平先生为这部作品写了《序》。

是时，我与张平先生并不相识，先生能屈尊为拙作写序，我荣幸之至，感激之情充溢于心。后来得知这是张平先生今生第一次为人写序，由此我更是无比激动，乃至惶惶然，继而泪湿双眸。世人尚有识我者，自是大喜过望；上天对我不薄，今生能有幸得到张平先生的赏识、垂爱与提携，能就学于先生，随先生行，实乃三生幸事，一世福缘！

对这部小说，张平老师似乎比我还激动，他仔细地连看了两遍，动情地称之为"经典",并为之"惊叹"。这让我脸上烧了好久。前些日子,先生还在鼓励我:"中国文坛感谢您,中华民族感谢您!"为此,一夜无眠的我感到无地自容。我想,小说中定然有太多的不足和问题,但先生没怎么指出,是他慈悲为怀,不想让我羞惭难堪或泄气而已。只是有一点我敢于接受先生"毒辣"的眼光:真实。或许,这是张平先生最在意的。作为中国当代文学领军人物的张平先生被誉为"人民作家",这一崇高的荣誉代表了"人民性"。他是一面旗帜。他一生的信念是为人民写作。人民需要真实;阳光需要看到人民真实的身影,需要看到揭开面纱的人世间。

这也是我的立场。这么说吧,这部小说里绝大多数故事都曾鲜活地发生在尘封的往昔,我不过是予以了艺术的还原而已,甚至连提升都谈不上。比如(成书部分),鬼子马刀砍树,是砍的我家房后的榆林;腊八的爹的死,是还原我三爷爷被鬼子刺刀挑死;活剐汉奸、吃人肉就发生在我们村及附近的村庄……某些散发血腥味的场面——我写出来,甚至连我自己都不敢再直视,乃至修改——我也会带着一种惊惧的心理跳过那些章节。但我还是把那些场面和情节保留了下来,因为它是真实的存在。即使小说中的人物——在我的笔下,似乎没有一个完完全全的"坏人",也没有一个完完全全的"好人",更没有"高大上"。我想,现实里的人就是那样,没有完人,除非他是死人。我们崇尚"真善美","真"是基础,掩埋真相的勾当绝非善行,失真的世界并不美妙;虚假,只代表着罪恶。

自然,我想竭力守护的,还是整个历史形态的真实。我是个真实的人,也希望人看到人世的真实。我想,这是良知问题。写作者,该当以良知为本。自然,没有良知也就没有真实——不管你是对虚妄的被动屈从还是主动迎合。每一个有"野心"的写作者都希望自己的作品流传后世,那么,你想拿给子孙后代看的是什么?我想,后人希望看到的,定然是人世间曾经的真实存在,是人间的良知。

这部小说在修改过程中征求过很多人的意见,包括一些老头老太太。最后一次修改完毕,几个写小说的朋友看过,连声说好,甚至用上了"精彩"二字。此时我的兴奋已经过去,没了激动的感觉,我淡淡地说:"哪儿精彩呢?没觉得。要说有精彩或深刻之处,是在小说之外,是未能写在纸上的文字。"

我自己明白,我是在用拙劣的尽可能美些的语言写丑陋的人性。因为世上的一切后天事物——包括战争、政治、是非等等,根本上都是由人性生发和定义,我们看见或经历的,只是载体或表象。当然,我如此,目的还是呼唤人间真善美的到来,祈祷人性美好的光芒回归,普照人间。可惜,我笔力不够,缺少艺术造诣,未能如光亮一样表现出我的初衷。这是我的遗憾。

说真话,今日《一河流沙》得以出版,着实有些出乎意料,乃至有些不敢相信。幸福来得太快,自然又是一次大喜过望,犹如蓦然间云开日出。在此,除了特别要向恩公张平先生致谢外,我还该向对这部小说的修改提出过宝贵意见的众多朋友表示感谢——只是,由于人实在太多,这里就不一一报出名号了。但有一人需要提起,那就是作家棱子女士。棱子双目几近失明,她是请朋友朗读,用两耳"读"完了整部小说打印稿。最后,我要向众望所归的作家出版社深深表示谢意——承蒙不弃,拙作得以面世,多亏有我心头的"神殿"——作家社抬爱。

原本未曾打算写此《后记》,但感觉身体每况愈下以及考虑到一些其他情况,担忧今后还有没有"力气"写东西,危急感迫使我不得不写下以上文字——只因担心失去向对我予以帮助的亲人、老师和朋友表达感谢的机会。

再次说声谢谢!

作者

2022 年 12 月 16 日夜于眉山

**图书在版编目（CIP）数据**

一河流沙 / 司马无极著 . -- 北京：作家出版社，2022.12

ISBN 978 - 7 - 5212 - 2147 - 3

Ⅰ. ①一… Ⅱ. ①司… Ⅲ. ①长篇小说 - 中国 - 当代
Ⅳ. ①I247.5

中国版本图书馆 CIP 数据核字（2022）第 251169 号

一河流沙

作　　者：司马无极
责任编辑：袁艺方
装帧设计：宋晓亮
出版发行：作家出版社有限公司
社　　址：北京农展馆南里 10 号　　　邮　　编：100125
电话传真：86 - 10 - 65067186（发行中心及邮购部）
　　　　　86 - 10 - 65004079（总编室）
E - mail: zuojia@zuojia. net. cn
http: // www. zuojiachubanshe. com
印　　刷：唐山嘉德印刷有限公司
成品尺寸：152 × 230
字　　数：440 千
印　　张：31
版　　次：2022 年 12 月第 1 版
印　　次：2022 年 12 月第 1 次印刷
ISBN 978 - 7 - 5212 - 2147 - 3
定　　价：58.00 元

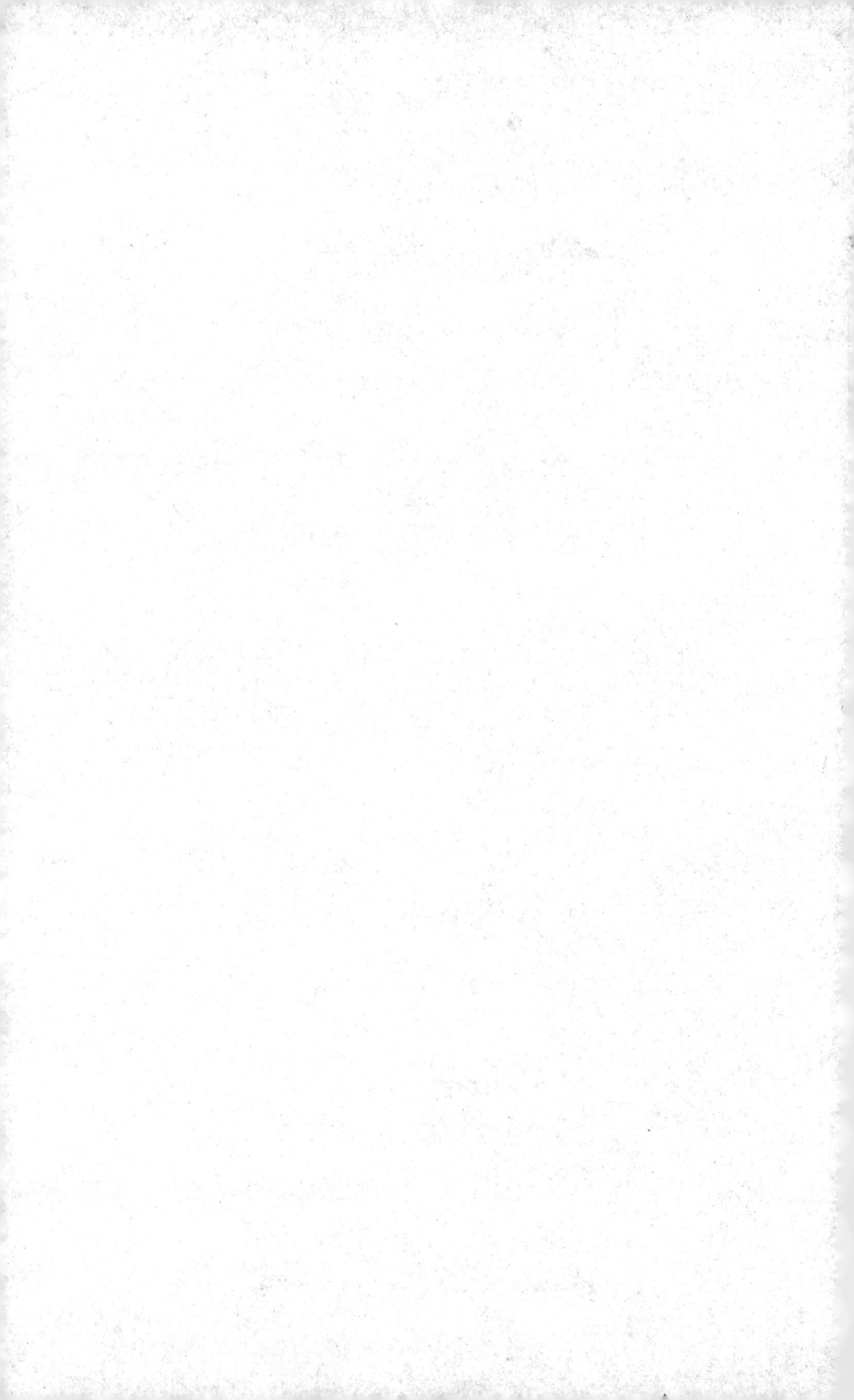